무덤

1930년 노신의 모습

▲ 1903년 일본 도쿄에서 변발을 자르고

▼ 1909년 허수상(許壽裳)과 함께　　▼ 1909년 일본 도쿄에서

▲ 1923년 러시아 맹인 시인 에로센코와 함께

▼ 1925년 러시아어 번역본
『아Q정전』을 위해

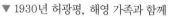

▼ 1930년 허광평, 해영 가족과 함께

魯迅,以一八八一年生于浙江之紹興城内。又說是秀才。世數姓周,鄉下人,她以自修到能看書的程度。家裏原有遺的四五十畝田,但無法就死掉了,已經重病,約有三年多,死去了。我漸至於連極少的學費也無法可想,我的母親便給我籌辦了一點旅費,教我去尋無需學費的學校去,因爲我總不肯學做幕友或商人,──這是我鄉衰落了的讀書人家子弟所常走的兩條路。

其時我是十八歲,便旅行到南京,考入水師學堂了,分在機關科。大約過了半年,我又走出,改進礦路學堂去學開礦,畢業之後即被派往日本去留學。但待到在東京的豫備學校畢業,我已經決意要學醫了。原因之一是因爲我確知道了新的醫學對於日本維新有很大的助力。我於是進了仙臺醫學專門學校,學了兩年。這時正值俄日戰爭,我偶然在電影上看見一個中國人因做偵探而將被斬,因此又覺得在中國醫好幾個人也無用,還應該有較爲廣大的運動……先提倡新文藝。我便棄了學籍,再到東京,和幾個朋友立了些小計劃,但都陸續失敗了。我又想往德國去,也失敗了。終於,因爲我的母親和幾個別的人很希望我有經濟上的幫助,我便回到中國來;這時我是二十九歲。

我一回國,就在浙江杭州的兩級師範學堂做化學和生理學教員,第二年就走出,到紹興中學堂去做教務長,第三年又走出,沒有地方可去,想在一個書店裏做編譯員,到底被拒絕了。但革命也就發生,紹興光復後,我做了師範學校的校長。革命政府在南京成立,教育部長招我去做部員,移入北京,後來又兼做北京大學,師範大學,女子師範大學的國文系講師。到一九二六年,有幾個學者到段祺瑞政府去告密,說我不好,要捕拿我,我便因了朋友林語堂的幫助逃到廈門,去做廈門大學教授,十二月走出,到廣東,做了中山大學教授,四月辭職,九月出廣東,一直住在上海。

我在留學時候,只在雜誌上登過幾篇不好的文章。初做小說是一九一八年,因爲一個朋友錢玄同的勸告,做來登在《新青年》上的。這時才用「魯迅」的筆名;也常用別的名字做一點短論。現在匯印成書的有兩本短篇小說集:《吶喊》,《彷徨》。一本論文,一本回憶記,一本散文詩,四本短評。另外還有一本《中國小說史略》,一本編定的《唐宋傳奇集》。

1935년 노신의 자필

무덤 【노신잡문집】

루쉰魯迅 지음
홍석표 옮김

선학사

이 책은 작자가 1907~1925년에 쓴
잡문 23편 및 1926년 말에 쓴
머리말과 후기 2편을 수록하고 있다.
1927년 3월 북경의 미명사(未名社)에서
초판이 나왔고, 1929년 3월 제2차 인쇄 때에는
작자가 교정을 보았다.
제4차 인쇄 때에는 새로
상해(上海) 북신서국(北新書局)에서 출판하였다.

차례

제기(題記)[1]

    여기 형식이 전혀 다른 것들을 모아서 한 권의 책 모양으로 만든 연유를 말하자면 아주 그럴사한 것이 있는 것은 아니다. 우선 거의 20년 전에 쓴 이른바 글 몇 편을 우연히 발견했기 때문이다. 이것이 내가 쓴 것이란 말인가? 나는 생각했다. 읽어 보니 틀림없이 내가 쓴 것이었다. 그것은 『하남(河南)』[2]에 보냈던 원고였다. 그 잡지의 편집 선생은 이상한 기질이 있어 글은 길어야만 했고, 길수록 원고료는 더 많았다. 그래서 「마라시력설(摩羅詩力說)」과 같은 것은 그야말로 억지로 긁어 모은 것이다. 요 몇 년 사이라면 그렇게 하지는 않았을 것이다. 또 괴이한 자구를 짓고 옛 글자를 쓰기 좋아했으니, 이는 당시 『민보(民報)』[3]

---

1) 원제목은 「題記」이다. 이 글은 처음 1926년 11월 20일 북경의 『어사(語絲)』주간(周刊) 106기에 발표되었고, 제목은 「『무덤』의 머리말(『墳』的題記)」이었다.

2) 『하남(河南)』: 월간이며, 중국인 일본유학생이 1907년[청(淸) 광서(光緖) 33년] 12월 도쿄(東京)에서 창간하였고, 정극(程克), 손죽단(孫竹丹) 등이 주편을 맡았다. 1901년 '신축(辛丑)조약' 이후부터 신해혁명(辛亥革命)에 이르는 기간에 중국인 일본유학생들은 수천 명에 달했고, 그 중에서 대다수는 반청(反淸)혁명에 기울어 각종 반청활동을 전개하는 한편 여러 가지 서적과 신문을 출판했다. 그 중에서 10여 종의 잡지는 각 성(省)의 유일동향회(留日同鄕會) 또는 각 성의 유일동인(留日同人)이라는 명의로 출판되었는데, 내용은 각 성의 당시 정치·사회·문화와 관련된 문제에 치중하였고, 민족민주혁명에 대한 선전과 과학에 대한 계몽선전에 종사하는 것이었다. 예를 들어, 『절강조(浙江潮)』, 『강소(江蘇)』, 『한성(漢聲)』, 『동정파(洞庭波)』, 『운남(雲南)』, 『사천(四川)』 등이 그것인데, 『하남』도 바로 이러한 잡지 중 하나였다. 작자가 이 잡지에 발표한 글로는, 본서(本書)에 수록된 「인간의 역사(人之歷史)」 등 4편, 『집외집습유보편(集外集拾遺補編)』에 수록된 「파악성론(破惡聲論)」과 『노신역문집(魯迅譯文集)』 제10권 『역총보(譯叢補)』에 수록된 「페퇴피(Petöfi Sándor) 시론(裴彖飛詩論)」(두 편은 모두 미완성 원고)이 있다.

3) 『민보(民報)』: 월간이며, 동맹회(同盟會)의 기관지였다. 1905년 11월 도쿄에서 창

의 영향을 받았다. 지금 조판인쇄의 편리를 위해 조금 고쳐 놓았고, 그 나머지는 모두 그 때문에 생긴 것이다. 이렇게 어색한 것들이라 만약 다른 사람의 것이었다면 나는 아마 "미련없이 버리라" 하고 권했을 것이다. 그러나 나 자신은 그래도 이들을 남겨두고 싶었고, 또 "나이 오십이 되어 49년 동안의 잘못을 알게 되었다"[4] 하지 않고 늙을수록 더 나아진다고 생각하였다. 그 글에서 언급한 몇몇 시인은 지금까지도 다시 제기하는 사람이 없으니 이것도 내가 차마 옛 원고를 버리지 못하는 작은 이유 중 하나이다. 그들의 이름은 예전에 얼마나 나를 격앙시켰던가. 민국이 성립된 후 나는 곧 그들을 잊어버렸지만 뜻하지 않게 지금도 그들은 때때로 내 눈앞에 나타나곤 한다.

그 다음은, 물론 보려는 사람이 있기 때문이다. 더욱이 내 글을 증오하는 사람이 있기 때문이다. 말을 함에 그 말을 싫어하는 사람이 있다면 전혀 반응이 없는 것보다야 그래도 행복한 것이다. 세상에는 마음이 편하지 않은 사람들이 많지만, 오로지 스스로 마음 편한 세계를 만들어 내고 있는 사람들도 있다. 이는 그저 편한 대로 놓아둘 수 없는 일이어서, 그들에게 약간은 가증스러운 것을 보여 주어 그들에게 때때로 조금은 불편하게 느끼게 하고, 원래 자신의 세계도 아주 원만하기는 쉽지 않다는 것을 알려 주려 한다. 파리는 날며 소리내지만 사람들이 그를 증오하고 있다는 것을 알지 못한다. 이 점을 나는 잘 알고 있지만, 날며 소리낼 수만 있다면 기어코 날며 소리내려 한다. 내 가증스러움은 종종

간되었고, 자산계급 민주혁명에 대한 선전을 주요 내용으로 하고 있다. 도합 26기까지 나왔다. 1906년 9월 제7호부터 장태염(章太炎)이 주편을 맡았다. 장태염 (1869~1936)은 이름이 병린(炳麟)이고, 호가 태염(太炎)이며, 절강(浙江) 여항(余杭) 사람으로 청말의 혁명가요 학자였다. 그는 『민보』에 발표한 글에서 옛 글자와 생소한 글자나 어구를 즐겨 사용하였다. 여기서 말한 『민보』의 영향을 받았다 함은 바로 장태염의 영향을 받았음을 가리킨다.

4) "나이 오십이 되어 49년 동안의 잘못을 알게 되었다"(원문 行年五十而知四十九年非) : 이 말은 『회남자 원도훈(淮南子 原道訓)』에 나온다. "거백옥(蘧伯玉)은 나이 오십이 되어 49년 동안의 잘못을 알게 되었다(蘧伯玉年五十而知四十九年非)."

스스로도 느끼고 있다. 예를 들어, 내가 술을 끊고 어간유(魚肝油)5)를 먹는 것은 내 생명을 연장하기 위한 것이지만, 도리어 내가 사랑하는 사람을 위한 것일 뿐 아니라 대부분은 바로 나의 적―그들에게 좀 점 잖게 말한다 해도 적일 뿐이다―을 위해 그들의 좋은 세상에다 얼마간 결함을 남겨 주려는 것이다. 군자의 무리들6)은 이렇게 말한다. "당신은 왜 사람을 죽이고도 눈하나 깜짝하지 않는 군벌을 욕하지 않느냐?7) 이

5) (역주) 어간유(魚肝油) : 주로 명태, 상어, 대구 같은 물고기의 간에서 짜낸 불포 화도가 높은 지방유이다. 맑고 노란색으로 비타민 A와 D가 많이 들어 있으며, 강장제, 영양불량, 야맹증 등에 많이 쓰인다.

6) 여기서 '군자의 무리들(君子之徒)'과 다음에 나오는 이른바 '정인군자(正人君子)' 는 당시 현대평론파(現代評論派)의 사람들을 가리킨다.
주간 『현대평론(現代評論)』은 당시 일부 자산계급 대학교수들이 운영하던 일종의 동인잡지였다. 1924년 12월 북경에서 창간되었고, 1927년 7월에는 상해로 옮겨 출판되었으며, 1928년 12월에 정간되었다. 이 잡지는 주로 정론(政論)을 게재하고 동시에 문예창작과 문예평론을 발표했다. 주요 원고 집필자는 왕세걸(王世杰), 고 일함(高一涵), 호적(胡適), 진원(陳源, 필명은 서영(西瀅)이다), 서지마(徐志摩), 당 유임(唐有壬) 등이며, 외부의 투고도 일부 실었다. 그 중에서 호적은 비록 실제 편집에는 참가하지 않았지만 사실상 이 잡지의 영수였다. 이 일파의 인물들은 제 국주의―특히 미영(美英) 제국주의, 북양군벌(北洋軍閥) 및 나중의 국민당과 밀접 한 관계가 있었다. 그들은 자유주의 모습을 드러냈는데, 제국주의 및 매판자산계 급의 적극적인 대변인이 되었다. 그들이 운영한 이 잡지의 주요 특색은, 때로는 우회적으로, 때로는 노골적으로 당시 공산당의 지도하에 있던 인민군중의 혁명투 쟁을 반대하였다는 점이다. 예를 들어, 5·30운동이 발생하자 호적, 진원 그리고 그 밖의 몇 사람은 모두 전후에서 이 잡지에 글을 발표하며 공산당의 지도하에 노동자, 학생, 시민들에 의해 형성된 광범위한 반제(反帝)운동을 비방하였다. 1926년 3월 18일 단기서(段祺瑞)가 북경에서 애국인민들을 도살했을 때, 이 잡지 는 공공연히 피살된 애국군중을 비방하고 단기서를 변호했다. 1927년 4월 장개석 (蔣介石)이 반혁명정변을 일으킨 이후에 이 잡지는 점차 장개석 정권에 몸을 의 지하였는데, 적나라한 반공반인민의 간행물이 되었다.
작자는 1925~1927년에 부단히 글을 발표하여 이 잡지의 반동적인 언론에 대해 투쟁하였고, 이 일파 인물들의 거짓된 모습과 반동적인 성질을 폭로하였다. 이러 한 글은 모두 본서와 『화개집(華蓋集)』, 『화개집속편(華蓋集續編)』, 『이이집(而已 集)』에 수록되어 있다.
'정인군자'는, 당시 북양군벌정부를 옹호하던 『대동만보(大同晚報)』가 1925년 8월 7일의 어느 한 보도에서 현대평론파를 치켜세우며 한 말이었다. 노신은 잡문(雜 文)에서 항상 이 말을 인용하여 이 일파의 사람들을 풍자했다.

역시 비겁한 짓이다!" 그러나 나는 유인하여 죽이려는 이러한 수법에 넘어가고 싶지 않다. 목피도인(木皮道人)[8]이 "몇 년 동안 집안의 부드러운 칼로 목을 베니 죽음을 느끼지 못했다"고 잘 말했듯이, 나는 오로지, 자칭 '총이 없는 계급'이라고 했지만, 실은 부드러운 칼을 들고 있는 요괴들을 질책하려 한다. 가령 필화를 당한다면 여러분은 그들이 여러분을 열사로 존경할 것이라고 생각하는가? 그렇지 않다. 그 때가 되면 달리 비아냥거리는 말이 있다. 믿지 못하겠으면 그들이 3·18 참사[9]

7) 여기서 말한 "군벌을 욕하지 않다"와 아래에 나오는 '총이 없는 계급'은 모두 『현대평론』 제4권 제89기(1926년 8월 21일)에 실린, 함려[涵廬, 즉 고일함(高一涵)]로 서명된 「한담(閑話)」의 한 글에 나온다. 원문은 다음과 같다. "나는 일반 문인들이 서로 욕하는 법보(法寶)를 피차 거두어 들이고 우리가 마땅히 해야 하고, 할 가치가 있는 일을 해 나가기를 대단히 희망하는 바이다. 만일 말이 헛나와 욕이 나왔다면 수습할 수 없거니와 정말 욕할 수 있지만 진정 감히 욕하지 못하는 사람들과 법보를 다툴 수 있다면 곧 천교(天橋)로 걸어가는 것이 좀더 나을 것이다. 그렇지 않아 천교로 갈 용기도 없으면서 욕을 그만두지 않으려 하고 그래서 오로지 법보를 총이 없는 계급의 머리 위에 제멋대로 사용한다면, 남을 욕하는 것은 그야말로 남을 욕하는 것이며, 오히려 뽐내려 해도 그가 의도한 대로 뽐내는 것으로 되기 어려울 것이다." (按)당시 북경의 형장(刑場)은 천교(天橋) 부근에 있었다.

8) 목피도인(木皮道人) : 목피산인(木皮散人)이라 해야 옳다. 명대(明代) 유민 가부서(賈鳧西)의 별호(別號)이다. 가부서(약 1592~1674)는 이름이 응총(應寵)이며, 산동(山東) 곡부(曲阜) 사람이다. 여기서 인용하고 있는 말은 그가 지은 『목피산인고사(木皮散人鼓詞)』에서 주(周) 무왕(武王)이 상(商) 주왕(紂王)을 멸하다는 내용과 관련된 단락에 나온다. "산의생(散宜生)이 연분계(臙粉計)를 세워놓은 데 힘입어, 주(周)를 흥하게 하고 상(商)을 멸하게 하는 여자 교왜(嬌娃)를 헌상했다. ……그 나으리들[按 주 문왕, 무왕 부자 등을 가리킨다]이 주야로 인정(仁政)을 베풀 것을 상의하자 주왕(紂王)은 어리둥절한 채 어둠 속에서 기었다. 몇 년 동안 집안의 부드러운 칼로 목을 베니 죽음을 느끼지 못했는데, 태백기(太白旗)가 높이 걸리자 그제서야 운명이 다했다는 것을 알았다." 노신은 여기서 '부드러운 칼'을 차용하여 현대평론파의 반동적인 언론을 비유하고 있다.

9) 3·18 참사 : 1926년 3월 12일 풍옥상(馮玉祥)이 거느린 국민군(國民軍)이 봉계(奉系)군벌과 전투를 벌였는데, 일본 제국주의가 군함을 출동시켜 봉군(奉軍)을 지지하며 국민군을 폭격하였다. 또 영국, 미국, 프랑스, 이탈리아 등과 연합하여 16일에는 최후통첩으로 북양정부에게 대고구(大沽口)에 있는 국방설비를 철수할 것 등의 무리한 요구를 제출했다. 3월 18일 북경의 각계 인민들은 애국적 의분

때 죽은 청년들을 어떻게 비평했는지 보면 된다.

이 밖에 내 스스로에게 하찮은 의미도 조금은 있다. 그것은 바로 아무래도 생활의 일부 흔적이라는 점이다. 그래서 비록 과거는 이미 지나가 버렸고 정신은 되밟을 수 없는 것임을 잘 알고 있지만, 모질게 끊어 버리지 못하고 찌꺼기들을 주워 모아 자그마한 새 무덤을 하나 만들어 한편으로 묻어 두고 한편으로 아쉬워하려 한다. 머지 않아 사람들이 밟아 평지가 되더라도 그야 상관하고 싶지 않으며 상관할 수도 없는 노릇이다.

나는 몇몇 내 친구들에게 나를 대신해 원고를 수집·필사하고 교정을 보면서 돌아올 수 없는 많은 세월을 써 버린 것에 대해 깊은 감사를 드린다. 내 보답이란, 이 책이 인쇄되었을 때 혹시 여러 사람에게 진심으로 기뻐하는 웃음을 널리 자아낼 수 있지 않을까 하고 희망할 수 있는 것뿐이다. 다른 과분한 바람은 조금도 없다. 기껏해야, 넓고 두터운 대지가 작은 흙덩이를 수용하지 못하는 지경에 떨어지지는 않는 것처럼, 이 책이 잠시 책판매대 위의 책무덤에 자리를 잡았으면 한다. 한 걸음 더 나아가면 다소 본분에 맞지 않는 것이 있다. 그것은 바로, 중국인들의 사상과 취미는 현재 다행히도 이른바 정인군자(正人君子)들에 의해 아직 통일되지 않았는데, 예를 들어 어떤 사람은 오로지 황제

이 격발해 천안문(天安門)에서 항의집회를 가졌다. 집회가 끝난 다음 대오를 지어 단기서(段祺瑞) 집권 정부로 가서 청원하며 8국의 통첩을 거절할 것을 요구했다. 단기서는 결국 위병대에게 발포명령을 내렸고, 그 자리에서 사상자가 200여 명이나 되었다. 참사가 발생한 후 『현대평론』 제3권 제68기(1926년 3월 27일)에는 진서형(陳西瀅)이 이 사건에 대해 비평한 「한담(閑話)」이 발표되었다. 이 글은 참변을 당한 애국군중을 비방하면서, '판단력이 없어', '민중의 영수'로부터 속았으며, '스스로 영문도 모르는 여러 가지 운동에 참가하여', "쏟아지는 총탄의 위험을 무릅쓰고, 사상자를 짓밟는 고통을 받았다"고 했다. 또 음흉하게도 이번 참사의 책임을 그들이 말하는 이른바 '민중의 영수'에게 떠넘기고, 이네들은 '고의로 사람을 사지(死地)로 끌어들였다는 혐의가 있으며', '죄과'는 "발포하여 사람을 죽인 자에게 있는 것이 아니다"라고 말했다. 『화개집속편』 중의 「사지(死地)」, 「공담(空談)」 등의 글 참고.

의 무덤을 참배하기를 좋아하고, 어떤 사람은 버려진 무덤을 추모하기를 좋아하는데, 어찌되었건 잠깐이라도 기꺼이 한번 살펴보는 사람이 있었으면 하는 것이다. 그렇게만 된다면 나는 아주 만족스럽다. 그런 만족은 부자의 천금을 얻는 것보다 나을 것이다.

1926. 10. 30.

바람이 세차게 부는 밤

하문(厦門)에서 노신이 적다

인간의 역사 [1]

독일인 헤켈 씨의 종족발생학에 대한 일원적 연구해석

진화의 학설은 그리스의 철학자 탈레스(Thales)[2]에서 그 빛이 처음

[1) 원제목은 「人之歷史」이다. 이 글은 처음 1907년 12월 일본 도쿄에서 『하남(河
南)』 월간 제1호에 발표되었고, 원래 제목은 「人間之歷史」이며, 영비(令飛)로 서
명되어 있다.
(按)이 글과 「과학사교편(科學史敎篇)」, 「문화편지론(文化偏至論)」, 「마라시력설
(摩羅詩力說)」 등은 모두 작자가 문학활동을 시작할 때 쓴 작품이다. 그 때 작자
는 일본의 도쿄에 있었다. 『납함 자서(吶喊 自序)』에 따르면, 그가 처음으로 문
예운동을 제창한 것은 문예를 가지고 사람들의 정신을 개조하기 위한 것이었다.
이들 작품은 당시의 혁명조류와 작자의 애국주의 및 민주주의 사상의 영향 속에
서 혁명을 촉진하는 문화계몽운동을 위해 씌어진 것이다.
「인간의 역사」는 헤켈의 『인류발생학』에 대한 해석을 중심으로 다윈의 생물진화
론 및 그 발전의 역사를 소개하고 있으며, 중국에 다윈학설을 가장 이른 시기에
소개한 중요한 논문 중의 하나이다. 「과학사교편」은 서방의 과학사조 변천에 대
해 논술하고 있으며, 과학의 발전과 인류의 생산과는 상관관계가 있음을 지적하
고 있다. 또 과학은 자연을 개조하고 사회의 진보를 가져오며 인류의 생활을 풍
부하게 한다는 등 과학의 여러 가지 작용에 대해 설명하고 있다. 이 두 편의 글
은 과학의 중요성을 천명하고 있기 때문에 당시의 완고파와 수구사상을 반대하
는 데 중대한 의미를 지닌다. 자연과학을 통해, 특히 다윈의 생물진화론을 통해
작자는 자연현상을 인식하는 유물주의적 관점 및 발전과 진화의 관점을 받아들
였다. 이는 그가 초기 세계관을 형성하는 데 기초가 되었다. 그러나 당시 작자는
비록 자연현상을 해석하는 면에서는 유물주의적이었지만 사회현상을 해석하는
면에서는 여전히 유심주의적이었다. 그 속에 유물주의적인 요소가 있기는 하였
지만 말이다. 「문화편지론」에서 작자는 청조(清朝)의 통치계급이었던 양무파(洋
務派)에 대해 예리한 비판을 가하고 동시에 개량주의운동의 불철저성을 지적하
였다. 또한 중국은 서방의 부르주아 문명과 제도를 맹목적으로 들여와서는 안
된다고 생각하였는데, 이는 당시에 더욱 현실적인 투쟁의 의미를 지닌다. 그러나
다른 한편으로 작자는 서방의 부르주아 계급의 '물질문명' 맹신에 대해 비판하
면서 오히려 그것과 철학상의 유물주의를 구별해 내지 못하고 있다. 즉, 서방의
부르주아 계급과 중국의 개량파가 주장하던 이른바 다수의 민주주의가 가지는

으로 비치더니3) 다윈(C. Darwin)4)에 이르러 완전히 확정되었다. 독일
의 헤켈(E. Haeckel)5)은 헉슬리(T. H. Huxley)6)와 마찬가지로 역시 근

허위를 반대하면서 오히려 일반적인 다수의 반대라는 방향으로 나아갔던 것이
다. "물질을 배척하여 정신을 발양시키고 개인에게 맡기고 다수를 배격한다"는
말은 소부르주아 계급의 급진적인 민주주의의 정치적 특징을 표현하고 있다. 또
한 사회적 존재와 사회적 의식 관계, 군중과 개인 관계 등의 문제가 사회생활과
유관하다는 근본적인 문제에서 작자는 당시 과학적으로 해결할 수 없었다.
「문화편지론」에서 작자는 유심주의적인 사상가나 개인적 무정부주의적인 사상가
를 긍정적으로 평가하고 있다. 그 중에서 특히 쇼펜하우어와 니체 같은 사람은
작자가 이해하고 있는 것처럼 그렇게 당시 유럽사회의 새로운 생명력을 가진 사
상가가 결코 아니었다. 그와 반대로 그들의 학설은 당시에 이미 부패한 유럽 부
르주아 계급의 반동적인 의식을 반영하고 있었다. 특히 니체의 '초인'사상은 후
에 독일 파시스트의 침략전쟁과 다른 민족을 노예화하는 데 이론적인 근거가 되
었다. 작자는 당시 이러한 사상가의 본질을 인식하지 못했지만, 그는 니체 등과
는 근본적으로 구별된다. 당시 중국은 유럽 자본주의 국가와는 서로 다른 역사
적 조건 아래에 있었기 때문에 작자가 니체와 같은 사람들로부터 사상적인 영향
을 받았지만, 반봉건을 위한 현실적인 요구에서 출발하여 개성의 발전, 사상의
자유, 구전통의 파괴라는 그의 주장은 니체와 같은 사람들의 사상과는 다른 정
치적 목적과 의미를 가지고 있었다.
「마라시력설」에서 작자는 민주혁명 사상과 애국주의 정신이 풍부한 시인들을 소
개함으로써 사람들을 자극하여 봉건전제주의 통치와 죽어가는 봉건문화에 반대
하도록 하였다. 이는 중국에 진정으로 근대유럽의 민주주의 문예사조를 소개하
고 또한 중국문학에 대해 민주주의적인 혁명을 요구한 첫 번째 논문이다.
2) 탈레스(원문 德黎, B.C. 약 624~B.C. 약 547) : 보통 '泰勒斯'로 음역한다. 고대
　그리스의 유물주의 철학자이다. 그는 만물(생명을 포함하여)은 모두 물에서 기원
　하며, 물은 진정한 본체라고 생각하였다.
3) 그 빛이 처음으로 비치더니(원문 黏灼) : 반짝거리다의 뜻으로, 여기서는 처음으
　로 빛을 비추다는 의미이다.
4) 다윈(원문 達爾文, 1809~1882) : 영국의 생물학자이며 진화론의 기초자이다. 그
　의 과학상 가장 큰 공헌은 자연선택을 기초로 하는 진화론, 즉 다윈주의를 창시
　하였다는 점이다. 마르크스와 엥겔스는 그의 생물진화이론을 높이 평가하면서
　그것은 19세기 자연과학의 3대 발견(에너지 보존과 전환의 법칙, 세포학설 및 진
　화론) 중의 하나라고 하였다. 주요 저서로는 『종의 기원』, 『인류의 기원』[본문에
　서 말하는 『원인론(原人論)』이 그것이다] 등이 있다.
5) 헤켈(원문 黑格爾, 1834~1919) : 보통 '海克爾'로 음역한다. 독일의 생물학자이
　며, 다윈주의의 수호자요 선전자이다. 그는 종족발생학을 확립하고 생물진화의
　계통도를 만들었으며, 생물발생률을 제기하여 다윈의 진화론을 발전시켰다. 주요

세 다윈설의 주창자였다. 다만, 그는 이전의 학설에만 빠지지 않고 더
욱 밀고 나가 생물의 진화를 도표로 만들었다. 고대로 거슬러 올라가
동식물의 연결된 흔적를 추적하여 그것이 이어져 내려온 유래를 밝혀
내고, 간혹 부족한 것이 있으면 화석을 참고하여 보충한 다음 구분지어
기술하였다. 그것은 거대한 체계를 이루어 위로는 단세포 미생물[7]로부
터 가까이로는 인류에 이르기까지 하나의 계통을 구성하게 되었는데,
그 논거가 확실하고 믿을 만하다. 비록 후세의 학자들이 그보다 더욱
위로 끝없이 거슬러 올라가 증명할 수도 있겠지만, 19세기 말 진화에
대한 논의는 참으로 이 사람에 의해 완성되었다 할 수 있다. 요즘 중국
에서 진화라는 말은 거의 상식적인 말이 되었다. 새로움을 좋아하는 사
람들은 그 말을 미화하여 사용하고, 옛것을 고수하는 사람들은 그것이
인류를 원숭이와 나란히 보는 것이라 하여 전력을 다해 저지하려 한다.
독일의 철학자 파울센(Fr. Paulsen)[8]도 헤켈의 저서를 읽는 사람이 많
은 것은 독일의 수치라고 말했다. 확실히 독일은 학술의 온상지이고 파
울센 또한 철학자[9]이지만, 이런 말하는 것을 보면, 중국에서 낡은 것들
을 고수하려는 무리들이 새로운 소리만 들어도 질주하며 달아나는 것
과 실로 크게 다르지 않다. 그렇지만 인류가 진화한다는 학설은 실제로

   저서로는 『우주의 수수께끼』, 『인류발전사』, 『인류종족의 기원과 계통론』[본문에
   서 말하는 『인류발생학(人類發生學)』이 그것이다] 등이 있다.
 6) 헉슬리(원문 赫胥黎, 1825~1895) : 영국의 생물학자이며, 다윈학설의 적극적인
   지지자요 선전자이다. 주요 저서로는 『자연계에서 인류의 위치』[본문에서 말하는
   『화중인위론(化中人位論)』이 그것이다], 『동물분류학 소개』, 『진화론과 윤리학 및
   기타 논문』 등이 있다.
 7) 단세포 미생물(원문 單么) : 단세포 미생물을 가리킨다.
 8) 파울센(원문 保羅生, 1846~1908) : 독일의 철학자이며 객관적 유심주의자이다.
   저서로는 『논리학체계』, 『전투의 철학 : 교권주의와 자연주의를 반대하다』 등이
   있다. 그가 한 이 단락의 말은 『전투의 철학』 1책 제5장 제9절에 보인다. "나는
   이 책[按] 헤켈의 『우주의 수수께끼』를 가리킨다]을 읽고 대단한 부끄러움을 느
   꼈다. 우리 민족의 일반교육과 철학 교육의 상황에 대해 부끄러움을 느꼈다."
 9) 철학자(원문 愛智之士) : 철학자의 의미이다.

영장(靈長)10)을 모독한 적은 없다. 낮은 데서 높은 데로 날마다 무한히 전진하고 있다는 사실은 인류의 능력이 동물들보다 훨씬 뛰어나다는 것을 더 잘 보여 주는 것이니, 계통이 어떻게 시작되었는가 하는 것이 어찌 수치스러운 일이겠는가? 헤켈의 저서는 대단히 많지만 대부분 이러한 요지를 밝히고 있다. 또한 종족발생학(Phylogenie)11)을 성립시켜 개체발생학(Ontogenie)12)과 더불어 멀리 인류의 유래 및 인류가 이어져 내려온 과정을 고증함으로써 많은 의문들이 얼음이 녹듯 풀어졌고 자연의 비밀이 분명하게 밝혀졌다.13) 그리하여 그는 근대 생물학의 최고봉이 되었다. 이제 그 내용을 펼쳐 보이려 하는데, 먼저 이 이론의 발단부터 시작하여 근세까지 서술할 것이며, 헤켈을 자세하게 설명하는 것으로 끝을 맺겠다.

인류의 종족발생학이란 인류의 발생 및 그 계통에 관한 학문을 말한다. 이것이 주로 다루는 부분은 동물종족에서 기원이 어떻게 되는가를 밝히는 것인데, 시작된 지 40년 정도밖에 되지 않았지만 생물학분야에서 가장 새로운 영역이다. 대개 고대의 철학자나 종교가들은 인류가 만물의 영장으로서 다른 모든 생물들을 초월하는 존재라고 보았다. 그리하여 설령 생물14)의 기원에 대해 의문을 품었다고 하더라도 기껏해야

---

10) 영장(원문 靈長) : 인류를 가리킨다. 생물진화의 계통분류에 의하면 최고에 속하는 것이 '영장목(靈長目)'이고, 그 중에서 가장 진화한 것이 인류이다.

11) 종족발생학(원문 種族發生學) : 종계발생학(種系發生學)이다. 헤켈이 고생물학, 비교해부학, 배태학(胚胎學)의 풍부한 자료를 종합하여 확립한, 생물의 종족발전사에 관한 학문분야이다. 주로 세포발육의 역사를 연구하고, 현존하고 있는 생물의 구조·형태·생리·분포 등의 상황과 고대생물의 화석을 연구하여 생물계 내에서 각종 종족 간의 상호관계 및 진화상태를 분석한다.

12) 개체발생학(원문 個體發生學) : 생물의 개체발생을 연구하는 것으로 배란에서 점차 발육하여 완전한 개체로 되는 과정을 연구하는 학문분야이다.

13) 자연의 비밀(원문 大閟) : 큰 비밀의 뜻이며, 자연의 비밀을 가리킨다. 분명하게 밝혀졌다(원문 犁然) : 분명하고 명백하다는 뜻이다.

14) 생물(원문 官品) : 관(官)은 기관(器官)을 가리킨다. 엄복(嚴復)은 『천연론 능실(天演論 能實)』에서 자신이 설명을 덧붙여 다음과 같이 말했다. "최근 생물학자

신화(神話)의 주변에서 맴돌았고 신비하다거나 불가사의한 것으로 해석하였다. 예를 들어 중국의 옛날 이야기에 따르면, 반고(盤古)가 땅을 개벽하고 여왜(女媧)가 죽은 뒤 그 유해가 하늘과 땅으로 변하였다고 한다.15) 그렇다면 하늘과 땅이 아직 형성되지 않았는데 인류가 벌써 출현한 것이니 낮과 밤이 나뉘지 않은 혼돈상태에서16) 어떻게 인류가

들은 생명을 가지고 있는 사람, 조류, 곤충, 어류, 풀, 나무 등은 관(官)을 가지고 있는 생물이라 하여 이를 관품(官品)이라 한다. 그리고 금석(金石)과 수토(水土)는 관(官)이 없으므로 비관품(非官品)이라 한다." 여기서 노신은 엄복의 용어를 그대로 빌려 쓰고 있는데, '관품(官品)'은 생물을 가리키고 '비관품(非官品)'은 무생물을 가리킨다.

15) 반고(원문 盤古) : 중국의 고대신화에 나오는 천지를 개벽한 사람이다. 『태평어람(太平御覽)』 권2에는 삼국(三國)시대 오(吳) 나라 서정(徐整)의 『삼오역기(三五歷記)』를 인용하여 다음과 같이 말했다. "천지가 혼돈되어 마치 계란과 같았는데, 반고가 그 속에서 태어나 1만 8,000세를 살았다. 천지가 개벽되어 양청(陽淸)은 하늘이 되고 음탁(陰濁)은 땅이 되었다. 반고는 하늘과 땅 사이에 있으면서 하루에 아홉 번을 변신하여 하늘로부터는 신이 되고 땅으로부터는 성인이 되었다. 하늘은 하루에 일장(一丈)씩 높아지고 땅은 하루에 일장(一丈)씩 두터워지고 반고는 하루에 일장(一丈)씩 길어졌다. 이런 식으로 1만 8,000세가 지나자 하늘은 헤아릴 수 없을 만큼 높아졌고 땅은 헤아릴 수 없을 만큼 깊어졌고 반고는 헤아릴 수 없을 만큼 키가 커졌다." 또 청대(淸代) 마숙(馬驌)의 『역사(繹史)』 권1에는 서정의 『삼오역기』를 인용하여 다음과 같이 말했다. "처음 반고가 태어났다가 죽음에 이르러 다른 것으로 변하였다. 그의 기운은 풍운이 되고 그의 음성은 천둥이 되었다. 왼쪽 눈은 태양이 되고 오른쪽 눈은 달이 되었다. 사지(四肢)와 오체(五體)는 사극(四極)과 오악(五岳)이 되고 피는 강물이 되고 근육은 지형이 되었다. 피부는 밭의 흙이 되고 머리털은 별이 되었다. 몸에 난 털은 초목이 되고 이빨과 뼈는 금석(金石)이 되었다. 정수(精髓)는 주옥(珠玉)이 되고 땀방울은 빗물이 되었다. 몸에 있던 여러 벌레들은 바람을 맞아 살아 있는 생물로 변하였다." 남조(南朝)의 양(梁) 나라 임방(任昉)의 『술이기(述異記)』에도 이와 비슷한 기록이 있다. (按)본문에서 말하고 있는 여왜(女媧)는 반고(盤古)라고 해야 할 것 같다.

16) 하늘과 땅이 아직 형성되지 않았는데(원문 上下未形) : 천지가 아직 형성되지 않았다는 뜻이다. 낮과 밤이 구별되지 않은 혼돈상태에서(원문 冥昭瞢暗) : 낮과 밤이 나뉘지 않아 혼돈상태라는 뜻이다. 『초사 천문(楚辭 天問)』에 보인다. "하늘과 땅이 아직 형성되지 않았는데, 무엇으로 그것을 증명할 것인가? 낮과 밤이 나뉘지 않아 혼돈상태인데 누가 그것을 밝힐 수 있을 것인가?(上下未形, 何由考之? 冥昭瞢暗, 誰能極之?)"

발을 내딛일 수가 있었겠는가? 굴영균(屈靈均)[17]은 "바다자라가 태산을 등에 짊어지고 손뼉을 쳤다는데, 어찌하여 바다자라를 두었는가"라고 했다. 이것은 마음 속에 품고 있던 의문을 말로 표현한 것이다. 서양의 창조에 관한 이야기 중에서 모세[18]의 이야기가 가장 오래 되었다. 「창세기」의 첫 부분을 보면, 하느님이 7일만에 천지만물을 창조하였으며, 흙을 빚어[19] 남자를 만들고 그 갈비뼈를 잘라내어 여자를 만들었다고 한다. 13세기 무렵에는 창조설이 유럽 전역에 위력을 떨치게 되어 과학은 빛을 감추었고 미신이 횡행하게 되었으며, 로마교황[20]은 또 전력을 다해 학자들의 입을 틀어막아 천하는 지혜의 암흑기가 되고 말았다. 헤켈이 그것을 가리켜 세계사의 대 기만(Die grossten Gaukler Weltgeschichte)이라고 부른 것[21]은 결코 헛된 말이 아니다. 이미 종교개혁[22]이 시작되고 기독교[23]의 미신이 점차 타파되자 코페르니쿠스

---

17) 굴영균(원문 屈靈均, B.C 약 340~B.C 약 278) : 이름은 평(平), 자는 원(原) 또는 영균(靈均)이며, 전국(戰國)시기 말엽의 초(楚) 나라의 시인이다. 작품으로는 「이소(離騷)」, 「구가(九歌)」, 「구장(九章)」, 「천문(天問)」 등이 있다. "바다자라가 태산을 등에 짊어지고 손뼉을 쳤다는데 어찌하여 바다 자라를 두었는가(원문 "鰲載山抃, 何以安之") : 「천문」에 보인다. 한대(漢代) 왕일(王逸)은 주에서 유향(劉向)의 『열선전(列仙傳)』을 인용하여 다음과 같이 말했다. "신령스런 바다자라가 등에 봉래산을 짊어지고 손뼉을 치며 바다에서 춤을 추었다(有巨靈之鰲, 背負蓬萊之山而抃, 舞戲滄海之中)." 변(抃)은 손뼉을 치다는 뜻이다.

18) 모세(원문 摩西, Moses) : 『성경』의 이야기에 따르면 고대 유대인의 지도자이며 유대교의 창시자이다. 「창세기」는 『구약전서』의 모세오경 중 하나이며, 『구약전서』의 제1권으로서 모두 50장으로 되어 있고 앞 두 장은 하느님이 천지만물을 창조한 이야기이다.

19) 흙을 빚어(원문 搏埴) : 흙을 빚다는 뜻이다.

20) 교황(원문 法王) : 교황을 가리킨다.

21) 헤켈이 그것을 가리켜 세계사의 대 기만이라고 부른 것(원문 黑格爾謚之曰世界史之大欺罔者) : 헤켈은 『우주의 수수께끼』 제1책에서 이렇게 말했다. "로마교의 전체 역사는 단지 허황되고 거짓된 말로 부끄러움 없이 꾸며낸 것에 지나지 않는다. 그들은 대부분 부끄러움 없는 미신자이며 사기꾼이다."

22) 종교개혁(원문 宗敎改萌) : 종교개혁을 뜻하며, 14~16세기 유럽에서 일어난, 로마교황의 봉건적인 통치에 반대한 부르주아적 성격을 띤 기독교 내부의 혁명운동을 가리킨다. 그 중에서 비교적 온건한 일파는 시민계급을 대표하고(독일의

(Copernicus)[24])가 먼저 나와 지구가 실제로 태양의 둘레를 돌며 운동하고 그 항상적인 운동은 멈추지 않는다는 것을 알게 되었으며, 이로 인해 지구중심설이 무너졌다. 그리고 인류를 탐구하려는 사람들도 조금씩 나타났다. 예를 들어 베잘리우스(A. Vesalius)[25]), 유스타키(Eustachi)[26]) 등은 해부[27])의 기술을 가지고 지식을 광명으로 이끌었다. 동물계통론은 린네[28])가 나옴으로써 크게 떨치게 되었다.

린네(K. von. Linne)는 스웨덴의 명망가였다. 그는 당시 여러 나라의 생물을 연구하는 사람들이 한결같이 자기네 지방 말로 생물의 이름을 붙이고 있었기 때문에 번잡하여 이해할 수 없다는 점을 불만으로 여겼다. 그리하여 『생물계통론(天物系統論)』을 저술하여 모든 동식물의 이름을 라틴어로 짓고 이명법(二名法)을 확립하여 속명(屬名)과 종명(種

루터와 같은 사람), 급진적인 일파는 피압박 농민과 도시빈민을 대표한다[독일의 뮌처(Thomas, Müntzer) 같은 사람]. 종교개혁은 유럽의 역사가 발전하는 데 중요한 동력이 되었다.

23) 기독교(원문 景敎) : 기독교의 일파이며 네스토리우스파라고도 한다. 당(唐) 태종(太宗) 정관(貞觀) 9년(635)에 중국에 전해졌으며 경교(景敎)라고 불렸다. 작자는 여기서 기독교 전체를 광범위하게 가리키는 말로 사용하고 있다.

24) 코페르니쿠스(원문 歌白尼, 1473~1543) : 보통 '哥白尼'로 음역한다. 폴란드의 천문학자이며 태양중심설의 창립자이다. 그는 천문학에서 1000여 년 동안이나 군림해 왔던 천동설을 뒤엎고 유럽의 중세기 신권론의 기초를 흔들었다. 그것은 천문학사에서 중대한 혁명이었을 뿐 아니라 인류의 우주관에 혁신을 가져왔다. 그의 『천체운동』이라는 책은 자연과학을 신학의 세력으로부터 해방시킨 대작의 하나이다.

25) 베잘리우스(원문 韋賽黎, 1514~1564) : 보통 '維薩里'로 음역한다. 벨기에의 인체해부학자이다. 그는 처음으로 시체를 해부하는 방법을 채택하여 해부학을 가르쳤고, 또 자신이 실험하고 연구한 것을 근거로 『인체의 구조』라는 책을 썼다.

26) 유스타키(원문 歐斯泰幾, 약 1520~1574) : 이탈리아의 해부학자이다. 그는 '유스타키관'과 '유스타키판막'을 발견하였다. 저서로는 『해부학도해』 등이 있다.

27) 해부(원문 釾驗) : 해부(解剖)를 가리킨다. 벽(釾)은 자르다는 뜻이다.

28) 린네(원문 林那, 1707~1778) : 보통 '林奈'로 음역한다. 스웨덴의 생물학자이며, 동식물계통분류의 창시자이다. 그는 다섯 가지의 서로 연속적인 분류의 명칭, 즉 강, 목, 속, 종, 변종을 정하여 분류학의 기초를 세웠다. 주요 저서로는 『자연계의 계통』[본문에서 말하는 『생물계통론(天物系統論)』이 그것이다] 등이 있다.

名)을 부여하였다. 예를 들어 고양이, 호랑이, 사자 세 동물은 크게 보면 동일하기 때문에 고양이 속(Feris)이라 하고, 또 각각 다르기도 하기 때문에 고양이는 Felis domestika라 하고, 호랑이는 Felis tigris라 하고, 사자는 Feris leo라고 하였다. 다시 이들과 서로 비슷한 것들을 한데 모아 그것을 고양이 과(科)라고 하였는데, 과(科)는 나아가 목(目)이 되고 강(綱)이 되고 문(門)이 되고 계(界)가 된다. 계는 동물과 식물을 구분하는 기준이다. 게다가 이 책은 일일이 그 특징을 기록하여 놓아 펼치기만 하면 일목요연하게 이해할 수 있다. 그런데 생물은 다 헤아릴 수 없을 만큼 종류가 다양하므로 새로운 종이 발견될 때마다 반드시 새 이름을 붙여 주어야 한다. 그리하여 세상에는 새로운 종을 발견하여 영예를 넓히려는 사람들이 서로 다투어 찾아 나섰고 소득도 대단히 많았으며, 그 중에서 린네의 명성이 가장 두드러졌다. 그리고 생물의 종(Arten)이란 무엇인가, 그 내용과 경계는 어떠한가 하는 의문도 마찬가지로 많은 학자들로부터 주목을 받았다. 그렇지만 린네는 여기서 여전히 모세의 창조설을 답습하였다. 「창세기」에서는 오늘날의 생물은 모두 세상이 처음 열렸을 때부터 만들어졌다고 하였는데, 이에 따라 『생물계통론』에서도 노아 때 홍수의 재난[29]을 피하여 오늘날까지 남아 있게 된 것들이 생물의 종이 되었고, 대개 동식물의 종류는 늘어나거나 줄어드는 변화가 전혀 없으므로 하느님이 손으로 창조한 것과 다르지 않다고 했다. 아마 린네는 현재의 생물만 알고 있었을 뿐, 그 해를 헤아릴 수 없는 먼 옛날에 지구 위에 서식하였다가 지금은 없어진 생물이 있다는 것을 깨닫지 못했기 때문에 기원에 관한 연구는 마침내 어찌 할 수 없었다. 또한 세상의 박물학자들도 모두 구설(舊說)을 고수하

---

29) 노아 때 홍수의 재난(원문 諾亞時洪水之難) : 『구약전서 창세기』 제7장에 나온다. 옛날 홍수가 크게 범람하여 생물들이 모두 멸종하였다. 그러나 노아(Noah)는 하느님의 계시를 받아 방주를 만들어 난을 피했다. 그 후 인류를 포함한 지구상의 생물은 모두 방주에 탔던 생물로부터 이어져 내려온 것이다.

고 조금도 더 나아가지 못하였다. 설령 우연히 깨달은 사람이 있어 생물의 종류는 아주 오랜 세월을 거치는 동안에 미미한 변화라도 생기지 않는 것이 없다고 하였지만, 세상사람들이 그 말을 듣자 호되게 맞섰으므로 주장을 펼 수가 없었다. 19세기 초에 이르러 비로소 처음으로 진지하게 생물이 진화한다는 사실을 알고 이론을 세워 그에 대해 설명한 사람이 나타났는데, 그 사람을 라마르크30)라고 말하지만 실제로는 퀴비에31)가 그보다 앞선다.

퀴비에(G. Cuvier)는 프랑스 사람으로 학문에 힘쓰고 박식하여 학술면에서 위대한 업적을 남겼다. 특히 동물의 비교해부와 화석연구에 주력하여 『화석골격론』을 저술하였는데, 오늘날 고생물학의 시초가 되었다. 화석이란 태고적 생물의 유체(遺體)가 돌 속에 흔적으로 남아 있는 것인데, 무수한 세월이 지난 지금까지도 그 형체를 뚜렷하게 알아볼 수

---

30) 라마르크(원문 蘭麻克. 1744~1829) : 보통 '拉馬克'으로 음역한다. 프랑스의 생물학자이며 생물진화론의 선구자이다. 그는 최초로 생물진화의 학설(라마르크주의)을 제기하였다. 그는 1809년에 쓴 『동물학철학』이라는 책에서 '용불용설'(즉, '환경설')을 제시하였다. 생물이 진화하는 주요 원인은 환경의 직접적인 영향을 받기 때문인데, 기관은 사용하면 진화하고 사용하지 않으면 퇴화하며, 후천적으로 얻은 형질도 유전될 수 있다는 것이다. 이것은 종교의 '창조설'과 '종의 불변설'을 반대하는 데 유력한 힘이 되었으며, 과학에서 다윈설이 창립되는 데 준비조건이 되었다. 주요 저서로는 『프랑스의 식물지』, 『생명을 가진 자연물체에 관한 관찰』[본문에서 말하는 『생체론(生體論)』이 그것이다] 등이 있다.

31) 퀴비에(원문 寇偉, 1769~1832) : 보통 '居維葉'으로 음역한다. 프랑스의 동물학자이며 고생물학자이다. 1812년에 『화석골격론』을 저술하여 고생물학을 창립하였다. 그러나 그는 캘빈파의 신도였기 때문에 진화론을 믿지 않았으며 종의 불변설을 확신하였다. 서로 다른 지층에 서로 다른 생물이 있다는 사실로부터 그는 형이상학적인 '지구혁명설'(즉, '격변론')을 억지로 만들어내어 화석상의 사실에 부합되게 했다. 엥겔스는 그를 비판하여 다음과 같이 말했다. "퀴비에는 지구가 여러 차례 혁명을 거쳤다는 이론에 관해 말로는 혁명이라고 했지만 실질적으로는 반동적이다"(『자연변증법』에 보인다). 주요 저서로는 『지구표면의 생물진화』, 『비교해부학강좌』 등이 있다. (按)그의 『화석골격론』은 라마르크의 『동물학철학』이 씌어진 지 3년 후에 씌어졌기 때문에 본문에 나오는 "실제로 퀴비에가 그보다 앞선다"는 말은 아마 잘못일 것이다.

있다. 이 때문에 이전 세계의 동식물 모양을 알 수 있고, 또 옛날과 오늘날의 생물이 다르다는 것을 알 수 있다. 이는 실로 조물주의 역사(歷史)로서 스스로 자신의 업적을 인간을 위해 기록해 놓은 것이다. 짐작건대 고대 그리스 철학자들도 이러한 것을 전혀 모르지는 않았을 것이다. 그러나 그 후 견강부회의 설이 크게 유행하여 어떤 사람은 화석이 만들어진 것은 조물주의 유희에 불과하다고 했고, 어떤 사람은 하늘과 땅의 정기가 사람에 스며들면 태아가 되고 돌 속으로 잘못 스며들면 돌조개, 돌소라와 같은 것이 된다고 했다. 그러나 라마르크가 패류의 화석을 조사하고 퀴비에가 어류와 짐승의 화석을 조사함으로써 비로소 화석이란 고대 생물의 유체이며 현재는 존재하지 않는 종임을 알게 되었다. 그리하여 린네의 창조설 이래로 종에는 증감의 변화가 없다는 주장은 마침내 타당성을 잃게 되었다. 그렇지만 퀴비에라는 인물은 생물의 종류는 영원히 변하지 않는다는 관념을 여전히 따르고 있었으므로 이전의 설이 곧 무너질 순간에 달리 '변동설'[32]을 확립하여 그것을 해석하였다. 그의 주장에 따르면, 오늘날 생존해 있는 동물의 종류는 모두 천지개벽 때 하느님의 손에 의해 만들어진 것일 뿐이다. 다만 동식물이 만난 개벽은 비단 한 번으로 그치지 않았고, 매번 개벽이 이루어질 때마다 반드시 대 변화가 일어나 물이 땅으로 변하고 바다가 메꾸어져 산이 되었는데, 그리하여 이전의 종은 죽고 새로운 종이 태어나게 되었다. 그러므로 오늘날 화석은 전부 신이 만든 것이며, 다만 만들어진 시기가 다르므로 그 모양도 다르고 그 사이에 연속성이 없는 것이다. 높은 산꼭대기에 실제로 어패류의 화석이 나타나는 것은 그것이 옛날에는 바다였다는 증거로 충분하고, 화석의 생김새가 대부분 고통에 완강히 버티고 있으므로 우리는 그 변동이 극렬했음을 알 수 있다. 개

---

32) '변동설'(원문 變動說) : 지금은 '격변론(激變論)' 또는 '재변론(災變論)'이라고 한다.

벽으로부터 지금까지 지구표면의 변동은 적어도 열다섯 내지 열여섯 차례 이루어졌는데, 매번 변동이 일어날 때마다 이전의 종은 모두 죽어서 대부분 화석이 되어 후세에 전해지게 되었다는 것이다. 이런 주장은 억측으로서 실제로 증명할 수 없는 것이지만, 당시에는 그 위력이 대단하여 종교를 믿는 사람들이 학계에 가득한 가운데 오직 성 힐레르(E. Geoffroy St. Hilaire)33)만이 파리 학사회원(學士會院)에 항의하였을 뿐이었다. 그러나 퀴비에는 박식하고 차지하고 있는 진지 또한 견고하였기 때문에 성 힐레르의 동물진화설은 만족스럽지 못하였다. 그리하여 1830년 7월 30일의 토론에서 성 힐레르는 결국 패하였고, 퀴비에의 변동설은 당시에 크게 유행하게 되었다.

그렇지만 불변설은 마침내 학자들의 마음을 오래 만족시켜 줄 수 없었다. 18세기 후엽에 이미 자연을 가지고 그 의문을 풀어 보고자 하는 사람들이 많아졌는데, 그리하여 괴테(W. von Goethe)34)라는 사람이 나타나 '형태론(形蛻論)'을 확립했다. 괴테는 독일의 대 시인이었지만 철리(哲理)에도 조예가 깊었으므로, 그의 이론은 비록 이상(理想 : 관념론의 뜻에 가깝다—역자)에 의지하여 세워진 것이지만, 사실에 뿌리를 두고 있을 뿐 아니라 식견이 해박하고 사고력도 풍부하였다. 그래서 모든 생물은 상호관계를 가지고 있으며, 그 유래는 하나의 근원에 뿌리를 두고 있다는 점을 분명히 알게 되었다. 1790년에 『식물형태론(植物

---

33) 성 힐레르(원문 聖契黎, 1772~1844) : 보통 '聖希雷爾'로 음역한다. 프랑스의 동물학자이다. 그는 생물은 이전에 많지 않던 종에서 변화를 거쳐 번성하였으며, 변화의 원인은 환경의 영향이라고 여겼다. 저서로는 『포유동물의 자연사』, 『대형 짐승의 분류론』 등이 있다. 1830년에 그가 퀴비에와 함께 파리 프랑스과학원(본문에서 말하고 있는 '파리 학사회원(巴黎學士會院)'이 그것이다)에서 한 변론은 과학사에 있어 유명한 사건이다.
34) 괴테(원문 瞿提, 1749~1832) : 보통 '歌德'으로 음역한다. 독일의 시인이며 학자이다. 그는 동식물학, 해부학 면에서 공헌을 하였고 동시에 진화론사에서 선구자 중의 한 사람이다. 이 방면의 주요 저서로는 『식물형태학』[본문에서 말하는 『식물형태론(植物形態論)』이 그것이다] 등이 있다.

形態論)』을 저술하여 모든 식물은 원형(原型)에서 나온다고 하였다. 즉, 그 기관은 모두 원관(原官)에서 나오는데, 원관이란 바로 잎이라고 하였다. 다음으로 골격의 비교에서도 조예가 대단히 깊어, 동물의 골격도 당연히 하나로 귀결된다는 것을 알았다. 즉, 인류도 다른 동물의 형태와 차이가 없고, 겉모습이 다른 것은 단지 특별한 계기로 형태가 변한 것일 뿐임을 알았다. 형태가 변하는 원인으로는 큰 힘을 가진 두 가지 구성작용이 있다. 내부에 있는 것을 구심력(求心力)이라 하고 외부에 있는 것을 이심력(離心力)이라 한다. 구심력은 동일성으로 모이는 것(歸同)이고, 이심력은 이질성으로 내달리는 것(趣異)이다. 동일성으로 모이는 것은 지금의 유전과 같고, 이질성으로 내달리는 것은 지금의 적응(適應)과 같다. 괴테의 연구는 자연철학으로부터 생물의 구조 및 변성(變成)의 원인으로까지 깊이 들어간 것으로서, 비록 라마르크나 다윈의 선구에 불과하지만 결코 무시할 수 없는 것이었다. 다만 유감스러운 것은 진화의 관념이 칸트(I. Kant)[35]와 오켄(L. Oken)[36] 같은 여러 철학자들의 입론과 대략 비슷하여 종족불변설의 기초를 뒤흔들 만큼 그 위력이 대단하지는 못하였다는 점이다. 그러한 위력은 라마르크로부터 시작되었다.

라마르크(Jean de Lamarck)는 프랑스의 대 과학자이며, 1802년에 저술한『생체론(生體論)』에서 이미 종족이란 항구적인 것이 아니며 형태도 변화한다는 점을 언급하였다. 그러나 정력을 바치고 있는 것은 특히

---

35) 칸트(원문 康德, 1724~1804) : 독일의 철학자이며 유심주의자이다. 그는 초기에 주로 자연철학을 연구하였는데, 1755년에 『자연통사와 천체론』을 출판하여 태양계 기원에 관한 성운설을 제기하였고 진화론 사상체계의 성립에 많은 시사점을 주었다. 후기에는 이른바 '비판철학'의 연구에 치중하여 유물론과 유심론, 과학과 종교의 충돌을 조화시키는 데 힘썼다. 그의 주요 철학저서로는 『순수이성비판』, 『실천이성비판』 등이 있다.

36) 오켄(원문 偉壁, 1779~1851) : 보통 '奧鏗'으로 음역한다. 독일의 자연과학자이며 자연철학자이다. 그는 철학상 범신론에 기울어 있었다. 저서로는 『자연철학교과서』 등이 있다.

『동물철학』이라는 책이다. 이 책에서 그는 먼저 생물에서 종이 다른 것은 인위적인 구분에 따른 것이라고 자세하게 설명하고 있다. 그의 주장에 따르면, 지구상에서 생물과 무생물은 분리하지 못하며 결코 차별이 없고 공간을 공유하고 있어 모두 하나로 귀결된다. 그러므로 무생물을 지배하고 있는 법칙 역시 생물을 지배하고 있는 법칙이 되며, 우리가 무생물을 연구하는 방법 역시 생물을 연구하는 수단이 된다. 세상에서 이른바 생명이란 역학(力學)의 현상일 따름이다. 모든 동식물과 인류는 동일하게 자연의 법칙으로 해석할 수 없는 것이 없다. 종 역시 마찬가지여서 『성서』에서 말하듯 하느님이 창조한 것은 결코 아니다. 하물며 십여 차례에 걸쳐 개작했다는 퀴비에의 학설이야 더 말할 필요가 있겠는가? 무릇 생명이란 고대로부터 면면히 이어져 내려온 것으로서, 무기물의 지극히 간단한 구조에서 시작하여 지구의 변화에 따라 점차로 고등생물로 바뀌어 오늘날과 같이 되었다는 것이다. 라마르크는 최하등생물이 점차 고등생물로 변해 가는 원인에는 두 가지가 있다고 했다. 첫째, 가령 동물의 경우에 어려서 아직 성장하지 않았을 때부터 어느 한 기관만을 많이 사용하면 그 기관은 반드시 날이 갈수록 강해지고 그 작용도 날이 갈수록 왕성해진다. 새로운 능력의 대소와 강약은 오래 사용했느냐 그렇지 않느냐에 따라 차이가 난다. 쉬운 예를 들어 보자. 쇠를 단련하는 사람의 팔이나 짐꾼의 정강이는 처음부터 보통 사람과 달랐던 것이 아니며, 그 일을 하는 날이 많아지면 힘도 더욱 세어진다. 반대로 버려두고 쓰지 않으면 그 기관은 점점 약해지고 능력도 없어진다. 맹장의 경우 조류에게는 음식물을 소화시키는 역할을 하지만 사람에게는 쓸모가 없으므로 날이 갈수록 쇠약해졌다. 귀 근육의 경우 짐승은 그것으로 귀를 움직이지만 사람에게는 그 쓰임이 없어졌으므로 미미한 흔적만이 남아 있을 뿐이다. 이것이 적응이다. 둘째, 모든 동물은 일생 동안에 외부의 원인으로 인해 새로 얻거나 잃어버리는 성

질을 가지게 되는데, 이것은 반드시 생식작용을 통해 자손에게 전수된
다. 기관의 대소와 강약도 역시 그러하여 이 경우에는 반드시 그 부모
의 성질과 서로 같아진다. 이것이 유전이다. 적응설은 오늘날에 이르러
학자들이 규범으로 받들고 있지만 유전설은 아직도 논쟁이 격렬하여
합의를 내지 못하고 있다. 다만 언급되고 있는 것은 물론 진화법칙에
관한 것인데, 바로 기계적인 작용이 동물을 좀더 고등한 상태로 나아가
게 한다는 것이다. 『동물철학』이라는 책을 펼쳐 보면, 순전히 일원론의
시각으로 생물의 계통을 밝히고 있는데, 그것이 의지하고 있는 바는 바
로 진화론이다. 따라서 진화론의 성립은 신의 창조설을 무너뜨리는 것
으로부터 비롯되었다. 라마르크도 역시 성 힐레르처럼 퀴비에에게 힘
껏 맞섰지만 세상은 여전히 알아주지 않았다. 그 당시에는 생물학의 연
구가 이제막 일어나고 있었고 비교해부와 생리학도 왕성해졌으며, 게
다가 세포설[37]이 처음으로 성립되어 개체발생학에 한 걸음 더 접근하
게 되었다. 그리하여 사람들의 관심이 이 곳으로 집중되어 마침내 생물
의 유래에 대해 흥미를 가지는 사람들이 없어졌다. 그리고 일반 사람들
도 구설(舊說)을 고수하고 있어 새로운 견해를 들어도 전혀 마음을 움
직이지 않았으므로 라마르크의 이론이 나왔지만 호응하는 사람이 없어
적막하였다. 퀴비에의 『동물학연보』에서도 전혀 기록하고 있지 않으니
그의 주장이 고립무원의 상태에 놓여 있었음을 알 수 있다. 1858년에
이르러 다윈과 월리스(A. R. Wallace)[38]의 '천택론'(天擇論)[39]이 등장

---

37) 세포설(원문 細胞說) : 독일의 식물학자인 슐라이덴(M. J. Schleiden)과 독일의 동
물학자인 슈반(T. Schwann)이 1839년에 세운 학설이다. 일체의 동식물은 모두
세포의 발육에 의해 자라나며, 또한 세포와 세포의 생산물에 의해 구성된다는
것이다. 엥겔스는 세포학설은 19세기 자연과학의 3대 발견 중의 하나라고 여겼
다.

38) 월리스(원문 華累斯, 1823~1913) : 보통 '華萊士'로 음역한다. 영국의 동물학자
이며, 자연선택설을 확립한 사람 중 하나이다. 자연선택 이론에 관한 월리스의
논문과 다윈의 논문이 함께 린네학회에 발표되었다. 그러나 그는 철학상 유심
주의 심령론자였다. 저서로는 『동물의 지리분포』, 『바다섬의 생명』 등이 있다.

하고 다시 일년이 지나 다윈의 『종의 기원(物種由來)』이 출판되어 온 세상을 진동시켰다. 이는 생물학계의 서광으로서 모든 의심을 단번에 쓸어 버렸던 것이다.

다윈의 생물학40) 방법은 라마르크의 그것과는 달리 주로 귀납법41)을 사용하여 지식을 집대성한 것이다. 그는 22세에 해군 탐사선 비글42)호를 타고 세계를 일주하면서 생물들을 조사하는 과정 중에 생물의 종에는 그 기원이 있음을 깨닫게 되었다. 점차 사실을 수집하고 그것을 하나로 통일되게 융합하여 생물진화의 대 원칙을 확립하였다. 또 형태 변화의 원인은 '도태(淘汰)'에 뿌리를 두고 있고 도태의 원리는 바로 생존경쟁에 놓여 있다는 점을 밝히고 '도태론(淘汰論)', 즉 '다윈설 (Selektionstheorie od. Darwinismus)'을 수립하였다. 이는 이전에 전혀 없던 것이었다. 그 요지를 보면, 먼저 인위적인 선택으로서 가령 누군가가 일정한 목적43)을 세우고 동물 중에서 자기의 목적과 비슷한 것을 골라 기른다. 그것이 자손을 낳으면 다시 그 새끼 중에서도 유사한 것을 골라 기른다. 이렇게 여러 해 동안 계속해 나가면 처음의 목적에 알맞은 것만이 결국 전해지는 것이다. 옛날의 목자(牧者)나 원예가들도 이러한 방법을 이미 알고 있었다. 헉슬리의 말에 따르면, 미국의 어느 양치기44)가 양들이 울타리를 뛰어넘어 도망가 버리는 것을 염려하여 다리가 짧은 것들만 남기고 나머지는 점차 도태시켜 버렸는데, 그것이 번갈아 새끼를 낳고 보니 그 새끼도 역시 다리가 짧았다는 것이다. 오랫동

천택론(원문 天擇論)은 자연선택론을 가리킨다.
39) (역주) 자연선택설을 가리킨다. 엄복(嚴復)은 『천연론(天演論)』에서 자연선택을 '천택(天擇)'이라 하였고, 생존경쟁을 '물경(物競)'이라 하였다.
40) 생물학(원문 生學) : 생물학을 가리킨다.
41) 귀납법(원문 內籀) : 귀납법을 가리킨다.
42) 비글(원문 壁克耳) : 보통 '貝格爾'로 음역한다. 영국 해군의 탐사선이다.
43) 목적(원문 儀的) : 목적을 가리킨다.
44) 양치기(원문 豰羊者) : 격(豰)은 '계(繫)'와 같으며, 기르다는 뜻이다.

안 다리가 짧은 것들만이 전해지다 보니 다리가 긴 것들은 마침내 없어
지고 말았는데, 이것이 바로 인력으로 알맞은 종을 퍼뜨리는 경우라는
것이다. 그런데 이것은 특별히 사람이 의도적으로 동식물을 선택한 것
일 뿐이다. 자연의 힘 역시 이와 같이 생물을 선택하므로 사람이 동식
물을 선택하는 것과 크게 다르지 않다. 다른 점이 있다면, 사람의 인위
적인 선택은 사람의 의지에서 나온 것이지만 천택(天擇)은 생물의 생
존경쟁 때문에 생기는 것으로 부지불식간에 이루어진다는 점이다. 대
개 생물의 증가는 기하급수적으로 이루어지는데, 가령 동물 한 쌍이 여
기 있다고 하자. 이 동물은 평생 동안 네 마리의 새끼를 낳을 수 있다
면, 네 마리가 자라 여덟 마리가 생기고, 그것이 다섯 번 반복되면 예순
네 마리가 되고 열번 반복되면 1,028마리[45]가 생긴다. 이렇게 계속 늘
어나면서 번식은 급속도로 이루어지는 것이다. 그러나 때때로 그 중에
서 힘이 센 것이 나와 연약한 것들을 죽이고 성장을 방해하므로 강한
종은 날로 번창하고 약한 것은 날로 쇠퇴한다. 세월이 오래 지나면 마
침내 알맞은 것만이 남게 되는데, 천택은 바로 그 사이에 진행되는 것
으로서 생물에게 최고의 상태에 이르게 하는 것이다. 다윈의 이 같은
주장은 믿을 만한 증거를 끌어대어 증명하고 있기 때문에 방증이 풍부
하면서도 견실하였다. 따라서 진화론의 역사를 따져 보면, 당연히 탈레
스가 먼저이고 이어서 신의 창조론에 구속되었으며,[46] 라마르크에 이
르러 한 걸음 나아갔고 다윈에 이르러 집대성되었다. 헤켈이 등장함으
로써 다시 이전의 성과들이 모두 종합되어 생물의 종족발생학이 성립
되었으며, 그리하여 인류의 변화발전에 관한 문제가 아무런 의문 없이
밝게 드러나게 되었다.

  헤켈 이전에는 발생이라고 하면 모두 개체를 가리키는 것이었지만,

---

45) (按)열 번 반복되면 2,048마리가 되어야 한다.
46) 구속되었으며(원문 局脊) : 보통 '跼蹐'이라고 하며, 구속하다는 뜻이다.

헤켈에 이르러 종족발생학이 성립되면서 개체발생학과 대립되었다. 그러나 그는『생물발생학상의 근본법칙』이라는 책을 저술하여 그 두 학문은 대단히 밀접한 관계를 가지고 있으며, 종족의 진화 역시 유전과 적응이라는 두 가지 법칙 때문에 생기는 것이라고 밝혔다. 특히 그가 중점을 둔 것은 형태론(形蛻論)이었다. 그의 법칙에 따르면, 개체발생이란 실제로 종족발생의 반복이며, 단지 그 기간이 짧고 상황이 빨리 진행될 뿐이다. 그것을 결정짓는 것은 유전과 적응이라고 하는 생리작용이다. 헤켈은 이러한 법칙으로 개체발생을 다룸으로써 조류, 짐승, 어류, 곤충은 그 종류가 헤아릴 수 없이 많지만 본질까지 깊이 파고 들면 모두 하나로 귀결된다는 것을 알게 되었다. 또 종족발생을 다룸으로써 모든 생물은 실제로 가장 간단한 원관(原官)으로부터 시작하여 진화를 거치면서 복잡하게 되어 인간에 이르게 되었다는 것을 알게 되었다. 대개 인류 여성의 배란도 다른 척추동물의 배란과 마찬가지로 가장 간단한 세포로 이루어져 있으며, 남성의 정자 역시 다르지 않다. 이 두 가지 성이 결합하여 수정란[47]이 만들어지고, 이 수정란이 성립되면서 개인의 존재가 드디어 시작되는 것이다. 만일 동물계에서 그러한 것을 구해 보면 아메바[48]와 같은 것들이 이에 해당한다. 그 구조는 지극히 간단하여 단지 스스로 움직이고 먹을 것을 구하는 힘밖에 없다. 기하급수적으로 분열을 거듭하여 세포군을 이루게 되면 판도리나(Pandorina)[49]처럼 뽕나무 열매 모양으로 되고 가운데가 비게 되며, 점차 안으로 함몰해 들어가면 이것이 소화강[50]이 된다.

---

47) 수정란(원문 根幹細胞) : 수정란을 가리킨다.

48) 아메바(원문 阿彌巴) : 보통 '阿米巴'로 음역한다. 라틴어의 Amoeba를 음역한 것이다. 변형충(變形蟲)을 가리킨다.

49) 판도리나(원문 班陀黎那) : 단세포생물에서 다세포생물로 진화하는 중간단계의 생물이다. 몸체는 8개, 16개 또는 32개의 세포로 구성되어 속이 꽉 차 있는 구형을 이루고 있다.

50) 소화강(원문 原腸) : 소화강을 가리킨다. 판도리나에는 이러한 기관이 없고, 강

오늘날 민물 도랑에 사는 히드라(Hydra)[51]라는 동물 역시 이와 같은 것이다. 더 진행되면 심방으로부터 네 곳에서 혈관이 나와 좌우로 구불어지고, 그 모양은 물고기의 아가미와 같아진다. 태아가 이 시기에 이르면 동물계의 어류에 해당하고, 다시 다음 단계로 발달하면 인류 이외의 고등동물과 조금의 차이도 없게 된다. 말하자면 뇌, 귀, 눈 및 발이 이미 생겨 다른 척추동물의 태아와 비교해서 거의 구분할 수 없게 된다. 이러한 연구는 눈으로 목격할 수 있어 날마다 태아의 발육을 살피면서 그 변화를 관찰할 수 있다. 그러나 종족발생학은 그렇지 않다. 과정을 추적할 경우, 상황이 지금으로부터 수천만 년이나 떨어져 있고, 또 그것은 조금씩 발전해 온 것이기 때문에 눈으로 볼 수 없다. 즉, 직접 관찰할 수 있는 경우는 지극히 협소한 영역에만 국한되어 있고, 의지할 수 있는 것이라고 해야 간접적인 추리와 비판반성이라는 두 가지 방법 밖에 없으며, 또 여러 과학분야에서 축적해 놓은 경험적인 자료를 가져다 비교하고 연구하는 것뿐이다. 그래서 헤켈은 이 분야의 학문은 다루기가 대단히 어려워 개체발생학과는 결코 비교할 수 없다고 했다.

이전에 이에 대해 언급한 것으로는 다윈의『원인론(原人論)』과 헉슬리의『자연계에서 인류의 위치(化中人位論)』가 있다. 헤켈의 저서『인류발생학』은 고생물학, 개체발생학 및 형태학(形態學)을 가지고 인류의 계통을 증명하였는데, 동물의 진화와 인류의 태아발달은 같은 과정이라는 것을 알게 되었다. 모든 척추동물의 시조는 어류이며 지질학상 태고대(太古代, 고생대)의 추라기(僦羅紀, 쥐라기)[52]에서 볼 수 있고,

---

장동물에 와서야 이것이 있다.
51) 히드라(원문 希特拉) : 강장동물의 일종이다.
52) (按)여기서 말하는 태고대(太古代) 및 아래에 나오는 중고대(中古代), 근고대(近古代) 이 세 지질역사 연대는 지금은 보통 고생대, 중생대, 신생대라고 한다. 또 여기서 말하는 추라기(僦羅紀) 및 아래에 나오는 질봉기(迭逢紀), 석묵기(石墨紀)는 지금은 보통 쥐라기, 니분기, 석탄기라고 하는데, 각각 고생대 중의 기

계속해서 질봉기(迭逢紀, 니분기)의 와어류, 석묵기(石墨紀, 석탄기)의
양서류, 이질기(二迭紀)의 파충류를 거쳐 중고대(中古代, 중생대)에는
포유류가 나타났다. 다시 근고대(近古代, 신생대) 제3기로 넘어오면 반
원(半猿)이 보이고, 그 다음 진원(眞猿)이 나타나고, 원숭이(猿) 중에서
협비족(狹鼻族)이 생기고, 이로부터 태원(太猿)이 태어나고, 다시 인원
(人猿)이 태어나고, 인원이 원인(猿人)을 낳았다. 말을 할 수 없던 것이
내려오면서 말을 할 수 있게 되었으니 이것이 인간이다. 이는 모두 비
교해부와 개체발생 및 척추동물이 증명해 주고 있다. 개체발달의 순서
도 역시 이와 같으므로 종족발생은 개체발생의 반복이라고 말하는 것
이다. 그렇지만 이것은 다만 척추동물일 경우에만 그렇고 더 위로 무척
추동물까지 거슬러 올라가 그 계통을 탐구하는 일은 이보다도 훨씬 어
려운 작업이다. 이런 동물은 골격이 없는 존재이므로 화석에도 보이
지 않는다.[53] 다만 생물학의 원칙에 의거할 때, 인류의 시초는 원생
동물이며, 이는 잉태했을 때의 수정란에 상당하고, 그 밑으로도 각
각 상당하는 동물이 있다는 것을 알 수 있다. 그리하여 헤켈은 진화
의 흔적을 추적하여 그것을 식별해 내고 간혹 부족한 것이 있으면
화석과 가상적인 동물로 보충하여 단세포로부터 인류에 이르는 도
표를 마침내 완성하였다. 도표에는 모네라(Monera)[54]에서 점차 진화
하여 인류에 이르는 역사가 기록되어 있는데, 생물학의 이른바 종족발
생이란 바로 이것이다. 그 도표는 별첨과 같다.

　　최근 30년 동안 이루어진 고생물학의 발견도 많은 유력한 증거가 되
고 있는데, 그 중에서 가장 두드러진 것이 자바의 원인(猿人) 화석[55]

　　(紀)에 해당한다.
53) 무척추동물의 화석은 당시 작자는 보지 못했지만 지금은 이미 많이 발견되었다.
54) 모네라(원문 穆那羅) : 원생동물의 일종이다.
55) 자바의 원인화석(원문 爪哇之猿人化石) : 세계에서 가장 일찍 발견된 원인(猿人)
　　화석이다. 1891년 네덜란드의 인류학자 뒤부아(E. Dubois)가 인도네시아 자바지
　　방의 토리니르에서 발견하였다. 모두 두개골 하나, 어금니 두 개, 왼쪽 팔뼈 하

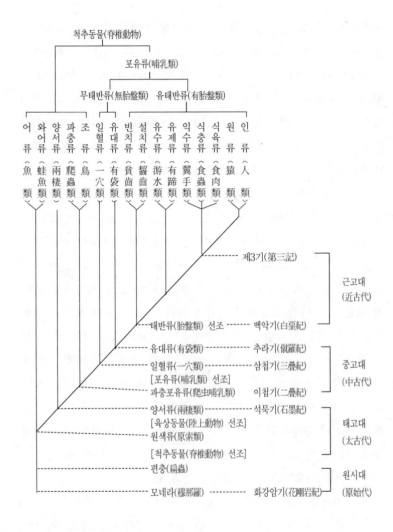

이다. 이 화석이 발견됨으로써 인류의 계통은 마침내 완성되었다. 이전에
는 협비원류(狹鼻猿類)와 인간을 연결하는 부분이 빠져 알 수 없었지

나였다. 형태적인 특징은 원숭이와 사람의 중간에 속한다. 추정컨대 이 곳의 지
질연대는 홍적세(洪積世) 중기에 속하며 지금으로부터 약 50만 년 전이다.

만, 이 화석이 발견됨으로써 그 증거가 확실해졌으며, 비교해부나 개체
발생학에 뒤지지 않게 되었다. 따라서 인류의 기원은 생물의 가장 낮은
단계인 원생동물이다. 원생동물은 모네라에서 나왔고, 모네라는 프로
비온(Probion)에서 나왔고, 프로비온은 원생물(原生物)이다. 만일 원생
물(原生物)의 유래까지 더 추적해 본다면, 네글리(Naegeli)56)의 설명이
가장 그럴 듯하다. 그의 설명에 따르면, 생물은 무생물에서 시작되었
고, 이는 물질불멸의 법칙과 에너지보존의 법칙57)에 의해 생긴 결과이
다. 만일 물질세계 전체가 인과에 의해 이루어지지 않는 것이 없고 우
주에서의 모든 현상도 이 법칙을 따른다면, 무생물의 물질(質)에서도
그것이 성립되어 마침내 전화하여 무생물이 생물로 되는 것이니, 생물
의 궁극적인 시원을 따지면 필연적으로 무생물에 이를 수밖에 없다는
것이다. 최근에 프랑스의 어느 학자는 물질과 에너지의 변화로써 무생
물을 식물로 바꿀 수 있고, 다시 그것을 독이 있는 금속으로 죽여서 전
기가 통하고 열이 전달되는 성질의 물질로 바꿀 수 있다고 하였다. 따
라서 생물과 무생물의 두 세계는 날이 갈수록 근접해 가고 있으며, 마
침내 분리할 수 없게 되었다. 무생물이 전화되어 생물이 되었다는 것은
이제 바꿀 수 없는 진리가 되었으니, 19세기 말 학술의 놀라움이 이 정
도이다. 무생물의 시작에 대해서라면 이제 우주발생학(Kosmogenie)이
말해 줄 것이다.

1907.

---

56) 네글리(원문 那格黎, 1817~1891) : 보통 '耐格里'로 음역한다. 스위스의 식물학
　　자이다. 그는 종자의 기원을 연구하여 수조신분류법(水藻新分類法)을 만들었다.
　　저서로는 『자연과학적 종의 개념과 발생』 등이 있다.
57) 물질불멸의 법칙과 에너지보존의 법칙(원문 質力不滅律) : 물질불멸의 법칙과
　　에너지보존의 법칙을 가리킨다.

과학사교편(科學史教篇)[1]

오늘날의 세계를 보고 놀라지 않은 사람은 몇이나 될 것인가? 자연의 힘은 이미 인간의 명령을 따르며 지휘당하고 조종당하고 있다. 마치 말을 부리듯 기계로 제어하여 그것을 사용하고 있다. 교통수단은 바뀌어 이전 시대보다 편리하게 되었으며, 설령 고산대천(高山大川)이라 하더라도 장애[2]가 되지 않는다. 기아와 질병의 폐해는 감소하고 교육의 효과는 완전해지고 있으니, 100년[3] 전의 사회와 비교하건대 개혁이 지금보다 더 맹렬한 적은 없었다. 누가 이의 선구가 될 것이며, 누가 이와 더불어 나아갈 것인가? 그 겉모습을 살펴보아서는 분명하게 알기 어렵지만 그 실질은 대부분 과학의 진보에서 비롯되었다. 대개 과학이란 지식을 가지고 자연현상의 심오하고 미세한 것을 두루 탐구하는 것이다. 오랜 시간이 지나면서 효과를 얻게 되어 개혁이 마침내 사회에까지 미치고, 계속 되풀이되면서 그 흐름이 넓어져 극동에까지 이르고 진단(震旦)[4]에까지 파급되었다. 그 큰 흐름이 향하는 바는 예로부터 호호탕탕하여 그침이 없었다. 출발할 때의 강력함을 보니 토대의 두터움을 짐작할 수 있어 과학의 성대함은 결코 하루 아침에 이루어진 것이 아님을 알겠다. 참된 근원을 더듬어 보면, 그것은 대체로 멀리 그리스에 있었고, 그 뒤 중단되었으나 그로부터 거의 1,000여 년을 격하여 17

---

1) 원제목은 「科學史敎篇」이다. 이 글은 처음 1908년 6월 『하남(河南)』 월간 제5호에 발표되었고, 영비(令飛)로 서명되어 있다.
2) 장애(원문 沮核) : 가로막다는 뜻이다.
3) 100년(원문 百祀) : 백 년의 뜻이다.
4) 진단(원문 震旦) : 고대 인도에서 중국을 이렇게 불렀다.

세기 중엽에 이르러 다시 커다란 흐름을 형성하였다. 그 모습은 더욱 왕성해지고 흐름은 더욱 널리 퍼지면서 단절 없이 오늘에 이르게 되었다. 실익(實益)이 나란히 생겨나 인간생활의 행복이 참으로 증진되었다. 하지만 과학의 역사적인 발달과정을 살펴보면 노력과 고통의 그림자가 아로새겨져 있어 그 자체로서 교훈이라 하겠다.

그리스와 로마의 과학의 융성은 예문(藝文)에 비해 전혀 손색이 없었다. 당시의 위대한 업적을 보면, 피타고라스(Pythagors)[5]의 생리음계(生理音階), 아리스토텔레스(Aristoteles)[6]의 해부학과 기상학, 플라톤(Platon)[7]의 『티마이오스편(Timaeus)』 및 『국가편』, 데모크리토스(Demokritos)[8]의 '원자론(質點論)'이 있고, 유체역학(流質力學)은 아르키메데스(Archimedes)[9]에서 시작되었고, 기하학은 유클리데스(Eukliedes)[10]에

---

5) 피타고라스(원문 畢撒哥拉, 약 B.C. 580~B.C. 500) : 보통 '畢達哥拉斯'로 음역한다. 고대 그리스의 수학자, 철학자이다. 그는 숫자가 만물의 본질이라고 생각하였고, 또 음악의 조화를 수학과 관계 있는 것으로 결론짓고 이러한 이론으로부터 출발하여 음율을 실험하여 음의 고저는 음파의 장단에 의해 결정된다는 것을 알았으며, 이로써 음계를 발견했다. 그는 또 수학상의 '피타고라스정리'를 발견했다. 여기서 말하고 있는 '생리(生理)'라는 것은 마땅히 '수리(數理)'라고 해야 할 것이다.

6) 아리스토텔레스(원문 亞里士多德, B.C. 384~B.C. 322) : 고대 그리스의 철학자이다. 그는 변증법적 사상을 가지고 있었기 때문에 엥겔스는 그를 고대 세계의 헤겔이라고 불렀다. 그는 해부학, 기상학, 논리학, 미학 등에 관하여 연구하였다. 주요 저작으로는 『오르가논』, 『형이상학』, 『물리학』, 『시학』 등이 있다.

7) 플라톤(원문 柏拉圖, B.C. 427~B.C. 347) : 고대 그리스의 철학자이며, 객관유심주의자이다. 『티마이오스편(Timaeus)』 및 『국가편』은 그의 저서인 『대화집』에 있는 두 편목이다. 『티마이오스편』은 오늘날 『蒂邁歐篇』이라고 번역하는데, 우주의 생성이론에 관한 것이다. 『국가편』은 오늘날 『理想國』으로 번역하는데, 정치사회적인 관점에 관해 논술하고 있다.

8) 데모크리토스(원문 迪穆克黎多, 약 B.C. 460~B.C. 370) : 보통 '德謨克利特'으로 음역한다. 고대 그리스의 유물주의 철학자이며, 원자론 창시자의 한 사람이다. '質點論'은 원자론이다. 즉, 세계는 원자와 허공(虛空)으로 구성되어 있고, 원자는 허공 중에서 영원히 운동하고 있다. 원자는 서로 침투할 수 없으며 나뉠 수 없고 영원히 변하지 않는 것이고 그 숫자는 무한하다. 자연계의 모든 만물은 이러한 원자의 상호결합으로 만들어진다.

의해 확립되었고, 기계학(械具學)은 헤론(Heron)[11]에 의해 성립되었다. 그 밖의 다른 학자들은 열거하기도 어려울 정도이다. 저 알렉산드리아 대학[12]은 특히 학자로 알려진 사람들이 운집하였고, 장서가 10만여 권에 이르는 등 근자와 비교해도 손색이 없었다. 게다가 사상의 위대함은 오늘날에도 빛을 던져 주기에 충분하였다. 당시의 지자(智者)들은 실로 모든 제 학문의 기초를 열어놓았을 뿐 아니라, 사변(思理)을 통해 정미(精微)함에 이르는 가운데 우주의 원소[13]를 곧바로 해명하고자 하였다. 탈레스(Thales)는 물이라 하였고, 아낙시메네스(Anaximenes)[14]는 공기라 하였고, 헤라클레이토스(Herakleitos)는[15] 불이라 하였다. 이러

---

9) 아르키메데스(원문 亞勒密提士, 약 B.C. 287~B.C. 212) : 보통 '阿基米德'로 음역한다. 고대 그리스의 수학자이며 역학자(力學者)이다. 그는 지렛대와 부력의 원리를 발견하였다. 저서로는 『구의 표면과 원기둥의 표면에 관하여』, 『부체론』, 『역학논리의 방법론』 등이 있다. '流質力學'은 바로 유체역학을 가리킨다.

10) 유클리데스(원문 有克立, 약 B.C. 330~B.C. 275) : 보통 '歐幾里德'으로 음역한다. 고대 그리스의 수학자이다. 그의 『기하학원본』은 세계에서 가장 일찍 나온 체계적인 수학저서이며 현대기하학의 기초가 되었다.

11) 헤론(원문 希倫, 1세기 전후) : 고대 그리스의 수학자, 물리학자이다. 기계학과 유체동력학에서 여러 가지 발견을 하였고, 삼각형 면적의 공식을 만들었다. 저서로는 『기하학』, 『공기역학』, 『도량(度量)』 등이 있다. '械具學'은 기계학의 뜻이다.

12) 알렉산드리아 대학(원문 亞利山德大學) : 알렉산드리아 대학의 도서관을 가리킨다. B.C. 3세기 초에 이집트의 알렉산드리아 성에 세워졌는데, 도서관에는 많은 자료가 소장되어 있었고 학자들이 운집하여 각종 과학을 연구하면서 당시 국제적인 학술연구의 중심이 되었다. B.C. 48년에 로마인들이 침입하였을 때 절반 이상이 불에 탔고, 남은 부분은 642년에 아랍인들이 이 성을 쳐들어 왔을 때 파괴되었다고 전한다.

13) 원소(원문 元質) : 원소의 뜻이다.

14) 아낙시메네스(원문 亞那克希美納, 약 B.C. 588~약 B.C. 525) : 보통 '阿那克西米尼'로 음역한다. 고대 그리스의 유물주의철학자이며 자연과학자이다. 그는 공기를 만물의 근원이라고 생각했다. 공기는 무한하며, 만물은 모두 공기에서 생겨나고 다시 공기로 돌아간다고 생각했다. 저서로는 『자연에 대하여』가 있지만 지금은 전해지지 않고 있다.

15) 헤라클레이토스(원문 希拉克黎多, 약 B.C. 540~약 B.C. 525) : 보통 '赫拉克利特'으로 음역한다. 고대 그리스의 유물주의철학자이다. 그는 자발적으로 풍부

한 주장이 근거가 없음은 새삼 말할 필요도 없을 것이다. 훼월16)은 일
찍이 그 원인에 대해서 이렇게 말했다. 자연을 탐구함에는 반드시 추상
적인 개념17)에 의존하여야 하는데, 그리스 학자들에게는 이것이 없었
거나 있었다고 하더라도 극히 보잘것없는 수준이었다. 대개 추상적인
개념의 뜻을 규정하는 데는 논리학18)의 도움을 받지 않으면 효과가 없
다. (중략) 그런데 당시의 여러 학자들은 오늘날 우리가 아무렇게나 쓰
는 글자를 가지고 우주의 오묘한 이치19)를 곧바로 풀려고 달려들었다.
그렇지만 그 정신만큼은 의연해서 옛사람들이 몰랐던 것에 대해 의문
을 제기하였고, 자연을 탐구함에 피상적인 데 머무르지 않으려고 했으
니, 근세와 비교하여 우열을 가리기 어렵다고 할 수 있다. 대개 한 시
대의 역사를 평가하는 사람들에게 잘잘못을 따지는 평가는 일치하지
않는 법인데, 그것은 당시의 인문(人文) 현상을 가까운 오늘날에 부합
시킴으로써 차이가 발견되고 그래서 불만이 생기기 때문이다. 만일 스
스로가 옛날의 한 사람으로 가정하여 옛 마음으로 되돌아 근세를 생
각하지 않으면서 공정한 마음으로 구색(求索)하는 가운데 그를 비평할
때 비로소 논의가 망령되지 않을 것이다. 약간이라도 생각(思理)이 있
는 사람이라면 다 그렇게 할 것이다라고 하였다. 만일 이러한 입론에
근거한다면, 그리스 학술의 융성은 대단히 칭찬할 만한 일일지언정 함
부로 배격할 일은 아니다. 다른 것들도 역시 마찬가지이다. 세상에는
신화를 미신이라 하여 비웃거나 옛 가르침을 천박하고 고루하다고 배

한 변증법사상을 가지고 있었기 때문에 레닌은 그를 변증법을 기초한 사람 중
　의 하나라고 칭찬하였다. 그는 우주만물은 모두 불에서 기원하며 불은 만물의
　근원이라고 생각하였다. 저서로는 『자연에 대하여』가 있다.
16) 훼월(원문 華惠爾, W. Whewell, 1794~1866) : 영국의 철학자, 과학사가이다. 저
　서로는 『귀납과학의 역사』 등이 있다.
17) 추상적인 개념(원문 玄念) : 추상적인 개념의 뜻이다.
18) 논리학(원문 名學) : 논리학의 뜻이다.
19) 오묘한 이치(원문 玄紐) : 오묘한 이치의 뜻이다.

척하는 사람들이 있으나 이들이야말로 미혹된 무리이니 족히 불쌍히 여겨 바로잡을 일이다. 대개 옛날의 인문(人文)을 논함에 우열을 따질 때에는 반드시 다른 민족의 그에 상당하는 시대를 취하여 그것이 도달할 수 있는 수준을 서로 헤아려가며 비교하여 결론을 도출해야 올바름에 가까울 것이다. 그저 근세의 학설은 옛사람에 뿌리를 두지 않은 것이 없고 일체의 새로운 주장은 전부 계승하여 발전시킨 것이라고 주장한다면, 그 속에 담긴 의미는 옛것을 멸시하는 것이나 다름 없을 것이다. 상상력20)이라는 측면에서 비록 옛날이 지금보다 뛰어났던 전례가 없는 것은 아니지만, 학문이란 사유하고 실험하는 것으로서 반드시 시대의 진보와 더불어 발전하는 것이므로 옛사람들이 미처 몰랐다고 하여 후인들이 부끄러워할 것이야 없고 게다가 숨길 필요도 없다. 예전에 영국 사람이 수도21)를 천축(天竺)22)에 건설하려고 하자 그 나라 사람들이 싫어하며 거절하였다. 어떤 사람이 수도는 본래 천축의 옛 성현이 창조한 것으로 오랫동안 그 기술이 전해지지 않았는데 백인들이 그것을 훔쳐다가 새롭게 고친 것에 불과하다고 했다. 그제서야 수도가 크게 유행하게 되었다. 오래 된 나라는 옛것을 지나치게 고수하려는 나머지 이렇듯 언제나 아무렇지도 않게 스스로를 속이는 것이다. 진단에서도 국수(國粹)를 필사적으로 껴안고 있는 사람들 중에 이런 주장을 펴는 사람이 가장 많은데, 오늘날의 학술과 예문(藝文)은 우리가 수천 년 전에 이미 다 갖추고 있었다고 말하는 것과 다름없다. 그 진의가, 날조하여 말하는 저 천축의 사람들처럼 술수를 부려서 신학문을 들여오고자 하는 데 있는지, 아니면 진실로 지난 시대를 숭배하여23) 그것은 전능

---

20) 상상력(원문 神思) : 이상 또는 상상을 가리킨다.
21) 수도(원문 水道) : 일본어로서 수도의 뜻이다.
22) 천축(원문 天竺) : 고대 중국에서는 인도를 이렇게 불렀다.
23) 숭배하여(원문 尸祝) : 고대에 제사를 지낼 때 시(尸)와 축(祝)을 맡은 사람을 가리킨다. '시(尸)'는 대표로 제사를 받는 사람이고 '축(祝)'은 시(尸)를 향해 기도를 올리는 사람이다. 시축(尸祝)은 숭배하다는 뜻으로 확장되었다. 『장자

하여 넘어설 수 없는 것이라고 여기는 데 있는지 모를 일이다. 그렇다
고 하더라도, 그렇게 하지 않으면 협조하지도 않고 듣지도 않는 사회
역시 죄가 있는 것이다.

그리스가 영락하고 로마 역시 쇠퇴하자 아라비아 사람들이 뒤이어
일어나서 네스토리우스파와 유대[24]인으로부터 학문을 전수받아 번역
과 주석 사업이 크게 성행했다. 그러나 그것의 신기함에만 눈이 어두워
망령된 믿음이 생겨났고, 그리하여 과학의 관념이 막연해졌으며 진보
역시 마침내 그치고 말았다. 대개 그리스와 로마의 과학은 미지를 탐구
하는 것이었으나, 아라비아의 과학은 예전에 있던 것을 모방하는 것이
었기 때문에 주석으로 증명과 실험을 대체하고 평정(評定)으로 통찰을
대체하여 박람(博覽)의 풍조가 일어나게 되었다. 그리하여 발견사업은
줄어들고 우주현상은 당시 또다시 신비스러워져 측정할 수도 없었다.
옛날을 그리워함이 이와 같았으니 학문은 마침내 망령되어 과학은 모
습을 감추고 마술이 흥하고, 천문학[25]은 흥성하지 않고 점성술[26]이 대
신하여 일어났다. 이른바 연금술과 심령학[27]은 모두 이 때부터 시작되
었다. 그래도 함부로 폄하할 수 없는 사실은, 당시의 학자들이 실은 게
을러 아무 일도 하지 않은 것이 아니라, 정신이 해이해졌기 때문에 후
퇴하고 말았다는 점이다. 다만 방법과 기술의 잘못으로 인해 그 결과가

경상초(莊子 庚桑楚)』에 "우리가 어찌 그 사람을 숭배하지 않겠는가(子胡不相
與尸而祝之)"라는 말이 있다.
24) 네스토리우스파(원문 那思得理亞, Nestorians) : 기독교 중의 네스토리우스파로서
중국에서는 예전에 경교(景敎)라고 불렀다. 유대(원문 儵思, Jews) : 지금은 '猶
太'라고 번역한다.
25) 천문학(원문 天學) : 천문학을 가리킨다.
26) 점성술(원문 占星) : '점성술'을 가리키며, 별들의 운행을 관찰하여 사람의 일에
대한 길흉을 예언하는 무술(巫術)의 일종이다.
27) 연금술(원문 点金) : '연금술'을 가리킨다. 중세기에 아랍에서 일어난 일종의 방
술(方術)이다. 심령학(원문 通幽) : '심령학'을 가리킨다. 직각이나 암시를 통해
귀신과 교통할 수 있다고 한다.

아무런 효과도 없는 것으로 그쳤지만 기울인 노력은 참으로 경탄할 만한 것이었다. 이를테면 당시 회교가 새로 성립되어 정사(政事)와 학술이 서로 도와 가며 비약적으로 발전하였는데, 코르도바[28]와 바그다드,[29] 두 제국은 동서로 대치하면서 경쟁적으로 그리스와 로마의 학문을 도입하여 자기 나라에 전하였고, 또 아리스토텔레스와 플라톤의 책을 즐겨 읽었다. 그리고 학교가 무수히 세워져 수사학, 수학, 철학, 화학[30] 및 의약 등의 사업을 취급하였다. 화학에서는 알코올[31], 아세트산, 황산의 발명이 있었고, 수학에서는 대수와 삼각함수의 진보가 있었다. 또 새롭게 도량을 만들어 땅을 측량하고 진자를 사용하여 시간을 계산하고 별자리표[32]를 만든 것 역시 이 무렵이었다. 그 학술의 융성은 거의 세계의 중추가 되었다. 아울러 기독교 교도들 중에서 에스파니아[33]의 학교에 출입하는 사람들이 많아 아라비아의 과학을 가져다 자기 나라에 전하였으며, 기독교 국가의 학술이 그로 인해 한 차례 진작되었다. 11세기에 이르러 점차 쇠퇴의 길로 접어들었다. 헉슬리는 『19세기 후엽의 과학진보』라는 책을 지어 거기서, 중세 학교는 모두 천문, 기하, 산술, 음악을 고등교육의 4개 분과로 삼았는데, 배우는 사람이

---

28) 코르도바(원문 可爾特跋, Corodoba) : 보통 '科爾多瓦'로 음역한다. 스페인의 지명이다. 8세기 무렵 아랍의 옴미아족이 스페인을 침공하여 건립한 '백의대식국(白衣大食國)', 즉 서사라센제국의 수도이다. 유럽 중세기에 과학과 예술의 중심지의 하나였다.

29) 바그다드(원문 巴格達德, Baghdad) : 보통 '巴格達'로 음역한다. 메소포타미아의 지명이다. 지금은 이라크의 수도이다. 7세기 말 아랍의 압바스족이 건립한 '흑의대식국(黑衣大食國)', 즉 동사라센제국의 수도이다. 그 곳에 도서관과 대학이 세워져 있었다.

30) 수사학, 수학, 철학, 화학(원문 文理數理愛智質學) : 수사학, 수학, 철학, 화학을 가리킨다.

31) 알코올(원문 醇酒) : 알코올을 가리키며, 보통 주정(酒精)이라 한다.

32) 별자리표(원문 星表) : 별자리의 운행표를 가리킨다. 유명한 것으로는 톨레톤(Toleton) 별자리표와 알폰소(Alphonso) 별자리표가 있다.

33) 에스파니아(원문 日斯巴尼亞) : 스페인을 가리킨다. 에스파니아의 학교는 코르도바에 세워진 대학을 가리킨다.

그 중에서 하나라도 모르면 적당한 교육을 받았다고 할 수 없었다고 하였으며, 오늘날 이렇지 못한 것에 대해 우리는 부끄러워해야 한다고 했다. 헉슬리의 이 말은 표면적으로는 진단에서 혁신을 도모하는 지식인이나 학문의 발홍을 크게 외치는 사람들과 동일한 것 같다. 하지만 그 속에 담긴 내용을 보면, 바로 이론과학이 4분의 3을 차지하고 있어, 중국에서 눈에 보이는 응용과학을 중시하고, 그 기술이라는 것도 가져다 자신의 주장을 미화하고 분식하는 수단으로 삼는 것과는 다르다.

당시에 아라비아는 이러하였지만 기독교 제국은 과학을 크게 발양하지 않았다. 발양하지 않았을 뿐 아니라 나아가 그것을 배척하고 저지하면서,[34] 인간에게 가장 귀한 것은 도덕상의 의무와 종교상의 희망을 넘어서는 것이 없으며, 만일 과학에 힘을 쏟는다면 그것은 자기 능력을 잘못 사용하는 것이라 하였다. 락탄티우스(Lactantius)[35]라는 사람은 기독교의 유능한 사제였는데, 일찍이 이렇게 말한 적이 있다. 만물의 원인을 탐구하고, 대지가 움직이느냐 정지하여 있느냐에 대해 의문을 품고, 달 표면의 융기와 함몰을 언급하고, 별들이 속한 별자리를 연구하고, 하늘을 구성하는 물질의 성분을 고찰하면서, 이러한 제 문제에 대해 초초해하며 고심하는 사람은 아직 가 보지 못한 나라의 수도에 대해 이러쿵저러쿵 늘어놓는 것과 같아 그 어리석음은 이루 말할 수 없다고 하였다. 현자가 이럴진대 속인에 대해서는 충분히 알 수 있으니 과학의 빛은 마침내 암담해지고 말았다. 틴들(J. Tyndall)[36]의 말에 따르면, 그 당시 로마 및 기타 나라의 수도에서는 도덕이 피폐하고 기독교가 때마침 일어나 평민에게 복음을 선전하고 있던 차라 금제(禁制)

---

34) 저지하면서(원문 沮閼) : 막고 저지하다는 뜻이다.
35) 락탄티우스(원문 拉克壇諦, 약 250~330) : 고대 로마의 라틴어 수사학자이다. 아프리카에서 출생했다. 그는 기독교를 믿었으며, 저서로는 『신의 가르침』 등이 있다.
36) 틴들(원문 丁達爾, 1820~1893) : 보통 '丁鐸爾'로 음역한다. 영국의 물리학자이다. 저서로는 『열─일종의 운동형식』, 『소리에 대하여』 등이 있다.

를 대단히 엄격히 하지 않으면 풍속을 바로잡을 수 없었기 때문에, 비록 종교도들에 대한 박해가 심하기는 했어도 마침내 금제가 승리할 수 있었다고 한다. 다만 오랫동안 마음이나 생각이 속박을 받아 그 흔적이 쉽사리 소멸되지 않았다. 그리하여 영혼의 양식37)으로 받들고 있던 성경의 문장까지도 과학을 판단하는 근거로 제공되었다. 상황이 이러할진대 어찌 진보를 기대할 수 있겠는가? 그 후에 일어난 교회와 열국(列國) 정부 간의 충돌 역시 연구가 방해를 받는 데 힘이 되어 주었다. 이로써 보건대, 인간교육의 제 분야는 언제나 중도로 나아가는 것이 아니라 갑이 팽팽해지면 을이 느슨해지고, 을이 성행하면 갑이 쇠퇴하여, 시대를 번갈아 왕복하면서 종국이란 없다. 예를 들어, 그리스와 로마의 과학은 극성하였다고 할 수 있지만, 아라비아 학자들이 흥기하면서 일거에 옛것을 배우는 것으로 돌아가고 말았다. 기독교 제국은 지엄한 교리를 확립하여 도덕교육의 근본으로 삼았던 탓에 지식은 한낱 실가닥처럼 끊어지지 않고 명맥만 유지했다. 하지만 세상일은 반복되고 시세(時勢)는 변하며 흐르게 마련이어서 과학은 마침내 왕성하게 더욱 흥하여 크게 진보된 모습으로 오늘에 이르렀다. 이른바 세계란 직진하지 않고 항상 나선형으로 굴곡을 그리면서, 대파(大波)와 소파(小波)가 일어나고 온갖 기복이 나타나면서, 진퇴(進退)가 오래 지속되는 가운데 하류에 도달한다는 사실은 실로 진실한 지적이다. 또한 이러한 사실은 지식과 도덕 사이에만 그런 것이 아니라 과학과 예술 관계 역시 그러하다. 중세 유럽에서 그림을 그리는 일은 제각기 원칙이 있었으나 과학이 진보하고 또 다른 원인이 겹쳐지면서 미술은 중도에서 쇠락하였으며, 다시 원칙을 준수하게 된 것은 최근의 일이다. 다만 이러한 흥망성쇠에 대해 필자 역시 그 이해득실을 말할 수 없다. 중세에 종교가 폭발적으로 흥기하여 과학을 억압함으로써 사태가 놀랄 만한 지경에 이르

---

37) 영혼의 양식(원문 靈粮) : 영혼의 양식의 뜻이다.

렀으나, 사회정신은 이로 인해 정화·감화·도야되어, 아름다운 꽃을 배태하였던 것이다. 2000년 동안 그 빛깔은 더욱 두드러져, 루터[38])가 되기도 하고 크롬웰[39])이 되기도 하고, 밀턴[40])이 되고 워싱턴[41])이 되고 칼라일[42])이 되었으니, 후세 사람들이 그 업적을 우러러 보며 생각한다면 장차 누가 그것을 위대하지 않다고 말하겠는가? 이러한 성과는 과학의 진보를 가로막은 잘못을 보충하고도 남음이 있는 것이다. 대개 종교, 학술, 예술, 문학은 어느 것이나 다 인간이 성장하는 데 중요한 요소인데, 어느 것이 더 중요한 것인지 결정하는 것은 지금으로서는 불가능한 일이다. 다만 겉으로 드러난 실리에 현혹되어 표피적인 방법만 모방한다면 역사적 사실이 증명하거니와 본심에 위배되어 그릇된 결과를 얻게 될 것임은 단호히 말할 수 있다. 이는 어째서 그러한가? 그것은 바로 그러한 민족이 오래 지속될 수 있는 경우는 문명과 정사(政事)의 두 역사에서 아직 보지 못하였기 때문이다.

지금까지 서술한 것은 암흑시대[43])에 관한 것일 따름이지만, 만일 그 시대에서 밝은 별을 구한다면 언급할 만한 사람이 한둘은 있다. 예를

---

38) 루터(원문 路德, M. Luther, 1483~1546) : 마르틴 루터이다. 16세기 독일의 종교 개혁운동을 주도한 사람이다.

39) 크롬웰(원문 克靈威爾, O. Cromwell, 1599~1658) : 보통 '克倫威爾'로 음역한다. 영국의 정치가이다. 그는 17세기 영국의 자본주의혁명을 이끌었고, 1649년 영국의 국왕 찰리 1세를 사형에 처하고 영국을 공화국으로 선포하였다.

40) 밀턴(원문 彌耳敦, J. Milton, 1608~1674) : 보통 '彌爾頓'으로 음역한다. 영국의 시인이며 정치가이다. 크롬웰 공화정부 시기에 국회의 비서를 맡았다. 주요한 저작으로는 『실락원』, 『영국인을 위한 변명』 등이 있다.

41) 워싱턴(원문 華盛頓, G. Washington, 1732~1799) : 미국의 정치가이다. 그는 1775년부터 1783년까지 영국의 식민통치를 반대하는 미국의 독립전쟁을 이끌었고, 승리 후에는 미국의 초대 대통령이 되었다.

42) 칼라일(원문 嘉來勒, T. Carlyle, 1795~1881) : 보통 '卡萊爾'로 음역한다. 영국의 저술가이며 역사가이다. 그는 귀족의 입장에서 출발하였으나 자본주의제도를 비판하고 폭로하였다. 저서로는 『영웅과 영웅숭배에 대하여』, 『프랑스 혁명사』 등이 있다.

43) 암흑시대(원문 昏黃) : 암흑의 시대를 가리킨다.

들어 12세기의 매그너스(A. Magnus)[44]라든가 13세기의 로저 베이컨[45] (Roger Bacon, 1214년에 태어났다. 중국에서 잘 알려져 있는 인물은 16 세기에 태어난 사람인데, 이 사람과는 다르다)은 일찍이 저서를 통해 학술이 전해지지 않게 된 까닭을 논하고 회복할 방책을 설계하였는데, 그 속에는 대단히 칭찬할 만한 명언이 많다. 하지만 그것이 세상에 알 려진 것은 지금으로부터 겨우 100여 년 전의 일이었다. 그 책에서는 우 선 학술이 전해지지 않게 된 원인으로 크게 네 가지를 들었다. 옛것의 모방, 거짓지혜, 습관에 빠짐, 상식에 미혹됨이 그것이다.[46] 근세의 훼 월 역시 이에 대해 논하면서, 당시의 현상에 의거하여 크게 네 가지 원 인으로 귀결시켰는데, 베이컨의 설명과는 크게 다르다. 첫째 사고가 견 실하지 못한 것, 둘째 저열하고 옹졸한 것, 셋째 근거에 의거하지 않는 기질, 넷째 열중하는 기질이 그것이다.[47] 그리고 훼월은 많은 예를 들 어가며 그것을 실증하고 있다. 틴들은 그 후에 등장하여 네 번째 원인 은 이치에 어긋나는 말이라 하여, 이른바 열중하는 기질이 학술을 방해 하는 것은 대개 지력이 약한 사람에게만 해당될 뿐이며, 만일 그것이 진정으로 강하다면 도리어 학술을 도울 수 있다고 하였다. 과학자가 연

---

44) 매그너스(원문 摩格那思, 1193~1280) : 독일의 철학자이며 자연과학자이다. 그
    는 실험을 중시하였고 동물학과 식물학에 관해 연구했다.

45) 로저 베이컨(원문 洛以培庚, 약 1214~1292) : 보통 '羅吉爾 培根'이라고 음역한
    다. 영국의 철학자이며 실험과학의 선구자이다. 저서로는 『대저작(大著作)』, 『소
    저작(小著作)』 등이 있다. '중국에서 익히 알려져 있는 사람'이란 프란시스 베
    이컨을 가리킨다. 이 글의 주 60)을 참고.

46) 로저 베이컨은 인류가 무지하게 된 원인으로 네 가지를 들었다. 첫째 권위를
    숭배하는 것, 둘째 구습을 그대로 따르는 것, 셋째 편견에 사로잡힌 것, 넷째
    맹목적으로 자부하는 것이 그것이다. 이것은 그가 지은 『대저작(大著作)』이라
    는 책에 보인다.

47) 훼월이 말한, 당시 학술이 쇠미하게 된 네 가지 원인은 다음과 같다. 첫째 관념
    이 확실하지 않은 것, 둘째 스콜라 학파의 번쇄철학(煩瑣哲學), 셋째 신비주의,
    넷째 단순히 열정에만 의존하고 이지(理智)에는 의존하지 않는 주관적이고 무
    단적인 것이 그것이다. 이것은 그가 지은 『귀납과학의 역사』라는 책에 보인다.

로하면 발견이 틀림없이 줄어드는데, 이것은 지력이 쇠약하기 때문이
아니라 가만히 앉아 열중하는 기질이 점차 미약해지기 때문이다. 그러
므로 지식사업은 마땅히 도덕력과 구분하여야 한다고 말하는 사람이
있으나 그의 말은 옳지 않다. 가령 진정 도덕력에 의해 편달되지 않고,
오로지 지식에만 의존한다면 이룩할 수 있는 것은 보잘것없는 것이 되
고 말 것이다. 발견의 요인 가운데 도덕력이 그 중의 하나이다. 이제
더욱 전진하여 발견의 깊은 요인을 궁구해 본다면, 이 도덕력보다 더
큰 것이 있다. 대개 과학의 발견이란 항상 초과학(超科學)의 힘으로부
터 영향을 받게 되는데, 이를 쉬운 말로 표현하면 비과학적 이상(理想)
의 감동이라고 할 수 있을 것이다. 고금을 막론하고 유명한 학자들은
대체로 이러하였다. 랑케[48]는, 무엇이 인간을 도와 그에게 진정한 지식
에 이르도록 하였는가, 그것은 실제적인 것도 아니요, 지각할 수 있는
것도 아니요, 바로 이상(理想)이라고 하였다. 이는 움직일 수 없는 증
거로 삼기에 충분하다. 영국의 헉슬리는, 발견은 영감[49]에 근본을 두고
있으며 이는 인간의 능력과는 무관하다고 하였다. 이러한 영감이야말
로 곧 진리의 발견자라 할 수 있다. 이러한 영감이 있으면 중간 정도의
재능을 가진 자라도 위대한 업적을 이룰 수 있으며, 이러한 영감이 없
으면 비록 천재의 재능을 가진 자라도 사업은 끝내 결실을 거두지 못
하고 말 것이라 하였다. 이러한 지적은 대단히 심각하고 절실하여 경청
할 만하다. 프레스넬[50]은 역학과 수학의 연구로 이름이 나 있었는데,
일찍이 벗에게 보낸 편지에서 명예심은 버린 지 이미 오래 되었다고

48) 랑케(원문 蘭咯, L. von Ranqe, 1795~1886) : 보통 '蘭克'으로 음역한다. 독일의
    역사학자이다. 저서로는『세계사』,『로마교황사』등이 있다.
49) 영감(원문 聖覺) : 영감의 뜻이다.
50) 프레스넬(원문 蒒勒那爾, A. J. Fresnel, 1788~1827) : 보통 '菲涅耳'로 음역한다.
    프랑스의 물리학자이며 수학자이다. 그는 실험을 통해 빛의 파동성을 증명하여
    광학상의 '파동설'을 창시하였다. 또한 이와 관련된 수학이론을 확립하여 광파
    (光波)굴절의 법칙성을 설명하였다. 저서로는『빛의 굴절』등이 있다.

하였다. 자신이 지금 일을 하는 것은 영예 때문이 아니며, 다만 자기 뜻이 기꺼이 받아들이기 때문이라는 것이다. 세상 물욕이 없음이 이러하였다. 게다가 발견의 영예는 대단했으나, 월리스[51]는 그 성취를 다윈에게 양보했고, 분젠은 그 노작을 키르히호프[52]에게 넘겨 주었으니, 겸손함이 또한 이러하였다. 그러므로 과학자는 항상 세상 물욕이 없어야 하고, 항상 겸손하여야 하고, 이상이 있어야 하고, 영감이 있어야 한다. 이 모든 것들을 갖추지 못하고 후세에 업적을 남길 수 있었던 사람은 아직 들어 보지 못하였다. 그 밖의 사업도 다 마찬가지일 것이다. 만일 누군가가 대대로 있어 왔던 이런 말은 모두 공허하고 실제에 부합하지 않는다고 한다면, 그렇지만 그것은 근세의 실익을 증진시킨 어머니라고 하겠다. 여기서 어머니를 언급한 것은 그 아들 때문이라고 한다면 곧 위로가 될 것이다.

이전의 암흑기에서 비록 고대 과학문화의 부흥[53]을 도모했던 한두 명의 위대한 인물이 나왔지만 끝내는 기대했던 것처럼 할 수 없었고, 서광이 비친 것은 대체로 15, 6세기 무렵이었다. 다만 영락한 지 이미 오래되어 사상이 크게 황폐하여 전인들의 옛자취를 더듬고자 하여도 갑자기 얻을 수는 없었다. 그래서 17세기 중엽에 이르러서야 사람들은 진정 새벽의 소리를 듣게 되었다. 그 앞을 돌이켜보면 바로 코페르니쿠스(N. Copernicus)가 먼저 나와 태양계를 말했고, 케플러(J. Kepler)[54]의

---

51) 월리스(원문 威累司) : 「인간의 역사」 주 38)을 참고.
52) 분젠(원문 本生, R. W. Bunsen, 1811~1899) : 독일의 화학자이다. 저서로는 『기체측정법』 등이 있다. 키르히호프(원문 吉息霍甫, G. R. Kirchhoff, 1824~1887) : 보통 '基爾霍夫'로 음역한다. 독일의 물리학자이다. 저서로는 『수학물리강좌』 등이 있다. 그는 1859년 분젠과 공동으로 '분광분석'을 완성하였다.
53) 고대 과학문화의 부활(원문 復古) : 여기서는 중세의 종교적인 암흑통치에 반대하고 고대 그리스의 과학문화를 부흥하고자 하는 것을 가리킨다.
54) 케플러(원문 開布勒, 1571~1630) : 보통 '開普勒'이라고 음역한다. 독일의 천문학자이다. 그는 행성운동의 궤도를 연구하여 행성운동의 세 가지 법칙을 발견했다. '케플러 법칙'이라고 한다. 저서로는 『입체기하학』 등이 있다.

행성운동법칙이 그 뒤를 이었다. 이 밖에 갈릴레이(Galileo Galilei)[55]는
천문학과 역학 두 분야에서 많은 발견을 했고, 또 사람들을 선도하여
그 학문분야에 종사토록 하였다. 그 후 다시 스테빈(S. Stevin)[56]의 기계학,
길버트(W. Gilbert)[57]의 자기학, 하비(W. Harvey)[58]의 생리학이 생겨났
다. 프랑스, 이탈리아 등 여러 나라 학교에서는 해부학이 크게 성행하였으
며, 과학협회 역시 창립되었는데, 린체이 아카데미(Accademia dei lince
i)[59]는 바로 과학연구의 요람이었다. 사업은 왕성하여 경탄할 만한 것
이었다. 기운(氣運)이 이미 이러한 방향으로 기울었다면 걸출한 학자
는 스스로 재능을 타고나게 마련이므로 영국에서는 프란시스 베이컨[60]
이 나타났고 프랑스에서는 데카르트[61]가 나타났다.

---

55) 갈릴레이(원문 格里累阿, 1564~1642) : 보통 '伽利略'으로 음역한다. 이탈리아
   의 물리학자이며 천문학자이다. 그는 역학원리의 발견자이며, 관성의 법칙, 자
   유낙하의 법칙, 합력의 법칙을 확정하였다. 1609년 먼저 망원경을 가지고 천체
   를 관찰하고 연구하여 코페르니쿠스의 우주태양중심설을 증명하였다. 저서로는
   『두 가지 신과학의 대화』,『두 가지 세계체계에 관한 대화』 등이 있다.
56) 스테빈(원문 思達文, 1548~1620) : 네덜란드의 수학자이며 물리학자이다. 정력
   학(靜力學) 방면의 힘의 평형관계에 대하여 많은 사실을 밝혔다. 저서로는『정
   력학과 유체역학』 등이 있다.
57) 길버트(원문 吉勒袁德, 1544~1603) : 보통 '吉爾伯特'으로 음역한다. 영국의 물
   리학자이며 의학자이다. 자기학에 관하여 적지 않은 공헌을 하였고 자기분자설
   (磁氣分子說)을 창립하였다. 저서로는『자석론』 등이 있다.
58) 하비(원문 哈維, 1578~1657) : 영국의 의학자이다. 그는 혈액순환 현상을 발견
   하였고, 생리학을 하나의 과학으로 확립하였다. 저서로는『동물심혈운동의 해부
   연구』 등이 있다.
59) 린체이 아카데미(원문 林舍亞克特美) : 이탈리아의 과학원을 가리킨다. 1603년
   로마에서 설립되었다.
60) 프란시스 베이컨(원문 培庚) : 보통 '弗蘭西斯 培根'으로 음역한다. 근대 영국의
   유물주의철학자이며 실험과학의 창시자이다. 저서로는『신공구(新工具)』(본문에
   서 말한『격치신기(格致新機)』이다),『신기론(新機論)』,『과학의 가치와 발전을
   논함』 등이 있다.
61) 데카르트(원문 特嘉爾) : 보통 '笛卡兒'로 음역한다. 프랑스의 철학자이며 수학
   자·물리학자이다. 해석기하학의 창시자이다. 그의 철학사상은 이원론에 기울어
   있었다. 저서로는『철학원리』(본문에서 말한『철학요의(哲學要義)』이다),『방법
   론』 등이 있다.

베이컨(F. Bacon, 1561~1626)은 책을 저술하여, 고대 이래 과학의 진보와 그 주된 목적에 도달하는 방법을 논술하여 『격치신기(格致新機)』라 하였다. 비록 그 후의 성과는 저자가 희망한 대로 되지는 않았으나 그 업적을 공정하게 따져 볼 때 위대하다 아니 할 수 없다. 다만 주장하고 있는 내용은 귀납적 방법을 따르고, 실험에 의한 검증을 말하지 않았기 때문에 훗날 이에 대해 의아하게 생각한 사람들이 많았다. 베이컨의 당시를 돌이켜보면, 학풍이 전혀 달라 한두 가지 자질구레하고 말단적인 사실만 얻어도 즉시 위대한 법칙의 전인(前因)으로 여겼으므로, 베이컨은 그러한 습속을 바로잡기 위해 당연히 종전의 가설과 과장의 풍조를 배척하지 않을 수 없었고, 그래서 귀납법에만 치우쳤던 것이다. 그가 연역법[62]을 숭상하지 않은 것은 진실로 부득이한 일이었다. 게다가 연역법도, 다만 그가 말하지 않았을 뿐이지 그의 사유를 고찰해 보면 역시 한쪽으로만 치우친 것이 아니었다. 즉, 베이컨은 자연현상을 이해하는 데에는 대체로 두 가지 방법이 있다고 논술하였는데, 먼저 경험으로부터 공론(公論)[63]으로 나아가는 것이고, 다음으로 공론으로부터 새로운 경험으로 나아가는 것이라 하였다. 그래서 그는 이렇게 주장했다. 사물의 완성은 손에 의해 이루어지는가, 아니면 마음에 의해서 이루어지는가? 이 경우 어느 하나로는 완전하지 않다. 반드시 기계(機械)를 가지고 그 밖의 것을 보충하여야 비로소 충분해진다.[64] 대개 사업이란 손으로 이루어지지만 역시 마음에 의존하는 것이라고 하였다. 이러한 언급을 보건대, 『신기론(新機論)』의 제2부에서는 틀림없이 연역법에 대해 논했을 것이나 제2부는 아직 세상에 전해지지 않고 있다. 다만 이로 말미암아 베이컨의 방법은 불완전하다고 여겨졌고, 그의 자세한 설명은 오직 귀납법을 충족하는 것으로 그치고 말았던 것

---

62) 연역법(원문 外籀) : 연역법을 가리킨다.
63) 공론(원문 公論) : 정리(定理)의 뜻이다.
64) 베이컨의 이 말은 그의 저서 『신공구(新工具)』 제1권 제2조에 보인다.

이다. 귀납법의 충족은 인간에 의해 가능한 일은 아니며, 그것에 의해
성취되는 것은 실제의 경험을 넘어서지 못하는 법이니, 실제 경험으로
부터 새로운 이치를 탐구하고 더욱 전진하여 우주의 위대한 법칙을 엿
보는 일은 학자로서는 어려운 일이다. 더구나 가설은 비록 베이컨이 좋
아하지 않았지만, 오늘날 과학이 대 성공을 거두면서 성대한 지경에 이
른 것은 실로 많은 가설이 있었기 때문이 아니겠는가? 하지만 베이컨
의 학설이 한쪽으로 치우친 데 대해, 세상을 바로 잡는 방법으로 볼 수
도 있으므로 지나치게 비난할 필요는 없을 것이다.

　베이컨보다 거의 30년 뒤에 데카르트(R. Descartes, 1596~1650)라는
사람이 프랑스에서 태어나 수학으로 이름을 날렸고, 근세 철학의 기초
역시 그에 의해 확립되었다. 일찍이 우뚝 서서 회의(懷疑)를 존중하는
대 조류를 일으켰으며, 진리의 존재를 확신하여 한마음 한뜻으로 의식
(意識)에서 그 기초를 구하고 수리(數理)에서 그 방법을 찾았다. 그는
이렇게 말했다. 기하(幾何)를 연구하는 사람은 지극히 간단한 명리(名
理)를 가지고 정리(定理)의 복잡함을 풀 수 있다. 나는 이에 따라 인간
의 인식 범위 이내의 모든 사물 역시 전부 이와 같은 방법으로 해명할
수 있다는 점을 깨달았다. 만일 참되지 않은 것을 참으로 여기지 않고
마땅히 밟아야 할 순서를 밟아 나간다면, 사물 가운데 아직 겉으로 드
러나지 않은 것이라도 해명하지 못할 것은 앞으로 없을 것이다라고 하
였다.[65] 그러므로 그의 철리(哲理)는 전적으로 연역에 뿌리를 두고 이
루어진 것이며, 그것을 확대하여 운용하면 바로 과학을 제어하게 된다.
이른바 원인으로부터 결과로 나아가는 것이지 결과로부터 원인을 도출
하는 것이 아니다 라는 말이 그의 저서 『철학요의(哲學要義)』 속에 자
술되어 있는데, 이는 바로 데카르트의 방법의 근본이자 사변(思辨)의
중추이다. 그 방법에 대해 필자는 역시 불완전하다고 생각한다. 그것을

---

65) 데카르트의 이 말은 그의 저서 『방법론』의 제2편에 보인다.

유일무이한 것으로 받든다면, 그 폐해 역시 베이컨의 귀납법에 치우쳐
그저 경험만을 지나치게 중시하는 것과 다르지 않을 것이므로 바로잡
을 필요가 있겠다. 만일 어느 하나에만 집중하여, 베이컨의 귀납법에만
치우치는 것도 진정 옳지 않고, 데카르트의 연역법에만 충실히 하는 것
도 옳다고 할 수 없다. 두 가지 방법을 함께 운용하여야 비로소 진리가
밝혀질 것이며, 과학이 오늘날처럼 발달하게 된 것은 실은 두 가지 방
법을 함께 다룰 수 있는 사람이 있었기 때문이다. 예를 들어, 갈릴레이,
하비, 보일(R. Boyle),66) 뉴턴(I. Newton)67) 등은 모두 베이컨의 경우처
럼 그렇게 귀납에만 치중하지도 않고, 데카르트의 경우처럼 그렇게 연
역만을 고수하지도 않고, 탁월하게 독립적으로 중도에 머무르면서 연
구에 종사했던 사람들이다. 베이컨은 생시에 국민의 부유와 실천의 성
과를 강렬하게 기대했으나, 100년이 지난 이후 과학이 더욱 진보하였
음에도 그 일은 그의 뜻대로 되지 않았다. 뉴턴의 발견은 지극히 탁월
하였고 데카르트의 수리 역시 지극히 정교하였지만, 세상 사람들이 얻
은 것이라야 단지 사고를 풍부하게 하는 것에 그쳤을 뿐이다. 국가의
안녕과 민생의 안락은 여전히 획득할 수 없었던 것이다. 이 밖에 보일
이 화학과 역학의 실험 방법을 확립하였고, 파스칼(B. Pascal)68) 및 토

---

66) 보일(원문 波爾, 1627~1691) : 보통 '波義耳'라고 음역한다. 영국의 물리학자이
며 화학자이다. 그는 실험을 통해 기압의 상승과 하강원리를 발표했으며, 유명
한 '보일의 법칙'을 발견하였다. 그는 화학분석방법 면에서도 중요한 공헌을 하
였다. 저서로는 『공기의 탄성과 그 반응의 원리에 관하여-역학적인 새로운 실
험』, 『색에 관한 실험과 의견』 등이 있다.
67) 뉴턴(원문 奈端, 1642~1727) : 보통 '牛頓'으로 음역한다. 영국의 수학자이며
물리학자이다. 그는 역학의 기본법칙과 만유인력의 법칙을 발견했으며, 미적분
학과 빛의 분석을 창립하였다. 저서로는 『자연철학의 수학적 원리』, 『광학』 등
이 있다.
68) 파스칼(원문 巴斯加耳, 1623~1662) : 보통 '帕斯卡'로 음역한다. 프랑스의 물리
학자이며 수학자이다. 그는 수압기를 이용하여 대기의 압력을 측정하여 '파스
칼 법칙'을 발견하였다. 저서로는 『진공에 관한 새로운 실험과 견해』, 『산술삼
각론』 등이 있다.

리첼리(E. Torricelli)69)가 대기의 양을 측정하였고, 말피기(M. Malpigh
i)70) 등이 생물의 원리를 정밀하게 연구하였지만, 공업은 예전이나 다
름 없었고, 교통은 개량되지 않았고, 광업 역시 진보가 없었다. 다만 기
계학의 성과를 통해 대단히 조잡한 시계가 처음으로 선을 보였을 뿐이
었다. 18세기 중엽에 이르러 영국, 프랑스, 독일, 이탈리아 등 여러 나
라에서 과학자들이 배출되어 화학, 생물학, 지학(地學)의 진보가 눈부
시게 이루어졌으나, 그것이 사회를 얼마나 복되게 했는가에 대해서라
면 필자는 아직 답변하기 어렵다. 오래 숙성되면 실익이 빛나게 마련이
어서 같은 세기 말엽이 되자 그 효과가 급격하게 증대되어 공업 분야
의 기기와 자재, 식물의 재배와 증식, 동물의 목축과 개량 등은 과학의
혜택을 입지 않은 것이 없었으며, 이른바 19세기의 물질문명 역시 바
로 이 때부터 배태되었던 것이다. 과학의 거대한 파도가 일렁이자 정신
역시 진작되었고, 국민의 기풍은 이로 인해 일신되었다. 과학을 연구했
던 위대한 인물들을 돌이켜보면, 그들은 그러한 관심을 가지고 있지 않
았고, 앞서 언급한 바 있듯이 대체로 진리를 아는 것을 유일한 목표로
삼아서, 사고의 파도를 확대하고 학계의 황폐함을 일소하기 위해 몸과
마음, 시간과 정력을 다 바쳐 나날이 자연의 위대한 법칙을 탐구했을
뿐이다. 당시의 유명한 과학자들은 그렇게 하지 않은 사람이 없었으니,
허셀(J. Herschel)71) 라플라스(S. de Laplace)72)는 천문학에서, 영(Th.

69) 토리첼리(원문 多烈舍黎, 1608~1647) : 보통 '托里拆利'로 음역한다. 이탈리아
    의 물리학자이며 수학자이다. 그는 수리공정에서 액체의 운동을 연구하여 기압
    계를 발명하였다. 저서로는 『운동론』, 『기하학 산론』 등이 있다.
70) 말피기(원문 摩勒畢奇, 1628~1694) : 보통 '馬爾比基'로 음역한다. 이탈리아의
    해부학자이다. 그는 정밀하게 생리조직을 연구하여 모세관을 발견하였다. 저서
    로는 『폐렴의 해부학적 관찰』, 『척해부학(蹠解剖學)』 등이 있다.
71) 허셀(원문 侯失勒, 1792~1871) : 보통 '赫歇耳'로 음역한다. 영국의 천문학자이
    며 물리학자이다. 그는 전체 천체체계의 관측을 완성했으며, 저서로 『천문학대
    강』 등이 있다.
72) 라플라스(원문 拉布拉, 1749~1827) : 보통 '拉普拉斯'로 음역한다. 프랑스의 천

Young)[73] 및 프레스넬(A. Fresnel)은 광학에서, 외르스테드(H. C. Oersted)[74]는 역학에서, 라마르크(J. de Lamarck)는 생물학에서, 드 캉돌(A. de Candolle)[75]은 식물학에서, 베르너(A. G. Werner)[76]는 광물학에서, 허튼(J. Hutton)[77]은 지학에서, 와트(J. Watt)[78]는 기계학에서 특히 두드러진 사람이었다. 대강 살펴보건대 그들의 목표가 어찌 실리에 있었겠는가? 그렇지만 방화등(防火燈)이 제작되었고, 증기기관이 나왔고, 광업기술이 고안되었다. 그러나 사회의 이목은 이런 점에만 크게 놀라면서 날마다 눈앞의 성과만을 칭송하였을 뿐 학자들에 대해서는 눈을 돌리지 않았다. 원인과 결과의 전도가 이보다 심한 경우는 없을 것이다. 이는 앞으로 나아가기를 바라면서 채찍으로 말고삐를 후려치

문학자이며 수학자이다. 그는 우주진화론의 선구자 중 한 사람이며 칸트의 성운설을 발전시켜 태양계는 성운이 발전하여 이루어진 것이지 하느님이 창조한 것이 아니라고 생각하였다. 그리고 천체의 운행을 통해 뉴턴의 학설을 증명하였다. 저서로는 『천체역학』 등이 있다.

73) 영(원문 揚俱, 1773~1829) : 보통 '揚格'으로 음역한다. 영국의 물리학자이다. 빛의 파동을 연구하여 '영의 율'을 발견하였다. 저서로는 『자연철학과 역학공예 강좌』 등이 있다.

74) 외르스테드(원문 歐思第德, 1777~1851) : 덴마크의 물리학자이다. 1820년 실험과 연구를 통해 전기와 자기 사이의 관계를 발견하여 전자기학의 기초를 세웠다.

75) 드 캉돌(원문 迭亢陀耳, 1778~1817) : 보통 '德堪多'로 음역한다. 스위스의 식물학자이다. 주로 식물의 자연분류법을 연구하여 식물생리학 및 해부학 등에 많은 공헌을 하였다. 저서로는 『식물계 자연분류편』 등이 있다.

76) 베르너(원문 威那, 1750~1817) : 보통 '魏爾納'으로 음역한다. 독일의 지질학자이다. 그는 일체의 암석은 모두 해저에서 침적되어 형성된 것이라고 생각하여 '수성학파(水成學派)'의 창시자가 되었다. 저서로는 『화석의 외관적 특징』 등이 있다.

77) 허튼(원문 哈敦, 1726~1797) : 보통 '赫頓'으로 음역한다. 영국의 지질학자이다. 그는 일체의 암석은 화산이 폭발하여 형성된 것이라고 생각하여 '화성학파(火成學派)'의 창시자가 되었다. 저서로는 『지구의 이론』 등이 있다.

78) 와트(원문 瓦特, 1736~1819) : 영국의 발명가이다. 1774년 원시적인 증기기관을 발명하여 공업생산에 광범위하게 이용할 수 있게 했다. 그리하여 근대사에서 유명한 산업혁명을 촉진시켰다.

는 것과 다름 없으니 어찌 기대하는 대로 되겠는가? 하지만 과학만이
실업을 낳을 수 있고 실업은 과학에 아무런 이로움도 주지 않는다고
말하면서 사람들이 다 과학의 번영을 흠모한다면 이 또한 옳은 것 같
지 않다. 사회의 일이 복잡해지고 분업의 필요가 생기면서 사람들은 각
자 전문으로 하는 일을 가지지 않을 수 없고, 서로 도와야 양쪽이 함께
발전할 수 있다. 따라서 실업이 과학으로부터 이득을 보는 경우는 참으
로 많고, 과학이 실업의 도움을 받는 경우 역시 드물지 않다. 지금 만
일 야만인들과 함께 산다고 할 때, 현미경과 천평79)은 고사하고 알코
올과 유리조차 손에 넣을 수 없다면 과학이라는 것이 어떻게 가능하겠
으며, 근근이 사유만을 운용할 수 있을 뿐이다. 저 아테네 및 알렉산드
리아의 과학이 도중에 쇠퇴한 것은 바로 사유만 외롭게 운용하였기 때
문이다. 일에는 대부분 희비가 함께 따른다는 말은 실로 명언이라 할
것이다.

　따라서 다른 나라의 강대함에 놀라서 전율하듯 스스로를 위태롭게
여긴 나머지 실업을 부흥하고 군대를 진작해야 한다는 주장을 매일같
이 입으로 떠들어대는 경우, 겉으로 보기에는 일순간80) 각성한 것 같
지만, 그 실질을 따져 보면 눈앞의 사물에 현혹되었을 뿐 그 참뜻을 아
직 얻지 못한 것이다. 유럽인들이 들어와서 사람들을 가장 현혹시킨 것
은 앞서 예를 들었던 두 가지 일(실업의 부흥과 군대의 진작—역자)만
한 것이 없었다. 하지만 이 역시 뿌리에 바탕을 둔 것이 아니라, 다만
꽃과 잎(花葉)에 지나지 않는다. 그 근원을 찾아가면 깊이가 끝간 데 없
으니, 한 귀퉁이만을 배워서는 아무런 힘도 발휘하지 못하는 것이다.
그렇다고 필자가 여기서, 반드시 과학에 먼저 힘을 쓰고 그 결실이 이

---

79) 현미경과 천평(원문 顯鏡衡機) : 현미경과 천평을 가리킨다.
80) 일순간(원문 成然) : 순식간에, 매우 빠르다는 뜻이다. 『장자 대종사(莊子 大宗
　　師)』에 "순식간에 잠이 들고, 놀라듯이 깨어난다(成然寐, 蘧然覺)"라는 구절이
　　있다.

루어진 다음에야 비로소 군대를 진작하고 실업을 부흥시켜야 한다고 말하려는 것은 아니다. 다만 진보에는 순서가 있고 발전에는 근원이 있다는 점을 믿고 있어, 온 나라가 지엽(枝葉)만을 추구하고 뿌리를 찾는 사람이 전혀 없다는 점을 우려하기 때문이다. 말하자면 근원을 가진 자는 날마다 성장할 것이고 말단을 좇는 자는 전멸할[81] 것이기 때문이다. 오늘날의 세상은 옛날과는 달라서 실리를 존중하는 것도 가능하며 방법을 모방하는 것도 가능하다. 그러나 대 조류에 휩쓸리지 않고 홀로 우뚝 서서 물결을 가로질러, 옛 현인들처럼 장래에 아름다운 열매를 맺을 씨앗을 지금에 뿌리고, 뿌리가 튼튼한 행복의 품종을 조국에 옮겨 심을 수 있는 사람 역시 사회로부터 요구하지 않을 수 없고, 또한 마땅히 사회가 요구하는 사람이 되어야 할 것이다. 틴들은 이렇게 말하지 않았던가? 외물(外物)에만 주목하거나 정사(政事)의 감각만을 가지고 범사의 진실을 그르치는 사람이 매일같이 국가의 안위가 정치사상에 달려 있다고 떠들어도, 지공무사한 역사를 되돌아보면 그것이 올바르지 않다는 것을 입증할 수 있을 것이다. 무릇 프랑스가 오늘날과 같을 수 있는 것은 어찌 다른 원인이 있겠는가? 다만 과학이 다른 나라에 비해 앞섰기 때문이다. 1792년의 정변[82]으로 전 유럽이 시끄럽게 되자 앞다투어 창과 방패를 들고 프랑스를 공격하였다. 밖으로는 연합군이 넘보고 안으로는 내분이 일어났고, 무기고는 텅 비고 전사자는 속출했다. 피로에 지친 병사로는 적의 정예부대를 막을 수 없었을 뿐 아니라 수비병에게 먹일 군량미도 떨어졌다. 병사들은 칼을 어루만지며 허공

---

81) 전멸할(원문 立拔) : 즉각 전멸한다는 뜻이다.
82) 1789년의 프랑스 대혁명을 가리킨다. 대혁명이 시작된 후 프랑스의 귀족, 승려, 지주 등은 프로이센과 오스트리아의 군대를 끌어들여 1792년 7월 프랑스를 대대적으로 침공하였다. 당시 프랑스혁명의 부르주아계급과 애국시민들은 떨쳐일어나 저항하였으며, 8월에는 군주제를 뒤엎고 9월에는 국민공회를 소집하여 프랑스공화국을 성립시켰다. 최후에는 외국의 침략자를 물리쳤다. 다음에 나오는 과학자 몽주와 몰보는 이 전쟁에 참가하였다.

을 바라보고 정치가는 눈물을 삼키며 내일을 슬퍼하면서 속수무책으로
원한을 품고 하늘의 처분을 기다리고 있었다. 그러나 바로 그 때 국민
들을 진작시킨 사람은 누구였던가? 외적을 공포에 떨게 했던 사람은
또 누구였던가? 그것은 다름아닌 과학이었다. 당시 학자들은 자신의
심력(心力)과 지능(智能)을 다 하지 않은 자가 없었으니, 병사가 부족
하면 발명을 통해 그것을 보충했고, 무기가 부족하면 발명을 통해 그것
을 보충했다. 그러자 사람들은 방어할 때 과학자가 있으면 이후의 전쟁
은 필승이라 믿게 되었다. 하지만 이는 틴들 자신이 과학을 연구하고
있었기 때문에 자기에게 유리하게 주장한 것이 아닌가 하고 말할 수도
있을 것이다. 그렇지만 아라고[83)]의 저서를 통해 증명해 보면 그것이
빈말이 아님이 더욱 분명해질 것이다. 저서의 기록에 따르면, 당시 국
민공회는 90만 명을 징집했는데, 사방에서 몰려드는 외적에게 대항하
기 위해서는 실로 그런 정도가 아니면 승리를 거둘 수가 없었다고 한
다. 그러나 사람들은 그 정도로 모여들지 않았다. 군중들은 두려움에
떨고 있었기 때문이었다. 게다가 무기고는 오랫동안 텅 비어 있었고 전
비(戰備)는 부족했으므로 목전의 위기를 인력으로 도저히 구할 수는
없었다. 그 당시 필요한 것은 첫째가 탄약이었으나 원료인 초석은 예전
부터 전부 인도에서 들여왔으므로 그 때는 이미 바닥이 난 뒤였다. 그
다음은 총포였으나 프랑스에서는 구리가 많이 생산되지 않으므로 반드
시 러시아, 영국, 인도로부터 공급받아야 했지만 역시 그 때는 공급이
끊어지고 난 뒤였다. 셋째는 강철이었으나 평시에는 외국에서 들여왔
으므로 제조기술을 알고 있는 사람이 없었다. 그리하여 최후의 방책으
로 전국에서 학자들을 모집하여 회의를 열고 그에 대해 논의하였는데,
그 가운데 가장 긴요하고 가장 구하기 어려운 것은 화약이었다. 정부의

---

83) 아라고(원문 阿羅戈, F. Arago, 1786~1853) : 프랑스의 천문학자이며 물리학자이
　　다. 저서로는 『정력학인론(靜力學引論)』 등이 있다.

대표자들은 모두 구할 수 없다는 것을 알고 탄식하며 초석은 어디에
있는가 하고 물었다. 그 말이 채 끝나기도 전에 몽주[84]라는 학자가 얼
른 일어나 있노라고 말했다. 마굿간이나 흙더미와 같은 적당한 곳에 가
면 초석이 무한정 있으니 이는 여러분들이 꿈에도 생각지 못했을 것이
라 하였다. 몽주는 타고난 재능이 있었으며 게다가 지식까지 있었고 애
국심이 남달리 지극하였으므로 회의실을 둘러보며 자신이 그 흙을 모
아서 화약을 만들 수 있다고 했던 것이다. 사흘을 넘기지 않고 화약이
만들어졌다. 그리하여 지극히 간단한 방법을 나라 전체에 알림으로써
남녀노소가 다 화약을 제조할 수 있게 되니 순식간에 전 프랑스는 거
대한 공장이 되었다. 이 밖에 어느 화학자는 종의 구리를 분해하는 방
법을 고안하여 무기를 만드는 데 사용하였고, 철을 제련하는 새로운 방
법 역시 이 때 개발되어 칼과 총기를 주조하는 데에 전부 국산을 사용
할 수 있게 되었다. 가죽을 부드럽게 하는 기술 역시 지체없이 개발되
어 군화를 만드는 무두질 가죽이 모자라지 않았다. 당시 진기한 것으로
여겨지던 기구(氣球) 및 무선전신[85] 역시 개량 · 확장되어 전쟁에 사용
되었는데, 전자는 모로[86] 장군이 그것을 타고 적진을 정탐하여 적의
정세를 파악함으로써 대승을 거둘 수 있었던 것이다. 이에 틴들은, 당
시 프랑스에서는 실은 두 가지가 탄생하였는데, 그것은 과학과 애국이
라 하였다. 이를 위해 가장 힘을 기울인 사람은 몽주(Monge)와 카르노
(Carnot)[87]였고, 그들과 협력한 사람은 푸르크루아[88], 몰보[89] 및 베르

---

84) 몽주(원문 孟耆, G. Monge, 1746~1818) : 보통 '蓋帕德 蒙日'로 음역한다. 프랑
    스의 수학자이다. 저서로는 『대중천문학』 등이 있다.
85) 유선전신은 1833년에 발명되었고 무선전신은 1898년에 이르러서야 실제 응용할
    수 있게 되었다. 여기서는 잘못된 것 같다.
86) 모로(원문 摩洛, V. Moreau, 1763~1813) : 프랑스의 장군이다. 처음에는 법률을
    공부하였고 프랑스 대혁명시기에는 군대에 들어갔다.
87) 카르노(원문 加爾諾, 1753~1823) : 보통 '卡爾諾'으로 음역한다. 프랑스의 수학
    자이며 정치가이다. 저서로는 『미적분학 중의 형이상학에 대하여』, 『평형과 운동
    의 기본원리』 등이 있다.

톨레90) 같은 인물이었다. 대업을 완수하는 데 이것이 바로 그 중추역
할을 했던 것이다. 그러므로 과학이란 신성한 빛을 세계에 비추는 것이
며, 세상의 말류를 저지하고 감동을 낳을 수 있다. 시대가 태평하면 인
성(人性)의 빛이 되고, 시대가 위태로워지면 그 영감을 통해 카르노와
같은 이론가를 낳고 나폴레옹91)보다 강한 장수를 낳는다. 이제 앞서
든 예를 종합적으로 살펴보면, 근본이 중요함을 분명히 알 수 있을 것
이다. 말단은 비록 일시적으로 찬란한 빛을 발할 수는 있지만 기초가
견실하지 않으면 금세 시들어 버리게 마련이니 처음부터 능력을 비축
하여야 비로소 오래 가는 법이다. 다만 가볍게 볼 수 없는 것이 있으니
그것은 사회가 편향으로 기울어지는 것을 막아야 한다는 점이다. 나날
이 한 극단으로 내달리면 정신은 점차 소실되고 곧 파멸이 뒤따를 것
이다. 온 세상이 오로지 지식만을 숭상한다면 인생은 틀림없이 무미건
조하게 될 것이고, 그것이 오래 가면 아름다움에 대한 감정과 명민한
사상은 소실되어, 이른바 과학도 마찬가지로 없어지고 말 것이다. 따라
서 사람들이 희구하고 요구하는 것은 뉴턴에만 그치는 것이 아니라 셰
익스피어(Shakespeare)92)와 같은 시인 역시 바라며, 보일만이 아니라
라파엘로(Raphaelo)93)와 같은 화가 역시 바란다. 칸트가 있다면 반드시

---

88) 푸르크루아(원문 孚勒克洛, A. F. de Fourcroy, 1755~1809) : 프랑스의 화학자이
    다. 저서로는『박과 화학요지』등이 있다.
89) 몰보(원문 穆勒惠, G. de Morveau, 1737~1816) : 프랑스의 화학자이다. 그는 베르
    톨레와 푸르크루아와 함께 공동으로『화학명명방법』을 저술하였다.
90) 베르톨레(원문 巴列克黎, C. L. de Berthollet, 1748~1822) : 프랑스의 화학자이다.
    그는 인조초석을 발명한 사람이며, 저서로는『친합력의 법칙 연구』등이 있다.
91) 나폴레옹(원문 拿坡侖, Napoleon Bonaparte, 1769~1821) : 나폴레옹 보나파르트이
    다. 프랑스대혁명시기의 군사가이며 정치가이다. 1799년 공화국의 집정으로 임명
    되었다. 1804년 프랑스 제일제국을 세우고 스스로 나폴레옹 1세라 칭하였다.
92) 셰익스피어(원문 狹斯不爾, 1564~1616) : 보통 '莎斯比亞'로 음역한다. 영국의
    극작가이며 시인이다. 유럽의 문예부흥시기에 문학면에서 주요한 대표인물 중의
    한 사람이다. 작품으로는『한여름 밤의 꿈』,『로미오와 줄리엣』,『햄릿』등 37편
    이 있다.

베토벤(Beethoven)94)과 같은 음악인도 있어야 하고, 다윈이 있다면 반드시 칼라일(Carlyle)과 같은 문인도 있어야 한다. 대부분 이들은 인성(人性)을 전면적으로 발전시켜, 그것을 편벽되게 하지 않음으로써 오늘날의 문명을 보게 한 사람들이다. 아, 저 인류문화의 역사적 사실이 교시(敎示)하고 있는 바는 실로 이와 같도다!

1907.

---

93) 라파엘로(원문 洛非羅, 1483~1520) : 보통 '拉斐爾'로 음역한다. 이탈리아의 화가이며 조각가이다. 유럽의 문예부흥시기에 예술면에서 주요한 대표인물 중의 한 사람이다. 작품으로는 『시크스틴 성모』, 『아테네 학원』 등이 있다.

94) 베토벤(원문 培得訶芬, 1770~1827) : 보통 '貝多芬'으로 음역한다. 독일의 음악가이며 빈 고전음악파의 대표적인 인물 중의 한 사람이다. 그의 작품은 풍부하며, 근대 서양음악의 발전에 지대한 영향을 미쳤다.

문화편지론(文化偏至論)¹⁾

중국은 이미 자존(自尊)으로 세상에 널리 알려져 있는데, 비판하기 좋아하는 사람들 중에 어떤 이는 이를 두고 완고(頑固)라고 한다. 부스러기 옛것을 껴안고 지키고 있으면 멸망에 이른다는 것이다. 최근에 세상 인사(人士)들은 신학문의 말들을 약간 듣고는 그것을 끌어다 스스로 부끄럽게 생각하며 완전히 생각을 바꾸어, 말은 서방의 이치와 합치되지 않으면 하지 않고, 일은 서방의 방식과 부합되지 않으면 하지 않는다. 구물(舊物)을 배격하고 오로지 힘쓰지 않음을 두려워하면서, 장차 이전의 오류를 개혁함으로써 부강을 도모하겠다고 한다. 나는 근래에 이렇게 논한 적이 있다. 옛날 헌원씨(軒轅氏)가 치우(蚩尤)에게 이겨²⁾ 화토(華土)에 자리를 잡은 후 문물제도는 시작되었고, 여기에 자손들이 번창하면서 새롭게 고치고 확대하여 더욱 화려하게 꽃을 피웠다고. 사방에서 함부로 날뛰고 있는 것은 다 손바닥 만한 하찮은 오랑캐들뿐이며, 그 민족이 창조해 낸 것들은 중국이 배울 만한 것이 하나도 없었다. 따라서 중국의 문화형성과 발달은 모두 스스로에 의해 비롯된 것이지 남으로부터 받아들인 것은 아니었다. 주진(周秦)시대까지 내려가면 서방에서는 그리스와 로마가 일어나서 문예와 사상이 찬란히

---

1) 원제목은 「文化偏至論」이다. 이 글은 처음 1908년 8월 『하남(河南)』월간 제7호에 발표되었으며, 신행(迅行)으로 서명되어 있다. (역주) '편지(偏至)'란 편향이라는 뜻이다.
2) 헌원씨가 치우에게 이겨(원문 軒轅氏之戡蚩尤) : 헌원씨는 황제(黃帝)를 가리키며, 중국의 전설에 나오는 한족의 시조요 상고(上古)시대의 제왕이다. 전설에 따르면 그는 구여족(九黎族)의 지도자인 치우와 싸움을 벌여 탁록(涿鹿)에서 치우를 붙잡아 죽였다고 한다.

빛나 가히 볼 만한 것이었으나, 길이 험난하고 파도가 격심하여 교통이 막혀 그 곳의 훌륭한 문물을 골라와서 모범으로 삼을 수가 없었다. 원명(元明) 시대에 이르러 비록 기독교 선교사[3]가 한두 명 와서 교리 및 천문, 수학, 화학을 중국에 전했지만 이들 학술은 성행하지 못하였다. 그래서 해금(海禁)이 풀려 백인들이 줄을 이어 들어올 무렵까지[4] 천하에서 중국의 지위를 보면, 사방 오랑캐들은 종주국으로 받들면서 회개하여 복종하러 오는 경우도 있었고, 또는 야심이 발동하여 침략의 야망을 품은 경우도 있었지만, 문화의 발달면에서 진실로 견줄 만한 것은 없었다. 중앙에 우뚝 서서 비교할[5] 대상이 없었기 때문에 더욱 자존(自尊)은 커져 갔고, 자기 것만 소중하게 생각하며 만물을 깔보는 것은 인정상 당연한 것으로 여겨져 도리에 크게 위배되는 것이 아니었다. 그렇지만 다만 비교할 대상이 없었기 때문에 안일이 나날이 지속되면서 쇠퇴하기 시작하였고, 외부의 압박이 가해지지 않자 진보 역시 중지되었으며, 사람들은 무기력해지고 제자리에 머물게 되면서 그것이 절정

---

3) 기독교 선교사(원문 景敎父師) : 중국에서 전도하던 천주교 선교사를 가리킨다. 1270년[원(元) 지원(至元) 27년] 이탈리아의 선교사 몬테 코르비노의 조반니가 인도를 경유하여 북경에 왔다. 1581년[명(明) 만력(萬曆) 9년] 마테오 리치와 루제로는 마카오에 도착하였고, 조경(肇慶)을 경유하여 북경에 왔다. 서양의 천문, 수학, 지리 등 근대과학이 비로소 이들에 의해 중국에 전해졌다. 그 후 점점 많은 선교사들이 중국에 들어왔다. 명청(明淸) 간에 역법의 개혁을 주도한 독일의 선교사 아담 샬은 그 중에서 가장 유명한 사람이다.

4) 해금(원문 海禁) : 아편전쟁 이전에 청조(淸朝) 정부는 전통적인 쇄국정책을 실시하여 민간상선이 항구를 출입하며 해외무역에 종사하는 것을 금지하였고, 외국의 상선은 지정된 항구에서 통상하도록 규정하였는데, 이러한 조치를 '해금(海禁)'이라 한다. 1840년부터 아편전쟁이 시작되자 자본주의 열강들은 총포를 앞세워 중국의 문호를 개방하였으며, 중국이 일련의 불평등조약을 받아들이도록 강요하였다. 그리하여 해금이 풀리고 중국은 점차 반봉건·반식민지사회로 전락하였으며, 서방 부르주아계급의 과학문화도 그에 따라 중국에 전래되었다. 백인들(원문 晢人) : 백인종을 가리킨다.

5) 비교할(원문 校讎) : 원래는 글자의 잘잘못을 대조하며 교정하다는 뜻이지만, 여기서는 비교하다는 의미이다.

에 달해 훌륭한 것을 보아도 배울 생각을 하지 않게 되었다. 서양에서 신생국들이 즐비하게 일어나서 특이한 기술을 중국에 들여와 한번 보여 주며 선전하자, 사람들은 망연자실 기절하면서6) 그제서야 큰일났다는 것을 알게 되었으며, 하찮은 재주와 지혜를 가진 무리들이 그리하여 다투어 군사를 운위하게 되었다. 그 후 이역에서 공부한 사람들은 가까이는 중국의 상황을 알지 못하고, 멀리는 구미의 실정을 살피지 않은 채, 주워모은 잡동사니를 사람들 앞에 늘어 놓으며 날카로운 발톱과 이빨(군사력을 비유한다―역자)이야말로 국가가 가장 먼저 해야 할 일이라고 한다. 또 문명(文明)용어를 끌어다 스스로 분식하며 인도와 폴란드7)를 증거로 대면서 그것을 거울로 삼아야 한다고 말한다. 하지만 힘으로 우열을 겨룬다면 문명과 야만은 도대체 무슨 차이가 있겠는가? 멀리는 로마와 동서(東西)고트족8) 사이에, 가까이는 중국과 몽고족·여진족 사이에 문화수준의 차이가 얼마나 되는지 지자(智者)의 말을 빌리지 않더라도 알 수 있다. 그렇지만 그 승패의 결과는 과연 어떠했던가? 가령 누군가는 오직 고대에만 그러했고 오늘날에는 기계가 제일이며 힘으로 제압하는 것이 아니므로 승패의 판가름이 곧 문명과 야만을 구분하는 것이라고 할지 모르겠다. 그렇다면 무엇으로 인지(人智)를 계발하고 성령(性靈)을 개발하여 덫이며 창·방패는 승냥이와 호랑이를 제어하는 수단에 지나지 않는다는 것을 알게 할 것인가? 그리고 고기를 빼앗아 먹으려는 백인의 마음을 재잘재잘 예찬하면서 이야말로 세계문명의 절정이라고 생각하는 것은 또 무엇인가? 게다가 설령 그들

---

6) 기절하면서(원문 踣僵) : 뻣뻣하게 넘어지다는 뜻이다. 僵은 강(僵)과 같은 글자이다.

7) 인도와 폴란드(원문 印度波蘭) : 인도는 1849년에 영국에게 점령당하였고, 폴란드는 18세기 말에 러시아, 프로이센, 오스트리아 등 삼국에 의해 분할되었다.

8) 고트족(원문 戈爾, Gaul) : 보통 '高盧'라고 음역한다. 3세기 말에 고트족 등이 로마의 노예와 연합하여 로마제국을 공격하였는데, 오랜 전쟁을 통해 476년 로마제국을 무너뜨렸다.

이 말한 대로라 해도 온 나라가 허약하여 거대한 군대를 갖춘다면 어찌 감당할 수 있겠으며, 뻣뻣하게 굳어 죽을 수밖에 없을 것이다. 아아, 저들은 대개 군사(軍事)에 대한 학습을 생업으로 삼기 때문에 근본은 도모하지 않고, 겨우 자신이 배운 것만을 내세우며 천하에 나서고 있는 것이다. 비록 헬멧9)을 깊숙히 쓰고 얼굴을 감추고 있어 그 위세는 능가할 수 없을 듯하지만 벼슬을 구하고자 하는 기색이 진정 겉으로 생생하게 드러난다. 그 다음으로 문제가 되는 것은 바로 공업과 상업, 입헌과 국회에 대한 주장이다.10) 앞의 두 가지(공업과 상업 - 역자)는 본래 중국 청년들 사이에서 중시되고 있기 때문에 굳이 주장하지 않더라도 그에 종사하는 사람들은 앞으로 헤아릴 수 없이 많을 것이다. 어쩌면 나라가 하루 존재한다 해도 부강(富强)을 도모한다는 이름을 빌려서 지사(志士)라는 영예를 떨칠 수 있을 것이다. 설령 불행을 당하여 종묘사직이 폐허가 되더라도 자금이 많으므로 안락하게 살아갈 수 있을 것이며, 설사 믿고 의지할 곳을 잃거나 유대유민들11)처럼 학살당하더라도 자신은 몸을 잘 숨기므로 그 화가 자신에게 미치지 않을지도 모른다. 설령 큰 화가 들이닥쳤다고 하더라도 요행히 화를 면할 수 있

---

9) 헬멧(원문 兜牟) : 군대 헬멧을 가리킨다.

10) 공업과 상업(원문 制造商佑) : 공업과 상업을 발전시켜야 한다는 뜻이다. 당시 일부 지식인들은 민족의 위기와 양무운동(洋務運動)의 고취에 힘입어 중국은 서방 자본주의국가의 자연과학과 생산기술을 배워 신식무기와 교통수단 그리고 생산장비를 제조하여, 근대공업을 일으키고 상업을 진흥시켜 외국과 '상업전쟁'을 해야 한다고 주장했다. 입헌과 국회(원문 立憲國會) : 무술정변 후부터 신해혁명 때까지 개량주의자들이 주장하고 제창한 정치운동이다. 이 시기에 강유위(康有爲), 양계초(梁啓超) 등을 포함하는 개량주의자들은 이미 반동의 길로 들어섰다. 그들은 군주입헌제를 주장하며 유럽의 부르주아계급식 국회를 세우려 하였는데, 손중산(孫中山) 등이 주장한, 청(淸) 정부를 타도하려는 민주혁명운동에 반대하였다.

11) 유대유민들(원문 猶太遺黎) : 유대국은 B.C. 11세기에서 B.C. 10세기 사이에 건국되었다. 1세기경에 로마에 망했고, 그 후 유대인들은 세계 각지로 흩어져 살게 되었다.

는 사람이 없지는 않을 것이니, 그 사람이 마침 자기 자신이라면 여전히 예전처럼 안락하게 살아갈 수 있을 것이다. 뒤의 두 가지(입헌과 국회—역자)에 대해서는 말할 필요도 없다. 그 중에서 비교적 나은 사람들은 거듭되는 외국의 침략에 대해 진정으로 비통해하면서 편할 날이 없지만, 스스로가 게으르고 변변치 못하기 때문에 어쩔 수 없이 타인의 찌꺼기를 주워모아 대중들을 규합하여 저항하고 방어하려 한다. 또한 그들은 자신들의 본성을 드날리며 손쉽게 소동을 피울 수 있으니, 자기와 의견이 다른 사람이 나타나면 반드시 다수로써 소수를 억압하면서 대중정치(衆治)라는 구실을 붙이는데, 그 압제는 오히려 폭군보다 더욱 심하다. 이는 이치에 완전히 어긋날 뿐 아니라, 설령 구국을 도모하기 위해서라면 기꺼이 개인을 희생할 수도 있겠지만, 그들은 탐구도 하지 않고 사고도 꼼꼼하지 않아 그것이 그러한 까닭을 전혀 인식하지 못한 채 손쉽게 대중의 뜻에 귀의해 버린다. 그것은 아마 고질병을 앓고 있는 사람이 의약이나 요양의 방법을 강구하지 않은 채 이상한 힘에 영험을 구하고 주술사12) 무리에게 머리를 조아리며 기도를 올리는 것과 다름 없을 것이다. 가장 밑바닥에 있으면서 다수를 차지하는 사람들은 적절히 구국이라는 허명(虛名)을 빌려 자신의 사욕을 채우면서, 실정이 어떠한지도 돌아보지 않고 직권이나 논의를 오로지 벼슬만을 향해 내달리는 무리나, 또는 우둔한 부자들, 아니면 농간을 부리는 데 능숙한 모리배들에게 내맡겨 버린다. 다만 자신도 권세에 빌붙어 이익을 꾀하는13) 데 뛰어나므로 당장에 그들과 한통속이 된다. 게다가 사리를 추구한다는 악명(惡名)을 세상복리를 위한다는 미명으로 은폐시키고, 지름길이 눈에 보이면 지쳐 쓰러지는 한이 있더라도 그 길을 좇

---

12) 주술사(원문 祝由) : 옛날에 주문 등 미신적인 방법을 사용하여 병을 치료하던 사람을 가리킨다.
13) 권세에 빌붙어 이익을 꾀하는(원문 螫搰) : 권세에 빌붙어 이익을 꾀하거나 약탈하다는 뜻이다.

는다. 아아, 옛날에는 백성 위에서 군림하는 자가 폭군 한 사람뿐이었지만, 오늘날에 이르러 갑자기 변하여 수천수만의 무뢰한들 때문에 백성들은 목숨을 부지할 수 없게 되었으니, 국가를 부흥시키는 데 도대체 무슨 도움이 되겠는가. 그러나 이와 같은 사람들이 크게 떠들며 호소할 때에는 대개 틀림없이 근세문명을 배후의 방패막이로 삼고 있어, 자신들의 주장에 거역하는14) 사람이 나타나면 이들을 야만인이라 부르며 나라를 욕되게 하고 군중을 해친 죄로 마땅히 추방되어야 한다고 말한다. 하지만 그들이 말하는 문명이라는 것이, 정확한 기준을 세우고 신중히 취사선택하여 중국에 실행할 수 있는 완벽한 문명을 가리키는 것인지, 아니면 기존의 문물제도를 모두 던져 버리고 오로지 서양문화만을 가리키는 것인지 모를 일이다. 물질이라는 것과 다수라는 것은 19세기 말엽 문명의 일면이기는 하지만 지금으로서는 필자는 타당하다고 생각하지 않는다. 대개 오늘날 이루어 놓은 것을 보면, 이전 사람들이 남겨 놓은 것을 계승하지 않은 것이 하나도 없기에 문명은 반드시 시대에 따라 변하게 마련이며, 또 이전 시대의 대 조류에 저항하는 것이기도 하기에 문명 역시 편향을 지니지 않을 수 없다. 진정으로 만약 현재를 위해 계획을 세우는 것이라면 지난 일을 고려하고 미래를 예측하여, 물질을 배척하여 정신을 발양시키고 개인에게 맡기고 다수를 배격해야 마땅하다. 사람들이 의기가 크게 앙양되면 국가도 그에 따라 부흥될 것이다. 어찌하여 지엽적인 것들을 붙들고 주워모아 헛되이 금철(金鐵)15)이니 국회니 입헌이니 하고 외치는가? 권세와 이익에 대한 생

---

14) 거역하는(원문 佛戾) : 거역하다는 뜻이다. 불(佛)은 불(拂)과 통한다.

15) 금철(원문 金鐵) : 당시에 양탁(楊度)이 제기한 이른바 '금철주의(金鐵主義)'이다. 1907년 1월 양탁은 도쿄에서 『중국신보(中國新報)』를 출판하였는데, 「금철주의설(金鐵主義說)」을 연재했다. 금(金)이란 '돈(金錢)'을 가리키는 것으로 경제를 뜻한다. 철(鐵)은 '철포(鐵炮)'를 가리키는 것으로 군사를 뜻한다. 이는 실제로 양무파(洋務派)의 '부국강병' 논조를 반복하는 것이며, 당시 양계초(梁啓超)의 군주입헌설과 서로 호응하는 것이다.

각이 가슴 속에 가득하면 시비판단이 흐려지고 일 처리나 주장도 제대로 되지 않는 법인데, 하물며 의지와 품행이 비천하면서도 신문명이라는 이름을 빌려 사욕만을 채우려는 사람들은 더 말할 필요가 있겠는가? 그러므로 오늘날 이른바 시대를 제대로 인식한다는 사람들도 그 실상을 따져 보면, 대부분은 붉은 콩을 검은 구슬이라 여기는 장님이며, 일부는 작은 미끼를 드리워서 고래를 낚으려는 악한이다. 설령 그렇지 않아 심중(心中)이 정직하고 한 점 부끄러움이 없다 하더라도, 그리하여 고심참담 자신의 웅재(雄才)를 발휘하여 점차 의지가 실현되고 일이 완성되어, 마침내 그들이 말하는 이른바 신문명을 들여와 중국에 적용하게 되었다 하더라도, 이는 편향으로 흐른 것들로서 이미 다른 나라에서는 진부한 것들이다. 이런 것들에 대해 향을 피우고 머리를 조아리며 예를 갖추고 있으니, 나는 어찌하여 이처럼 눈앞이 캄캄해지는가! 이는 무엇 때문인가? 물질이나 다수라는 것은 그 이치가 편향되어 있기 때문이다. 역사적 사실에 비추어 볼 때, 이것이 서양에서 나타난 것은 어쩔 수 없는 일이다. 하지만 이것을 아무렇게나 가져다 중국에 시행하는 것은 잘못이다. 무엇을 빌려 잘못이라 말하는가? 그 근원부터 살펴보도록 하자.

세기(世紀)의 원년은 예수16)가 출생하면서부터 시작되었다. 100년이 지나면 이를 한 세기라 하고, 만일 큰 사건이 일어나면 이를 그 세기의 사건이라 한다. 대개 예로부터의 관례에 따라 이를 빌려 시대를 구분하여 왔는데, 심오한 뜻은 없다. 실로 세상의 일은 면면히 이어지고 깊은 곳에 그 근원이 있으니, 그것은 강물이 반드시 근원의 샘에서

---

16) 예수(원문 耶穌) : 기독교의 창시자이며, 유대민족이다. 현재 통용되고 있는 서력은 그가 태어난 해를 기원 원년으로 하고 있다(고증에 따르면 그가 실제로 태어난 해는 B.C. 4년이다). 『신약전서』에 따르면, 그는 유대의 각지를 돌아다니며 설교를 했는데, 유대를 다스리던 권력자들에게 질시당했고, 후에 붙잡혀 로마제국의 유대총독 빌라도에게 넘겨져 십자가에 못박혀 죽었다.

시작되고 초목이 뿌리[17]에서 발육하는 것과 같아 갑자기 나타나거나
사라지는 경우는 이치로 보아 있을 수 없다. 따라서 만일 그 인과관계
를 깊이 연구해 보면 대체로 서로 연관되어 있어 분리할 수 없으니, 만
약 이른바 어떤 세기의 문명특색이 무엇이라 한다면 그것은 그 세기의
문명 중에서 특히 두드러진 것을 들어 말하는 것이다. 역사적 사실에
비추어 예를 들어 보자. 로마가 유럽을 통일한 이후에 유럽은 비로소
전체가 공유하는 역사를 가지게 되었다. 그 후 교황이 자신의 권력으로
전 유럽을 제어하여 각국을 마치 사회집단처럼 가두어 놓고 국경의 구
분을 한 구역해 동일시했다. 더욱이 사람의 마음을 속박하여 사상의 자
유가 거의 없었으므로 총명하고 영특한 사람이 비록 새로운 진리를 발
견하거나 새로운 견해를 품고 있어도 교회에 구속되어 모두 입을 봉하
고 혀를 묶고 있어 감히 말하지 못했다. 그렇지만 민중(民)은 거센 파
도와 같아 저지할수록 더욱 거세어지는 법이니, 드디어 종교의 속박에
서 벗어나야 한다고 생각하게 되었다. 영국과 독일 두 나라에서는 불만
을 가진 사람들이 많았으며, 교황[18]의 궁정은 실로 원한의 표적이 되
었다. 또한 궁정이 이탈리아에 있었기 때문에 이탈리아 사람들도 가세
했다. 수많은 민중이 모두 불만에 동정하게 되어, 교회의 지시를 거부
하거나 교황에게 저항할 수 있는 사람이 있으면 시비를 가리지 않고
찬성했다. 이 때 루터(M. Luther)라는 사람이 독일에서 등장하여 종교
의 근본은 신앙에 있고 제도와 계율은 다 곁가지에 불과하다고 말하면
서 구교(舊敎)를 신랄하게 공격하여 쓰러뜨렸다. 루터가 세운 신교(新
敎)는 계급을 폐지하고 교황이나 주교[19] 등의 칭호를 제거했으며, 그
대신 목사를 두어 신의 가르침을 전파하는 것을 직분으로 했다. 목사는

---

17) 뿌리(원문 芨) : 풀뿌리를 가리킨다.
18) 교황(원문 法皇) : 교황을 가리킨다. 교황의 궁정은 이탈리아 로마의 바디칸에
   있다.
19) 주교(원문 僧正) : 주교를 가리킨다.

일반사회에서 생활하므로 보통 사람들과 차이가 없었다. 의식(儀式)의
절차나 기도방법 역시 간소화되었다. 이것은 목사의 지위가 결코 평민
보다 우월하지 않다는 데 그 정신을 두고 있다. 개혁[20]이 시작되자 맹
렬히 전 유럽에 두루 미치어 그 개혁의 영향은 종교뿐만 아니라 여타
의 세상 일에도 파급되었다. 국가들 사이의 이합이나 전쟁의 원인 등
그 후의 대변동은 대부분 이 종교개혁에 기반을 두고 있었다. 게다가
속박이 완화되고 사색이 자유로워지면서 사회에서는 새로운 분위기가
생겨나 철학(超形氣學)[21] 상의 발견과 자연과학(形氣學)상의 발명이 뒤
따랐다. 이런 것들이 발단이 되어 또 새로운 일이 일어났다. 신대륙발
견,[22]기계개량, 학술발전 그리고 무역확대 등은 굴레를 제거하거나 사
람의 마음을 풀어주지 않으면 있을 수 없는 일들이다. 다만 세상사는
항상 움직이고 고정되지 않는 법이니, 종교개혁이 끝나자 더 나아가 정
치개혁이 요구되지 않을 수 없었다. 그 유래를 더듬어 보면, 이전의 경
우에 교황을 전복할 때에는 군주의 권력을 빌렸으므로 개혁이 끝나자
이에 군주의 힘이 증대되었고, 군주가 제멋대로 만민 위에 군림하여도
피지배자는 이를 억제할 수 없었다. 군주는 오로지 영토확장에만 급급
한 나머지 백성들을 도탄에 빠뜨렸으나 전혀 마음의 동요를 보이지 않
았다. 그리하여 인민생활은 궁핍해지고 인력(人力)은 낭비되었다. 그러
나 사물은 막다름에 이르면 방향을 바꾸는 법, 민심이 드디어 발동하여
혁명이 그리하여 영국에서 나타났고 미국으로 계속 이어졌으며, 다시
프랑스에서 크게 일어났다.[23] 문벌이 일소되고 신분의 귀천이 평등하

---

20) 개혁(원문 轉輪) : 변혁의 뜻이다.
21) 철학(원문 超形氣學) : 객관사물의 일반적인 발전법칙을 연구하는 과학을 가리
   키는데, 바로 철학을 의미한다. 다음에 나오는 '형기학(形氣學)'은 상대적인 의
   미로 구체적인 자연과학을 가리킨다.
22) 신대륙발견(원문 殘隱地) : 15세기 말엽에 있었던 아메리카 대륙의 발견을 가리
   킨다.
23) 영국, 미국, 프랑스 세 나라의 혁명은, 1649년과 1688년의 두 차례에 걸친 영국

게 되었고, 정치권력은 백성이 주관하게 되었으며, 자유평등의 이념과 사회민주의 사상이 사람들 마음 속에 널리 자리잡았다. 그 여파는 지금 까지도 계속되어, 사회, 정치, 경제상의 모든 권리는 의미상 다 군중(衆人)이 공유하는 것으로 되었으며, 또 풍습, 습관, 도덕, 종교, 취미, 기호, 언어 및 그 밖의 행위에 대해 모두 상하(上下)와 현불초(賢不肖)의 울타리를 제거하고자 하여 거의 모든 차별이 없어지게 되었다. 다같이 옳다고 하면 옳은 것으로 여기고, 혼자서 옳다고 하면 그른 것으로 여기며 다수로써 천하를 군림하면서 특이한 사람에게 횡포를 부리는 것이 실로 19세기 대 조류의 일파가 되었으며 지금까지도 만연되어 없어지지 않고 있다. 또 다른 경향을 들어 보면, 물질문명의 진보가 그것이다. 구교(舊敎)가 번창했을 때에는 그 위력이 절대적이었으므로 학자들은 견해가 있어도 대체로 침묵을 지켰으며, 만일 군중 앞에 의연히 자기 견해를 표명하는 날에는 감옥에 갇히거나 사형에 처해졌다. 그러나 교회의 권력이 땅에 떨어지고 사상이 자유롭게 되면서 각종 학술이 크게 발흥하였고, 학술이론이 실제에 응용되면서 실익이 드디어 생겨났다. 그래서 19세기에 이르러 물질문명이 흥성하면서 그야말로 과거 2000여 년간의 업적을 깔보게 되었다. 두드러진 현상을 열거해 보면, 면화, 철광석, 석탄 등의 생산이 이전보다 배가되었고, 여러 면에 응용되면서 전쟁, 제조업, 교통 등에 사용되어 이전보다 월등한 효과를 거두었다. 또 증기나 전기를 마음대로 부리게 되면서 세계상황이 갑자기 바뀌어 인민들의 사업은 더욱 이익을 보게 되었다. 오랫동안 혜택을 누리고 있으면 그 믿음은 점점 더 단단해지고 점차 그것을 표준으로 받들어 마치 모든 존재의 근본인 양 생각하게 된다. 게다가 정신계(精神界)의 모든 것까지도 물질문명의 틀 안으로 끌어들여 현실생활에서 요

의 부르주아혁명, 1775년의 영국식민통치에 반대한 미국의 독립전쟁, 1789년의 프랑스대혁명을 가리킨다.

지부동한 것으로 여기며 오직 그것만을 존중하고 오직 그것만을 숭상한다. 이 또한 19세기 대 조류의 일파로서 지금까지도 만연되어 없어지지 않고 있다. 그렇지만, 교권(敎權)이 거대해지면 제왕의 손을 빌려 그것을 뒤집고, 비교적 큰 권력이 한 사람에게만 집중되면 대중의 힘으로 그것을 뒤집는다. 진리는 대중에 의해 궁극적으로 결정되는 것 같지만, 대중이 과연 시비의 근원을 궁극적으로 결정할 수 있을 것인가? 향락이 법도를 넘어서면 종교로 그것을 교정하고 종교가 권위를 남용하면 다시 물질의 힘으로 그것을 공격한다. 사태는 물질에 의해 궁극적으로 결정되는 것 같지만, 물질이 과연 인생의 본질을 궁극적으로 결정할 수 있을 것인가? 공정한 마음으로 생각해 보면 전혀 그렇지가 않다. 그러나 대세가 그와 같은 것은, 앞서 말한 바와 같이 문명은 반드시 이전 세대가 남긴 것에 뿌리를 두고 발전하여 왔고, 또 지난 일을 교정함으로써 편향이 생기기 때문이다. 정확한 표준에 따라24) 비교해 보면 그것은 자못 분명해지는데, 편향은 마치 외팔이나 절름발이25)와 같을 뿐이다. 다만 그것이 유럽에 나타났던 것은 부득이한 일이었으며 또한 없앨 수도 없는 일이었다. 남은 팔과 남은 다리마저 없애 버리면 한쪽 팔과 한쪽 다리의 은혜마저 잃게 되어 남는 것은 아무 것도 없게 된다. 잘 간수하고 소중하게 여기지 않으면 어쩌겠는가? 그런데 전혀 관계가 없는 중국에 그것을 함부로 적용시키면서 머리를 조아리며 예를 갖춘다면 어찌 옳다고 하겠는가? 눈이 밝은 사람은 힐끗 보아도 다수의 범인보다 더 잘 살피는 법, 위대한 사람이나 철인(哲人)이 벌써 그 폐단을 인식하여 분개하였으니, 이것이 19세기 말엽에 사조가 변하게 된 까닭이다. 독일인 니체(Fr. Nietzsche)26)는 차라투스트라(Zarathustra)27)

24) 정확한 표준에 따라(원문 緣督) : 정확한 표준을 따르다는 뜻이다. 『장자 양생주(莊子 養生主)』에 "정도(正道)를 따름을 법도로 삼는다(緣督以爲經)"라는 말이 있다. 독(督)은 '중도(中道)', '정도(正道)'의 뜻이다.
25) 외팔이(원문 孑) : 외팔이를 가리킨다. 절름발이(원문 躄) : 절름발이를 가리킨다.

의 입을 빌려 이렇게 말했다. "나는 너무 멀리까지 걸어와 짝을 잃어버린 채 혼자가 되었다. 되돌아 현세를 바라보니 그것은 문명의 나라요 찬란한 사회이다. 하지만 이 사회에는 확고한 신앙이 없고, 대중들도 지식을 만들어 낼 창조적 기질이 없다. 나라가 이 상태로 언제까지 오래 머무를 수 있을까? 나는 부모의 나라에서 추방되었다! 잠시나마 기대할 수 있는 것은 오직 자손들뿐이다." 이는 그가 심사숙고 끝에 근대문명의 허위와 편향을 보아낸 것이며, 또 지금 사람들에게 기대를 걸지 않고 어쩔 수 없이 후세들에게 마음을 둔 것이다.

그렇다면 19세기 말 사상이 변하게 된, 그 원인은 어디에 있으며, 그 실제 모습은 어떠하며, 장래에 미칠 그 영향력은 또 어떠할 것인가? 그 본질을 말하자면, 바로 19세기 문명을 바로잡기 위해 생겨난 것이라한다. 50년 동안 인간의 지혜가 더욱 나아지면서 점차 이전을 되돌아보게 되어 이전의 통폐(通弊)를 깨닫게 되었고 이전의 암흑을 통찰하

---

26) 니체(원문 尼佚, 1844~1900) : 보통 '尼采'로 음역한다. 독일의 철학자로서 유의지론(唯意志論)과 초인철학(超人哲學)을 선전한 사람이다. 그는 개인의 권력의지가 일체의 것을 창조하고 일체의 동력을 결정한다고 생각했으며, 군중 위에서 군림하는 이른바 '초인'은 인간의 생물진화에서 최고정점에 있는 것으로 생각하였다. 일체의 역사와 문화는 모두 그들에 의해 창조되었으며 인민군중은 다만 저열한 '대중'에 불과하다는 것이다. 그는 극단적으로 무산계급사회주의혁명운동을 적대시하였으며, 심지어 부르주아의 민주까지도 강력히 반대하였다. 그의 이론은 19세기 후반기에 부르주아계급 사이에 널리 유포되어 있던 소망과 요구를 반영하고 있다. 후에는 독일 파시즘의 이론적 근거가 되었다. 작자는 니체를 새로운 힘을 대표하는 진보적인 사상가로 보았는데, 당시 잘못 이해한 것이 분명하다. 그 후 니체에 대한 작가의 평가는 변하게 되었다. 작자는 1935년에 쓴 『중국신문학대계(中國新文學大系)』 소설 2집 서(序)에서 그를 '세기 말' 사상가라고 하였다(『차개정잡문이집(且介亭雜文二集)』에 보인다).

27) 차라투스트라(원문 察羅圖斯德羅) : 보통 '札拉圖斯特拉'으로 음역한다. 여기서 인용하고 있는 말은 니체의 주요한 철학저서인 『차라투스트라는 이렇게 말했다』의 제1부 36장 「문명의 땅」에 보인다(원문과는 약간의 차이가 있다). 차라투스트라는 B.C. 6·7세기경 조로아스터교의 창시자 조로아스터이다. 니체는 이 책에서 그의 입을 통하여 자신의 주장을 펼치고 있는데, 조로아스터교의 교리와는 무관하다.

게 되었다. 그리하여 새로운 사상이 크게 발흥하여 그것이 모여 대 조
류를 형성하면서, 그 정신은 반동과 파괴로 채워졌고, 신생(新生)의 획
득을 희망으로 삼아 오로지 이전의 문명에 대해 배격하고 소탕하는 것
이었다. 전유럽의 인사(人士)들 중에는 이에 대해 두려워서 몹시 놀라
는 자도 있고 망연자실한 자도 있어 그 힘은 사람들의 마음 속 깊은 곳
까지 파고드는 강렬함이 있었다. 그렇지만 이 조류는 19세기 초엽의
유심주의 일파[28)에 그 근원을 두고 있다. 19세기 말엽이 되자 그 조류
는 당시 현실정신으로부터 감화를 받아 다시 새로운 형식을 확립하여
전대(前代)의 현실에 반항하였는데, 이것이 바로 유심주의 일파에서
가장 최신의 것[29)이다. 그 영향력의 경우 아득히 먼 미래에 대해서는
예측하기 어렵지만, 다만 이 일파는 결코 갑자기 나타나 사람들 사이에
서 풍미한 것은 아니며, 또한 갑자기 소멸해 무(無)로 돌아가지도 않을
것이므로 그것의 기초는 아주 견고하고 내포된 의미는 대단히 깊다는
것을 알겠다. 이 조류를 20세기 문화의 기초로 보는 것은 비록 경솔한
생각이지만, 그것은 장래 신사조(新思潮)의 조짐이며, 또한 신생활(新
生活)의 선구라는 점은 역사적 사실에 비추어 보아 아주 분명하여 여
러 말하지 않아도 이해할 수 있는 일이다. 그러나 새것이 비록 나타났
다고 해도 옛것 역시 아직 시들지 않고 유럽에 두루 퍼져 있어 그 지역
인민들과 은밀히 호흡을 맞추고 있으며, 그 여력(餘力)이 널리 퍼져 나
감으로써 극동을 교란시켜 중국인들에게 옛꿈에서 깨어나 새꿈으로 빠
져 들게 하여 충격과 규환의 도가니로 몰아 넣으며 광란을 연출시키고
있다. 바야흐로 옛것을 업신여기고 새것을 존중한다고 하지만 받아들

---

28) 유심주의 일파(원문 神思一派) : 19세기 초엽 헤겔을 대표로 하는 유심주의 학
   파를 가리킨다. 이 글의 주 42)를 참고.
29) 유심주의 일파에서 가장 최신의 것(원문 神思宗之至新者) : 19세기 말엽의 극단
   적인 주관유심주의 학파를 가리킨다. 다음 글에서 소개하고 있는 니체, 쇼펜하
   우어를 대표로 하는 유의지론과 슈티르너를 대표로 하는 유아론(唯我論) 등이
   그것이다.

인 것은 새것이 아닐뿐더러 완전히 편향과 허위이며, 게다가 제멋대로 받아들여 수습하기조차 대단히 어려운 상태이므로 한 나라의 비애는 이만저만한 것이 아니다. 지금 이 글을 쓰는 것은 최근 서방사상의 전모(全貌)를 전부 언급하려는 것도 아니며, 또한 중국의 장래를 위해 어떤 기준을 세우려는 것도 아니다. 다만 최근의 경향이 극단으로 내달림을 염려하여 그에 대해 공격을 가하고자 하는 것뿐이며, 이는 새로운 유심주의 일파의 의도와 동일한 것이다. 따라서 여기서는 두 가지 사항, 즉 물질배척과 개인존중에 관한 것만 서술하고자 한다.

개인이라는 말이 중국에 들어온 지는 아직 3~4년이 채 못되는데, 시대의 흐름을 잘 안다고 하는 사람들은 자주 그 말을 끌어다가 사람을 매도할 때 사용하며, 만일 개인이라는 이름이 붙여진 사람은 인민의 적과 같이 취급되고 있다. 그 의미를 깊이 알지도, 정확히 살피지도 않고 오히려 남을 해치고 자기를 이롭게 한다는 뜻으로 잘못 이해한 것이 아니겠는가? 공정하게 그 말의 실질을 따져 보면 전혀 그렇지 않다. 그리고 19세기 말의 개인존중이라는 말은 아주 특이하고,[30] 특수한 의미로 쓰이고 있어 더욱이 이전의 경우와 나란히 놓고 논할 수는 없다. 그 당시의 인성(人性)을 살펴보면 모두 그 이전과는 완전히 달라 자의식단계에 들어서고 자기 집착으로 나아가 바야흐로 자기 중심(主己)을 고집하며 속인에 대해서는 거리낌이 없었다. 예를 들어 시가(詩歌)나 소설에 기술된 인물을 보면 한결같이 오만불손한 자가 전편(全篇)의 주인공으로 묘사되고 있다. 이는 문필가가 상상에 의지하여 허구로 만들어 낸 것이 아니며, 사회사조에 먼저 그 조짐이 있었기 때문에 그것

---

30) 특이하고(원문 吊詭) : 아주 특이하다는 뜻이다. 『장자 제물론(莊子 齊物論)』에 "이러한 말을 사람들은 아주 특이하다고 할 것이다(是其言也, 其名爲吊詭)"라는 구절이 있다. 당대(唐代) 육덕명(陸德明)의 『경전석문(經典釋文)』에 의하면 조(吊)는 "음(音)이 적(的)이며, 지극하다는 뜻이고", 궤(詭)는 "다르다는 뜻이다"라고 하였다.

을 서적에 옮겨 놓은 것일 뿐이다. 프랑스대혁명 이후 평등과 자유는
모든 일에 으뜸이 되었고, 이어서 보통교육이나 국민교육은 다 이를 기
초로 해서 널리 실시되었다. 오랫동안 문화의 세례를 받아 사람들은 점
차 인류의 존엄을 깨닫게 되었고, 자아를 알게 되어 갑자기 개성의 가
치를 인식하게 되었으며, 게다가 이전의 습관이 땅에 떨어지고 신앙이
동요하게 되어 자각의 정신이 일전(一轉)되면서 극단적인 자기 중심
(主己)으로 치닫게 되었다. 또한 사회민주의 경향이 점점 세력을 확대
하여 모든 개인을 사회의 일분자로 취급하면서, 튀어나온 부분은 깎아
내고 패인 부분은 메꾸는 것을 지향해야 할 목표로 삼고 천하만민을
일치시켜 사회적 귀천의 차별을 깨끗이 없애려 했다. 이는 이상(理想)
으로서는 참으로 훌륭한 것이지만, 개인의 특수한 성격을 완전히 무시
하여 그 구별을 시도하지 않을 뿐 아니라, 그것을 완전히 절멸시키려고
했다. 다시 암흑의 측면을 예로 들면, 그 폐해로 인해 문화의 순수정신
은 점차 고루함으로 내달리고 날마다 더욱 쇠퇴해져 조금도 남아 있지
않게 되었다. 무릇 사회를 평등하게 하는 일이란 대체로 높은 곳은 깎
아 내지만 낮은 곳은 메꾸지 못하는 법이니, 만약 정말로 대동(大同)단
계가 되었다면 틀림없이 이전의 진보했던 수준 이하로 떨어질 것이다.
더욱이 세상사람들 중에는 명철한 사람이 많지 않고 비속한 사람들이
횡행하는 것을 막을 수 없기 때문에 풍조가 점점 침식되어 사회 전체
가 평범함으로 빠져들게 된다. 속세를 초월하여 세상만사로부터 도피
하거나 우둔하고 무지하여 다수를 좇는 경우가 아니라면 어찌 입을 다
물고 침묵을 지킬 수 있겠는가? 사물이 극에 달하면 반드시 방향을 바
꾸는 법이니 투쟁하는 선각자가 출현하게 된다. 독일인 슈티르너(M.
Stirner)31)가 가장 먼저 극단적인 개인주의를 내걸고 세상에 나타났다.

---

31) 슈티르너(원문 斯契納爾, 1806~1856) : 보통 '斯蒂納'으로 음역한다. 독일의 철
   학자 카스팔 슈미트의 필명이다. 처음에는 무정부주의자, 유아론자였고, 청년혜
   겔파의 대표적 인물 중의 한 사람이다. 그는 '자아'가 유일한 실재이며 전체 세

그는 진정한 진보는 자기 발 아래에 있다고 했다. 인간은 자기 개성을
발휘함으로써 관념적인 세계의 속박에서 벗어날 수 있다. 이 자기 개성
이야말로 조물주이다. 오직 이 자기(我)만이 본래 자유를 소유하고 있
다. 자유는 본래 자기에게 있는 것이므로 다른 데서 구한다면 이는 모
순이다. 자유는 힘으로 얻을 수 있지만, 그 힘은 바로 개인에게 있고,
또한 그것은 개인의 소유물이면서 권리이기도 하다. 그러므로 만일 외
부의 힘이 가해진다면 그것이 군주에서 나왔든 또는 대중에서 나왔든
관계없이 다 전제(專制)이다. 국가가 나에게 국민의 의지와 함께 해야
한다고 말하면 이 또한 하나의 전제(專制)이다. 대중의 의지가 법률로
표현되면 나는 그 속박을 곧 받아들이는데, 비록 법률이 나의 노예32)
라고 하더라도 나 또한 마찬가지로 노예일 뿐이다. 법률을 제거하기 위
해서는 어떻게 해야 하는가? 의무를 폐지해야 한다고 한다. 의무를 폐
지하면 법률은 그와 함께 사라진다는 것이다. 그 의미인즉, 한 개인의
사상과 행동은 반드시 자기를 중추로 삼고 자기를 궁극으로 삼아야 한
다는 것이며, 다시 말하면 자아 개성을 확립하여 절대적인 자유자가 되
어야 한다는 것이다. 쇼펜하우어(A. Schopenhauer)33)는 남보다 뛰어나
다는 우월감과 고집으로 유명하였으며 그의 기이한 언행은 세상에서
드문 일이었다. 그는 맹목적이고 비속한 대중이 세상에 가득한 것을 보

계와 그 역사는 모두 '아(我)'의 산물이라고 보았으며, 일체의 외부 힘이 개인
을 속박하는 것에 반대하였다. 저서로는 『유일자와 그 소유물』 등이 있다. 노신
은 슈티르너를 '투쟁하는 선각자'로 생각하고 있지만 역시 잘못 이해한 것이다.
32) 노예(원문 興台) : 옛날 노예의 등급을 나타내는 두 가지 명칭이다. 후에는 노예
처럼 부림을 당하는 사람을 광범위하게 가리키게 되었다.
33) 쇼펜하우어(원문 勸賓霍爾, 1788~1860) : 보통 '叔本華'로 음역한다. 독일의 철
학자이며 유의지론자이다. 그는 의지가 만물의 근본이라고 생각하였다. 의지는
일체를 지배하고 동시에 인류에게 피할 수 없는 고통을 가져다 준다. 사람들의
이기적인 '생활의지'는 현실세계에서 만족할 수 없는 것이기 때문에 인생은 한
바탕 재난일 뿐이며, 세계는 다만 맹목적이고 비이성적인 의지에 의해 통제될
수밖에 없다. 이러한 유의지론은 나중에 파시즘의 이론적 기초가 되었다. 그의
주요 저서로는 『의지와 표상으로서의 세계』가 있다.

고 그들을 최열등 동물과 같은 것으로 취급하면서 더욱더 자아를 주장하고 천재를 존중했다. 덴마크의 철학자 키에르케고르(S. Kierkegaard)[34]는, 개성을 발휘하는 것만이 지고(至高)의 도덕이며 그 밖의 일을 돌아보는 것은 다 무익한 것이라고 발분하여 강력히 부르짖었다. 그 후 헨릭 입센(Henrik Ibsen)[35]이 문예계에 등장하여 진기한 재능과 탁월한 식견으로 키에르케고르의 해석자라는 말을 들었다. 그의 저서는 종종 사회민주의 경향에 반대하는 데 정력을 쏟아붓고 있는데, 습관, 신앙, 도덕 중 어느 것이든 만일 우물 안 개구리[36]처럼 편향된 것이라면 배척하지 않은 것이 없었다. 다시 근세의 인생을 들여다보면 한결같이 평등이란 이름을 내걸고 있지만, 실제로는 더욱더 추악함으로 내달리고 있으며, 평범함과 경박함이 날로 더욱 심해져 완고와 우매가 유행하고 허위와 기만이 위세를 떨치게 되었다. 기개와 도량의 품성이 탁월하여

---

34) 키에르케고르(원문 契開迦爾, 1813~1855) : 보통 '克爾凱郭爾'로 음역한다. 덴마크의 철학자이다. 그는 극단적인 주관유심주의 입장에서 헤겔의 객관유심주의를 반대하였으며, 인간의 주관존재만이 유일한 실재이며 진리는 바로 주관성이라고 생각하였다. 저서로는『인생 역정의 단계』등이 있다.

35) 헨릭 입센(원문 顯理伊勃生, 1828~1906) : 보통 '亨利克 易卜生'으로 음역한다. 노르웨이의 극작가이다. 그의 작품은 부르주아계급 사회의 허위와 저속함에 대해 맹렬히 비판하면서 개성의 해방을 부르짖고 있다. 그는 강력한 힘을 가진 사람은 고독하며 대부분의 사람들은 저속하고 보수적이라고 하였다. 당시 노르웨이는 소시민계급이 대부분의 세력을 장악하고 있었고 무산계급은 여전히 강력한 정치세력을 형성하지 못하고 있는 상황이었다. 이러한 상황에서 입센의 사상은 자신의 이익만을 추구하는 소시민계급에 반대하는 진보적인 의미를 띠고 있었다. 그러나 그의 강렬한 개인주의 세계관과 인생관은 무산계급사상과 충돌되는 것이었다. 그의 작품이 '5·4' 시기에 중국에 소개되었을 때, 진보적인 측면은 당시의 반봉건투쟁과 여성해방투쟁에서 적극적인 작용을 했다. 주요 작품으로는『인형의 집』,『국민의 적』(본문에서는『민적(民敵)』이라 하였다) 등이 있다.

36) 우물 안 개구리(원문 拘于虛) : 폭이 좁은 견문의 뜻이다.『장자 추수(莊子 秋水)』에 "우물안 개구리가 바다를 말할 수 없는 것은 구멍 속에 갇혀 있기 때문이다(井蛙不可以語于海者, 拘于虛也)"라는 구절이 있다. 허(虛)는 구멍이란 뜻이다.

세상사람들과 다른 천재는 도리어 초야에서 가난하게 지내고 진흙 속
에서 모욕을 당하게 되었다. 개성의 존엄과 인류의 가치는 있으나마나
한 것이 되었으니 이들은 자주 분개하고 격앙하지 않을 수 없었다. 그
의『민중의 적(民敵)』이라는 책은, 어떤 인물이 진리를 지키며 세속에
아부하지 않자 사람들로부터 용납되지 않게 되고, 교활하고 간사한 무
리가 이에 우매한 군중의 우두머리로 군림하면서 다수를 빌려 소수를
누르고 도당을 만들어 사리사욕을 꾀하게 되어 마침내 전쟁이 일어난
다는 내용이다. 이 책은 이것으로 끝나지만 사회의 양상이 여실히 묘사
되어 있다. 니체와 같은 사람은 개인주의의 최고 영웅이었다. 그가 희
망을 걸었던 것은 오로지 영웅과 천재였으며, 우민(愚民)을 본위로 하
는 것에 대해서는 마치 뱀이나 전갈을 보듯 증오하였다. 그 의미인즉,
다수에게 맡겨 다스리게 하면 사회의 원기는 하루 아침에 무너질 수
있으며, 그보다는 평범한 대중을 희생하여 한두 명의 천재의 출현을 기
대하는 것이 더 나으며 차츰 천재가 출현하게 되면 사회활동 역시 싹
이 튼다는 것이다. 이것이 바로 이른바 초인설(超人說)인데 일찍이 유
럽의 사상계를 뒤흔들었던 것이다. 이로써 보건대, 저 다수를 노래부르
며 신명(神明)처럼 받드는 사람들은 대개 광명의 일단만 보고 두루 알
지 못한 채 찬송까지 하고 있으니, 그들에게 암흑을 되돌아 보게 한다
면 당장에 그것이 그렇지 않음을 깨닫게 될 것이다. 한 사람 소크라테
스[37]를 독살시킨 것은 다수의 그리스인이었으며 한 사람 예수 그리스
도를 십자가에 못박은 것은 다수의 유대인이었다. 후세의 논자 중에 누
구라도 잘못되었다고 하지 않겠는가마는 그 때에는 다수의 뜻에 따랐
던 것이다. 가령 오늘날 다수의 뜻을 남겨 책으로 기록해 후세의 현자

---

37) 소크라테스(원문 梭格拉第, Sokrates, B.C. 469~B.C. 399) : 보통 '蘇格拉底'로 음
   역한다. 고대 그리스의 철학자이다. 그는 세계만물은 신이 일정한 목적을 위해
   만들어 놓은 것이라고 선전하였는데, 그는 보수적인 노예주 귀족의 사상을 대
   표하며 후에 아테네 민주정치를 반대한 죄로 재판을 받고 사형선고를 받았다.

로부터 평가를 받는다면 아마 마치 오늘날 사람들이 옛날을 보는 것과
마찬가지로 그 시비가 전도될지도 모른다. 따라서 다수가 서로 붕당을
지으면 인의(仁義)의 방향이나 시비(是非)의 기준이 어지러워 혼란하
게 되며, 오로지 상식적인 것만 이해하게 될 뿐 심오한 이치에 대해서
는 막연해진다. 상식적인 것과 심오한 이치 중에서 어느 것이 올바름에
가깝겠는가? 이 때문에 브루투스가 케사르를 죽이고[38] 시민들에게 이
사실을 알렸을 때 그 말은 질서정연하였고 대의명분도 불을 보듯 아주
분명하였지만, 대중이 받은 감명은 안토니우스가 케사르의 피묻은 옷
을 가리키며 했던 몇 마디 말에는 미치지 못하였던 것이다. 그리하여
바야흐로 대중으로부터 애국의 영웅이라고 추대되었던 브루투스는 돌
연 외국으로 추방되었던 것이다. 그를 예찬했던 사람도 다수이며 그를
추방했던 사람도 또한 다수였다. 순식간에 모든 것이 변하고 뒤집힌 것
은 굳은 절개가 없었기 때문임은 두 말할 필요도 없다. 바로 현상을 보
면 이미 불길한 내막을 충분히 알 수 있는 것이다. 그러므로 시비를 대
중에게 맡길 수는 없으며, 대중에게 맡긴다면 실효를 거두지 못할 것이
다. 정치도 대중에게 맡길 수는 없으며, 대중에게 맡긴다면 잘 다스려
지지 못할 것이다. 오로지 초인(超人)이 나타나야만 세상은 태평해질
것이다. 만일 그럴 수 없다면 지혜로운 사람(英哲)이 있어야 한다. 아
아, 저 무정부주의를 주장하고 있는 사람들은 부의 독점을 전복하고 계

---

38) 브루투스가 케사르를 죽이고(원문 布魯多旣希該撒) : 케사르(원문 該撒, G. J.
　　Caesar, B.C. 100~B.C. 44)는 보통 '愷撒'로 음역한다. 고대 로마공화국의 장군
　　이며 정치가이다. 그는 B.C. 48년에 종신독재자로 임명되었고, B.C. 44년 공화파
　　의 지도자 브루투스에 의해 암살당했다. 케사르가 죽고 난 후 그의 친구인 안
　　토니우스(본문의 '安多尼'이다)는 케사르의 피묻은 옷을 가리키며 그를 위해
　　복수해 주겠다고 맹세하였다. 브루투스는 케사르를 암살한 후 로마의 동방영토
　　로 도주하여 군대를 징집하고 공화정치를 보호할 준비를 하였다. 그러나 그는
　　B.C. 42년 안토니우스의 공격을 받고 패하여 스스로 목숨을 끊었다. 여기서의
　　이야기는 셰익스피어의 역사극 『율리시스 케사르』의 제3막 제2장에 나오는 줄
　　거리에 근거하고 있다.

급을 철폐함에 대단히 철저하였지만, 이론을 세우고 사업을 일으켰던 여러 영웅들은 대체로 지도자를 자임하고 있다. 한 사람이 지도하고 다수가 따를 때, 지혜와 우매의 구분이 바로 여기서 생기는 법이다. 지혜로운 사람을 누르고 평범한 사람들을 따르기보다는 대중을 버리고 지혜로운 사람을 바라는 것이 낫지 않겠는가? 그렇다면 다수라는 주장은 이치에 맞지 않고 개성의 존중이야말로 마땅히 크게 확대되어야 할 것임은 시비와 이해(利害)에 비추어 볼 때 여러 말이나 깊은 사고를 기다리지 않아도 알 수 있는 일이다. 하지만, 그러기 위해서는 또한 독립하여 스스로 강한 모습을 보이고 세상의 더러운 것에서 벗어나 여론을 배척하고 세속에 빠져들지 않는 용맹스럽고 두려움을 모르는 사람에게 의지하여야 할 것이다.

비물질주의(非物質主義) 역시 개인주의의 경우처럼 세속에 대한 반항에서 일어났다. 대개 유물적인 경향은 원래 현실을 출발점으로 삼아 사람의 마음에 스며드는 것이므로 오래도록 그치지 않는다. 그래서 19세기에는 마침내 대 조류를 형성하여 그 근거지는 대단히 견고해지고 후세에까지 영향을 미치게 되어, 마치 생활의 근본인 양 이를 버리면 존재의 근거가 없어지는 듯하였다. 하지만 설령 물질문명이 현실생활의 근본이라 하더라도 숭배의 도가 지나쳐 그 경향이 편향으로 치달으면 그 이외의 다양한 기준은 다 버려 두고 고려하지 않게 되고, 그렇게 되면 궁극적으로는 편향이라는 악인(惡因)으로 인해 문명의 취지를 잃게 되어 처음에는 소모되다가 마침내는 멸망하며, 대대로 내려오는 정신도 100년을 넘기지 못하고 모두 소멸해 버린다는 것을 모르고 있다. 19세기 말엽에 이르자 그 폐해가 더욱 두드러져 모든 사물이 물질화되어 정신은 나날이 침식되고 그 목적은 비속으로 흘렀다. 사람들은 오로지 객관적인 물질세계만을 추구하여 주관적인 내면의 정신은 버려두고 조금도 살피지 않았다. 외(外)를 중시하고 내(內)를 버리고 물질을 취

하고 정신을 버리게 되어 수많은 대중들은 물욕에 사로잡혀 사회는 초
췌해지고 진보는 멈추었다. 그리하여 모든 허위와 죄악이 이를 틈타 자
라남으로써 인간의 성령(性靈)은 점점 그 빛을 잃게 되었다. 19세기 문
명이 가져온 통폐(通弊)의 한 측면이 바로 이와 같은 것이다. 바로 그
때 새로운 유심주의 일파 사람들이 등장하여 어떤 이는 주관을 숭배하
고 어떤 이는 의지의 힘39)을 크게 내세우면서 유행하던 습속을 마치
우레처럼 세차가 바로잡아 나가자 천하 사람들은 그들의 목소리를 듣
고 흔들리기 시작했다. 그 밖에 비평가에서부터 학자나 문인에 이르기
까지 비록 평화에 뜻을 두고 세상에 거스르지 않으려는 사람들도 이
극단적인 유물주의가 정신생활을 말살하는 것을 보고는 비분강개하며
주관주의나 의지주의의 흥기가 대홍수 때의 방주40)보다 더 위대한 효
과가 있다는 것을 알게 되었다. 주관주의에는 대체로 두 가지 경향이
있다. 하나는 오로지 주관을 준칙으로 삼아 그것으로 모든 사물을 규제
하는 경향이고, 또 하나는 주관적인 심령계(心靈界)를 객관적인 물질
계(物質界)보다 더욱 존중하는 경향이다. 전자는 주관경향의 극단으로
서 특히 19세기 말엽에 그 위세를 크게 떨쳤다. 그러나 그 방향은 자기
중심이나 자기 집착과는 자못 다른 것으로 객관적인 습관에 맹종하지
도 않고 또는 치중하지도 않으며 자신의 주관 세계를 지고(至高)의 표
준으로 삼을 뿐이다. 이 때문에 이들의 사고나 행동은 모두 바깥 사물
에서 벗어나 독자적으로 자신의 마음 속 세계에서 움직이며, 확신도 거
기에 달려 있고 만족도 역시 거기에 달려 있다는 것이다. 이는 내면적
인 빛(內曜)을 점차 스스로 깨달은 결과라고 해도 될 것이다. 주관주의
가 흥기한 원인을 외부에서 찾는다면, 대세의 방향이 다 저속한 객관적
인 습관에 달려 있어 스스로 움직이지 못하고 기계41)처럼 움직이게 되

---

39) 의지의 힘(원문 意力) : 유의지론(唯意志論)을 가리킨다.
40) 방주(원문 方舟) : 노아의 방주를 가리킨다. 「인간의 역사」의 주 29)를 참고.
41) 기계(원문 機械) : 기계를 가리킨다.

어 식자들이 이를 견디다 못해 반항하게 되었기 때문이다. 그 원인을 내부에서 찾는다면, 근세의 인심(人心)이 점점 자각으로 나아가면서 물질만능설이 개인의 정감을 해쳐 독창적인 힘을 고갈시킨다는 것을 알게 되자 자신의 깨달음을 가지고 남을 깨우쳐 무너지기 직전의 광란을 수습하지 않을 수 없었기 때문이다. 니체와 입센 같은 사람들은 모두 자신의 신념에 따라 시대습속에 강력히 반항하여 주관경향의 극치를 보여 주었다. 그리고 키에르케고르는 진리의 기준은 다만 주관에 놓여 있고, 오로지 주관성만이 진리라고 했으며, 일체의 도덕적 행위 역시 객관적인 결과가 어떠한가를 불문하고 오로지 주관의 선악에 일임하여 판단할 뿐이라고 하였다. 그의 설이 세상에 나타나자 찬성하는 사람이 점차 늘었고, 그리하여 사조(思潮)는 이 때문에 더욱 확장되었다. 밖을 향해 질주하던 것이 점차 방향을 바꾸어 안으로 향하게 되어 깊이 생각하고 명상하는 기풍이 생겨나고, 스스로 반성하고 감정을 펼치려는 의지가 되살아났으며, 현실 물질과 자연의 속박을 제거해 버림으로써 본래의 정신적 영역으로 되돌아왔다. 정신현상은 실로 인류생활의 극점이며, 정신의 빛을 발휘하지 못하면 인생에서는 무의미하다는 점을 알게 되었고, 또한 개인의 인격을 확장하는 것이 인생에서 가장 중요하다는 점을 알게 되었다. 그렇지만 그 당시에 요구되었던 인격은 이전의 그것과는 크게 달랐다. 과거에는 지성과 정서 양자를 서로 조절하는 것을 이상으로 했는데, 주지주의(主智主義) 일파의 경우는 객관적 대세계(大世界)를 주관 속으로 이입할 수 있는 총명과 예지를 이상으로 했다. 이와 같은 사유는 헤겔(F. Hegel)[42]이 등장함으로써 정점에 이르렀

---

42) 헤겔(원문 黑該爾, 1770~1831) : 보통 '黑格爾'로 음역한다. 독일 고전철학의 주요 대표자 중 한 사람이며 객관유심주의자이다. 그는 정신이 제일성(第一性)이고 세계만물은 모두 '절대정신'의 소산이고 영웅인물은 '절대정신'의 체현자이며 그렇기 때문에 인류역사의 창조자는 그들이라고 생각하였다. 헤겔의 주요한 공적은 변증법적 사유형식을 발전시킨 데 있다. 처음으로 그는 자연세계나 정신세계가 부단한 운동발전의 변증법적 과정을 거친다고 묘사하였다. 그리고

다. 낭만주의 및 고전주의43) 일파의 경우에는, 샤프트버리(Shaftesbury)44)
가 루소(J. Rousseau)45)의 뒤를 이어 정감의 요구를 용인하고, 특히 반드
시 정서와 통일되고 조화되어야만 비로소 이상적인 인격에 합치된다고
하였다. 그리고 실러(Fr. Schiller)46)는 반드시 지성과 감성이 원만하게 일
치한 다음에야 완전한 인격(全人)이 될 수 있다고 했다. 그러나 19세기
가 끝날 무렵에 이르러 이상(理想)은 이 때문에 일변했다. 명철한 사람
들은 내면에 대한 반성이 깊어지면서 옛사람들이 설정해 놓은 두루 조
화롭고 협조적인 인간은 지금의 세상에서 결코 찾을 수 없다는 것을
알게 되었다. 그들은 오로지 의지력이 남들보다 뛰어나 정감(情意)측
면에만 의지하여 현실세계에서 살아갈 수 있기를 희구하였고, 또한 용
맹과 분투의 재능이 있어 비록 여러 번 넘어지고 쓰러져도 결국에는

그들 사이의 내재적인 연관에 대해 깊이 추구하였다. 주요한 저작으로는 『논리
학』, 『정신현상학』, 『미학』 등이 있다.
43) 낭만주의(원문 羅曼) : 낭만주의를 가리킨다. 고전주의(원문 尙古) : 고전주의를
가리킨다.
44) 샤프트버리(원문 息孚支培黎, 1671~1713) : 보통 '沙弗斯伯利'로 음역한다. 영
국의 철학자이며 범신론자이다. 그는 '도덕직관론'을 주장하였으며, 인간은 천
성적으로 도덕감을 가지고 있다고 생각하여 개인의 이익과 사회의 이익은 서
로 모순되지 않으며 이 둘을 서로 조화롭게 통일시키는 것이 바로 도덕의 기
초라고 강조하였다. 그의 이론은 당시 전제왕권에 복무하는 것이었다. 저서로
는 『덕성연구론(德性研究論)』이 있다.
45) 루소(원문 盧騷, 1712~1778) : 보통 '盧梭'로 음역한다. 프랑스의 계몽사상가이
며 '천부인권'의 학설을 주장한 사람이다. 철학면에서 그는 감각이 인식의 근원
이라는 점을 받아들였다. 그러나 인간은 '천부적인 감성'과 천부적인 '도덕관념'
을 가지고 있다고 강조하였다. 또 범신론자들이 말하는 이른바 하느님을 인정
하였다. 주요 저서로는 『사회계약론』, 『에밀』 등이 있다. 루소의 생존연대는 샤
프트버리보다 뒤진다.
46) 실러(원문 希籟, 1759~1805) : 보통 '席勒'으로 음역한다. 독일의 시인이며 극
작가이다. 독일 낭만주의문학의 대표적인 작가 중의 한 사람이다. 그의 철학관
점은 칸트의 유심주의에 기울었으며 지배하는 것은 '자유정신'이라고 생각하였
다. 단지 물질의 제약에서 벗어나 감각과 이성의 완전한 결합을 추구하게 되면
인간은 자유와 이상의 왕국으로 들어갈 수 있다고 보았다. 저서로는 극본 『강
도』, 『음모와 애정』, 『와른스턴』 등이 있다.

그 이상을 실현하려고 했다. 그들의 인격은 바로 이와 같았다. 따라서 쇼펜하우어는 자기에 대해 내성(內省)함으로써 확연하게 모든 일을 이해할 수 있고, 그래서 의지력이 세계의 본체라고 주장하였다. 니체는 의지력이 세상에서 가장 뛰어난, 거의 신명(神明)에 가까운 초인을 기대했다. 입센은 변혁을 생명으로 삼고 힘이 세고 투쟁에 강한, 바로 만인에게 거스려도 두려워하지 않는 강자를 묘사했다. 그들의 이상이 대체로 이러하였던 것은 실로, 세상이 크게 뒤바뀌려 할 때에 현실 세계에 그대로 남아 있는 한 그렇게 하지 않으면 언제나 자기를 버리고 남을 따르게 되어 물에 빠지거나 파도에 휩쓸려 그 방향을 모르게 되고 문명의 진수가 순식간에 사라지고 말 것이기 때문이었다. 오로지 불굴의 의지로 외부 사물에 부딪쳐도 흔들리지 않아야 비로소 사회의 핵심 인물이 될 수 있기 때문이었다. 온갖 어려움을 몰아내고 전진에 힘써야만 인류의 존엄을 지킬 수 있으므로 절대적인 의지력을 갖추고 있는 사람이 귀한 것이다. 그렇지만 이것은 다만 한 측면일 뿐이다. 다른 측면을 살펴보면, 역시 세기 말 인민들의 약점이 드러난다. 과거 문명의 유폐(流弊)가 성령(性靈)에 침투되어 대중들은 대개가 날로 더욱 섬약·위축되었으며, 이에 점차 자기를 되돌아보게 되어 불만을 느끼게 되었다.47) 그리하여 애써 의지력을 추구하는 사람들은 장래의 주춧돌이 되기를 희망했다. 이는 홍수가 넘쳐 머리까지 물에 잠기려는 순간 마음은 맞은편 언덕으로 내달리며 전력을 다해 물에 빠진 자신을 구해달라고 외치는 것과 같은 것이니, 슬픈 일이로다!

　이로써 보건대, 유럽의 19세기 문명은 과거보다 뛰어나며 동아시아를 능가하고 있다는 사실은 깊이 고찰하지 않더라도 알 수 있는 일이다. 그러나 19세기 문명은 개혁으로 시작되었고 반항을 근본으로 하였기 때문에 한쪽으로 편향됨은 이치로 보아 당연한 일이다. 그 말류에

---

47) 불만을 느끼게 되었다(원문 欿然) : 우려하고 만족하지 못하다는 뜻이다.

이르면 폐해가 마침내 분명해진다. 그리하여 새로운 유파가 갑자기 일어나 그 처음으로 되돌아가 열렬한 감정과 용맹한 행동으로써 큰 파란을 일으키며 구폐(舊弊)를 깨끗이 씻어 버렸다. 그것은 오늘날까지 이어져 더욱 확대되고 있다. 그것이 장래에 어떤 결과를 가져올지 아직 예측할 수는 없다. 그렇지만 그것은 구폐에 대한 약이 되고 신생(新生)을 위한 교량이 되어 그 흐름은 더욱 넓어지고 오래 지속될 것인즉, 그 본질을 살피고 그 정신을 관찰해 보면 믿을 만한 근거가 있는 것이다. 아마 문화는 항상 심원함으로 나아가고 사람의 마음은 고정됨에 만족하지 않을 것이므로 20세기 문명은 당연히 심원하고 장엄하여 19세기 문명과는 다른 경향을 보일 것이다. 신생(新生)이 일어나면 허위(虛僞)는 사라지고 내면적인 생활은 더욱 깊어지고 강해지지 않겠는가? 정신 생활의 빛도 더욱 흥기하여 발양되지 않겠는가? 철저하게 각성하여 객관적 환상세계에서 벗어나면 주관과 자각의 생활이 이로 말미암아 더욱 확장되지 않겠는가? 내면적인 생활이 강해지면 인생의 의의도 더욱 심오해지고 개인존엄의 의미도 더욱 분명해져 20세기의 새로운 정신은 아마 질풍노도 속에서도 의지력에 기대어 활로를 개척해 나갈 것이다. 오늘날 중국은 내부 비밀이 이미 폭로되어 사방 이웃들이 다투어 몰려들어 압박을 가하고 있으니, 상황으로 보건대 스스로 변혁하지 않을 수 없게 되었다. 허약함에 안주하고 구습을 고수하고 있으면 진실로 세계의 생존경쟁에서 살아남을 수 없다. 그런데 이를 구제하는 방법이 잘못되어 올바름을 잃게 된다면 비록 날마다 옛모습을 바꾸기 위해 끊임없이 울고 외치더라도 우환(憂患)에는 무슨 도움이 되겠는가? 이 때문에 명철한 사람들이 반드시 세계의 대세를 통찰하여 가늠하고 비교한 다음 그 편향을 제거하고 그 정신(神明)을 취해 자기 나라에 시행한다면 아주 잘 들어맞을 것이다. 밖으로는 세계사조에 처지지 않고, 안으로는 고유한 전통(血脈)을 잃지 않고, 오늘날 것을 취해 옛것을 부활

시키고, 달리 새로운 유파를 확립하여 인생의 의미를 심원하게 한다면,
나라 사람들은 자각하게 되고 개성이 확장되어 모래로 이루어진 나라
가 그로 인해 인간의 나라로 바뀔 것이다. 인간의 나라가 세워지면 비
로소 전에 없이 웅대해져 세계에서 홀로 우뚝 서게 되고, 더욱이 천박
하고 평범한 사물과는 상관이 없게 될 것이다. 그런데 오늘날 갑자기
변혁을 생각한 지는 이미 많은 세월이 지났지만, 청년들이 사유하고 있
는 것을 보면, 대개가 옛날의 문물에게 죄악을 덮어 씌우고 심지어는
중국의 말과 글이 야만스럽다고 배척하거나 중국의 사상이 조잡하다고
경멸한다. 이러한 풍조가 왕성하게 일어나 청년들은 허둥대며 서구의
문물을 들여와 그것을 대체하려고 하는데, 앞서 언급한 19세기 말의
사조에 대해서는 조금도 주의를 기울이지 않는다. 그들의 주장은 대부
분 물질에만 치중하고 있는데, 물질을 받아들이는 것은 괜찮겠지만 그
실상을 따져 보면 그들이 받아들이려고 하는 물질이란 완전히 허위에
차 있고 편향되어 있어 전혀 쓸모가 없는 것이다. 장래를 위해 계획을
세우려는 것이 아니라 단지 지금의 위기를 구제하려는 것이라 하더라
도 그 방법이나 발상은 심각한 오류를 가지고 있다. 하물며 날조하여
그 일을 맡고 있다는 자가 개혁이라는 이름을 빌려 몰래 사욕을 채우
고 있음에랴. 이제 지사(志士)라는 자들에게 감히 물어 보자. 부유함을
문명이라 여기는가? 유대인들은 본성적으로 재산을 모으는 데 뛰어나
장사에 뛰어난 유럽인들도 그들에게 비교될 수 없지만, 유대민족의 처
지는 어떠한가? 철도와 광산을 문명이라 여기는가? 50년 동안 아프리
카와 오스트레일리아 두 대륙에서는 철로와 광산업이 성행했지만, 이
두 대륙의 토착문화는 어떠한가? 대중정치(衆治)를 문명이라 여기는
가? 스페인과 포르투갈48) 두 나라는 헌법이 제정된 지 오래 되었지만
이들 나라의 실정은 또 어떠한가? 만일 오로지 물질만이 문화의 기초

---

48) 포르투갈(원문 波陀牙) : 포르투갈을 가리킨다.

라고 한다면 무기49)를 늘어 놓고 식량을 전시해 놓기만 해도 천하의
영웅이 될 수 있지 않겠는가? 만일 다수만이 시비를 올바르게 판단할
수 있다고 한다면, 한 인간이 뭇 원숭이와 함께 있으면 그 인간도 나무
위에 살면서 도토리를 먹어야 할 것이 아닌가?50) 이는 여자나 아이라
하더라도 틀림없이 부정할 것이다. 그렇지만 구미의 열강이 모두 물질
과 다수로써 세계에 빛을 드리우고 있는 것은 그 근저에 인간이 놓여
있기 때문이다. 물질이나 다수는 다만 말단적인 현상일 뿐이며, 근원은
깊어 통찰하기 어렵고 화려한 꽃은 드러나게 마련이어서 쉽게 눈에 띄
는 법이다. 이 때문에 천지 사이에서 살아가면서 열강과 각축을 벌이려
면 가장 중요한 것은 사람을 확립하는 일(立人)이다. 사람이 확립된 이
후에는 어떤 일이라도 할 수 있다. 사람을 확립하기 위한 방법으로는
반드시 개성을 존중하고 정신을 발양해야 한다. 만약 그렇게 하지 않으
면 나라가 망하는 데에는 한 세대도 걸리지 않을 것이다. 중국은 옛부
터 본래 물질을 숭상하고 천재를 멸시해 왔으므로 선왕(先王)의 은택
은 나날이 없어지고 외부의 압력을 받게 되면서 마침내 무기력해져 자
기조차 보존할 수 없게 되었다. 그런데 하찮은 재주를 가진 교활한 무
리들이 크게 부르짖고 과장하면서 물질로써 말살하고 다수로써 구속하
여 개인의 개성을 남김없이 박탈하고 있다. 과거에는 내부에서 자발적
으로 생긴 반신불수였고, 지금은 왕래를 통해 전해진 새로운 질병을 얻
게 되었으니, 이 두 가지 질병이 교대로 뽐내면서 중국의 침몰을 더욱
가속화하고 있다. 아아, 다가올 미래를 생각하니 더 지속할 수가 없도
다!

1907.

---

49) 무기(원문 機括) : 무기를 가리킨다.
50) 원숭이(원문 禺) : 큰 원숭이를 가리킨다. 도토리(원문 芧) : 도토리를 가리킨다.
『장자 제물론(莊子 齊物論)』에 "원숭이를 기르던 사람이 원숭이에게 도토리를
나누어 주다(狙公賦芧)"라는 우언고사가 있다.

마라시력설(摩羅詩力說)¹⁾

옛 근원에 대해 잘 아는 자는 마침내 미래의 샘물과 새 근원을 찾게 될 것이다. 오, 내 형제들이여, 새로운 생명이 탄생하고 새로운 샘물이 심연에서 솟아오를 때가 머지 않았도다.²⁾

―니체―

1

누구나 고국(古國)의 문화사를 읽으며 시대를 따라 내려가다가 권말(卷末)에 이르면 틀림없이 처량한 느낌이 들 것이다. 그것은 마치 따뜻한 봄날을 벗어나 쓸쓸한 가을에 접어들어 생기를 잃고³⁾ 앙상한 마른 나뭇가지만 눈앞에 펼쳐지는 듯하다. 나는 무어라 이름 붙일 수 없지만 아무래도 적막(蕭條)이라 부르는 것이 좋겠다. 인류가 후세 사람들에게 남겨놓은 문화 중에서 가장 힘이 있는 것은 문학(心聲)⁴⁾이다. 옛사

---

1) 원제목은 「摩羅詩力說」이다. 이 글은 처음 1908년 2월과 3월에 『하남(河南)』 월간 제2호와 제3호에 발표되었으며, 영비(令飛)로 서명되어 있다. (역주) 제목에서 '마라(摩羅)'란 악마를 뜻하므로 '마라시력(摩羅詩力)'은 악마파 시의 힘이라는 뜻이다.

2) 니체의 이 말은 『차라투스트라는 이렇게 말했다』의 제3권 제12부분 제25절의 「옛묘비와 새로운 묘비」에 나온다.

3) 생기를 잃고(원문 勾萌絕脈) : 생기가 전혀 없다는 뜻이다. '勾萌'은 초목이 싹이 틀 때 나오는 어린 눈을 가리키고 '脈'은 조짐을 뜻한다.

4) 문학(원문 心聲) : 언어를 가리킨다. 양웅(揚雄)의 『법언 문신(法言 問神)』에 "말은 마음의 소리요, 글은 마음의 그림이다(言, 心聲也; 書, 心畵也)"라는 구절이 있다. 여기서는 시나 다른 문학창작을 가리킨다.

람들의 상상력은 자연의 오묘함에 닿아 있고 삼라만상과 연결되어 있어, 그것을 마음으로 깨달아 그 말할 수 있는 바를 말하게 되면 시(詩)가 된다. 그 소리는 세월을 거치면서 사람들의 마음 속에 들어가면 입을 다물 듯이 그렇게 끊어지지 않고 오히려 더욱 만연되어 그 민족5)을 돋보이게 한다. 점차 문사(文事)가 쇠미해지면 민족의 운명도 다하게 되고 뭇사람들의 울림이 끊기면 그 영화(榮華)도 화려한 빛을 거둔다. 그래서 역사책을 읽는 사람들에게 적막한 느낌이 뭉클 일어나고, 이 문명사(文明史)의 기록도 점차 마지막 페이지에 이르게 된다. 대개 역사의 초창기에 영예를 가득 안고 문화의 서광을 열었으나 지금에 이르러 흔적만 남게 된 나라6)들은 모두 이와 같다. 가령 우리 나라 사람들의 귀에 익숙한 나라를 예로 든다면 인도가 가장 적절할 것이다. 인도의 옛『베다』7)의 네 종류는 뛰어나고 아름다우며 깊이가 있어서 세계의 위대한 문장이라고 한다. 그리고『마하바라타』와『라마야나』8)라는 두 편의 서사시 역시 지극히 아름답고 오묘하다. 그 후 칼리다사(Kalidasa)9)라는 시인이 나와 희곡을 창작함으로써 세상에 이름을 떨쳤고, 그

---

5) 민족(원문 種人) : 종족이나 민족을 가리킨다.
6) 흔적만 남게 된 나라(원문 影國) : 실제로는 망했으나 이름만 남아 있거나 이미 소멸한 고대 문명국가를 가리킨다.
7)『베다』(원문 韋陀) : 보통 '『吠陀』'로 번역한다. 인도에서 가장 오래 된 종교, 철학, 문학의 경전이다. 대략 B.C. 2500~B.C. 500년의 작품이다. 그 내용을 보면, 송시(頌詩), 기도문(祈禱文), 조문(弔文), 제사의식(祭祀儀式) 등을 기록하고 있다. 「리그(Rig)」, 「야주르(Yajur)」, 「사마(Sama)」, 「아다르바(Atharva)」 등 네 부분으로 되어 있다.
8)『마하바라타』와『라마야나』(원문『摩訶波羅多』和『羅摩衍那』) : 인도 고대의 양대 서사시이다.『마하바라타』는 '『瑪哈帕臘多』'라고 음역하기도 하며, 대략 B.C. 7~B.C. 4세기의 작품으로 제신(諸神)이나 영웅(英雄)의 이야기를 서술하고 있다. 『라마야나』는 '『臘瑪延那』'로 음역하기도 하며, 대략 5세기의 작품으로 고대의 왕자 라마의 이야기를 서술하고 있다.
9) 칼리다사(원문 加黎陀薩, 약 서기 5세기) : 보통 '迦梨陀娑'로 음역한다. 인도의 고대 시인이며 극작가이다. 그의 시극(詩劇)『사쿤다라』는 인도의 고대 서사시 『마하바라타』 중에 나오는 국왕 도와산다와 사쿤다라의 연애 이야기를 서술하

는 간혹 서정적인 작품도 지었다. 게르만의 최고 시인 괴테(W. von Goethe)는 그것을 세상에서 가장 뛰어난 작품이라고 대단히 칭송하였다. 민족이 힘을 잃게 되자 문학 역시 함께 영락하여 위대한 소리는 점차 그 국민의 가슴 속에서 되살아나지 못하고 마치 망인(亡人)처럼 이역(異域)으로 떠돌게 되었던 것이다. 다음으로 헤브라이[10] 민족을 예로 들면, 종교적 가르침과 많이 관련되어 있지만 그 문장은 심오하고 장엄하여 종교적 문술(文術)은 바로 여기에 기원을 두고 있으며, 사람들의 마음 속에 스며들어 지금까지도 없어지지 않고 있다. 특히 이스라엘 민족의 경우에는, 예레미아(Jeremiah)[11]의 노래소리에 이르러 왕들이 방탕하였기 때문에 하느님이 크게 노하여, 예루살렘은 마침내 파괴되었고[12] 유대민족의 혀도 침묵하게 되었다. 그들이 다른 나라로 유랑할 때 비록 자기들의 조국을 잊지 않고 자신들의 언어와 신앙을 정성스럽게 간직하려고 애를 썼지만 예레미아의 「애가(哀歌)」 이후로는 이어지는 노래소리가 없었다. 그 다음으로 이란과 이집트[13]를 예로 들면,

---

고 있다. 1789년 존스가 영어로 번역하였고, 그것이 독일로 전해져 괴테가 읽고 1791년 시를 지어 칭찬하였다. "봄날의 아름다운 꽃이여, 향기로운 내음을 풍기고 있구나. 가을날의 늘어진 열매여, 진주를 품고 있구나. 아득한 하늘가, 넓은 대지에, 아름다운 그대 이름 하나 사룬다라."[소만수(蘇曼殊)의 번역에 근거]

10) 헤브라이(원문 希伯來) : 유대민족의 별칭이다. B.C. 1320년 유대민족의 지도자 모세가 유대민족을 이끌고 이집트에서 팔레스타인으로 돌아와 유대와 이스라엘이라는 두 개의 국가를 건설하였다. 헤브라이인의 경전인 『구약전서』는 문학작품과 역사적인 전설, 종교와 관련된 기록 등이 포함되어 있고, 후에 기독교 『성경』의 일부가 되었다.

11) 예레미아(원문 耶利米) : 이스라엘의 예언가이다. 『구약전서』의 「예레미아서」 52장에 그의 언행이 기록되어 있다. 또 「예레미아애가」는 유대민족의 고도(故都)인 예루살렘이 함락된 사실을 애도한 것으로 그의 작품이라 전해지고 있다.

12) 예루살렘은 마침내 파괴되었고(원문 耶路撒冷遂隳) : B.C. 586년 유대왕국이 바빌론에게 멸망당하고 예루살렘이 파괴되었다. 『구약전서 열왕기하』에 의하면, 이는 유대국왕들이 하느님을 공경하지 않았기 때문에 하느님의 진노로 인한 결과라고 한다.

13) 이란과 이집트(원문 伊蘭埃及) : 모두 고대에 문화가 발달한 국가이다. '伊蘭'은 이란이고, 옛날에는 페르시아라고 불렸다.

이들 나라는 모두 두레박줄 끊어지듯 중도에서 무너지고 말았으니, 예
전에는 찬란했지만 지금에는 쓸쓸해졌다. 만약 중국(震旦)이 이러한
대열에서 벗어날 수 있다면 인생의 큰 행복 중에서 이보다 더 나은 것
은 없을 것이다. 무엇 때문인가? 영국의 칼라일(Th. Carlyle)14)은 이렇
게 말했다. "밝게 빛나는 노래소리를 얻어 마음의 뜻을 마음껏 노래부
르며 살아가는 것은 국민들이 가장 먼저 바라는 일이다. 이탈리아는 여
러 갈래로 나뉘어 있지만 실제로 통일되어 있다. 왜냐하면 이탈리아는
단테(Dante Alighieri)15)를 낳았고 이탈리아어를 가지고 있기 때문이다.
대제국 러시아의 차르16)는 병력과 무기를 가지고 있어 정치적으로 넓
은 지역을 다스리고 대업을 수행할 수 있다. 그러나 어찌하여 소리가
없는가? 내부에 혹 큰 것이 있다고 하나 그 크다고 하는 것도 벙어리에
지니지 않는다. (중략) 병력과 무기는 부식하지 않을 수 없지만 단테의
소리는 변함이 없다. 단테를 가진 사람들은 통일되어 있지만 소리의 조
짐이 없는 러시아 사람들은 마침내 지리멸렬할 뿐이다."

니체(Fr. Nietzsche)는 야만인을 싫어하지 않았으며, 그들은 새로운
힘을 가지고 있다고 말했는데, 이 말은 움직일 수 없이 확실하다. 대개
문명의 조짐은 진실로 야만 속에서 배태되며, 야만인은 개화되지 못
한17) 상태이지만 숨겨진 찬란한 빛이 그 내부에 잠재되어 있다. 문명

14) 칼라일(원문 加勒爾) : 칼라일이다. 여기서 인용된 부분은 그의 『영웅과 영웅숭
배』라는 책의 제3강 「영웅으로서의 시인, 단테, 셰익스피어」의 마지막 단락이
다.
15) 단테(원문 但丁, 1265~1321) : 이탈리아의 시인이다. 유럽의 문예부흥시기에 문
학면에서 대표적인 인물 중의 한 사람이다. 그의 작품은 대부분 봉건전제나 교
황통치의 죄악을 폭로하고 있다. 그는 가장 먼저 이탈리아어로 작품활동을 하
였으며, 이탈리아어를 풍부하게 하고 세련되게 하는 데 큰 공을 세웠다. 주요
작품으로는 『신곡(神曲)』과 『신생(新生)』이 있다.
16) 차르(원문 札爾) : 보통 '沙皇'으로 음역한다.
17) 개화되지 못한(원문 狉獉) : 여기서는 태고 때 인류가 아직 개화하지 않은 상태
를 형용하고 있다. 원래는 '榛狉'로 써야 한다. 당대(唐代) 유종원(柳宗元)은 「봉
건론(封建論)」에서 "초목이 무성하고, 사슴과 돼지가 무리지어 달린다(草木榛榛,

이 꽃이라면 야만은 꽃받침이고, 문명이 열매라면 야만은 꽃이어서 전진이 여기에 있고 희망 역시 여기에 있다. 다만 문화가 이미 끝난 오래된 민족은 그렇지 않다. 발전이 멈추자 쇠락함이 뒤따라 일어나고, 더욱이 오랫동안 옛선조들의 영광에 의지하여 문화수준이 낮은 주위 나라들 속에서 우쭐해하며 무기력해져도 스스로 알지 못하고 미련하게 자기만 옳다고 고집하니 마치 죽은 바다처럼 가라앉아 있다. 역사의 초창기에 차지했던 찬란함이 마침내 권말(卷末)에 가서 그 모습을 감추게 되는 것은 아마 이 때문이 아니겠는가? 러시아가 소리가 없더니 이제 격렬한 소리를 울리고 있다. 러시아는 어린이에 불과하지만 벙어리는 아니며, 지하수와 같지만 마른 우물은 아니다. 19세기 전기에 과연 고골리(N. Gogol)[18]라는 사람이 나타나더니 지금까지 볼 수 없었던 눈물과 슬픈 기색으로 자기 나라 사람들을 진작시키니 혹자는 마치 영국의 셰익스피어(W. Shakespeare)와 비슷하다고 했다. 셰익스피어는 바로 칼라일이 칭찬하고 숭배했던 사람이다. 세상을 돌아보면 새로운 소리가 다투어 일어나 특수하고 웅장한 언어로써 스스로 민족정신을 진작시키고 그 위대하고 아름다움을 세계에 소개하지 않는 경우가 없다. 만약 깊은 침묵 속에서 움직이지 않는 민족이 있다면 오직 앞에서 예로 든 인도 이하의 몇몇 오래 된 나라들 뿐이다. 아아, 오래 된 민족의 문학(心聲)유산은 장엄하지 않은 것이 없고 숭고하고 위대하지 않은 것이 없지만, 그것은 오늘날과 호흡이 통하지 않아 옛날을 그리워하는 사람들에게 어루만지며 읊조리게 하는 것 이외에 달리 무엇을 자손들에게 물려 줄 것인가? 그렇지 않으면 겨우 자신들의 예전 영광을 되뇌임으로써 지금의 적막을 가리려고 하니, 이는 도리어 새로 일어나는 나라만

鹿豕狉狉"라고 하였다.

18) 고골리(원문 鄂戈理, 1809~1852) : 보통 '果戈理'로 음역한다. 작품은 러시아의 농노제도 아래서 어둡고 침체되고 낙후된 사회생활을 폭로·풍자하고 있다. 작품으로는 극본 『검찰관』과 장편소설 『죽은 혼』이 있다.

못하다. 새로 일어나는 나라의 문화는 아직 번성하지는 못했지만 미래
에 충분히 존경할 만한 것이 있으리라는 큰 희망이 있는 것이다. 그러
므로 이른바 오래 된 문명국이라는 말에는 처량한 뜻이 들어 있고 풍
자의 뜻이 들어 있는 것이리라! 중도에 몰락한 귀족의 후예는 가세가
무너졌어도 사람들에게 떠벌리며, 우리 선조들이 한창 때는 비할 데 없
이 지혜롭고 무공이 혁혁하여,[19] 일찍이 대궐 같은 집과 웅장한 누각,
보석과 개와 말이 있었고 존귀함은 보통사람들보다 훨씬 뛰어났다고
한다. 이런 말을 들으면 누구라도 배 잡고 웃지 않겠는가? 국민의 발전
을 위해서 옛날을 그리워하는 것도 일정한 공로가 있다. 그러나 그리워
한다는 말은 거울에 비춰 보듯 그 의미가 분명하다. 때로는 전진하고,
때로는 돌아보고, 때로는 광명의 먼길로 나아가고, 때로는 찬란했던 과
거를 염두해 두어야 한다. 그리하여 새로운 것은 날마다 새로워지고 옛
것 역시 죽지 않는다. 만약 이런 까닭을 모르고 멋대로 자만하면서 스
스로 즐거워한다면 바로 이 때부터 긴긴 밤이 시작되는 것이다. 이제
중국의 큰 거리로 발길을 옮겨 보도록 하자. 틀림없이 군인들이 종종걸
음으로 시내를 지나가는 것을 보고는 입을 크게 벌리고 군가를 지어
부르며 인도나 폴란드의 노예근성을 호되게 질책할 것이다.[20] 멋대로
국가(國歌)를 짓는 사람도 역시 그러하다. 대개 오늘날 중국은 자못 이
전의 화려함만 들먹이며 특별히 소리를 내지 못하고, 왼쪽 이웃은 이미
노예가 되었고 오른쪽 이웃은 곧 망할 것이라고 하면서 망해가는 나라

---

19) 무공이 혁혁하여(원문 武怒) : 무공이 혁혁하다는 뜻이다. '怒'는 기세가 혁혁함
    을 형용한다.
20) 청말에 유행하던 군가나 문인들의 시작품 중에 이러한 내용이 많았다. 예를 들
    어 장지동(張之洞)이 지은 「군가(軍歌)」 중에는 이런 구절이 있다. "보라, 인도
    는 국토가 결코 작지 않지만, 노예처럼 말처럼 굴레를 벗어버리지 못하고 있다
    (請看印度國土幷非小, 爲奴爲馬不得脫籠牢)." 그가 지은 「학당가(學堂歌)」에는
    또 이렇게 되어 있다. "폴란드가 무너지고, 인도가 망하고, 유대민족은 사방으
    로 흩어졌다(波蘭滅, 印度亡, 猶太遺民散四方)."

를 택하여 자기와 비교하며 스스로 훌륭함을 드러내려 하고 있다. 인도·폴란드 두 나라와 중국(震旦) 가운데 어느 쪽이 더 열등한가에 대해서는 지금 잠시 이야기를 접어 둔다. 만약 칭송하는 시편21)과 국민들의 소리에 대해 말하면, 천하에 노래하는 자는 비록 많으나 참으로 이런 식으로 노래부르는 경우는 보지 못했다. 시인들은 자취를 감추고 하는 일이 대단히 미미하여 적막한 감정이 갑자기 내습한다. 아마 조국의 진정 위대함을 떨치려면 먼저 자기를 성찰하고 또한 반드시 남을 알아 두루 비교하여야 자각이 생기는 법이다. 자각의 소리가 나타나면 그 울림은 언제나 사람들의 마음에 공명을 일으키고, 맑고 밝아 평범한 울림과는 다르다. 그렇게 하지 않는 경우에는 입과 혀가 달라붙고 말들이 나오지 않아 침묵의 내습이 이전보다 갑절로 심해진다. 정신이 몽롱하게 꿈을 꾸고 있으니 어찌 말이 있을 수 있겠는가? 말하자면 외부로부터 충격을 받아 스스로 강해지려고 애를 쓰고 있으나 노력이 대단치 않을 뿐 아니라 헛되이 한숨만 내쉴 뿐이다. 따라서 국민정신의 발양은 세계에 대한 넓은 식견과 함께한다고 하겠다.

이제 옛일은 거론하지 않기로 하고 달리 다른 나라의 새로운 소리(新聲)에 대해 탐구해 보자. 그 원인은 바로 옛날을 그리워함에서 촉발되었다. 새로운 소리의 차이에 대해 자세히 따질 수는 없지만, 충분히 사람들을 진작시킬 만한 힘이 있고 또한 말이 비교적 깊은 뜻이 있는 것으로는 실로 마라22)시파(摩羅詩派)만한 것이 없다. 마라(摩羅)란 인도에서 빌려 온 것으로 이는 하늘의 마귀를 뜻하고 유럽인들은 이를 사탄23)이라 부른다. 그리고 사람들은 원래 바이런(G.Byron)24)을 그런

---

21) 시편(원문 什) : 『시경(詩經)』 가운데 아송(雅頌) 부분은 10편이 1권으로 되어 있으며, '십(什)'이라고 한다. 여기서는 편장(篇章)을 가리킨다.
22) 마라(원문 摩羅) : 보통 '魔羅'라고 하며, 산스크리트어의 Māra를 음역한 것이다. 이는 불교전설에 나오는 마귀를 가리킨다.
23) 사탄(원문 撒但) : 헤브라이어 Satan의 음역이며, 원래 '복수'의 뜻이다. 『성경』에서는 마귀의 이름으로 쓰고 있다.

것으로 간주했다. 여기서는 모든 시인들 중에서 대체로 반항에 뜻을 두
고, 행동에 목적을 두어 세상으로부터 탐탁지 않게 여겨지는 시인들을
다 이에 포함시켰다. 이들의 언행과 사유, 유파와 영향을 전할 것이며,
이 시파의 시조인 바이런에서 시작하여 마자르(헝가리)의 문인[25]에서
마칠 것이다. 이 시인들은 겉모습은 퍽 다르고 각자 자기 나라의 특색
을 부여받아 찬란한 빛을 발하고 있지만, 그들의 주요한 경향을 총괄하
면 하나로 모아진다. 대체로 세상에 순응하는 화락(和樂)의 소리를 내
지 않았고 목청껏 한번 소리지르면 듣는 사람들은 흥분하여 하늘과 싸
우고 세속을 거부하였으니, 이들의 정신은 후세 사람들의 마음을 깊이
감동시켜 끝없이 면면히 이어지고 있다. 아직 태어나지 않았거나 해탈
한 이후라면 이 시인들의 소리는 들을 필요가 없겠지만, 만약 천지지간
에서 생활하고 자연의 속박에서 살며 전전긍긍해도 그것을 벗어날 수
없는 사람들이라면 그 소리를 듣고 나면 진실로 소리 중에서 가장 웅
대하고 위대하다고 여길 것이다. 그러나 평화를 말하는 사람들이라면
이런 시인들이 자못 두려울 것이다.

2

평화란 인간세상에서는 보이지 않는다. 억지로 평화라고 하는 것은
전쟁이 바야흐로 끝날 때나 아직 시작되지 않았을 때에 지나지 않는다.

24) 바이런(원문 裵倫, 1788~1824) : 보통 '拜倫'이라고 음역한다. 영국의 시인이다.
그는 이탈리아의 부르주아혁명과 그리스 민족의 독립전쟁에 참가하기도 했다.
그의 작품은 전제억압자에 대한 반항과 부르주아계급의 허위와 잔혹함에 대한
증오를 표현하고 있으며, 적극적인 낭만주의 정신으로 충만되어 있다. 그는 유
럽의 시가발전에 큰 영향을 끼쳤다. 주요한 작품으로는 장편시 「돈 주앙」, 「만
프레드」 등이 있다.
25) 마자르의 문인(원문 摩迦文士) : 페퇴피를 가리킨다. '摩迦(Magyar)'는 보통 '馬
加爾'로 음역하며, 헝가리의 주요한 민족이다.

겉모습은 조용한 것 같지만 암류(暗流)가 여전히 잠복하고 있어 일단 때가 되면 움직이기 시작하는 법이다. 그러므로 자연에서 그것을 살펴보면, 산들바람이 숲을 어루만지고 단비가 사물을 적시어 마치 인간세상에 복을 내려 주는 것 같지만, 그러나 뜨거운 불길이 땅 속에 숨어 있다가 화산26)으로 바뀌어 일단 폭발하면 모든 만물은 다 파괴되고 만다. 비바람이 이따금 일어나는 것은 다만 잠복현상일 뿐으로 영원히 평온할 수는 없으니 이는 에덴동산27)과 같다. 인간의 일 역시 그러하여 의식(衣食)과 가정과 나라 사이의 다툼은 그 모습이 뚜렷하여 이미 가리거나 숨길 수 없다. 두 사람이 같은 방에 있어도 호흡을 하게 되어 공기28)에 대한 다툼이 생기고 폐가 강한 사람이 승리하게 된다. 따라서 생존경쟁은 생명 존재와 더불어 시작되었으니 평화라는 이름은 없는 것이나 마찬가지이다. 다만 인류가 처음 생겨났을 때에는 무력과 용맹으로써 저항하고 투쟁하여 점차 문명으로 나아갔으나 교화가 고정되고 풍속이 변하여 새로운 나약함으로 빠져들면서 전진의 지난함을 알게 되어 멍하니 유순함으로 돌아갈 생각을 한다.29)

그리고 전쟁이 눈앞에 닥치면 다시 스스로 피할 수 없음을 알고 이에 상상력을 발휘하여 이상적인 나라를 만들어낸다. 어떤 경우에는 인간이 한 번도 이른 적이 없는 곳에 그것을 기탁하고 어떤 경우에는 헤아릴 수 없는 먼 훗날로 미룬다. 플라톤(Platon)의 『국가』가 나온 이후 서방의 철학자들 중에 이러한 생각을 가진 사람이 얼마나 되는지 헤아릴 수 없을 정도이다. 비록 옛부터 지금까지 평화의 조짐은 결코 없었지만 하루도 빠짐없이 평화의 도래를 고대하고 동경할 만한 목표를 간

---

26) 화산(원문 地岛) : 화산(火山)의 뜻이다.

27) 에덴동산(원문 亞當之故家) : 『구약 창세기』에 나오는 '에덴동산'을 가리킨다.

28) 공기(원문 顯氣) : 공기의 뜻이다.

29) 유순함으로 돌아갈 생각을 한다(원문 思歸其雌) : 물러나 피하여 잠복하다는 뜻이다. 『노자(老子)』 제28장에 "수컷의 용맹을 알고, 암컷의 유순함을 지키다(知其雄, 守其雌)"라는 말이 있다.

절히 추구하였으니, 요컨대 이 또한 인간진화의 한 요소가 아닌가? 우
리 중국의 지혜를 사랑하는 사람들은 유독 서방과 달라 아득히 먼 요
순시대에 마음을 기울이거나 태고시대로 돌아가 사람과 짐승이 혼재된
세상에서 노닌다. 그들은 그 때에는 어떠한 재앙도 생기지 않았고 사람
들은 본성에 만족할 수 있어 지금의 세상처럼 추악하고 위험하여 생활
할 수 없을 정도는 아니었다고 한다. 이러한 주장은 인류의 진화라는
역사적 사실에 비추어 볼 때 완전히 배치되는 일이다. 대개 옛날 사람
들은 여기저기 흩어져 떠돌아다녔으니 그 다툼과 노고는 아마 지금보
다 더 심하지는 않았겠지만 지금과 비교하여 꼭 덜하다고 말할 수는
없을 것이다. 다만 오랜 세월이 지나 역사 기록이 남아 있지 않고 땀자
국과 피비린내가 모두 민멸(泯滅)되었기 때문에, 추측하여 그 때에는
지극히 만족스럽고 안락하였으리라 생각할 뿐이다. 가령 누군가를 당
시로 돌려 보내어 옛날 사람들과 그 우환을 함께 하도록 하면 풀이 죽
고 실의에 빠져 저 먼 반고(盤古)가 아직 태어나지 않은, 개벽이 되지
않은 세계를 다시 그리워할 것이니, 이 또한 반드시 있을 수 있는 일이
다. 따라서 이러한 생각을 가진 사람들은 희망도 없고 전진도 없고 노
력도 없으니, 서방의 사상과 비교하면 물과 불과 같아 서로 섞이지 않
을 것이다. 살신의 마음으로 옛 사람을 따르는 것이 아니면 평생토록
더 이상 바라거나 노력할 만한 것이 없을 것이니, 사람들을 본보기로
삼을 만한 목표로 이끌어도 속수무책으로 크게 한탄이나 하며 정신과
육체가 함께 무너질 따름이다. 한편 더욱이 그 주장을 헤아려 보고 또
옛 사상가들을 보건대, 결코 오늘날 사람들이 과장해서 말하는 것처럼
그렇게 옛 중국(華土)을 낙토(樂土)로 여기지는 않았다. 심히 나약하여
아무 일도 할 수 없음을 스스로 알고 오직 세속을 초월하려 하였으며,
오래 된 나라에 넋이 빠져 사람들을 곤충이나 짐승 수준으로 떨어뜨려
놓고 자신은 은일해 버렸던 것이다. 사상가들이 이러한데도 사회에서

는 그들을 칭찬하여 한결같이 고상한 인물이라고 하니 이는 스스로 나는 곤충이요 짐승이요 하는 것과 같다. 그렇지 않은 자들은 달리 학설을 내세워 사람들을 한결같이 태고의 질박함으로 돌아가게 하려 하였는데, 노자(老子)30)의 무리가 그 중에서 가장 뛰어났다. 노자가 쓴 5,000자의 글은 그 요점이 사람의 마음을 어지럽히지 않는다는 데 있다. 사람의 마음을 어지럽히지 않기 위해서는 당연히 먼저 고목(槁木)의 마음을 추구하고 '무위지치(無爲之治)'를 세워야 한다. 무위(無爲)로써 사회를 교화시키면 세상이 태평해진다는 것이다. 이들의 방법은 훌륭하다. 그렇지만 성운이 응결되고31) 인류가 출현한 이래로 생존경쟁이 나타나지 않은 시대와 생물은 없었으며, 진화가 간혹 정지할 수는 있어도 생물이 원래의 상태로 되돌아갈 수는 없으니 어찌하랴. 만일 전진을 거역한다면 그 세력은 곧 영락으로 떨어질 것이니 세계 내에서 그 실례는 대단히 많아서 오래 된 나라를 한번 훑어보기만 해도 그것이 사실임을 알 수 있다. 만약 진실로 인간들을 이끌어 점차 금수나 초목 그리고 원시생물로 돌아가게 하고, 다시 점차 무생물32)에까지 접근시킬 수 있다면 우주는 거대한 한 덩어리가 되고 생물은 이미 사라져 일체가 허무로 변할 것이니, 이는 차라리 지극히 맑은 세계가 아닌가. 그러나 불행히도 진화는 날아가는 화살과 같아 떨어지지 않으면 멈추지 않고 사물에 부딪히지 않으면 멈추지 않으니 거꾸로 날아가 활시위로 되돌아가기를 바라더라도 이는 이치로 보아 있을 수 없는 일이다. 이것이 인간세상이 슬픈 까닭이며 '마라시파'가 지극히 위대한 이유이

---

30) 노자(원문 老子) : 성은 이(李), 이름은 이(耳), 자는 담(耼)이다. 춘추시대 초나라 사람이며 도가학파(道家學派)의 창시자이다. 그는 정치면에서 '무위이치(無爲而治)'를 주장하고 '소국과민(小國寡民)'의 씨족사회로 돌아갈 것을 주장했다. 저서로는 『도덕경(道德經)』이 있다.
31) 성운이 응결되고(원문 星氣旣凝) : 독일의 철학자 칸트는 '성운설'에서 지구와 같은 천체는 성운이 응결되어 형성된 것이라고 하였다.
32) 무생물(원문 無情) : 생명이 없음을 뜻한다.

다. 인간이 그 힘을 얻는다면 왕성해지고 널리 퍼지고 전진할 것이며 인간이 이를 수 있는 극점까지 도달할 것이다.

중국에서의 다스림은 그 이상이 어지럽히지 않는다는 데 있었지만 그 뜻은 앞에서 말한 것과 달랐다. 사람들을 어지럽히거나 사람들이 어지럽힘을 당하는 경우를 제왕들이 크게 금했는데, 그 의도는 자리를 보존하는 데 있었으며 천만세까지 자손대대로 왕위를 물려 주어 중단되지 않으려는 것이었다. 그래서 천재(Genius)[33]가 나타나면 반드시 전력을 다해 죽였던 것이다. 나를 어지럽히거나 남을 어지럽힐 수 있는 경우를 백성들이 크게 금했는데, 그 의도는 평안히 생활하는 데 있었으며 차라리 몸을 웅크리고 땅에 떨어질지언정 진취적인 것을 싫어했다. 그래서 천재가 나타나면 반드시 전력을 다해 죽였던 것이다. 플라톤은 이상적인 나라를 세우고, 시인들은 다스림을 어지럽히므로 마땅히 나라 밖으로 추방해야 한다고 했다. 비록 나라의 좋고나쁨과 뜻의 높고낮음에는 차이가 있지만 그 방법은 실로 하나에서 나온 것이다. 대개 시인이란 사람의 마음을 어지럽히는 자이다. 보통사람의 마음에도 시가 없을 수 없다. 시인이 시를 짓는다고 해도 시는 시인의 전유물이 아니다. 시인이 지은 시를 한번 읽어 보고 마음으로 이해할 수 있는 사람이라면 스스로 시인의 시를 가지고 있는 것이다. 그것이 없다면 어떻게 이해할 수 있겠는가! 다만 보통사람은 시가 있어도 말로 나타내지 못하고 시인이 대신하여 말로 표현한다. 시인이 활을 잡고 한번 퉁기면 마음의 현이 즉시 이에 호응하여 그 소리가 영부(靈府)에 맑게 울려퍼져 감정이 있는 생물은 모두 아침해를 바라보듯 고개를 들게 되고, 더욱이 이 때문에 아름다움과 위대함, 강력함과 고상함이 발양되어 더럽고 혼탁한 평화가 이로 인해 파괴된다. 평화가 파괴되면 인도(人道)가 증진

---

33) 천재(원문 性解) : 천재의 뜻이다. 이 말은 엄복(嚴復)이 번역한 『천연론(天演論)』에 나온다.

된다. 그렇다고 하나 위로는 황제에서부터 아래로는 노예에 이르기까지 이전의 생활이 이로 인해 변하지 않을 수 없겠지만 협력하여 이 변화를 막고 옛 상태를 영원히 보존하려고 생각하는 것 역시 아무래도 인지상정일 것이다. 옛 상태가 영구히 존속하면 이를 오래된 나라(古國)라고 한다. 오직 시만은 완전히 멸할 수 없는 것이어서 규범을 만들어 시를 그 속에 가둔다. 예를 들어 중국의 시를 보면, 순임금은 시는 뜻을 말하는 것이라 했고,[34] 후대의 현자는 이론을 세워 시는 사람의 성정(性情)을 묶어 두는 것이며 『시경(詩經)』 300편의 요지는 사악함이 없다는 말로 요약할 수 있다고 했다.[35] 무릇 시는 뜻을 말하는 것이라 해 놓고 어째서 묶어 둔다고 하는가? 억지로 사악함이 없다고 하면 그것은 사람의 뜻(人志)이 아니다. 이는 아마도 자유[36]를 채찍이나 고삐 아래에 두려는 것이 아니겠는가? 그런데 그 후의 글들은 과연 엎치락뒤치락해도 그 한계를 넘어서지 못하였다. 주인을 송축하거나 귀족에게 아첨하는 작품들은 더 말할 필요도 없다. 간혹 벌레나 새 소리에 마음이 반응하고 숲이나 샘물에 감정이 동하여 운어(韻語)로 나타내기도 했지만 역시 대부분은 무형의 감옥에 갇혀 천지지간의 진정한 아름

---

34) 순임금은 시는 뜻을 말하는 것이라 했고(원문 舜云言志) : 『상서 순전(尙書 舜典)』에 "시는 뜻을 말하고, 노래는 말을 길게 읊고, 소리[오성(五聲), 즉 궁, 상, 각, 치, 우를 가리킴-역자]는 길게 읊음과 어울리고, 음률[육률(六律)과 육려(六呂)를 가리킴-역자]은 소리를 조화롭게 하는 것이다(詩言志, 歌永言, 聲依永, 律和聲)"라는 말이 나온다.

35) 시가 사람의 성정을 묶어 둔다는 주장은 한대(漢代) 사람이 지은 『시위함신무(詩緯含神霧)』에 보인다. "시란 묶어 두는 것이다. 사람의 성정을 묶어 두어 함부로 날뛰지 못하게 하는 것이다.(詩者, 持也; 持其性情, 使不暴去也)"(「옥함산방집일서(玉函山房輯佚書)」) 이에 앞서 공자도 이렇게 말한 적이 있다. "시 300편을 한 마디로 요약하면 생각함에 사악함이 없다(詩三百, 一言以蔽之, 曰 思無邪)."(『논어 위정(論語 爲政)』) 후에 남조(南朝) 양(梁) 나라의 유협(劉勰)은 『문심조룡 명시(文心雕龍 明詩)』에서 종합하여 이렇게 말했다. "시란 묶어 두다는 뜻으로 사람의 성정을 묶어 두는 것이다. 시 300편을 요약하면 그 뜻은 사악함이 없는 것으로 귀결된다.(詩者持也; 持人性情. 三百之蔽, 義歸無邪.)"

36) 자유(원문 自繇) : 자유의 뜻이다.

다움을 표현할 수 없었다. 그렇지 않은 경우 세상의 일에 비분강개하고 이전 성현에 대한 감회를 표현한, 있으나마나한 작품들이 잠시 세상에 유행했다. 만약 우물쭈물하면서 우연히 남녀 간의 사랑을 언급하면 유학자들은 곧바로 입을 모아 이를 비난한다. 하물며 상속(常俗)에 지극히 반대하는 말이야 어떻겠는가? 다만 굴원(屈原)만이 죽음을 앞두고 머릿속 생각이 파도처럼 일어나 먹라수에까지 이어지고,37) 조국을 되돌아보고 훌륭한 인재가 없음을 슬퍼하며38) 애원(哀怨)을 표현하여 기문(奇文)을 시었다. 망망한 물 앞에서 망설임을 모두 버리고 세속의 혼탁함을 원망하며 자신의 뛰어난 재능을 칭송하였으며,39) 태고 때부터 만물의 보잘 것 없는 것에 이르기까지 모든 것을 회의하며,40) 이전 사람들이 감히 말할 수 없었던 것까지 거리낌없이 말했다. 그러나 작품 속에는 아름답고 슬픈 소리가 넘치지만 반항과 도전의 정신은 작품 전체를 보아도 찾아볼 수 없으니, 후세 사람들을 감동시킨 힘이 강하지 않았다. 유협(劉勰)은, 재능이 높은 자는 작품의 웅장한 체재를 따랐고,

---

37) 굴원은 초나라 경양왕(頃襄王)으로부터 추방된 후 나라일에 울분을 느껴 먹라강(汨羅江)에 몸을 던져 죽었다.

38) 조국을 되돌아보고 훌륭한 인재가 없음을 슬퍼하며(원문 返顧高丘, 哀其無女) : 굴원의 「이소(離騷)」에 "문득 뒤돌아보니 눈물 흐르고, 조국에 미인이 없음이 슬프도다(忽反顧以流涕兮, 哀高丘之無女)"라는 구절이 있다. 고구(高丘)는 한대(漢代) 왕일(王逸)의 주에 의하면 초나라의 산 이름이다. 여(女)는 행위가 고결하여 자기와 지향이 같은 사람을 비유한다.

39) 세속의 혼탁함을 원망하며 자신의 뛰어난 재능을 칭송하였으며(원문 黻世俗之渾濁, 頌己身之修能) : 굴원의 「이소(離騷)」에 "세상은 혼탁하여 분별이 없어 아름다움을 가리길 좋아하고 질투하는구나(世溷濁而不分兮, 好蔽美而嫉妒)", "나는 이처럼 타고난 훌륭한 성품이 있고, 게다가 뛰어난 재능이 있도다(吾既有此內美兮, 又重之以修能)"라는 구절이 있다. 수능(修能)은 뛰어나고 훌륭한 재능을 뜻한다. 왕일(王逸)의 주에는 "또 게다가 탁월한 재능이 있어 뭇사람과는 다르다(又重有絶遠之能, 與衆異也)"라고 하였다.

40) 태고 때부터 회의하며(원문 懷疑自邃古之初) : 굴원은 「천문(天問)」에서 고대역사와 신화전설에 대해 여러 가지 의문을 제기했는데, 첫머리에서 이렇게 말했다. "태고 때의 일은 누가 전하여 말하였는가?(修古之初, 誰傳道之?)" 수고(修古)는 아득한 옛날을 뜻한다.

기교가 있는 자는 작품의 아름다운 문사를 찾아다녔고, 감상하는 자는 작품에 나오는 산천을 음미했고, 처음 배우는 자(童蒙)는 작품의 향초를 주워 모았다라고 했다.[41] 모두 겉모습에만 뜻을 두고 본질적인 내용에까지 나아가지 못하여 위대한 시인이 죽은 이후 사회는 변함이 없었으니 유협이 말한 네 구절 속에는 깊은 슬픔이 담겨 있는 것이다. 따라서 위대하고 아름다운 소리가 우리의 귀청을 울리지 못하는 것은 역시 오늘날에 처음 시작된 것이 아니다. 대부분 시인들이 먼저 제창하여도 백성들은 빠져들지 않는다. 생각건대, 문자가 생긴 이래로 지금까지 시인이나 사인(詞人)들 중에서 훌륭한 시를 지어 그들의 영감을 전하여 우리의 성정(性情)을 찬미하고 우리의 사상을 숭고하게 한 자가 과연 몇이나 되는가? 아무리 찾아보아도 거의 없는 것 같다. 그러나 이 역시 그들의 잘못이라 할 수 없으니, 사람들의 마음에는 실리(實利)라는 두 글자가 아로새겨져 있어 그것을 얻지 못하면 애를 쓰고, 그것을 얻게 되면 곧 잠이 든다. 설령 격렬한 울림이 있어도 어떻게 그들의 마음을 움직이겠는가? 무릇 마음이 움직여지지 않는 것은 말라 죽어서가 아니면 위축되어 있기 때문이며, 더욱이 실리에 대한 생각이 가슴 속에서 뜨겁게 타오르는 데야 어찌하겠는가. 또한 실리라는 것은 지극히 비열한 것이어서 언급할 필요조차 없으니, 서서히 비겁과 인색, 후퇴와 두려움에 이르게 되면 옛날 사람들의 소박함은 없어지고 말세의 각박함이 남게 되는 것은 필연적인 추세이다. 이 역시 옛 철학자들이 예상하지 못했던 일이다. 이제 시는 사람들의 성정(性情)을 움직여 성실, 위대, 강력, 과감의 영역으로 나아가도록 한다고 말하면 듣는 사람은 그것이 터무니없는 것이라 비웃을지 모르겠다. 그러나 일이란 형체가

---

41) 유협(원문 劉彦和, ?~약 520) : 이름은 협(勰)이며, 남조(南朝)의 양(梁)나라 남동완[南東莞 : 지금의 강소(江蘇) 진강(鎭江)이다] 사람으로 문예이론가이다. 그가 저술한 『문심조룡(文心雕龍)』은 중국의 고대문학비평의 명저이다. 여기에 인용된 네 구절은 『문심조룡』의 「변소(辨騷)」편에 나온다.

없고 효과란 금세 나타나지 않는다. 가령 확실한[42] 반증(反證)을 하나 든다면, 아무래도 외적에게 멸망당한 오래된 나라를 드는 것이 가장 좋을 것이다. 대개 그와 같은 나라는 채찍질하거나 묶어놓기가 금수(禽獸)[43]보다 쉬울 뿐 아니라 침통하고 우렁찬 소리로써 후세 사람들을 일깨워 감정을 불러일으키는 경우가 거의 없다. 간혹 그런 경우가 있다고 하더라도 받아들이는 사람 역시 거기에 반응하지 않고 상처의 아픔이 조금 가시면 곧 다시 생계유지에 급급해한다. 목숨을 부지하는 데에만 신경을 쓸 뿐 비열하게 살아가는 데에는 근심하지 않으며, 외적이 다시 들이닥치면 학대를 받으며 그런 삶을 지속한다. 따라서 싸우지 않는 민족이 전쟁을 만날 경우는 싸움을 좋아하는 민족에 비해 더 많으며, 죽음을 두려워하는 민족이 영락하여 패망할 경우도 역시 꿋꿋하게 죽음에 맞서는 민족에 비해 더 많은 것이다.

1806년 8월 나폴레옹이 프로이센 군을 크게 격파하자, 이듬해 7월 프로이센은 화평을 요구하고 종속국이 되었다. 그러나 그 때 독일민족은 비록 전쟁에 패하여 굴욕을 당했지만 옛날의 찬란한 정신을 굳게 간직하고 버리지 않았다. 그리하여 아른트(E. M. Arndt)[44]라는 사람이 나와 『시대의 정신(Geist der Zeit)』을 저술하여 위대하고 장엄한 필치로 독립자유의 소리(音)를 드높이니, 국민들은 이를 받들어 적개심을 크게 불태웠다. 그 뒤 적이 알아차리고 엄중하게 수색하자 아른트는 결국 스위스로 달아났다. 1812년이 되어 나폴레옹은 모스크바의 혹한과 대화재로 인해 실패하고 파리로 도망하여 되돌아오자 유럽 땅은 드디어 구름처럼 술렁이더니 반항군들이 다투어 일어났다. 이듬해 프로이센의 국왕 빌헬름 3세[45]가 곧 국민들에게 조칙을 내리고 병력을 모아,

---

42) 확실한(원문 密栗) : 확실하다는 뜻이다.

43) 금수(원문 毛角) : 금수(禽獸)를 가리킨다.

44) 아른트(원문 愛倫德, 1769~1860) : 보통 '阿恩特'으로 음역한다. 독일의 시인이며 역사학자이다. 저서로는 『독일인을 위한 노래』, 『시대의 정신』 등이 있다.

자유, 정의, 조국이라는 세 가지 슬로건을 내걸고 전쟁을 선언하였다. 꽃다운 나이의 학생, 시인, 예술가들이 싸움터로 달려갔다. 아른트 역시 돌아와 「국민군이란 무엇인가」와 「라인은 독일의 강이지 국경이 아니다」라는 두 편의 시를 지어 청년들의 의기를 고양시켰다. 그리하여 의용군 중에서 때마침 테오도르 쾨르너(Theodor Körner)[46]라는 사람은 감개하여 붓을 던지고 예나국립극장 시인이라는 직위를 사임한 뒤 그의 부모와 애인을 이별하고 드디어 무기를 들고 나섰다. 그는 부모에게 이런 편지를 써 보냈다. "프로이센의 독수리가 이미 세차게 날개짓하고 정성스런 마음을 가지고 있으니 독일민족의 큰 희망을 깨달았습니다. 저의 노래는 모두가 조국을 위한 것입니다. 저는 모든 행복과 기쁨을 버리고 조국을 위해 전사할 것입니다. 아아, 저는 신명(神明)의 힘으로 이미 큰 깨달음을 얻었습니다. 우리 나라 사람들의 자유와 인도(人道)라는 훌륭한 의미를 위해 희생하는 것보다 더 위대한 것이 무엇이겠습니까? 뜨거운 힘이 무한히 저의 마음[47] 속에서 용솟음치고 있으니, 저는 일어섰습니다." 그 뒤에 나온 『하프와 칼(Leier und Schwert)』이라는 시집도 역시 이러한 정신으로 뭉쳐져 크게 울리고 있어 책을 읽노라면 혈관이 팽창하는 듯하다. 그렇지만 당시에 이처럼 열성과 깨달음을 품은 자가 쾨르너 한 사람에만 그치지 않았으니, 모든 독일 청년들이 다 그러하였다. 쾨르너의 소리는 바로 전 독일인의 소리였으며

---

45) 빌헬름 3세(원문 威廉三世, Wilhelm3, 1770~1840) : 프로이센의 국왕이다. 1806년 프랑스와의 전쟁에서 나폴레옹에게 패했다. 1812년 나폴레옹이 모스크바에서 패주한 후 그는 다시 교전하여 승리를 거두었다. 1815년 러시아, 오스트리아와 함께 봉건군주제를 옹호하는 '신성동맹(神聖同盟)'을 맺었다.

46) 테오도르 쾨르너(원문 台陀開納, 1791~1813) : 보통 '特沃多·柯爾納'로 음역한다. 독일의 시인이며 극작가이다. 1813년 나폴레옹의 침략에 반항하는 의용군에 참가하였고 전쟁 중에 전사하였다. 그의 『하프와 칼』은 애국열정을 토로하고 있는 시집이다.

47) 마음(원문 靈臺) : 마음의 뜻이다. 『장자 경상초(莊子 庚桑楚)』에 "마음 속에 그 불행이 끼여들게 해서는 안 된다(不可內于靈臺)"라는 구절이 있다.

쾨르너의 피 역시 바로 전 독일인의 피였다. 따라서 추론하건대, 나폴레옹을 물리친 것은 국가도 아니요, 황제도 아니요, 무기도 아니요, 바로 국민이었던 것이다. 국민은 모두 시를 가지고 있었고 또 시인의 자질을 가지고 있었기 때문에 독일은 결국 망하지 않았다. 공리(功利)를 애써 지키고 시가(詩歌)를 배척하며 다른 나라에서 못쓰게 된 무기를 가져다 자신들의 의식주를 지키려는 자들은 어찌 여기까지 생각이 미칠 수 있겠는가? 그렇지만 이 역시 시의 위력을 쌀이나 소금에 비유하여 다만 실리를 숭상하는 사람들을 일깨워 황금이나 흑철(黑鐵)이 국가를 부흥시키에 부족하다는 것을 알게 하려는 것뿐이니, 독일과 프랑스 두 나라의 외형을 우리 나라가 그대로 모방할 수는 없는 일이다. 그 본질적인 의미(內質)를 보여 주어 약간이나마 깨달아 이해하는 바가 있기를 기대할 따름이다. 이 글의 본의는 진실로 여기에 있지 않은가.

3

순문학의 입장에서 말하면, 모든 예술의 본질은 그것을 보고듣는 사람에게 감정을 일으켜 기쁘게 하는 데 있다. 문학은 예술의 일종이므로 그 본질 역시 당연히 그러하여, 개인이나 국가의 존망과 관계가 없고 실리(實利)와 멀리 떨어져 있고 이치를 따지는 일도 없다. 따라서 문학의 효용은 지식을 넓히는 데에는 역사책만 못하고, 사람을 훈계하는 데에는 격언만 못하고, 부를 쌓는 데에는 공업이나 상업만 못하고, 공명(功名)을 떨치는 데에는 졸업장[48]만 못하다. 그러나 세상에는 문학이 있고 사람들은 이에 거의 만족하는 것 같다. 영국인 다우든(Dowden)[49]

---

48) 졸업장(원문 卒業之券) : 졸업증서를 가리킨다.
49) 다우든(원문 道覃, 1843~1913) : 보통 '道登'으로 음역한다. 아일랜드의 시인이며 비평가이다. 저서로는 『문학연구』와 『셰익스피어 입문』 등이 있다. 여기에 인용된 말은 그의 『초본(抄本)과 연구』라는 책에 나온다.

은 이렇게 말했다. "세상에서 뛰어난 예술과 문학이라 하더라도 보고
읽은 뒤에 인간세상에 도움이 되지 못하는 경우가 종종 있다. 그렇지만
우리가 보고 읽는 데에 즐거워하는 것은 큰 바다를 헤엄치는 것과 같
아서 망망한 바다를 마주하고 유유히 파도를 타면 수영이 끝난 다음에
몸과 마음 모두에 변화가 생긴다. 그런데 저 바다라고 하는 것은 실은
파도가 넘실거릴 뿐이고 감정이란 전혀 없으니 처음부터 교훈이나 격
언은 한 마디도 우리에게 주지 못한다. 그러나 헤엄치는 사람의 원기와
체력은 바로 그로 인해 급격히 증대된다." 따라서 문학의 인생에 대한
쓰임은 결코 의식(衣食), 가옥, 종교, 도덕에 비해 못하지 않다. 대개 인
간은 천지지간에 있기 때문에, 때로는 자각적으로 열심히 일하고, 때로
는 자신을 잃어버리고 망연자실하기도 하고, 때로는 생계[50]를 위해 전
력을 다하고, 때로는 생계의 일을 잊고 주색에 빠지기도 하고, 때로는
현실의 영역에서 활동하기도 하고, 때로는 이상적인 영역에 마음을 두
기도 한다. 만일 어느 한쪽에만 힘을 쏟는다면 그것은 완전하다 할 수
없다. 추운 겨울이 영원히 지속되고 봄기운은 오지 않으며, 육체는 살
아 있으나 넋은 죽어 있어 그 사람이 비록 살아 있다 하더라도 인생의
의미는 잃고 마는 것이다. 문학의 불용지용(不用之用 : 쓰임이 없으면
서도 쓰임이 있음—역자)의 의미가 바로 여기에 있지 않은가? 존 스튜
어트 밀[51]은 이렇게 말했다. "근세 문명은 과학을 수단으로 하고 합리
를 정신으로 하고 공리(功利)를 목적으로 한다." 대세가 이러한데도 문
학의 쓰임은 더욱 신비롭다. 그 까닭은 무엇인가? 우리의 정신과 마음
(神思)을 함양할 수 있기 때문이다. 인간의 정신과 마음을 함양하는 것
이 바로 문학의 직분이요 쓰임이다.

이 밖에 문학이 할 수 있는 일과 관련하여 특수한 쓰임이 하나 있다. 대개 세계의 위대한 문학은 인생의 오묘한 의미를 드러낼 수 있으니, 인생의 사실과 법칙을 직접적으로 말해 주는 일은 과학이 할 수 없는 바이다. 이른바 오묘한 의미란 인생의 진리 바로 그것이다. 그 진리는 미묘하고 심오하여 학생들에게 말로 설명할 수는 없다. 마치 얼음을 보지 못한 열대지방 사람에게 얼음에 대해 말해 주는 것과 같아, 비록 물리학이나 생리학으로 설명하여도 물이 얼 수 있는지 얼음이 차가운지 알 수 없는 것과 마찬가지이다. 다만 얼음을 직접 보여 주고 만져 보게 하면 질량과 에너지라는 두 가지 성질을 말하지 않아도 얼음 자체가 확연히 눈앞에 있으니 의심할 것 없이 직접 이해하게 된다. 문학 역시 그러하여, 판단이나 분석은 학술처럼 논리적으로 엄밀하지 못하지만 인생의 진리가 문학의 언어 속에 포함되어 있어 그 소리를 듣는 사람은 마음이 트이고 인생과 직접 만나게 된다. 열대 지방 사람이 얼음을 본 다음에야 이전에 열심히 연구하고 사색해도 이해할 수 없었던 것이 이제 분명해지는 것과 같은 것이다. 예전에 아놀드(M. Arnold)[52] 씨가 시를 인생 비평으로 삼은 것 역시 바로 이러한 의미이다. 따라서 사람들은 호메로스(Homeros)[53] 이래의 위대한 문학을 읽을 때 시(詩)로만 접근한 것 아니라 스스로 인생과 마주쳐 인생의 장점과 결함의 존재를 역력히 발견하여 스스로 원만하게 나아가려고 더욱 힘썼다. 이러한 효과는 교육적인 의의를 가진다. 교육적인 효과가 있는 이상 이는 인생에 도움이 된다. 그 교육은 또 일반적인 교육과는 달리 용맹을 자각시켜 주고 정진(精進)을 발양시켜 주는 것이니, 문학은 실로 그것을 보여 준다. 대부분 영락하고 풀이 죽은 나라는 이러한 교육적인 효과에 귀를

---

52) 아놀드(원문 愛諾爾特, 1822~1888) : 보통 '亞諾德'으로 음역한다. 영국의 문예 비평가이며 시인이다. 저서로는 『문학비평논집』, 『집시 학자』 등이 있다.

53) 호메로스(원문 鄂謨) : 보통 '荷馬'로 음역한다. B.C. 9세기경 고대 그리스의 맹인 음유시인이라고 한다. 서사시 『일리아드』와 『오딧세이』의 작가이다.

기울이지 않아 비롯된 것이다.

그러나 사회학54)의 입장에서 시를 바라보는 사람들은 그 주장이 또 다르다. 그 요지는 문학과 도덕이 밀접하게 관련되어 있다는 데 있다. 시에는 주요한 성분이 있다고 하고, 그것을 관념의 진실이라 한다. 그 진실이란 도대체 무엇인가? 시인의 사상감정이 인류의 보편적인 관념과 일치되어야 한다는 것이다. 진실을 얻기 위해서는 어떻게 해야 하는가? 지극히 넓은 경험에 의거해야 한다고 한다. 따라서 의거하고 있는 사람들의 경험이 넓을수록 시는 넓은 것으로 간주한다. 이른바 도덕이라는 것은 인류의 보편적인 관념에 의해 형성된 것에 지나지 않는다. 그러므로 시와 도덕의 밀접한 관계는 대자연(造化)으로부터 나온 것이다. 시와 도덕이 합치되면 관념의 진실이 이루어지므로 생명이 여기 있고 영원성(不朽)이 여기에 있다. 그렇지 않은 것들은 반드시 사회규범과 배치된다.55) 사회규범에 배치되기 때문에 반드시 인류의 보편적인 관념에 반하고, 보편적인 관념에 반하기 때문에 반드시 관념의 진실을 얻지 못한다. 관념의 진실을 잃으면 그 시는 죽게 마련이다. 그러므로 시가 죽는 것은 항상 도덕에 반하기 때문이다. 그렇지만 시가 도덕에 반하면서도 여전히 존재하는 것은 무엇 때문인가? 그들은 잠시뿐이라고 할 것이다. 시는 사악함이 없다라는 설은 실로 여기에 꼭 들어맞는 경우이다. 만약 중국에 문예부흥의 날이 온다면 이러한 설을 내세워 애써 그 싹을 자르려는 자가 틀림없이 무리지어 나타날 것이 우려된다. 그리고 유럽의 비평가들 역시 대부분 이러한 설을 가지고 문학을 규제하고 있다. 19세기 초 세계는 프랑스혁명의 풍조에 동요하여, 독일, 스페인, 이탈리아, 그리스가 모두 일어나 지난날의 꿈에서 하루아침에 깨

---

54) 사회학(원문 群學) : 사회학의 뜻이다.
55) 배치된다(원문 舛馳) : 배치하여 달리다는 뜻이다. 『회남자 설산훈(淮南子 說山訓)』에 "물줄기가 나뉘어 어긋나며 달려 동해로 모인다(分流舛馳, 注于東海)"라는 말이 나온다.

어났으나 오직 영국만이 움직임이 비교적 없었다. 그러나 위아래가 서
로 충돌하여 때때로 불평이 생기더니 시인 바이런이 바로 이 때 태어
났다. 그 이전의 스코트(W. Scott)[56] 등은 그 문장이 평온하고 상세한
사실만 추구하여 옛 종교도덕과 대단히 융화가 잘 되었다. 바이런에 이
르러 옛 규범에서 벗어나 믿는 바를 직서(直抒)하였고 그 문장은 강건,
저항, 파괴, 도전의 소리가 담겨 있지 않는 것이 없었다. 평화로운 사람
은 두렵지 않을 수 있겠는가? 그리하여 그를 사탄이라고 했다. 이 말은
사우디(R. Southey)[57]에서 비롯되었고 많은 사람들이 이에 동조하였다.
나중에는 확대하여 셸리(P. B. Shelly)[58] 이하의 여러 사람들을 지칭하
는 말로 썼는데, 지금까지 폐기되지 않고 있다. 사우디 역시 시인으로
서 그의 작품은 당시 사람들의 보편적인 진실을 반영할 수 있었기 때
문에 계관시인이 되었고 바이런을 심하게 공격했다. 바이런 역시 악성
(惡聲)으로써 반격하며 그를 시상(詩商)이라고 불렀다. 바이런이 지은
『넬슨전(*The Life of Lord's Nelson*)』은 지금도 세상에 크게 유행하고 있다.

　　『구약』의 기록에 따르면, 하느님이 7일 만에 천지를 창조하고 마지

---

56) 스코트(원문 司各德, 1771~1832) : 영국의 작가이다. 그는 광범위하게 역사적인
　　제재를 취해 창작활동을 하였다. 유럽의 역사소설 발전에 일정한 영향을 끼쳤
　　다. 작품으로는 『아이반호』, 『십자군 영웅기』 등이 있다.
57) 사우디(원문 蘇惹, 1774~1843) : 보통 '騷塞'으로 음역한다. 영국의 시인이며
　　산문작가이다. 워즈워스(W. Wordsworth), 콜리지(S. Coleridge) 등과 함께 '호반시
　　인'이라고 했다. 그는 정치적으로는 반동적인 경향을 띠었고, 창작상으로는 소
　　극적인 낭만주의를 표현하였다. 1813년 계관시인이 되었다. 그는 장편시 「심판
　　의 환상」의 서언에서 바이런을 '악마파' 시인으로 암시하였으며, 후에 또 바이
　　런의 작품을 판금할 것을 정부에 요청하였다. 또한 바이런에게 답하는 글에서
　　바이런을 '악마파'의 영수라 하여 공개적으로 비난했다. 다음에 나오는 『넬슨
　　전(傳)』은 나폴레옹의 침략에 저항한 영국 해군 원수인 넬슨(1758~1805)의 생
　　애와 사적을 기술하고 있는 작품이다.
58) 셸리(원문 修黎, 1792~1822) : 보통 '雪萊'라고 음역한다. 영국의 시인이다. 아
　　일랜드의 민족독립전쟁에 참가하였다. 그의 작품은 전제군주와 종교적인 기만
　　에 대한 분노와 반항을 표현하고 있어 적극적인 낭만주의정신이 풍부하다. 작
　　품으로는 『이슬람의 반란』, 『해방된 프로메테우스』 등이 있다.

막으로 흙을 빚어 남자를 만들어 아담이라 하였고, 그 뒤 그의 적막함을 근심하여 다시 그의 갈비뼈를 뽑아 여자를 만들어 하와라 하고 모두 에덴에 살게 했다. 또한 새와 짐승, 꽃과 나무를 더했고, 네 줄기 강물을 흐르게 했다. 에덴에는 생명이라는 나무와 지식이라는 나무가 있었다. 하느님은 인간에게 그 열매를 따먹지 말라고 금지했으나 악마가 뱀으로 변해[59] 하와를 유혹하여 그 열매를 따먹도록 했고, 이에 생명과 지식을 얻게 되었다. 하느님이 노하여 즉각 인간을 내쫓고 뱀을 저주하니, 뱀은 배로 기어다니며 흙을 먹게 되었고, 인간은 노동으로 살아가고 죽음을 얻게 되었으며 징벌이 자손에까지 이어져 그렇지 않은 사람이 없었다. 영국의 시인 밀튼(J. Milton)은 일찍이 그 이야기를 취하여 『실락원(The Paradise Lost)』[60]을 지어 하느님과 사탄의 싸움을 광명과 암흑의 싸움으로 비유하였다. 사탄의 모습은 지극히 흉악하고 사나웠다. 이 시가 나온 이후로 사탄에 대한 사람들의 증오는 마침내 더욱 깊어졌다. 그러나 중국(震旦) 사람들처럼 신앙이 다른 자의 입장에서 보면, 아담이 에덴에서 살아가는 것은 새장에 갇힌 새와 다를 바 없고, 무식하고 무지하여 오직 하느님만 기쁘게 하면 그만이니 가령 악마의 유혹이 없었다면 인류는 태어나지 않았을 것이다. 따라서 세상의 사람들은 모두 당연히 악마의 피를 가지고 있으며 인간세상에 혜택을 준 것은 사탄이 처음이다. 그러나 기독교도로서 사탄이라는 이름을 얻게 되면 마치 중국에서 정도(正道)에 반한다고 하는 것처럼 사람들은 공동으로 그를 배척하여 몸두기조차 어려우니, 크게 분노하고 싸움을 좋아하고 활달하고 생각이 깊은 사람이 아니라면 이를 견뎌내지 못한다. 아담과 하와가 에덴을 떠난 다음 아들 둘을 낳아 첫째를 아벨이라 하고, 둘째를 카인[61]이라 했다. 아벨은 양을 치고 카인은 농사를 지어 항상 수확

---

59) 변해(원문 佗) : 빙자하다(托)와 같다.
60) 밀튼의 『실락원』은 장편 서사시로서 사탄이 하느님의 권위에 반항하는 것을 가송(歌頌)하고 있다. 1667년에 출판되었다.

한 것을 하느님에게 바쳤다. 하느님은 기름기를 좋아하고 과실을 싫어
하여 카인이 바치는 것은 거절하며 거들떠 보지도 않았다. 이로 인해
카인은 점차 아벨과 다투게 되었고 결국 아벨을 죽였다. 하느님은 카인
을 저주하여 땅을 척박하게 만들고 다른 지방으로 유랑하게 했다. 바이
런은 이 이야기를 취하여 시극(詩劇)62)을 지어 하느님을 크게 힐난하
였다. 기독교도들은 모두 노하여 신성을 모독하고 풍속을 해쳤다 하여
영혼이 고갈된 시라고 떠벌리며 바이런을 극력 공격했다. 오늘날의 비
평가 중에도 아직 이런 이유로 바이런을 비난하는 사람이 있다. 그 당
시에 다만 토머스 무어(Th. Moore)63)와 셸리 두 사람만이 바이런의 시
는 아름답고 위대하다고 크게 칭찬했다. 독일의 대시인 괴테 역시 절세
의 문장이라 하여 영국의 문학 중에서 그것이 가장 훌륭한 작품이라 하
였다. 나중에 에케르만(J. P. Eckermann)64)에게 영어를 배우도록 한 것
은 바로 그 작품을 직접 읽어 보고 싶었기 때문이라고 한다. 또『구약』
의 기록에 따르면, 카인이 떠난 후 아담은 다시 아들 하나를 얻었고, 오
랜 세월이 흘러 인류는 더욱 번성하게 되었다. 그리하여 마음에 품은
생각들이 대부분 사악한 것들이었다. 하느님은 이에 후회하고 인류를
멸망시키려 하였다. 오직 노아만이 하느님을 잘 섬기고 있었으므로 하
느님은 그에게 고퍼(gopher) 나무로 방주를 만들게 하고65) 가족들과 동

---

61) 카인(원문 凱因) : 보통 '該隱'으로 음역한다.『구약 창세기』에 의하면 카인은
　　아벨의 형이다.

62) 바이런의 장편 서사시『카인』을 가리키며, 1821년에 지어졌다.

63) 토머스 무어(원문 穆亞, 1779~1852) : 보통 '穆爾'라고 음역한다. 아일랜드의
　　시인이다. 작품은 대부분 영국정부의 아일랜드 인민에 대한 억압에 반대하고
　　있으며 민족독립을 가송하고 있다. 저서로는『아일랜드 가곡집』등이 있다. 그
　　는 바이런과 우정이 두터웠으며, 1830년『바이런전』을 써서 바이런을 비방하는
　　사람들에 대해 반박했다.

64) 에케르만(원문 遏克曼, 1792~1854) : 보통 '艾克曼'으로 음역한다. 독일의 작가
　　이다. 괴테의 개인비서를 역임하였다. 저서로는『괴테와의 대화』가 있다. 여기
　　에서 인용하고 있는 괴테의 말은 앞의 책 중에 1823년 10월 21일의 대화기록에
　　보인다.

식물 각각 한 쌍씩을 태우게 했다. 드디어 큰비가 40일 주야로 내리더니 홍수가 범람하고 생물이 멸종하였다. 그러나 노아의 가족만이 무사하여 물이 빠지자 땅위에서 살게 되었고 자손이 다시 태어나 지금까지 끊어지지 않았다. 이야기가 여기에 이르면 당연히 우리는 하느님도 후회할 수 있다니 참으로 기이한 일이구나 하고 느낄 것이다. 또한 사람들이 사탄을 싫어하는 것도 이치로 보아 이상할 것이 없다고 느낄 것이다. 대개 노아의 자손으로서 사람들이 반항자를 애써 배척하고 하느님을 존경하고 섬기면서 전전긍긍 조상의 유업을 계승하려는[66] 것은 홍수가 다시 범람하는 날 다시 하느님의 밀령을 받아 방주에서 자신을 보존하기를 바라기 때문이다. 그런데 생물학자들의 말을 들어보면 격세유전[67]이라는 것이 있어서, 생물 중에는 항상 먼 조상을 닮은 기이한 품종이 나타난다는 것이다. 예를 들어, 사람이 기르는 말 중에 종종 제브러(zebra)[68]와 비슷한 야생말이 태어나는데, 그것은 길들이기 이전의 모습이 지금에 나타난 것이다. 악마파 시인의 출현도 아마 이와 같아 이상한 일은 아니다. 다만 뭇 말들이 그가 길들여지지 않은[69] 데 대해 분노하며 무리를 지어 일제히 발길질을 해댄다면 이는 참으로 가련하고 한탄스러운 일이다.

65) 노아(원문 挪亞) : 보통 '諾亞'로 음역한다. 고퍼나무(원문 亞斐木) : 보통 '歌裴木'으로 음역한다.
66) 조상의 유업을 계승하려는(원문 繩其祖武) : 선조들의 발자취를 따른다는 뜻이다. 『시 대아 하무(詩 大雅 下武)』에 보인다.
67) 격세유전(원문 反種) : 격세유전 현상으로, 생물이 발전하는 과정에서 먼 조상과 유사한 변종이나 생리현상이 나타나는 것을 가리킨다.
68) 제브러(원문 之不拉) : 얼룩말이라는 뜻의 영어 음역이다.
69) 길들여지지 않은(원문 不伏箱) : 제어당하지 않는다는 뜻이다. 『시 소아 대동(詩 小雅 大東)』에 "반짝이는 저 견우성은, 수레에 멍에하지 못하도다(睆彼牽牛, 不可以服箱)"라는 구절이 있다.

4

바이런은 이름이 조지 고든(George Gordon)이고 스칸디나비아[70]의
해적 부룬(Burun)족의 후손이었다. 부룬족은 노르만디[71]에서 살았으며
윌리엄을 따라 영국으로 건너와 헨리 2세 때에 이르러 처음으로 지금
의 성을 사용하였다. 바이런은 1788년 1월 22일 런던에서 태어났고, 12
세부터 시를 지었다. 케임브리지 대학[72]에서 오랫동안 공부했지만 학
업을 마치지 못하고 영국을 떠나 널리 여행할 것을 결심하였다. 포르투
갈을 시작으로 동으로는 그리스와 터키[73] 및 소아시아에까지 이르렀
으며, 그 곳 자연의 아름다움과 민속의 특이함을 두루 살피고『차일드
해럴드의 편력(Childe Harold's Pilgrimage)』두 권[74]을 지었다. 이 시들은
변화무상하여 세상에서는 경절(驚絶)이라 불렀다. 그 다음에 지은『이
교도(The Giaour)』[75]와『신부 아비도스(The Bride of Abydos)』두 편은 모

---

70) 스칸디나비아(원문 司堪第那比亞) : 스칸디나비아 반도이다. 서기 8세기를 전후
   해서 이 곳에 정착한 노르만 인들은 보통 해상원정을 통해 상선이나 해안지역
   을 약탈하였다.
71) 노르만디(원문 諾曼) : 노르만디이며, 지금의 프랑스 북부지방에 있다. 1066년
   노르만디의 봉건영주 윌리엄 공작이 런던을 공격하여 영국의 국왕이 되었고,
   드디어 노르만디는 영국에 속하게 되었다. 같은 해 바이런의 선조 라도후스 도
   바란은 윌리엄을 따라 영국으로 건너왔다. 1450년에 이르러 노르만디는 프랑스
   로 귀속되었다. 헨리 2세(원문 顯理二世) : 보통 '亨利第二'라고 음역한다. 1154
   년부터 영국 국왕이 되었다.
72) 케임브리지 대학(원문 堪勃力俱大學) : 보통 '劍橋大學'이라고 음역한다.
73) 터키(원문 突厥) : 터키를 가리킨다.
74)『차일드 해럴드의 편력』(원문 『哈洛爾特游草』) : 보통 '『恰爾德・哈羅爾德游
   記』'라고 음역한다. 영향력이 컸던 바이런의 초기 장편시이다. 앞 2장은 1810
   년에 완성되었고, 뒤 2장은 1817년에 완성되었다. 이 작품은 해럴드의 편력을
   통하여 작자가 동남부 유럽을 여행하면서 보고들은 견문을 서술하고 있으며,
   그 곳 인민들의 혁명투쟁을 가송하고 있다.
75)『이교도』(원문 『不信者』)와 다음에 나오는『신부 아비도스』(원문 『阿畢陀斯新

두 터키로부터 제재를 취했다. 전자는, 이교도(이슬람교도)가 하산 (Hassan)의 처와 간통하자 하산이 그의 처를 물에 빠뜨려 죽이고, 이교 도가 달아났다가 나중에 마침내 돌아와 하산을 살해하고 사원에 들어 가 스스로 참회한다는 내용이다. 절망의 비애가 작품 전체에 흘러넘치 고 독자들은 이를 슬퍼하게 된다. 후자는, 줄레이카(Zuleika)라는 한 여 인이 셀림(Selim)을 사랑했으나, 여인의 아버지가 그녀를 다른 사람에 게 시집보내려 하자 여인은 셀림과 함께 달아나고, 그 뒤 붙잡혀 셀림 은 싸우다 죽고 여인 역시 운명을 마친다는 내용이다. 이 작품에는 반 항의 소리가 담겨 있다. 1814년 1월에 이르러 바이런은 『해적(*The Corsair*)』이라는 시를 지었다. 작품 속의 주인공 콘라드(Conrade)는 세 상에 대해 일체 미련을 가지고 있지 않았으며, 일체의 도덕을 버리고 오직 강인한 자신의 의지에 의존하여, 해적의 수령이 되어 부하들을 거 느리고 해상에서 거대한 왕국을 세웠다. 외로운 배와 날카로운 칼은 가 는 곳마다 다 자기 뜻대로 움직였다. 오직 집에는 사랑하는 아내만 있 었을 뿐, 그 밖에 아무것도 없었다. 예전에는 신앙이 있었지만 콘라드 는 일찍부터 그것을 버렸고, 신 역시 이미 콘라드를 버렸다. 그리하여 칼 하나의 힘으로 권력을 잡게 되자 국가의 법도와 사회의 도덕을 모 두 멸시하였다. 권력을 갖추어 그 권력으로 자신의 의지를 수행한다면 남들이 어찌할 것이며 하느님도 어떻게 명령을 내리겠는가? 이는 물을 필요도 없는 일이다. 만약 그의 운명은 어떠한가 하고 묻는다면, 칼이 칼집 속에 있다가 일단 밖으로 나와 번쩍이면 혜성조차 빛을 잃게 된 다고 할 수 있다. 그렇지만 콘라드의 사람됨은 원래부터 악한 것은 아 니었다. 안으로는 고상하고 순결한 이상을 품고 있었으며, 일찍이 자신

婦行』, 『해적』(원문 『海賊』), 『라라』(원문 『羅羅』)는 각각 보통 『異教徒』, 『阿 拜多斯的新郎』, 『海賊』, 『萊拉』로 번역한다. 1813년에서 1814년 사이에 완성되 었고, 대부분 동유럽이나 남유럽에서 제재를 취하고 있기 때문에 그 밖의 비슷 한 몇 수의 시를 합쳐 『동방서사시』라고 통칭한다.

의 마음과 몸을 다해 인간 세상에 도움이 되고자 했다. 소인배들이 그의 밝음을 덮어 버리고, 험담과 아첨이 사람 귀를 막아 버리고, 범인(凡人)들은 아웅다웅 시기하고 중상하는 버릇이 만연되어 있음을 보고 점차 냉담해졌고, 냉담함은 점차 굳어져 혐오로 바뀌었다. 마침내 남으로부터 원한을 받게 되자 일어나 사회에 복수하려 했다. 날카로운 칼과 조그마한 배에 의지하여 사람과 신을 가리지 않고 가는 곳마다 항전했다. 복수라는 말은 오직 그의 정신세계 전체를 관통하고 있었다. 어느 날 세이드(Seyd)를 공격하다가 패하여 감옥에 갇히게 되었다. 세이드의 첩이 콘라드의 용기를 사랑하여 탈옥시켜 주고 배를 타고 그와 함께 달아났다. 파도가 치는 바다 한가운데서 그의 부하와 마주치자 그는 크게 소리치며, 내 이 배는 내 핏빛을 상징하는 깃발이며, 내 운명은 바다 위에서 마칠 수는 없다 하고 말했다. 그런데 자기집으로 돌아가 보니 등불은 어두웠고 사랑하는 아내가 죽어 있었다. 얼마 후 콘라드 역시 실종되었다. 그의 부하들이 바다 위 구석구석을 뒤졌지만 종적이 묘연하였다. 오직 헤아릴 수 없는 죄악만 남아 있고 정의를 좇는 정신만이 세상에 영원히 존재할 뿐이었다. 바이런의 조부인 존(John)[76]은 조상이 바다의 왕이었다는 것을 그리워하여 해군에 입대하여 해군 원수(元帥)가 되었다. 바이런이 이러한 시를 창작한 것도 그 동기가 비슷하다. 누군가가 바이런을 해적이라 하자 바이런은 그 말을 듣고 몰래 기뻐했는데, 작품 속 콘라드의 사람됨은 실로 시인 자신의 화신이라 할 수 있으니, 이는 아마 의심할 수 없는 사실이다. 3개월이 지나 또『라라(*Lara*)』라는 작품을 창작하였다. 라라(Lara)라는 인물은 사람을 죽이는 데 해적과 다르지 않았고, 후에 반란을 일으켰으나 실패하여 상해(傷害)를 입었다. 날아오는 화살이 그의 가슴을 뚫었고 마침내 죽었다. 그 내용을 보면, 자존심이 강한 사람이 피할 수 없는 운명에 저항하는

---

76) 바이런의 조부인 존(1723~1786)은 영국의 해군제독이었다.

그 처절한 모습은 어디에도 비길 데가 없다. 그 밖에 다른 작품들도 있지만 그렇게 위대한 작품은 아니다. 이러한 시들의 풍격은 스코트를 모방하였는데, 스코트는 이 때문에 소설창작에 진력하여 다시 시를 짓지는 않았다. 이는 바이런을 피하기 위함이었다. 그 뒤 바이런이 그의 부인과 이혼하자 세상사람들은 이혼의 이유를 모르면서 다투어 그를 비난하였고, 회의에 참석할 때마다 사방에서 비웃고 욕하였으며, 또한 그가 극장에 가는 것조차 금지했다. 그의 친구 토머스 무어는 바이런의 전기를 쓰면서 이 사건에 대해 다음과 같이 평했다. "세상이 바이런을 대하는 태도는 그의 어머니의 태도와 다르지 않았는데, 사랑했다 싫어했다 하여 일정한 틀이 없었다." 그런데 천재를 곤궁하게 하고 살해하는 경우는 모름지기 사회에 늘 있는 일로서 도도하게 이어져 왔으니, 어찌 영국만의 일이겠는가? 중국에서도 한진(漢晉) 이래로 문명(文名)을 날리던 사람들이 대부분 비방을 많이 받았으니 유협(劉勰)은 이들을 변호하며 이렇게 말했다. "사람이 타고난 다섯 가지 천부적 재능은 장단이 있고 쓰임이 다르니, 옛부터 뛰어난 철인이 아니면 모두 갖추기 어렵다. 그러나 장상(將相)은 지위가 높아 앞길이 크게 트여 있고 문사(文士)는 직위가 비천하여 비난을 많이 받는다. 이는 장강과 황하는 물살이 세차지만 연수(涓水)와 하찮은 물줄기들은 마디마디 꺾이는 것과 같기 때문이다."77) 동방의 악습은 이 몇 마디 말로써 모두 표현할 수 있을 것이다. 그러나 바이런이 받은 재앙은 그 원인이 앞에서 설명한 것과 같은 것만 아니었다. 사실은 도리어 이름이 너무 유명했기 때문이다. 사회가 완고하고 우매하여 적들은 몰래 엿보다가 기회를 잡아 일제

---

77) 유협(劉勰)의 "사람이 타고난 다섯 가지 천부적 재능"이라는 말은 『문심조룡 정기(文心雕龍 程器)』에 보인다. 다섯 가지 재능[五才(材)] : 옛날 사람들은 금(金), 목(木), 수(水), 화(火), 토(土)가 모든 물질을 구성하는 기본원소이며, 사람의 천부적인 재능도 이 다섯 종류의 원소에 의해 결정된다고 생각하였다. 마디마디 꺾이는(원문 寸析) : 원작에는 '촌절(寸折)'로 되어 있으며, 굴곡이 많다는 뜻이다.

히 공격하였고, 대중들은 깊이 살피지 않고 망연되이 그들에 부화뇌동
하였다. 만약 고관(高官)을 찬양하고 빈한한 선비를 괴롭힌다면 그 부
패함은 차라리 명성을 시기하는 것보다 더 심한 것이다. 바이런은 이
때문에 끝내 영국에서 살 수 없었으며, 스스로 이렇게 말했다. "만약
세상의 평가가 정확하다면 나는 영국에서 아무런 가치 없는 존재일 것
이고, 만약 평가가 잘못되었다면 영국은 나에게 아무런 가치 없는 존재
일 것이다. 내가 이 곳을 떠날까? 그러나 여기서 그치지 않고, 비록 다
른 나라로 떠난다고 해도 그들은 또 나를 미행할 것이다." 그 뒤 마침
내 영국을 떠나 1816년 10월 이탈리아에 도착했다. 이 때부터 바이런
의 작품은 더욱 위대해졌다.

　　바이런이 이국(異國)에서 쓴 작품 중에는『차일드 해럴드의 편력』
속편,『돈 주앙(Dor Juan)』[78]이라는 시 그리고 세 편의 시극(詩劇)이 가
장 훌륭하다고 한다. 이들 작품은 모두 사탄을 높이고 하느님에게 저항
하는 내용인데, 사람들이 감히 말할 수 없는 것들을 말하고 있다. 첫
번째 시극은『만프레드(Manfred)』이다. 만프레드가 실연의 절망으로 깊
은 고통의 구렁텅이에 빠져 잊고자 하였으나 그럴 수 없었다. 마귀가
나타나 잊고자 하는 것이 무엇이냐고 물었다. 만프레드가 잊고자 하는
것에 대해 말하자 마귀는 죽음이 모든 것을 잊게 해 준다고 일러 주었
다. 그러자 죽음이 과연 잊을 수 있게 해 줍니까 하고 대답했다. 마음
속에 의심이 들어 믿지 못했던 것이다. 후에 마귀가 만프레드를 굴복시
키려 했지만 만프레드는 의지로써 고통을 극복하면서 의연하게 마귀를
몰아 내며 이렇게 말했다. "너희들은 결코 나를 유혹하여 멸망시킬 수

---

78)『돈 주앙』(원문『堂祥』) : 보통 '『唐璜』'으로 음역한다. 정치풍자시이며 바이런
　　의 대표적인 작품이다. 1819년에서 1824년에 걸쳐 씌어졌다. 이 작품은 전설 속
　　스페인의 귀족 청년인 돈 주앙이 그리스, 러시아, 영국 등지를 다니면서 경험
　　한 여러 가지 경험을 통해 당시 유럽의 사회생활을 광범위하게 반영하고 있으
　　며, 봉건전제를 공격하고 외족의 침략에 반대하고 있다. 그러나 동시에 감상(感
　　傷)적인 정서도 노출시키고 있다.

없다. (중략) 나는 스스로 무너진 자이다. 가거라, 마귀들이여! 죽음의
손은 진실로 나에게 달려 있지 너희 손에 달려 있지 않다." 이는, 스스
로가 선과 악을 만들었다면 그에 대한 포폄과 상벌 역시 모두 스스로
에 달려 있으니 신이나 마귀도 굴복시킬 수 없고 하물며 다른 것들이
야 말할 필요가 있겠는가 하는 뜻이다. 만프레드의 의지력은 이처럼 강
하였고 바이런 역시 그러하였다. 어떤 비평가는 이 작품을 괴테의 시극
『파우스트(Faust)』[79]에 비유하였다고 한다. 두 번째 시극은 『카인
(Cain)』이다. 성경에 근거하여 이미 앞에서 언급하였다. 이 작품에는
루시퍼(Lucifer)[80]라는 마귀가 등장하는데, 카인을 우주로 인도하여 선
악과 생사의 원인에 대해 논한다. 카인은 크게 깨닫고 마침내 악마를
스승으로 삼는다. 작품이 세상에 나오자 기독교도들은 일제히 공격하
였고 바이런은 『하늘과 땅(Heaven and Earth)』이라는 작품을 창작하여
이에 맞섰다. 주인공 야페테는 박애와 염세의 사상을 가지고 역시 종교
를 힐난하며 종교의 불합리를 폭로하였다. 사탄은 어떻게 생겨났는가?
기독교의 학설에 따르면, 사탄은 천사의 우두머리였지만 공연히 갑작
스레 큰 희망이 떠올라 하느님을 배반하는 마음이 생겼고, 패하여 지옥
에 떨어져 이 때부터 악마가 되었다. 이로써 보건대 악마도 하느님이
제손으로 창조한 것이다. 그 후 낙원에 잠입하여 지극히 아름답고 안락
한 에덴을 말 한 마디로 무너뜨렸으니 대단한 능력을 갖추지 않고서
어찌 그런 일을 할 수 있었겠는가? 에덴은 하느님이 보호하고 있었지
만, 악마가 그것을 파괴했으니 신은 어찌 전능하다고 하겠는가? 게다
가 스스로 악물(惡物)을 창조해 그것 때문에 징벌하고 또한 전 인류를

---

79) 『파우스트』(원문 『法斯忒』) : 보통 '浮士德'으로 음역한다. 시극이며 괴테의
   대표작이다.
80) 루시퍼(원문 盧希飛勒) : 보통 '魯西反'으로 음역한다. 유대교 경전인 『탈무드』
   (약 350~500년의 작품이다)에 기록되어 있다. 그는 원래 하느님의 천사장(天使
   長)이었지만 후에 명령을 어겨 그의 부하들과 함께 천당에서 쫓겨나 지옥으로
   떨어졌으며 마귀가 되었다.

연루해서 징벌했으니 그 인자함은 도대체 어디에 있는가? 그래서 카인
은 이렇게 말했다. "신은 불행의 원인이다. 신 역시 불행하여 제손으로
파멸이라는 불행을 만들어낸 자이니 어찌 행복을 말할 수 있겠는가?
그런데 내 아버지는 신은 전능하다고 말한다. 나는 그에게, 신이 선하
다면 어째서 또 사악합니까 하고 물었다. 그러자 악이라고 하는 것은
선으로 나아가는 길이다 하고 말했다." 신의 선함은 진실로 이 말과 같
다. 먼저 춥고 굶주리게 하고 나서 그에게 옷과 음식을 준다. 먼저 전
염병을 주고 나서 구원을 베푼다. 세손으로 죄인을 만들어 놓고 내가
너희 죄를 용서하노라 하고 말한다. 그러면 사람들은 신을 찬미하세,
신을 찬미하세 말하면서 애써 교회당을 짓는다. 루시퍼는 그렇지 않아
이렇게 말했다. "나는 하늘과 땅에 맹세한다. 진실로 나를 이기는 강자
가 있지만 그러나 내 위에서 굴림할 수는 없다. 신이 나를 이겼기 때문
에 나를 악이라 부르고, 만약 내가 승리했다면 악은 오히려 신에 있게
되고 선과 악은 위치가 바뀔 것이다." 이러한 선악론은 니체와는 정반
대이다. 니체는 강자가 약자를 이겼기 때문에 약자가 강자가 한 일을
악이라 부른다고 했다. 그러므로 악은 실로 강자의 대명사이다. 루시퍼
는 악을 약자의 변명으로 간주했다. 따라서 니체는 스스로 강해지려고
하면서 또한 강자를 찬양했고, 루시퍼도 스스로 강해지려고 하면서 그
러나 강자에게 강력히 저항했으니, 호오(好惡)는 다르지만 강해지려고
했다는 점에서 일치한다. 사람들은, 신은 강하므로 역시 지극히 선하다
고 말한다. 그런데 선한 자가 과실을 좋아하지 않고 비린내 나는 고기
를 더 좋아하여 카인이 바친 제물은 비할 데 없이 순결한데도 회오리
바람으로 날려 버리듯 그것을 팽개쳐 버렸다. 인류는 실로 하느님에 의
해 시작되었지만 한번 하느님의 마음을 배반하자 하느님은 홍수를 일
으켰고, 또 죄없는 동식물들을 죽였다. 이를 두고 사람들은, 그리하여
죄악을 멸했으니 하느님을 찬미하세라고 했다. 야페테는 이렇게 말했

다. "너희 구원받은 어린 자들이여! 너희는 무서운 파도에서 벗어난 것이 천행(天幸)을 얻었기 때문이라고 생각하는가? 너희는 구차하게 살기만을 구하고 음식과 색(色)만 탐하여 세계의 멸망을 목격하여도 그에 대해 동정하거나 탄식하지 않았다. 게다가 큰 파도를 감당할 용기도, 동포인 인류와 그 운명을 같이 할 용기도 없었다. 너희는 아버지를 따라 방주(方舟)로 달아났고 세계의 묘지 위에 도읍을 세웠으니 결국 부끄럽지 않은가?" 그렇지만 사람들은 끝내 부끄러워하지 않았다. 오히려 땅에 엎드려 그칠 줄 모르고 하느님을 찬송하였다. 이런 이유로 하느님은 마침내 강자가 되었다. 만약 중생들이 하느님을 떠나 그를 거들떠보지 않았다면 어찌 그와 같은 위력을 가질 수 있었겠는가? 사람들은 먼저 신에게 힘을 주고 다시 신의 힘을 빌려 사탄을 저주했던 것이다. 그러나 이런 사람들은 하느님이 이전에 멸종시키려 했던 바로 그런 무리이다. 사탄의 입장에서 보면, 그들의 우매함과 비열함을 어떻게 말할 수 있겠는가? 그것을 알려 주려고 하면 말이 입 밖에 나오기도 전에 그들은 벌써 멀리 달아나고 내용이 어떠한가에 대해서는 성찰하지 않는다. 그대로 내버려 두자니 사탄의 마음에 어긋나고, 그래서 권력을 가지고 세상에 나타나는 것이다. 신은 일종의 권력이요, 사탄 역시 일종의 권력이다. 다만 사탄의 권력은 신으로부터 생겨났기 때문에 신의 힘이 없어져도 사탄의 힘이 그것을 대신하지 못한다. 위로는 힘으로 하느님에게 저항하고 아래로는 힘으로 중생을 제약하니 행동이 서로 배치됨은 이보다 더 심한 경우가 없다. 그러나 중생을 제약하는 것은 바로 저항 때문이다. 만일 중생들이 함께 저항한다면 무엇 때문에 그들을 제약하겠는가? 바이런 역시 그러하여, 스스로 반드시 사람들 앞에 서서 대중들 뒤에 서 있는 사람에 대해 분개했다. 대개 스스로 사람들 앞에 서지 않으면 사람들에게 대중들 뒤로 떨어지지 말라고 할 수 없기 때문이다. 사람들을 뒤에 버려두고 스스로 앞장서는 것 또 사탄이 크게

부끄러워했기 때문이다. 그래서 바이런은 위력을 떠받들고 강자를 찬
미하였으며, 게다가 "나는 아메리카를 사랑한다. 이 곳은 자유의 땅이
요, 신이 준 푸르름의 땅이요, 억압을 받지 않은 땅이다"라고 했다. 이
것으로 보건대, 바이런은 나폴레옹이 세계를 파괴한 것을 좋아하였고,
워싱턴이 자유를 위해 싸운 것을 사랑했으며, 해적의 거침없는 행동을
중심으로 흠모하였고 홀로 그리스의 독립을 도왔으니, 한 사람이 억압
과 반항을 겸하고 있었던 것이다. 그렇지만 자유가 여기에 있고 인도
(人道) 역시 여기에 있다.

5

자존심이 대단한 사람은 항상 끊이지 않고 세상과 세속에 대해 분개
하고 싫어하며 거대한 진동을 일으켜 대척되는 무리와 한바탕 싸움을
일으킨다. 대개 자존심이 강한 사람이라면 스스로 물러서지도 않고 타
협하지도 않으며, 의지대로 내맡겨 목적을 달성하지 않으면 그만두지
않는다. 그리하여 이로 인해 점차 사회와 충돌하고, 이로 인해 점차 세
상으로부터 배척당한다. 바이런 같은 자가 바로 그 중의 하나이다. 그
는 이렇게 말했다. "척박한 땅에서 우리들은 무엇을 얻을 수 있겠는가?
(중략) 모든 사물은 다 습속이라는 지극히 잘못된 저울에 의해 가늠된
다. 이른바 여론이라는 것은 실로 큰 힘을 가지고 있다. 하지만 여론이
라는 것은 암흑으로 전지구를 덮어 버린다."81) 이 말의 의미는 근세 노
르웨이의 문인 입센(H. Ibsen)의 견해와 합치한다. 입센은 근세에 태어
나 세속의 혼미함에 대해 분개하였고 진리가 빛을 잃는 데 대해 슬퍼
하였다. 『민중의 적』82)이라는 작품을 빌려 주장을 폈는데, 의사 스토크

---

81) 바이런의 이 말은 1820년 11월 5일 토머스 무어에게 보낸 편지에 보인다.
82) 『민중의 적』(원문 『社會之敵』) : 「문화편지론」에 나오는 '『민적(民敵)』'이며, 보

만(Stockmann)이 작품 전체의 주인공으로 그는 진리를 사수하고 저속함을 거부하여 마침내 사회의 적이라는 이름을 얻었다. 스스로 집주인83)에게 쫓겨났고 그의 아들 역시 학교에서 배척당하였지만 끝까지 분투하며 흔들리지 않았다. 말미에서 "나는 진리를 보았다. 지구상에서 가장 강한 사람은 가장 독립적인 사람이다"고 했다. 그의 처세에 대한 철학은 이러하였다. 하지만 바이런은 그와 완전히 일치한 것은 아니었으니, 바이런이 묘사한 인물들은 모두 각자 다양한 사상을 가지고 있고 각자 다양한 행동을 보여 준다. 어떤 인물은 불평하고 염세적이어서 사회와 거리가 아주 멀었으니 어찌 세상과 짝을 이룰 수 있었겠는가? 차일드 해럴드가 그런 사람이다. 어떤 인물은 극도로 염세적이어서 멸망을 바랐는데, 만프레드가 그런 사람이다. 어떤 인물은 사람과 신으로부터 참혹한 고통을 받아 그것이 뼈에 사무쳐 마침내 모든 것을 파괴하고 이로써 복수하려 하였는데, 콘라드와 루시퍼가 그런 인물이다. 어떤 인물은 도덕적 믿음을 버리고 오만하게 거리낌없이 노닐며 사회를 조롱함으로써 스스로 통쾌하게 여겼는데, 돈 주앙이 그런 인물이다. 이들과 다른 경우로서, 의협을 숭상하고 약자를 도우며 불공평을 바로잡고 힘있는 자의 어리석음을 전복하여 비록 사회로부터 죄를 얻었지만 결코 두려워하지 않았으니, 바로 바이런의 최후의 시기가 이에 해당한다. 그는 전시기에서는 상술한 책 속의 인물들과 동일한 경험을 했다. 그러나 비탄에 빠지거나 절망하지 않고 스스로 세상으로부터 멀리 떨어져 있기를 바랐으니, 이는 만프레드가 취한 행동과 같았다. 따라서 바이런은 가슴에 품었던 불만을 과감히 발설하였으며, 자신만만하고 거침이 없었고 여론을 고려하지 않았으며, 파괴와 복수에 대해서도 전혀 주저하지 않았다. 그러나 의협의 성격 역시 바로 이러한 뜨거운 열

통 『국민공적(國民公敵)』으로 번역한다.
83) 집 주인(원문 地主) : 집 주인을 가리킨다.

기 속에 숨어 있었으니, 독립을 중시하고 자유를 사랑하여 만약 노예가
눈앞에 서 있으면 반드시 진심으로 슬퍼하고 질시했다. 진심으로 슬퍼
한 것은 그들의 불행을 안타까워했기 때문이며, 질시한 것은 그들이 싸
우지 않음을 분노했기 때문이다. 이것이 바로 시인이 그리스의 독립을
원조하였고, 그래서 끝내 그들의 군대에서 죽었던 까닭이다. 바이런은
자유주의자로서 일찍이 이렇게 말했다. "만약 자유를 위한 것이라면
꼭 자신의 나라에서만 투쟁할 필요는 없고, 당연히 다른 나라에서도 투
쟁해야 한다."[84] 이 때 이탈리아가 마침 오스트리아[85]로부터 통치를
받고 있어 자유를 상실하였다. 비밀정당을 결성하여 독립을 꾀하고 있
었는데, 이에 바이런은 비밀리에 이 일에 가담하여 자유의 정신을 고취
하는 사명을 스스로 떠맡았다. 비록 저격하려거나 밀탐하려는 무리들
이 그의 주위를 에워싸고 있었으나 끝까지 산책을 하거나 말타는 일을
그만두지 않았다. 나중에 비밀정당이 오스트리아인에 의해 깨어지고
희망이 모두 끝났지만 그 정신은 끝내 없어지지 않았다. 바이런의 독려
는 그 영향력이 그대로 후일에까지 파급되어 마치니[86]와 가리발디[87]
가 나왔고, 그리하여 이탈리아의 독립이 완성되었다.[88] 그래서 마치니

---

84) 바이런의 이 말은 1820년 11월 5일 토머스 무어에게 보낸 편지에 보인다. 원문
   은 "만약 국내에서 투쟁할 자유가 없는 사람이 있다면 그에게는 이웃나라의 자
   유를 위해 투쟁하도록 해야 한다"로 되어 있다.
85) 오스트리아(원문 墺) : 오스트리아이다.
86) 마치니(원문 馬志尼, G. Mazzini, 1805~1872) : 이탈리아의 정치가이며 민족해방
   운동 중에 민주공화파의 지도자였다. 바이런에 대한 그의 평가는 그의 논문 「바
   이런과 괴테」에 보인다.
87) 가리발디(원문 加富爾, C. B. di Cavour, 1810~1861) : 이탈리아의 자유귀족과 부
   르주아 군주입헌파의 지도자였다. 그는 통일 후 이탈이아 왕국의 초대 총리를
   역임하였다.
88) 이탈리아의 독립(원문 意之獨立) : 이탈리아는 1800년 나폴레옹에 의해 정복당
   하였고 나폴레옹이 실패한 후 오스트리아가 1815년 빈회의를 통해 이탈리아 북
   부의 통치권을 획득했다. 1820년에서 1821년 사이에 이탈리아인들은 '엽탄당
   (燁炭黨)'의 원조를 받아 반오스트리아 봉기를 일으켰다. 그러나 오스트리아를
   맹주로 하는 '신성동맹(神聖同盟)'에 의해 진압되었다. 1848년 이탈리아는 재차

는 이렇게 말했다. "이탈리아는 실로 바이런의 도움을 크게 받았다. 그
는 우리 나라를 일으켜 세운 사람이다!" 이 말은 아마 참말일 것이다.
바이런은 평시에 또 그리스를 대단히 동정하여 자석이 남쪽을 가리키
듯 마음이 그 쪽으로 향했다. 그런데 그리스는 당시 자유를 전부 상실
하고 터키의 판도 내로 들어가 그들로부터 속박받고 있었지만 감히 항
거하지 못했다. 시인이 그리스를 안타까워하고 비통해하는 모습은 작
품 속에서 종종 발견되는데, 예전의 영광을 그리워하고 후인들의 영락
을 슬퍼하고 있다. 때로는 책망하기도 하고 때로는 격려하기도 하였으
니, 그리스인들에게 터키를 몰아내고 나라를 부흥시키도록 하여, 찬란
하고 장엄했던 예전의 그리스를 다시 보고 싶었던 것이다. 『이교도』와
『돈 주앙』두 작품 속에 나오는, 원망하고 책망하는 절절한 마음과 희
망의 진실한 믿음은 뚜렷한 증거로 삼을 수 있겠다. 1823년 무렵 런던
의 그리스협회[89]는 바이런에게 편지를 띄워 그리스의 독립을 위해 도
와 줄 것을 요청했다. 바이런은 평시에 당시 그리스인들에 대해 대단히
불만을 가지고 있었고 일찍이 그들을 '세습적인 노예', '자유후예의 노
예'라고 했기 때문에 즉각적인 반응을 보이지 않았다. 그러나 의분 때
문에 끝내 수락하고 드디어 행동으로 옮겼다. 그리스 인민들의 타락은
진실로 앞에서 언급한 대로여서 그들을 격려하여 다시 진작시킨다는
것은 지극히 어려운 일이었다. 그리하여 체팔로니아 섬[90]에 정박한 것
은 5월이었고 이어 미솔롱기[91] 섬을 향했다. 그 때 육해군은 매우 어려

독립과 통일을 요구하는 혁명을 일으켰는데, 최후로 1860~1861년의 민족혁명
전쟁을 통해 승리하여 통일된 이탈리아왕국을 세웠다.

89) 그리스협회(원문 希臘協會) : 1821년 그리스는 터키 통치에 반대하는 독립전쟁
을 일으켰는데, 유럽의 몇몇 나라가 그리스의 독립을 지원하는 위원회를 조직
하였다. 여기서는 영국의 지원위원회를 가리킨다. 바이런은 이 위원회의 주요
한 성원이었다.

90) 체팔로니아 섬(원문 克茀洛尼亞島, Cephalonia) : 보통 '克法利尼亞島'로 음역한
다. 그리스의 이오니아 군도의 하나이다. 바이런은 1823년 8월 3일에 여기에 도
착하였으며, 이듬해 1월 5일 미솔롱기로 갔다.

운 처지에 놓여 있어 바이런이 도착했다는 소식을 듣고 뛸 듯이 기뻐하며 마치 천사를 맞이하듯 그를 영접하기 위해 모여들었다. 이듬해 1월 독립정부는 바이런을 총독으로 임명하고 군정과 민정에 관한 전권을 주었다. 그러나 그리스는 이 때 재정적으로 큰 어려움을 겪고 있었고 군대는 군량미가 없어 대세가 거의 기울어가는 듯했다. 게다가 술리오트92) 용병이 바이런의 관대함을 알고 여러 가지를 요구하면서 다소 불만을 터뜨리더니 투항하려고 했다. 타락한 그리스 백성들도 그들을 부추기니 바이런은 난처한 처지가 되었다. 바이런은 크게 격분하며 그들 국민성의 비열을 크게 꾸짖었다. 앞서 말한 이른바 '세습적인 노예'는 과연 이처럼 구제할 수 없는 것이다. 그러나 바이런은 아직 실망하지 않고 혁명의 중추를 스스로 세우고 주위 사방의 험난함과 맞서며 장군과 병사 사이에 내분이 생기면 화해를 시켰고, 스스로 모범을 보이며 사람들에게 인도(人道)를 가르쳤다. 더욱이 방법을 강구하여 돈을 꾸어 어려움을 진작시켰고, 인쇄제도를 정하였으며, 또 성채를 견고하게 하여 전쟁에 대비했다. 내부 분쟁이 한창 뜨거울 때 터키가 과연 미솔롱기 섬을 공격하였고, 술리오트 용병 300명이 혼란을 틈타 요충지를 점령하였다. 바이런은 마침 병이 났었는데, 이 소식을 듣고도 태연한 자세로 당쟁을 평정하여 한마음으로 적과 싸울 것을 호소했다. 그러나 안팎으로 핍박을 받아 정신과 육체가 대단히 피로하였고, 얼마 후 병은 점점 위독해졌다. 임종시 수행원이 종이와 붓을 들고 그의 유언을 기록하려고 했다. 바이런은 이렇게 말했다. "그럴 필요가 없다. 때는 이

---

91) 미솔롱기(원문 密淑倫其, Missolonghi) : 보통 '米索朗基'로 음역한다. 그리스 서부의 중요한 도시이다. 1824년 바이런은 여기서 터키 침략자에 대항하는 전투를 지휘하였고, 후에 전선에서 열병에 전염되어 4월 19일(본문에서는 18일로 잘못 기록하고 있다) 이 곳에서 세상을 떠났다.

92) 술리오트(원문 式列阿忒, Suliote) : 보통 '蘇里沃特'으로 음역한다. 당시 터키의 통치하에 있던 한 민족이다. 바이런은 미솔롱기에 술리오트족 병사들을 주둔시키고 있었다.

미 지났다." 말을 하지 않고 있다가 잠시 후 낮은 목소리로 사람의 이름을 부르더니 마지막으로 이렇게 말했다. "내 말은 이제 끝났다." 수행원이 이렇게 말했다. "저는 나으리의 말씀을 알아듣지 못했습니다." 바이런이 말했다. "허, 알아듣지 못했다고? 아아, 너무 늦었어!" 몹시 괴로운 표정이었다. 잠시 틈을 두었다가 다시 말을 이었다. "나는 내 몸과 건강을 전부 그리스에게 바쳤다. 이제 다시 내 생명을 그리스에게 바치겠다. 그리스인들은 더 무엇을 원하는가?" 마침내 숨을 거두었고, 때는 1824년 4월 18일 저녁 6시였다. 지금 과거를 돌이켜보면, 바이런은 큰 희망을 품고 그의 천부적인 재능을 그리스가 예전의 영예를 회복하는 데 바치려 했다. 그는 앞장서서 크게 외치면 사람들이 반드시 한쪽으로 쏠리듯 그를 따를 줄 알았다. 외국 사람이 의분 때문에 그리스를 위해 전력을 다하고 있는데 자기 나라 사람이, 설령 타락하고 부패한 지 오래 되었다고 하나 예전의 훌륭한 전통이 아직 남아 있고 인심(人心)이 죽지 않았을 텐데, 어찌 고국을 위하는 마음이 없단 말인가? 지금에 이르러, 이전에 가졌던 의도는 모두 꿈이었으며, '자유후예의 노예'는 과연 이처럼 구제할 수 없음을 알 수 있다. 이튿날 그리스 독립정부는 거국적인 국민장을 지내고 상점들은 모두 문을 닫았으며 바이런의 나이에 따라 서른 일곱 발의 대포를 쏘았다.

우리는 이제 바이런의 행위와 사상에 근거하여 시인의 일생의 비밀을 탐구해 보자. 그는 부딪히는 것마다 늘 저항하였고 의도한 것은 반드시 이루려고 했다. 힘을 귀중하게 여기고 강자를 숭상하였으며 자기를 존중하고 전쟁을 좋아했다. 그가 좋아한 전쟁은 야수와 같은 것이 아니라 독립과 자유와 인도를 위한 것이었다. 이에 대해서는 이미 앞단락에서 간략하게 언급하였다. 따라서 그는 평생동안 미친 파도처럼 맹렬한 바람처럼 일체의 허식과 비루한 습속을 모두 쓸어 버리려고 했다. 앞뒤를 살피며 조심하는 것은 그에게는 아예 모르는 일이었다. 정신은

왕성하고 활기차 제압할 수 없었고, 힘껏 싸우다 죽는 한이 있더라도
그 정신만은 반드시 스스로 지키려고 했다. 적을 굴복시키지 않으면 싸
움을 그만두지 않았던 것이다. 또한 진솔하고 성실하여 조금도 거짓되
거나 꾸미는 일이 없었다. 세상의 명예와 불명예, 포폄, 시비, 선악은
모두 습속에서 연유하는 것으로 진실하지 않다고 여기고, 이런 것들을
다 버려두고 고려하지 않았다. 당시 영국에서는 허위가 사회에 만연되
어 형식적이고 화려하게 꾸민 예의를 진정한 도덕이라 여겼고, 자유사
상을 가지고 탐구하는 사람들을 세상에서 악인이라 불렀다. 바이런은
저항을 잘하고 성격이 솔직하여 가만히 있을 수 없었다. 그리하여 카인
을 빌려 이렇게 말했다. "악마라는 것은 진리를 말하는 자이다." 드디
어 그는 사람들의 적이 되는 것을 두려워하지 않았다. 도덕을 귀하게
여기는 세상 사람들은 바로 이런 이유로 일제히 그를 비난했다. 에케르
만 역시 괴테에게 바이런의 글 속에 교훈이 있는지 질문하였다. 괴테가
이렇게 대답했다. "바이런은 강인하고 웅대하다 할 것이니, 교훈은 바
로 여기에 담겨 있다. 만일 이를 알 수 있다면 그에게서 교훈을 얻을
것이다. 우리는 어찌하여 순결이니 도덕이니 하면서 그에게 질문하는
가?" 대개 위대한 인물을 알아보는 사람은 역시 위대한 인물뿐이다. 바
이런도 일찍이 번스(R. Burns)[93]를 평하여 이렇게 말했다. "이 사람은
심정이 모순되어[94] 있다. 부드러우면서도 강직하고, 느슨하면서도 주
도면밀하고, 정신적이면서도 육체적이고, 고상하면서도 저속하고, 신
성함이 있는가 하면 깨끗하지 못함이 있으니, 이런 모순이 서로 화합을

---

93) 번스(원문 朋思, 1759~1796) : 보통 '彭斯'로 음역한다. 영국의 시인이다. 빈농
　　가정에서 태어나 일생동안 곤궁하게 지냈다. 그의 시는 대부분이 스코틀랜드의
　　농민생활을 반영하고 있으며 통치계급에 대한 증오를 표현하였다. 저서로는 장
　　편시 『농부 탕무』, 『즐거운 거지』와 수백 편의 유명한 단편시가 있다. 본문 중
　　에 인용하고 있는 번스에 대한 평론은 바이런의 1813년 12월 13일의 일기에 보
　　인다.
94) 모순되어(원문 反張) : 모순을 의미한다.

이루고 있다." 바이런도 역시 그러하였다. 자존심이 강하지만 남들의 노예상태를 불쌍히 여겼고, 남을 제압하지만 남들의 독립을 원조하였고, 미친 파도를 두려워하지 않지만 말타는 일에 크게 조심하였고, 전쟁을 좋아하고 힘을 숭상하여 적을 만나면 용서하지 않지만 감옥에 갇힌 사람의 고통을 보면 동정을 아끼지 않았다. 아마 악마의 성격이 이렇지 않겠는가? 그리고 비단 악마만 그런 것이 아니라 모든 위대한 인물은 대체로 이와 같다. 말하자면 모든 사람 중에, 가령 가면을 벗기고 진실한 마음으로 생각해 볼 때, 세상에서 말하는 착한 성품을 갖추고 사악함이 전혀 없는 사람이 과연 몇이나 될까? 중생들을 두루 살펴보아도 틀림없이 거의 없을 것이며, 바이런이 비록 '악마'라는 이름으로 불리워졌지만 역시 인간이었을 따름이니 무엇을 이상하게 여기겠는가. 그러나 그가 영국에서 수용되지 못하고 마침내 유랑하며 떠돌다가 이국땅에서 죽은 것은 다만 가면이 그를 해쳤기 때문이다. 이는 바로 바이런이 반항하고 파괴하고자 했던 것으로 지금까지도 진실한 인간을 죽이며 멈추지 않고 있는 것이다. 아아, 허위의 해독은 이와 같도다! 바이런은 평시에 지극히 성실하게 시를 창작하였는데, 언젠가 이렇게 말했다. "영국인들의 비평에 대해 나는 개의치 않는다. 만약 내 시를 유쾌한 것으로 여긴다면 그냥 내버려 둘 뿐이다. 내가 어찌 그들이 좋아하는 것에 아부할 수 있겠는가? 내가 글을 쓰는 것은 부녀자나 어린이나 저속한 사람들을 위한 것이 아니다. 내 온 마음과 정감과 의지를 무한한 정신과 결합하여 그것으로써 시를 짓는 것이며 저들의 귀에 부드러운 소리를 들려 주고자 창작하는 것은 아니다." 무릇 이러하였으니, 그의 시 한 글자 한 단어는 그 사람의 호흡과 정신의 드러난 모습이 아닌 것이 없었고, 사람들의 마음에 닿으면 심금을 울려 즉각 반응을 보였다. 그의 영향력은 유럽땅에 두루 미치어 그러한 예를 영국 시인 중에서는 달리 찾을 수가 없다. 아마 스코트의 소설만이 이에 필적할 수

있을 것이다. 만약 그 영향력이 어떠하였는가 하고 묻는다면, 이탈리아
와 그리스 두 나라에 대해서는 이미 상술하였으니 더 말할 필요가 없
겠다. 그 밖에 스페인과 독일 역시 모두 그의 영향을 받았다. 다음으로
다시 슬라브족으로 건너가 그들의 정신을 새롭게 하였으니 그 은덕의
깊이가 얼마인지 자세히 기술할 수가 없다. 본국에서는 셸리(Percy
Bysshe Shelley)라는 한 사람이 더 있다. 키츠(John Keats)[95]는 비록 ‘악
마파’ 시인이라는 이름을 얻었지만 바이런과는 다른 유파에 속하므로
여기서는 서술하지 않겠다.

6

셸리는 30년을 살다가 죽었지만 그의 30년의 생애는 모두 기이한 행
적이었으며 바로 무운(無韻)의 시였다. 시대는 이미 어렵고 위태로운
상황이었고 그의 성격은 강직하여 세상이 그를 좋아하지 않자 그도 역
시 세상을 좋아하지 않았으며, 사람들이 그를 수용하지 않자 그도 역시
사람들을 수용하지 않았다. 그래서 이탈리아의 남방을 나그네로 떠돌
다가 마침내 젊은 나이에 요절하였으니 그의 일생은 비극 그 자체라고
해도 지나친 과장은 아닐 것이다. 셸리는 1792년 영국의 명문가문에서
태어났으며, 외모가 준수하고 어려서부터 고요히 생각하기를 좋아하였
다. 중학교에 들어가자 대부분의 학생들과 선생들이 그를 좋아하지 않
아 그 학대를 견딜 수 없었다. 시인의 마음은 그래서 일찍부터 반항의
징조가 싹트고 있었다. 후에 소설을 지어 그 소득으로 친구 여덟 명에

---

95) 키츠(원문 契支, 1795~1821) : 보통 ‘濟慈’로 음역한다. 영국의 시인이다. 그의
　　작품은 민주주의 정신이 구현되어 있으며 바이런과 셸리의 지지와 칭찬을 받았
　　다. 그러나 그는 ‘순예술’적이고 유미주의적인 경향이 있어 바이런과 같은 일파
　　에 넣지 않는다. 작품으로는 「평화를 위해 쓴 14행시」, 장편시 「이사벨라」 등이
　　있다.

게 음식과 술을 마련하였으나 친구들은 오히려 셸리를 미친 사람이라고 하며 가 버렸다. 다음으로 옥스퍼드 대학96)에 입학하여 철학을 공부하면서 명인(名人)들에게 가르침을 청하며 여러 번 서신을 띄웠다. 그러나 당시 종교는 그 권력이 모두 우매하고 완고한 목사들의 수중에 있었기 때문에 자유로운 신앙생활을 방해하고 있었다. 셸리는 벌떡 일어서서 「무신론의 필연」이라는 글을 지어, 대략 자비, 사랑, 평등 이 세 가지가 세계를 낙원으로 만드는 요소라고 하면서, 만약 종교가 이런 것들을 위해 기여하지 못한다면 있을 필요가 없다고 말했다. 책이 완성되어 세상에 나오자 교장이 이를 보고 크게 놀라며 마침내 그를 내쫓았다. 그의 아버지 역시 대경실색하며 그더러 사죄하고 학교로 돌아오라고 했다. 그러나 셸리는 따르지 않았기 때문에 돌아올 수 없었다. 세상은 넓지만 고향을 이미 잃었으니 런던으로 왔다. 그 때의 나이 18세였다. 그러나 이미 세상에서 홀몸이 되어 즐거움과 사랑이 다 끊겼으니 사회와 싸우지 않을 수 없었다. 그 뒤 고드윈(W. Godwin)97)을 알게 되어 그의 저술을 읽고 박애정신을 더욱 넓혔다. 이듬해 아일랜드로 건너가 그 곳의 지식인을 성토하는 글을 발표하고 정치와 종교에 대해 혁신하고자 하였으나 끝내 성공하지 못했다. 1815년에 이르러 그의 시 『알라스터(Alastor)』98)가 비로소 세상에 나왔고, 그 내용은 풍부한 상상력을 가진 사람이 아름다움을 찾아 세상을 헤맸지만 찾지 못하고 마침내 광야에서 죽는다는 것인데, 이는 자신에 대한 서술처럼 보인다. 이

---

96) 옥스퍼드 대학(원문 惡斯佛大學) : 보통 '牛津大學'으로 번역한다.
97) 고드윈(원문 戈德文, 1756~1836) : 보통 '葛德文'으로 음역한다. 영국의 작가이며 공상사회주의자이다. 그는 봉건제도와 자본주의 착취관계에 반대하여 독립된 자유생산자동맹을 건설할 것을 주장하였고 도덕교육을 통해 사회를 개조하려 하였다. 정치논문으로는 「정치적 정의」가 있고 소설로는 『칼리프 윌리암스』가 있다.
98) 『알라스터』, 『이슬람의 반란』(원문 『阿刺斯多』, 『伊式蘭轉輪篇』) : 보통 '『阿拉斯特』', '『伊斯蘭起義』'로 번역한다.

듬해 스위스에서 바이런을 알게 되었다. 바이런은 셸리를 극찬하면서
사자처럼 재빠르게 행동한다고 하였고 또 그의 시를 칭찬하였지만, 세
상에서는 알아 주는 사람이 없었다. 또 이듬해 『이슬람의 반란(*The
Revolt of Islam*)』이라는 작품을 완성했다. 셸리가 가슴에 품었던 생각들
은 대부분 여기에 서술되어 있다. 작품의 주인공 라온(Laon)은 열정적
인 웅변으로써 그의 국민들에게 경고하면서 자유를 고취하고 압제를
배격한다. 그러나 정의는 끝내 실패하고 압제가 승리하여 돌아오니 라
온은 드디어 정의 때문에 죽게 된다. 이 시가 담고 있는 의미는, 무한
한 희망과 신앙 및 무궁한 사랑을 가지고 끝까지 추구하지만 끝내 죽
음이 찾아온다는 것이다. 라온은 실로 시인의 선각자이며, 바로 셸리의
화신이다.

 셸리의 걸작은 특히 시극(詩劇)에 있다. 특히 뛰어난 것은 『해방된
프로메테우스(*Prometheus Unbound*)』[99]와 『센시 가(家)(The Cenci)』라는
두 작품이다. 전자는 그 이야기가 그리스 신화에 근거하고 있으며, 그
의도는 바이런의 『카인』과 비슷하다. 프로메테우스는 인류를 위하는
정신으로 사랑과 정의와 자유 때문에 고난을 무릅쓰고 압제자 주피
터[100]에 필사적으로 저항하면서 불을 훔쳐 인간에게 주었고, 그는 그
것 때문에 산꼭대기에 묶여서 맹금이 날마다 그의 육체를 뜯어 먹었지
만 끝까지 항복하지 않았다. 주피터도 결국 놀라 물러서고 말았다. 프
로메테우스는 아시아(Asia)라는 여인을 사랑하여 끝내 그 사랑을 얻어
냈다. 아시아라는 것은 이상(理想)을 의미한다. 『센시 가(家)』라는 작
품은 이야기를 이탈리아에서 가져왔다. 센시라는 여인의 아버지는 잔
학무도하고 극악무도하여 센시가 마침내 그를 죽여 버렸고, 계모와 형

---

99) 『해방된 프로메테우스』, 『센시 가(家)』(원문 『解放之普洛美迢斯』, 『苫希』) : 보통
  '『解放了的普羅米修斯』', '『欽契』'로 번역한다.
100) 주피터(원문 儞畢多, Jupiter) : 보통 '朱庇特'으로 음역한다. 로마 신화에 나오
  는 모든 신들의 아버지이며, 바로 그리스 신화의 제우스이다.

제들과 함께 그녀는 사람들 앞에서 교수형을 당했다. 어떤 논자는 이를 두고 불륜(不倫)이라 할 것이다. 그러나 정도(正道)를 잃는 일은 인간 세상에서 끊어질 수 없는 법이다. 중국의『춘추(春秋)』[101]는 성인의 손으로 지어진 것이지만 유사한 일들이 자주 보이고 또 대부분 감추지 않고 직서하고 있으니, 우리는 유독 셸리의 작품에 대해서만 대중들의 말에 부화뇌동하여 비난할 수 있겠는가? 상술한 두 작품은 시인이 전력을 다한 것으로 일찍이 스스로 이렇게 말했다. "내 시는 대중들을 위해 지은 것으로 독자들이 장차 많아질 것이다." 또 이렇게 말했다. "이것은 여러 극장에서 상연될 것이다." 그러나 시가 완성된 후에 실제로는 이와 반대였다. 사회는 읽을 가치가 없다고 했고 배우들은 상연할 수 없다고 했다. 셸리는 거짓되고 나쁜 습속에 반항하면서 시를 지었으므로 시 역시 거짓되고 나쁜 습속으로부터 저지를 당하였다. 이것이 19세기[102] 초엽의 정신계(精神界)의 전사(戰士)들이 대부분 정의를 품고 있었지만 정의와 나란히 죽게 된 까닭이다. 그렇지만 지난 시대는 지나가 버렸으니 가는대로 내버려 둘 일이다. 만약 셸리의 가치를 따진다면 오늘에 이르러 크게 밝아지고 있다. 혁신의 조류라는 이 거대한 유파는 고드윈의 책이 나오면서 처음으로 서막을 열었고, 시인의 음성을 빌리자 세상사람들의 마음 속에 더욱 깊이 파고들었다. 정의, 자유, 진리 및 박애, 희망 등의 여러 주장이 서서히 무르익으면서 어떤 것은 라온이 되고 어떤 것은 프로메테우스가 되고 어떤 것은 이슬람의 장사(壯士)가 되어 우리 앞에 나타나 구습과 대립하면서 가차없이 개혁하고 파괴하였다. 구습이 파괴되고 나면 무엇이 남겠는가. 오직 개혁의 새로운

---

101) 『춘추(春秋)』(원문 『春秋』) : 춘추시대 노(魯) 나라의 편연사이다. 노 은공(隱公) 원년에서 노 애공(哀公) 14년(B.C. 722~B.C. 481)까지의 242년간 노나라의 사실(史實)을 기록하고 있으며, 공자가 편찬하였다고 전한다.

102) 세기(원문 䄷) : '기(朞)'와 같은 의미이며, 원래 주년(周年)의 뜻이나 여기서는 세기를 가리킨다.

정신만이 있을 뿐이다. 19세기의 새로운 기운은 실로 여기에 기대고 있다. 번스가 앞서 제창하고 바이런과 셸리가 그 뒤를 따르며 배격·배척하니 사람들은 점차 깜짝 놀라게 되었다. 깜짝 놀라는 사이에 삶의 개선이 빨라졌다. 그러므로 세상에서 파괴를 질시하며 그들에게 악명을 덮어 씌우는 자들은 다만 한쪽만을 보고 전체를 보지 못하는 사람들이다. 만약 그 진상을 따져 보면 광명과 희망은 실로 그 속에 잠복해 있다. 나쁜 것들이 다 뒤집어져도 사회에 무슨 해독이 되겠는가? 파괴라는 말은 다만 우매하고 완고한 목사들의 입에서 나온 것으로 전체 사회로부터 나왔다고 할 수 없다. 만약 사회가 그 말을 알아듣는다면 파괴의 일은 더욱더 귀하게 될 것이다! 하물며 셸리는 상상력을 가진 사람으로서 지칠 줄 모르고 추구하고, 맹렬히 전진하며 뒤로 물러설 줄 몰랐으니, 식견이 좁은 사람이라면 관찰하여도 아마 그 심연을 알지 못할 것이다. 만약 그의 사람됨을 진실로 알 수 있다면, 그의 품성은 구름 사이를 뚫고 나올 정도로 탁월하고 열정은 왕성하여 막을 수 없고, 스스로 상상력을 좇아 상상의 세계로 내달린다는 것을 알게 될 것이다. 이러한 상상의 세계에는 그래서 아름다움의 본체가 담겨 있다. 아우구스티누스[103]는 이렇게 말했다. "나는 아직 사랑할 대상이 없지만 사랑하고 싶다. 그래서 나는 희망을 품고 사랑할 만한 것을 추구하고 있다." 셸리 역시 그러하였다. 그래서 마침내 인간세상에서 벗어나 상상력을 발휘하여 스스로 믿고 있는 경지에 도달하려고 기대했다. 훌륭한 시로써 아직 깨닫지 못한 모든 사람들을 일깨워 인류가 크게 번성하게 된 원인과 인생의 가치가 어디에 있는지 알도록 하고 동정하는 정신을 발휘하도록 하였으며, 전진과 갈망의 사상을 선전하여 그들이 큰 희망을 품고 앞으로 내달리며 시대와 더불어 그 무궁함을 함께 하도록 했

---

103) 아우구스티누스(원문 奧古斯丁, A. Augustinus, 354~430) : 카르타고의 신학자이며, 기독교 주교였다. 저서로는 『하느님의 나라』, 『참회록』 등이 있다.

다. 세상은 그러자 그를 악마라고 불렀고, 셸리는 드디어 고립되었다. 사회는 더욱 셸리를 배척하며 인간세상에 오래 머물지 못하게 하였고, 그리하여 압제가 승리하여 돌아오니 셸리는 죽게 되었다. 이는 알라스터가 광막한 사막에서 죽음을 맞이한 것과 흡사하다.

그렇지만 오직 시인의 마음을 위로한 것은 대자연뿐이었다. 인생은 알 수 없고 사회는 믿을 수 없으니 자연의 거짓 없음에 대해 무한한 온정을 기탁하였다. 어느 누구도 그 마음은 그렇지 않겠는가. 그러나 받은 영향이 다르고 느낀 감정이 다르기 때문에 실리에 눈을 빼앗기면 자연을 이용하여 재물을 얻으려고 한다. 지력(智力)을 과학에 집중하는 사람이라면 자연을 제어하여 그 법칙을 발견하려고 한다. 만약 수준이 낮은 사람이라면 봄부터 겨울까지 천지 간의 숭고하고 위대하고 아름다운 현상들에 대해 마음이 전혀 감응을 보이지 않고 스스로 정신과 지혜를 심연 속에 가라앉혀 비록 100년을 산다고 해도 광명이 어떤 것인지 알지 못한다. 또 이른바 "대자연의 품 안에 눕다"는 말과 "갓난아이의 웃음을 짓다"라는 말을 어찌 이해할 수 있겠는가. 셸리는 어릴 때부터 본래 자연과 친하여 이렇게 말한 적이 있다. "나는 어릴 때 산과 물, 숲과 계곡의 고요함을 좋아했고, 위험한 단애(斷崖)와 절벽에서 노닐었는데, 이것이 내 반려자였다." 그의 생애를 고찰해 볼 때 참으로 자신에 대한 서술처럼 보인다. 어린 시절에 이미 밀림의 깊은 계곡을 배회하며 새벽에는 아침해를 보고 저녁에는 무성한 별을 관찰하였다. 굽어보며 대도시 인간사의 흥망성쇠를 조감하면서 이따금 이전 시대의 압제와 항거의 옛자취를 생각하였고, 황폐하고 오래된 도시라면 이따금 부서진 집의 가난한 사람들이 기아와 추위에 울부짖는 모습이 종종 그의 눈속에 역력히 나타났다. 그의 상상력의 고결함[104]은 보통사람과

---

104) 고결함(원문 澡雪) : 고결하다는 뜻이다. 『장자 지북유(莊子 知北游)』에 "당신의 정신을 고결하게 하다(澡雪而精神)"라는 구절이 있다.

지극히 달랐으니, 자연을 널리 관찰함에 스스로 신비를 느꼈고, 그의
눈앞에 마주친 삼라만상은 모두 감정이 있는 듯이 그리움을 자아냈다.
따라서 마음의 현의 울림이 천뢰(天籟)와 하모니를 이루어 서정시로
나타나니 그 품격은 지극히 신비로와 비슷한 작품이 있을 수 없고, 셰
익스피어나 스펜서105)의 작품이 아니면 비교할 만한 대상이 되지 못할
것이다. 1819년 봄에 셸리는 로마에 거처를 정하였고 이듬해 피사106)
로 이사했다. 바이런도 여기에 왔고 그 밖의 친구들도 많이 모였는데,
이 때가 그의 일생 중에 가장 즐거웠던 시기였다. 1822년 7월 8일 그는
친구들과 함께 배를 타고 바다로 나갔다. 그런데 폭풍이 갑자기 일어나
고 더욱이 천둥번개까지 몰아쳤는데, 잠시 후 파도가 잠잠해졌으나 배
는 행방이 묘연해졌다. 바이런은 소식을 듣고 크게 놀라며 사람을 파견
하여 사방으로 그를 찾게 했다. 결국 시인의 시체를 어느 물가에서 발
견하고 로마에서 장례를 치렀다. 셸리는 생시에 오랫동안 생사문제에
대해 해석하려고 하였는데, 스스로 이렇게 말했다. "미래의 일에 대해
나는 이미 플라톤과 베이컨의 견해에 만족하고 있다. 내 마음은 지극히
안정되어 있어 두려움은 없고 많은 희망이 있다. 사람들은 지금이라는
껍데기에 갇혀 있고 능력은 어두운 구름에 가려져 있으니 오직 죽음이
찾아와 몸에서 해탈되어야 비로소 생사의 비밀이 밝혀질 것이다." 또
이렇게 말했다. "나는 아는 바가 없고 증명할 수도 없다. 정신의 오묘
한 사상은 언어로써 표현할 수 없으니 이런 일은 아무래도 나로서는
이해할 수 없다." 아아, 생사의 일은 크도다! 그 이치는 지극히 신비로
와 이해하지 못하나니, 시인도 이해할 수 없었다. 그러나 그것을 이해

---

105) 스펜서(원문 斯賓塞, E. Spenser, 1552~1599) : 영국의 시인이다. 그의 작품은
    부르주아계급 상승기의 적극적인 정신을 반영하고 있으며, 형식면에서 영국
    시가의 격률에 큰 영향을 주었기 때문에 스펜서체라고 한다. 작품으로는 장편
    시『선계(仙界)의 여왕』등이 있다.
106) 피사(원문 畢撒, Pisa) : 보통 '比薩'로 음역한다.

할 수 있는 방법은 오직 죽음뿐이다. 그래서 셸리는 배를 타고 나가 바다에 떨어지면서 크게 기뻐하며 "이제야 그 비밀을 밝힐 수 있겠구나!" 하고 부르짖은 적이 있는데, 그러나 죽지 않았다. 하루는 바다에서 목욕을 하다 물속에 잠겨 일어나지 않았고, 친구가 그를 밖으로 꺼내 구급조치를 취하니 비로소 깨어났다. 그러자 그는 말했다. "나는 항상 우물 속을 찾아보고 싶었는데 사람들은 진리가 그 속에 숨어 있다고 하였네. 마침 내가 진리를 발견하려는 순간 자네가 내 죽음을 발견했던 것일세." 그러나 이제 셸리는 정말로 죽었고 인생의 비밀 역시 진실로 밝혀졌다. 다만 그것을 알고 있는 사람은 오직 셸리뿐이다.

7

슬라브민족의 경우 그 사상은 서유럽과 퍽 다르다. 그러나 바이런의 시는 거침없이 질주하여 들어갔다. 러시아는 19세기 초엽에 문학이 비로소 새로워져 점차 독립적인 지위를 확보하고 날이 갈수록 더욱 뚜렷한 모습을 보이더니, 지금은 이미 선각적인 여러 나라와 어깨를 나란히 하고 있다. 그래서 서유럽 지식인들은 그 아름답고 위대함에 깜짝 놀라게 되었다. 그러나 그 맹아를 고찰해 보면, 실은 푸슈킨,[107] 레르몬토프,[108] 고골리라는 세 사람이 기본을 이루고 있다. 앞의 두 사람은 시로써 세상에 이름을 날렸으며 모두 바이런으로부터 영향을 받았다. 다

---

107) 푸슈킨(원문 普式庚, A. C. Pushkin, 1799~1837) : 보통 '普希金'으로 음역한다. 러시아의 시인이다. 그의 작품은 대부분 농노제도를 공격하고 귀족상류사회를 견책하고 있으며 자유와 진보를 칭송하고 있다. 주요한 작품으로는 『예브게니 오네긴』, 『대위의 딸』 등이 있다.

108) 레르몬토프(원문 來爾孟多夫, M. Lermontov, 1814~1841) : 보통 '萊蒙托夫'로 음역한다. 러시아의 시인이다. 그의 작품은 농노제도의 암흑면을 예리하게 공격하고 인민들의 반항투쟁을 동정하고 있다. 작품으로는 장편시 『동자승』, 『악마』 그리고 중편소설 『현대의 영웅』 등이 있다.

만 고골리는 사회인생의 암흑을 묘사한 것으로 유명하여 두 사람과 방향이 다르므로 여기에는 포함시키지 않겠다.

푸슈킨(A. Pushkin)은 1799년 모스크바에서 태어났다. 유년시절부터 시를 지었고 처음으로 문단에 낭만파를 세워 이름을 크게 떨쳤다. 그러나 당시 러시아는 내분이 많았고, 시국이 급박하여 푸슈킨의 시는 풍자를 많이 띠고 있었는데, 사람들은 그것을 빌미로 그를 압박하였다. 푸슈킨은 시베리아[109]로 유배당하였지만 여러 명의 명망 있는 전배(前輩)들이 그를 위해 힘써 변호했기 때문에 비로소 사면을 받아 남방으로 옮겨 지내게 되었다. 그 때 처음으로 바이런의 시를 읽고 그 위대함에 깊이 감동되어 시의 내용과 형식이 모두 변화를 겪게 되었고, 단시(短詩) 역시 바이런을 모방하였다. 특히 유명한 것으로는 『코카사스의 포로』[110]가 있으며, 이는 바이런의 『차일드 해럴드의 편력』과 아주 비슷하다. 이 작품은, 러시아의 절망한 청년이 이역(異域)에 감금되었다가 한 소녀가 풀어 주어 도망하게 되고, 청년은 애정이 되살아나 그녀를 사랑하게 되었으나 그 후 마침내 홀로 떠난다는 내용이다. 『집시(Gypsy)』라는 시도 역시 그러하다. 집시란 유럽을 유랑하는 민족으로서 유목으로 생활하는 자들이다. 세상에 실망한 아르크라는 사람이 있었다. 그는 집시족 중의 절세의 미인을 사모하게 되어 그 종족 속으로 들어가 그녀와 혼인하였다. 그러나 질투심이 많아 그녀가 다른 사람을 사랑하고 있다는 것을 점차 알게 되어 마침내 그녀를 죽여 버렸다. 여인의 아버지는 그에게 보복하지 않고 다만 함께 살지 말고 떠나라고 했다. 두 편

---

109) 시베리아(원문 鮮卑) : 여기서는 시베리아를 가리킨다. 1820년 차르 알렉산드르 1세가 푸슈킨이 당국을 풍자하는 시를 썼다는 이유로 원래 그를 시베리아로 추방하려고 하였으나 작가 가르무신, 쥐코프스키 등이 변호하여 그를 코카사스로 추방하였다.

110) 『코카사스의 포로』, 『집시』(원문 『高加索累囚行』, 『及潑希』) : 보통 각각 '『高加索的俘虜』', '『茨岡』' 등으로 번역한다. 모두 푸슈킨이 코카사스에 유배되었을 때(1820~1824) 쓴 장편시이다.

의 시는 비록 바이런의 색채를 띠고 있지만, 그것과 퍽 다르다. 작품에 나오는 용사들은 한결같이 사회로부터 추방되었지만, 알렉산드르시대 의 러시아 사회로부터 조금도 벗어나지 못하여 쉽게 실망하고 쉽게 흥 분하였고, 염세의 분위기가 있었으나 그 의지는 견고하지 않았다. 푸슈 킨은 여기서 그들에게 동정을 보내지 않고, 보복을 간절히 바라지만 사 상이 남들보다 뛰어나지 못한 잘못을 숨기거나 꾸미지 않고 모두 지적 하였다. 그리하여 사회의 위선이 사람들 앞에 확연히 드러났으며, 집시 의 순박함과 순진함이 상대적으로 더욱 두드러졌다. 어떤 논자는, 푸슈 킨이 점차 바이런 식의 용사에서 벗어나서 조국의 순박한 인민을 묘사 하기를 좋아하게 된 것은 실로 이 때부터라고 했다. 얼마 후 거작 『예 브게니 오네긴(Eugene Onieguine)』111)을 창작하였다. 시의 제재는 극 히 간단하지만 문장은 특히 웅대하고 아름다우며, 당시 러시아 사회의 모습이 여기에 잘 표현되어 있다. 다만 8년 동안 퇴고했으므로 받은 영 향은 한 가지가 아니며, 그래서 인물의 성격에 변화가 많고 수미가 크 게 다르다. 이 작품의 처음 2장은 그래도 바이런의 감화를 받았으니, 주인공 오네긴의 성격은 사회에 반항하고 세상에 절망하고 있어 바이 런 식의 주인공의 특색을 지니고 있다. 다만 상상력에 기대지 않고 점 차 진실에 가까워지면서 당시 러시아 청년들의 성격을 닮게 되었다. 그 후 외부 사정이 변하고 시인의 성격도 달라져 점차 바이런을 벗어나니 작품은 날로 독립적인 방향으로 나아갔다. 그리고 문장이 더욱 아름다 워지고 저술도 많아졌다. 바이런과 길을 달리한 원인을 보면, 그 설 역 시 한 가지가 아니다. 어떤 이는, "바이런은 절망하여 분투하였고 의지 가 대단히 높아 실로 푸슈킨의 성격과 서로 용납되지 않는다. 이전에 푸슈킨이 바이런을 숭배했던 것은 일시적인 격동에서 비롯되었으며,

---

111) 『예브게니 오네긴』(원문 『阿內庚』): 보통 '歐根奧涅金'으로 번역한다. 장편 서사시로서 푸슈킨의 대표작이며 1823년에서 1831년 사이에 씌어졌다.

풍파가 크게 잦아들자 스스로 바이런을 버리고 원래의 모습으로 되돌 갔다."고 했다. 어떤 이는, "국민성의 차이가 길을 달리한 가장 중요한 요소이다. 서유럽 사상은 러시아와 현격하게 다르니 푸슈킨이 바이런 을 떠난 것은 실로 천성 때문이며, 천성이 합치되지 않으니 당연히 바이런이 오래 머물러 있기가 어려웠던 것이다."라고 했다. 이 두 가지 설은 모두 이치에 맞다. 특히 푸슈킨 자신도 그에 대해 논하면서, 그는 바이런에 대해 겉모습만 모방했을 뿐이고 방랑의 생애가 끝날 무렵에 는 자신의 본연의 모습으로 되돌아 왔다고 했다. 이는 레르몬토프가 끝까지 소극적인 관념을 붙잡고 놓지 않은 것과 다르다. 그리하여 모스크바로 돌아온 후, 푸슈킨은 더욱 평화에 힘 쓸 것을 주장하면서 사회와 충돌할 만한 것들은 모두 애써 피하며 말하지 않았고, 게다가 찬송이 많아지면서 국가의 무공을 찬미하였다. 1831년 폴란드가 러시아에 저항하자[112] 서유럽 여러 나라들은 폴란드를 도왔는데, 러시아에 대해 증오심이 많았기 때문이다. 푸슈킨은 이에 『러시아를 비방하는 사람들』 및 『보로지노의 기념일』이라는 두 편[113]의 시를 지어 스스로 애국을 표명했다. 덴마크의 비평가 브란데스(G. Brandes)[114]는 이에 대해,

---

112) 폴란드가 러시아에 저항하자(원문 波蘭抗俄) : 1830년 11월 폴란드 군대는 차르의 명령에 반항하여, 혁명을 진압하기 위해 벨기에로 출발할 것을 거절하고 무장봉기를 일으켰다. 인민의 지지를 받아 바르샤바를 해방시키고 차르 니콜라이 1세의 통치를 폐지한다고 선포하여 신정부를 수립하였다. 그러나 봉기의 결과가 귀족과 부호들에게 찬탈당하여 마침내 실패하고 말았다. 그리하여 바르샤바는 다시 차르의 러시아 군대에게 점령당하였다.

113) 『러시아를 비방하는 사람들』, 『보로지노의 기념일』(원문 『俄國之讒謗者』, 『波羅及諸之一周年』) : 보통 각각 '『給俄羅斯之讒謗者』', '『波羅金諾紀念日』'로 번역한다. 모두 1831년에 씌어졌다. 당시 차르 러시아는 밖으로 팽창정책을 실시하여 도처에서 혁명을 진압하였는데, 피침략국 인민들의 반항을 불러일으켰다. 푸슈킨의 이 두 편의 시는 모두 차르의 침략행위를 변호하는 경향을 가지고 있다. 보로지노는 모스크바의 서쪽 교외에 있는 한 마을이다. 1812년 8월 26일 러시아 군대는 이 곳에서 나폴레옹 군대를 격파하였으며, 1831년 차르 군대가 바르샤바를 점령한 것도 8월 26일이었기 때문에 푸슈킨은 『보로지노의 기념일』로 제목을 정하였던 것이다.

무력에 기대어 인간의 자유를 어지럽혀 놓는다면 비록 애국이라 하더
라도 그것은 짐승의 사랑(獸愛)이라는 의미 있는 말을 했다. 다만 이는
푸슈킨에만 그런 것이 아니라 오늘날의 지식인도 마찬가지여서, 날마
다 애국을 말하지만 나라에 대해 진실로 사람의 사랑(人愛)을 하고, 짐
승의 사랑으로 떨어지지 않는 자는 극히 드물다. 만년에 이르러 네덜
란드115) 공사관의 아들 단테스를 만나 결국 결투하다 복부에 칼을 맞
고 이틀 후에 죽었다. 이 때가 1837년이었다. 러시아는 푸슈킨이 등장
하면서부터 문학계가 비로소 독립하게 되었고, 그래서 문학사가인 페
이핀116)은, 진정한 러시아 문학은 실로 푸슈킨과 함께 시작되었다고
했다. 그리고 바이런의 악마사상은 푸슈킨을 거쳐 레르몬토프에 전해
졌다.

　레르몬토프(M. Lermontov)는 1814년에 태어나 푸슈킨과 대략 같은
시대에 살았다. 그의 선조 리아르몬트(T. Learmont)117)는 영국의 스코
틀랜드 사람이었다. 그래서 레르몬토프는 불만이 있을 때마다 얼음과
눈으로 덮여 있고 경찰통치가 이루어지는 이 곳을 떠나 고향으로 돌아
가겠다고 말하곤 했다. 그러나 성격은 완전히 러시아인을 닮아 상상력
이 풍부하고 감정이 다감하였고 끊임없이 슬픔에 잠겼으며, 어려서부
터 독일어로 시를 지을 수 있었다. 후에 대학에 들어갔으나 쫓겨났고,
다시 육군학교를 2년 다녔다. 학교를 나온 후 장교가 되었지만 보통의
군인과 다를 바 없었으며, 다만 스스로, "샴페인만 있으면 약간의 시의

---

114) 브란데스(원문 勃蘭兌斯, 1842~1927) : 보통 '勃蘭兌斯'로 음역한다. 덴마크의
　　문학비평가이며 급진적인 민주주의자이다. 저서로는 『19세기 유럽문학의 주요
　　흐름』, 『괴테연구』 등이 있다. 푸슈킨의 두 편의 시에 대한 그의 비평적 견해
　　는 『러시아 인상기(印象記)』에 보인다.
115) 네덜란드(원문 和蘭) : 네덜란드이다.
116) 페이핀(원문 比賓, 1833~1904) : 보통 '佩平'으로 음역한다. 러시아의 문학사
　　가이다. 저서로는 『러시아 문학사』 등이 있다.
117) 리아르몬트(원문 來爾孟斯, 약 1220~1297) : 스코틀랜드의 시인이다.

홍취를 더할 수 있다"고 했다. 차르의 근위병 기병장교가 되었을 때 비로소 바이런의 시를 모방하여 동방의 이야기를 기록하게 되었으며, 또 바이런의 사람됨을 지극히 흠모하였다. 그의 일기에 이런 기록이 있다. "오늘 나는『바이런경 전기』를 읽었는데, 그의 생애가 나와 같음을 알게 되었다. 이 우연의 일치가 나를 크게 놀라게 했다." 또 이런 기록이 있다. "바이런에게 나와 똑같은 일이 하나 있다. 그가 스코틀랜드에 있을 때 한 노파가 바이런의 어머니에게, '이 아이는 틀림없이 위대한 사람이 될 것이며 두 번 결혼할 것입니다' 하고 말했다. 그런데 내가 코카사스에 있을 때 역시 한 노파가 내 할머니에게 그와 같은 말을 했다. 설령 바이런처럼 불행을 겪는다 하더라도, 나는 노파의 말대로 되기를 바란다."118) 그러나 레르몬토프의 사람됨은 셸리에 가까웠다. 셸리가 지은『해방된 프로메테우스』는 그에게 깊은 감동을 주었으며, 이것은 인생의 선악과 경쟁의 제문제에 대해 고민하도록 했다. 그러나 시에서는 그것을 모방하지 않았다. 처음에는 바이런과 푸슈킨을 모방하였지만 후에는 자립했다. 또 사상면에서는 독일의 철학자 쇼펜하우어와 유사하여, 세속의 도덕의 대원칙은 모두 개혁해야 마땅하다는 것을 알고, 그 뜻을 두 편의 시에 기탁하였다. 하나는『악마(Demon)』이고, 다른 하나는『무치리(Mtsyri)』이다.119) 전자는 거대한 영혼에게 자기 뜻을 의탁하고 있는데, 천당에서 쫓겨난 자가 다시 인간세상의 도덕을 증오하는 자가 되어 세속의 정욕을 초월하려 한다. 이 때문에 몹시 미워하는 마음이 생겨 천지와 투쟁을 벌이고, 만일 중생들이 세속의 정욕에 따라 움직이는 모습을 보면 즉시 멸시하는 태도를 취한다. 후자는 한 소년의

---

118) 레르몬토프의 이 두 단락의 말은 그가 1830년에 쓴『자전(自傳) 노트』에도 나온다.『바이런경 전기』(원문『世胄拜倫傳』) : 무어가 지은『바이런전』을 가리킨다.
119)『악마』,『무치리』(원문『神摩』,『謅嚌黎』) : 보통 각각 '『악마』', '『동자승』'으로 번역한다.

자유의 부르짖음이다. 한 아이가 산사(山寺)에서 자랐는데, 노승들은 그가 이미 정감과 희망을 다 끊어 버렸다고 생각했다. 그러나 아이의 영혼은 고향을 떠나지 않았고, 폭풍우가 있던 어느 날 밤 그는 노승들이 기도하는 틈을 타서 몰래 산사를 빠져나왔다. 3일 동안 숲속에서 방황하며 평생토록 비길 데 없이 무한한 자유를 느꼈다. 후에 그는 이렇게 말했다. "그 때 나는 야수와 같다고 느꼈습니다. 비바람, 번개, 사나운 호랑이와 힘껏 싸웠습니다." 그러나 소년은 숲속에서 길을 잃고 돌아올 수 없었으니, 며칠이 지난 다음 사람들이 그를 발견했을 때 이미 표범과 싸우다 상처를 입었고, 결국 이 때문에 죽고 말았다. 소년은 병을 간호하던 노승에게 이렇게 말한 적이 있다. "저는 무덤을 두려워하지 않습니다. 사람들은, 수면에 빠져들면 평생의 우환은 그와 더불어 영원히 잠들게 될 것이라고 말하지요. 다만 저는 삶과 이별하는 것이 걱정입니다. ……저는 아직 소년입니다. ……당신은 소년시절의 꿈을 아직 기억하고 있나요? 아니면 이전의 세상 증오와 사랑을 이미 잊었나요? 만약 그렇다면 당신에게 이 세상은 아름다움을 잃어버린 것입니다. 당신은 허약하고 늙었으니 모든 희망이 사라진 것입니다." 소년은 또 숲속에서 본 것과 스스로 느낀 자유의 감정과 표범과 싸우던 일에 대해 설명하면서 이렇게 말했다. "당신은 내가 자유를 얻었을 때 무엇을 했는지 알고 싶습니까? 나는 삶을 얻었습니다. 노인 어른, 나는 삶을 얻었습니다. 가령 내 삶에서 이 3일간이 없었다면 나는 아마 당신의 만년보다도 더욱 참담하고 어두웠을 것입니다." 푸슈킨이 결투하다 죽게 되자 레르몬토프는 시를 지어 그 슬픔을 표현하였는데,[120] 시의 끝

---

120) 『시인의 죽음』을 가리킨다. 이 시는 차르 러시아 당국이 푸슈킨을 살해하려는 음모를 폭로하였는데, 이 시가 발표되자 열렬한 반향을 불러일으켰으며, 레르몬토프는 이로 인해 구속되었고 코카서스로 추방되었다. 다음에 나오는 끝머리 해설(원문 末解)이란 마지막 한 절(節)이며, 레르몬토프가 『시인의 죽음』을 보충하여 쓴 최후 16행의 시를 가리킨다. 법관(원문 士師) : 법관을 가리킨다.

머리 해설에서 이렇게 말했다. "당신네 관리들은 천재와 자유를 죽인 도살자입니다. 지금 스스로 비호할 수 있는 법률이 있으니 법관들은 당신들을 어떻게 할 수 없겠지요. 그러나 존엄한 하느님이 하늘에 계시니 당신들은 돈으로 뇌물로 삼을 수 없을 것입니다. ……당신들의 검은 피로는 우리 시인의 핏자국을 씻을 수 없습니다." 시가 발표되자 전국적으로 널리 읽혔다. 레르몬토프는 이로 인해 죄명을 얻어 시베리아로 유배되었다. 그 후 그는 어떤 도움을 받아 코카사스에서 변방을 지키게 되었고, 그 곳의 자연경치를 보면서 그의 시는 더욱 웅장하고 아름답게 되었다. 다만 젊은 시절 품었던 세상에 대한 불만의 뜻이 더욱 깊어져 『악마』라는 시를 지었다. 이 인물은 사탄과 같아 인생의 여러 가지 비열한 행위를 증오하며 힘껏 그에 맞섰다. 이는 용맹한 자가 저속하고 나약한 것을 만나면 격노하는 것과 같다. 타고난 숭고하고 아름다운 감정을 뭇 중생들이 알아보지 못하여 드디어 염증이 생기고 인간세상을 증오하게 되는 것이다. 그러나 후에는 점차 현실적인 일에 눈을 돌려 불만은 천지나 인간에 두지 않고, 후퇴하여 한 시대에 대한 것으로 그쳤다. 나중에 또 변하게 되었지만 결투하다 갑자기 죽고 말았다. 결투의 원인을 보면, 바로 레르몬토프가 지은 『당대 영웅』[121]이라는 책 때문에 야기되었다. 사람들은 처음, 책 속의 주인공은 바로 저자가 자신을 서술한 것이 아닌가 하고 의심하였는데, 책이 다시 인쇄되었을 때 레르몬토프는 해명하며 이렇게 말했다. "주인공은 한 사람만을 의미하지 않으며, 실은 우리 세대 사람들의 모든 악의 형상이다." 이 책에서 서술하고 있는 것은 실은 바로 당시 사람들의 모습이었다. 그리하여 마르디에노프[122]라는 친구가, 레르몬토프가 자신의 모습을 책 속에 기술

---

121) 『당대 영웅』(원문 『幷世英雄記』) : 보통 '『當代英雄』'으로 번역한다. 1840년에 씌어졌고 독립된 다섯 편의 이야기로 구성되어 있다.

122) 마르디에노프(원문 摩爾迭諾夫) : 러시아 장교이다. 그는 관청의 음모로 사주를 받아 1841년 7월 코카사스의 파티코르스크의 결투에서 레르몬토프를 살해하

하였다 하여 결투를 요구해 왔다. 레르몬토프는 그의 친구를 죽이고 싶지 않아 총을 들어 공중으로 쏘았을 뿐이다. 그러나 마르디에노프는 조준하여 그를 쏘았다. 마침내 레르몬토프는 죽었고, 이 때의 나이가 27세에 불과했다.

앞에서 서술한 두 사람은 동일하게 바이런으로부터 그 흐름을 이어받았지만 또한 차별이 있다. 푸슈킨은 염세주의의 외형에 놓여 있었고 레르몬토프는 줄곧 소극적인 관념에 놓여 있었다. 그래서 푸슈킨은 마침내 황제의 힘에 굴복하여 평화 속으로 들어갔지만 레르몬토프는 분전하고 저항하면서 조금도 물러서지 않았다. 본덴슈테트[123]는 이에 대해 평가하면서 이렇게 말했다. "레르몬토프는 추격해 오는 운명을 이길 수가 없었다. 그러나 항복해야 할 때에도 지극히 용맹스럽고 자신감에 차 있었다. 대부분 그의 시에는 강렬한 비타협과 날카로운 불평의 울림이 있는 것은 진실로 이 때문이다." 레르몬토프도 역시 애국심이 강하였다. 그러나 푸슈킨과는 전혀 달라 무력이 어떠한가로써 조국의 위대함을 표현하지 않았다. 그가 사랑한 것은 바로 시골의 넓은 들판과 시골사람들의 생활이었다. 그리고 이러한 사랑을 밀고나가 코카사스 토착인에까지 미쳤다. 그 곳 사람들은 자유 때문에 러시아와 맞서 싸우는 자들이었다. 레르몬토프는 비록 군대를 따라 두 차례나 전쟁에 참가하였지만 끝까지 코카사스 사람들을 사랑하였다. 그가 지은 『이즈메일 베이(*Ismail-Bey*)』[124]라는 작품은 바로 그 일을 기록하고 있다. 레르몬토프가 나폴레옹에 대해 취한 태도는 바이런과 약간 다르다. 바이런은

였다.

123) 본덴슈테트(원문 波覃勛迭, H. M. von Bodenstedt, 1819~1892) : 보통 '波登斯德特'으로 음역한다. 독일의 작가이다. 그는 푸슈킨, 레르몬토프 등의 러시아 작가의 작품을 번역하였다.

124) 『이즈메일 베이(원문 『伊思邁爾培』) : 보통 '『伊斯馬爾爾拜』'로 번역한다. 장편 서사시로서 1832년에 씌어졌다. 내용은 코카사스 인민들의, 민족해방을 쟁취하려는 전쟁과 차르 전제통치에 반대하는 전쟁을 묘사하고 있다.

처음에 나폴레옹의 혁명사상의 오류에 대해 비난했지만, 혁명이 실패하자 들개가 죽은 사자를 뜯어먹는 데 대해 분노하면서 나폴레옹을 숭배하였다. 레르몬토프는 오로지 프랑스인들을 비난하면서 프랑스인들이 스스로 영웅을 함정에 빠뜨렸다고 했다. 그는 자신에게 보낸 편지에서 바이런처럼, "내 훌륭한 친구는 오로지 한 사람뿐이며, 그것은 바로 나 자신이다"라고 했다. 또 그는 웅대한 마음을 품고 있었으니 지난일이 반드시 흔적으로 남기를 기대했다. 그러나 바이런의 이른바 "인간 세상을 증오할 것이 아니라 나만 그 곳을 떠날 뿐이다"라든지, "내가 인간을 덜 사랑해서가 아니라 자연을 더 사랑할 뿐이다"라든지 하는 의미는 레르몬토프에서 찾아볼 수 없다. 그는 평생 늘 인간을 증오하는 자임을 자처했다. 자연의 아름다움은 영국 시인에게는 충분히 즐거움을 줄 수 있었지만, 러시아 영웅의 눈에는 줄곧 암담한 것이었으니, 먹구름과 천둥으로 인해 맑은 하늘을 보지 못했기 때문이다. 아마 두 나라 사람의 차이를 그런 대로 여기서 발견할 수 있을 것이다.

8

덴마크 사람 브란데스는 폴란드의 낭만파 시인으로 미츠키에비츠(A. Mickiewicz),[125] 슬로바츠키(J. Slowocki),[126] 크라신스키(S.

---

125) 미츠키에비츠(원문 密克威支, 1798~1855) : 보통 '密茨維支'로 음역한다. 폴란드의 시인이며 혁명가이다. 그는 일생동안 차르 통치에 반항하였고 폴란드 독립의 쟁취를 위해 분투하였다. 저작으로는『청춘예찬』과 장편 서사시『타데우츠 선생』, 시극『선인의 제사』등이 있다.
126) 슬로바츠키(원문 斯洛伐支奇, 1809~1849) : 보통 '斯洛伐茨基'로 음역한다. 폴란드의 시인이다. 그의 작품은 폴란드 인민들의 민족독립에 대한 강렬한 소망을 많이 반영하고 있다. 1830년 폴란드 봉기 때 시집『송가』,『자유예찬』등을 발표하여 투쟁의 의지를 고무시켰다. 주요 작품으로는 시극『코르티앙』등이 있다.

Krasinski)127) 세 시인을 들었다. 미츠키에비츠는 러시아 문학가 푸슈킨
과 동시대 사람이며 1798년 차오시아(Zaosia)의 조그만 마을의 고가(故
家)에서 태어났다. 마을은 리투아니아128)에 있어 폴란드와 인접하고
있었다. 18세에 빌노(Wilno) 대학129)에 입학하여 언어학을 공부하였
고, 처음으로 이웃집 마릴라 베르츠차코브나(Maryla Wereszczakowna)
를 사랑하였으나 마릴라가 다른 곳으로 떠나자 미츠키에비츠는 즐겁지
않았다. 그 후에 점차 바이런의 시를 읽었고, 또 『선인의 제사(Dzia-
dy)』130)라는 시를 지었다. 작품 군데군데에 리투아니아의 구습(舊習)
이 묘사되어 있는데, 매년 11월 2일에는 반드시 무덤에 술, 과일을 차려
놓고 죽은 자를 위해 제사를 지낸다. 마을사람, 목자(牧者), 술사(術士)
한 사람 및 뭇 귀신들이 모인다. 그 중에 실연하여 자살한 사람이 있어
비록 이미 저승에서 판결을 받았지만, 이 날이 되면 항상 예전의 괴로
움이 더욱 되살아났다. 그러나 이 시는 단편(斷片)으로 그치고 완성되
지는 않았다. 그 후 미츠키에비츠는 코브노(Kowno)131)에 살면서 교사
로 지냈고, 2~3년 뒤에 빌노로 돌아왔다. 1822년 그는 러시아 관리에
게 체포되어 10여 개월이나 감옥에 갇혀 있었고, 감옥의 창이 모두 나
무로 만들어져 있어 밤과 낮을 구별할 수 없었다. 결국 페테르스부르그
로 보내졌고, 또 오데사132)로 옮겼다. 그러나 그 곳에서는 교사가 필요

---

127) 크라신스키(원문 克拉旬斯奇, 1812~1859) : 폴란드의 시인이다. 주요한 작품으
   로는 『비신곡(非神曲)』, 『미래의 찬가』 등이 있다.
128) 리투아니아(원문 列圖尼亞) : 보통 '立陶宛'으로 음역한다. 리투아니아이다.
129) 빌노대학(원문 維爾那大學) : 현재 리투아니아 영토 내의 빌뉴스에 있다.
130) 『선인의 제사』(원문 『死人之祭』) : 보통 『『先人祭』'로 번역한다. 시극으로 미츠
   키에비츠의 대표작 중의 하나이다. 1823~1832년 씌어졌다. 이 작품은 지주들
   의 억압에 반항하는 농민들의 복수정신을 가송하고, 차르 전제에 대한 폴란드
   인민들의 강렬한 항의를 표현하여, 조국의 독립을 쟁취하기 위해 헌신할 것을
   호소하고 있다.
131) 코브노(원문 加夫諾) : 리투아니아의 도시이다. 미츠키에비츠는 이 곳에서 4년
   간 중학교 교사생활을 하였다.
132) 오데사(원문 阿兒塞) : 보통 '敖德薩'로 음역한다. 현재 우크라이나 공화국의

없었기 때문에 결국 크리미아[133]로 가서 그 곳의 풍물을 구경하였고,
이는 시 창작에 도움이 되어 그 후 『크리미아시집』[134] 1권이 완성되었
다. 그 뒤 모스크바로 돌아와서 총독부에서 근무하면서 시 2편을 지었
다. 그 중 『그라지나(*Grazyna*)』[135]라는 작품은 그 내용이 다음과 같다.
왕자 리타보르가 그의 장인 비토르트와 불화가 생겨 외국군대에 구원
을 청했다. 그의 아내 그라지나는 그 사실을 알았지만 모반을 하지 못
하도록 할 수가 없었고, 다만 수비병에게 명하여 게르만인들이 노보크
로데크 성으로 들어오지 못하도록 했다. 원군이 드디어 노하여 비토르
트를 공격하지 않고 군대를 돌려 리타보르 쪽으로 향했다. 그라지나는
직접 갑(甲 : 옛날 전사들의 호신물로 가죽 또는 금속으로 만들었음-
역자)을 꽂고 왕자로 변장하여 싸움을 벌였다. 그 뒤 왕자가 돌아와 보
니 다행히 승리는 했지만 그라지나는 유탄에 맞아 곧 숨을 거두었다.
장례를 치를 때 발포한 자를 잡아 함께 불 속에 집어넣었고 리타보르
역시 순국했다. 이 시의 의의는, 한 여인을 빌려 단지 조국 때문에 비
록 남편의 명을 거역하여 원군을 배척하였고, 자신의 병사들을 속여 나
라를 위험에 빠뜨리고 전쟁을 초래하지였만 모두 그녀의 잘못은 아니
며, 만일 이 지고(至高)의 목적 때문이라면 무슨 일이든지 할 수 있다
는 데 있다. 다른 한 작품은 『발렌로드(*Wallenrod*)』[136]이다. 이 시는 고
대에서 제재를 취하고 있는데, 한 영웅이 패배하자 나라의 원수를 갚으

남부에 있다.

133) 크리미아(원문 克利米亞) : 크림반도이다. 소련 서남부의 흑해와 아조프 해 사
   이에 있으며, 경치가 좋은 곳이 많다.

134) 『크리미아시집』(원문 『克利米亞詩集』) : 『크리미아 14행시』이다. 전체 18수로
   되어 있으며 1825~1826년에 씌어졌다.

135) 『그라지나』(원문 『格羅蘇邪』) : 보통 '『格拉席娜』'로 번역한다. 장편 서사시로
   1823년 리투아니아에서 씌어졌다.

136) 『발렌로드』(원문 『華連洛德』) : 보통 제목을 '『康拉德華倫洛德』'으로 번역한다.
   장편 서사시이며, 1827~1828에 씌어졌고 프로이센의 침략에 반항하는 고대
   리투아니아의 이야기에서 제재를 취하였다.

려고 적진에 거짓으로 투항하였고 점차 적군의 장군이 되어 일거에 원수를 갚는다는 내용이다. 이 작품은 대개 이탈리아 문인 마키아벨리(Machiavelli)[137]의 뜻을 바이런의 영웅에 덧붙이고 있는데, 그래서 언뜻보면 낭만파의 애정이야기가 담긴 작품일 뿐이다. 검열관들이 작품의 의미를 이해하지 못하고 출판을 허락하였으며, 미츠키에비츠는 마침내 명성을 크게 떨쳤다.[138] 그 밖에 『타데우츠 선생(*Pan Tadeusz*)』[139]이라는 시가 있다. 이 시는 소플리카족과 코시아츠코족 사이의 사건을 서술하고 있으며, 자연경물에 대한 묘사가 훌륭하다고 세상에서 칭찬받았다. 작품에서 주인공은 타데우츠이지만 그의 아버지 제세크가 이름을 바꾸어 출가한다는 것이 실은 이 작품의 주제이다. 이 작품의 첫 부분에는 두 사람이 곰을 사냥하는 장면이 기록되어 있는데, 보이스키라는 자가 호루라기를 불자 처음에는 미미한 소리였지만 거대한 울림으로 바뀌어 느릅나무에서 느릅나무로 참나무에서 참나무로 날아가며 점차 마치 천만 개의 호루라기 소리가 한 개의 호루라기로 모이는 듯했다. 바로 미츠키에비츠가 지은 시에는 고금의 폴란드 사람들의 소리가 담겨 있음을 여기에 기탁하고 있는 듯하다. 시 전체에 울리는 이러

---

137) 마키아벨리(원문 摩契阿威黎, 1469~1527) : 보통 '馬基雅維里'로 음역한다. 이탈리아 작가이며 정치가이다. 그는 전제군주제의 옹호자이며, 통치자는 정치목적을 달성하기 위해 수단을 가리지 않을 수 있다고 주장했다. 저서로는 『군주론』 등이 있다. 미츠키에비츠는 『발렌로드』라는 시의 머리부분에서 『군주론』 제18장의 한 단락을 인용하였다. "따라서 그대는 승리를 거두는 데는 두 가지 방법이 있다는 것을 알아야 한다. 반드시 여우가 되어야 하고 또 사자가 되어야 한다."

138) 미츠키에비츠는 1829년 8월 17일에 독일의 바이마르에 가서 8월 26일에 거행된 괴테의 80세 생일 축하연에 참가하여 괴테와 면담하였다.

139) 『타데우츠 선생』(원문 『佗兒支氏』) : 보통 '『塔杜施先生』'으로 번역한다. 장편 서사시로서 미츠키에비츠의 대표작이다. 1832~1834년에 씌어졌다. 이 작품은 1812년 나폴레옹의 러시아 침공을 배경으로 하고 있으며, 리투아니아의 구석진 한 마을의 소 귀족에게 발생한 이야기를 통해 민족의 독립을 쟁취하려는 폴란드 인민들의 투쟁을 반영하고 있다. 보이스키(원문 華伊斯奇, Wojski) : 폴란드어로서 호민관의 뜻이다.

한 소리는 맑고 웅대하며 온갖 감정들이 다 모여들고, 폴란드의 한쪽
하늘가에 이르러서는 노래소리로 가득 차니, 오늘날까지도 폴란드 사
람의 마음에 무한한 영향력을 끼치고 있다. 사람들이 작품에 언급된 것
을 기억한다면, 듣는 사람은 보이스키의 호루라기 소리가 멈춘 지 오래
되었지만 오히려 방금 울린 호루라기 소리가 끝나지 않은 듯한 착각이
들 것이다. 미츠키에비츠는 바로 자신의 노래소리의 메아리 속에서 태
어나 불멸에 이르렀던 것이다.

미츠키에비츠는 나폴레옹을 지극히 숭배하였으며, "실은 나폴레옹
이 바이런을 만들었고, 바이런의 생애와 그 영광은 러시아에서 푸슈킨
을 각성시켰으니 나폴레옹 역시 간접적으로 푸슈킨에 영향을 주었다"
고 했다. 나폴레옹의 사명은 국민을 해방시키고 그것을 세계에 파급하
는 것이었다. 그래서 그의 일생은 바로 최고의 시였다. 미츠키에비츠는
바이런에 대해서도 지극히 숭배하여 이렇게 말했다. "바이런의 창작은
실은 나폴레옹에서 나왔다. 영국의 동시대 사람들은 비록 그 천재로부
터 영향을 받았지만 끝내 그와 나란히 위대해질 수는 없었다. 시인이
죽은 이후 영국의 문학은 이전 세기의 상태로 다시 되돌아갔다." 만약
러시아의 경우라면 미츠키에비츠는 푸슈킨과 가까웠으니, 이들 두 사
람은 동일하게 슬라브 문학의 영수로서 역시 바이런의 한 분파였다. 나
이가 점점 들어감에 따라 두 사람은 다같이 국수(國粹) 쪽으로 점차 나
아갔다. 다른 점이 있다면, 푸슈킨은 젊어 황제의 힘에 반역하고자 한
번 떨쳐 일어났으나 실패하자 끝내 실의에 빠졌고, 게다가 황제의 은총
에 감사하여 그의 신하가 되고 싶어했으니[140] 그의 젊은 시절의 이념
을 잃어버렸지만, 그러나 미츠키에비츠는 줄곧 지키다가 죽음에 이르
러서야 비로소 그만두었다. 두 사람이 서로 만났을 때 푸슈킨은 『청동

---

140) 푸슈킨은 1831년 가을 차르 정부의 외교부에 임관하였고 1834년에는 또 궁정
　　직(宮廷職)에 임명되었다.

기사』[141]라는 시를 지었고, 미츠키에비츠는 『표트르 대제의 기념비』라
는 시를 지어 서로 기념하였다. 1829년 무렵 두 사람은 동상 아래에서
비를 피하게 되었는데, 미츠키에비츠는 시를 지어 그들이 나눈 대화를
기록하고 푸슈킨의 말을 빌려 말미의 해설에서 이렇게 말했다. "말은
이미 허공을 내디뎠지만 황제는 고삐를 잡아당겨 되돌리지 못했다. 황
제는 고삐를 잡아끌며 가다가 떨어져 몸이 부서졌다. 100년이 지났지
만 말은 지금도 넘어지지 않았다. 이는 산속의 샘에서 솟아나온 물이
혹한에 얼음이 되어 가파른 절벽에 드리워져 있는 것과 같다. 그러나
자유의 태양이 떠오르고 따스한 바람이 서쪽으로 불어와 추위로 얼어
붙은 땅이 서서히 깨어나니 분천(噴泉)은 장차 어떻게 될 것이며 폭정
은 장차 어떻게 될 것인가?" 그렇지만 이것은 실제로 미츠키에비츠의
말이며, 다만 푸슈킨에 의탁하였을 뿐이다. 폴란드가 무너진 후[142] 두
사람은 끝내 만나지 못하였다. 푸슈킨은 그를 그리워하는 시를 지었으
며, 푸슈킨이 부상으로 죽게 되자 미츠키에비츠 역시 애절하게 그를 그
리워했다. 다만 두 사람은 비록 서로를 잘 알고 있었고 또 바이런을 함
께 본받았지만 역시 크게 다른 점도 있었다. 예를 들면, 푸슈킨은 만년
에 나온 작품에서 항상, 젊었을 때에는 자유에 대한 꿈을 대단히 사랑
했지만 이미 거기서 멀어졌다고 말하였고, 또 전도에는 이제 목표가 보
이지 않는다고 말했다. 그러나 미츠키에비츠는 목표가 푸슈킨과 같았
지만 결코 회의하지 않았다.

  슬로바츠키는 1809년 크세미에네츠(Krzemieniec)[143]에서 태어났고,

---

141) 『청동기사』(원문 『銅馬』) : 지금은 '『靑銅騎士』'로 번역하며, 1833년에 씌어졌
  다. 다음에 나오는 『표트르 대제의 기념비』(원문 『大彼得像』)는 '『彼得大帝的
  紀念碑』'로 번역하며, 1832년에 씌어졌다.
142) 1830년 폴란드의 11월 봉기실패를 가리킨다. 이듬해 8월 차르 군대는 바르샤
  바를 점령하여 대학살을 자행했다. 그리하여 폴란드는 다시 러시아의 통치를
  받게 되었다.
143) 크세미에네츠(원문 克爾舍密涅茨) : 보통 '克列梅涅茨'로 음역한다. 현재 우크

어려서 고아가 되어 의붓아버지 밑에서 자랐다. 빌노대학에 입학하였
으며, 성격이나 사상이 바이런과 비슷했다. 21세 때 바르샤바의 재정
부144)에 들어가 서기로 일했다. 2년이 지난 후 어떤 일로 인해 갑자기
나라를 떠나게 되었고, 다시 돌아올 수 없었다. 처음에는 런던에 도착
하였고, 그 뒤 파리로 가서 바이런의 시체(詩體)를 모방한 시집 한 권
을 완성하였다. 이 때 미츠키에비츠와 만났지만 곧 불화가 생겼다. 그
가 창작한 시들은 대부분이 비참하고 고통스런 소리로 되어 있다.
1835년 파리를 떠나 동방으로 유람하여 그리스, 이집트, 시리아를 경유
하였다. 1837년 이탈리아로 돌아왔지만, 도중에 엘 아리쉬145)에서 역
병이 돌아 길이 막혀 그 곳에서 오래 체류하면서『사막에서의 페스
트』146)라는 시를 지었다. 이 시는 네 명의 아들과 세 명의 딸이 아내의
뒤를 이어 차례로 전염병으로 죽어가는 데 대한 한 아랍인의 목격담을
기록하고 있는데, 슬픔이 작품의 전체에 넘치고, 읽어 보면 그리스의
니오베(Niobe)147)을 연상케 하여 망국의 통한이 그 속에 은은히 배어
있다. 게다가 이러한 고난에 관한 시로만 그치지 않고 흉악하고 잔인한
작품도 항상 더불어 지었는데, 슬로바츠키의 뛰어난 점이다. 대개 시작
품 속에는 직접 경험한 고초에 대한 인상이나 자신의 견문이 표현되어
있으며, 가장 유명한 것은 역사적 사실에 근거하고 있는 작품이다. 예

라이나 공화국의 테르노포르 성(省)에 있다.
144) 바르샤바(원문 華騷) : 바르샤바이다. 재정부(원문 戶部) : 토지, 호적, 재정의
     수입지출 등의 사무를 관장하는 관청이다.
145) 엘 아리쉬(원문 曷爾愛列須, El Arish) : 보통 '埃爾阿里什'으로 음역한다. 이집
     트의 해구(海口)이다.
146)『사막에서의 페스트』(원문『大漢中之疫』) : 지금은 '『瘟疫病人的父親』'으로 번
     역한다.
147) 니오베(원문 尼阿孛) : '尼俄拍'로도 음역한다. 그리스 신화에 나오는 테베성의
     왕후이다. 그녀는 태양의 신 아폴론의 어머니를 멸시하면서 자신의 일곱 아들
     과 일곱 딸을 자랑하였기 때문에 아폴론과 여동생인 달의 여신 아르테미스가
     함께 그녀의 자식들을 모두 죽여 버렸다.

를 들어,『크롤 더치(*Królduch*)』148)에는 러시아 황제 이반 4세가 사신의 발을 땅에 대고 칼로 못박는다는 이야기가 서술되어 있으며, 이는 고전에 근거한 것이다.

폴란드 시인들은 대부분 옥중이나 변방에서 일어나는 형벌사건을 묘사하고 있다. 예를 들어, 미츠키에비츠의 작품인『선인의 제사』의 제3권에는 자신이 직접 경험한 것을 자세히 그려내고 있다. 그의 작품『치코브스키(*Cichowski*)』의 1장이나『소볼레브스키(*Sobelewski*)』의 1절을 읽어 보면, 젊은이들이 20대의 썰매에 실려 시베리아로 이송되는 사건이 기록되어 있는데, 이에 격분하지 않을 사람은 드물 것이다. 그리고 앞에서 서술한 두 사람의 작품을 읽어 보면 종종 보복의 소리를 들을 수 있다. 예를 들어,『선인의 제사』의 제3편에는 수인(囚人)들이 노래하는 장면이 나온다. 그 중에 장코브스키라는 수인이 이렇게 말했다. "내가 신도라면 반드시 예수와 마리아149)를 만나서 먼저 우리 나라 땅을 유린하는 러시아 황제를 징벌하라고 한 다음에야 마음이 편해지겠다. 러시아 황제가 만약 살아 있다면 내게 예수님의 이름을 부르게 하지 못할 것이다." 두 번째로 콜라코브스키는 이렇게 말했다. "설령 내가 유배를 당하여 노역하고 감금되어 러시아 황제를 위해 일한다 해도 무엇이 아깝겠는가? 나는 형벌을 받는 중에도 마땅히 힘써 해야 할 것에 대해 스스로 이렇게 다짐할 것이다. '이 검은 쇠덩어리로 언젠가 황제를 위해 쓸 도끼를 만들고 싶다.' 내가 만약 출옥다면 타타르족150)의 여인을 부인으로 맞이하여 그녀에게 이렇게 말할 것이다. '황제를

---

148)『크롤 더치』(원문『克墨勒度克』): 폴란드어이며, 의역하면『정신의 왕』이 된다. 애국주의 사상이 담긴 철리시(哲理詩)이다. (按)시에는 본문에서 말한 이반 4세에 관한 이야기가 없다.

149) 마리아(원문 馬理): 보통 '馬利亞'로 음역한다. 기독교 전설에 나오는 예수의 어머니이다.

150) 타타르족(원문 韃靼): 여기서는 중앙아시아에 살고 있는 몽고족의 후예를 가리킨다.

위해 피터 팔렌(바울 1세의 암살자)[151]을 하나 낳아 주오.' 내가 만약
식민지로 이주하여 산다면 반드시 그 곳의 우두머리가 되어 내 모든
논밭을 바쳐 황제를 위해 마(麻)를 심겠다. 그것으로 검은 거대한 밧줄
을 만들고 은색의 실을 짜서 오르로프(표트르 3세의 살해자)[152]에게
주어 러시아 황제의 목을 조를 수 있게 할 것이다." 마지막으로 콘라드
의 노래를 부르며 이렇게 말했다. "내 정신은 이미 잠들었고 노래는 무
덤 속에 있다. 다만 내 영혼은 이미 피비린내를 맡고 한번 외치며 일어
나니 마치 흡혈귀(Vampire)[153]가 사람의 피를 빨아먹으려는 듯하다.
피를 빨아 먹어라, 피를 빨아 먹어라! 복수하라, 복수하라! 내 도살자를
복수하라! 하늘의 뜻이 그러하니 반드시 복수하라. 설령 하늘의 뜻이
그렇지 않더라도 복수하라!" 복수의 시적 정화가 모두 여기에 모였으
니, 가령 하느님이 바로잡지 못한다면 그가 직접 복수하겠다는 것이다.

위에서 언급한 복수의 일은 대개 감추어 있다가 불의(不意)에 나타
난다. 그 취지는, 하늘과 인간으로부터 괴로움을 당한 백성은 제 수단
을 동원하여 자기 조국을 구해야 하고, 그것은 신성한 법칙이라고 하는
데 있다. 따라서 그라지나가 비록 자기 남편을 거역하고 적에 대항했지
만 도리는 잘못되지 않았던 것이다. 발렌로드도 역시 그러하다. 비록
이민족의 군대를 물리치기 위해 거짓을 이용했지만 법도에 맞지 않다
고 할 수 없다. 발렌로드는 거짓으로 적에게 투항하여 게르만의 군대를
섬멸시키고 고국땅에 자유를 가져다 주었으며 스스로는 참회하고 죽었
던 것이다. 이는, 누군가가 만일 어떤 계획을 가지고 반드시 보복해야

---

151) 피터 팔렌(원문 巴棱) : 차르 바울 1세의 총애하는 신하이다. 그는 1801년 3월
바울 1세를 암살하였다.

152) 오르로프(원문 阿爾洛夫) : 러시아 귀족의 실력자이다. 1762년 궁정혁명이 일어
났을 때 그는 사람을 시켜 차르 표트르 3세를 암살했다.

153) 흡혈귀(원문 血蝠) : '吸血鬼'라고도 번역한다. 옛날 유럽의 민간전설에 의하면,
죄인이나 악한이 죽은 후 그 영혼이 밤이 되면 묘지를 빠져나와 박쥐로 변하여
살아 있는 사람의 피를 빨아먹는다고 한다.

한다면 비록 적에게 투항하더라도 죄악은 아니라는 의미이다. 예를 들어, 『알푸하라스(Alpujarras)』[154]라는 시는 이러한 의미를 더욱 잘 드러내고 있다. 무어[155]족의 국왕 알만서는 성내에 바야흐로 전염병이 크게 돌자 그라나다 땅을 스페인에게 넘겨주고 밤을 틈타 빠져 나오지 않을 수 없었다. 스페인 병사들이 바야흐로 모여 술을 마시고 있는데 갑자기 어떤 사람이 회견을 요구한다는 보고가 있었다. 나타난 사람은 아라비아인이었고 그는 앞으로 나아가 크게 소리치며 말했다. "스페인 사람들이여, 저는 당신들의 신명(神明)을 받들 것이며, 당신들의 위대한 성인을 믿을 것이며 당신들의 노복이 되겠나이다." 모두 그가 알만서라는 것을 알았다. 스페인 사람들의 우두머리가 그를 포옹하며 입맞춤 예를 했다. 여러 명의 대장들도 다 그러한 예를 했다. 그러자 알만서는 갑자기 땅에 엎드려 두건을 벗어들고 크게 기뻐하며 이렇게 소리쳤다. "나는 전염병에 걸렸도다!" 그가 치욕을 무릅쓰고 이렇게 달려온 것은 전염병이 스페인 군대에도 퍼지게 하기 위해서였다. 슬로바츠키는 시에서 종종 나라를 속인 간신배들의 행위를 비난했지만 거짓 술책으로 적을 함정에 빠뜨린 경우에는 그것을 매우 찬미했다. 예를 들어, 『램브로(Lambro)』, 『코르디안(Kordyan)』이 모두 그러하다. 『램브로』는 그리스인에 관한 이야기이다. 그리스인이 종교를 배반하고 도둑이 되었는데, 그것은 자유를 얻어 터키에 복수하기 위한 것이었다. 그 성격은 지극히 흉포하여 세상에서 비길 사람이 없었다. 다만 바이런의 동방

---

154) 『알푸하라스』, 『램브로』, 『코르디안』(원문 『阿勒普耶羅斯』, 『闌勃羅』, 『珂爾强』) : 보통 각각 '『阿爾普雅拉斯』', '『朗勃羅』', '『柯爾迪安』'으로 번역한다. 『알푸 하라스』는 대형의 시극으로서 미츠키에비츠의 대표작이다. 1834년에 씌어졌다.

155) 무어(원문 摩亞, Moor) : 보통 '摩爾'로 음역한다. 아프리카 북부의 민족이다. 1238년에 서남 유럽의 이탈리아 반도로 가서 그라나다 왕국을 세웠다. 1492년 스페인에 의해 멸망하였다. 알만서(원문 阿勒曼若) : 그라나다 왕국의 마지막 국왕이다.

시에서나 찾아볼 수 있을 뿐이다. 코르디안이라는 자는 폴란드인으로서 러시아 황제 니콜라이 1세를 암살하려 했던 사람이다. 대개 이 두 시의 주된 취지는 모두 복수에 있을 따름이다.

위의 두 사람은 절망에 빠졌기 때문에 적에게 화를 가져다 줄 수 있는 것이라면 무엇이든지 가능한 것이다. 예를 들어, 그라지나의 거짓행위라든지, 발렌로드의 거짓항복이라든지, 알만서의 전염병 옮기기라든지, 코르디안의 암살기도라든지 이런 것들이 다 이에 해당한다. 그러나 크라신스키의 견해는 이와 반대이다. 전자는 힘으로 복수하는 데 주력했고, 후자는 사랑으로 감화시키는 데 주력했다. 그러나 이들의 시는 모두 은택이 끊겼음을 추도하고 조국의 우환을 염려하고 있다. 폴란드인들은 이들 시에 감동을 받았으며, 이로 인해 1830년의 의거가 일어났다. 그 기억의 여파가 파급되어 1863년의 혁명156) 역시 그로 인해 일어났다. 지금까지도 그 정신은 잊혀지지 않고 있으며, 고난 역시 아직 끝나지 않았다.

9

헝가리가 침묵하고 웅크리고 있을 무렵 페퇴피(A. Petöfi)157)라는 자가 나타났다. 그는 식육점 경영자의 아들로 1823년 키스쾨뢰스(Kiskörös)에

---

156) 1863년 폴란드의 1월 봉기를 가리킨다. 이 봉기 결과 임시민족정부가 성립되었으며, 농노해방을 위한 선언과 법령을 선포하였다. 1865년 차르의 진압에 의해 실패하고 말았다.

157) 페퇴피(원문 裴象飛, 1823~1849) : 보통 '裴多菲'로 음역한다. 헝가리의 혁명가이며 시인이다. 그는 1848년 3월 15일의 부다페스트의 봉기에 적극적으로 참가하였고, 오스트리아의 통치에 반항하였다. 이듬해 오스트리아의 침략을 원조하러 온 차르 군대와 전투하는 중에 희생당하였다. 그의 작품은 사회의 추악한 면을 풍자하고 피압박민족의 고통스런 생활을 묘사하고 있으며, 자유를 쟁취하기 위한 인민들의 봉기를 고무하고 있다. 저작으로는 장편시 『사도』, 『용감한 야나슈』, 정치시 『민족의 노래』 등이 있다.

서 태어났다. 이 곳은 헝가리의 저지대로서 광막한 푸츠타(Puszta, 이
말은 평원으로 번역된다) 평원이 있고, 길 주위에는 조그만 여관과 촌
락이 있고, 갖가지 자연경치가 감동을 주기에 충분하였다. 헝가리에서
푸츠타 평원은 러시아의 스텝(Steppe, 이 말 역시 평원으로 번역된다)
평원처럼 시인을 배출하기에 훌륭한 곳이었다. 부친은 비록 상인이었
지만 유달리 학식이 있고 라틴어를 이해할 수 있었다. 페퇴피는 10세
때 컬투어로 가서 배웠고, 그 후 아소드에서 3년간 문법을 공부하였다.
그러나 특이한 성격을 타고나 집요하게 자유를 갈망하여 배우가 되고
자 하였다. 천성적으로 또 시창작에 뛰어났다. 페퇴피는 셸메크에서 고
등학교에 입학하였고, 3개월이 지나자 그의 부친은 페퇴피가 배우들과
사귄다는 소식을 듣고 공부를 그만두도록 했다. 그래서 그는 걸어 부다
페스트[158]로 갔고, 국민극장에 들어가 잡역일을 했다. 후에 친척에게
발각되어 그 집에서 교육을 받았고, 이 때 비로소 시를 지어 이웃집 아
가씨를 노래하였으며, 당시 나이는 갓 16세였다. 그러나 친척은, 아무
런 성과가 없었고 페퇴피는 다만 연극에만 재능이 있어 결국 떠나도록
내버려 두었다고 했다. 페퇴피는 갑자기 군에 입대하였으며, 비록 성격
이 압제를 싫어하고 자유를 사랑하였지만 18개월이나 군대에서 복무
했고, 결국 말라리아 때문에 그만두었다. 다시 파파(Papa) 대학[159]에
들어갔고, 이 때도 역시 배우였으므로 생계가 매우 곤란하여 영국과 프
랑스 소설을 번역하여 겨우 생활을 유지해 갔다. 1844년 뵈뢰스마르티
(M. Vörösmarty)[160]를 방문하였고, 뵈뢰스마르티가 그의 시를 출판해
주자 이 때부터 드디어 문학에 진력하여 더 이상 배우일은 하지 않았

---

158) 부다페스트(원문 菩特沛斯德) : 보통 '布達佩斯'로 음역한다.

159) 파파 대학(원문 巴波大學) : 중학교라 해야 마땅하다. 헝가리 서부의 파파 시에
있는 유명한 학교이다.

160) 뵈뢰스마르티(원문 偉羅思摩諦, 1800~1855) : 지금은 '魏勒斯馬爾提'로 음역한
다. 헝가리의 시인이다. 저서로는 『경고』, 『차란의 도주』 등이 있다. 그는 페퇴
피의 첫 번째 시집을 국가총서 출판사에 소개하였다.

다. 이것이 그의 반(半)생애의 전환점이 되었으며, 명성이 갑자기 높아져 사람들은 그를 헝가리의 대시인으로 바라보았다. 이듬해 봄 그가 사랑하는 여인이 죽자 북방으로 여행을 떠나 마음을 진정시켰고, 가을이 되어서야 돌아왔다. 1847년 시인 아라니(J. Arany)[161]를 세졸론타에서 만났다. 아라니의 걸작 『욜디(*Joldi*)』가 마침 완성되자 작품을 읽고 칭찬하며 서로 사귈 것을 약속했다. 1848년부터 페퇴피의 시는 점차 정치에 기울었고, 이는 혁명이 도래할 것임을 마치 들새가 지진을 알아차리 듯 무의식적으로 느꼈기 때문이다. 동년 3월 오스트리아의 인민혁명[162] 소식이 부다페스트에 보도되자 페퇴피는 이에 감동되어 『일어나라 마자르인이여(Tolpra Magyar)』[163]라는 시를 지었고 다음날 군중들 앞에서 공개적으로 낭송하였다. 매 단락 말미의 후렴구인 "맹세코 다시는 노예가 되지 말자"에 이르러서는 군중들이 일제히 합창하였으며, 시를 가지고 검열 당국으로 달려가 그 곳의 관리를 내쫓고 직접 인쇄하였다. 인쇄가 끝날 때까지 서서 기다렸다가 각자 그것을 가지고 떠났다. 글이 검열을 벗어나게 된 것은 실로 이 때부터 시작되었다. 페퇴피 역시 스스로 이렇게 말한 적이 있다. "내가 금(琴)을 타거나 붓을 휘두르는 것은 이익 때문이 아니다. 내 마음 속에 하느님이 있어 그가 내게 노래부르게 한다. 하느님은 다름 아닌 바로 자유일 따름이다."[164] 그러

---

161) 아라니(원문 阿蘭尼, 1817~1882) : 보통 '奧洛尼'로 음역한다. 헝가리의 시인이다. 1848년 헝가리 혁명에 참가하였다. 주요 작품으로는 『요르디』 삼부작(본문에서 말한 『約爾提』이다)은 1846년에 씌어졌다. 세졸론타(원문 薩倫多) : 헝가리 동부의 한 농촌이다.

162) 오스트리아의 인민혁명(원문 墺大利人革命) : 1848년 3월 13일 오스트리아의 수도 빈에서 무장봉기가 발생하여, 오스트리아 황제는 총리 메테르니히의 해임을 받아들였고, 국민회의의 소집에 동의하고 헌법을 제정하였다. 그러나 중대한 사회문제는 해결하지 못하였다.

163) 『일어나라 마자르인이여』(원문 興矣摩迦人』) : 『민족의 노래』를 가리킨다. '일어나라 마자르인이여'는 이 시의 첫구이다. 지금은 "일어나라, 마자르인이여! (起來, 匈牙利人!)"라고 번역한다. 이 시는 1848년 3월 13일 빈 무장봉기 당일에 씌어졌다.

나 그가 지은 글은 때때로 감정이 지나치거나 군중과 위배되었다.『국
왕들에게』165)라는 시를 짓자 사람들은 그에 대해 비난을 퍼부었다. 페
퇴피는 일기에서 이렇게 말했다. "3월 15일부터 며칠이 지나자 나는
갑자기 군중이 싫어하는 사람이 되었다. 화관은 박탈당했고, 깊은 계곡
에서 홀로 헤맸다. 그러나 나는 끝내 다행히 굴하지는 않았다." 나라일
이 점차 위급해지자 시인은 전쟁과 죽음이 가까이 있음을 알고 그것을
알리려고 극력 노력했다. 스스로 이렇게 말했다. "하늘은 나를 고독 속
에 살아가도록 낳지 않았으니, 전쟁터로 부를 것이다. 내가 지금 전쟁
터로 부르는 호루라기 소리를 들을 수 있다면 명령을 기다릴 필요 없
이 내 영혼은 즉시 앞으로 달려갈 것이다." 드디어 국민군(Honvéd)에
지원하여 1849년 벰166) 장군의 막하로 들어갔다. 벰 장군은 폴란드 무
인(武人)으로 1830년의 전투에서 러시아인과 맞서 싸웠던 인물이다.
이 때 코수드167)가 벰을 불러 트랜실바니아168) 지역을 맡도록 하였고,

164) 페퇴피의 이 말은 1848년 4월 19일의 일기에 보인다. 번역을 하면 다음과 같
    다. "아마 세상에는 더욱 아름답고 장엄한 칠현금과 거위털 펜이 많겠지만 내
    순결한 거위털 펜보다 더 멋진 것은 절대 없을 것이다. 내 칠현금의 어떤 한
    음도 내 거위털 펜의 어떤 한 획도 이익을 위해 사용한 적이 없었다. 내가 쓴
    것은 모두 내 영혼의 주재자에 의해 씌어진 것이다. 영혼의 주재자는 바로 자
    유의 신이다"(『페퇴피전집』제5권『일기』)
165) 『국왕들에게』(원문 『致諸帝』) : 지금은 '『給國王們』'으로 번역한다. 1848년 3월
    27일에서 30일 사이에 씌어졌다. 이 시에서 페퇴피는 전세계 폭군의 통치는
    곧 전복될 것이라고 예언하였다. 다음에 인용된 페퇴피의 말은 1848년 3월 17
    일의 일기에 보인다.
166) 벰(원문 貝謨, J. Bem, 1795~1850) : 보통 '貝姆'로 음역한다. 폴란드의 장군이
    다. 1830년 11월 폴란드 봉기의 지도자 중 한 사람이었으며, 실패한 후 외국으
    로 망명하였고, 1848년 빈 무장봉기와 1849년 헝가리 민족해방전쟁에 참가하
    였다.
167) 코수드(원문 柯蘇士, L. Kossuth, 1802~1894) : 보통 '科蘇特'으로 음역한다.
    1848년 헝가리 혁명의 주요 지도자이다. 그는 군대를 조직하여 1849년 4월 오
    스트리아군을 격퇴시키고 헝가리 독립을 선포하였다. 공화국이 성립된 후 신
    국가의 원수로 선출되었다. 실패한 후에는 망명하였고 이탈리아에서 죽었다.
168) 트랜실바니아(원문 脫蘭布勒伐尼亞, Transilvania) : 보통 '特蘭西瓦尼亞'로 음역

뱀 장군은 페퇴피를 극진히 사랑하여 마치 집안의 부자처럼 대했다. 페퇴피는 세 차례나 그 곳을 떠났으나, 마치 무엇인가가 그를 이끈 듯이 머지 않아 곧 돌아왔다. 동년 7월 31일 세게스바르[169]전투에서 그는 마침내 전사했다. 평시의 이른바 "사랑을 위해 노래부르고 조국을 위해 죽을 것이다"라는 말이 이제서야 실현된 것이다. 페퇴피는 어렸을 때 바이런과 셸리의 시를 공부하였고, 그의 창작은 대체로 거침없이 자유를 말하고 호탕하고 격렬하였으며, 그의 성격 역시 바이런이나 셸리와 흡사하였다. 스스로 이렇게 말한 적이 있다. "내 마음은 메아리를 일으키는 산림과 같아 외치는 소리가 들어오면 수백 가지의 울림으로 반응한다." 또 그는 자연경치를 잘 이해하여 그것을 시가(詩歌) 속에 묘사하여 천하의 절묘한 작품이 되었는데, 스스로 그것을 끝없는 자연 속의 들꽃이라 불렀다. 그의 장편서사시 『영웅 야노스(Janos Vitéz)』[170]라는 작품은 옛날의 전설에서 제재를 취하여 주인공의 비환과 기이한 행적을 서술하고 있다. 또 그의 『교수형 집행자의 끈(A Hoher Kötele)』[171]이라는 소설은, 사랑 때문에 다툼이 일어나 이로 인해 인과응보를 받아 테르니아가 마침내 안톨로키의 아들을 법에 걸리게 한다는 내용이다. 안톨로키는 사랑을 잃고 절망하여 그의 아들 무덤 위에 움막을 짓고, 어느날 테르니아를 데려와 죽이려 했다. 그러자 안톨로키를 따르던 사람이 말리며, "생과 사 중에서 어느 것이 고통이 더 심하겠나이까?" 하고 물었다. 대답하기를, "생이겠지"라고 하였다. 이에 그를

한다. 당시에는 헝가리의 동남부였고 지금은 루마니아에 속한다.

169) 세게스바르(원문 舍俱思跋) : 보통 '瑟克什堡'로 음역한다. 1849년 여름 차르 니콜라이 1세가 10만여 군대를 파견하여 오스트리아를 원조하였다. 뱀의 부대는 여기서 패배하였고, 페퇴피도 바로 이 전투에서 희생되었다.

170) 『영웅 야노스』(원문 『英雄約諾斯』) : 보통 '『英雄的約翰』'으로 번역한다. 장편서사시로서 1844년에 씌어졌다.

171) 『교수형 집행자의 끈』(원문 『縊吏之繯』) : 보통 '『絞吏之繩』'으로 번역한다. 1846년에 씌어졌다.

풀어 주어 떠나도록 했다. 안톨로키는 끝내 테르니아의 손자를 유인하여 스스로 목 매어 죽도록 했다. 이 때 사용한 밧줄은 바로 예전에 테르니아가 안톨로키의 아들의 목을 맸던 그것이었다. 이 작품의 머리부분을 보면 여호와172)의 말이 인용되어 있는데, 그 의미는 조상이 지은 죄악은 그 후손에 이르러 보복을 당하며, 피해를 받으면 반드시 보복하고 게다가 더 심하게 보복해도 무방하다는 것이다. 시인의 일생 역시 지극히 특이하여 유랑과 변화무상이 그칠 날이 없었다. 비록 일시적으로 편안한 시기가 있었지만, 그 고요함도 진정한 고요함이 아니었다. 아마 그것은 바다의 소용돌이 중심에 자리한 고요한 한 점과 같을 뿐이었다. 말하자면 외로운 배가 회오리바람에 말려들었을 때, 마치 풍운이 잠잠해지고 파도가 일지 않고 물 색깔이 미소짓듯 파랗게 드러나듯이 일순간 갑자기 모든 것이 고요할 때가 있다. 그러나 소용돌이는 급해지고 배는 다시 휘말려들어 마침내 난파되어 잠기고 마는 것이다. 저 시인의 일시적인 고요함도 이와 같을 뿐이었다.

앞에서 서술한 여러 사람들은 그 품성과 언행과 사유 면에서, 종족이 다르고 외부의 환경이 달라서 다양한 형태로 나타났지만, 실로 하나의 유파로 통일된다. 모두 강건하고 흔들리지 않고 성실과 진실을 유지해 나갔으며, 대중에게 아첨하며 구습을 따르는 일은 하지 않았고, 웅대한 목소리를 내어 자기 나라의 신생(新生)을 일깨우고 자기 나라를 천하에 위대한 나라로 만들려고 했다. 중국에서 그런 사람을 찾아보면, 어느 누가 그들에 비견될 것인가? 중국은 아시아에 우뚝 서서 선진문명을 이루어 사방의 이웃이 비교가 되지 못하여 그들을 멸시하며 활보하니 더욱 특별히 발달하게 되었다. 지금은 비록 영락하였지만 그래도 서구와 대립하고 있으니 이는 다행스러운 일이다. 그러나 과거부터 쇄국을 일삼지 않고 세계의 대 조류와 접하면서 사상을 만들어내어 날마

---

172) 여호와(원문 耶和華) : 헤브라이인들의 하느님에 대한 칭호이다.

다 새로움을 추구했더라면 오늘날 우주 내에서 우뚝 솟아 다른 나라로부터 멸시받지 않았을 것이며, 영광이 엄연하여 허둥대며 변혁하는 일은 없었을 것이다. 이는 미루어 짐작할 수 있는 일이다. 따라서 한번 중국의 위치를 따져 보고 중국이 직면하고 있는 문제를 고찰해 본다면 나라로서 중국의 그 장단점이 분명히 드러날 것이니 하찮은 일은 아닐 것이다. 장점을 보면, 문화면에서 다른 나라의 영향을 받지 않고 스스로 특이한 광채를 갖추었으니, 최근에 비록 중도에서 쇠락하였지만 역시 세계에서 보기 드문 일이다. 단점을 보면, 고립적으로 스스로 옳다고 여기고 남들과 비교하지 않으니 마침내 타락하여 실리를 추구하게 되었다. 그런 지가 이미 오래 되어 정신이 무너지고 새로운 힘에게 일격을 당하자 얼음이 깨어지듯 무너져 다시 일어나 저항하지 못하게 되었다. 게다가 낡은 습관이 깊이 뿌리박혀 관습의 눈빛으로 일체를 관찰하니 긍정적이든 부정적이든 잘못이 대부분이다. 이것이 유신을 부르짖은 지 20년이 지났지만 새로운 소리가 아직 중국에 일어나지 않고 있는 이유이다. 이러할진대 정신계의 전사가 귀중한 것이다. 18세기의 영국을 보면, 사회는 허위에 젖어 있었고 종교는 천박함에 안주하고 있었으며, 문학 역시 옛것을 모방하고 도식(塗飾)만 일삼아 진실한 마음의 소리를 들을 수 없었다. 그리하여 철학자 로크[173]가 먼저 나와 정치와 종교에 누적된 폐단을 극력 배척하고 사상과 언론의 자유를 제창하였다. 혁명의 기운이 일어난 것은 그가 뿌린 씨앗 때문이었다. 문학계에서는 농민인 번스가 스코틀랜드에서 태어나 전력을 다하여 사회에 저항하며 중생 평등의 소리를 선전했다. 그는 권력을 두려워하지 않고 재물에 굴복하지 않고 뜨거운 피를 뿌려 시에 쏟아 부었다. 그렇지만

---

173) 로크(원문 洛克, J. Locke, 1632~1704) : 영국의 철학자이다. 그는 지식은 감각에서 기원하며 후천적인 경험이 인식의 원천이라고 생각하였다. 그는 천부적 관념론과 왕권신수설을 반대하였다. 저서로는 『인간오성론』과 『정부론』 등이 있다.

정신계의 위인은 결국 인간사회로부터 사랑받는 인물이 되지 못하고 험난한 길을 떠돌다가 끝내 요절하고 말았다. 그러나 바이런과 셸리가 그를 계승하여 싸우며 반항한 것은 앞에서 서술한 바와 같다. 그들의 힘은 거대한 파도처럼 구사회의 초석을 향해 곧장 돌진했다. 그 여파와 지류가 러시아에 건너가 국민시인 푸슈킨을 낳았고, 폴란드에 건너가 복수시인 미츠키에비츠를 만들었고, 헝가리에 건너가 애국시인 페퇴피를 각성시켰다. 그 밖에 같은 유파에 속하는 사람들을 다 언급할 수는 없다. 바이런과 셸리가 비록 악마라는 이름을 얻었지만 역시 인간일 따름이다.

그 동인(同人)들 역시 실제로 악마파라고 부를 필요는 없다. 인간사회에 살고 있는 한 반드시 그렇게 될 수 있는 것이다. 이들은 대개 뜨겁고 진실한 소리를 듣고 문득 깨달은 자들이며, 이들은 대개 동일하게 뜨겁고 진실한 마음을 품고 서로 의기가 투합한 자들이다. 그리하여 그들의 일생 역시 대단히 흡사하여 대부분 무기를 잡고 피를 흘렸다. 이는 검투사가 군중이 보는 앞에서 엎치락뒤치락 싸우며 그들에게 전율과 유쾌함을 가져다 주며 격렬한 싸움을 구경하게 하는 것과 같다. 따라서 군중이 보는 앞에서 피흘리는 자가 없다면 그것은 그 사회의 재앙이다. 비록 그런 사람이 있어도 군중이 거들떠보지 않거나 오히려 달려들어 그를 죽인다면, 그와 같은 사회는 재앙이 더욱 심할 것이며 구제할 수조차 없을 것이다!

이제 중국에서 찾아보아, 정신계의 전사라고 할 만한 사람은 어디에 있는가? 지극히 진실한 소리를 내어 우리를 훌륭하고 강건한 데로 이끌 사람이 있는가? 따스하고 훈훈한 소리를 내어 황폐하고 차가운 데에서 우리를 구원해 낼 사람이 있는가? 가정과 나라가 황폐해졌지만 최후의 애가(哀歌)를 지어 천하에 호소하고 후손에게 물려 줄 예레미아는 아직 나오지 않고 있다. 그런 사람이 태어나지 않은 것이 아니면 태어났지만 군중에게 살해되었을 것인데, 그 중의 한 경우이거나 두 경우 다이기 때문에 중국은 마침내 적막해졌다. 사람들은 오로지 껍데기의 일만 도모하여 정신이 날로 황폐하게 되었으니, 새로운 조류가 밀려와도 마침내 그것을 지탱하지 못한다. 사람들은 모두 유신을 말하고 있는데, 이는 바로 지금까지의 역사가 죄악이었다고 자백하는 소리이며, 회개합시다라고 하는 것과 같다.

그러나 유신이라고 했으니 희망 역시 그와 함께 시작될 것이므로 우리가 기대하는 바는 신문화를 소개할 지식인이다. 다만 10여 년 동안 소개가 끊이지 않았지만 가지고 들어온 것들을 살펴보면, 떡을 만들고 감옥을 지키는 기술[174] 이외에 다른 것은 없었다. 그렇다면 중국은 이후 적막이 영원히 계속될 것이다. 그러나 제2의 유신 소리가 장차 다시 일어날 것임은 예전의 일로 미루어 보아 의심할 수 없는 사실이다. 러시아의 문인 코롤렌코(V. Korolenko)가 지은『최후의 빛』[175]이라는 책에는 시베리아에서 한 노인이 아이에게 책 읽는 방법을 가르치는 장면이 나온다. 여기서 책속에는 벚꽃과 꾀꼬리가 등장하지만 시베리아는 몹시 추워 그런 것이 없다고 하였다. 노인은 이에 대해 이렇게 설명한다. "이 새는 벚나무에 앉아서 목을 길게 빼고 아름다운 소리를 낸단다." 소년은 이에 깊은 생각에 잠긴다. 그렇다, 소년은 적막(蕭條) 속에 놓여 있어 설령 그 아름다운 소리를 진실로 듣지 못했다 하더라도 선각자의 해설을 이해할 수 있었던 것이다. 그런데 그러한 선각자의 소리

---

174) 떡을 만들고 감옥을 지키는 기술(원문 治餅餌守囹圄之術) : 당시에 유학생들이 일본어를 번역한 것이다. 이것은 가사(家事) 관리나 경찰학과 관련된 책을 가리킨다.

175) 코롤렌코(원문 凱羅連珂, 1853~1921) : 보통 '柯羅連科'로 음역한다. 러시아의 작가이다. 1880년 혁명운동에 참가하였다는 이유로 체포되어 시베리아에서 6년간이나 유배되었다. 유배지에 관한 중단편 소설을 많이 썼다. 저작으로는 소설집으로『시베리아 이야기』와 문학회상록『내 동시대인들의 이야기』등이 있다.『최후의 빛』(원문『末光』) :『시베리아 이야기』중의 한 편이다. 중국어 번역본의 제목은『최후의 빛(最後的光芒)』[위소원(韋素園) 역]이다.

조차 중국의 적막(蕭條)을 깨뜨리기 위해 나타나지 않고 있다. 그렇다
면 우리는 역시 깊은 생각에 잠길 뿐이로다, 역시 오직 깊은 생각에 잠
길 뿐이로다!

                                                            1907.

내 절열관(節烈觀)[1]

"세상의 도리가 야박해지고 사람의 마음(人心)이 날로 나빠져 나라가 나라답지 않다"는 말은 본래 중국에서 역대로 있어 왔던 탄식의 소리이다. 그렇지만 시대가 다르면 이른바 "날로 나빠지다"는 일에도 변화가 있게 마련이다. 과거에는 갑의 일을 지적하였고, 오늘날에는 을의 일을 탄식할지 모른다. "임금에게 올리는", 감히 함부로 하지 못하는 것 이외의 나머지 글이나 의론 속에는 줄곧 이러한 말투가 있어 왔다. 왜냐하면 이렇게 탄식하면 세상 사람들을 훈계할 수 있을 뿐 아니라 "날로 나쁜" 것으로부터 자기를 제외시킬 수 있기 때문이다. 그래서 군자들이 서로를 개탄한 것은 물론이거니와, 살인, 방화, 주색잡기, 돈갈취를 일삼는 무리와 일체의 빈둥대는 사람들조차도 행패를 부리는 틈을 타서 고개를 가로 저으며 "그들의 인심(人心)이 날로 나빠졌다"고 한다.

세상 풍조와 사람의 마음이라는 것은 그르치도록 부추겨 "날로 나쁘게 할" 수 있을 뿐만 아니라, 설령 부추기지는 않았다 하더라도 옆에서 구경·감상·탄식만 해도 그것을 "날로 나쁘게 할" 수 있다. 그래서 요 몇 년 사이에, 과연 공연히 빈말만 하지 않겠다는 몇몇 사람이 나타나 한 차례 탄식한 다음에 구제할 방법까지 생각하고 나섰다. 첫 번째가 강유위(康有爲)이다. 그는 손짓발짓을 해대며 '입헌군주제(虛君共和)' 라야만 된다고 했는데[2], 진독수(陳獨秀)가 곧바로 시대에 맞지 않다고

---

1) 원제목은 「我之節烈觀」이다. 이 글은 처음 1918년 8월 북경의 『신청년(新青年)』 월간 제5권 제2호에 발표되었고, 당사(唐俟)로 서명되어 있다.
2) 강유위(康有爲 : 1858~1927) : 자는 광하(廣廈)이고, 호는 장소(長素)이며, 광동(廣

물리쳤다.3) 그 다음은 영학파(靈學派)의 사람들이다. 그토록 낡고 케케
묵은 사상을 어떻게 생각해 냈는지 모를 일이지만, '성인 맹자'의 혼을
불러 내어 획책하려 하는데, 진백년(陳百年), 전현동(錢玄同), 유반농
(劉半農)이 이는 허튼 소리라고 했다.4)

　이 몇 편의 논박문은 모두 『신청년(新靑年)』5)에 실린 것 중에서 가

東) 남해(南海) 사람이다. 청말 유신운동(維新運動)의 영수이고, 1898년 무술변법
　(戊戌變法)의 지도자 중 한 사람이다. 변법이 실패한 후 외국으로 도망하여 보황
　당(保皇黨)을 조직하고 손중산(孫中山)이 영도한 민주혁명운동을 반대했다. 1917
　년에 또 북양군벌 장훈(張勛)과 함께 청(淸)의 폐위 황제 부의(溥儀)를 받들어
　복벽(復辟)운동을 일으켰다. 1918년 1월 그는 상해 『불인(不忍)』 제9·10 양기 합
　간(合刊)에 「공화평의(共和平議)」와 「서태부(서세창)에게 주는 편지[與徐太傅(徐
　世昌)書]」를 발표하여, 중국은 '민주공화'를 실행해서는 안 되고 "허군공화(虛君
　共和)(즉, 군주입헌)를 실행해야 한다고 말했다.

3) 진독수(陳獨秀: 1880~1942) : 자는 중보(仲甫)이며, 안휘(安徽) 회녕(懷寧) 사람
　이다. 원래 북경대학 교수요, 『신청년』 창간자였으며, '5·4'시기에 신문화운동을
　제창한 주요 인물이었다. 중국공산당이 성립된 후에 당 총서기를 맡았다. 제1차
　국내혁명전쟁 후기에 우경투항주의 노선을 추진하여 혁명을 실패로 이끌었다.
　그 후 그는 청산주의자가 되었고, 또 트로츠키 분자와 결탁하여 반당(反黨) 소조
　직을 만들었으며, 1929년 11월 제명되어 당에서 쫓겨났다. 1918년 3월 그는 『신
　청년』 제4권 제3호에 「강유위의 공화평의를 반박한다(駁康有爲共和平議)」라는
　글을 발표하여 '입헌군주제(虛君共和)'의 논조에 대해 반박했다.

4) 영학파(靈學派) : 1917년 10월 유복(兪復), 육비규(陸費逵) 등이 상해에 성덕단(盛
　德壇)을 세우고 부계[扶乩 : 길흉을 점치는 점술의 일종으로서 나무로 된 틀에
　목필(木筆)을 매달고, 그 아래 모래판을 두고 두 사람이 틀 양쪽을 잡고 신이 내
　리면 목필이 움직여 모래판에 씌어지는 글자나 기호를 읽어 길흉을 점치는 것—
　역자]점을 치면서 영학회를 조직하였고, 1918년 1월에 『영학총지(靈學叢誌)』를
　간행하여 미신과 복고를 제창했다. 성덕단이 만들어지던 그 날 부계점에 "성현선
　불이 함께 내리다(聖賢仙佛同降)", 맹자(孟子)를 '주단(主壇)'으로 "선정하다"가
　나왔고, '유시(諭示)'에는 "이와 같이 주단자(主壇者)는 성인 맹자에게 돌아가야
　한다"는 등의 말이 있었다. 1918년 5월 『신청년』 제4권 제5호에 진백년(陳百年)
　의 「영학을 규탄한다(辟靈學)」, 전현동(錢玄同)·유반농(劉半農)의 「영학총지를
　배척한다(斥靈學叢誌)」 등의 글이 게재되어 그들의 황당무계함을 반박했다. 진백
　년은 이름이 대제(大齊)이고 절강(浙江) 해염(海鹽) 사람이며, 북경대학 교수를
　역임했다. 전현동(1887~1939)은 이름이 복(復)이고, 강소(江蘇) 강음(江陰) 사람
　이며, 북경대학 교수를 역임했다. 후에 두 사람은 모두 5·4신문화운동에 적극적
　으로 참가했다.

장 간담을 서늘케 하는 글이다. 때는 이미 20세기가 되었고, 인류의 눈 앞에는 벌써 서광이 번뜩이고 있다. 가령『신청년』에서 지구가 네모냐 둥그냐 하고 다른 사람과 논쟁하는 글을 싣는다면 독자는 이를 보고 아마 틀림없이 어리둥절해할 것이다. 그런데 지금 변론하고 있는 것은 바로 지구가 네모나지 않다고 말하는 것과 거의 다를 바 없다. 시대와 사실(事實)을 가지고 대조해 볼 때, 어찌 간담이 서늘해지지 않을 수 있겠으며 두려움을 느끼지 않을 수 있겠는가?

근래에 입헌공화제는 제기하지 않게 되었지만 영학파는 여전히 저 쪽에서 장난을 치고 있는 것 같다. 이 때 일군의 사람들이 다시 나타나 서 만족할 수 없다고 하여 여전히 고개를 가로 저으며 "사람의 마음이 날로 나빠지고 있다"고 한다. 그리하여 한 가지 구제 방법을 또 생각해 내어 그들은 그것을 "절열(節烈)을 표창한다"[6]라고 하였다.

이러한 묘방은 군정복고시대(君政復古時代)[7] 이래로 위아래 할 것 없이 제창한 지 이미 여러 해가 되었다. 지금은 기치를 높이 들어올리 는 때에 지나지 않는다. 글이나 의론 속에는 여느 때처럼 "절열을 표창

---

5)『신청년(新靑年)』: 종합적인 월간이며 '5 · 4'시기에 신문화운동을 제창하고 마르 크스주의를 선전한 중요한 간행물이다. 1915년 9월 상해에서 창간되었고 진독수 (陳獨秀)가 주편을 맡았다. 제1권의 이름은『청년잡지(靑年雜誌)』였고, 제2권부터 『신청년』이라는 이름으로 바꾸었다. 1916년 말에 북경으로 옮겼다. 1918년 1월부 터 이대조(李大釗) 등이 편집일에 참가하였다. 1922년 휴간되기까지 도합 9권이 나왔으며, 권당 6기로 되어 있다. 노신은 '5 · 4'시기에 이 잡지와 밀접한 관계를 가지면서 이 잡지의 중요한 기고가였고, 이 잡지의 편집회의에 참가하기도 했다.

6) "절열(節烈)을 표창한다"(원문 表彰節烈) : 1914년 3월 원세개(袁世凱)는 봉건예교 를 옹호하려는 취지에서「포양조례(襃揚條例)」를 반포하여 '부녀자의 절열과 정 조는 세상을 교화시킬 수 있는 것'으로서 편액(匾額), 제자(題字), 표창 등을 부 여하여 장려하도록 규정하였다. '5 · 4' 전후까지도 신문잡지에는 항상 '절부(節 婦)', '열녀(烈女)'에 관한 기사(紀事)와 시문이 실렸다.

7) 군정복고시대(君政復古時代) : 원세개(袁世凱)가 음모하여 황제로 자칭하던 시대 이다. 당시 원세개의 어용단체인 주안회(籌安會)의 '6군자(六君子)' 중 한 사람인 유사배(劉師培)는『중국학보(中國學報)』제1·2기(1916년 1·2월)에「군정복고론(君 政復古論)」이라는 글을 발표하여 제제(帝制)의 부활을 고취하였다.

한다"고 떠들어대는 소리가 항상 나타나고 있다! 이런 말을 하지 않으면 "사람의 마음이 날로 나빠지다"로부터 자신을 빼낼 수 없는 것이다.

절열이라는 이 두 글자는 예전에는 남자의 미덕으로 간주되었는데, 그래서 '절사(節士)', '열사(烈士)'라는 명칭이 있었다. 그렇지만 오늘날 "절열을 표창한다"는 것은 오로지 여자만을 가리키고, 결코 남자는 포함하지 않는다. 오늘날 도덕가의 견해에 따라 구분해 보면, 대략 절(節)은 남편이 죽었을 때 재가하지도 않고 몰래 달아나지도 않는 것을 말하는데, 남편이 일찍 죽으면 죽을수록 집안은 더욱 가난해지고 여인은 더욱 절(節)을 잘 지키게 된다. 그런데 열(烈)에는 두 가지가 있다. 하나는, 시집을 갔든 시집을 가지 않았든 남편이 죽기만 하면 여인도 따라 스스로 목숨을 끊는 경우이다. 하나는, 폭행을 당하여 몸을 더럽혔을 때, 자살을 기도하거나 저항하다 죽임을 당하는 경우이다. 그것도 참혹하게 죽으면 죽을수록 여인은 더욱 열(烈)을 잘 지킨 것이 된다. 만약 방어할 겨를도 없이 끝내 모욕을 당하고 그런 다음 자살하였다면 곧 사람들의 입방아를 피할 수 없게 된다. 천만다행으로 너그러운 도덕가를 만난다면 가끔은 약간 사정을 봐주어 여인에게 열(烈)자를 허락할 수도 있다. 그러나 문인학사(文人學士)들이라면 여인을 위해 전기 짓는 일을 썩 달가워하지 않을뿐더러, 설령 마지못해 붓을 들었다 하더라도 끝에 가서는 "애석하도다, 애석하도다"라는 몇 마디의 말을 덧붙이고야 만다.

종합하여 말하면, 여자는 남편이 죽으면 수절하거나 죽어야 하고, 폭행을 당하면 죽어야 한다. 이런 유의 사람들을 한바탕 칭찬해야 세상의 도리와 사람의 마음이 곧 좋아지고 중국이 곧 구제될 수 있다는 것이다. 대의는 이런 것이다.

강유위는 황제의 허명(虛名)에 신세를 지고 있고, 영학가들은 오로지 허튼 소리에 의지하고 있다. 그러나 이 절열을 표창한다는 것에는,

그 모든 권력이 인민에 달려 있으므로 다분히 스스로의 힘에 의해 점차 발전해 가고 있다는 뜻이 들어 있다. 그렇지만 나는 여전히 몇 가지 의문이 있으므로 이를 제기해야 하겠다. 그리고 내 견해에 따라 그 해답을 주려고 한다. 나는 또 절열이 세상을 구제할 수 있다는 설은 대다수 국민들의 뜻이며, 주장하는 사람들은 목구멍과 혀에 지나지 않는다고 믿는다. 그것이 소리를 낸다고 하지만 그것은 사지, 오관, 신경, 내장과 모두 관련이 있는 것이다. 그래서 나는 이 의문과 해답을 대다수 국민들 앞에 제기하는 바이다.

첫 번째 의문은, 절열을 지키지 않는(중국에서는 절을 지키지 않는 것을 '실절(失節)'이라 하는데, 열을 지키지 않은 경우에는 성어가 없다. 그래서 둘을 합쳐 "절열을 지키지 않는다"라고 할 수밖에 없다) 여자가 어떻게 나라를 해치게 되는가 하는 것이다. 현재의 상황에 비추어 볼 때, "나라가 나라답지 않다"는 것은 더 말할 필요도 없다. 양심을 팔아 먹는 일들이 줄줄이 나타나고, 또 전쟁, 도둑, 홍수와 가뭄, 기근이 연달아 일어나고 있다. 그러나 이러한 현상들은 새로운 도덕과 새로운 학문을 따지지 않은 까닭에 행위와 사상이 옛것을 그대로 답습하고 있기 때문에 나타난 것이며, 그래서 여러 가지 암흑 현상이 결국 고대의 난세를 방불케 하고 있는 것이다. 게다가 정계, 군대, 학계, 상계 등을 들여다 보면 모두가 남자이며 절열을 지키지 않은 여자는 전혀 그 속에 끼어 있지 않다. 또 권력을 가진 남자가 여자들에게 유혹당하여 양심을 팔아 먹고 마음놓고 나쁜짓을 한다고 할 수도 없다. 홍수와 가뭄, 기근도 오로지 용왕에게 빌고 대왕(大王)을 맞이하고 삼림을 남벌하고 수리시설을 갖추지 않은 데 대한 벌이며, 새로운 지식이 없는 데 대한 결과이므로, 여자와는 더욱 관계가 없다. 다만 병사나 도둑만이 때때로 절열을 지키지 않는 여인들을 많이 만들어 낸다. 그러나 역시 병사와 도둑이 먼저이며 절열을 지키지 않는 것은 나중이다. 결코 여자들이 절열을 지키지 않았기 때문에 병사와 도둑을 불러들인 것은 아니다.

그 다음의 의문은, 어째서 세상을 구제하는 책임이 오로지 여자에게만 있는가 하는 것이다. 구파(舊派)의 입장에서 말하면, 여자는 '음류(陰類)'이며, 안을 주관하는 사람으로서 남자의 부속품이다. 그렇다면 세상을 다스리고 나라를 구하는 일은 양류(陽類)에게 맡겨져야 하며 전적으로 바깥 주인에게 의지하고 주체(主體)가 수고해야 한다. 결코 중대한 과제를 다 음류(陰類)의 어깨 위에 놓을 수는 없다. 새로운 학설에 따른다면 남녀가 평등하므로 의무도 대강 비슷할 것이다. 설령 책임을 져야 한다 하더라도 분담하지 않으면 안 된다. 그 나머지 반인 남자도 각자 의무를 다해야 하는 것이다. 폭행을 제거해야 할 뿐만 아니라 자신의 미덕을 발휘해야 한다. 그저 여자를 칭찬하고 징벌하는 것만으로 천직을 다했다고 말할 수는 없다.

그 다음의 의문은 표창한 다음에 무슨 효과가 있는가 하는 것이다. 절열이 근본이라는 것에 근거하여, 살아 있는 모든 여자를 분류해 보면 대략 세 부류에서 벗어나지 않는다. 한 부류는 이미 수절하여 표창을 받아야 하는 사람(열이라는 것은 죽지 않으면 안 되기 때문에 제외한다)이고, 한 부류는 절열을 지키지 않은 사람이고, 한 부류는 아직 출가하지 않았거나 남편이 아직 살아 있으며 또 폭행을 당하지도 않아 절열의 여부를 알 수 없는 사람이다. 첫 번째 부류는 이미 훌륭한 일을 했으므로 표창을 받고 있어 더 말할 필요가 없다. 두 번째 부류는 이미 잘못을 했고, 중국에서는 지금까지 참회를 허락하지 않으므로 여자가 한 번 잘못하면 잘못을 고치려고 해도 소용이 없어 그 부끄러움을 감내하지 않을 수 없으니 역시 말할 가치가 없다. 가장 중요한 것은 세 번째 부류인데, 오늘날 일단 감화를 받으면 그들은 "만약 앞으로 남편이 죽으면 절대 재가하지 않겠으며, 폭행을 당하면 서슴없이 자살하겠다!"고 다짐을 한다. 묻건대, 이러한 결심이 중국의 남자들이 주관하는 세상의 도리와 사람의 마음과는 무슨 상관이 있겠는가? 그 이유에 대해서는 이미 앞에서 설명했다. 부대적인 의문이 하나 더 있다. 절열을 지킨 사람은 이미 표창을 받아 당연히 품격이 제일 높다. 그런데 성현은 사람마다 배울 수 있지만 이 일만은 그렇게 할 수 없는 면이 있다. 가령 세 번째 부류의 사람들은 비록 포부가 대단히 높다고 하더라도 만일 남편이 장수하고 천하가 태평하면 그들은 원한을 꾹 참고 삼키면서 평생 동안 이류의 사람으로 지낼 수밖에 없다.

이상은 옛날의 상식에 의거하여 대강 따져 본 것인데, 이미 여러 가지 모순을 발견하게 되었다. 만약 약간이라도 20세기의 정신을 가지고 보면, 또 두 가지 의문이 생긴다.

첫 번째는 절열이 도덕인가 하는 것이다. 도덕이란 반드시 보편적이어서 사람마다 따라야 하고 사람마다 할 수 있고 또 자타 모두에게 이로워야 비로소 존재할 가치가 있다. 오늘날 이른바 절열이라는 것을 보면, 남자는 전혀 상관없는 것으로 제외되어 있을 뿐만 아니라, 여자라 하더라도 전체가 모두 영예를 입을 기회를 가질 수 있는 것도 아니다. 그래서 결코 도덕으로 인정할 수도 법식(法式)으로 간주할 수도 없다. 지난번 『신청년』에 실린 「정조론(貞操論)」[8]에서 이미 그 이유를 밝힌 바 있다. 다만 정조는 남편이 아직 살아 있을 때의 일이고 절(節)이란 남자가 이미 죽었을 때의 일이라는 점에서 구분될 뿐이며 그 이치는 유추할 수가 있다. 다만 열(烈)만은 특히 기괴하므로 좀더 따져 보아야 한다.

앞에서 말한 절열의 분류법에 의거하여 볼 때, 열(烈)의 첫 번째 부류는 기실 절(節)을 지키는 것일 뿐이며 죽고사는가의 차이에 지나지

---

8) 「정조론(貞操論)」: 일본의 여류작가 요사노 아키코(與謝野晶子)의 글인데, 그 번역문은 『신청년』 제4권 제5호(1918년 5월)에 게재되었다. 이 글은 정조문제에서 여러 가지 상호 모순적인 관점과 태도를 열거하고 동시에 이 측면에서의 남녀불평등 현상을 지적하면서 정조는 도덕표준이 되어서는 안 된다고 하였다.

않는다. 도덕가의 분류는 전적으로 죽고사는가에 근거를 두고 있기 때문에 그것을 열의 분류에 넣은 것이다. 성질이 전혀 다른 것은 바로 두 번째 부류이다. 이 부류의 사람들은 약자(현재의 상황에서 여자는 여전히 약자이다)일 뿐이며, 갑자기 남성 폭도를 만나 부형이나 남편은 구해 줄 힘이 없고 이웃집 사람들도 도와 주지 않으면, 그리하여 여인은 죽고 만다. 끝내 모욕을 당하고 그대로 죽는 경우도 있고, 마침내 죽지 않는 경우도 있다. 오랜 시일이 지난 다음 부형이나 남편이나 이웃집 사람들이 문인학사와 도덕가를 끼고 점점 모여들어 자신의 비겁이나 무능을 부끄러워하지도 않고 폭도들을 어떻게 징벌할 것인가를 말하지도 않고, 여인이 죽었는가 살았는가, 모욕을 당했는가 그렇지 않은가, 죽었으면 얼마나 훌륭한가, 살아 있다면 얼마나 나쁜가를 이러쿵저러쿵 따질 뿐이다. 그리하여 영광스런 수많은 열녀와, 사람들로부터 말과 글로써 비난받는 수많은 불열녀(不烈女)를 만들어 낸다. 마음을 가라앉히고 생각해 보기만 해도 이는 인간세상에서 있어서는 안 되는 일이라 느껴지는데, 하물며 도덕이라 할 수 있겠는가.

두 번째는 다처주의(多妻主義)인 남자는 절열을 표창할 자격이 있느냐 하는 것이다. 이전의 도덕가를 대신해 말하면, 틀림없이 표창할 수 있어야 한다. 왜냐하면 무릇 남자는 남다른 면이 있어 사회에는 오로지 그의 뜻만이 존재하기 때문이다. 한편으로 또 남자들은 음양내외(陰陽內外)라는 고전에 기대어 여자들 앞에서 거드름을 피운다. 그렇지만 오늘날에 이르러 인류의 눈앞에는 광명이 비치고 있으므로 음양내외의 설이 황당무계하기 짝이 없다는 것은 분명하다. 가령 음양내외가 있다 하더라도 역시 양이 음보다 존귀하고 외가 내보다 숭고하다는 이치를 증명해 낼 수는 없다. 하물며 사회와 국가는 남자 혼자 만들어 낸 것이 아님에랴. 그러므로 일률적으로 평등하다는 진리를 믿을 수밖에 없다. 평등하다고 했으니 남녀는 모두 일률적으로 지켜야 하는 계약이 있다.

남자는 결코 자신이 지킬 수 없는 일을 여자에게 특별히 요구할 수는 없다. 매매나 사기나 헌납에 의한 결혼이라 하더라도 생시에 정조를 지키라고 요구할 아무런 이유도 없는데, 하물며 다처주의인 남자가 여자의 절열을 표창할 수 있겠는가.

이상으로 의문과 해답은 모두 끝났다. 이유가 이처럼 앞뒤가 맞지 않은데 어찌하여 지금까지도 절열이 여전히 존재할 수 있었던가? 이 문제를 다루려면 먼저 절열이 어떻게 생겨났고 어떻게 널리 시행되었고 왜 개혁이 일어나지 않았는지 하는 연유를 살펴보아야 한다.

고대 사회에서 여자는 대체로 남자의 소유물로 여겨졌다. 죽이든 먹여 살리든 모든 것이 마음대로였다. 남자가 죽은 후 그가 좋아하던 보물과 일상적으로 사용하던 무기와 함께 순장하더라도 그것은 마음대로였다. 그 후 순장의 풍습이 점차 고쳐지자 수절이 곧 점차 생겨났다. 그러나 대개 과부는 죽은 사람의 아내로서 죽은 혼이 따라다닌다고 하여 감히 데려가는 사람이 없었던 것이지, 여인은 두 지아비를 섬겨서는 안 된다는 것은 결코 아니었다. 이러한 풍습은 오늘날 미개인 사회에 여전히 남아 있다. 중국 태고 때의 상황에 대해 지금으로서는 상세하게 고증할 길이 없다. 다만 주대(周代) 말에 비록 순장이 있었지만 오로지 여인만을 사용한 것도 아니고 재가하든 그렇지 않든 자유롭게 맡겨져 어떤 제재도 없었으므로 이러한 풍습에서 벗어난 지가 이미 오래 되었음을 알 수 있다. 한대(漢代)~당대(唐代)도 절열을 부추기지는 않았다. 송대(宋代)에 이르자 '유학을 업으로 하는(業儒)' 무리들이 비로소 "굶어 죽는 일은 대수롭지 않지만 절(節)을 잃는 일은 중대하다"[9]라는

---

9) "굶어 죽는 일은 대수롭지 않지만 절(節)을 잃는 일은 중대하다"(원문 餓死事小失節事大) : 송대(宋代) 도학가 정이(程頤)의 말이며 『하남정씨유서(河南程氏遺書)』권22에 보인다. "또 묻기를, '혹시 과부나 빈궁한 사람이나 무의탁자도 재가할 수 있습니까?' 하였다. 대답하기를, '다만 후세에서 추위나 굶주림으로 죽는 것을 두려워하여 이런 말이 생겼다. 그러나 굶어 죽는 일은 대수롭지 않지만 절을 잃는 일은 지극히 중대하다!'고 하였다." '유학을 업으로 하는'(원문 業

말을 하였고, 역사책에서 '재가'[10]라는 두 글자만 보아도 대수롭지 않은 일에 펄쩍 뛰었다. 진심에서 나온 것인지, 아니면 일부러 그랬는지 지금으로서는 추측할 길이 없다. 그 때도 바야흐로 "사람의 마음이 날로 나빠져 나라가 나라답지 않다"는 시대여서 온 나라의 선비와 백성들은 정말 말이 아니었다. 혹시 "유학을 업으로 하는" 사람들이 여자는 수절해야 한다는 말을 빌려서 남자를 채찍질 하려고 했는지도 모를 일이다. 그러나 빙빙 에둘러서 하는 방법은 본래 떳떳지 못한 것으로 생각되고 그 뜻도 분명히 알아차리기 어려웠다. 나중에 이 때문에 몇몇 절부(節婦)가 더 생겼는지 모르겠으나 아전, 백성, 장수, 졸병은 여전히 감동을 받지 못했다. 그리하여 '가장 일찍 개화하여 도덕이 제일인' 중국은 마침내 '하늘이 은총을 내린' "설선(薛禪)황제, 완택독(完澤篤)황제, 곡률(曲律)황제"[11] 등의 지배를 받게 되었다. 그 후 황제가 여러 번 바뀌었지만 수절사상은 오히려 발달하였다. 황제가 신하에게 충성을 다할 것을 요구하자 남자들은 더욱더 여자에게 수절을 요구하였다. 청조(淸朝)에 이르자 유학자들은 실로 더욱더 극심하게 굴었다. 당대(唐代) 사람이 쓴 글에 공주가 재가한 내용이 들어 있는 것을 보고 발끈 화를 내면서 "이게 무슨 일이람! 존자(尊者)를 위해 감추지 않다니, 이래서야 되겠는가!" 하고 말하였다. 만약 이 당대 사람이 살아 있다면

儒)' : 유학을 업으로 하다는 뜻으로, 공맹학설을 신봉하고 봉건예교를 제창하던 도학가를 가리킨다.

10) '재가'(원문 重適) : 재가(再嫁)의 뜻이다.

11) '하늘이 은총을 내린'(원문 長生天氣力裏大福蔭護助裏)은 원대(元代) 백화문으로서 당시 황제가 유지(諭旨)를 내릴 때 반드시 이 말을 사용했는데, '하늘이 은총을 내리다(上天眷命)'의 뜻이다. 가끔 '長生天氣力裏'만을 사용하는 경우도 있는데, '하늘(上天)'의 뜻이다. 원조(元朝)의 황제들은 모두 몽고어의 칭호를 가지고 있었으며, '설선(薛禪)'은 원 세조(世祖) 홀필열(忽必烈)의 칭호로서 '총명이 하늘에 닿다'는 뜻이고, '완택독(完澤篤)'은 원 성종(成宗) 철목이(鐵穆耳)의 칭호로서 '장수하다'는 뜻이고, '곡률(曲律)'은 원 무종(武宗) 해산(海山)의 칭호로서 '걸출하다'는 뜻이다.

유학자들은 틀림없이 그의 공명(功名)을 빼앗고[12) "그로써 사람의 마음을 바로잡고 풍속을 단정히 하였을" 것이다.

국민이 피정복의 지위로 떨어지면 수절은 성행하게 되고 열녀도 이 때부터 중시된다. 여자는 남자의 소유물이기 때문에 자기가 죽으면 재가하지 못하게 할 것이고, 자기가 살아 있다면 더욱이 남에게 빼앗기는 것을 허락하지 않을 것이다. 그렇지만 자기는 피정복 국민으로서 보호할 힘도 없고 반항할 용기도 없으니 다만 여인들에게 자살하도록 부추기는 기발한 방법을 내지 않을 수 없다. 아마 처첩이 넘쳐나는 높은 분들과 비첩이 줄을 잇는 부자들은 난리통에 그들을 제대로 돌보지도 못하고, '반란군'(또는 '황제의 군대')이라도 만나면 어떻게 해 볼 도리도 없었을 것이다. 겨우 자기만 목숨을 구하고 다른 사람은 모두 열녀가 되라고 한다. 열녀가 되고 나면 '반란군'은 얻을 것이 없어지고 만다. 그는 난리가 진정되는 것을 기다렸다가 천천히 돌아와서 몇 마디 칭찬을 한다. 다행히도 남자가 재취(再娶)하는 것은 불변의 진리이므로 다시 여인을 맞이하면 모든 것이 그만이다. 이 때문에 세상에는 마침내 '두 열녀의 합전(合傳)'이니 '7녀의 묘지(墓誌)'니[13) 하는 것이 있게 되었고, 심지어 전겸익(錢謙益)[14)의 문집에도 '조씨 절부(趙節婦)', '전

---

12) 공명을 빼앗고(원문 斥革功名) : 과거(科擧)가 있던 시대에 과거에 급제하면 공명(功名)을 얻었다고 하였는데, 공명을 얻은 자가 죄를 짓게 되면 반드시 먼저 공명을 빼앗고 그 다음 재판하여 형벌에 처하였다.

13) '두 열녀의 합전'(원문 雙烈合傳) : 두 열녀의 사적을 함께 서술한 전기(傳記)로서 옛날 각 성의 부(府)나 현(縣)의 지리지에 자주 보인다. '7녀의 묘지'(원문 七姬墓誌) : 원말 명초 장사성(張士誠)의 사위 반원소(潘元紹)가 서달(徐達)에게 패하자, 자신의 일곱 첩을 빼앗길 것을 염려하여 여인들이 일제히 목을 매어 자살하도록 강요하였는데, 일곱 여인이 죽자 소주(蘇州)에 합장하였다. 명대 장우(張羽)는 이들을 위해 묘지(墓誌)를 지어 「칠희권조지(七姬權厝誌)」라 하였다.

14) 전겸익(錢謙益, 1582~1664) : 자는 수지(受之), 호는 목재(木齋)이며 상숙[常熟, 지금은 강소(江蘇)에 속한다] 사람이다. 명 숭정(崇禎) 때 예부시랑(禮部侍郞)을 역임했고, 남명(南明) 홍광(弘光) 때 다시 예부상서(禮部尙書)를 역임했다. 청군이 남경을 점령하자 그는 먼저 항복하였고, 이 때문에 사람들로부터 멸시를 받

씨 열녀(錢烈女)"라는 전기와 찬사가 가득 차게 되었다.

자기만 있고 남은 돌보지 않는 민심에 여자는 수절해야 하고 남자는 오히려 여러 아내를 가져도 되는 사회에서, 이처럼 기형적인 도덕이 만들어지고, 게다가 그것이 날로 정밀·가혹해지는 것은 조금도 이상할 것이 없다. 그러나 주장하는 사람은 남자이고 속는 사람은 여자이다. 여자 자신들은 어찌하여 조금도 이의가 없었는가? 원래 "부(婦)는 복종하다는 뜻이다"[15]라고 했으니 남에게 복종하고 남을 섬기는 것은 당연하다. 교육은 고사하고 입을 여는 것조차 법을 어기는 일이었다. 그들의 정신은 그들의 체질과 마찬가지로 기형이 되어 버렸다. 그래서 이러한 기형적인 도덕에 대해 실로 이렇다 할 의견이 없었던 것이다. 설령 이견이 있다고 하더라도 발표할 기회가 없었다. "규방에서 달을 바라보노라", "뜰에서 꽃을 구경하네"라는 몇 수의 시를 지으려 해도 춘심을 품었다고 남자가 꾸지람을 할까봐 걱정할 정도이니 하물며 '천지간의 바른 기풍'을 감히 깨뜨릴 수 있겠는가? 다만 소설책(說部書) 속에 몇몇 여인이 처지가 어려워서 수절을 원치 않았다고 기록하고 있는데, 책을 지은 사람의 말에 따르면, 그러나 여인은 재가한 후에 곧 전남편의 귀신에게 붙잡혀 지옥으로 떨어졌으며, 또는 세상 사람들이 욕을 해대어 거지가 되었고, 결국 구걸할 곳조차 없어서 마침내 참혹함을 견디다 못해 죽었다고 한다.[16]

---

15) "부(婦)는 복종하다는 뜻이다"(원문 婦者服也) : 『설문해자(說文解字)』 권 12에 보인다. "부(婦)는 복종하다는 뜻이다(婦, 服也)."

16) 여기서 말하고 있는, 여인이 재가한 후 참혹한 고통을 당하였다는 이야기는 『호천록(壺天錄)』과 『우태선관필기(右台仙館筆記)』 등의 필기소설 속에 유사하게 기록되어 있다. 『호천록』[청대 백일거사(百日居士)가 지음]에는 다음과 같은 이야기가 있다. "소주군(蘇州郡)에 차실부(茶室婦) 모씨(某氏)는 시골에서 자라났는데, 행실이 방탕하여 남편이 죽은 후 종칠(終七 : 사람이 죽은 후 49일째를 말함—역자)도 되기 전에 재가하였다. ……갑자기 뒷문을 두드리는 소리가 요

이러한 상황에서 여자는 '복종하지' 않을 수 없는 것이다. 그렇지만 남자 쪽에서는 어찌하여 진리를 주장하지 않고 다만 그저 어물어물 넘기고 말았는가? 한대(漢代) 이후 언론 기관은 모두 '유학자(業儒)'들에 의해 농단되었다. 송원(宋元) 이후에는 더욱 극심하였다. 우리는 거의 유학자들의 책이 아닌 것은 하나도 찾아볼 수 없고 사인(士人)들의 말이 아닌 것은 하나도 들어 볼 수 없다. 중이나 도사가 임금의 명을 받들어 말을 할 수 있는 것 이외에 다른 '이단'의 목소리는 절대 그의 침실 밖으로 한 발자욱도 나갈 수 없었다. 더구나 세상 사람들은 대개 "유(儒)자는 부드럽다는 뜻이다"[17]라는 영향을 받아, 기술하지 않고 짓는 것을 가장 금기시하였다.[18] 설령 누군가가 진리를 알았다고 하더라도 목숨으로 진리를 바꾸고자 하지는 않았다. 이를테면 실절(失節)은 남녀 양성(兩性)이 있어야 비로소 실현될 수 있다는 것을 그가 어찌

란하게 들렸다. 문을 열고 내다보았더니 살을 파고들고 뼈를 에이는 듯한 찬 바람이 느껴졌고 등불이 어두워지며 흐느끼는 귀신 소리가 들렸다. 부인은 겁에 질려 부들부들 떨며 집안으로 들어왔다. 부인은 헛소리를 하며 인사불성이 되었다. 스스로 전남편이 자신을 데리러 왔다고 했다. ……이렇게 며칠 신음하다가 죽고 말았다." 또 『우태선관필기』[청대 유월(兪樾)이 지음]의 『산동진온(山東陳媼)』이라는 단락에 다음과 같은 이야기가 있다. "을(乙)이란 사람이 외지에서 죽자 을의 부인이 재산을 가지고 재가하였는데, 그 남편이 술과 도박에 빠져 일은 하지 않고 몇 년 사이에 그 재산을 탕진하였다. 얼마 후 그 남편까지 죽어 버리자 을의 부인은 혼자 살아갈 수 없어 길거리에서 걸식하였다. ……얼마 후 부인은 이질에 걸려 죽고 말았다."

17) "유(儒)자는 부드럽다는 뜻이다"(원문 儒者柔也) : 『설문해자(說文解字)』 권8에 보인다. "유는 부드럽다는 뜻이다(儒, 柔也)."

18) 『논어 술이(論語 述而)』에는 "기술하되 짓지 않고, 믿고 옛것을 좋아한다[述而不作, 信而好古]"라는 공구(孔丘)의 말이 기록되어 있다. 주희(朱熹)의 주석에 따르면, 술(述)은 옛것을 전한다는 뜻이고, 작(作)은 창조하다는 뜻이다. 이것은 원래 공구가 자술한 말인데, 그가 『시(詩)』, 『서(書)』, 『예(禮)』, 『악(樂)』, 『역(易)』, 『춘추(春秋)』 등을 정리하는 일에 종사할 때, 옛것을 전한 것뿐이며, 자신이 창조한 것은 결코 없었다는 뜻으로 말했다. 나중에 "기술하되 짓지 않는다"는 말은 일종의 고훈(古訓)이 되어 전통적인 도덕, 사상, 제도를 따르기만 하고 이론(異論)을 세우거나 창조해서는 안 된다는 것으로 생각되었다. 그래서 기술하지 않고 짓는다는 것은 고훈에 위배되는 것이다.

몰랐겠는가마는, 그러나 그는 오로지 여성만을 질책하고 남의 정조를 깨뜨린 남자와 불열(不烈)을 만들어 낸 폭도들에 대해서는 그저 어물어물 넘어가고 말았다. 남자는 어쨌든 여성보다 건드리기 어렵고 징벌도 표창보다 어려운 일이다. 그 동안 정말 마음 속으로 불안을 느껴 처녀가 수절하고 따라 죽어서는 안 된다는 온건한 말을 한 몇몇 남자들이 있었지만19) 사회는 그 말을 듣지 않았고, 계속해서 주장할 경우에는 실절(失節)한 여인과 같은 것으로 취급하면서 용납하지 않았다. 그도 "부드럽다"로 변하지 않을 수 없어 더 이상 입을 열지 않게 되었다. 그래서 절열에 지금까지도 변혁이 생기지 않은 것이다.

[여기서 나는 꼭 밝혀둘 것이 있다. 지금 절열을 부추기는 사람들 중에는 내가 아는 사람이 적지 않다. 확실히 좋은 사람이 포함되어 있고 저의도 좋다고 감히 말할 수 있다. 그러나 세상을 구제하는 방법은 틀려, 서쪽으로 향하고서 북쪽으로 가려 하고 있다. 그러나 그가 좋은 사람이라고 해도 정서(正西) 방향으로 가면서 곧장 북쪽에 이를 수는 없는 것이다. 그래서 나는 그들이 방향을 바꾸기를 바라는 바이다.]

그 다음에 또 의문이 있다.

절열은 어려운 것인가? 몹시 어렵다고 대답할 수 있다. 남자들은 모두 대단히 어렵다는 것을 알고 있기 때문에 그것을 표창하려 한다. 사

---

19) 처녀가 수절하고 따라 죽어야 한다는 봉건도덕에 대해, 명청(明淸) 간에 일부 개명된 문인들이 비난한 적이 있었다. 명대 귀유광(歸有光)의 「정녀론(貞女論)」, 청대 왕중(汪中)의 「여자가 약혼하였으나 그 남편이 죽을 경우 따라 죽는 것과 수절하는 것에 대하여(女子許嫁而婿死從死及守志議)」 등은 모두 그것의 불합리를 지적하였다. 후에 유정섭(兪正燮)은 「정녀설(貞女說)」을 지어 더욱 분명하게 반대의 태도를 표했다. "동침하지 않았는데 같은 무덤에 묻어도 무방하다면 혼례를 올릴 필요가 있겠으며, 사당에 참배할 필요가 있겠으며, 술과 음식을 마련하여 마을 친구들을 부를 필요가 있겠으며, 세상에 남녀 구별을 할 필요가 있겠는가? 이는 아마 현자들이 깊이 생각하지 못한 것일 게다. ……아아, 남아는 충의로 자책하는 것이 마땅하거늘 부녀의 정렬(貞烈)이 어찌 남자의 영광이 되겠는가." 처녀(원문 室女) : 시집가지 않은 여자의 뜻이다.

회 전체의 시각에서 지금까지 정조를 지키는가, 음탕한가의 여부는 전적으로 여성에게만 달렸다고 생각하여 왔다. 남자가 비록 여인들을 유혹했지만 책임을 지지 않는다. 예를 들어, 갑이라는 남자가 을이라는 여인을 유인하자 을이라는 여인이 허락하지 않으면 곧 정조를 지킨 것이 되고, 죽으면 곧 열녀가 된다. 하지만 갑이라는 남자는 결코 악명을 얻지 않으니 사회는 예전대로 순박하다 할 수 있다. 만약 을이라는 여인이 허락을 했다면 곧 실절(失節)이 된다. 하지만 갑이라는 남자는 역시 악명을 얻지 않고 다만 세상의 기풍은 을이라는 여인에 의해 문란해진 것으로 된다. 다른 일 역시 마찬가지이다. 그래서 역사상 나라가 망하고 가정이 파괴된 원인은 늘 여자의 탓으로 돌렸다. 여인들이 어리둥절한 채로 모든 죄악을 대신 짊어진 지가 이미 3,000여 년이나 되었다. 남자는 책임을 지지 않을뿐더러 스스로 반성도 할 수 없어 당연히 마음놓고 유혹을 했으며, 문인들은 글을 지어 오히려 그것을 미담으로 전하고 있다. 그러므로 여자의 신변에는 거의 위험으로 가득 차 있다. 그 자신의 부형이나 남편을 제외하면 모두가 얼마간 유혹의 귀기(鬼氣)를 지니고 있는 것이다. 그래서 나는 절열은 몹시 어렵다고 한다.

절열은 고통스러운 것인가? 몹시 고통스럽다고 대답할 수 있다. 남자는 모두 몹시 고통스럽다는 것을 알고 있기 때문에 그것을 표창하려 한다. 사람은 누구나 살기를 원하는데, 열(烈)은 반드시 죽어야 하므로 더 말할 필요가 없다. 절부(節婦)는 그래도 살아 있어야 하는데, 정신적인 고초는 잠시 접어두고 다만 생활면에서만 보더라도 이미 크나큰 고통이다. 가령 여자가 독립적으로 생계를 꾸려 갈 수 있고, 사회도 도와 줄 줄 안다면 혼자서도 그럭저럭 살아갈 수 있다. 불행히도 중국의 상황은 정반대이다. 그러므로 돈이 있으면 별문제이겠지만 가난한 사람이라면 굶어 죽을 수밖에 없다. 굶어 죽은 이후 간혹 표창을 받거나 지리서(誌書)에 기록되기도 한다. 그래서 각 부(府)나 각 현(縣) 지리

서의 전기류(傳記類) 말미에는 보통 '열녀' 몇 권이 들어 있다. 한 줄에
한 사람씩, 한 줄에 두 사람씩 조(趙)씨, 전(錢)씨, 손(孫)씨, 이(李)씨
가 기록되어 있으나 지금까지 뒤져 보는 사람은 없었다. 설령 평생 동
안 절열을 숭상한 대도덕가라 할지라도 그에게 당신네 현 지리지에 나
오는 열녀문(烈女門)의 첫 번째 열 명이 누구인가 하고 물으면 아마도
대답하지 못할 것이다. 기실 그는 살아 생전이나 죽은 이후나 결국 사
회와는 전혀 상관이 없는 것이다. 그래서 나는 절열은 몹시 고통스럽다
고 한다.

그렇다면 절열을 지키지 않으면 고통스럽지 않은가? 역시 몹시 고통
스럽다고 대답할 수 있다. 사회 전체의 시각에서, 절열을 지키지 않은
여인은 하등급에 속하므로 그는 그 사회에서 용납될 수 없는 것이다.
사회적으로 다수의 옛 사람들이 아무렇게나 전해 준 도리는 실로 무리
하기 이를 데 없는데도 역사와 숫자라는 힘으로 마음에 들지 않는 사
람들을 죽음에 몰아넣을 수 있다. 이름도 없고 의식도 없는 이러한 살
인집단 속에서 옛부터 얼마나 많은 사람들이 죽었는지 모른다. 절열을
지킨 여자도 이 속에서 죽었다.

그렇지만 그들은 죽은 후에 간혹 한 차례 표창을 받고 지리서에 기
록된다. 절열을 지키지 않은 사람이라면 살아 생전에 아무에게서나 욕
을 먹고 이름없는 학대를 받아야만 한다. 그래서 나는 절열을 지키지
않는 것도 역시 몹시 고통스럽다고 한다.

여자들은 스스로 절열을 원하는가? 원하지 않는다고 대답할 수 있
다. 인간은 언제나 이상이라는 것도 있고 희망이라는 것도 있다. 비록
높고낮음의 차이는 있으나 모름지기 의의는 있어야 한다. 자타 양쪽에
다 이로우면 더욱 좋겠지만 적어도 자신에게만은 유익하여야 한다. 절
열을 지키는 일은 몹시 어렵고 고통스러우며 남에게도 이롭지 않고
자기에게도 이롭지 않다. 이런 일을 두고 본인이 원한다고 한다면 이는

실로 인정(人情)에 맞지 않은 것이다. 그래서 가령 젊은 여인을 보고 앞으로 절열을 지키게 될 것이라고 성의껏 축원을 하면 여인은 틀림없이 화를 낼 것이고, 그 사람은 여인의 부형이나 남편으로부터 주먹으로 얻어맞아야 할지도 모른다. 그렇지만 그것이 여전히 깨뜨릴 수 없을 만큼 견고한 것은 바로 역사와 숫자라는 힘에 의해 짓눌려 있기 때문이다. 그러나 누구를 막론하고 다 이 절열을 두려워한다. 그것이 뜻밖에 자기나 자기 자식의 몸에 닥치지 않을까 겁을 낸다. 그래서 나는 절열을 원하지 않는다고 말한다.

이상에서 말한 사실과 이유에 근거하여 나는 다음과 같이 단정한다. 절열이라는 이 일은 대단히 어렵고 대단히 고통스럽고 직접 당하기를 원하지 않으며, 게다가 자타에도 이롭지 않고 사회와 국가에도 무익하고, 인생의 장래에 조금도 의의가 없는 행위로서 오늘날 이미 존재할 생명과 가치를 잃어버린 것이라고 단정한다.

마지막으로 또 한 가지 의문이 있다.

절열은 오늘날에 와서 이미 존재할 생명과 가치를 잃어버렸다고 했는데, 그렇다면 절열을 지킨 여인들은 한바탕 헛수고를 한 것이 아니겠는가? 이에 대한 대답으로, 그래도 애도할 가치는 있다고 할 수 있다. 그들은 불쌍한 사람들이다. 불행히도 역사와 숫자라는 무의식적인 덫에 걸려들어 이름없는 희생이 되고 말았다. 추도대회를 열 수 있을 것이다.

우리는 지나간 사람들을 추도한 뒤에 자기나 다른 사람이나 모두 순결하고 총명하고 용감하게 앞으로 나아갈 것을 빌어야 한다. 허위의 가면을 벗어 버리고 자기와 남을 해치는 세상의 몽매와 폭력을 제거할 것을 빌어야 한다.

우리는 지나간 사람들을 추도한 뒤에 인생에 조금도 의의가 없는 고통을 제거할 것을 빌어야 한다. 다른 사람의 고통을 만들어 내고 감상하는 몽매와 폭력을 제거할 것을 빌어야 한다.

우리는 또 인간은 다 정당한 행복을 누리게 해야 한다고 빌어야 한다.

1918. 7.

우리는 지금 아버지 노릇을 어떻게 할 것인가[1]

내가 이 글을 쓰는 본 뜻은 사실 어떻게 가정을 개혁할 것인가를 연구하려는 것이다. 중국에서는 친권(親權)이 중시되고 부권(夫權)은 더욱 중시되기 때문에 지금까지 신성불가침한 것으로 여겨온 부자(父子) 문제에 대해 특히 약간의 의견을 발표하려는 것이다. 요컨대, 혁명은 아버지에까지 미치어 이루어져야 한다는 것뿐이다. 그러나 어째서 버젓하게 이런 제목을 사용했는가? 여기에는 두 가지 이유가 있다.

첫째, 중국에서 '성인의 무리'[2]는 사람들이 자신들의 두 가지 일을 동요시키는 것을 가장 싫어한다. 한 가지는 우리와 전혀 상관이 없으므로 말할 필요가 없는 것이다. 한 가지는 바로 그들의 윤상(倫常)[3]인데, 우리는 그래도 가끔 그에 대해 몇 마디 따져들므로 연류되고 말려들어 "윤상을 해쳤다", "금수의 행동이다" 따위의 여러 가지 악명을 흔히 들

1) 원제목은 「我們現在怎樣做父親」이다. 이 글은 처음 1919년 11월 『신청년』 월간 제6권 제6호에 발표되었고, 당사(唐俟)로 서명되어 있다.

2) '성인의 무리'(원문 聖人之徒) : 여기서는 당시 구도덕과 구문학을 극력 옹호하던 임금남(林琴南) 등을 가리킨다. 임금남은 1919년 3월 북경대학 교장 채원배(蔡元培)에게 보내는 서신에서 "꼭 공자와 맹자를 뒤엎고, 윤상(倫常)을 없애 버려야만 기뻐할 것이다"느니, "이탁오(李卓吾)가 내뱉은 침을 주어 모으고 있다"느니, "탁오(卓吾)는 금수의 행위를 했다"느니 하면서 신문화운동의 참가자들을 공격했다. (按)이탁오(1527~1602)는 이지(李贄)이며, 명대 진보적인 경향을 가진 사상가이다. 그는 당시의 도학파를 반대하며 남녀혼인의 자유를 주장하였는데, "기생을 끼고 대낮에 함께 목욕을 하고 선비의 아내와 딸을 유혹하는 등 금수의 행위"를 했다고 사람들로부터 모함을 받았다.

3) 윤상(倫常) : 봉건사회의 윤리도덕이다. 당시에 군신, 부자, 부부, 형제, 친구를 오륜(五倫)이라 하여 그들 각자 사이의 관계를 제약하는 도덕원칙은 바꿀 수 없는 상도(常道)라고 생각하였는데, 그래서 윤상이라고 했다.

게 된다. 그들은 아버지는 아들에 대해 절대적인 권력과 위엄을 가지고
있다고 생각한다. 만약 아버지의 말이라면 당연히 안 될 것이 없고, 아
들의 말이라면 입 밖에 나오지도 않았는데 벌써 틀린 것이라 생각한다.
그러나 할아버지, 아버지, 아들, 손자는 본래 각각 모두 생명의 교량에
서 한 단계씩을 차지하므로 절대 고정불변의 것은 아니다. 지금의 아들
은 곧 미래의 아버지가 되고 또 미래의 할아버지가 된다. 우리와 독자
들이 만약 지금 아버지의 역을 맡고 있지 않다면 틀림없이 후보로서의
아버지일 것이며, 또한 조상이 될 희망도 가지고 있다는 점을 나는 알
고 있다. 차이가 나는 것은 다만 시간에 달려 있을 뿐이다. 여러 가지
번거로움을 덜기 위해서 우리는 예의를 차릴 것 없이 아예 미리 윗자
리를 차지하여 아버지의 존엄을 드러내면서 우리와 우리들 자녀의 일
을 이야기해야 한다. 그래야 앞으로 일을 구체적으로 시행함에 곤란함
이 줄어들 것이고, 중국에서도 이치에 딱 들어맞아 '성인의 무리'로부
터 두렵다는 말을 듣지 않게 되어 어쨌든 일거양득에 이르는 일이 될
것이다. 그래서 "우리는 아버지 노릇을 어떻게 할 것인가"라고 하는 것
이다.

둘째, 가정 문제에 대해 나는 『신청년(新靑年)』의 「수감록(隨感
錄)」[4](25, 40, 49)에서 대략 언급한 적이 있는데, 그 대의를 총괄하면,
바로 우리부터 시작하여 다음 세대 사람들을 해방시키자는 것이었다.
자녀해방에 대한 논의는 원래 지극히 평범한 일로서 당연히 그 어떤
토론도 필요하지 않을 것이다. 그러나 중국의 노인들은 옛습관 옛사상
에 너무 깊이 중독되어 있어 전혀 깨달을 수 없다. 예를 들어 아침에
까마귀 소리를 들었다고 할 때, 젊은이들은 전혀 개의치 않지만 미신을
따지는 노인들은 한나절이나 풀이 죽어 지내야 한다. 아주 불쌍하지만

---

4) 「수감록(隨感錄)」:『신청년』이 1918년 4월 제4권 제4호부터 발표하기 시작한, 사
  회와 문화에 대한 단평의 총제목이다.

구제할 방법이 없다. 방법이 없는 데에야 우선 각성한 사람부터 시작하여 각자 자신의 아이들을 해방시켜 나갈 수밖에 없다. 스스로 인습의 무거운 짐을 짊어지고 암흑의 수문(水門)을 어깨로 걸머지어 그들을 넓고 밝은 곳으로 놓아주면서, 그 후 그들이 행복하게 살아가고 도리에 맞게 사람 노릇을 하도록 해야 한다.

그리고 나는 내 자신이 결코 창작자(創作者)가 아니라고 말한 적이 있는데, 곧바로 상해(上海) 신문에 실린 「신교훈(新敎訓)」이라는 글에서 한바탕 욕을 얻어먹었다.[5] 그러나 우리가 어떤 일을 비평할 때는 반드시 우선 자신을 비평하고 또 거짓으로 하지 말아야 비로소 말이 말 같아지고 자신이나 다른 사람에게 면목이 설 것이다. 나는 스스로 결코 창작자도 아닐 뿐 아니라 진리의 발견자도 아님을 알고 있다. 내가 말하고 쓰고 하는 모든 것은 평상시에 보고 들은 사리(事理) 속에서 마음으로 그래야 한다고 생각되는 약간의 도리를 취한 것일 뿐이며, 종국적인 일에 관해서는 오히려 알지 못한다. 바로 수년 이후의 학설의 진보나 변천에 대해서도 어떤 형편에 이르게 될지 말할 수 없는 것이다. 다만 지금보다는 아무래도 진보가 있고 변천이 있을 것이라는 사실만은 확신하고 있다. 그래서 "우리는 지금 아버지 노릇을 어떻게 할 것인가" 하는 것이다.

내가 지금 마음으로 그래야 한다고 생각되는 도리는 아주 간단하다. 바로 생물계의 현상에 근거하여, 첫째는 생명을 보존해야 한다는 것이

5) 『시사신보(時事新報)』가 작자를 매도한 것을 가리킨다. 작자는 『신청년』 제6권 제1, 2, 3호(1919년 1월, 2월, 3월)에 「수감록」 43, 46, 53을 발표하여 상해의 『시사신보』 부간 『발극(潑克)』에 실린 풍자화(諷刺畵)의 저열한 현상과 잘못된 경향을 비판하였으며, 또 새로운 미술창작에 대해 자신의 의견을 발표하였다. 「수감록 46」에는 "우리는 설령 재능이 모자라 창작은 할 수 없지만, 그래도 마땅히 배워나가야 한다"는 말이 있다. 1919년 4월 26일 『시사신보』는 '기자(記者)'라고 서명된 「신교훈(新敎訓)」이라는 글을 발표하여, 노신은 "경망스럽고", "오만하고", "두뇌가 명석하지 못한 것이 틀림없으니, 가련하도다!" 라고 비난했다.

고, 둘째는 이 생명을 계속 이어가야 한다는 것이고, 셋째는 이 생명을
발전(바로 진화이다)시켜야 한다는 것이다. 생물은 다 이렇게 하는데,
아버지 역시 이렇게 해야 한다.

생명의 가치와 생명가치의 고하에 대해서는 지금 논하지 않는 것이
좋겠다. 다만 상식적인 판단에 따를 때, 생물이라면 첫 번째로 중요한
것이 당연히 생명이라는 점을 안다. 왜냐하면 생물이 생물일 수 있는
것은 오로지 이 생명이 있느냐에 달려 있으며, 그렇지 않으면 생물의
의의를 잃게 되기 때문이다. 생물은 생명을 보존하기 위해 여러 가지
본능을 갖추고 있는데, 가장 두드러진 것이 식욕이다. 식욕이 있어야
음식물을 섭취하고, 음식물이 있어야 열이 생겨 생명을 보존하게 된다.
그러나 생물의 개체는 어쨌든 노쇠함과 죽음에서 벗어날 수 없어 생명
을 이어가기 위해서는 또 하나의 본능이 필요한데, 그것이 바로 성욕이
다. 성욕이 있어야 성교가 있고, 성교가 있어야 후손이 생겨 생명을 이
어가게 된다. 그래서 식욕은 자기를 보존하는, 즉 지금의 생명을 보존
하는 일이고, 성욕은 후손을 보존하는, 즉 영구한 생명을 보존하는 일
이다. 먹고마시는 것은 결코 죄악이 아니요, 불결한 것도 아니며, 성교
도 역시 죄악이 아니요, 불결한 것도 아니다. 먹고마신 결과 자신을 기
르게 되지만 그것은 자신에 대한 은혜가 아니다. 성교의 결과 자녀가
태어나지만 그것은 물론 자녀에 대한 은혜로 여길 수 없다.―앞서거니
뒤서거니 하며 모두가 생명의 긴 여정을 향해 나아가고 있으니, 선후의
차이가 있을 뿐 누가 누구의 은혜를 입었는지 구분할 수 없다.

애석하게도 중국의 옛 견해는 이러한 도리와 완전히 상반된다. 부부
는 '인류의 중간'인데도 오히려 '인류의 시작'6)이라 하고, 성교는 일상
사인데도 오히려 불결한 것으로 여기고, 낳고 기르는 일도 일상사인데
도 오히려 하늘만큼 큰 대단한 공로라고 여긴다. 사람들은 혼인에 대해

6) '인류의 시작'(원문 人倫之始) : 이 말은 『남사완효서전(南史阮孝緒傳)』에 보인다.

대체로 우선은 불결한 생각을 가지고 있다. 친척이나 친구도 몹시 놀리고 자기도 몹시 부끄러워하고, 이미 아이까지 생겼는데도 여전히 우물쭈물 피하며 감히 드러내 놓고 밝히려 하지 않는다. 오로지 아이에 대해서만은 위엄이 대단하다. 이러한 행실은 돈을 훔쳐 부자가 된 부자와 서로 우열을 가릴 수 없다. 나는—저 공격자들이 생각하는 것처럼—인류의 성교도 마땅히 다른 동물처럼 아무렇게나 해도 된다고 말하려는 것이 결코 아니며, 또는 염치없는 건달처럼 오로지 천한 행동만 하고 저 잘났다고 떠들어 대도 된다고 말하려는 것이 결코 아니다. 이후에 각성한 사람이 먼저 동방의 고유한 불결한 사상을 깨끗이 씻어 버리고 다시 얼마간 순결하고 분명하게 해서 부부는 반려자요 공동의 노동자요 또 새 생명의 창조자라는 의미를 이해해야 한다고 말하려는 것이다. 태어난 자녀는 물론 새 생명을 부여받은 사람이지만 그들도 영원히 생명을 점유하지 못하고 그들의 부모처럼 장래에 다시 자녀에게 전해 주어야 한다. 앞서거니 뒤서거니 할 뿐으로 모두가 중개하는 중개인일 뿐이다.

생명은 어째서 반드시 이어가야 하는가? 그것은 바로 발전해야 하고 진화해야 하기 때문이다. 개체는 죽음에서 벗어날 수 없고 진화는 전혀 끝이 없는 것이기에 계속 이어가면서 이 진화의 행로를 걸어갈 수밖에 없다. 이 길을 걸어가는 데에는 반드시 일종의 내적인 노력이 있어야 한다. 예를 들어, 단세포동물에게 내적인 노력이 있어 그것이 오랜 세월 누적되어 복잡하게 되고, 무척추동물에게 내적인 노력이 있어 그것이 오랜 세월 누적되어 척추가 생겨나는 것과 같다. 그래서 나중에 태어난 생명은 언제나 이전의 것보다 더욱 의미가 있고 더욱 완전하며, 이 때문에 더욱 가치가 있고 더욱 소중하다. 이전의 생명은 반드시 그들에게 희생해야 하는 것이다.

그러나 애석하게도 중국의 옛 견해는 공교롭게도 이러한 도리와 완전히 상반된다. 중심은 마땅히 어린 사람에게 놓여 있어야 하는데도 도리어 어른에게 놓여 있고, 마땅히 장래에 치중해야 하는데도 도리어 과거에 치중한다. 앞선 사람은 더욱 앞선 사람의 희생이 되어서 스스로는 생존할 힘이 없고, 오히려 뒷사람에게 모질게 굴면서 오로지 그들의 희생을 끌어내며 일체의 발전 그 자체의 능력을 파멸시켜 버린다. 나는 또―저 공격자들이 생각하는 것처럼―손자는 종일토록 그의 할아버지를 호되게 때려야 마땅하고 딸은 아무 때나 아버지 어머니에게 반드시 욕을 퍼부어야 한다고 말하려는 것이 아니다. 이후에 각성한 사람이 먼저 동방의 옛부터 내려오는 그릇된 사상을 깨끗이 씻어 버리고, 자녀에 대한 의무사상은 더 늘리고 권리사상은 오히려 적절하게 줄여서 어린 사람 중심의 도덕으로 고쳐 나갈 준비를 해야 한다고 말하려는 것이다. 더구나 어린 사람이 권리를 받았다 해도 결코 영원히 점유하는 것이 아니며, 장래에 자신들의 어린 사람에 대해 여전히 의무를 다해야 하는 것이다. 다만 앞서거니 뒤서거니 할 뿐 일체가 중개하는 중개인일 뿐이다.

"아버지와 아들 사이에는 어떤 은혜도 없다"는 단언은 실로 '성인의 무리'에게 얼굴을 붉히도록 만드는 하나의 커다란 원인이다. 그들의 잘못된 점은 바로 어른 중심과 이기(利己)사상에 있으며, 권리사상은 무겁지만 의무사상과 책임감은 오히려 가벼운 데 있다. 부자관계에서 다만 "아버지가 나를 낳아 주셨다"[7]라는 이 일만으로 어린 사람 전부가 어른의 소유가 되어야 한다고 생각한다. 더욱 타락한 경우에는 이 때문에 보상을 강요하면서 어린 사람의 전부가 어른의 희생이 되어야 마땅하다고 생각한다. 자연계의 배치는 오히려 무엇이든지 이러한 요구와 반대된다는 것을 전혀 모르고 우리는 옛부터 자연에 거역하면서 일을

---

7) "아버지가 나를 낳아 주셨다"(원문 父兮生我) : 이 말은 『시경 소아 요아(詩經 小雅 蓼莪)』에 보인다.

처리해 왔다. 그리하여 인간의 능력이 크게 위축되었고, 사회의 진보도 그에 따라 멈추었다. 우리는 비록 멈추면 곧 멸망한다고 말할 수는 없지만, 진보와 비교할 때에 아무래도 멈춤과 멸망의 길은 서로 근접해 있다.

자연계의 배치는 비록 결점이 있게 마련이지만 어른과 어린 사람을 결합시켜 주는 방법은 전혀 잘못이 없다. 자연계는 결코 '은혜'라는 말을 사용하지 않고 오히려 생물에게 일종의 천성을 부여하고 있는데, 우리는 그것을 '사랑'이라 부른다. 동물계에서 새끼를 낳는 숫자가 너무 많아 일일이 주도면밀하게 사랑할 수 없는 어류 따위를 제외하고는 모두가 자신의 새끼를 진실하게 사랑한다. 이익을 보려는 마음은 절대로 없을 뿐 아니라 심지어 자신을 희생하면서까지 자신의 장래 생명에게 발전의 긴 여정을 향해 나아가도록 한다.

인류도 여기서 벗어나지 않는다. 구미의 가정은 대체로 어린 사람과 약한 사람을 중심으로 삼는데, 바로 이 생물학적 진리의 방법에 가장 잘 들어맞는다. 중국의 경우에도 생각이 순결하고 '성인의 무리'로부터 아직 짓밟힌 적이 없는 사람이라면 그들에게서 이러한 천성을 아주 자연스럽게 발견할 수 있다. 예를 들어, 농촌 부녀자가 갓난아이에게 젖을 먹일 때 결코 스스로 은혜를 베풀고 있다고 생각하지 않고, 농부가 아내를 맞이할 때에도 결코 빚을 놓는 것이라고 생각하지 않는다. 다만 자녀가 생기면 천성적으로 사랑해 주고 그가 생존하기를 바랄 뿐이다. 한발 더 나아가면 바로 자녀가 자기보다 더욱 훌륭하기를, 즉 진화하기를 바라게 된다. 교환관계나 이해관계에서 떠난 이러한 사랑은 바로 인류의 끈이며 이른바 '벼리(綱)'이다. 만약 옛 주장처럼 '사랑'을 말살하고 한결같이 '은혜'만을 말하면서 이 때문에 보상을 강요한다면 곧 부자 사이의 도덕은 파괴될 뿐 아니라 부모로서의 실제 실상과도 크게 어긋나고 불화의 씨앗을 뿌려놓게 된다. 어떤 사람은 악부(樂府)[8]를 지어 '효를 권면한다(勸孝)'고 했는데, 그 대체적인 뜻은 "아들이 학교에 가자, 어머니는 집에서 살구씨를 갈아, 돌아오면 아들에게 먹일 준비를 하니, 아들이 어찌 불효를 하겠는가"와 같은 것으로,9) 스스로 "필사적으로 도를 지킨다"고 여긴다. 부자의 살구씨 즙이나 가난한 사람의 콩국은 애정 면에서 가치가 동등하고, 그 가치는 바로 부모가 그 때에 전혀 보답을 바라는 마음이 없다는 데 있다. 그렇지 않으면 매매행위로 변하여 비록 살구씨 즙을 먹였다고 하더라도 "사람 젖을 돼지에게 먹여"10) 돼지를 살찌게 만드는 것과 다르지 않아 인륜도덕 면에서 조금도 가치가 없게 된다.

그래서 내가 지금 마음으로 그래야 한다고 여기는 것은 바로 '사랑'이다.

어느 나라, 어느 누구를 막론하고 대개 "자기를 사랑하는 것"은 마땅한 일이라고 인정하고 있다. 이는 바로 생명을 보존하는 요지이며 또 생명을 이어가는 기초이다. 왜냐하면 장래의 운명은 이미 지금에 결정

---

8) (역주) 원래는 한대(漢代)에 민가 따위를 수집하는 등 가사·악률을 맡아보던 관청을 가리키는 말이었으나 후에 악부에서 수집한 민가나 이를 모방한 문인의 작품을 가리키는 말로 사용되었다.

9) 여기서 말하는 '효를 권면하는' 악부는 1919년 3월 24일 『공언보(公言報)』에 실린 임금남(林琴南)이 지은 「세상을 권면하는 백화로 된 신악부(勸世白話新樂府)」의 「어머니가 아들을 보내다(母送兒)」편을 가리킨다. 여기에는 다음과 같은 말이 있다. "어머니가 아들을 보내고, 아들이 학교에 가니 어머니는 마음이 아팠다. ……어머니는 손수 살구씨를 갈아, 아들이 돌아오면 먹였다. 기특한 아들은 눈물을 글썽이며 어머니를 부여잡고, 학교를 그만두겠다고 하자 어머니는 그러지 말라고 꾸짖었다. ……아들의 말이, 가서 가르침을 받고 있지만 선생님이 효를 가르치지 않는다는 것이었다. ……그러니 효경 한 권을 다 읽으면 학교에 가지 않아도 그만이다."

10) "사람 젖을 돼지에게 먹여서"(원문 人乳喂猪) : 『세설신어 태치(世說新語 汰侈)』에 다음과 같은 기록이 있다. "무제(武帝, 司馬炎)가 한번은 왕무자(王武子, 濟)의 집을 갔더니 무자가 음식을 대접하였다. ……삶은 돼지고기가 통통하고 먹음직스러워 보통 맛과 달랐다. 무제가 이상히 여기고 물었더니 사람 젖을 돼지에게 먹였다고 대답했다."

되어 있어 부모의 결점은 바로 자손멸망의 복선이요, 생명의 위기이기
때문이다. 입센이 지은 『유령』[반가순(潘家洵)의 번역본이 있는데, 『신
조(新潮)』1권 5호에 실려 있다]은 비록 남녀문제에 치중하고 있지만,
우리는 또 유전의 무서움을 알 수 있다. 오스왈드는 생활에 애착이 있
고 창조적인 사람이었으나 아버지의 방탕한 생활 때문에 선천적으로
병균에 감염되어 중도에서 사람노릇을 할 수 없게 되었다. 그는 또 어
머니를 몹시 사랑하여 차마 어머니더러 돌봐달라고 부탁하지 못하고
모르핀을 숨겨 놓고 하녀 레지네더러 발작하면 자기에게 먹여 독살하
도록 했다. 그러나 레지네는 떠나버렸다. 그래서 그는 어머니에게 부탁
하지 않을 수 없었다.

오스왈드 : "어머니, 지금은 당신이 저를 도와 주셔야겠어요."
아르빙 부인 : "내가?"
오스왈드 : "누가 당신만 하겠습니까."
아르빙 부인 : "난 말이야! 너의 어머니가 아니니!"
오스왈드 : "바로 그 때문이지요."
아르빙 부인 : "난 너를 낳아 준 사람이 아니더냐!"
오스왈드 : "저는 당신더러 나를 낳아 달라고 하지 않았어요. 게다가
　　　　　　 내게 주신 것은 어떤 세월이었던가요? 저는 그것이 필요
　　　　　　 치 않아요! 당신이 도로 가져가셔요!"

이 단락의 묘사는 실로 아버지 노릇을 하고 있는 우리가 놀라고 경
계하고 탄복해야만 할 내용이다. 결코 양심을 속여 아들은 죄를 받아
마땅하다고 할 수는 없다. 이런 사정은 중국에도 흔해서 병원에서 일하
고 있는 사람이라면 곧 선천성 매독에 걸린 아이의 참상을 종종 볼 수
있을 것이다. 게다가 버젓하게 아이를 데리고 오는 사람은 대개 그의
부모이다. 그러나 무서운 유전은 그저 매독에만 그치지 않는다. 그 밖

의 여러 가지 정신상 체질상의 결점도 자손에게 유전될 수 있으며, 그리고 오랜 세월이 지나면 사회까지도 영향을 받는다. 우리는 고상하게 인류에 대해 말하지 말고 단순히 자녀를 위해 말한다면 자신을 사랑하지 않는 모든 사람은 실로 아버지 노릇을 할 자격이 부족하다고 할 수 있다. 억지로 아버지가 되었다고 하더라도 고대에 비적이 스스로 왕이라 칭하는 것과 같아 도저히 정통이라 할 수 없다. 장래에 학문이 발달하고 사회가 개조되면 그들이 요행으로 남겨놓은 후예들은 아마 우생학(Eugenics)[11]자들의 처치를 받지 않을 수 없을 것이다.

만일 지금 부모가 전혀 어떤 정신상·체질상의 결점을 자녀에게 물려 주지 않고 또 의외의 일을 만나지 않는다면, 자녀는 당연히 건강할 것이고, 어쨌든 생명을 이어가는 목적은 이미 달성되었다고 할 수 있다. 그러나 부모의 책임은 아직 끝나지 않았다. 왜냐하면 생명은 비록 이어졌다고 하더라도 멈추어서는 안 되며 이 새 생명이 발전해 나가도록 가르쳐 주어야 하기 때문이다. 대개 비교적 고등동물은 새끼에게 양육하고 보호하는 것 이외에 종종 그들이 생존하기 위해 꼭 필요한 요령을 가르쳐 준다. 예를 들어 날짐승은 높이 나는 법을 가르치고 맹수는 공격하는 법을 가르친다. 인류는 몇 등급 더 높아 자손들이 한층 더 나아지기를 바라는 천성을 가지고 있다. 이것도 사랑인데, 윗글에서 말한 것은 지금에 대한 것이고 이것은 장래에 대한 것이다. 사상이 아직 막히지 않은 사람이라면 누구나 자녀가 자기보다 더 강하고 더 건강하고 더 총명하고 고상하면―더 행복하면 기뻐할 것이다. 바로 자기를 초월하고 과거를 초월하면 기뻐할 것이다. 초월하기 위해서는 반드시 고

---

11) 우생학(원문 善種學) : 우생학을 가리키며, 영국의 골턴이 1883년에 제기한 '인종개량'학설이다. 사람 또는 인종 사이에 생리와 지능면에서 차이가 나는 것은 유전에 의해 결정되는데, 이른바 '우등인'을 발전시키고 '열등인'을 도태시키면 사회문제를 해결할 수 있다는 것이다. 노신은 그 후에 생물학을 사회생활에 그대로 옮겨 놓은 이러한 학설에 대해 부정적인 태도를 취했다. 『이심집 '딱딱한 번역'과 '문학의 계급성'(二心集 '硬譯' 與 '文學的階級性')』 참고.

쳐 나가야 하는데, 그래서 자손은 선조의 일에 대해 응당 고쳐 나가야
한다. "3년 동안 아버지의 도를 고치지 않으면 효라 할 수 있다"[12]라는
말은 당연히 잘못된 말이며 퇴영의 병근(病根)이다. 가령 고대의 단세
포동물도 이 교훈을 따랐다면 영원히 분열하여 복잡한 것으로 될 수
없었을 것이며, 세상에 더 이상 인류도 있을 수 없었을 것이다.

　다행히 이 교훈은 비록 많은 사람을 해쳤지만 모든 사람의 천성을
완전히 쓸어 버리지는 못했다. '성현의 책'을 읽지 않은 사람은 그래도
명교(名教)라는 도끼 밑에서도 이 천성을 때때로 몰래 드러내고 때때
로 움트게 할 수 있었다. 이것이 바로 중국인들이 비록 조락하고 위축
되었지만 아직 절멸하지 않은 원인이다.

　그래서 각성한 사람은 이후에 마땅히 이 사랑이라는 천성을 더욱 확
장하고 더욱 순화시켜야 한다. 무아(無我)의 사랑으로써 뒤에 태어난
신인(新人)들에게 스스로 희생해야 한다. 무엇보다 첫째는 이해하는
것이다. 옛날 유럽인은 아이들에 대해 성인(成人)의 예비단계라고 오
해했고, 중국인은 성인의 축소판이라고 오해했다. 근래에 이르러 여러
학자들의 연구에 의해 비로소 아이들의 세계는 성인과 전혀 다르다는
사실을 알게 되었다. 만일 미리 이 점을 이해하지 못하고 그저 거칠게
만 대하면 아이들의 발달은 크게 장애를 받는다는 것을 알게 되었다.
그래서 모든 시설은 아이들을 중심으로 해야 한다. 근래 일본에서는 각
성한 사람들이 많아 아이들을 위한 시설과 아이들을 연구하는 사업이
대단히 성행하게 되었다. 둘째는 지도하는 것이다. 시세(時勢)가 이미
변하였으니 생활도 반드시 진화해야 한다. 그래서 뒤에 태어난 사람들
은 틀림없이 이전과 크게 다를 것이므로 결코 동일한 모형을 사용하여
무리하게 끼워맞추려고 해서는 안 된다. 어른은 지도하는 사람이요, 협

---

12) "3년 동안 아버지의 도를 고치지 않으면 효라 할 수 있다"(원문 三年無改於父
　　之道可謂孝矣) : 이 말은 『논어 학이(論語 學而)』에 보인다.

상하는 사람이 되어야지, 명령하는 사람이 되어서는 안 된다. 자기를 봉양하라고 어린 사람에게 강요해서는 안 될 뿐 아니라, 모든 정신을 바쳐 오로지 그들 스스로를 위해 힘든 일에 견딜 수 있는 체력, 순결하고 고상한 도덕, 새로운 조류를 받아들일 수 있는 넓고 자유로운 정신, 즉 세계의 새로운 조류 속에서 헤엄치며 매몰되지 않을 수 있는 힘을 그들이 가질 수 있도록 길러 주어야 한다. 셋째는 해방시키는 것이다. 자녀는 나이면서도 내가 아닌 사람이다. 그러나 이미 분립한 이상 인류 중의 한 사람이다. 곧 나이기 때문에 더욱 교육 의무를 다해 그들에게 자립 능력을 전해 주어야 한다. 내가 아니기 때문에 동시에 해방시켜 전부가 그들 자신의 소유가 되도록 하여 독립된 한 개인이 되게 해야 한다.

이처럼 부모는 자녀에 대해 마땅히 건전하게 낳고 전력을 다해 교육하고 완전하게 해방시켜야 하는 것이다.

그런데 어떤 사람은 그러면 부모는 그 후부터 가진 것이 아무것도 없고 대단히 무료하게 되는 것이나 다름없지 않을까 걱정할 것이다. 이러한 공허에 대한 공포나 무료에 대한 감상(感想) 역시 잘못된 옛 사상에서 발생한다. 만일 생물학의 진리를 잘 알게 되면 자연히 곧 소멸될 것이다. 그러나 자녀를 해방시키는 부모가 되려면 또 한 가지 능력을 준비해야 한다. 그것은 바로 스스로는 비록 이미 과거의 색채를 띠고 있다 하더라도 독립적인 재능과 정신을 잃지 않고 폭넓은 관심과 고상한 오락을 가지고 있어야 한다는 점이다. 행복을 원하는가? 당신의 장래 생명도 행복해질 것이다. "늙어도 도리어 젊어지고", "늙어도 다시 장정이 되기"[13]를 원하는가? 자녀가 바로 "다시 장정이 된" 것이니, 이미 독립하고 더욱 훌륭해진 것이다. 이렇게 되어야만 비로소 어른의 임

---

13) "늙어도 다시 장정이 되기"(원문 老復丁) : 늙은이가 다시 장년이 된다는 뜻이다. 이 말은 한대(漢代) 사유(史游)의 『급취편(急就篇)』에 나오는 말이다. "오래도록 즐거움이 끝이 없으니, 늙어도 다시 장정이 된다."

무를 다한 것이며 인생의 위안을 얻게 될 것이다. 만약 사상과 재능이 하나같이 옛날 그대로여서 오로지 '집안 싸움'14)만 일삼고 항렬을 가지고 뽐낸다면 자연히 공허와 무료의 고통에서 벗어나지 못할 것이다.

혹자는 또 해방된 이후에 부자 사이는 소원해질 것이 아닌가 하고 걱정할 것이다. 구미의 가정은 그 전제(專制)가 중국에 미치지 못한다는 것을 사람들은 이미 다 알고 있다. 옛날에는 비록 그들을 금수에 비교한 사람이 있었지만 지금은 '도를 지키는' 성인의 제자들도 그들을 변호하면서 결코 '불효한 자식'은 없다고 말하게 되었다.15) 이로부터 알 수 있는 바와 같이, 오직 해방시켜야만 서로 사이가 좋아지고 오직 자식을 '구속하는' 부형이 없어야 '구속'에 반항하는 '불효한 자식'이 없는 법이다. 만약 협박하고 회유한다면 여하를 막론하고 결코 '오랜 세월 만세'16)가 있을 수 없다. 예를 들어 바로 우리 중국처럼, 한대(漢代)에는 거효(擧孝)가 있었고, 당대(唐代)에는 효제역전과(孝悌力田科)가 있었고, 청말(淸末)에도 효렴방정(孝廉方正)17)이 있어 모두 그것으

---

14) '집안싸움'(원문 勃谿) : 고부 간의 싸움을 가리킨다. 이 말은 『장자 외물(莊子 外物)』에 보인다. "집안에 공간이 없으면, 고부 간의 싸움이 생긴다(室無空虛, 則婦姑勃谿)."

15) 구미의 가정에는 결코 '불효한 자식들'은 없다라는 말은 임금남(林琴南)이 번역한 소설 『효우경(孝友鏡)』[벨기에의 헨드릭 콘시언스(Hendrik Conscience) 지음]의 「역여소식(譯余小識)」에 보인다. "이 책은 서양사람들을 변호하기 위한 것이다. 중국사람 중에 서학을 배우는 사람들은 항상 이렇게 말한다. '남자가 20세가 넘으면 반드시 자립하여, 부모의 힘으로 단속하거나 구속하지 못한다. 형제들은 제각기 가정을 따로 꾸리고 서로 돕지 않는다. 이것을 사회주의라고 부르는데, 나라가 이로써 부강해진다.' 그렇지만 근년의 상황을 보면, 가정혁명에 불효자식이 끊임없이 나타나고 있는데, 나라는 어찌하여 부강해지지 않는가? 이것은 과연 정말로 서양사람의 모범을 본뜬 것인가? 아니 흉악한 기운이 오장육부에 넘쳐서 함부로 날뛰는 것으로 서양의 습속과 무슨 상관이 있겠는가? 이 책에 나오는 ……우정으로 알려진 아버지와 효성으로 알려진 딸은 인류의 거울이 되기에 충분하다. 제목을 『효우경』이라고 한 것은 우리 중국 사람들에게 남을 모함하지 말고 망언을 하지 못하도록 일깨우기 위한 것이다."

16) '오랜 세월 만세'(원문 萬年有道之長) : 아득히 오래라는 뜻이다. 이것은 봉건신하가 조정을 찬미하던 관용어이다.

로 벼슬을 할 수 있었다. 아버지의 은혜를 일깨우기 위해서 황제의 은혜가 베풀어졌지만, 자기의 허벅지 살을 베어 낸[18] 인물은 끝내 아주 드물었다. 이는 중국의 옛학설, 옛수단은 실제로 옛부터 지금까지 전혀 좋은 효과가 없었으며, 나쁜 사람에 대해서는 허위를 더욱 조장시켰고, 좋은 사람에 대해서는 이유없이 남이나 자기에게 모두 이익이 되지 않는 고통을 크게 안겨 주었을 따름이라는 사실을 충분히 증명해 준다.

오직 '사랑'만이 진실하다. 노수(路粹)는 공융(孔融)의 말을 인용하여 다음과 같이 말했다. "아버지가 아들에 대해 당연히 무슨 정이 있겠는가? 그 근본적인 의미를 논한다면 실은 정욕 때문에 생겨난 것일 뿐이다. 아들이 어머니에 대해서도 어찌 그렇지 않겠는가. 비유를 든다면, 병에 담긴 물건이 밖으로 나오면 곧 서로 갈라지는 것과 같다."[한말(漢末)에 공자(孔子) 집안에서는 몇몇 특이한 기인이 나타났었고, 오늘날처럼 그렇게 영락하지는 않았는데, 이 말은 아마 확실히 북해(北海) 선생이 한 말일 것이다. 다만 그를 공격한 사람이 공교롭게도 노수(路粹)와 조조(曹操)였으니 웃음을 자아낼 뿐이다.][19] 이는 비록 낡은

---

17) 거효(擧孝) : 한대(漢代)에 관리를 선발하는 방법의 하나로서 각지에서 "부모 잘 섬기는" 효자를 추천받아 조정의 관리로 삼는 것이다. 효제역전(孝悌力田) : 한당(漢唐) 때 과거 명칭의 하나로서 지방관이 이른바 "효제(孝悌)의 덕행이 있고 열심히 경작하는 사람"을 조정에 추천하여, 그 중에서 선발된 사람은 관리로 임용하거나 상을 내리는 것이다. 효렴방정(孝廉方正) : 청대(淸代)에 특별히 설치된 과거 명칭으로서 지방관이 이른바 효성스럽고, 청렴하고, 품행이 방정한 사람을 추천하면 예부(禮部)의 시험을 거쳐 지현(知縣) 등의 관직을 제수하는 것이다.

18) 허벅지살을 베어 낸(원문 割股) : 이른바 "허벅지 살을 베어 내어 어버이를 치료하다"는 것으로 자신의 허벅지 살을 베어 내어 약으로 다려 부모의 중병을 치료한다는 것이다. 『송사선거지일(宋史選擧志一)』에 "조정에서 효행에 따라 사람을 뽑자 용감한 자는 허벅지 살을 베어 내었고, 겁이 많은 자는 무덤에 오두막을 짓고 지켰다"는 기록이 있다.

19) 노수(路粹)가 인용한 공융(孔融)의 말은 『후한서 공융전(後漢書 孔融傳)』에 보인다. 노수는 자가 문울(文蔚)이며, 진유[陳留, 지금의 하남(河南) 개봉(開封)의 동남쪽] 사람이며, 조조(曹操)의 군모제주(軍謀祭酒)로 있었다. 그는 조조의 뜻

주장에 대한 일종의 공격이기는 하지만 실제로는 사리에 맞지 않는다. 왜냐하면 부모가 자녀를 낳으면 동시에 천성적인 사랑이 생기고, 이 사랑은 또 아주 깊고 넓으며 아주 오랫동안 이어지므로 이내 갈라지지는 않을 것이기 때문이다. 오늘날 세상에는 대동(大同)이 없고 서로 사랑함에도 아직은 차등이 있으니, 역시 자녀가 부모에 대해 가장 사랑하고 가장 정이 두터워 이내 갈라지지는 않을 것이다. 그래서 조금 사이가 벌어지더라도 크게 염려할 필요는 없다. 예외적인 사람의 경우라면 어쩌면 사랑으로도 연결시킬 수 없을 것이다. 그러나 만약 사랑의 힘으로도 연결시킬 수 없다면 어떤 '은위(恩威), 명분, 천경(天經), 지의(地義)[20]' 따위에 내맡긴다고 해도 더욱 연결시킬 수 없을 것이다.

혹자는 또 해방시킨 후에는 어른이 고생하게 되지 않을까 걱정할 것이다. 이 일은 두 가지 차원으로 나누어 볼 수 있다. 첫째는 중국의 사회는 비록 "도덕이 훌륭하다"고 하지만 실제로는 오히려 서로 사랑하고 서로 돕는 마음이 대단히 결핍되어 있다는 점이다. 바로 '효'니 '열(烈)'이니 하는 도덕도 다 옆사람은 조금도 책임지지 않고 오로지 어리고 약한 사람들을 혼내 주는 방법일 뿐이다. 이러한 사회에서는 늙은 사람만 살아가기 어려운 것이 아니라 해방된 어린 사람도 살아가기 어렵다. 둘째는 중국의 남녀는 대개 늙지도 않았는데 미리 노쇠하여, 심지어 20세도 되지 않았는데 벌써 늙은 티를 물씬 풍기며 다른 사람이

을 받들어 공융을 고발하여 말하기를, 공융이 이형(禰衡)에게 그런 말을 했다고 하였다. 조조는 곧 '불효'라는 죄명을 씌워 공융을 살해했다. 그러나 조조는 「구현령(求賢令)」이라는 글에서 또 말하기를, 재능만 있으면 "어질지 않고 불효한" 사람도 등용할 수 있다고 했는데, 이 사건에서는 스스로 모순이 된다. 이 때문에 노신은 "웃음을 자아낸다"고 말했다. 공융(153~208)은 자가 문거(文擧)이며, 노국[魯國, 지금의 산동(山東) 곡부(曲阜)이다] 사람이며, 한대(漢代) 헌제(獻帝) 때 북해상(北海相)으로 있었기 때문에 '북해선생(北海先生)'이라 부르게 되었다.

20) (역주) 천경지의(天經地義) : 천지의 대의(大義), 즉 영원히 변할 수 없는 도(道)를 의미하는데, 예(禮) 등이 이에 해당한다.

부축을 해야만 할 형편이다. 그래서 나는 자녀를 해방시킨 부모는 미리
한 차례 준비를 해 두어야 하고, 또 이러한 사회에 대해서는 특히 개조
하여 그들이 합리적인 생활에 적응할 수 있도록 해야 한다고 하는 것
이다. 많은 사람들이 오랫동안 계속 준비해 나가고 개조해 나가면 자연
히 실현될 가망이 있을 것이다. 다른 나라의 지난 일만 보더라도 스펜
서[21]는 결혼을 하지 않았지만, 그가 실의에 빠져 무료하였다는 말을
듣지 못했으며, 와트는 일찍이 자녀를 잃었으나 확실히 "천수를 다했
으니" 하물며 장래에 대해, 더욱이 아들딸이 있는 사람에 대해 더 말할
필요가 있겠는가?

혹자는 또 해방시킨 후 자녀가 고생하지 않을까 걱정할 것이다. 이
일도 두 가지 차원이 있는데, 전부 윗글에서 말한 바와 같지만, 다만
하나는 늙어 무능하기 때문이고, 하나는 어려 경험이 부족하기 때문이
다. 이 때문에 각성한 사람은 더욱더 사회를 개조하려는 임무를 느끼게
된다. 중국에서 내려오는 기존의 방법은 오류가 너무 많다. 하나는 폐
쇄하는 것인데, 사회와 단절하면 영향을 받지 않을 수 있다고 생각한
다. 하나는 나쁜 요령을 가르쳐 주는 것인데, 그렇게 해야만 사회에서
살아갈 수 있다고 생각한다. 이런 방법을 사용하는 어른은 비록 생명을
이어가려는 좋은 뜻을 품고 있지만 사리에 비추어볼 때 오히려 결정적
으로 잘못이다. 이 밖에 또 하나가 있는데, 그것은 몇몇 교제하는 방법
을 전수하여 그들이 사회에 순응하도록 가르치는 것이다. 이는 수년 전
에 '실용주의'[22]를 따지던 사람들이 시장에서 가짜 은화가 유통되고

---

21) 스펜서(원문 斯賓塞, H. Spencer, 1820~1903) : 영국의 철학가이다. 그는 죽을 때
　　까지 결혼하지 않은 학자였다. 주요 저작으로는 『종합적인 철학체계』 등이
　　있다.
22) '실용주의(實用主義)' : 즉, 실험주의로서 현대 자산계급의 주관유심주의 철학유
　　파이다. 19세기 말~20세기 초에 생겨났는데, 미국의 퍼스, 듀이 등이 주요 대
　　표자이다. 기본적인 관점은 진리의 객관성을 부인하고 쓰임이 있으면 진리가
　　된다고 주장하는 것이다.

있다는 이유로 학교에서 학생들에게 은화보는 법을 널리 가르치려고 했던 것과 동일하게 잘못이다. 가끔은 사회에 순응하지 않을 수 없겠지만, 결코 정당한 방법은 아니다. 왜냐하면 사회가 불량하여 나쁜 현상이 매우 많으면 일일이 순응할 수도 없는 노릇이고, 만약 다 순응하게 된다면 합리적인 생활에 위배되고 진화의 길을 거꾸로 가게 될 것이기 때문이다. 그래서 근본적인 방법은 사회를 개량하는 것뿐이다.

사실대로 말하면 중국의 낡은 이상적인 가족관계, 부자관계 따위는 기실 이미 붕괴되었다. 이것도 "오늘날에 심해졌다"가 아니라 바로 "옛날에 이미 그랬다"이다. 역대로 '오세동당(五世同堂)'을 극력 표창했으니 실제로 함께 살기가 어려웠음을 충분히 보여 준다. 필사적으로 효를 권장했으니 사실상 효자가 드물었음을 충분히 보여 준다. 그리고 그 원인은 바로 전적으로 오직 허위도덕을 제창하여 진정한 인정(人情)을 멸시한 데 있다. 우리가 대족(大族)들의 족보를 펼쳐 보면, 처음 자리잡은 조상들은 대체로 홀몸으로 이사하여 가업을 일으켰고, 문중들이 한데 모여 살고 족보를 출판하게 되었을 때에는 이미 영락의 단계에 들어섰다는 것을 알 수 있다. 더구나 장래에 미신이 타파되면 대밭에서 울지 않을 것이고 얼음에 눕지도 않을 것이며, 의학이 발달하게 되면 역시 대변을 맛보거나[23] 허벅지 살을 베어 낼 필요도 없을 것이

---

23) 대밭에서 울지(원문 哭竹) : 삼국(三國)시대에 오(吳) 나라 맹종(孟宗)의 이야기이다. 당대(唐代) 백거이(白居易)가 편찬한 『백씨육첩(白氏六帖)』에 다음과 같은 기록이 있다. "맹종의 계모는 죽순을 좋아하여 동짓달에 맹종에게 그것을 구해 오라고 했다. 맹종은 대나무 숲에 들어가 몹시 슬퍼하며 울자 이에 죽순이 돋아났다." 얼음에 눕지(원문 臥氷) : 진대(晉代) 왕상(王祥)의 이야기이다. 『진서 왕상전(晉書王祥傳)』에 다음과 같은 이야기가 있다. 그의 계모가 "늘 생선을 좋아하였으므로 추운 날 얼음이 꽁꽁 얼었지만 왕상은 옷을 벗고 얼음을 깨고 들어가 물고기를 잡으려고 했다. 그 때 갑자기 얼음이 저절로 녹더니 잉어 두 마리가 튀어 나와서 그것을 가지고 돌아왔다." 대변을 맛보거나(원문 嘗穢) : 남조(南朝) 양(梁) 나라 유검루(庾黔婁)의 이야기이다. 『양서 유검루전(梁書 庾黔婁傳)』에는 다음과 같은 이야기가 있다. 그의 부친 유역(庾易)이 "병에 걸린 지 이틀째가 되는 날 의원이 '병의 경중을 알려면 대변을 맛보아 그것이

다. 또 경제문제 때문에 결혼은 늦어지지 않을 수 없고, 낳고 기르는 것도 이 때문에 늦어질 것이니, 아마 자녀가 겨우 자립할 수 있게 되었을 때 부모는 이미 노쇠하여 그들의 공양을 받지 못하게 될지도 모른다. 그러면 사실상 부모가 의무를 다한 셈이 된다. 세계 조류가 들이닥치고 있으니 이렇게 해야만 생존할 수 있고, 그렇지 않으면 다 쇠락할 것이다. 다만 각성한 사람이 많아지고 노력을 더해 가면 위기는 비교적 적어질 수 있을 것이다.

그런데 이상에서 말한 것처럼 중국의 가정은 실제로 오래 전에 이미 붕괴되었고 또 '성인의 무리'가 지상(紙上)에서 하는 공담(空談)과 다르다고 한다면 어째서 지금도 여전히 옛날 그대로여서 전혀 진보가 없는 것인가? 이 문제는 대답하기 아주 쉽다. 첫째, 붕괴하는 자는 나름대로 붕괴하고, 다투는 자는 나름대로 다투고, 무언가를 세우는 자는 나름대로 세우고 하지만 경계심은 조금도 없고, 개혁도 생각하지 않기 때문에 그래서 옛날 그대로이다. 둘째, 이전에 가정 내에서는 원래 늘 집안싸움이 있었지만 새로운 명사가 유행하면서부터 그것을 모두 '혁명'이라는 말로 고쳐 불렀다. 그렇지만 기실은 기생과 놀아나기 위해 돈을 구하려다 서로 욕지거리를 하는 지경에 이르고 도박밑천을 구하려다 서로 때리는 지경에 이르는 경우이며, 각성한 사람의 개혁과는 전혀 다르다. 스스로 '혁명'이라 부르며 집안싸움을 하는 이런 자제들은 완전히 구식에 속하여 자신에게 자녀가 생겨도 결코 해방시키지 않는다. 어떤 경우는 전혀 관리하지 않고 어떤 경우에는 도리어 『효경(孝經)』[24]을 구해 강제로 소리내 읽도록 하여 그들이 "옛 교훈을 배워

단가 쓴가를 보아야 한다"고 했다. 유역이 설사를 하자 유검루는 얼른 가져다 그것을 맛보았다." 이 세 가지 이야기는 모두 『이십사효(二十四孝)』에 수록되어 있다.

24) 『효경(孝經)』: 유가 경전의 하나로 전체 18장으로 되어 있으며, 공자 문하의 후학들이 저술한 것이다.

서"25) 희생이 되었으면 하고 생각한다. 이런 경우라면 낡은 도덕, 낡은 습관, 낡은 방법에 그 책임을 돌릴 수 있을 뿐 생물학의 진리에 대해서는 결코 함부로 책망할 수는 없다.

이상에서 말한 것처럼 생물은 진화하기 위해서 생명을 이어가야 한다. 그렇다면 "불효에는 세 가지가 있는데, 후손이 없는 것이 가장 심하다"26)고 했으니 아내 셋, 첩 넷도 대단히 합리적이지 않은가. 이 문제도 대답하기 아주 쉽다. 인류에게 후손이 없어 장래의 생명이 끊어진다면 비록 불행하겠지만 만약 정당하지 않은 방법과 수단을 사용하여 구차히 생명을 이어가면서 사람들에게 해를 끼친다면 그것은 한 사람에게 후손이 없는 것보다 더욱 '불효한' 일이다. 왜냐하면 오늘날의 사회는 일부일처제가 가장 합리적이고 다처주의는 실로 사람들을 타락하게 만들 수 있기 때문이다. 타락은 퇴화에 가까운 것으로 생명을 이어가려는 목적과 완전히 상반된다. 후손이 없다는 것은 자신만이 없어지는 것이지만 퇴화 상태에서 후손이 있다면 남까지 파괴시킬 것이다. 인류는 어쨌든 남을 위해 자기를 희생하는 정신을 약간은 가져야 한다. 더욱이 생물은 발생한 이래로 서로 관련되어 있어서 한 사람의 혈통은 대체로 다른 사람과 다소 관계를 가지고 있으므로 완전히 없어지지는 않을 것이다. 그러므로 생물학의 진리는 결코 다처주의의 호신부가 아니다.

종합하면, 각성한 부모는 전적으로 의무를 다하고, 이타적·희생적

---

25) "옛 교훈을 배워서"(원문 學於古訓) : 이 말은 『상서 설명(尙書 說命)』에 보인다.

26) "불효에는 세 가지가 있는데, 후손이 없는 것이 가장 심하다"(원문 不孝有三無
後爲大) : 이 말은 『맹자 이루(孟子 離婁)』에 보인다. 한대(漢代) 조기(趙岐)의
주에 따르면, "예에 비추어 볼 때 불효에는 세 가지가 있다. 아부하거나 굴종하
여 부모를 불의(不義)에 빠뜨리면 첫 번째 불효이고, 집안이 가난하고 부모가
늙었는데 녹을 받는 벼슬을 하지 못하면 두 번째 불효이고, 아내를 얻지 못하
고 자식이 없어 선조의 제사가 끊어지면 세 번째 불효이다. 이 세 가지 중에서
후손이 없는 것이 가장 심하다."

이어야 하는데, 그렇게 하기란 쉽지 않고, 중국에서는 특히 쉽지 않다. 중국의 각성한 사람들이 어른에게 순종하고 어린 사람을 해방시키기 위해서는 한편으로 낡은 것들을 청산하고 한편으로 새 길을 개척해야 한다. 바로 처음에 말한 바와 같이 "스스로 인습의 무거운 짐을 짊어지고 암흑의 수문(水門)을 어깨로 걸머지어 그들을 넓고 밝은 곳으로 놓아 주면서 그 후 그들이 행복하게 살아가고 도리에 맞게 사람 노릇을 하도록 해야 한다." 이것은 대단히 위대하고 긴요한 일이며 또 대단히 어렵고 지난한 일이다.

그런데 세상에는 또 한 부류의 어른이 있다. 그들은 자녀를 해방시키려 하지 않을 뿐 아니라 자녀들이 그 자신의 자녀를 해방시키려는 것조차 허락하지 않는다. 바로 손자, 증손자도 모두 의미 없는 희생이 되어야 한다고 생각한다. 이것도 하나의 문제인데, 나는 평화를 원하는 사람이기 때문에 이 문제에 대해서는 지금 대답할 수가 없다.

1919. 10.

송대 민간의 이른바 소설 및 그 이후[1]

송대(宋代) 민간에서 유행한 소설은 역대 사가(史家)들의 기록과는 달라 당시에는 문사(文辭)가 아니라 기예에 속하는 '설화(說話)'[2]의 일종이었다.

설화가 언제 시작되었는 지 분명하지 않지만 옛책에 근거할 때 당대(唐代)부터 이미 있었다는 것을 알 수 있다. 단성식(段成式)[3](『유양잡조속집(酉陽雜俎續集)』4, 「폄오(貶誤)」)은 다음과 같이 말했다.

> "나는 태화(太和) 말에 동생의 생일을 계기로 잡희(雜戲)를 구경했다. 시정인의 소설이 있었는데, 편작(扁鵲)을 편작(編鵲)이라는 글자로 상성(上聲)으로 읽었다. 나는 임도승(任道昇)을 시켜 글자를 바로잡게 했다. 시정인은, '20년 전 도읍지에서 재회(齋會)[4]가 있을 때 공연했는데, 한 수재(秀才)가 편(扁) 자를 편(編)과 같은 성조로 읽는 것을 몹시 칭찬하면서 세상 사람들이 모두 틀렸다고 했다'고 말했다."

자세한 내용은 알기 어렵지만 이로써 다음 몇 가지 사항을 짐작할 수 있다. 첫째, 소설은 잡희 중의 하나였고, 둘째 시정인의 구술에 의한

---

1) 원제목은 「宋民間之所謂小說及其後來」이다. 이 글은 처음 1923년 12월 1일 북경의 『신보5주년기념증간(晨報五周年紀念增刊)』에 발표되었다.
2) '설화(說話)' : 당송(唐宋) 시대 사람들이 널리 쓰던 말로 사람들에게 이야기를 들려 주던 것이며 나중의 설서(說書)에 해당한다.
3) 단성식(段成式, ?~863) : 자는 가고(柯古)이며, 당대(唐代) 임치[臨淄, 지금의 산동(山東) 치박(淄博)이다] 사람이다. 교서랑(校書郎)을 역임했으며, 관직은 태상소경(太常少卿)에 이르렀다. 필기소설과 변체문(騈體文)으로 이름을 날렸다. 저작으로는 『유양잡조(酉陽雜俎)』 20권, 『속집(續集)』 10권이 있다.
4) (역주) 선사(禪寺)에서 특정한 날에 열리는 집회를 가리킨다.

것이었고, 셋째 경축 및 재회가 있을 때 사용했다. 낭영(郎英)5)(『칠수유고(七修類藁)』22)이 이른바 "소설은 송대 인종(仁宗) 때 생겨났는데, 대체로 시대가 태평성세였고 국가가 한가로워서 날마다 기이한 일에 빠져 즐기기를 좋아했다. 그래서 소설의 '득승두회(得勝頭回)' 뒤에 바로 화설조송모년(話說趙宋某年)이라 하게 되었다"고 한 것은 이로써 일종의 터무니없는 이야기에 지나지 않는 것임을 분명히 실증할 수 있다.

송대에 이르러 소설의 정황은 비로소 비교적 상세하게 알 수 있게 되었다. 맹원로(孟元老)가 남도(南渡)한 후 변양(汴梁)의 화려한 모습을 추억하면서 『동경몽화록(東京夢華錄)』6)을 지었는데, '경와기예(京瓦技藝)'7) 항목에서 당시 설화의 종류로 소설(小說), 합생(合生), 설원화(說諢話), 설삼분(說三分), 설『오대사』(說『五代史』) 등으로 나누었다. 그리고 이러한 직업에 종사하는 사람들을 '설화인(說話人)'이라 불렀다.

고종(高宗) 때 도읍을 임안(臨安)으로 정하고,8) 다시 효종(孝宗)과 광종(光宗) 2대9)를 거치면서 변양(汴梁)식의 문물이 점차 서울에 가득 넘

5) 낭영(郎英, 1487~1573) : 자는 인보(仁寶)이며 명대(明代) 인화[仁和, 지금의 절강(浙江) 항주(杭州)이다] 사람이다. 『칠수유고(七修類稿)』는 그의 필기(筆記)로서 51권이며, 『속고(續稿)』는 7권이다.

6) 『동경몽화록(東京夢華錄)』 : 송대(宋代) 맹원로(孟元老)가 편찬한 것으로 10권이다. 맹원로의 사적은 미상이며, 어떤 이는 송대 휘종(徽宗)을 위해 간악산(艮嶽山)을 감독하여 만들었던 맹규(孟揆)일 가능성이 있다고 한다. 이 책은 송(宋)의 도읍지 변양[汴梁, 지금의 개봉(開封)이다]의 도시, 마을, 절기, 풍속 그리고 당시의 전례(典禮)와 의위(儀衛)에 대해 기록하고 있는데, 북송(北宋)시대의 문물제도의 일면을 엿볼 수 있다.

7) '경와기예(京瓦技藝)' : 『동경몽화록(東京夢華錄)』 권5에 보인다. 와(瓦)는 바로 '와사(瓦肆)'이며, 또 '와자(瓦子)' 또는 '와사(瓦舍)'라고도 하는데, 송대 기예(伎藝)를 연출하던 장소가 밀집되어 있던 곳이다.

8) 고종(高宗) : 송(宋)의 고종(高宗) 조구(趙構)이며, 남송(南宋)의 첫 번째 황제이다. 임안(臨安) : 지금의 절강(浙江) 항주(杭州)이며, 남송의 수도였다.

9) 효종과 광종 2대(원문 孝光兩朝) : 송의 효종(孝宗) 조신(趙愼)과 송의 광종(光宗)

치게 되었고, 기예인들도 완전히 갖추었다. 설화에 관한 기록은 옛 서적 속에 더욱 상세하게 나온다. 단평(端平)10) 연간의 저작으로 관원(灌園) 내득옹(耐得翁)의 『도성기승(都城紀勝)』11)이 있고, 원대 초의 저작으로 오자목(吳自牧)의 『몽양록(夢梁錄)』12), 주밀(周密)의 『무림구사(武林舊事)』13)가 있는데, 모두 설화의 분과(分科)를 상세하게 설명하고 있다.

『도성기승』

설화에는 사가(四家)가 있다.

하나는 소설(小說)이다. 은자아(銀字兒)라는 것에는 연분(烟粉), 영괴(靈怪), 전기(傳奇) 등이 있다. 설공안(說公案)은 모두 칼과 곤봉을 휘두르고, 공을 세우고 이름을 날리는 이야기이다. 설철기아(說鐵騎兒)는 무사들이 전쟁하는 이야기이다.

설경(說經)은 불경을 풀어 설명하는 것이다. 설참청(說參請)은 빈객과 주인이 참선으로 도를 깨치는 등의 이야기를 말한다.

강사서(講史書)는 전대(前代)의 역사책에 나오는 흥망성쇠와 전쟁에 관한 이야기를 강설한다……

합생(合生)은 기령수령(起令隨令)과 비슷한 것으로서 각각 한

조돈(趙惇) 2대를 가리킨다.

10) 단평(端平) : 송의 이종(理宗) 조윤(趙昀)의 연호이다.

11) 『도성기승(都城紀勝)』 : 관원[灌園, 어떤 책에는 관포(灌圃)로 되어 있다] 내득옹 (耐得翁)이 편찬하였다고 씌어져 있는데, 1권이다. 이 책은 남송 단평(端平) 2년 (1235)에 이루어졌고, 내용은 남송의 도읍지 항주(杭州)의 시정(市井)의 풍속잡 사를 기술하고 있어 남도(南渡) 이후의 풍속의 일면을 엿볼 수 있다.

12) 『몽양록(夢梁錄)』 : 오자목(吳自牧)이 편찬한 것으로 20권이다. 『동경몽화록(東京夢華錄)』의 체제(體裁)를 모방하여 남송 교묘(郊廟)와 궁전(宮殿) 및 온갖 수 공업과 잡희(雜戱) 등에 관한 것을 기록하고 있다. 오자목은 전당(錢塘, 지금의 절강 항주이다) 사람이며, 생애는 미상이다.

13) 『무림구사(武林舊事)』 : 주밀(周密)이 편찬한 것으로 10권이다. 남송의 도읍지 항주(杭州)의 잡사(雜事)를 기록하고 있다. 그 중에는 남도(南渡) 이후의 유문 (遺聞)이나 일화, 그리고 문인들의 단편적인 책이나 글을 적지 않게 보존하고 있다. 주밀(1232~1298)은 자가 공근(公謹), 호가 초창(草窗)이며, 제남(濟南) 사람이다. 오흥(吳興)에 살았으며 남송의 사(詞)작가이다.

가지 이야기를 읊는다.

『몽양록』(20)

설화(說話)라는 것은 설변(舌辯)을 일컫는다. 사가(四家)의 유파
가 있지만 각기 영역을 가지고 있다.

또 소설은 은자아라고 하는데, 연분(烟粉), 영괴(靈怪), 전기(傳
奇)가 있다.

공안은 칼과 곤봉을 휘두르고 발발종참(發發踪參 : 이 네 글자
는 잘못된 것으로 생각된다)하는 이야기이다. ……고금에 관한 이야
기가 마치 물흐르는 듯하다.

설경이란 불경을 풀어 설명하는 것이다. 설참청이란 빈객과 주
인이 참선하며 도를 깨치는 등에 관한 이야기이다. ……또 설원경(說
諢經)이라는 것이 있다.

강사서란『통감(通鑑)』이나 한당(漢唐) 역대의 역사서에 나오는
흥망성쇠와 전쟁에 관한 이야기를 강설한다.

합생은 기금수금(起今隨今)과 비슷한 것으로 각각 한 가지 이야
기를 읊는다.

그러나 주밀이 기록하고 있는 것은 약간 다른데, 연사(演史), 설경원경
(說經諢經), 소설(小說), 설원화(說諢話)로 되어 있고 합생(合生)은 없다.
당대 중종(中宗) 때 무평일(武平一)[14]이 상서를 올리면서 "근래 요술을
부리는 호인(胡人), 길거리 아이와 시정 사람이, 또는 왕비와 임금의 사랑
을 이야기하고, 또는 왕공(王公)들의 진면목을 열거하며, 노래하고 춤을
추는 것을 합생(合生)이라 일컫습니다."(『신당서(新唐書)』119)라고 말했
다. 그렇다면 합생은 실제로 당대에 시작되었고, 또 우스개나 농담을 사용

---

14) 무평일(武平一) : 이름은 견(甄)이며, 산서(山西) 태원(太原) 사람이다. 당대(唐
代) 중종(中宗) 때 수문관직학사(修文館直學士)가 되었다.

하고 있어 아마도 설원화(說諢話)일 것이다. 다만 송대에 이르러 다소 변화가 있었음은 물론인데, 지금으로서는 자세히 알 수 없다.15) 기금수금의 '금(今)'은 『도성기승』에서는 '영(令)'으로 되어 있고, 명대의 필사본 『설부(說郛)』 중의 『고항몽유록(古杭夢游錄)』16)에는 또 기령수합(起令隨合)이라 되어 있는데, 어느 것이 옳은지 아직은 자세히 알 수 없다.

내득옹과 오자목의 설명에 따르면, 설화(說話) 중의 한 분과인 소설은 내용의 차이에 따라 다시 세 가지 항목으로 나뉜다.

1. 은자아

내용은 연분[연화분대(烟花粉黛)], 영괴[신선귀괴(神仙鬼怪)], 전기[이합비환(離合悲歡)] 등이다.

2. 설공안

내용은 칼과 곤봉을 휘두르고[권용(拳勇)], 공을 세우고 이름을 날리는[우합(遇合)] 이야기이다.

3. 설철기아

내용은 사마금고[士馬金鼓 : 전쟁(戰爭)]의 이야기이다.

---

15) 송대의 '합생(合生)'에 대해서는 송대 홍매(洪邁)의 『이견지 지을집(夷堅志 支乙集)』의 한 기록을 참고할 수 있다. "강소(江蘇)·절강(浙江) 사이 갈림길의 여인들 중에서, 영리하고 글자를 알고 있어 연회석에서 사물을 가리키며 읊을 수 있는 능력이 있어 명을 받으면 즉시 해 낼 수 있는 사람을 합생이라 부른다. 그 골계(滑稽)에 우스개와 풍자가 포함되면, 그것을 교합생(喬合生)이라 하는데, 대체로 도읍지의 유풍이다."
16) 『설부(說郛)』 : 필기(筆記)의 총서로서 명대 도종의(陶宗儀)가 펴낸 것으로 100권이다. 명대 이전의 필기소설을 발췌해 놓은 것이다. 『고항몽유록(古杭夢游錄)』 : 『도성기승(都城紀勝)』의 다른 이름이며, 『설부(說郛)』 제3권에 수록되어 있다. 여기에 "합생은 기령수합과 서로 비슷하다"라는 말이 있다.

소설만이 설화 중에서 가장 어려운 한 분과이다. 그래서 설화인들은 "소설을 가장 두려워했고, 대개 소설이라는 것은 한 왕조 한 시대의 이 야기를 강설하고 짧은 시간에 이야기의 결말을 설명할 수 있는데"[『도 성기승』의 설명이다. 『몽양록』도 같으나 다만 "이야기의 결말을 짓다 (提破)"가 "역사적 사실과 허구를 결합하다(捏合)"로 되어 있다17)], 강 사(講史)와는 달리 길게 늘어 놓기가 쉽다. 또한 "물 흐르는 듯이 고금 을 이야기하는" 말재주가 있어야 한다. 그렇지만 임안에도 소설을 강 설하는 고수가 적지 않았는데, 오자목의 기록에는 담담자(譚淡子) 등 6 명이 있고, 주밀의 기록에는 채화(蔡和) 등 52명이 있다. 그 중에는 진 랑낭조아(陳郞娘棗兒), 사혜영(史蕙英) 등 여류(女流)도 있다.

임안의 문사(文士)와 불도(佛徒)들은 집회를 많이 가졌고, 와사(瓦 舍)의 기예인들도 집회를 많이 가졌는데, 그 취지는 대체로 기술을 연 마하는 데 있었다. 소설의 전문가들이 세운 사회(社會)는 웅변사(雄辯 社)라 이름하였다.(『무림구사』 3)

원대 사람들의 잡극(雜劇)은 이미 없어졌지만 전해 내려오는 곡본 (曲本)이 아직 있어 대체적인 상황을 보여 준다. 송대 사람들의 소설도 마찬가지인데, 다행히 '화본(話本)' 속에 우연히 남겨 놓은 것이 있어 지금 다소나마 당시의 와사(瓦舍)에 있던 설화의 모양을 짐작하여 알 수 있다.

그 화본을 『경본통속소설(京本通俗小說)』이라 부르는데, 책 전체가 모두 몇 권으로 되어 있는지 알 수 없고, 지금 볼 수 있는 것은 잔본(殘 本)뿐이며, 강음(江陰)의 무씨(繆氏)에 의해 영각(影刻)된 것으로 권10 에서 16까지 7권이 남아 있다. 처음에는 단행본으로 나왔으나 후에 『연화동당소품(烟畵東堂小品)』18) 내에 수록되었다. 그리고 한 권은 금

---

17) '제파(提破)' : 이야기의 결말을 설명하다는 뜻이다. '날합(捏合)' : 역사적 사실과 허구를 결합하다는 뜻이다.

18) 『경본통속소설(京本通俗小說)』 : 작자의 성명이 기록되어 있지 않으며 현재 잔

(金) 해릉왕(海陵王)의 추잡한 행위를 서술하고 있어 아마도 문장이 지나치게 눈에 거슬렸기 때문에 무씨가 영각하지 않았을 것인데, 그렇지만 해원(郎園)에서 나온, 제목을 바꾼 활자본이 있다. 해원은 장사(長沙) 섭덕휘(葉德輝)의 정원 이름이다.19)

영각본 7권에 수록되어 있는 소설의 편목 및 이야기의 발생 연대는 아래와 같다.

권10 전옥관음(碾玉觀音) '소흥 연간(紹興年間).'

권11 보살만(菩薩蠻) '대송 고종 소흥 연간(大宋高宗紹興年間).'

권12 서산일굴귀(西山一窟鬼) '소흥 10년간(紹興十年間).'

권13 지성장주관(志誠張主管) 연대는 없고, 다만 동경(東京) 변주(汴州) 개봉(開封)에서의 일이라고 되어 있다.

권14 요상공(拗相公) '선조(先朝).'

권15 착참최녕(錯斬崔寧) '고종 때(高宗時).'

권16 풍옥매단원(馮玉梅團圓) '건염 4년(建炎四年)'

본(殘本) 7권이 남아 있다. 1915년 무전손(繆荃孫)이 원(元) 나라 사람의 필사본을 영각(影刻)하였는데, 그 후 각종 통행본이 있었다. 무전손(1844~1919)은 자가 소산(筱珊), 호가 예풍(藝風)이고, 또 자칭 강동노담(江東老蟫)이라 하였으며, 강소(江蘇) 강음(江陰) 사람이다. 장서가이며 판본학가였다. 『연화동당소품(烟畫東堂小品)』은 그가 편각(編刻)한 총서이다.

19) 금의 해릉왕(원문 金海陵王) : 금조(金朝)의 황제 완안량(完顔亮)이다. 무전손(繆荃孫)이 쓴, 『경본통속소설』의 발어(跋語)에 따르면, 이 책은 "『금주량황음(金主亮荒淫)』 2권이 더 있지만 지나치게 추잡하여 감히 번각하여 전하지 못했다"고 하였다. 1919년 섭덕휘(葉德輝)가 단행본으로 번각하여 "『금로해릉왕황음(金虜海陵王荒淫)』, 『경본통속소설』 21권"이라 제목을 달았다. (按)『성세항언(醒世恒言)』 제23권 『금해릉종욕망신(金海陵縱欲亡身)』과 섭덕휘의 번각본은 서로 같으니 섭씨의 책은 아마 『성세항언』을 근거로 번각하였을 것이다. 섭덕휘(1864~1927)는 자가 환빈(奐彬), 호가 해원(郎園)이고, 호남(湖南) 상담(湘潭) 사람이며, 장서가였다.

매 제목은 각각 전편(全篇)을 이루어 시작과 끝이 있어 서로 연관되어 있지는 않다. 전증(錢曾)의 『야시원서목(也是園書目)』20)(10)에 기록되어 있는 '송인사화(宋人詞話)' 16종 중에는 『착참최녕』과 『풍옥매단원』두 종이 있는데, 이로써 구각본(舊刻本)에는 단편본도 있었음을 알 수 있고, 또 『통속소설(通俗小說)』은 몇몇 단편본을 모아놓은 것으로서 결코 한 사람의 손에 의해 완성된 것이 아님을 알 수 있다. 강설하는 이야기가 발생한 시대를 보면, 남송(南宋) 초가 많다. 북송(北宋)에도 적었는데, 하물며 한대와 당대는 말할 필요도 없다. 또 소설의 제재는 반드시 가까운 시기에서 취해야 했다. 왜냐하면 옛일을 풀어서 이야기하면 범위는 강사(講史)에 속하고, 비록 소설가는 "물 흐르는 듯이 고금을 이야기한다"고 말했지만 옛 이야기는 반드시 인증(引證)하고 꾸며대야 하므로 소설의 본문(本文)이 아니기 때문이다. 예를 들어 『요상공』의 첫 부분에는 왕망(王莽)을 이야기하고 있지만 그 취지는 왕안석(王安石)을 이끌어 내는 데 있을 뿐이다. 이것이 바로 그 예이다.

7편 중에서 처음부터 본문으로 바로 들어가는 것은 『보살만』뿐이다. 나머지 6편은 강설하기 전에 먼저 시사(詩詞) 또는 다른 사실을 인용하고 있는데, 바로 "먼저 하나의 이야기를 인용하여 잠시 '득승두회(得勝頭回)'로 삼는다"[본서(本書) 15]는 것이다. '두회(頭回)'란 첫머리한 회(回)라는 뜻이고, '득승(得勝)'이란 덕담인데, 와사(瓦舍)는 군민(軍民)들이 모여드는 곳이므로 당연히 장사를 위해 그 말을 하지 않을 수 없고 황제에 보여 주기 위해 이렇게 한 것은 아니다.

'득승두회'는 몇몇 정해진 양식이 있는데, 설명할 수 있는 것은 다음 네 가지이다.

---

20) 전증(錢曾, 1629~1701) : 자가 준왕(遵王), 호가 야시옹(也是翁)이고, 강소(江蘇) 상숙(常熟) 사람이며, 청대 장서가였다. 『야시원서목(也是園書目)』은 그의 장서 목록이며 전체 10권이다.

1. 대략 관련 있는 시사(詩詞)를 가지고 본문을 암시한다. 예를 들어, 권10에서 『춘사(春詞)』 11수를 사용하여 연안군왕(延安郡王)의 봄놀이를 암시하고, 권12에서 선비인 심문술(沈文述)의 사(詞)를 한 구절 한 구절 해석함으로써 귀신을 만난 선비를 암시하는 것이 그것이다.

2. 비슷한 유형의 사건을 가지고 본문을 암시한다. 예를 들어, 권14에서 왕망을 가지고 왕안석을 암시하는 것이 그것이다.

3. 좀 못한 일을 가지고 본문을 암시한다. 예를 들어, 권15에서 위생(魏生)이 농담 때문에 자리에서 쫓겨난 것을 가지고 유귀(劉貴)가 농담 때문에 큰 화를 입게 되는 것을 암시하고, 권16에서 '서로 바꾼 부부인연'에서 "두 부부가 다시 원래의 상태로 되돌아갔다" 함으로써 "풍속교화와 관련해서 나은 점이 몇 배나 된다"는 것이 그것이다.

4. 상반되는 사건을 가지고 본문을 암시한다. 예를 들어, 권13에서 왕처후(王處厚)가 거울을 보며 백발을 발견하고 한 말에는 지족(知足)의 뜻이 들어 있다 함으로써, 늙음을 용납하지 않으려는 장사염(張士廉)이 만년에 아내를 맞이하여 가정을 파탄낸 것을 암시하는 것이 그것이다.

그리고 이 네 가지 정해진 양식은 또 나중에 나온 여러 가지 모작들에도 그대로 적용되었다.

일본에는 중국의 구각본인 『대당삼장취경기(大唐三藏取經記)』 3권이 전해져 오는데, 도합 17장이며, 장마다 반드시 시가 있다. 또 다른 소책본은 그 제목이 『대당삼장취경시화(大唐三藏取經詩話)』[21]라고 되

---

21) 『대당삼장취경기(大唐三藏取經記)』 : 일본 교토(京都) 고산사(高山寺)의 구장본

어 있다. 『야시원서목(也是園書目)』에는 『착참최녕』과 『풍옥매단원』을 '송인화본(宋人話本)'의 항목에 넣고 있는데, 아마도 이런 유의 화본은 때때로 사화(詞話)라고도 했으니 바로 소설의 다른 명칭이다. 『통속소설』은 편마다 시사(詩詞)를 많이 인용하고 있다. 사실 강사[講史, 『오대사평화(五代史平話)』,22) 『삼국지전(三國志傳)』,23) 『수호전(水滸傳)』24) 등]보다 훨씬 많아, 이야기의 시작, 중간의 서술이나 증명, 말미의 결말이나 영탄에서 시사를 인용하지 않는 것이 없는데, 이러한 것도 소설의 한 가지 필요조건이었던 것 같다. 시를 인용하여 증명하는 것은 중국에서는 본래 그 기원이 아주 오래 되었다. 한대 한영(韓嬰)의 『시외전(詩外傳)』25), 유향(劉向)의 『열녀전(列女傳)』26)은 모두 일찍부터

(舊藏本)이었는데, 후에 덕부소봉(德富蘇峰)의 성궤당문고(成簣堂文庫)에 들어 갔다. 전체 3권이다. 『대당삼장취경시화(大唐三藏取經詩話)』 역시 일본 고산사의 구장본이었는데, 후에 대창희칠랑(大倉喜七郎)의 소유가 되었다. 전체 3권이다. 이 책은 건상본(巾箱本, 소책본)으로 되어 있어 노신은 '또 다른 소책본'이라고 한 것이다. 이 두 책은 실제로 한 책이며 각기 결손부분이 있다. 내용은 당승(唐僧)이 후행자(猴行者)와 함께 서천(西天)으로 불경을 구하러 간다는 이야기인데, 『서유기(西游記)』의 추형이 대강 갖추어져 있다.

22) 『오대사평화(五代史平話)』: 작자의 성명은 기록되어 있지 않으나 송대 설화인 (說話人)들이 사용했던 강사(講史)의 저본 중 하나임에 틀림없다. 양(梁), 당 (唐), 진(晋), 한(漢), 주(周) 등 5대의 역사적 사실을 서술하고 있는데, 각 조대는 균일하게 상하(上下) 2권으로 나뉘어 있다. 이 책 내에서 양사(梁史)와 한사 (漢史)의 하권이 결손되어 있다.

23) 『삼국지전(三國志傳)』: 바로 『삼국지연의(三國志演義)』이다. 명대 나관중(羅貫中)이 지은 것으로 현재 유행하고 있는 것은 청대 모종강(毛宗崗)이 고치고 다듬은 판본이며 전체 120회로 되어 있다.

24) 『수호전(水滸傳)』: 명대 시내암(施耐庵)이 지은 것이다. 유행하고 있는 것으로는 100회본, 120회본 그리고 청대 김성탄(金聖嘆)이 고치고 다듬은 71회본이 있다.

25) 한영(韓嬰): 한초(漢初) 때 연(燕, 지금의 북경) 사람이며, 한(漢) 문제(文帝) 때의 박사(博士)이다. 그가 전한 『시경(詩經)』을 일반적으로 '한시(韓詩)'라고 부른다. 저작으로는 『시내전(詩內傳)』과 『시외전(詩外傳)』이 있었으나 지금은 『외전(外傳)』 10권만 남아 있다. 내용을 보면, 고사(古事)와 고어(古語)에 관한 이것저것을 기록하고 있는데, 매 단락 끝에는 『시(詩)』를 인용하여 증명하고 있지만 결코 『시』의 뜻을 해석하지는 않는다. 널리 『한시외전(韓詩外傳)』이라고 부

『시(詩)』를 인용하여 잡설(雜說)과 고사(故事)를 증명하고 있다. 그러나 꼭 송대 소설과 직접적인 연관이 있다고 볼 필요는 없다. 다만 "옛 말을 빌려하는 것을 중하게 여기는" 정신은, 한대의 학자나 송대의 시정인이나 시대와 학문이 크게 다르다고 해도 실제로는 일치하는 점이 있었다. 당대 사람의 소설 중에도 대부분 시가 있는데, 설령 요괴나 악마라 하더라도 시와 사로 서로 화답할 수 있고, 어떤 경우에는 즉흥시 몇 구를 짓기도 한다. 이러한 풍아한 거동들은 송대 시정인 소설과 관계없지는 않지만, 송대 소설은 대체로 시정에서 일어나는 사건을 다루었으므로 인물 중에 괴물이나 시인이 적어서 시를 읊는 데서 인증(引證)하는 것으로 변하지 않을 수 없었다. 상황은 비록 달라졌지만 시적 분위기에서 벗어나지는 않았다. 오자목은 강사(講史)의 고수에 대해, "강설하는 문자가 진정 속되지 않고, 외우고 있는 것의 연원이 정말 넓다"(『몽양록』20) 라고 기록하고 있는데, 이를 옮겨 와서 소설이 시사를 많이 사용하고 있는 이유를 해석할 수 있다.

　이상의 추론에 따를 때, 송대 시정인 소설의 필요조건은 대체로 세 가지가 있다.

　　1. 가까운 시기의 사건을 강설해야 한다.

　　2. 열 중 아홉은 '득승두회'가 있어야 한다.

　　3. 시사로 인증(引證)해야 한다.

　송대 민간에서 유행한 이른바 소설의 화본은 『경본통속소설』을 제외하고 지금은 아직 두 번째 종이 발견되지 않았다.27) 『대당삼장취경

　른다.
26) 유향(劉向, B.C. 77~B.C. 6) : 자가 자정(子政)이고, 패[沛, 지금의 강소(江蘇) 패현(沛縣)] 사람이며, 서한(西漢)의 학자이다. 그가 지은 『열녀전(列女傳)』은 7권이며, 또 『속전(續傳)』 1권이 있다. 매 전(傳)의 끝에는 대체로 『시경(詩經)』의 몇 구를 인용하여 결어로 삼고 있다.

시화』는 극히 서툰 의화본(擬話本)이며, 또한 강사로 분류해야 한다.
『대송선화유사(大宋宣和遺事)』28)는 전증(錢曾)이 '송인화본'으로 분류
하였으나 사실은 강사의 모작이며, 다만 그것은 필사본 10종의 서적을
묶어 만든 것이기 때문에 아마도 소설의 성분이 그 속에 포함되어 있
었을 것이다.

그렇지만 『통속소설』이 번각되기 이전에도 송대의 시정인 소설은
단절되지 않았다. 그것은 간혹 제목이 바뀌어 후인들의 모작이 끼워진
채 유전(流傳)되었다. 이 모작은 대체로 명대 사람의 손에서 나왔는데,
송대 사람의 화본이 당시에 상당히 많이 남아 있어 모작에 대한 정신
적 태도는 변화가 있었지만 대체적으로 별 차이가 없었던 것 같다.

다음은 알고 있는 몇몇 책이다.

1. 『유세명언(喩世明言)』.29) 아직 발견되지 않았다.

---

27) 송대 민간화본에 관하여 작자가 이 글을 쓸 때에는 아직 일본의 내각문고(內閣
文庫)에 소장되어 있던 청평산당(淸平山堂) 간행의 화본이 발견되지 않았다. 이
책은 현재 잔본 3책이 남아 있고, 전체 15종이다. 청평산당은 명 가정(嘉靖) 연
간 홍편(洪楩)의 서실(書室) 이름이다. 마렴(馬廉, 중국 고대소설을 연구한 학
자)은 이 책의 간행연대를 가정(嘉靖) 20~30년(1541~1551)으로 추정하고 있다.
1929년 마(馬)씨는 이 책을 영인하여 세상에 통행시켰다. 그 후 그는 또 같은
책에 들어 있는 「우창(雨窻)」, 「의침(欹枕)」 두 집(集)의 잔본, 합쳐 3종을 발견
하여 1934년에 영인하였다. 그 중에서 「간첩화상(簡帖和尙)」, 「서호삼탑기(西湖
三塔記)」, 「낙양삼괴기(洛陽三怪記)」 등은 모두 송대 사람의 작품이다.

28) 『대송선화유사(大宋宣和遺事)』: 작자의 성명이 기록되어 있지 않다. 청대 오현
(吳縣)의 황비열(黃丕烈)이 최초로 번각하여 『사예거총서(士禮居叢書)』에 넣었
는데, 2권으로 나뉘어 있고 결손부분이 있다. 1913년 함분루(涵芬樓)에 소장된
『금릉왕씨낙천교정중간본(金陵王氏洛川校正重刊本)』은 원(元), 형(亨), 리(利),
정(貞) 4집으로 나뉘어 있고, 황본(黃本)보다 더 훌륭하여 결손부분이 없다.

29) 『유세명언(喩世明言)』: 바로 『고금소설(古今小說)』로서 40권이며 화본 40편이
수록되어 있다. 이 책은 국내에서는 이미 오래 전에 없어졌고, 1947년 상해 함
분루(涵芬樓)에서 일본의 내각문고(內閣文庫)가 소장하고 있던 명대 천허재(天
許齋) 간행본을 근거로 활자본으로 출판하였다. 원서(原序)에는 편찬자가 무원
야사(茂苑野史)라고 되어 있는데, 무원야사는 명대 사람 풍몽룡(馮夢龍)의 초기
필명이다. 풍몽룡(1574~1646)은 자가 유용(猶龍)이고, 장주[長洲, 지금의 강소
(江蘇) 오현(吳縣)이다] 사람이며, 명대 문학가이다. 그가 편각(編刻)한 화본집

2. 『경세통언(警世通言)』.30) 아직 발견되지 않았다. 왕사진(王士禎)31)은 이렇게 말했다. "『경세통언』에는 『요상공(拗相公)』이라는 한 편이 있는데, 왕안석이 재상직에서 파면되어 금릉(金陵)으로 돌아온 일을 서술하고 있으며, 사람의 마음을 매우 즐겁게 해 준다. 바로 노다손(盧多遜)이 영남(嶺南)으로 좌천되었던 일을 근거로 해서 거기에 다소 부풀리어 덧붙이고 있다."(『향조필기(香祖筆記) 10』) 『요상공』은 『통속소설(通俗小說)』 권14에 보이는데, 『통언』에는 틀림없이 송대 시정인 소설이 들어 있었다.

3. 『성세항언(醒世恒言)』.32) 40권이며 도합 39가지 이야기로 되어

『유세명언(喩世明言)』, 『경세통언(警世通言)』, 『성세항언(醒世恒言)』은 보통 '삼언(三言)'이라 하는데, 대략 태창(泰昌), 천계(天啓) 연간(1620~1627)에 책이 나왔다.

30) 『경세통언(警世通言)』 : 풍몽룡(馮夢龍)이 편찬한 것으로 40권이며, 화본 40편이 수록되어 있다. 명대 천계(天啓) 4년(1624)에 간행되었다. 일본 봉좌문고(蓬左文庫)에는 금릉겸선당(金陵兼善堂)의 명간본(明刊本)이 소장되어 있는데, 1935년 상해 생활서점(生活書店)에서 이를 근거로 출판하여 『세계문고(世界文庫)』에 넣었다. 그 후 중국에서 또 삼계당(三桂堂)의 왕진화(王振華)가 명본(明本)을 다시 찍은 것이 발견되었다. 『경세통언』은 남아 있는 『경본통속소설』 중에서 『착참최녕(錯斬崔寧)』을 제외한 그 밖의 6편, 제4권 『요상공음한반산당(拗相公飮恨半山堂)』, 즉 『경본통속소설』의 『요상공(拗相公)』, 제7권 『진가상단양선화(陳可常端陽仙化)』, 즉 『보살만(菩薩蠻)』, 제8권 『최대조생사원가(崔待詔生死冤家)』, 즉 『전옥관음(碾玉觀音)』, 제12권 『범추아쌍경중원(范鰍兒雙鏡重圓)』, 즉 『풍옥매단원(馮玉梅團圓)』, 제14권 『일굴귀라도인제괴(一窟鬼癩道人除怪)』, 즉 『서산일굴귀(西山一窟鬼)』, 제16권 『소부인금전증연소(小夫人金錢贈年少)』, 즉 『지성장주관(志誠張主管)』이 수록되어 있다.

31) 왕사진(王士禎, 1634~1711) : 자가 태상(胎上), 호가 완정(阮亭), 별호가 어양산인(漁洋山人)이고, 산동(山東) 신성[新城, 지금의 산동(山東) 환태(桓台)이다] 사람이며, 청대 문학가이다. 순치(順治) 연간에 진사가 되었고 관직은 형부상서(刑部尙書)에 이르렀다. 『향조필기(香祖筆記)』는 12권이며, 고사(古事)를 고증하고 시문을 품평한 필기(筆記)이다.

32) 『성세항언(醒世恒言)』 : 풍몽룡(馮夢龍)이 편찬한 것으로 40권이며, 화본 40편이 수록되어 있다. 명대 천계(天啓) 7년(1627)에 간행되었다. 일본 내각문고(內閣文庫)에는 명대 섭경지(葉敬池) 간행본이 소장되어 있는데, 1936년 중국에서는 이를 근거로 활자본으로 인쇄한 『세계문고(世界文庫)』본이 나왔다. 노신이 본 것

있다. 작자의 성명을 적지 않았다. 앞에는 천계(天啓) 정묘(丁卯, 1627
년)년에 농서(隴西)의 가일거사(可一居士)가 쓴 서(序)가 있어 이렇게
말했다. "육경(六經)과 국사(國史) 이외에 대부분의 저술이 소설이다.
이치(理)를 숭상함에 어떤 것은 어렵고 심오한 병폐가 있고, 문사를 꾸
밈에 문채가 지나쳐 평범한 사람들의 귀를 자극하거나 항심(恒心)을
진작시키기에 부족하다. 이 『성세항언』은 『명언(明言)』과 『통언(通
言)』을 계승하여 지은 것이다……." 이로써 삼언(三言) 중에서 가장 나
중에 나온 것이 『항언』임을 알겠다. 이야기 내용을 보면, 한대의 이야
기가 둘, 수대의 이야기가 셋, 당대의 이야기가 여덟, 송대의 이야기가
열하나, 명대의 이야기가 열다섯이다. 그 중에서 수당(隋唐)대의 이야기
는 당대 사람의 소설에서 많이 취하고 있다. 그러므로 당대 사람의 소설
은 원대(元代)에 이미 잡극(雜劇)과 전기(傳奇)에 침투하였는데, 명대에
이르러 다시 화본에 침투한 것이다. 그렇지만 옛일을 근거없이 상상하다
보니 확실하기 쉽지 않았고, 그래서 명대의 이야기를 서술하고 있는 10
여 편과 비교하면 손색이 아주 두드러진다. 송대의 일을 다루고 있는 것
은 3편이 있는데 모작인 것 같고, 7편(『유랑독점화괴(賣油郎獨占花魁)』,
『관원수만봉선녀(灌園叟晚逢仙女)』, 『교태수란점원앙보(喬太守亂點鴛
鴦譜)』, 『감피화단증이랑신(勘皮靴單證二郎神)』, 『요번루다정주승선
(鬧樊樓多情周勝仙)』, 『오이내린주부약(吳衙內隣舟赴約)』, 『정절사립
공신비궁(鄭節使立功神臂弓)』)은 송대 사람의 화본에서 나온 것이 아
닌가 하는 생각이 들고, 1편(『십오관희언성교화(十五貫戲言成巧禍)』)
은 바로 『통속소설』 권15의 『착참최녕』이다.

은 통행되고 있던 연경당(衍慶堂) 번각본이다. 이 책은 권23의 『금해릉종욕망신
(金海陵縱欲亡身)』 1편을 없애고 권20의 『장정수도생구부(張廷秀逃生救父)』를
상하 2편으로 나누어 권20 및 권21로 편입시키고 있는데, 원래의 권21의 『장숙
아교지탈양생(張淑兒巧智脫楊生)』을 제23권으로 채워넣어 40권의 수자가 되도
록 하였다. 그래서 노신은 "40권이며 도합 39가지 이야기로 되어 있다"고 했던
것이다.

송선노인(宋禪老人)이 『금고기관(今古奇觀)』의 서를 쓰면서, "묵감
재(墨憨齋)가 『평요(平妖)』[33]를 증보할 때 기교를 마음껏 부리고 변화
를 몹시 추구했지만 본래의 모습을 잃지 않았다. ……『유세(喩世)』,
『성세(醒世)』, 『경세(警世)』의 삼언을 편찬할 때에는 인정세태의 여러
가지를 잘 모사하고 비환이합의 흥취를 충분히 그려냈다.……"고 했다.
삼언을 편찬하고 『평요』를 증보한 사람은 한 사람인 것이다. 명대 본
(本)인 『삼수평요전(三遂平妖傳)』에는 장무구(張無咎)의 서가 있어,
"이번 간행의 횟수는 이전의 두 배로 하였는데, 내 친구 용자유(龍子
猶)가 늘인 것이다"라고 했다. 그리고 첫 페이지에는 '풍유룡(馮猶龍)
선생 증정(增定)'이라 적혀 있다. 삼언 역시 풍유룡(馮猶龍)이 지은 것
인데, 용자유(龍子猶)는 바로 그가 글을 쓸 때 자신을 숨기기 위해 사
용하던 이름임을 알 수 있다.

풍유룡은 이름이 몽룡(夢龍)이고 장주(長洲) 사람이며(『곡품(曲
品)』[34]에는 오현(吳縣) 사람으로 되어 있다), 공생(貢生)으로부터 수녕
(壽寧)의 지현(知縣)으로 발탁되었고, 『칠락재고(七樂齋稿)』가 있다.
그렇지만 주이존(朱彝尊)[35]은 "웃기는 말을 잘했고 때로는 통속적인
해학적 가락에 빠지기도 했는데, 시인이라고 할 수는 없다"(『명시종

---

33) "묵감재(墨憨齋) : 풍몽룡(馮夢龍)의 서재 이름이다. 『평요(平妖)』 : 바로 『평요전
   (平妖傳)』이다. 원래는 나관중(羅貫中)이 지은 것으로 20회뿐이었으나 후에 풍
   몽룡이 40회로 증보하였다. 내용을 보면, 송대 패주(貝州)에서 일어난 왕칙(王
   則)·영아부부(永兒夫婦) 기의(起義) 때 관군 문언박(文彦博)이 제갈수(諸葛遂),
   마수(馬遂), 이수(李遂)를 기용하여 기의를 평정하였다는 것을 서술하고 있다.
   그래서 원래의 책이름은 『삼수평요전(三遂平妖傳)』이었으며, 농민기의를 비방하
   는 소설이다.
34) 『곡품(曲品)』 : 명대 여천성(呂天成)이 지은 것으로 희곡 작가와 작품을 비평하
   고 있는 책이다.
35) 주이존(朱彝尊, 1629~1709) : 자는 석창(錫鬯), 호는 죽타(竹坨)이고, 절강(浙江)
   수수(秀水)[지금의 가흥(嘉興)이다] 사람이며, 청대 문학가이다. 『명시종(明詩
   綜)』 전체 100권은 그가 편선(編選)한 명대 시인 작품의 선집으로서 시인마다
   모두 약전(略傳)을 달아놓았다.

(明詩綜)』71)고 여겼다. 풍유룡이 뛰어난 분야는 사곡(詞曲)이었으며, 『쌍웅기전기(雙雄記傳奇)』를 지었고, 또 『묵감재전기정본십종(墨憨齋傳奇定本十種)』을 간행했는데, 당시 사람들의 명곡을 많이 뽑아 다시 삭제하고 정정하여 당시에 자못 유명했다. 그 중에서 『만사족(萬事足)』, 『풍류몽(風流夢)』, 『신관원(新灌園)』은 스스로 지은 것이다. 그는 또 자질구레한 이야기에 몹시 관심이 있어 소설분야에서는 『유세』, 『경세』, 『성세』의 삼언을 편찬하였고, 강사분야에서는 『삼수평요전』을 증보하였다.

4. 『박안경기(拍案驚奇)』36) 36권으로 되어 있다. 권마다 한 가지 이야기로 되어 있으며, 당대 이야기 6권, 송대 이야기 6권, 원대 이야기 4권, 명대 이야기 20권으로 되어 있다. 앞에는 즉공관주인(卽空觀主人)의 서가 있어 이렇게 말했다. "용자유(龍子猶)씨가 편찬한 『유세』 등의 책은 자못 올바른 도(道)가 들어 있고 때로는 훌륭한 규범을 보여 주고 있다. 게다가 고금의 자질구레한 이야기 속에서 사람들의 이목을 새롭게 할 수 있고 해학적인 이야기에 도움이 되는 것을 뽑아 놓았는데, 공연에서 창을 할 수 있는 것이 몇 권 된다.……" 그래서 이 책도 마치 풍유룡(馮猶龍)이 지은 것처럼 보인다. 그렇지만 서술이 단조롭고 인증(引證)이 빈약하고 '두회(頭回)'와 본문의 '결합'이 자연스럽지 못하여 때로는 두 개의 서로 다른 단락과 같다. 풍유룡은 '문단의 익살'이었지만, 이 지경에 이르지는 않았을 것이다. 동시대의 송선노인(松禪老

---

36) 『박안경기(拍案驚奇)』: 명대 능몽초(凌濛初)가 편선한 의화본 소설집이며 초각(初刻), 이각(二刻) 2집이 있는데, 일반적으로 '이박(二拍)'이라고 한다. 여기서는 '초각'을 가리킨다. 노신이 당시에 본 것은 36권 번각본이며, 후에 일본에서 명상우당(明尙友堂) 간행의 40권 원본(당대 때의 이야기를 들려 주는 3편과 원대 때의 이야기를 들려 주는 1편이 더 많다)이 발견되었는데, 중국에서 비로소 활자로 인쇄된 완전본이 나왔다. 능몽초(1580~1644)는 자가 현방(玄房), 호가 초성(初成), 별호가 즉공관주인(卽空觀主人)이고, 절강(浙江) 오정[烏程, 지금의 오흥(吳興)이다] 사람이며, 상해현승(上海縣丞), 서주판(徐州判)을 역임했다. 그의 저작으로는 『연축구(燕築謳)』, 『남음삼뢰(南音三籟)』 등이 있었다.

人)도 믿지 않아, 이 때문에『금고기관』의 서에서 묵감재(墨憨齋)가 삼언을 편찬하였다고 서술한 다음, "즉공관주인(卽空觀主人)이 잇달아 일어나서37)『박안경기』를 간행했는데, 수집에 많은 노력을 들였고 청담(淸談)을 충분히 제공하고 있다"고 했다.

  5.『금고기관(今古奇觀)』.38) 40권으로 되어 있고 권마다 한 가지 이야기로 되어 있다. 이것은 선집본이며, 소주(蘇州) 오현(吳縣) 사람인 송선노인(松禪老人)의 서가 있고, 거기에서 포옹노인(抱瓮老人)이『유세』,『성세』,『경세』의 삼언과『박안경기』중에서 뽑아 간행한 것이다라고 하였다.『성세항언』에서 뽑은 것은 11편(제1, 2, 7, 8, 15, 16, 17, 25, 26, 27, 28회)인데, 송대 사람의 구화본(舊話本)이 아닐까 생각되는『매유랑(賣油郎)』,『관원수(灌園叟)』,『교태수(喬太守)』가 그 속에 들어 있고,『십오관(十五貫)』은 빠져 있다.『박안경기』에서 뽑은 것은 7편(제9, 10, 18, 29, 37, 39, 40회)이다. 그 나머지 22편은 당연히『유세명언』과『경세통언』에서 뽑은 것이다. 그래서 현재 쉽게 구할 수 있는『금고기관』에 기대어 희귀한『명언』,『통언』의 대강을 짐작할 수 있다. 그 중에는 또 한대보다 더 오래 된 이야기가 있는데, 예를 들어 유백아(兪伯牙), 장자휴(莊子休) 그리고 양각애(羊角哀)가 바로 그것이다. 그러나 뽑은 작품이 반드시 훌륭한 것은 아니다. 대체로 두 편마다 제목

---

37) 잇달아 일어나서(원문 壺矢代興) : 옛날 연회 때 '투호(投壺)'라는 오락이 있었는데, 손님과 주인이 순서대로 화살을 단지에 던져 지는 사람이 술을 마신다.『좌전(左傳)』소공(昭公) 12년에 "진후(晋侯)가 제후(齊侯)와 연회를 즐기는데, 중행목자(中行穆子)가 접대하였다. 투호가 시작되어 진후(晋侯)가 먼저 할 제에 목자(穆子)가 '우리 임금께서 적중시키면 제후(諸侯)의 스승(師)이 됩니다' 하고 말했다. 적중시켰다. 제후(齊侯)가 화살을 들고 '과인이 적중시키면 그대의 뒤를 잇겠습니다' 하고 말했다. 역시 적중시켰다." 후에 '호시대흥(壺矢代興)'은 잇달아 일어나다는 뜻을 나타내게 되었다.

38)『금고기관(今古奇觀)』: 명대 포옹노인(抱瓮老人)이 선집(選輯)한 것으로 40권이며, 화본 40편이 수록되어 있다. 숭정(崇禎) 초년에 간행되었다. 내용을 보면, '삼언(三言)'과 '이박(二拍)'에서 뽑은 것이다. 서문의 작자는 시소송선노인(始蘇松禪老人)이며, 어떤 책에는 시소소화주인(始蘇笑花主人)으로 되어 있다.

을 한 글자 한 글자 대구가 되도록 해야 했기 때문에 작품을 뽑을 때 많은 속박을 받았을 것이다.

6. 『금고기문(今古奇聞)』.[39] 22권이며 권마다 한 가지 이야기로 되어 있다. 앞에는 동벽산방주인(東壁山房主人)이 편차(編次)하다 라는 서명이 붙어 있는데, 누구인지 알 수 없다. 이 책 속에 '장발적(長髮賊)' 이야기를 언급하고 있으므로 청대 함풍(咸豊) 연간 또는 동치(同治) 연간 초기의 저작이다. 일본에는 번각본이 있는데, 왕인[王寅 : 자는 야매(冶梅)]이 일본에 그림을 팔러 갔다가 그것을 다시 중국으로 가져왔다. 거기에는 광서(光緖) 17년의 서가 있고, 오늘날 간행되고 있는 것은 모두 이 책에 근거하고 있다. 이것도 선집본이다. 『성세항언』에서 뽑은 것은 4편(권1, 2, 6, 18)이며, 『십오관』도 들어 있다. 애석하게도 '득승두회'는 빼 버렸다. 『서호가화(西湖佳話)』[40]에서 뽑은 것이 1편(권10) 있다. 그 나머지에 대해서는 잘 알 수 없고, 편말(篇末)에 자이헌주인(自怡軒主人)의 평어(評語)가 많이 있는데, 아마 다른 종류의 소설 화본일 것이다. 그러나 문장은 졸열하고 더욱이 『박안경기』에 미치지 못한다.

---

39) 『금고기문(今古奇聞)』: 22권이고, 22편이 수록되어 있으며, '동벽산방주인편차(東壁山房主人編次)'라고 적혀 있다. 원서(原序)에는 "상완동벽산방주인왕인야매(上浣東壁山房主人王寅冶梅)"라고 서명되어 있는데, '동벽산방주인'은 바로 왕인(王寅)임을 알 수 있다. 광서(光緖) 17년(1891)에 간행되었다. 내용을 보면, 『성세항언』에서 뽑은 4편과 『서호가화(西湖佳話)』에서 뽑은 1편을 제외하고 15편은 『오목성심편(娛目醒心編)』에서 뽑았다. 다른 2편의 전기문(傳奇文)은 그 내력이 미상이다. (按)노신이 "아마 다른 종류의 소설 화본일 것이다"고 말한 것은 바로 『오목성심편』을 가리킨다. 이 책의 작자인 초정노인(草亭老人)은 청대 곤산(昆山)의 두강(杜綱)이며, 평자(評者)인 자이헌주인(自怡軒主人)은 송강(松江)의 허보선(許寶善)이다. 『오목성심편』은 전체 16권, 39회이며, 청 건륭(乾隆) 57년(1792)에 간행되었다. 『금고기문』은 이 책에서 가장 많이 뽑았으므로 그래서 "편말에 자이헌주인의 평어가 많게" 되었다.

40) 『서호가화(西湖佳話)』: 전체 이름은 『서호가화고금유적(西湖佳話古今遺迹)』이며, 고오묵랑자찬(古吳墨浪子撰)이라 서명되어 있다. 16권이며 화본 16편을 수록하고 있다. 청대 강희(康熙) 16년(1677)에 간행되었다.

7.『속금고기관(續今古奇觀)』.[41] 30권이며 권마다 1회로 되어 있다. 엮은이의 이름이 없고 간행 연월이 없지만 대체로 동치(同治) 연간 말이나 광서(光緖) 연간 초기의 것이다. 동치 7년에 강소(江蘇) 순무(巡撫)였던 정일창(丁日昌)[42]이 음란한 이야기 소설을 엄금하였는데,『박안경기』도 그 속에 포함되어 있었다. 생각건대 그 때 도회지에서는 그 책을 얻기 어렵게 되었고, 그리하여『박안경기』를 더욱 작게 줄여『속금고기관』을 만들어 내어 여전히 세간에 유행시켰다. 그러나『금고기관』에 이미 실려 있는 7편을 제거하고『금고기문』속의 1편(『강우인경재중의득과명(康友仁輕財重義得科名)』)을 더하여 제목을 고쳐 30권의 정수(整數)를 채웠다.

이 밖에 명대 사람의 모작소설도 있다. 예를 들어, 항주(杭州) 사람인 주즙(周楫)의『서호이집(西湖二集)』[43] 34권, 동노(東魯)의 고광생(古狂生)의『취성석(醉醒石)』[44] 15권이 바로 그것이다. 그러나 이들은 몇 차례 선각(選刻)되어 계속 유전(流傳)되던 책과는 무관하며, 그래서 더 언급하지 않겠다.

1923. 11.

---

41)『속금고기관(續今古奇觀)』: 30권이며 화본 30편이 수록되어 있다. 내용을 보면, 제27권 '배유금암중획준, 거미색안하등과(賠遺金暗中獲雋, 拒美色眼下登科)' 1편이『오목성심편』권9(즉, 본문에서 말한『금고기문』중의 1편)에서 뽑은 것이고, 그 나머지 전부는,『금고기관』에서 뽑지 않은『초각박안경기(初刻拍案驚奇)』의 29편을 수록한 것이다.

42) 정일창(丁日昌, 1823~1882) : 자는 우생(雨生)이고, 광동(廣東) 풍순(豊順) 사람이며, 청말 양무파(洋務派) 인물이다. 동치(同治) 7년(1868)에 그는 강소(江蘇) 순무(巡撫)로 지낼 때 두 차례에 걸쳐 '음란소설' 269종을 '조사하여 금지시켰는데', 여기에는『박안경기』,『금고기관』,『홍루몽』,『수호전』등이 포함되었다.

43)『서호이집(西湖二集)』: 명대 주즙(周楫)이 편찬한 것으로 전체 34권이며 권마다 1편으로 되어 있다. '무림제천자청원보찬, 무림포슬로인우모보평(武林濟川子淸原甫纂, 武林抱膝老人訏謨甫評)'이라 서명되어 있다. 숭정(崇禎) 연간에 간행되었다.

44)『취성석(醉醒石)』: 원제(原題)는 '동로고광생편집(東魯古狂生編輯)'으로 되어 있고, 15회이며, 매회는 1편이다. 숭정(崇禎) 연간에 간행되었다.

노라는 떠난 후 어떻게 되었는가[1]

－1923년 12월 26일 북경여자고등사범학교 문예회에서의 강연－

내가 오늘 이야기하려는 것은 "노라는 떠난 후 어떻게 되었는가"입니다.

입센[2]은 19세기 후반 노르웨이의 한 문인입니다. 그의 저작은 몇 십수의 시를 제외하고 그 나머지는 모두 극본입니다. 이들 극본 속에는 어느 한 시기에 대체로 사회문제들이 포함되어 있는데, 세상사람들은 '사회극(社會劇)'이라고도 했습니다. 그 중의 한 편이 바로 『노라(娜拉)』입니다.

『노라』는 일명 Ein Puppenheim이라고 하며, 중국에서는 『인형의 집(傀儡家庭)』이라고 번역하였습니다. 그런데 Puppe는 끈으로 조종하는 꼭두각시일 뿐 아니라 아이들이 안고 노는 인형[3]이기도 합니다. 원의(原義)가 더 확대되어 남이 시키는 대로 그대로 따라 하는 사람을 가리키기도 합니다. 노라는 처음에는 이른바 행복한 가정에서 만족스럽게 살아가고 있었습니다. 그러나 그녀는 결국 자기는 남편의 인형이고 아이들은 또 자기의 인형이라는 것을 깨달았습니다. 그녀는 그리하여 떠

---

1) 원제목은 「娜拉走後怎樣」이다. 이 글은 처음 1924년 북경여자고등사범학교 『문예회간(文藝會刊)』 제6기에 발표되었다. 같은 해 8월 1일 상해 『부녀잡지(婦女雜誌)』 제10권 제8호에 전재(轉載)되었을 때 편말에는 이 잡지의 편자 부기(附記)가 붙어 있었다. "이 글은 노신(魯迅) 선생이 북경여자고등사범학교에서 강연한 원고인데, 이 학교에서 출판되던 『문예회간』 제6기에 게재되었다. 최근에 우리가 선생의 글을 청탁하였더니 선생은 승낙하여 원문을 다시 수정하여 본 잡지에 발표하여 주었다."
2) 입센(원문 伊孛生) : 보통 '易卜生'으로 음역한다. 「문화편지론」의 주 35)를 참고.
3) 인형(人形) : 일본어로서 사람 모양의 완구이다.

나게 되었고, 다만 문닫는 소리와 함께 곧 막이 내려집니다. 생각해 보니 이것은 모두가 알고 있는 일이라 자세히 말할 필요가 없을 것입니다.

노라는 어떻게 해야 떠나지 않을까요? 혹자는 입센 자신이 해답을 주었는데, 그것은 바로 Die Frau vom Meer, 즉 『바다의 여인』이라고 합니다. 중국에서 어떤 사람은 그것을 『해상부인(海上夫人)』이라 번역했습니다. 이 여인은 이미 결혼한 사람이었습니다. 그런데 이전에 애인이었던 사람이 바다 저쪽에 살고 있었는데, 어느날 갑자기 찾아와 그녀에게 함께 떠나자고 했습니다. 그녀는 곧 자기 남편에게 그 사람을 만나보겠다고 했습니다. 이윽고 그녀의 남편은 "이제 당신을 완전히 자유롭게 놓아 주겠소. (떠나든 떠나지 않든) 당신이 스스로 선택할 수 있고, 게다가 스스로 책임을 져야 하오"라고 말했습니다. 그러자 사태는 완전히 바뀌었고, 그녀는 떠나지 않았습니다. 그러고 보면 노라도 만일 이러한 자유를 얻었다면 아마도 안주할 수 있었을 것입니다.

그러나 노라는 마침내 떠났습니다. 떠난 이후에 어떻게 되었을까요? 입센은 결코 해답을 주지 않았고, 그는 이미 죽었습니다. 설령 죽지 않았다고 하더라도 그는 해답을 줄 책임을 지지 않을 것입니다. 왜냐하면 입센은 시를 짓는 것이었지, 사회를 위해 문제를 제기하고 대신해서 해답을 주는 것이 아니었기 때문입니다. 바로 꾀꼬리와 같습니다. 왜냐하면 꾀꼬리는 스스로 노래부르고 싶어 노래부르는 것이지 사람들에게 재미있고 유익한 노래를 들려 주려고 부르는 것이 아니기 때문입니다. 입센은 세상물정을 잘 모르는 사람이었습니다. 전해 오는 이야기에 따르면, 많은 부녀자들이 함께 그를 초대한 연회석에서 대표자가 일어나서 그가 『인형의 집』을 지어서 여성을 자각시키고 여러 가지 일을 해방시킴으로써 사람들의 마음에 새로운 계시를 주었다고 사의를 표했을 때, 그는 오히려 이렇게 대답했습니다. "내가 그 작품을 쓴 것은 결코 그런 뜻이 아니었습니다. 나는 그저 시를 지었을 뿐입니다."

노라가 떠난 후 어떻게 되었을까요?―그런데 다른 사람도 이 문제에 대해 역시 의견을 발표한 적이 있습니다. 어느 영국인은 희곡을 한 편 지어 한 신식여자가 집을 나왔으나 더 이상 갈 길이 없자 마침내 타락하여 기생집으로 들어갔다고 했습니다. 그리고 중국인이 한 사람 있는데―내가 그를 어떻게 불러야 할지요? 상해(上海)의 문학가라고 합시다―그는 자기가 본 『노라』는 지금의 번역본과는 다르며, 노라는 마침내 돌아왔다고 했습니다. 이런 판본은 애석하게도 두 번째로 본 사람이 없으니 입센이 직접 그에게 부쳐 준 것인지도 모를 일입니다. 그런데 사리에 따라 추론해 보면, 노라는 아마 실제로 두 가지 길밖에 없을 것입니다. 타락하는 것이 아니라면 바로 돌아오는 것입니다. 왜냐하면 만약 한 마리 작은 새라면 새장에서는 물론 자유롭지 못하지만 새장 문을 나와도 바깥에는 매가 있고, 고양이가 있고, 또한 다른 무엇들이 있기 때문입니다. 만일 갇혀 있어 이미 날개가 마비되었고 나는 법을 잊어버렸다면 확실히 갈 수 있는 길이 없을 것이기 때문입니다. 또 하나의 길이 있는데, 바로 굶어 죽는 것입니다. 그러나 굶어 죽는 것은 이미 생활을 떠난 것이기 때문에 더욱 문제될 것이 없고, 그래서 아무 길도 아닙니다.

인생에서 가장 고통스러운 것은 꿈에서 깨어났을 때 갈 수 있는 길이 없다는 것입니다. 꿈을 꾸는 사람은 행복한 사람입니다. 만일 갈 수 있는 길을 찾아내지 못했다면 가장 중요한 것은 그를 놀래 깨우지 말아야 한다는 것입니다. 아시다시피 당대(唐代) 시인 이하(李賀)[4]는 평

---

4) 이하(李賀, 790~816) : 자는 장길(長吉)이고 창곡[昌谷, 지금의 하남(河南) 의양(宜陽)이다] 사람이며, 당대 시인이다. 일생 동안 관직이 비천하여 뜻을 이루지 못하고 울적하게 지냈다. 저서로는 『이장길가시(李長吉歌詩)』 4권이 있다. 그의 "부름을 받아 옥루로 가다(玉樓赴召)"라는 이야기에 대해서 당대 시인 이상은(李商隱)은 『이하소전(李賀小傳)』에서 이렇게 말했다. "장길(長吉)이 죽으려 할 때, 홀연 대낮에 붉은 옷을 입은 사람이 붉은 규룡(虯龍)을 타고 내려오는 것을 보

생 몹시 고달프지 않았습니까? 그런데 그가 죽음에 이르렀을 때 자기 어머니에게 이렇게 말했습니다. "어머니, 하느님이 백옥루(白玉樓)를 지어 놓고 저더러 낙성식(落成式)을 위한 글을 지어달라고 했습니다." 이 어찌 그야말로 허풍이 아니며 꿈이 아니겠습니까? 그렇지만 한 젊은이와 한 늙은이, 한 사람은 죽고, 한 사람은 살아 있는데, 죽는 사람은 기쁘게 죽고, 살아 있는 사람은 마음놓고 살아갈 것입니다. 허풍을 떨고 꿈을 꾸는 일은 이 때서야 위대해 보입니다. 그래서 나는 가령 길을 찾지 못했다면 우리에게 필요한 것은 도리어 꿈이라고 생각합니다.

그러나 절대로 장래의 꿈을 꾸어서는 안 됩니다. 아르치바셰프[5]는 자신이 지은 소설을 빌려 장래의 황금세계를 몽상하는 이상가를 힐문한 적이 있습니다. 왜냐하면 그러한 세계를 만들어 내려면 먼저 수많은 사람들을 불러일으켜 고통을 받도록 해야 하기 때문입니다. 그는 이렇게 말했습니다. "여러분들은 그들의 자손들에게 황금세계를 예약해 주었습니다. 그러나 그들 자신에게 줄 것은 무엇이 있습니까?" 있기야 있습니다. 그것은 바로 장래의 희망입니다. 그러나 대가가 너무 큽니다. 이 희망을 위해서는 사람들에게 감각을 예민하게 하여 더욱 절실하게 자신의 고통을 느끼도록 하고 영혼을 불러일으켜 자신의 썩은 시체를 목도하도록 해야 합니다. 허풍을 떨고 꿈을 꾸는 일은 오직 이러한 때

왔다. 패쪽을 하나 들고 있었는데, 그 글자가 태고 때의 전(篆)이 아니면 벽력(霹靂)의 석문(石文) 같은 것이었다, 그는 '장길을 모시러 왔습니다' 했다. 장길은 글자를 읽을 수 없음을 알고 얼른 침상을 내려가서 머리를 조아리며 '어머니가 연로하고 병이 들어 저는 가고 싶지 않습니다' 했다. 붉은 옷을 입은 사람이 웃으면서 '하느님이 백옥루를 지어 놓고 그대를 불러 글을 짓게 하려는 것이니, 하늘에서 하는 일은 즐겁고 괴롭지는 않습니다' 했다. 장길이 혼자 울고 있는데, 옆에 있던 사람들이 다 그것을 보았다. 얼마 후 장길은 숨을 거두었다."

5) 아르치바셰프(원문 阿爾志跋綏夫, 1878~1927) : 러시아 소설가이다. 그의 작품은 주로 정신이 퇴폐적인 사람들의 생활을 묘사하였다. 차르 통치의 암흑을 반영하고 있는 작품들도 있다. 10월 혁명 이후 그는 외국으로 도망하여 바르샤바에서 죽었다. 아래에 서술되고 있는 것은 그의 소설 『노동자 셰빌로프』에서 셰빌로프가 야라체프에게 한 말이다. 소설의 제9장에 나온다.

에 위대해 보입니다. 그래서 나는 가령 길을 찾지 못했다면 우리에게 필요한 것은 바로 꿈이며, 그러나 장래의 꿈은 필요하지 않고 다만 지금의 꿈이 필요하다고 생각합니다.

그렇지만 노라는 이미 깨어났으니 꿈의 세계로 되돌아오기란 그리 쉽지 않습니다. 이 때문에 떠날 수밖에 없습니다. 그러나 떠난 이후에 때에 따라서는 타락하거나 돌아오지 않을 수 없을 것입니다. 그렇지 않으면 곧 이런 질문을 할 수 있습니다. 그녀는 각성한 마음 이외에 무엇을 가지고 떠났는가? 만일 제군들처럼 자홍색 털실 목도리만을 가지고 떠났다면 그야 너비가 두 척이든 세 척이든 관계없이 아무 소용이 없을 것입니다. 그는 더 부유해야, 즉 손가방에 준비가 되어 있어야 합니다. 직설적으로 말하자면 바로 돈이 있어야 합니다.

꿈이 좋습니다. 그렇지 않으면 돈이 중요합니다.

돈이라는 이 글자는 아주 귀에 거슬립니다. 고상한 군자들로부터 비웃음을 살지도 모릅니다. 그러나 나는 어쩐지 사람들의 의론은 어제와 오늘뿐 아니라 설령 식전과 식후라도 종종 차이가 있다고 생각합니다. 대개 밥은 돈을 주고 사야 한다고 승인하면서도 돈은 비천한 것이라고 말하는 사람이 있는데, 만일 그의 위를 눌러 볼 수 있다면 그 속에는 어쩌면 미처 소화되지 않은 생선과 고기가 들어 있을지도 모릅니다. 모름지기 하룻동안 그를 굶긴 다음에 다시 그의 의론을 들어 보아야 합니다.

그래서 노라를 위해 헤아려 볼 때, 돈이―고상하게 말하자면 바로 경제가 가장 중요한 것입니다. 자유는 물론 돈으로 살 수 있는 것이 아닙니다. 그러나 돈 때문에 팔아 버릴 수도 있습니다. 인류에게는 한 가지 큰 결점이 있는데, 바로 항상 배고프게 된다는 점입니다. 이러한 결점을 보완하기 위해, 꼭두각시가 되지 않도록 하기 위해, 오늘날 사회에서 경제권은 가장 중요한 것으로 보입니다. 첫째, 가정에서는 우선 남녀에게 평등한 분배가 이루어져야 합니다. 둘째, 사회에서는 남녀가 서로 대등한 세력을 차지해야 합니다. 애석하게도 나는 이러한 권리를 어떻게 얻을 수 있을지 모릅니다. 다만 여전히 투쟁이 필요하다는 것만은 알고 있습니다. 어쩌면 참정권을 요구할 때보다 더 극렬한 투쟁이 필요할지도 모르겠습니다.

경제권을 요구하는 것은 물론 아주 평범한 일입니다. 그렇지만 아마 고상한 참정권과 거대한 여성해방을 요구하는 것보다 더욱 번거롭고 어려울 것입니다. 세상일이란 작은 일이 큰 일보다 더욱 번거롭고 어려운 법입니다. 예를 들어 지금과 같은 겨울에 우리는 단지 솜옷 한 벌뿐인데, 그렇지만 당장에 얼어 죽을 불우한 사람을 돕든지, 그렇지 않으면 보리수 아래에 앉아 모든 인류를 제도(濟度)할 방법6)을 명상해야 한다고 합시다. 모든 인류를 제도하는 일과 한 사람을 살리는 일은 그 크기에 있어 실로 엄청난 차이가 있습니다만, 그러나 나더러 선택하라고 하면 저는 당장에 보리수 아래로 가서 앉겠습니다. 왜냐하면 하나뿐인 솜옷을 벗어 주고 스스로 얼어 죽기는 싫기 때문입니다. 그래서 가정에서는 참정권을 요구한다고 해도 크게 반대에 부딪치지 않겠지만, 경제적인 평등한 분배를 말했다가는 아마 눈앞에서 적을 만나지 않을 수 없을 것입니다. 그러니 당연히 극렬한 투쟁이 필요하겠지요.

투쟁은 좋은 일이라 할 수 없고, 우리는 또 사람들에게 다 전사가 되라고 책임을 지울 수도 없습니다. 그렇다면 평화적인 방법도 소중한 것일 텐데, 이는 바로 장래에 친권(親權)을 이용해 자신의 자녀를 해방시

---

6) 이것은 석가모니에 대한 전설을 차용한 것이다. 전설에 따르면, 불교의 시조 석가모니(약 B.C. 565~B.C. 486)는 인생의 생로병사 같은 고뇌에 대해 느낀 바가 있어 29세 때 뜻을 세우고 출가하여 수행하며 각지를 두루 돌아다녀 6년을 고행했다. 그러나 여전히 도를 깨달을 수 없었고, 나중에 보리수나무 아래에 앉아 "만약 참다운 깨달음을 이루지 못하면 뼈가 부서지고 살이 썩어도 이 자리에서 일어나지 않겠다"고 맹세했다. 7일 동안 고요히 생각하니 마침내 각종 번뇌가 극복되었고, '참다운 깨달음'을 이루었다.

키는 일입니다. 중국에서는 친권이 최고이므로 그 때 가서 자녀들에게
재산을 균등하게 분배하여 그들에게 평화스럽고 충돌 없이 서로 대등
한 경제권을 갖도록 해 주면 됩니다. 그런 다음에 공부를 하든, 돈을
벌든, 스스로 즐기든, 사회를 위해 일하든, 다 써 버리든 제마음대로 놓
아 주고 스스로 책임지게 하면 됩니다. 이것도 비록 아득한 꿈이기는
하지만 그러나 황금세계의 꿈보다는 아주 가깝습니다. 그러나 무엇보
다 기억력이 필요합니다. 기억력이 좋지 않으면 자기에게는 이롭고 자
손에게는 해롭습니다. 사람들은 망각할 수 있기 때문에 스스로 겪었던
고통에서 점차 멀어질 수 있습니다. 또 망각할 수 있기 때문에 종종 예
전 그대로 다시 이전 사람의 잘못을 범하게 됩니다. 학대받던 며느리가
시어머니가 되면 여전히 며느리를 학대하고, 학생들을 혐오하는 관리
들은 다 이전에 관리들을 욕하던 학생이며, 지금 자녀를 억압하는 사람
도 때로는 10년 전에 가정혁명가였습니다. 이는 아마 연령과 지위와
관계가 있을 것입니다만, 기억력이 좋지 않은 것도 한 커다란 원인입니
다. 이에 대한 구제법은 바로, 각자가 노트북(note-book)[7] 한 권씩을 사
서 지금 자신의 사상과 행동을 다 기록해 두고 앞으로 연령과 지위가
모두 바뀌었을 때 참고로 삼는 것입니다. 가령 아이가 공원에 가려는
것을 몹시 싫어하게 되었을 때, 그것을 가져다 펼쳐 보고 거기서 "나는
중앙공원에 가고 싶다"라는 글귀를 발견하게 되면 즉시 마음이 평안해
질 것입니다. 다른 일 역시 마찬가지입니다.

　세상에는 무뢰정신이라는 것이 있는데, 그 요점은 바로 끈기입니다.
들자 하니 권비(拳匪)[8]의 난이 있은 후 천진(天津)의 건달들, 즉 이른

---

7) 노트북 : 영어이며, 필기장의 뜻이다.
8) 권비(拳匪) : 1900년(庚子년)에 의화단(義和團)이 제국주의에 반대하는 무장투쟁
　이 발발했는데, 이 투쟁에 중국 북부의 농민, 수공업자, 수륙운수업 노동자, 병사
　등 광범한 군중이 참가했다. 그들은 낙후한 미신적인 조직방식과 투쟁방식을 채
　택하여 권회(拳會)를 설립하고 무술을 수련하였다. 이 때문에 그들은 '권민(拳
　民)'이라 했고, 당시 통치계급과 제국주의자들은 그들을 '권비(拳匪)'라 하여 멸

바 무뢰한들이 크게 발호하였다고 합니다. 예를 들어 남의 짐을 하나 옮겨 주면서 그들은 2원을 요구하고, 그들에게 짐이 작다고 말해도 그들은 2원을 내라고 말하고, 그들에게 길이 가깝다고 말해도 그들은 2원을 내라고 말하고, 그들에게 옮기지 말라고 말해도 그들은 여전히 2원을 내라고 말합니다. 물론 건달들을 본받을 것까지는 없지만 그래도 그들의 끈기만은 크게 탄복할 만합니다. 경제권을 요구하는 것도 마찬가지입니다. 누군가가 이런 일은 너무 진부한 것이라고 말하더라도 경제권을 요구한다고 대답해야 하고, 너무 비천한 것이라고 말해도 경제권을 요구한다고 대답해야 하고, 경제제도가 곧 바뀔 것이므로 조바심을 낼 필요까지 없다고 말하더라도 여전히 경제권을 요구한다고 대답해야 합니다.

사실 오늘날에 한 사람의 노라가 집을 떠났다면 아마도 곤란을 느낄 지경에는 이르지 않을 것입니다. 왜냐하면 이 인물은 아주 특별하고 행동도 신선하여 몇몇 사람들로부터 동정을 얻어 도움을 받으며 살아갈 수 있기 때문입니다. 사람들의 동정을 받으며 살아간다는 것은 이미 자유롭지 못한 일인데다가, 만일 100명의 노라가 집을 떠났다면 동정도 줄어들 것이고, 1,000명의 노라, 10,000명의 노라가 집을 떠났다면 혐오감을 받을 것이니 결코 스스로 경제권을 쥐는 것만큼 미덥지는 못합니다.

경제적인 면에서 자유를 얻었다면 꼭두각시가 아닙니까? 그래도 꼭두각시입니다. 다만 남에게 조종당하는 일은 줄어들 수 있지만 자기가 조종할 수 있는 꼭두각시는 더 늘어날 수 있을 뿐입니다. 왜냐하면 오늘날 사회에서 여자는 늘 남자의 꼭두각시가 될 뿐 아니라 바로 남자와 남자, 여자와 여자 사이에도 서로 꼭두각시가 되고 남자도 늘 여자의 꼭두각시가 되고 있는데, 이는 결코 몇몇 여자가 경제권을 얻음으로

시했다.

써 구제할 수 있는 것이 아니기 때문입니다. 그러나 사람은 굶으면서 이상세계가 도래하기를 조용히 기다릴 수는 없고, 적어도 목숨이라도 부지해야 합니다. 마른 수레바퀴 자국에 빠진 붕어9)에게는 한 되나 한 말의 물을 구해 주는 것이 다급한 것과 마찬가지로 바로 비교적 가까이에 있는 경제권을 요구하고 한편으로 다시 다른 방도를 생각해야 합니다.

만약 경제제도가 바뀐다면 윗글은 당연히 전혀 쓸데없는 말입니다.

그렇지만 윗글은 또 노라를 보통의 인물로 보고서 말한 것이며, 가령 그녀가 아주 특별하여 스스로 뛰쳐나가 희생이 되기를 진심으로 원했다면 그야 별문제입니다. 우리는 남에게 희생하도록 권유할 권리도 없고 남이 희생하는 것을 저지할 권리도 없습니다. 더욱이 세상에는 희생을 즐기고 고생을 즐기는 인물도 있게 마련입니다. 유럽에는 전설이 하나 있습니다. 예수가 십자가에 못박히러 갈 때 아하스바르(Ahasvar)10)의 처마 밑에서 쉬려고 하였는데, 아하스바르는 예수를 허락하지 않았고, 그리하여 그는 저주를 받아 최후의 심판 때까지 영원히 쉴 수 없게

---

9) 마른 수레바퀴 자국에 빠진 붕어(원문 涸轍之鮒) : 전국(戰國)시대 장주(莊周)의 우언(寓言)의 하나로 『장자 외물(莊子 外物)』에 보인다. "장주가 집이 가난하여 감하후(監河侯)에게 곡식을 꾸러 갔었다. 감하후는 '그럽시다. 내가 봉읍(封邑)에서 세금을 거두어 들이면 300금(金)을 꾸어 드리리다. 괜찮겠소?' 말했다. 장주는 성이 나서 얼굴빛이 변하면서 제가 어제 이 곳을 오는데, 도중에 나를 부르는 자가 있기에 돌아보았더니 수레바퀴 자국에 붕어가 한 마리 있었습니다. 제가 붕어에게 '붕어가 여기 있다니, 그대는 무얼 하고 있는가?' 하고 물었습니다. 붕어가 대답하며 '저는 동해(東海)의 파도 신하인데, 당신은 물 한 되, 한 말을 가져다 나를 살려 주겠습니까!' 했습니다. 내가 '그러지. 내가 남쪽으로 오월(吳越)의 왕을 찾아가서 서강(西江)의 물을 끌어다가 그대를 맞이하도록 하면 어떻겠나?' 했습니다. 붕어는 성이 나서 얼굴빛이 변하면서 '저는 제게 늘 있어야 하는 물을 잃어버려 몸 둘 곳이 없습니다. 나는 한 되나 한 말의 물만 있으면 살 수가 있습니다. 그런데 당신이 그런 말을 하니 차라리 건어물전에 가서 저를 찾아 보는 것이 낫겠습니다' 했습니다."

10) 아하스바르(Ahasvar) : 유럽의 전설에 나오는 구두를 수선하는 구두장이이며, '유랑하는 유대인'이라고도 한다.

되었습니다. 아하스바르는 이 때부터 쉬지 못하고 다만 걸을 뿐인데, 지금도 걷고 있습니다. 걷는 것은 괴로운 일이고 편히 쉬는 것은 즐거운 일인데, 그는 어째서 편히 쉬지 않을까요? 비록 저주를 짊어지고 있다고 할 수 있지만, 그는 아마 틀림없이 걷는 것을 편히 쉬는 것보다 더 달가워하여 계속 미친 듯이 걷고 있을 것입니다.

다만 이 희생을 달가워하는 것은 자신에 속하는 것으로 지사(志士)들의 이른바 사회를 위한다는 것과 관계가 없습니다. 군중－특히 중국의 군중－은 영원히 연극의 관객입니다. 희생이 무대에 등장하였을 때, 만약 기개가 있다면 그들은 비장극(悲壯劇)을 본 것이고, 만약 벌벌 떨고[11] 있다면 그들은 골계극(滑稽劇)을 본 것입니다. 북경의 양고기점 앞에는 항상 몇몇 사람들이 입을 벌리고 양가죽을 벗기는 것을 구경하고 있는데, 자못 유쾌해 보입니다. 인간의 희생이 그들에게 주는 유익한 점도 역시 그러한 것에 불과합니다. 게다가 사후에 몇 걸음 채 못가서 그들은 얼마 안 되는 이 유쾌함마저도 잊어버리고 맙니다.

이러한 군중에 대해서는 방법이 없습니다. 차라리 그들이 볼 수 있는 연극을 없애 버리는 것이 도리어 치료책입니다. 바로 일시적으로 깜짝 놀라게 하는 희생은 필요하지 않고 묵묵하고 끈기 있는 투쟁이 더 낫습니다.

애석하게도 중국은 바꾸기가 너무 어렵습니다. 설령 탁자 하나를 옮기고 화로 하나를 바꾸려 해도 피를 흘려야 할 지경입니다. 게다가 설령 피를 흘렸다고 하더라도 반드시 옮길 수 있고 바꿀 수 있는 것도 아닙니다. 커다란 채찍이 등에 내려쳐지지 않으면 중국은 스스로 움직이려 하지 않습니다. 나는 이 채찍이 어쨌든 내려쳐질 것이라고 생각합니다. 훌륭한 것인지 나쁜 것인지는 별문제입니다만 어쨌든 내려쳐질 것

---

11) 벌벌 떨고(원문 觳觫) : 보통 '곡속(觳觫)'이라고 하며 두려워 벌벌 떠는 모양이다. 『맹자 양혜왕(孟子 梁惠王)』에 "나는 차마 소가 벌벌 떠는 것을 보지 못하겠다(吾不忍其觳觫)"라는 말이 나온다.

입니다. 그러나 어디서 어떻게 내려쳐질지 나도 확실하게 알 수는 없습
니다.

　이번 내 강연은 이것으로 끝났습니다.

천재가 없다고 하기 전에[1]

─1924년 1월 17일 북경사범대학 부속중학 교우회에서의 강연─

나는 스스로 내 이 강연이 제군들에게 유익하거나 흥미롭지 못할 것이라 생각합니다. 왜냐하면 나는 정말 아무 것도 모르기 때문입니다. 그러나 부탁을 오랫동안 끌어왔으므로 마침내 여기 와서 몇 마디 하지 않을 수 없었습니다.

내가 보기에, 지금 많은 사람들이 문예계에 바라는 목소리 중에서 천재의 탄생을 바라는 목소리가 가장 크다고 할 수 있습니다. 이로써 분명 다음의 두 가지 사실을 반증할 수 있습니다. 하나는 중국에는 현재 한 사람의 천재도 없다는 것이고, 또 하나는 사람들이 현재의 예술에 대해 혐오감을 느끼고 있다는 것입니다. 천재는 구경 없는 것입니까? 아마도 있겠지만 여기 모인 우리들과 그 밖의 사람들이 모두 보지 못했을 뿐입니다. 보고들은 바에 따르면, 천재뿐만 아니라 천재를 자라게 하는 민중조차도 없다고 말할 수 있습니다.

천재란 깊은 숲속이나 황량한 들판에서 스스로 태어나 스스로 자라는 괴물이 아닙니다. 천재를 낳고 자라게 하는 민중에 의해 태어나고 성장하게 됩니다. 그래서 이러한 민중이 없으면 천재도 없습니다. 나폴레옹이 알프스(Alps) 산[2]을 넘으면서 이렇게 말한 적이 있습니다. "나

─────────────

1) 원제목은 「未有天才之前」이다. 이 글은 처음 1924년 북경사범대학 부속중학의 『교우회간(校友會刊)』 제1기에 발표되었다. 같은 해 12월 27일 『경보부간(京報副刊)』 제21호에 전재(轉載)되었을 때 첫머리에 다음과 같은 작자의 짧은 머리말이 붙어 있었다. "복원(伏園) 형, 정월달에 사범대학 부속중학에서 행한 강연을 오늘 읽어 보니, 아직도 그 생명력이 있는 듯하여 교정을 보아 보내니 전재(轉載)하여 주시기 바랍니다. 22일 밤, 노신(魯迅) 올림."

는 알프스 산보다 더 높다!" 이것은 얼마나 호기로운 말입니까! 그렇지
만 그의 뒤를 따르고 있는 수많은 병사들을 잊어서는 안 됩니다. 만약
병사들이 없었다면 그는 산속에 숨어 있는 적에게 붙잡혔거나 쫓겨 돌
아왔을 것이며, 그의 행동과 말은 모두 영웅의 틀을 벗어나 미치광이의
것으로 떨어지고 말았을 것입니다. 그래서 나는 천재가 태어나기를 바
라기 전에 먼저 천재를 낳고 자라게 할 만한 민중이 있어야 한다고 생
각합니다.―비유를 들어, 교목이 있기를 바라거나 아름다운 꽃이 피기
를 바란다면 반드시 좋은 흙이 있어야 합니다. 흙이 없으면 꽃과 나무
도 없습니다. 따라서 흙은 진실로 꽃이나 나무에 비해 더욱 중요합니
다. 꽃과 나무가 흙이 없으면 안 되는 것과 마찬가지로 나폴레옹도 좋
은 병사들이 없으면 안 되는 법입니다.

그런데 오늘날 사회적인 논조나 추세를 보면, 한쪽으로는 천재를 진
정으로 바라면서도 한쪽으로는 천재를 멸망시키려 하고, 이미 마련된
흙조차도 깨끗이 쓸어 버리려 합니다. 몇 가지 예를 들어 말하겠습니다.

첫째는 '국고 정리(整理國故)'[3]입니다. 새로운 사조가 중국에 들어
온 이후 사실 언제 그 힘을 발휘한 적이 있습니까? 그런데도 일군의 늙
은이와 젊은이들은 오히려 넋 나간 듯이 국고(國故)를 말하게 되었습
니다. 그들은 이렇게 말합니다. "중국은 스스로 수많은 훌륭한 것들을

---

2) 알프스 산 : 유럽에서 가장 높고 큰 산맥으로서 프랑스와 이탈리아 양국 사이에
   있다. 나폴레옹이 1800년 이탈리아에 출병하여 오스트리아와 싸울 때 이 산을
   넘은 적이 있다.
3) '국고 정리(원문 整理國故)' : 당시 호적(胡適) 등이 제창한 주장이다. 호적은
   1919년 7월 "문제를 더 많이 연구하고 주의(主義)를 더 적게 말하자"고 주장하
   였다. 같은 해 12월 그는 또 『신청년(新靑年)』 제7권 제1호에 「신사조의 의의(新
   思潮의意義)」라는 글을 발표하여 '국고 정리'라는 구호를 제창하였다. 1923년 북
   경대학의 『국학계간(國學季刊)』의 「발간선언(發刊宣言)」에서 그는 더욱 체계적으
   로 '국고 정리'의 주장을 선전하면서 지식인과 청년학생들은 현실의 혁명투쟁에
   서 벗어나야 한다고 하였다. 본문에서는 당시 호적에게 동조하던 사람들이 내세
   운 의론을 비판하고 있다.

가지고 있음에도 정리와 보존을 하지 못하고 도리어 새로움을 추구하니, 이는 바로 조상의 유산을 버려 두는 불초함이다." 조상을 들먹이며 하는 말은 물론 대단한 위엄이 있습니다. 그렇지만 나는 어쨌든 낡은 마고자를 깨끗이 씻어 잘 개어 두기 전에는 새로운 마고자를 지을 수 없다고 생각하지는 않습니다. 현재의 상황으로 말하면, 일이라는 것이 본래 각자 편리한 대로 하면 됩니다. 늙은 선생들이 국고를 정리해야 한다면 당연히 남창 아래에 틀어박혀 죽은 서적을 읽어도 무방합니다. 청년들은 오히려 자신들의 살아 있는 학문과 새로운 예술이 있어 각자 자기 일을 해 나간다 해도 크게 방해될 것은 없습니다. 그러나 만약 그러한 깃발을 들어 사람들을 불러 모은다면 중국은 영원히 세계와 단절될 것입니다. 만약 모두 그렇게 하지 않으면 안 된다고 여긴다면 그야 더욱 황당무계한 일이겠지요! 우리가 골동품 상인과 한담을 나눌 때면 그는 당연히 자신의 골동품이 얼마나 좋은지를 칭찬할 것입니다. 그렇지만 그는 화가나 농부나 장인에게 조상을 잊고 있다고 욕설을 퍼붓지는 않을 것입니다. 그는 정말 국학자들보다야 훨씬 총명합니다.

둘째는 '창작 숭배'[4]입니다. 표면상으로 보아 이것은 천재를 바라는 것과 아주 흡사합니다. 사실은 그렇지 않습니다. 그 정신 속에는 외래 사상과 다른 나라의 정서를 배척하려는 요소가 들어 있습니다. 그래서

---

4) '창작 숭배(원문 崇拜創作)' : 작자가 후에 쓴 「중러 문자의 교류를 축하하다(祝中俄文字之交)」(『남강북조집(南腔北調集)』)라는 글에 따르면, 여기서 말한 내용은 곽말약(郭沫若)의 견해 때문에 촉발된 것 같다. 곽말약은 1921년 2월 『민탁(民鐸)』 제2권 제5호에 발표한 이석령(李石岑)에게 보내는 편지에서, "내 생각으로는, 국내 사람들은 매파만을 중시하고 처녀를 중시하지 않는 것 같다. 번역만 중시하고 생산을 중시하지 않는 것 같다"라고 말했다. 그의 이 말은 당시 상해의 『시사신보(時事新報)』 부간 『학등(學燈)』의 쌍십절 증간(增刊)을 보고 나온 것인데, 증간에 게재된 첫 번째 작품은 번역소설이고, 두 번째 작품은 노신(魯迅)의 「머리털 이야기(頭髮的故事)」였다. 사실 곽말약도 번역을 중시하여 많은 외국 문학작품을 번역한 적이 있으니 노신(魯迅)의 견해도 한 개인을 비판한 것으로만 여길 수는 없다.

이는 중국을 세계조류와 단절시킬지도 모릅니다. 많은 사람들이 톨스토이, 투르게네프, 도스토예프스키[5]의 이름에 대해 싫증이 나도록 들었습니다. 그렇지만 그들의 저작 중에 중국에 번역되어 나온 것이 어디에 있습니까? 시선을 한 나라에 가두어 놓고 피터나 존[6]이라는 이름만 들어도 싫어합니다. 꼭 장삼이사(張三李四)라야 된다고 하며 그래야 창작가가 나온다고 합니다. 사실대로 말하면, 좋은 작품은 외국작품의 기교와 정신으로부터 자극을 받아들이지 않을 수 없습니다. 문장이 혹시 아름답다고 하더라도 사상은 종종 번역작품에 미치지 못할 때가 있습니다. 더욱이 전통사상을 가미하여 중국 사람들의 입맛에 맞춘다고 하지만 독자들은 오히려 거기에 갇히게 되고, 그리하여 시야가 점점 좁아지게 되어 낡은 우리 속으로 축소되어 버리게 마련입니다. 작가와 독자가 서로 원인과 결과가 되어 색다른 흐름을 배척하면서 국수(國粹)를 내세운다면 천재가 어떻게 태어날 수 있겠습니까? 설령 태어났다고 해도 살아갈 수 없을 것입니다.

이러한 기풍을 가진 민중은 흙이 아니라 먼지입니다. 거기에서는 훌륭한 꽃과 교목이 자라날 수 없습니다.

또 한 가지는 악의가 있는 비평입니다. 사람들이 비평가들의 출현을 바란 지가 이미 오래되었고, 지금에 이르러 많은 비평가들이 나타났습니다. 애석하게도 그들 중에는 불평가들이 아주 많습니다. 비평가와는 달리 그들은 작품이 자기 앞에 나타나면 단단히 마음을 먹고 먹을 갈

---

5) 톨스토이(원문 托爾斯泰, 1828~1910) : 러시아 작가이다. 작품에는 『전쟁과 평화』, 『안나 카레니나』, 『부활』 등이 있다. 투르게네프(원문 都介涅夫, 1818~1883) : 보통 '屠格涅夫'라고 음역하며, 러시아 작가이다. 작품으로는 소설 『사냥꾼의 수기』, 『루진』, 『아버지와 아들』 등이 있다. 도스토예프스키(원문 陀思妥夫斯奇, 1821-1881) : 보통 '陀思妥耶夫斯基'라고 음역하며, 러시아 작가이다. 작품으로는 소설 『가난한 사람들』, 『학대받는 사람들』, 『죄와 벌』 등이 있다.
6) 피터나 존(원문 彼得和約翰) : 구미 사람들이 자주 쓰는 이름이며, 여기서는 외국 사람을 두루 가리킨다.

아 즉각 아주 고명한 결론을 내리며 말합니다. "아니, 매우 유치하군. 중국에는 천재가 필요하단 말이야!" 나중에 와서는 전혀 비평가가 아닌 사람도 이렇게 떠들게 되었습니다. 그는 남의 말을 들었던 것이지요. 사실 천재라 하더라도 태어날 때의 첫 울음은 보통 아이들과 마찬가지입니다. 결코 좋은 시일 수는 없습니다. 유치하다는 이유로 대번에 상처를 주어 시들어 죽게 만듭니다. 나는 친히 몇몇 작자들이 그들에게서 진저리가 나도록 욕을 먹는 것을 보았습니다. 그 작자들은 대개 천재가 아님은 물론입니다. 그렇지만 내가 바라는 것은 보통 사람도 남아 있어야 한다는 것입니다.

악의가 있는 비평가가 새싹이 돋은 풀밭 위로 말을 달리는 것은 그야 물론 대단히 유쾌한 일입니다. 그렇지만 화를 입는 것은 어린 새싹―보통의 새싹과 천재의 새싹―입니다. 유치함과 노련함의 관계는 아이와 어른의 관계와 같아 전혀 부끄러운 일이 아닙니다. 작품도 이와 같아 처음에 유치하더라도 부끄럽게 여길 것은 아닙니다. 왜냐하면 상처를 입지 않는다면 그는 성장하고 성숙하고 노련해질 수 있기 때문입니다. 오직 노쇠와 부패만 있다면 그것이야말로 구제할 약이 없는 일입니다! 나는 나이 어린 사람이나 나이 든 사람이나 유치한 마음을 가지고 있으면 유치한 말을 해야 한다고 생각합니다. 스스로 말하고 싶으면 말하면 그만입니다. 말이 입 밖으로 나온 후에는, 기껏해야 인쇄되어 나온 후에는 자신의 할 일은 끝났습니다. 깃발을 앞세운 어떠한 비평에 대해서도 버려두고 신경쓰지 않아도 됩니다!

이 자리에 앉아 있는 제군들은, 생각건대 십중팔구는 천재의 탄생을 바랄 것입니다. 그렇지만 상황은 이러하여, 천재가 태어나기도 어려울 뿐만 아니라 천재를 배양하는 흙이 마련되기도 어렵습니다. 내 생각으로는, 천재는 대부분 천부적인 것입니다만, 모두들 천재를 배양하는 흙이 될 수는 있을 것 같습니다. 흙이 되는 역할은 천재를 바라는 것보다 더욱 절실합니다. 그렇지 않으면, 수많은 천재가 있다고 하더라도 흙이 없어 잘 자랄 수 없게 되어 마치 접시에 담은 녹두콩의 싹과 같아질 것입니다.

흙이 되려면 정신을 확대해야 합니다. 바로 새로운 조류를 받아들이고 낡은 외투를 벗어던져야 장래에 태어날 천재를 받아들이고 이해할 수 있습니다. 또 작은 일 하는 것을 두려워해서는 안 됩니다. 창작할 수 있는 사람은 당연히 창작을 하고, 그렇지 않으면 번역하고, 소개하고, 감상하고, 읽고, 보고, 심심풀이하는 것도 다 좋습니다. 문예를 가지고 심심풀이한다는 것은, 말하고 보니 다소 우스운 것 같습니다. 그러나 구경 천재에게 상처를 주는 것보다야 낫습니다.

흙은 천재에 비하여 당연히 보잘 것 없습니다. 그렇지만 어려움을 잘 참아 내지 않으면 흙이 되기도 쉽지 않은 것 같습니다. 하지만 일이란 사람이 하기에 달렸으니 공연히 천부적인 천재를 기다리는 것보다야 확실함이 있습니다. 이 점이 흙의 위대한 점이며 도리어 큰 희망을 가질 수 있는 점입니다. 또한 보답이 있습니다. 예를 들어, 아름다운 꽃은 흙으로부터 나오는데, 보는 사람이 즐겁게 감상하는 것은 물론이요, 흙 자신도 즐겁게 감상할 수 있습니다. 꼭 자신이 꽃이 되어야 마음이 흐뭇해지는 것은 아닙니다.─이는 흙도 영혼이 있다면 그렇다는 말입니다.

뇌봉탑(雷峰塔)이 무너진 데 대하여[1]

　들자하니, 항주(杭州) 서호(西湖)에 있는 뇌봉탑(雷峰塔)[2]이 무너졌다고 한다. 들었을 뿐이지 내가 직접 보지는 않았다. 그러나 나는 무너지지 않았을 때의 뇌봉탑을 본 적이 있다. 남루한 탑이 맑은 호수와 푸른 산 사이에 자태를 드러내고 서산으로 지는 태양이 그 언저리를 비추면 그것이 바로 서호십경(西湖十景) 중의 하나인 '뇌봉석조(夕照)'이다. '뇌봉석조'의 실제 모습을 나도 보았지만 내 느낌으로는 그다지 아름다워 보이지는 않았다.

　그런데 서호의 모든 명승고적의 이름 중에서 내가 가장 일찍 알았던 것은 이 뇌봉탑이다. 예전에 내 할머니는 백사(白蛇) 낭자가 이 탑 아래에 눌려 있다는 말을 내게 자주 들려 주었다. 허선(許仙)이라는 어떤 사람이 푸른 뱀, 흰 뱀, 두 마리를 구해 주었는데, 나중에 흰 뱀은 여인으로 변하여 은혜를 갚으려고 허선(許仙)에게 시집을 왔고, 푸른 뱀은 여복으로 변하여 역시 함께 따라왔다. 법해선사(法海禪師)라는 득도한 한 중이 허선의 얼굴에 요사한 기운—보통 요괴를 아내로 맞이한 사람의 얼굴에는 요사한 기운이 도는데, 다만 비범한 사람이라야만 그것을 볼 수 있다—이 도는 것을 보고, 곧 허선을 금산사(金山寺)의 불상 뒤

---

[1] 원제목은 「論雷峰塔的倒掉」이다. 이 글은 처음 1924년 11월 17일 북경에서 발간되던 『어사(語絲)』 주간(週刊) 제1기에 발표되었다.

[2] 뇌봉탑(雷峰塔) : 원래 항주(杭州) 서호(西湖)의 정자사(淨慈寺) 앞에 있었는데, 송(宋) 개보(開寶) 8년(975)에 오월(吳越)의 왕 전숙(錢俶)이 세운 것으로 처음에는 서관전탑(西關磚塔)이라 했고, 후에는 왕비탑(王妃塔)이라 하게 되었다. 뇌봉(雷峰)이라는 작은 산 위에 세워져 있기 때문에 보통 뇌봉탑이라 했다. 1924년 9월 25일에 무너졌다.

에 숨겨 두었고, 백사 낭자가 남편을 찾으러 오자 "금산사는 물바다가 되었다." 내 할머니가 이야기를 들려 주었다면 훨씬 재미있을 것이다. 아마 『의요전(義妖傳)』3)이라는 탄사(彈詞)에 나오는 것일 텐데, 나는 이 책을 보지 못하였기 때문에 '허선'과 '법해'에 대한 묘사가 이렇게 되어 있는지 어떤지 알 수는 없다. 종합하여 말하면, 백사 낭자는 마침 내 법해의 계책에 말려들어 자그마한 바리때 속에 갇히고 말았다. 바리 때를 땅 속에 묻고 그 위에 짓누르는 탑을 하나 세우니, 그것이 바로 뇌봉탑이다. 그 후에도 예를 들어 "백장원(白狀元)이 탑에 제를 지내 다"와 같은 이야기가 아주 많은데, 그러나 나는 지금 모두 잊어버렸다.

그 때 내 유일한 희망은 바로 이 뇌봉탑이 무너졌으면 하는 것이었 다. 후에 내가 어른이 되어 항주에 가서 이 남루한 탑을 보았을 때 마 음이 편치 않았다. 후에 내가 책을 보았더니, 항주 사람들은 또 이 탑 을 보숙탑(保叔塔)이라 하지만, 사실은 전왕(錢王)의 아들이 세운 것이 므로 '보숙탑(保俶塔)'이라고 해야 마땅하다고 씌어 있었다.4) 그렇다

---

3) 『의요전(義妖傳)』: 백사(白蛇) 낭자에 관한 민간의 신화이야기를 서술한 탄사(彈 詞)로서 청대 진우건(陳遇乾)이 지은 것이다. 전체 4권 53회이며, 또 『속집(續 集)』 2권 16회가 있다. "금산사는 물바다가 되었다"(원문 水滿金山)와 "백장원이 탑에 제를 지내다"(원문 白狀元祭塔)는 모두 백사(白蛇) 이야기에 나오는 줄거리 이다. 금산(金山)은 강소(江蘇) 진강(鎭江)에 있으며, 산 위에는 금산사(金山寺)가 있고, 동진(東晉) 때 세워진 것이다. 백장원(白狀元)은 이야기에 나오는 백사 낭 자와 허선(許仙) 사이에 난 아들 허사림(許士林)이다. 그는 후에 장원급제하여 돌아와 탑에 제를 지냈으며, 그 때 법해선사(法海禪師)에 의해 뇌봉탑 아래에 눌 려 있던 백사 낭자와 만나게 되었다.

4) 이 글이 처음 발표되었을 때 글 끝머리에 작자의 부기(附記)가 적혀 있었다. "이 글은 1924년 10월 28일에 지은 것이다. 오늘 손복원(孫伏園)이 왔길래 나는 초고 를 그에게 보여 주었다. 그는 뇌봉탑은 보숙탑이 아니라고 했다. 그렇다면 아마 내 기억이 틀렸을 것이다. 그렇지만 나는 뇌봉탑 아래에는 백사 낭자가 없다는 것을 확실히 이전부터 알고 있었다. 지금 이 기자(記者) 선생의 지적을 듣고 보 니 이 이야기는 결코 내가 책을 보고 안 것이 아님을 알게 되었다. 그러면 당시 에 어떻게 그것을 알게 되었을까. 정말 모를 일이다. 이 기회에 특히 밝혀 바로 잡는다." 보숙탑은 서호(西湖) 보석산(寶石山) 꼭대기에 있으며, 지금도 남아 있 다. 일설에 의하면, 오월(吳越)의 왕 전숙이 송조(宋朝)에 가서 조공을 바칠 때

면 그 속에는 당연히 백사 낭자가 없는 것이다. 그렇지만 내 마음은 여전히 편치 않았고, 탑이 무너졌으면 하고 여전히 희망하였다.

지금 탑이 확실히 무너졌으니 온 세상 인민들에게 그 기쁨이 얼마나 될 것인가?

이는 사실로 증명할 수 있다. 오월(吳越) 지방의 산간 마을이나 해변으로 가서 백성들의 말을 들어 보라. 농부나 누에치는 아낙이나 농촌 사람들 중에 머리가 좀 이상한 몇몇을 제외하고 백사 낭자에 대해 의분을 느끼지 않는 사람이 있으며, 법해가 지나치게 쓸데없는 짓을 했다고 나무라지 않는 사람이 있는가?

중이라면 제 염불이나 하면 될 일이다. 흰 뱀이 스스로 허선에게 반하였고, 허선은 스스로 요괴를 아내로 맞이하였는데, 다른 사람과 무슨 상관이 있겠는가? 중이 기어이 불경을 버려두고 공연히 시비만을 일으켰으니 아마도 질투심을 품었기 때문일 것이다―아니 이는 틀림없는 사실일 것이다.

들자 하니, 나중에 옥황상제도 법해가 쓸데없는 짓을 했고 무고하게 생명을 해쳤다고 나무라면서 법해를 데려와서 처벌하려 하였다고 한다. 법해는 이리저리 도망다니다가 마침내 게 껍질 속으로 숨어서 화를 면하게 되었는데, 감히 다시는 나오지 못하고 지금도 그렇게 지낸다고 한다. 나는 옥황상제가 한 일 가운데 마음 속으로 불만을 품은 것이 매우 많았지만 오직 이 일만은 아주 마음에 들었다. 왜냐하면 "금산사를

세운 것이라 한다. 명대 주국정(朱國楨)의 『용당소품(涌幢小品)』 권14에 간단한 기록이 나온다. "항주(杭州)에는 보숙탑(保淑塔)이 있는데, 전숙이 조정에 들어갈 때 억류될까 염려하여 탑을 세워 자신을 지키려 했다. ……지금은 보숙(保淑)이라 잘못 부르고 있다." 다른 전설에 의하면, 송(宋) 함평(咸平, 998~1003) 연간에 스님 영보(永保)가 보시를 받아 세운 것이라 한다. 명대 낭영(郞瑛)의 『칠수류고(七修類稿)』에는 다음과 같은 말이 있다. "함평(咸平) 연간에 스님 영보(永保)가 보시를 받아 탑을 세웠는데, 사람들은 그를 사숙(師叔)이라 했으므로 탑 이름을 보숙(保叔)이라 하였다."

물바다로 만든" 이 사건은 확실히 법해의 책임이기 때문이다. 옥황상
제는 정말 일을 잘 처리한 것이다. 다만 애석하게도 나는 그 때 이 이
야기의 출처를 알아보지 못했는데, 어쩌면 그것은 『의요전』에 나오는
것이 아니라 민간의 전설인지도 모른다.

　가을날 벼가 무르익는 계절이면 오월 지방에는 게들이 넘쳐난다. 빨
갛게 삶아 아무 것이나 하나 집어들어 등껍질을 열어 제치면 그 속에
는 노란 게장과 하얀 살점이 들어 있다. 암놈일 경우에는 석류처럼 빨
간 알이 들어 있다. 먼저 이것들을 다 먹고 나면 어김없이 원추형의 엷
은 막이 하나 드러난다. 다시 조그마한 칼로 조심스레 원추형의 밑을
따라 도려내어 터지지 않게 뒤집어서 안쪽을 밖으로 향하게 하면 나한
(羅漢) 모양이 되는데, 얼굴도 있고 몸도 있는 것이 앉아 있는 모습을
하고 있다. 우리 고장의 아이들은 그것을 '게 중'이라고 하는데, 바로
거기 피난하여 숨어 있는 법해인 것이다.

　애초에 백사 낭자는 탑 아래에 눌려 있었고 법해선사는 게 껍질 속
에 숨어 있었다. 그러나 지금은 이 늙은 선사만이 혼자 정좌하고 있으
니 게가 멸종되는 그 날이 오지 않고서는 밖으로 나올 수 없을 것이다.
그가 탑을 세웠을 때는, 탑이란 결국 무너지고야 만다는 것을 생각하지
못했지 않았을까?

　그래도 싸다.

1924. 10. 28.

수염 이야기[1]

올해 여름에 장안(長安)[2]을 한번 다녀왔다. 1개월 남짓 있다가 어리둥절한 채로 돌아왔다. 이 사실을 알고 있던 친구가 내게 물었다. "그쪽은 어떠했니?" 나는 그제서야 깜짝 놀라 장안을 회상해 보았다. 많은 은백양나무, 커다란 석류나무, 도중에 적지 않게 마셨던 황하(黃河)의 물을 보았다는 기억이 났다. 그렇지만 이런 것들은 이야기할 만한 것이 못되었다. 나는 그래서 이렇게 말했다. "이렇다 할 만한 것이 없었어." 그는 그래서 실망하여 돌아갔고, 나는 여전히 넋을 잃고 멋은 채로 "아랫사람에게 묻기를 부끄러워하지 않는"[3] 친구들에게 그지없이 부끄러웠다.

오늘 차를 마신 뒤에 책을 보다가 책 위에 약간 물이 묻었다. 나는 윗입술의 수염이 또 자라났다는 것을 알았다. 가령 『강희자전(康熙字典)』을 펼쳐보면, 윗입술, 아랫입술, 볼옆, 아래턱에 난 각종 수염은 아마 다 특별한 명칭들이 있을 것이다.[4] 그렇지만 나는 그렇게 할 만한

---

1) 원제목은 「說胡須」이다. 이 글은 처음 1924년 12월 15일 『어사(語絲)』 주간(周刊) 제5기에 발표되었다.

2) 장안(長安) : 즉, 서안(西安)이다. 1924년 7월 7일 작자는 서북대학(西北大學)의 초청을 받아 북경을 떠나 서안으로 가서 이 학교와 섬서성(陝西省) 교육청이 공동으로 주관한 여름학교에서 『중국소설의 역사적 변천(中國小說的歷史的變遷)』을 강의했다. 8월 12일에 북경으로 돌아왔다.

3) "아랫 사람에게 묻기를 부끄러워하지 않는"(원문 不恥下問) : 『논어 공야장(論語 公治長)』에 보인다. "민첩하면서도 배우기를 좋아하고, 아랫 사람에게 묻기를 부끄러워하지 않는다(敏而好學, 不恥下問)."

4) 『강희자전(康熙字典)』에는 각종 수염의 명칭이 나온다. 윗입술에 난 것을 자(髭), 아랫입술에 난 것을 수(鬚), 볼옆에 난 것을 염(髯), 아래턱에 난 것을 호(鬍)라고 한다. 『강희자전』은 청대 강희(康熙) 연간에 장옥서(張玉書) 등이 황제의 명

한가하고 별난 취미가 없다. 한 마디로 이 수염이 또 자라난 것이다. 나는 또 여느 때처럼 우선 국물이 묻거나 물에 젖지 않도록 하기 위해 수염을 짧게 자르려고 했다. 그래서 거울과 가위를 찾아내어 자르기 시작했다. 그 목적은 수염을 윗입술의 위쪽 가장자리와 가지런하게 만들어서 예서(隸書)의 한일자(一)가 되도록 하려는 것이었다.

나는 한편으로 자르면서 한편으로 문득 장안을 생각하고 내 청년시절을 생각하노라니 끊임없이 가슴이 북받쳐 왔다. 장안의 일은 이미 분명하게 기억나지 않았지만, 아마 확실히 공묘(孔廟)를 구경했을 때 그 속에 집이 하나 있었다. 거기에는 여러 가지 인쇄된 그림이 걸려 있었는데, 이이곡(李二曲)5)의 초상이 있었고, 역대 제왕의 초상이 있었다. 그 중에 하나는 송(宋) 태조(太祖)의 것인지 아니면 아무개 종(宗)의 것인지 분명하게 기억나지는 않지만, 요컨대 장포(長袍)를 입고 수염은 위로 치켜져 있었다. 그리하여 어느 명사(名士)는 의연하고 결연하게 이렇게 말했다. "이것은 다 일본인을 위조한 것입니다. 보세요, 이 수염은 일본식 수염이 아닙니까."

실로 일본인들의 수염은 확실히 그처럼 위로 치켜져 있는데, 그들도 송 태조나 아무개 종의 초상화를 위조하지 않았다고는 할 수 없다. 하지만 그들이 중국 황제의 초상을 위조하였는데도 반드시 거울을 보며 자기네 수염을 법식으로 여긴다면 그 수단이나 사상의 괴이함은 참으로 "의표 밖으로 벗어났다"6)고 할 수 있다. 청(淸) 건륭(乾隆) 연간에

을 받들어 편찬한 자전(字典)이며 강희 55년(1716)에 간행되었다. 전체 42권이며, 4만 7,035자가 수록되어 있다.

5) 이이곡(李二曲, 1629~1705) : 이름은 옹(顒), 자는 중부(中孚), 호는 이곡(二曲)이며, 섬서(陝西) 주지(周至) 사람으로서 청대 이학가이다. 저서로는 『사서반신록(四書反身錄)』 등이 있다.

6) "의표 밖으로 벗어났다"(원문 出乎意表之外) : 이것은 임금남(林琴南)의 글에서 말이 통하지 않는 어구이다. 당시 임금남 등은 신문학 작가들이 백화문을 제창하는 것은 스스로 고문을 이해하지 못하기 때문이라고 공격했다. 이 때문에 백화문을 주장하는 사람들은 말이 통하지 않는 임금남 등의 고문(古文)의 글귀를

황이(黃易)는 한대(漢代)에 지어진 무양사(武梁祠)에서 돌에 새겨진 초상화를 발굴했는데,[7] 남자의 수염이 대부분 위로 치켜져 있었다. 우리가 지금 볼 수 있는 북위(北魏) 당(唐)시기의 불교조상(造像) 중에 신도의 상[8]은 대개 수염이 있는 경우라면 위로 치켜져 있다. 원명(元明)의 초상화에 이르면 수염은 대체로 지구의 중력작용을 받아 아래로 늘어뜨려져 있다. 일본인들은 얼마나 번거로움을 마다 않고 부지런하여 이처럼 많은 한~당의 가짜 골동품을 만들어 중국의 제(齊), 노(魯), 연(燕), 진(晋), 진(秦), 롱(隴), 파(巴), 촉(蜀)의 심산유곡과 폐허 황무지에 묻어 놓을 수 있단 말인가?

나는 아래로 늘어뜨려진 수염은 오히려 몽고식이라고 생각한다. 몽고인들이 가져온 것인데도 우리의 총명한 명사들은 오히려 국수(國粹)라고 여기고 있다. 일본에 유학한 학생들은 일본을 증오한 나머지 몽고의 원(元)을 동경하면서 "그 때 만약 천운이 따르지 않았다면 이 섬나라는 벌써 우리에게 멸망당했을 것이다"[9]고 말한다. 그러니 아래로 늘

자주 인용하여 그들을 풍자했다.

7) 황이(黃易, 1744~1801) : 자가 대이(大易), 호가 소송(小松)이고, 절강(浙江) 인화[仁和, 지금의 항주(杭州)이다] 사람이며, 청대 금석(金石) 수집가이다. 저서로는 『소봉래각금석문자(小蓬萊閣金石文字)』 등의 책이 있다. 한대(漢代)에 지어진 무양사(武梁祠)의 석각(石刻) 초상화 : 산동(山東) 가상현(嘉祥縣) 무택산(武宅山)에 있는 한대(漢代) 무씨(武氏)의 묘 앞에 있는 석실의 네 벽에는 옛 사람들의 초상화와 기이한 금수 등이 새겨져 있는데, 한대 석각(石刻) 예술의 대표적인 작품의 하나이다. 송대 조명성(趙明誠)의 『금석록(金石錄)』에 기록이 나온다. 후에 강줄기가 바뀌면서 흙으로 뒤덮여 버렸는데, 청 건륭(乾隆) 51년(1786) 가을에 황이는 그 곳에서 석실의 여러 곳을 발굴하여 초상화 20여 석(石), 「무반비(武斑碑)」, 「무씨석궐명(武氏石闕銘)」 등을 얻었다.

8) 신도의 상(원문 信士像) : 중국에서는 삼국(三國) 시대부터 불교를 믿는 사람들이 보통 절에 비용을 대어 절벽에다 불상을 만들거나 조각하였다. 종종 비용을 댄 사람 본인의 상을 그 사이에 곁들여 새기는 경우도 있었는데, 그것을 신도의 상이라 불렀다.

9) 원(元)나라 군사가 일본을 침략하였으나 실패한 일을 가리킨다. 원 지원(至元) 7년(1280)에 원 세조(世祖) 홀필열(忽必烈)은 범문호(范文虎) 등에게 명하여 10여 만명의 군사를 이끌고 일본을 침범하게 하였다. 이듬해 7월 일본의 평호도(平戶

어뜨려진 수염을 국수라고 여기는 것도 무리는 아니다. 하지만 그렇다면 또 어떻게 황제(黃帝)의 자손이라 하겠는가? 또 어떻게 대만(臺灣) 사람들이 복건(福建)에서 중국 사람들을 때린 것[10]을 보고 노예근성이라 말하겠는가?

나는 그 때 논쟁을 벌이고 싶었으나 금방 논쟁하고 싶은 마음이 사라졌다. 독일에서 유학하던 애국자 X군—나는 그의 이름을 잊어버렸기 때문에 잠시 X로 그것을 대신한다—은 내가 중국을 비방하는 것은 일본 여인을 아내로 맞이하였기 때문에 그들을 대신해서 본국의 나쁜 점을 선전하는 것이라고 말하지 않았던가? 내가 이전에 간단히 몇 가지 중국의 결점을 들었을 뿐인데도 '하찮은 아내'[11]까지 연류시켜 국적을 바꾸려고 하는데 하물며 지금 일본과 관련된 문제에 대해서는 더 말할 필요가 있겠는가? 다행히 설령 송 태조나 아무개 종의 수염이 억울한 누명을 썼다고 하더라도 당장 홍수가 나고 지진이 나는 것은 아닐 테니 크게 상관은 없을 것이다. 나는 그래서 연신 고개를 끄덕이며 "허

島)를 쳐들어갔다. 『신원사 일본전(新元史 日本傳)』의 기록에 따르면, 당시 일본의 정세는 매우 긴박했다고 한다. "일본의 전선(戰船)은 작아 전후의 공격을 막아 낼 수 없어 모두 패퇴하였는데, 일본 내에서는 인심이 흉흉하고 시장에 쌀을 내다 팔지 않았다. 일본의 군주는 친히 팔번사(八幡祠)에 가서 기도하였고, 또 태신궁(太神宮)에 칙령을 내려 자신의 몸을 바쳐 국난을 대신하겠다고 빌었다. ……8월 갑자(甲子) 초하루에 태풍이 크게 일어나서 (원나라 군대의) 전함이 모두 부서지고 뒤집혀 침몰했다."

10) 복주(福州) 참사 때 일어난 일을 가리킨다. (역주) 1919년 5·4운동이 발발한 이후 중국 각지에서는 일본제품 배척운동이 전개되었다. 이 때 복주(福州) 주재 일본 영사관에서는 이 운동을 저지하기 위해 11월 15일에 일본 낭인들과 사복 경찰들을 파견하여 애국 신극(新劇)을 공연하던 학생들을 구타했다. 당시 대만은 아직 일본의 점령하에 있었는데, 이 사건이 일어났을 때 대만의 부량배들도 참가했다.

11) (역주) '하찮은 아내'(원문 賤內) : 자기 아내를 낮추어 부르는 말이다. 여기서 '하찮은 아내'까지 연루시킨다고 한 것은 두 가지를 풍자하고 있는 것 같다. 하나는 아내는 하찮지 않다는 것이고 또 하나는 하찮은 아내까지 들먹이는 그는 소인배라는 것이다.

허, 그래 맞아요"라고 했다. 왜냐하면 나는 실로 이전과 비교해서 많이 교활해졌기―좋아졌기 때문이다.

나는 내 수염의 왼쪽 끝자락을 다 자른 다음에 생각했다. 섬서(陝西) 사람들은 물심양면으로 애를 써서 식사를 준비하고 돈을 쓰면서 열차[12]나 배나 수레나 승용차에 태우고 장안으로 초청하여 강연을 부탁했는데, 아마 내가 목숨을 잃을 만한 재앙이 아닌 하찮은 일에 대해서조차 자신의 의견을 솔직하게 털어 놓지 않고 그저 "허허, 그래 맞아요"라고 할 뿐임을 전혀 예상하지 못했을 것이다. 그들은 완전히 속은 것이다.

나는 다시 거울 속의 내 얼굴을 마주하고 오른쪽 입아귀를 들여다보면서 수염의 오른쪽 끝자락을 잘라 바닥으로 떨어내면서 내 청년시절을 떠올렸다.―

그것은 이미 옛 이야기로서 대략 16~17년은 되었을 것이다.

나는 일본에서 고향으로 돌아올 때, 입 위에는 바로 송 태조나 아무개 종처럼 위로 치켜진 수염을 달고 작은 배에 앉아 뱃사공과 잡담을 나누었다.

"선생님, 당신은 정말 중국어를 잘 하시는군요." 한참 뒤에 그는 이렇게 말했다.

"저는 중국 사람입니다. 게다가 당신과 동향(同鄕)인데, 어찌 그럴 수가⋯⋯"

"하하하, 당신은 농담도 잘 하시는군요."

내가 그 때 어처구니 없었음은 확실히 X군의 통신을 보았을 때보다 10배는 더하였다는 기억이 난다. 나는 그 때 전혀 족보를 몸에 지니고 있지 않았으니 확실히 내가 중국사람이라는 것을 증명할 수가 없었다.

---

12) 여기서의 '기차(원문 汽車)'는 '열차'의 뜻이다. 다음에 나오는 '자동차(自動車)'가 바로 승용차의 뜻이다. 모두 일본어이다.

설령 족보를 지니고 있었다고 하더라도 그 위에는 글자만 있고 초상화는 없으니 그 글자가 바로 나인지 증명할 수도 없었을 것이다. 설령 초상화가 있었다고 하더라도 일본인은 한에서 당까지의 석각(石刻), 송태조나 아무개 종의 초상화를 잘 위조하므로 설마 목판본의 족보야 손쉽게 위조하지 못하겠는가?

무릇 진담을 농담으로 보고, 농담을 진담으로 보고, 농담을 농담으로 보는 사람에 대해서는 오직 한 가지 방법뿐이다. 그것은 바로 말을 하지 않는 것이다.

그래서 나는 그 뒤에 말을 하지 않았다.

그렇지만 가령 지금이라면 나는 대개 "허허, ……오늘 날씨가 대단히 좋지요?……저쪽에 보이는 마을은 이름이 뭔가요?……" 하고 말했을 것이다. 왜냐하면 나는 실로 이전과 비교하여 많이 교활해진—좋아진 듯하기 때문이다.

지금 생각해 보니 뱃사공이 내 국적을 바꾸어 놓은 것은 아마 X군의 고견(高見)과는 다를 것이다. 그 원인은 다만 수염에만 있었을 것이다. 왜냐하면 나는 그 이후로 수염 때문에 늘 고통을 당했기 때문이다.

나라는 망해도 국수가(國粹家)는 줄어들지 않는 법이다. 그리고 국수가가 줄어들지 않는 한 그 나라는 망했다고 할 수도 없다. 국수가라고 하는 것은 국수를 보존하는 사람이다. 그리고 국수라고 하는 것은 내 수염과 같은 것이다. 이 무슨 '논리'법인지 비록 알 수 없지만 당시의 실정은 확실히 이러했다.

"당신은 어찌하여 일본인의 모양을 흉내내어, 신체도 왜소한데다 수염까지 그렇게……" 한 국수가 겸 애국자가 거창하고 탁월한 의론을 전개한 다음 바로 이 같은 결론에 도달하였다.

애석하게도 나는 그 때 아직 세상물정을 모르는 젊은이였기 때문에 분연히 논쟁을 벌였다. 첫째, 내 신체는 본래 그 정도의 크기이며, 결코 일부러 무슨 서양오랑캐의 기계로 압축하여 그것을 왜소하게 만들어 속이려고 했던 것은 아니다. 둘째, 내 수염은 실로 여러 일본인들과 닮았다. 하지만 비록 나는 일본인들의 수염양식 변천사를 연구한 적은 없지만, 여러 옛 일본인들의 초상화를 보아 하니 모두 위로 치켜져 있지 않고 다만 밖으로 향해 있고, 아래로 향해 있어 우리의 국수와 큰 차이가 없었다. 그러나 유신(維新)13) 이후에 치켜지기 시작했는데, 그것은 아마 독일식을 흉내낸 것이겠다. 빌헬름 황제의 수염을 보면 눈꼬리를 향해 올라가 있고 콧날과 평행하게 되어 있지 않은가? 비록 그는 나중에 담배를 피우다가 한쪽을 태워 버려 양쪽을 모두 평평하게 자를 수밖에 없었지만 일본의 명치유신(明治維新)14) 무렵에는 그의 한쪽 수염에 아직 불이 나지 않았었다……

이 한바탕 해명은 대략 2분이나 걸렸으나 아무튼 국수가의 노여움을 풀어 줄 수는 없었다. 왜냐하면 독일도 서양오랑캐이고, 게다가 내 신체는 또 왜소하였기 때문이다. 더욱이 국수가는 숫자도 많고 의견도 통일되어 있어 내 해명도 빈번해졌다. 그렇지만 아무런 효과도 없이 한 번, 두 번, 열 번, 십수 번에 이르렀는데, 내 자신도 무료해지고 귀찮아졌다. 그렇게까지 할 필요가 있겠는가 하였고, 게다가 수염을 손질하는 끈적이는 기름(膠油)도 중국에서는 구하기 어렵고 해서, 나는 그 후로 되는 대로 내버려 두기로 하였다.

되는 대로 내버려 두니까 수염의 양 끝이 곧 아래쪽으로 늘어지는 현상15)이 나타났고, 그리하여 지면과는 90도 직각을 이루었다. 국수가

---

13) (역주) 명치유신(明治維新)을 가리킨다.

14) 명치유신(明治維新) : 1868년 일본 명치(明治)천황은 국가의 권력을 장악하여 덕천막부(德川幕府)의 통치를 끝내고 자본주의 발전에 유리한 일련의 개혁을 단행했다. 이 자산계급적인 혁신운동을 보통 명치유신이라 한다.

15) 아래쪽으로 늘어지는(원문 毗心) : 즉, 지구 중심을 향한다는 뜻이다. 아래쪽으로 늘어지는 현상(毗心現象)이란 윗입술의 양 끝에 있는 수염 끝자락이 아래쪽으로 늘어지는 것을 말한다.

들도 과연 더 이상 말을 하지 않았다. 아마도 중국이 이미 구제되었던 모양이다.

그렇지만 이어서 개혁가들의 반감을 샀는데, 이도 당연한 일이었다. 나는 그리하여 또 해명하며 한 번, 두 번, 여러 번에 이르렀는데, 내 자신도 무료해지고 귀찮아졌다.

대략 4~5년 또는 7~8년 전이었을 것이다. 나는 회관(會館)에 혼자 앉아서 몰래 내 수염의 불행한 처지를 슬퍼하면서 그것이 비방을 받게 된 원인을 따져 보았다. 불현듯이 크게 깨닫게 되었는데, 그 화근은 오로지 양쪽 끝자락에 있었다는 것을 알게 되었다. 그리하여 거울과 가위를 꺼내와서 당장에 평평하게 잘라서 위로 치켜지지도 않고 아래로 늘어뜨려지기도 어렵게 예서의 한일자(一) 모양으로 만들었다.

"아니, 당신의 수염이 이렇게 되다니?" 처음에는 이렇게 묻는 사람도 있었다.

"그래요, 내 수염은 이렇게 되었어요."

그는 그러나 말이 없었다. 양 끝자락을 찾지 못해 입론의 근거를 잃어버려 그런 것인지, 아니면 내 수염이 "이렇게 된" 후라서 중국 존망의 책임을 지우지 못해 그런 것인지 알 수는 없었다. 아무튼 나는 그 이후로 무사태평이 지금까지 계속 이어지고 있는데, 귀찮은 일이 있다면 자주 잘라 주어야 한다는 것뿐이다.

1924. 10. 30.

사진찍기 따위에 대하여[1]

1. 재료 따위

나는 어렸을 때 S시[2]에 있었다―어렸을 때라는 것은 30년 전이지만 진보가 아주 빠른 영재의 입장에서 보면 한 세기에 해당할 것이고, S시라는 것도 나는 그 진짜 이름을 말하지 않을 것이며, 어째서 말하지 않는가 하는 그 이유도 말하지 않겠다. 아무튼 나는 S시에서 항상 남녀노소 할것없이 모두가 서양놈은 눈알을 빼간다고 이야기하는 것을 옆에서 들었다. 이전에 한 여인이 원래 서양놈의 집에서 고용되어 일하다가 나중에 그만두고 나왔는데, 듣자 하니 그 여인이 나온 원인은 바로, 소금에 절인 눈알이 담긴 단지를 직접 보았기 때문이라는 것이다. 붕어새끼 크기의 눈알이 한층한층 쌓여 곧 단지 위까지 찰랑찰랑 넘치려 하더라는 것이다. 그래서 그 여인은 위험을 벗어나기 위해 얼른 나와 버렸다고 한다.

S시에는 먹고살 만한 집에서 겨울이 오면 반드시 한 독씩 배추를 소금에 절여 한해 동안 먹는 습관이 있다. 그렇게 하는 의도가 사천(四川)의 자채(榨菜)[3]와 같은지 그렇지 않은지 나는 모른다. 그러나 서양놈이 눈알을 절이는 것은 그 의도가 당연히 다른 데 있겠지만, 유독 방

---

1) 원제목은 「論照相之類」이다. 이 글은 처음 1925년 1월 12일 『어사(語絲)』 주간 제9기에 발표되었다.
2) S시(원문 S城) : 작자의 출생지인 소흥(紹興)을 가리킨다.
3) (역주) 사천성(四川省) 특산의 2년생 초본식물이지만, 보통 자채(榨菜)의 뿌리줄기를 그늘에 말려 소금에 절인 다음 눌러 짜 물기를 뺀 뒤 다시 고추·산초열매·생강·감초·회향(茴香)·소주 따위를 넣어 절인 식품을 가리킨다.

법만은 S시에서 배추를 절이는 법의 영향을 크게 받았다. 전해 오는 말에 따르면 중국은 대외적으로 동화력을 많이 가지고 있다고 하는데, 이것도 그 증거의 하나가 될 것이다. 그렇지만 모양이 붕어새끼 같다는 것은 무엇 때문인가? 대답하자면, 이는 확실히 S시 사람들의 눈알임에는 틀림없다. S시의 불당 가운데 안광마마(眼光娘娘)⁴⁾라는 보살이 하나 있다. 눈병이 있는 사람은 거기에 가서 빌고, 나으면 무명이나 비단으로 눈알을 한 쌍 만들어 신불이 있는 방이나 그 주위에 걸어 두어 신의 가호에 보답한다. 그래서 눈알이 얼마나 많이 걸려 있는가를 보기만하면 이 보살이 영험한지 그렇지 않은지 알 수 있다. 그런데 걸려 있는 눈알은 양 끝이 뾰족하여 붕어새끼 닮아서, 서양놈의 생리도(生理圖)에 그려진 것처럼 둥글게 생긴 것은 전혀 찾아볼 수 없다. 황제(黃帝)와 기백(岐伯)의 일⁵⁾은 먼 옛날 이야기이고, 왕망(王莽)이 적의(翟義)일당을 죽일⁶⁾ 때 사지를 분해하여 의원들에게 관찰하도록 하여 그림으로 그리게 했는지는 알 수 없으나, 설령 그림으로 그리게 했다고 하

---

4) (역주) 마마(원문 娘娘)는 민간신앙에서 여신을 가리킨다. 예를 들어, 삼신할미를 '자손마마(子孫娘娘)'라 한다.

5) 황제와 기백의 일(원문 黃帝岐伯) : 여기서는 『황제내경(黃帝內經)』을 가리킨다. 이것은 중국의 유명한 의학 고서인데, 대략 전국(戰國) 진한(秦漢)시대에 의가(醫家)들이 고대 및 당시의 의학자료를 모아서 편찬한 책으로 황제(黃帝)와 기백(岐伯)의 이름을 빌려 지은 것이다. 전서(全書)는 『소문(素問)』과 『영추(靈樞)』 두 부분으로 나뉘어 있는데, 전자는 황제와 기백의 문답형식을 사용하여 생리, 병리의 치료상황을 토론하고 있고, 후자는 주로 순환계 및 일반해부학, 침술치료법 등을 서술하고 있다.

6) 왕망이 적의 일당을 죽일(원문 王莽誅翟義黨) : 서한(西漢) 말 왕망(王莽)이 한(漢) 왕조의 권력을 찬탈하였을 때 동군(東郡)의 태수(太守) 적의(翟義)와 그의 외조카 진풍(陳豊)이 기병하여 왕망을 토벌하려 했으나 패하여 "사지가 찢긴 채 효시되었고" 적의를 따라 기병했던 사람들도 학살당했다. 『한서 왕망전(漢書 王莽傳)』에 따르면, 적의의 일당인 왕손경(王孫慶)이 붙잡힌 후 "왕망은 태의(太醫)와 상방(尙方)을 시켜 백정과 함께 배를 가르고 가죽을 벗겨 내어 오장(五臟)을 재고 대자리에 혈관(脈)을 펼쳐놓게 했다. 그 처음과 끝을 알면 병을 치료할 수 있다고 했다."

더라도 지금은 없어졌을 것이므로 "옛부터 이미 있었다"고 하는 것은 부질없는 일이다. 송대(宋代)의 『석골분경(析骨分經)』[7]은 눈으로 직접 보고 한 것이라고 전해지지만 『설부(說郛)』에 그것이 있어 나는 본 적이 있는데, 대부분이 허튼 소리여서 아마 거짓일 것이다. 그렇지 않다면, 눈으로 직접 본 것조차 그처럼 엉터리인데 S시 사람들이 눈알을 붕어새끼처럼 이상화한 것도 실은 크게 이상할 것이 없다.

그렇다면 서양놈은 눈알을 저려 절인 채소를 대신하여 먹었단 말인가? 그렇지 않다. 듣자 하니 다른 데 사용하기 위한 것이라고 한다. 첫째, 전선(電線)에 사용한다는 것인데, 이것은 어느 한 시골사람의 말에 따른 것으로 어떻게 사용하는지 그도 말하지 않았고, 다만 전선에 사용한다고 말했을 뿐이다. 전선의 사용에 대해서는 그도 말한 적이 있는데, 매년 철사를 더 늘여 앞으로 서양군대(鬼兵)가 들어올 때 중국인들에게 도망갈 곳이 없게 하려는 것이라고 했다. 둘째, 사진을 찍는 데 사용한다는 것인데, 이치가 분명하여 더 말할 필요가 없을 것이다. 왜냐하면 우리가 다른 사람과 마주보고 서 있으면 그 사람의 눈동자 속에 틀림없이 내 작은 사진이 하나 있을 것이기 때문이다.

그리고 서양놈은 또 심장을 빼가는데, 그 의도도 역시 다른 데 사용하기 위한 것이다. 나는 염불하는 한 노파가 그 이유를 설명하는 것을 옆에서 들은 적이 있다. 서양놈들은 그것을 빼가서 달여 기름으로 짜서는 등에 불을 붙여 곳곳의 땅밑을 비춘다고 한다. 사람의 마음(心)은 재물을 탐하게 마련이므로 보물이 묻혀 있는 곳을 비추면 불꽃이 아래로 구부러진다. 그들은 즉시 그 곳을 파내어 보물을 가져가는데, 그래서 서양놈은 그렇게 돈이 많다는 것이다.

도학(道學) 선생들이 말하는 이른바 "만물은 다 나를 위해 갖추어져

---

7) 『석골분경(析骨分經)』 : 명대(이 글에서는 송대라고 말하고 있으나 잘못된 것 같다) 영일옥(寧一玉)이 지은 것으로 청대 도정(陶珽)이 편찬한 『속설부(續說郛)』 제30권에 수록되어 있다.

있다"8)라는 것은 사실 전국에서, 적어도 S시에서 "낫 놓고 기역자도 모르는" 사람들도 다 알고 있으므로 사람은 '만물의 영장'인 것이다. 그리하여 월경과 정액은 수명을 늘일 수 있고, 모발과 손톱은 혈기를 도울 수 있고, 대소변은 많은 병을 치료할 수 있고,9) 팔의 살은 부모를 먹여 살릴 수 있다. 그렇지만 이것은 결코 본론의 범주에 속하지 않으므로 지금은 잠시 말하지 않기로 한다. 게다가 S시 사람들은 체면을 대단히 중시하므로 말해서는 안 되는 일들이 많다. 그렇게 하지 않으면 음모에 의해 징벌을 당한다.

2. 형식 따위

요약하면, 사진찍기는 흡사 요술과 같다. 함풍(咸豊) 연간에 어느 한 성(省)에서 사진을 찍을 수 있다는 이유 때문에 시골사람들로부터 가산을 파괴당한 일이 있었다. 그러나 내가 어렸을 때에―즉 30년 전에 S시에는 이미 사진관이 있어 사람들도 그다지 의구심을 갖지 않았다. 하기야 '의화권민(義和拳民)'의 소동이 일어났을 때―즉, 25년 전에 어느 성에서는 쇠고기 통조림을 보고 서양놈이 죽인 중국 아이의 고기라고 하던 일도 있었다. 그렇지만 이는 예외적인 일로서 만사와 만물에는 언제나 예외가 있게 마련이다.

요약하면, S시에는 이미 사진관이 있었고, 이 곳은 내가 지날 때마다 언제나 빠짐없이 감상하던 곳이다. 다만 일년 중에서도 너댓 번 지나간 것뿐이지만 말이다. 크기와 길이가 다르고 색깔이 다른 유리병들, 그리고 반질반질하고 가시 달린 선인장은 모두 내게는 진기한 물건으로 보

---

8) "만물은 다 나를 위해 갖추어져 있다"(원문 萬物皆備於我) : 이 말은 『맹자 진심(孟子 盡心)』에 보인다.

9) 월경과 정액, 모발과 손톱 등을 약으로 쓸 수 있다는 것에 대한 이야기는 명대 이시진(李時珍)의 『본초강목(本草綱目)』 권52 「인부(人部)」에 기록되어 있다.

였다. 또 벽에는 액자에 들어 있는, 증대인(曾大人), 이대인(李大人),
좌중당(左中堂), 포군문(鮑軍門)10) 등의 사진이 걸려 있었다. 친절한
문중의 한 어른이 이를 빌려 내게 교육한 적이 있다. 그는 저분들은 모
두 당시의 대관(大官)으로서 '장발(長毛)'의 난을 평정한 공신이며 너
는 그들을 잘 배워야 한다고 말했다. 그 때 나도 아주 따라 배우고 싶
었는데, 그러자면 얼른 또다시 '장발'의 난이 일어나야 한다고 생각하
였다.

그러나 S시 사람들은 오히려 사진찍기를 그다지 좋아하지 않는 것
같았다. 왜냐하면 정신이 함께 찍혀 가기 때문인데, 그래서 운세가 바
야흐로 좋을 때에는 특히 찍어서는 안 된다. 그리고 정신이라면 일명
'위엄의 빛(威光)'이 아닌가. 내가 당시 알고 있던 것은 다만 이 점뿐이
다. 근년에 와서 또 원기를 잃을까 두려워서 영원히 목욕을 하지 않는
명사(名士)가 있다는 말을 들었는데, 원기는 아마도 위엄의 빛일 것이
다. 그렇다면 나는 좀더 많은 것을 알게 되었는데, 중국인의 정신인 일
명 위엄의 빛, 즉 원기는 찍혀 나갈 수도 있고 씻겨서 나갈 수도 있는
것이다.

그런데 비록 많지는 않았지만 그 때 그래도 찾아와 사진을 찍는 사
람이 확실히 있었다. 나 역시 그들이 어떤 사람들인지 알 수 없었으나
운수가 좋지 않은 사람들이거나 아니면 신당(新黨)11) 사람들이었을 것
이다. 다만 상반신 사진만은 대체로 기피했던 것 같다. 왜냐하면 허리
가 잘리는 것 같았기 때문이다. 물론 청조는 이미 허리를 잘리는 형벌
을 폐지하였지만, 그러나 우리는 희곡에서 포(包) 나으리가 포면(包勉)
을 작두질하는12) 것을 볼 수 있는데, 한 칼에 두 동강을 내니 얼마나

---

10) 증대인(曾大人)은 증국번(曾國藩), 이대인(李大人)은 이홍장(李鴻章), 좌중당(左
中堂)은 좌종당(左宗棠), 포군문(鮑軍門)은 포초(鮑超)이다. 그들은 모두 청조의
대관료로서 태평천국(太平天國) 농민기의를 진압한 사람이다.
11) 신당(新黨) : 청말에 일반 사람들은 유신파(維新派) 인물들을 이렇게 불렀다.

무서운 일인가. 그렇다면 그것이 설령 국수(國粹)라고 하더라도 역시 다른 사람이 내게 가하는 것은 바라지 않을 것이다. 확실히 그런 사진을 찍지 않는 것이 옳았다. 그래서 그들이 찍는 것은 대부분이 전신사진이었는데, 옆에는 큼직한 차탁자가 있고, 그 위에는 모자걸이, 찻잔, 물담배대, 화분이 있고, 탁자 아래에는 타구(唾具)를 놓아 두어 이 사람의 기관지에는 가래가 많아 수시로 뱉어야 한다는 것을 보여 준다. 사람의 경우, 서 있기도 하고 앉아 있기도 하고, 또는 손에 서책을 들기도 하고 또는 앞섶에 커다란 시계를 걸기도 한다. 우리가 만일 확대경으로 비쳐 본다면 지금도 그 당시 사진을 찍을 때의 시간을 알 수 있으며, 게다가 그 때에는 플래시를 사용했을 리가 없으므로 밤인가 하고 의심할 필요도 없다.

그런데 명사들의 풍류는 어느 시대인들 없겠는가? 풍류객들은 벌써부터 천편일률적인 그러한 바보들에 대해 불만을 가지게 되었다. 그리하여 벌거벗고 나체로 진대(晉代) 사람13)을 흉내낸 사람도 있었고, 비스듬한 옷깃에 옷고름이 달린 옷을 입어 X사람처럼 흉내낸 사람도 있었는데, 많지는 않았다. 비교적 유행한 것은, 먼저 옷차림을 달리 하여 자신의 사진을 두 장 찍고 난 후, 한 장으로 합쳐 두 사람의 자기가, 또는 주인과 손님 같아 보이고 또는 주인과 노복 같아 보이도록 하여, 그

---

12) 포면(包勉)을 작두질하는(원문 鍘包勉) : 중국에서 과거 유행하던 극(劇)종목 중의 하나이다. 내용을 보면, 민간전설에 근거하여 송조의 포증(包拯)이 공정하게 법을 집행하여 사사로운 정에 얽매이지 않고 죄를 지은 자신의 조카 포면(包勉)을 작두질했다는 이야기이다.

13) 진대(晉代) 문인 유령(劉伶)을 가리킨다. 『세설신어 임탄(世說新語 任誕)』에 다음과 같은 말이 있다. "유령은 항상 폭음하고 대범하여 가끔 옷을 벗고 나체로 집에 있었는데, 사람들이 보고 그를 비웃었다. 유령은 '나는 천지를 집으로 삼고 집을 잠방이 바지로 여기는데, 그대들은 어찌하여 내 잠방이 바지 속에 들어왔는가?' 했다." 또 「덕행(德行)」에는 "왕평자(王平子), 호모언국(胡母彦國) 등 사람들은 모두 구애됨이 없었는데, 가끔 벌거벗고 지내는 경우도 있었다"고 하였다.

것을 '이아도(二我圖)'라고 이름붙이는 경우였다. 그러나 만약 하나의
자기가 거만하게 앉아 있고, 또 하나의 자기가, 앉아 있는 하나의 자기
를 향해 비열하고 가련하게 무릎을 꿇고 있을 때, 그 이름은 또 달라져
'구기도(求己圖)'라 한다. 이러한 '도(圖)'가 인화되어 나오면 '조기만
정방(調寄滿庭芳)', '모어아(摸魚兒)' 따위의 사(詞)와 같은 시들을 써
넣게 되는데, 그런 다음 서재에 걸어 둔다. 귀인이나 부호들이라면 바
보들 축에 들기 때문에 절대로 이와 같은 우아한 양식을 생각해 낼 수
도 없다. 특별한 행동 양식이 있다면, 그것은 기껏해야 자기는 가운데
앉고 무릎 아래에 그의 100명의 아들, 1,000명의 손자 그리고 1만 명의
증손자(이하 생략)를 줄지어 놓고 '가족사진'을 찍는 것일 뿐이다.

립스(Th. Lipps)[14]는 그의 『윤리학의 근본문제』라는 책에서 다음과
같은 뜻의 말을 한 적이 있다. 무릇 모든 주인은 쉽게 노예로 변할 수
있다. 왜냐하면 그가 한편으로 주인이 될 수 있다는 것을 인정하는 이
상, 다른 한편으로 당연히 노예가 될 수 있다는 것을 인정하기 때문이
다. 그래서 위세가 일단 떨어지면 군말없이 새 주인 앞에서 굽신거리게
된다. 그 책은 애석하게도 내 손에는 없어 그 대의만을 기억하고 있을
뿐이다. 다행히도 중국에 이미 번역본이 나왔으므로 비록 발췌역이기
는 해도 이런 말은 틀림없이 들어 있을 것이다. 사실을 가지고 이 이론
을 증명할 수 있는 가장 뚜렷한 예가 손호(孫皓)[15]이다. 손호는 오(吳)

---

14) 립스(1851~1914) : 독일의 심리학자, 철학자이다. 그는 『윤리학의 근본문제』의
   제2장 「도덕상의 근본동기와 악」에서 다음과 같이 말했다. "무릇 남을 노예로
   삼으려는 사람은 자기도 노예근성을 가지고 있다. 폭군이 되기를 좋아하는 전
   제자는 도덕면에서 자부심이 결여되어 있는 사람이다. 무릇 거만하기를 좋아하
   는 사람은 자기보다 강한 자를 만나면 항상 비굴해진다."[양창제(楊昌濟)의 번
   역에 따랐음. 북경대학출판부 출판]
15) 손호(孫皓, 243~283) : 삼국(三國)시대 오(吳) 나라 최후의 황제이다. 제위 시절
   에 음란·사치하고 잔혹하여 함부로 신하와 궁중사람들을 죽였으며, 사람의 얼
   굴가죽을 벗기거나 사람의 눈을 도려내는 등 못하는 짓이 없었다. 진(晋)에 항
   복한 다음 귀명후(歸命侯)로 책봉되었다. 『세설신어 배조(世說新語 排調)』에 다

나라를 다스릴 때에 그토록 오만방자하고 잔학한 폭군이었는데, 진(晋)나라에 항복하자 그토록 비열하고 파렴치한 노예가 되었다. 중국에는 항상, 아래사람에 대해 오만한 자는 윗사람을 섬길 때 반드시 아첨한다는 말이 있는데, 역시 바로 이러한 속임수를 꿰뚫어 보고 있는 것이다. 그러나 가장 철저하게 표현하고 있는 것으로는 오히려 '구기도'만한 것이 없다. 이것은 앞으로 중국에서 만약『그림으로 그린 윤리학의 근본문제』라는 책을 찍는다면 참으로 대단히 훌륭한 삽화가 될 것이다. 세계에서 가장 위대한 풍자화가라도 도저히 생각해 내지 못할 것이며 그려 내지 못할 것이다.

그러나 지금 우리가 볼 수 있는 것으로는, 비열하고 가련하게 무릎을 꿇고 있는 사진은 이미 없어졌고, 어떤 모임의 기념으로 찍은 사람들 아니면 확대한 상반신 사진들인데, 모두 늠름하다. 내가 이것들을 늘 반쪽짜리 '구기도'쯤으로 보고자 하는 것이 곧 내 기우이기를 나는 바란다.

3. 무제(無題) 따위

사진관에서는 하나 또는 몇몇의 세력가(闊人)들의 사진을 골라 확대하여 문앞에 걸어두는데, 북경에서 특히 두드러지고 근래에는 유행하고 있는 듯하다. 내가 S시에 본 증대인(曾大人)과 같은 것들은 모두 6~8인치에 지나지 않았고, 게다가 걸려 있는 것은 오랫동안 증대인과 같은 것들이어서 북경에서 수시로 바뀌고 해마다 달라지는 것과는 역

음과 같은 기록이 있다. 진(晋) 무제(武帝)가 그에게 "듣자 하니 남쪽 사람들은「이여가(爾汝歌)」를 잘 부른다고 하는데, 그대는 잘 할 수 있는가?" 하고 물었다. 그는 술을 마시고 있다가 얼른 술잔을 들어 무제를 향해 "어제는 당신의 이웃이었고 오늘은 당신의 신하가 되었으니 당신에게 한 잔 술을 올리며 당신의 만수무강을 비나이다" 하고 노래불렀다.

시 달랐다. 그러나 정확하지는 않지만 혁명 이후에는 아마 치워졌을 것
이다.

최근 10년 동안의 북경의 일이라면, 그러나 나는 아는 바가 약간은
있다. 틀림없이 그 사람이 세력가라면 그 사진은 확대되고, 그 사람이
"벼슬에서 물러나면" 그 사진은 보이지 않게 된다. 물론 번갯불보다는
훨씬 오래 간다. 만일 대낮에 촛불을 밝히고 북경 시내에서 저 세력가
들처럼 축소되었다 확대되었다 걸렸다 치워졌다 하지 않는 사진을 하
나 찾는다면, 식견이 좁은 내 소견으로는 실로 매란방(梅蘭芳)16)군 한
사람뿐이다. 그리고 마고(麻姑)17) 선녀 같은 매란방군의 '천여산화(天
女散花 : 선녀가 꽃을 뿌리다 — 역자)', '대옥장화(黛玉葬花 : 임대옥이
꽃장사를 지내다 — 역자)'의 사진은 축소되었다 확대되었다 걸렸다 치
워졌다 하는 것들보다는 확실히 아름답다. 바로 이는 중국인들은 실로
심미안을 가지고 있다는 것을 증명하기에 충분하다. 또 다른 한쪽에 가
슴을 펴고 배를 내밀고 있는 사진을 확대해 놓는 것은 아마 부득이해
서 그랬을 것이다.

나는 이전에 『홍루몽(紅樓夢)』18)을 읽기만 하고 '대옥장화(黛玉葬
花)'의 사진을 보지 못했을 때에는 대옥(黛玉)의 눈이 그처럼 튀어나오
고 입술이 그처럼 두터운지 전혀 생각지도 못했다. 나는 대옥은 수척하
여 폐병 앓은 얼굴일 거라고 생각했는데, 이제 보니 제법 복스러운 얼

---

16) 매란방(梅蘭芳, 1894~1961) : 이름은 난(瀾), 자는 원화(畹華)이고, 강소(江蘇)
    태주(泰州) 사람이며, 경극(京劇) 예술가이다. 그는 여자 주인공(旦角)을 맡는
    남자 배우로서 경극의 공연예술 면에서 중요한 성과를 거두었다.
17) 마고(麻姑) : 신화전설에 나오는 선녀이다. 진대(晉代) 갈홍(葛洪)의 『신선전(神
    仙傳)』에 따르면, 동한(東漢) 시기에 선인(仙人) "왕방평(王方平)이 채경(蔡經)
    의 집에 내려와 마고(麻姑) 선녀를 불러들였는데, 아름다운 여자로서 나이가 1
    8~19세 되어 보였고, 손은 새 발톱 같았고, 머리 꼭지에는 쪽을 틀고 있었고,
    옷에는 무늬가 있었으나 비단수는 아니었다."
18) 『홍루몽(紅樓夢)』 : 장편소설로 청대 조설근(曹雪芹)이 지었다. 통행본은 120회
    이며, 뒤의 40회는 고악(高鶚)이 속작(續作)한 것으로 일반적으로 알려져 있다.

굴에 마고(麻姑) 선녀 같다는 것을 알았다. 하지만 뒤이어 나타난 모방자들의 천녀(天女) 닮은 사진을 보면 모두가 어린아이에게 새옷을 입혔을 때와 같아 어색하여 몹시 초라한 울상이었는데, 그만하면 매란방군이 오랫동안 걸려 있게 된 연유를 즉각 깨달을 수 있고, 그 눈과 입술은 아마 부득이해서 그렇게 한 것이리라. 이 역시 중국인들은 실로 심미안을 가지고 있다는 것을 증명하기에 충분하다.

인도의 시성(詩聖) 타고르[19] 선생이 중국에 왔을 때, 마치 커다란 병에 담긴 좋은 향수처럼 몇몇 선생들에게 우아한 향기(文氣)와 그윽한 향기(玄氣)를 풍겨 주었다. 하지만 함께 앉아서 축하할 수 있을 정도에 이른 사람은 오직 매란방군 한 사람뿐이었다. 이른바 양국의 예술가의 악수였다. 이 노시인이 성과 이름을 바꾸어 '축진단(竺震旦)'이라 하고 그의 이상향에 가까운 진단(震旦)을 떠난 후에 진단의 시현(詩賢)들의 머리 위에 있던 인도 모자도 그다지 보이지 않게 되었고 신문잡지에서도 그의 소식을 싣는 경우가 적어졌다. 그리고 이 이상향에 가까운 진단을 장식한 것은 역시 예전처럼 사진관의 유리창에 우뚝하게 걸려 있는 저 '천여산화도' 또는 '대옥장화도'뿐이었다.

오직 이 '예술가'의 예술만이 중국에서 영구적인 것이다.

내가 본 외국의 유명한 배우의 미인사진은 결코 많지 않았고, 여장한 남자사진은 본 적이 없다. 다른 명인(名人)의 사진은 몇십 장 보았다. 톨스토이, 입센, 로댕[20]은 모두 늙었고, 니체는 험상궂게 생겼고, 쇼펜하우어는 울상이었고, 와일드[21]는 자신의 심미적인 의상을 입었을

---

19) 타고르(원문 泰戈爾, R. Tagore, 1861~1941) : 인도의 시인이다. 작품집으로는 『신월집(新月集)』, 『비조집(飛鳥集)』 등이 있다. 1924년 4월 중국에 온 적이 있다. 다음 글에 나오는 '축진단'은, 타고르가 중국에서 64세 생일을 맞이하였을 때 양계초(梁啓超)가 그에게 붙여 준 중국식 이름이다.

20) 로댕(원문 羅丹, A. Rodin, 1840~1917) : 프랑스의 조각가이다. 작품으로는 『칼레의 시민』, 『발자크』 등이 있다.

21) 와일드(원문 淮爾特, O. Wilde, 1856~1900) : 보통 '王爾德'으로 음역한다. 영국

때에 이미 다소 바보스런 모습이었다. 그리고 로맹 롤랑22)은 괴상한
모습을 띠었고, 고리키23)도 아주 건달 같아 보였다. 모두 비애와 고투
의 흔적을 볼 수 있다고 말할 수 있어도 아무래도 천녀(天女)처럼 명명
백백하게 '좋지'는 않았다. 가령 오창석(吳昌碩)24) 옹이 인장을 새기는
것도 조각가라고 할 수 있고, 더욱이 그의 윤필료(潤筆料)도 그렇게 비
싸므로 중국에서는 확실이 예술가이겠지만, 그러나 그의 사진을 우리
는 보지 못했다. 임금남(林琴南)25) 옹은 그토록 대단한 문명(文名)을
날렸는데도 세상에는 '식형(識荊)'26)에 열심인 사람이 그다지 없는 듯

의 유미주의 작가이다. 작품으로는 『사르미』, 『윈드미 부인의 부채』 등이 있다.

22) 로맹 롤랑(원문 羅曼羅蘭, Romain Rolland, 1866~1944) : 프랑스의 작가, 사회활
　동가이다. 작품으로는 장편소설 『장 크리스토프』, 극본 『사랑과 죽음의 박투』
　등이 있다.

23) 고리키(원문 戈爾基, 1868~1936) : 보통 '高爾基'로 음역한다. 소련의 무산계급
　작가이다. 작품으로는 장편소설 『포마 고르지예프』, 『어머니』 그리고 자전체(自
　傳體) 삼부곡 『유년시절』, 『사람들 속에서』, 『나의 대학』 등이 있다.

24) 오창석(吳昌碩, 1844~1927) : 이름은 준경(俊卿)이고, 절강(浙江) 안길(安吉) 사
　람이며, 서화가(書畵家), 전각가(篆刻家)이다.

25) 임금남(林琴南, 1852~1924) : 이름이 서(紓), 호가 외려(畏廬)이고, 복건(福建)
　민후[閩侯, 지금의 복주(福州)이다] 사람이며, 번역가이다. 그는 다른 사람의 구
　술을 통해 고문으로 구미소설 170여 종을 번역하였는데, 그 중에 많은 작품이
　외국문학 명작이며 청말에서 5·4시기까지 그 영향력이 매우 컸다. 5·4시기에
　이르러 그는 신문화운동을 가장 격렬하게 반대하던 수구파의 대표적인 인물
　중의 한 사람으로서 채원배(蔡元培)에게 보낸 편지와 『형생(荊生)』, 『요몽(妖
　夢)』이라는 소설을 통해 신문화운동을 비난했다. 그 중에 『형생』이라는 작품의
　대체적인 내용은 다음과 같다. 전필미[田必美, 진독수(陳獨秀)를 빗대고 있다],
　김심이[金心異][전현동(錢玄同)을 빗대고 있다], 적막[狄莫, 호적(胡適)을 빗대고
　있다] 세 사람이 도연정(陶然亭)에 모여, 전필미는 공자를 크게 욕하고 적막은
　백화를 주장하는데, 갑자기 옆집에서 늠름한 사내 형생(荊生)이 나타나 세 사
　람을 한바탕 욕하며 때려 준다. 형생은 임금남 자신을 비유하고 있는데, 노신
　이 본문에서 사용한 '식형(識荊)'이라는 두 글자에는 두 가지 뜻이 내포되어
　있다.

26) 식형(識荊) : 이 말은 당대(唐代) 이백(李白)의 시 「한형주에 주는 글(與韓荊州
　書)」에 나온다. "생은 만호의 제후로 책봉하는 것도 필요치 않고, 다만 한형주
　를 한번 만나고 싶다(生不用封萬戶侯, 但愿一識韓荊州)." 후에 '식형(識荊 : 한형
　주를 만나다)'은 처음 만나는 것에 대한 높임말로 사용되었다.

하다. 나는 비록 어느 약방의 사용 설명서(仿單)에서 그의 존영(尊影 : 원문에는 玉照로 되어 있다ー역자)을 본 적이 있지만, 그러나 그것은 그의 '여부인(如夫人)'27)을 대신하여 환약의 효험에 감사한다는 편지를 보내 왔기 때문에 사진이 찍힌 것이지 결코 그의 문장 때문이 아니었다. '수레꾼이나 장사꾼 같은 사람들'의 문자28)로 글을 쓰는 제군들을 두고 말하자면, 남정정장(南亭亭長)과 아불산인(我佛山人)29)은 돌아갔으니 잠시 생략하기로 하고, 근래에 비록 분전분투하며 여러 작품을 지은 창조사(創造社)30) 같은 제군들도 세 사람이 함께 찍은 자그마한 사진 한 장만을 인쇄하였을 뿐이며 그것마저도 동판이었다.

우리 중국의 가장 위대하고 가장 오래 가는 예술은 남자가 여장하는 것(男人扮女人)이다.

이성(異性)은 대체로 서로 사랑한다. 환관은 다른 사람을 안심하게 할 수 있을 뿐이며 그를 사랑하는 사람은 결코 없다. 왜냐하면 그는 무성(無性)이기 때문이다ー가령 내가 이 '무(無)'자를 사용하여도 어폐

---

27) 여부인(如夫人) : 즉 첩이란 뜻이다. 이 말은 『좌전(左傳)』 희공(僖公) 17년에 나온다.

28) '수레꾼이나 장사꾼 같은 사람들'의 문자(원문 引車賣漿者流的文字) : 임금남(林琴南)은 1919년 3월 채원배(蔡元培)에게 보낸 편지에서 백화문(白話文)을 공격하면서 이렇게 말했다. "만약 고서(古書)를 전폐하고 토어(土語)를 문자로 사용한다면 도시의 수레꾼이나 장사꾼들이 사용하는 말도 따져 보면 모두 문법에 맞으므로…… 이에 근거할 때 북경이나 천진의 소상인들도 모두 교수로 채용할 수 있을 것이다."

29) 남정정장(南亭亭長) : 즉 이보가(李寶嘉, 1867~1906)이다. 자는 백원(伯元)이고, 강소(江蘇) 무진(武進) 사람이며, 소설가이다. 작품으로는 장편소설 『관장현형기(官場現形記)』, 『문명소사(文明小史)』 등이 있다. 아불산인(我佛山人) : 즉, 오옥요(吳沃堯, 1866~1910)이다. 자는 견인(趼人)이고, 광동(廣東) 남해(南海)의 불산(佛山) 사람이며, 소설가이다. 작품으로는 장편소설 『이십년목도지괴현상(二十年目觀之怪現狀)』, 『한해(恨海)』 등이 있다.

30) 창조사(創造社) : '5·4' 신문화운동 중의 유명한 문학단체이며, 1920년에서 1921년 사이에 성립되었다. 주요 성원으로는 곽말약(郭沫若), 욱달부(郁達夫), 성방오(成仿吾) 등이 있다. 1923년에 출판된 『창조계간(創造季刊)』 제2권 제1기 1주년 기념호에 이 세 사람이 함께 찍은 사진이 게재되었다.

따위는 없다고 한다면 말이다. 그러나 여기서 비록 가장 안심하기 어렵겠지만 가장 소중하게 여기는 것은 남자가 여장하는 것임을 알 수 있다. 왜냐하면 양성(兩性)에서 볼 때 모두 이성(異性)에 가까우므로 남자는 '분장한 여인(扮女人)'을 보고, 여인은 '남자가 분장한(男人扮)' 것으로 보기 때문이다. 그래서 그것은 영원히 사진관의 유리창에 걸려 있고 국민의 마음 속에 걸려 있는 것이다. 외국에는 이처럼 완전한 예술가가 없다. 그래서 망치와 끌을 거머쥐고, 색깔을 배합하고, 먹물을 놀리는 사람들이 발호하도록 내버려둘 수밖에 없는 것이다.

우리 중국의 가장 위대하고 가장 영구적이고, 게다가 가장 보편적인 예술은 역시 남자가 여장하는 것이다.

1924. 11. 11.

다시 뇌봉탑(雷峰塔)이 무너진 데 대하여[1]

숭헌(崇軒) 선생의 통신[2] (2월의 『경보부간(京報副刊)』)에서 알게 되었지만, 숭헌 선생은 배 위에서 두 사람의 여행객이 나누는 이야기를 들었는데, 항주(杭州)의 뇌봉탑이 무너진 까닭은, 시골사람들이 미신에 따라 그 탑의 벽돌을 자기 집에 가져다 놓으면 모든 일이 평안하고 뜻 대로 되며 흉조가 길조로 바뀐다고 믿고 너도나도 파가는 바람에 세월이 지나면서 무너졌기 때문이라는 것이다. 한 여행객은 또 서호십경 (西湖十景)은 이제 훼손되고 말았다고 거듭 탄식하였다고 한다.

이 소식을 접하면서 아닌게 아니라 나는 다소 후련함을 느꼈다. 남 의 재앙을 보고 기뻐하는 일은 신사답지 못하다는 사실을 잘 알고 있 지만, 본래 신사가 아닌 사람이 거짓으로 신사인 체 할 수도 없는 노릇

---

1) 원제목은 「再論雷峰塔的倒掉」이다. 이 글은 처음 1925년 2월 23일 『어사(語絲)』 주간 제15기에 발표되었다.

2) 숭헌 선생의 통신(원문 崇軒先生的通信) : 1925년 2월 2일 『경보부간(京報副刊)』 제49호에 게재된 호숭헌(胡崇軒)이 편집자 손복원(孫伏園)에게 보낸 편지 「뇌봉 탑이 무너진 원인(雷峰塔倒掉的原因)」을 가리킨다. 편지에는 다음과 같은 말이 있다. "그 뇌봉탑이 언제 절반이 무너져 버렸는지 모르겠습니다. 절반만 남아 있 어 아주 허름해 보였습니다. 그런데 우리 그 곳 시골사람들은 대체로 이런 미신 을 가지고 있습니다. 뇌봉탑의 벽돌을 하나 가지고 와서 집에 놓아 두면 틀림없 이 집안이 평안해지고 일이 뜻대로 되며 모든 흉사(凶事)가 길조로 바뀔 수 있 다고 합니다. 그래서 뇌봉탑을 구경하러 가는 시골사람들은 모두 남몰래 탑의 벽돌을 하나씩 파와 집으로 가져갑니다.—내 이종사촌 형도 그렇게 하였습니다. 생각해 보십시오. 한 사람이 하나씩 가져간다고 해도 세월이 지나고 또 지나면 그 뇌봉탑의 벽돌은 사람들이 다 파가게 되므로 탑이 어찌 무너지지 않을 수 있 겠습니까? 지금 뇌봉탑은 이미 무너졌습니다. 아아, 서호십경(西湖十景)은 이제 훼손되고 말았습니다!" 호숭헌(胡崇軒)은 호야빈(胡也頻)이다. 당시 『경부(京報)』 의 부간 『민중문예(民衆文藝)』 주간의 편집자의 한 사람이었다.

이다.

우리 중국의 많은 사람들―나는 여기서, 4억의 동포 전체를 포함하는 것이 아님을 특히 정중하게 밝혀 둔다―은 대체로 '십경병(十景病)'을, 적어도 '팔경병(八景病)'을 앓고 있으며, 병이 심각하게 도진 때는 아마 청조(淸朝)였을 것이다. 어느 현의 지리서(縣誌)를 보더라도 그 현에는 '벽촌의 명월(遠村明月)', '고요한 절간에 맑은 종소리(蕭寺淸鐘)', '옛 연못의 맑은 물(古池好水)' 따위의 십경이나 팔경이 있다. 그리고 '십(十)'자 형의 병균은 이미 혈관에 침투하여 전신을 돌아다니면서, 그 세력은 벌써 '느낌표(!)' 형의 경탄(驚歎) 망국병균(亡國病菌)[3]을 웃돌고 있는 듯하다. 과자에는 십양금(十樣錦)이 있고, 요리에는 십완(十碗)이 있고, 음악에는 십번(十番)[4]이 있고, 염라전에는 십전(十殿)이 있고, 약에는 십전대보(十全大補)탕이 있고, 손으로 하는 벌주놀음[5]에는 전복수(全福手) 복수전(福手全)[6]이 있다. 사람들의 나쁜 행실이나 죄상을 선포할 때도 대체로 10조목을 열거하니, 9조목을 범하고

---

3) 망국병균(亡國病菌) : 당시의 일종의 기괴한 논조이다. 1924년 4월 『심리(心理)』 제3권 제2호에 장요상(張耀翔)의 「신시인의 정서(新詩人的情緒)」라는 글이 실렸다. 이 글은 당시 출판된 일부 신시집(新詩集)에 나오는 경탄부호(!)의 통계를 내고, 이 부호는 "축소하면 세균 같아 보이고, 확대하면 몇 줄의 탄알 같아 보인다"고 하면서, 이것은 소극적·비관적·염세적인 정서의 표현이므로 경탄부호를 많이 쓰는 백화시(白話詩)는 모두 "망국의 소리(亡國之音)"라고 하였다.

4) 십번(十番) : '십번고(十番鼓)', '십번라고(十番鑼鼓)'라고도 하는데, 몇 개의 곡패(曲牌)와 징과 북의 단락을 연이어 엮어서 만든 일종의 투곡(套曲)이다. 복건(福建), 강소(江蘇), 절강(浙工) 등지에서 유행했다. 청대 이두(李斗)의 『양주화방록(揚州畵舫錄)』의 권11의 기록에 따르면, 십번고(十番鼓)는 적(迪), 관(管), 소(蕭), 현(弦), 제금(提琴), 운라(雲鑼), 탕라(湯鑼), 목어(木魚), 단판(檀板), 대고(大鼓) 등 10종의 악기를 사용하여 번갈아 합주하는 것이다.

5) (역주) 손으로 하는 벌주놀음(원문 猜拳) : 술자리에서 흥을 돋구기 위하여 두 사람이 동시에 손가락을 내밀면서 각각 한 숫자를 말하는데, 말하는 숫자와 쌍방이 내민 손가락의 총수가 일치하면 이기는 것으로, 진 사람이 벌주를 마시는 놀이이다.

6) (역주) 손으로 하는 벌주놀음(猜拳)에서 장단을 맞추기 위해 십(十) 대신에 '전복수(全福手)' 또는 '복수전(福手全)'이라 소리 지른다.

도 그만두지 못하는 모양이다. 이제 서호십경은 훼손되고 말았다! "무릇 천하 국가를 다스리는 데에는 9경(經)이 있다"[7]고 했으니 9경(經)은 원래 옛부터 있었으나 9경(景)은 흔히 볼 수 있는 것이 아니다. 그래서 그것은 십경병에 대한 좋은 치료약으로서 적어도 환자들에게 예사롭지 못함을 느끼게 하고 스스로 아끼던 지병에 갑자기 그 십분의 일이 달아나 버렸음을 깨닫게 할 수 있을 것이다.

그러나 그 이면에는 여전히 비애가 서려 있다.

사실, 당연히 그렇게 되고야 마는 이러한 파괴도 부질없는 짓이다. 후련하다고 하더라도 무의미한 자기 기만에 지나지 않는다. 풍류객이나 신자(信士)나 전통 숭상자는 고심참담 감언이설로 다시 십경을 보충하고야 만다.

파괴가 없으면 새로운 건설도 없다는 말은 대체로 옳은 말이다. 그러나 파괴가 있다고 해서 반드시 새로운 건설이 있는 것은 아니다. 루소, 슈티르너, 니체, 톨스토이, 입센 등은, 브란데스의 말을 빌면 '질서(軌道) 파괴자'들이다. 사실 그들은 파괴하였을 뿐만 아니라 깨끗이 쓸어 버렸는데, 큰 소리 지르며 돌진하면서 전체든 조각이든 발길에 채는 낡은 질서(軌道)면 말끔히 쓸어 버렸다. 또한 그들은 폐철이나 헌 벽돌 한 덩이라도 파내어 집으로 가져가서 고물상에 팔아 먹을 생각은 하지 않았다. 중국에는 이러한 사람이 아주 적으며, 설령 있다고 하더라도 대중들이 내뱉는 침 속에 빠져 죽을 것이다. 공구(孔丘)[8] 선생은 확실

---

7) "무릇 천하 국가를 다스리는 데에는 9경이 있다"(원문 凡爲天下國家有九經) : 이 말은 『중용(中庸)』에 보인다. "무릇 천하 국가를 다스리는 데에는 9경이 있다. 즉, 자신의 몸을 닦고, 어진 사람을 존경하고, 어버이를 섬기고, 대신(大臣)을 공경하고, 군신(群臣)을 아끼고, 백성을 사랑하고, 백공(百工)을 애호하고, 변경사람들을 보살피고, 제후들을 품어 주는 것이 그것이다." 천하 국가를 다스리는 데 반드시 해야 하는 아홉 가지 일을 뜻한다. 여기서는 다만 '경(經)'과 '경(景)' 두 글자의 발음이 같음을 취했다.

8) 공구(孔丘, B.C. 551∼B.C. 479) : 춘추(春秋) 시대 노(魯) 나라 추읍[陬邑, 지금의 산동(山東) 곡부(曲阜)이다] 사람이며, 유가학파의 창시자이다. 『논어 술이(論語

히 위대하다. 무당과 귀신의 세력이 그토록 성행하던 시대에 태어나 세
속을 좇아 귀신에 대한 말을 기어코 하지 않으려 했다. 다만 애석하게
도 그는 너무 총명하여 "조상을 제사지낼 때에는 생존해 있는 듯이 하
고, 신을 제사지낼 때에는 신이 앞에 있는 듯이 하였다"고 하여『춘추
(春秋)』를 편찬할 때의 수법 그대로를 사용하여 두 개의 '듯하다(如)'
라는 글자 속에 다소 '날카로운 풍자'의 뜻을 깃들여 놓았는데, 사람들
에게 한동안 영문을 모르게 하고 그의 속내에 반대의 뜻이 있다는 것
을 알아차리지 못하게 하였다. 그는 자로(子路)에 대해서는 맹세하였
지만 귀신에 대해서는 선전포고를 하려 하지 않았다. 왜냐하면 일단 선
전포고를 하면 평화를 깨는 것이고 남(人)을 욕했다―귀신을 욕한 것
일 뿐이지만―는 죄를 쉽게 범하기 때문이다. 즉, 「형론(衡論)」(1월의
『신보부전(晨報副鐫)』에 보인다)의 작가 TY 선생처럼 훌륭한 사람이
귀신을 대신해서 그에게 다음과 같이 야유하지 않을 수 없을 것이다.
이름 때문인가? 남을 욕하면 이름을 얻을 수 없다. 이익 때문인가? 남
을 욕하면 이익을 얻을 수 없다. 여인을 유혹하려 하는가? 그러면 치우
(蚩尤)의 얼굴을 글 속에 새겨넣을 수 없다.9) 그러니 어찌 기뻐서 그

述而)』에는 "공자는 괴이한 일, 힘으로 하는 일, 어지러운 일, 귀신에 관한 일은
말하지 않았다(子不語怪力亂神)"라는 기록이 있다. "조상을 제사지낼 때에는 생
존해 있는 듯이 하고, 신을 제사지낼 때에는 신이 앞에 있는 듯이 하였다(祭如在
祭神如神在)" : 이 말은 『논어 팔일(論語 八佾)』에 보인다. 공자는 『춘추(春秋)』를
수정하였는데, 후대의 경학가들은 공자가 한 글자로 포폄하여 미언대의(微言大
義)를 나타내었다고 하여 그것을 '춘추필법'이라 했다. 공자가 제자인 자로(子路)
에게 맹세한 일은 『논어 옹야(論語 雍也)』에 보인다. "공자가 남자(南子)를 만났
는데, 자로(子路)가 좋아하지 않자 공자는 맹세하면서 말하기를, '내게 그릇된 점
이 있다면 하늘이 버릴 것이다, 하늘이 버릴 것이다' 하였다." (按) 남자(南子)는
위(衛) 영공(靈公)의 부인이다. (역주) 남자(南子)는 당시 송조(宋朝)를 비롯하여
여러 사람과 음란한 행위를 하여 유명하였다.
9) 「형론(衡論)」 : 1925년 1월 18일 『신보부간(晨報副刊)』 제12호에 발표된 글이며,
작자는 TY라고 서명되어 있다. 이 글은 비평문을 쓰는 것을 반대하고 있는데,
그 중에 다음과 같은 말이 있다. "이런 사람들[(按)비평문을 쓰는 사람을 가리킨
다]은 그 본심이 어디에 있는지 정말 모르겠다. 돈을 벌려고 하는 것이라고 말하

짓을 하겠는가?

공구 선생은 세상물정에 정통한 노선생(老先生)이기 때문에 대체로 얼굴을 새겨 넣는 문제를 제외하고는 생각이 깊어 공공연하고 대담한 파괴자가 될 필요까지는 없었다. 그래서 다만 귀신에 대해 말하지 않았을 뿐 결코 욕하지는 않았는데, 그리하여 엄연히 중국의 성인이 되었다. 도(道)란 커서 포함하지 않는 것이 없어야 하기 때문이다. 그렇지 않았다면 오늘날 성묘(聖廟)에 모셔져 있는 사람은 아마 공(孔)씨 성이 아니었을 것이다.

연극무대 위에서일 뿐이기는 하지만, 비극은 인생에서 가치 있는 것들을 파괴시켜 사람들에게 보여 주고, 희극은 가치없는 것들을 찢어서 사람들에게 보여 준다. 풍자는 또 희극을 간단히 변형시킨 한 지류(支流)에 불과하다. 그러나 비장함(悲壯)과 익살(滑稽)은 모두 십경병의 원수이다. 왜냐하면 파괴의 측면은 다르더라도 모두 파괴성을 지니고 있기 때문이다. 중국에서 만일 십경병이 그대로 존재한다면 루소 같은 사람들의 미치광이는 절대 나오지 않을뿐더러 비극작가나 희극작가나 풍자시인도 절대 나오지 않을 것이다. 있을 수 있는 일이란, 희극적인 인물이나 희극적이지도 비극적이지도 않은 인물이 서로 모방한 십경(十景) 속에서, 한편으로는 각자 십경병을 안고 살아가는 것뿐이다.

그렇지만 완전무결하게 정체되어 있는 생활은 세상에서 찾아보기 드문 일이다. 그래서 파괴자가 들이닥치는데, 그러나 결코 자체 내에서 먼저 각성한 파괴자가 아니라 강폭한 강도이거나 외래의 오랑캐이다. 험윤(玁狁)10)이 일찍이 중원(中原)으로 들어왔었고, 5호(五胡)11)가 들

─────────

자니, 종종 손해를 보면서까지 출판을 하니 그렇지도 않다. 여인을 유혹하려는 것이라고 말하자니, 그의 주원장(朱元璋) 같은 얼굴모습이 글에 새겨지는 것도 아니니 그렇지도 않다. 이름을 얻기 위한 것이라고 말하자니, 그의 신랄한 글을 본 것으로도 족한 판에 누구 그를 믿어 주겠는가?" 여기서 노신은 말이 나온 김에 이 글에 대해 슬쩍 풍자하고 있다.

10) 험윤(玁狁) : 중국 고대 북방민족의 하나로 주대(周代) 때는 험윤(玁狁)이라 했

어왔으며, 몽고도 들어왔다. 동포인 장헌충(張獻忠)[12]은 풀을 베듯 사람을 죽였는데, 만주(滿洲) 병사의 화살 하나를 맞고 숲속에서 죽었다. 어떤 사람은 중국을 논하면서, 만약 신선한 혈액을 가진 야만족의 침입이 없었더라면 그 자체로 얼마나 부패하게 되었을지 정말 모르는 일이라고 했다. 이는 물론 몹시 가혹한 악담이지만, 우리가 역사책을 펼쳤을 때, 아마 틀림없이 등골에 진땀을 흘릴 때가 있을 것이다. 외부의 적이 들어오면 잠시 동요를 일으키다가 마침내 그를 상전으로 모시고 그의 창칼 아래에서 낡은 관습을 손질한다. 내부의 적이 들어오면 역시 잠시 동요를 일으키다가 마침내 그를 상전으로 모시거나 달리 한 사람을 상전으로 모시고 자신의 부서진 기와와 자갈 속에서 낡은 관습을 손질한다. 다시 한번 현의 지리서를 펼쳐 보면, 매번 병란이 있은 뒤에는 수많은 열부 열녀의 이름이 새롭게 첨가됨을 볼 수 있다. 최근의 병란을 볼 때, 아마 이번에도 크게 절열을 표창하게 될 것이다. 수많은 남자들은 다 어디로 가 버렸는가?

무릇 이런 도적식의 파괴는 결국 온통 부서진 기와와 자갈만을 남겨 놓을 수 있을 뿐이며 건설과는 무관하다.

그러나 태평한 시대에, 바로 낡은 관습을 손질하고 있는, 도적이 없는 시대에는 나라에 잠시나마 파괴가 없는가? 물론 그렇지 않다. 그 때

고, 진한(秦漢) 때는 흉노(匈奴)라고 했다. 주(周) 성왕(成王), 선왕(宣王) 때 그들과 전쟁을 치른 적이 있다.

11) 5호(五胡) : 역사에서 흉노(匈奴), 갈(羯), 선비(鮮卑), 저(氐), 강(羌) 등 다섯 소수민족을 합하여 부르던 말이다. 「등하만필(燈下漫筆)」의 주 8)을 참고.

12) 장헌충(張獻忠, 1606~1646) : 연안(延安) 유수간柳樹澗, 지금의 섬서(陝西) 정변(定邊)의 동쪽] 사람이며, 명말 농민기의의 지도자였다. 숭정(崇禎) 3년(1630)에 기의를 일으켜 섬서성(陝)과 하남성(豫) 각지에서 싸웠다. 숭정 17년(1644)에는 사천성(川)으로 들어가 성도(成都)에서 대서국(大西國)을 세웠다. 청(淸) 순치(順治) 3년(1646)에 사천성을 나오다가 사천성 북부 염정계(鹽亭界)에서 졸지에 청병(淸兵)을 만나 봉황파(鳳凰坡)에서 화살을 맞고 말에서 떨어져 죽었다. 옛 역사서[야사(野史)나 잡기(雜記)를 포함하여]에는 그가 사람을 죽인 것에 대한 기록이 과장되어 많이 나온다.

에는 노예식의 파괴작용이 끊임없이 일어나고 있다.

뇌봉탑의 벽돌을 파간 것은 비근한 한 작은 실례에 지나지 않는다. 용문(龍門)의 석불(石佛)13)은 사지의 대부분이 온전하지 않고, 도서관 의 서적들도 삽화를 찢어가지 못하도록 방비를 해야 하니, 모든 공공물 또는 주인 없는 물건은, 옮겨 가기 어려운 것이라면 온전할 수 있는 것 이 아주 드물다. 그러나 그 파괴의 원인을 보면, 혁신자들처럼 제거하 기 위한 것도 아니고, 도적들처럼 약탈이나 단순한 파괴를 위한 것도 아니다. 겨우 눈앞의 하찮은 자기 이익 때문에 기꺼이 완전한 형태의 커다란 것(大物)에 몰래 상처를 입힌다. 이런 사람의 수가 많으니 상처 는 자연히 몹시 커지고, 무너진 다음에도 누가 가해를 했는지 알기 어 렵게 된다. 그래서 뇌봉탑이 무너진 다음에 우리는 그저 시골사람들의 미신 때문이라고만 알 뿐이다. 공공소유였던 탑은 없어지고 시골사람 들의 소득이란 벽돌 한 장 뿐인데, 이 벽돌도 앞으로 또 다른 자기 이 익을 챙기는 사람의 소장품이 되어 결국 사라지고 말 것이다. 백성이 안락하고 물산이 풍부해지면 십경병이 발작하여 새 뇌봉탑이 다시 세 워질 수도 있을 것이다. 그러나 그 탑의 앞으로 운명은 미루어 짐작하 여 알 수 있는 것이 아니겠는가? 만약 시골사람들이 그대로의 시골사 람들이라면 낡은 관습도 여전히 그대로의 낡은 관습일 것이다.

이러한 노예식의 파괴는 결국 온통 부서진 기와와 자갈만을 남겨 놓 을 수 있을 뿐이며 건설과는 무관하다.

어찌 시골사람들의 뇌봉탑에 대한 태도 뿐이겠는가. 날마다 중화민 국의 초석을 몰래 파가는 노예들이 지금 얼마나 되는지 모를 일이다!

부서진 기와와 자갈 마당은 그래도 슬픈 일이 못된다. 부서진 기와 와 자갈 마당에서 낡은 관습을 손질하는 것이야말로 슬픈 일이다. 우리

---

13) 용문의 석불(원문 龍門的石佛) : 용문(龍門)은 산 이름이며, 하남(河南) 낙양(洛 陽)의 남쪽에 있다. 북위(北魏)에서 당대(唐代)에 이르기까지 불교를 믿는 사람 들이 절벽에 불상을 조각하여 놓았는데, 그 수효가 대략 9만여 불상이 된다.

는 혁신적인 파괴자를 필요로 한다. 왜냐하면 그들의 마음 속에는 이상의 빛이 있기 때문이다. 우리는 혁신자와 도둑·노예를 구별할 줄 알아야 하며, 스스로 후자의 두 종으로 떨어지지 않도록 유의하여야 한다. 이 구별은 결코 복잡하고 어렵지 않으며 남을 관찰하고 자기를 반성하면 된다. 앞에 내세우고 있는 것이 아무리 선명하고 보기 좋은 깃발이라 할지라도, 무릇 언동이나 사상 속에 그것을 빙자하여 자기 소유로 하려는 조짐이 보이는 자는 도적이며, 그것을 빙자하여 눈앞의 하찮은 이득을 차지하려는 조짐이 보이는 자는 노예이다.

1925. 2. 6.

거울을 보고 느낀 생각[1]

옷상자를 뒤졌더니 헌 구리거울 몇 개가 나왔다. 아마 민국 초년 처음 북경에 왔을 때 거기서 산 것일 게다. "사정이 바뀌면 마음도 변한다"는 격으로 완전히 잊어버리고 있었는데, 흡사 전혀 다른 세상의 것처럼 보였다.

하나는 지름이 두 치밖에 되지 않았다. 묵직하고, 뒷면에는 포도[2]가 가득 새겨져 있고 또 뛰어오르는 날다람쥐가 있고, 테두리에는 작은 날짐승이 한 바퀴 그려져 있었다. 골동품가게 주인은 모두 '해마포도경(海馬葡萄鏡)'이라 했다. 그러나 내 이 거울은 전혀 해마가 없으니 사실 이름과 맞지 않은 것이다. 다른 것을 보았더니 거기에는 해마가 있었지만 너무 비싸 사지 못했다는 기억이 났다. 이것들은 모두 한대(漢代)의 거울이다. 나중에는 모조나 주조한 것들도 생겼는데, 무늬는 몹시 거칠고 조잡하였다. 한(漢) 무제(武帝)가 대완(大宛)과 안식(安息)을 개통시켜 천마(天馬)와 포도를 가져왔는데,[3] 아마 당시에는 대단한

---

1) 원제목은 「看鏡有感」이다. 이 글은 처음 1925년 3월 2일 『어사(語絲)』 주간 제16기에 발표되었다.

2) 포도(蒲陶) : 즉, 포도(葡萄)이다.

3) 한 무제가 대완과 안식을 개통시켜(원문 漢武帝通大宛安息) : 한(漢) 무제(武帝) 유철(劉徹)은 건원(建元) 3년(B.C. 138)부터 장건(張騫), 이광리(李廣利) 등을 사신으로 여러 차례 서역(西域)으로 파견하여 대완(大宛), 안식(安息) 등지까지 가게 함으로써 서아시아와의 무역거래, 문화교류가 이루어지는 길을 열었다. 대완, 안식은 모두 고대국가 이름이다. 대완의 옛땅은 지금의 우즈베키스탄공화국 영토 내에 자리잡고 있었다. 안식의 옛땅은 지금의 이란 영토 내에 자리잡고 있었다. 천마(天馬)와 포도는 모두 대완에서 가져왔다. 『사기 대완열전(史記 大宛列傳)』에는 다음과 같은 기록이 있다. "오손마(烏孫馬)를 얻었는데 훌륭하여 그 이름을 천마(天馬)라고 하였다. 대완(大宛)의 한혈마(汗血馬)를 얻었는데 더욱 멋져

일로 여겨서 곧 그것을 일상 집기의 장식으로 삼았던 것이다. 옛날에는
외부에서 가져온 물품은 일일이 해(海)라는 글자를 붙였다. 예를 들어
해류(海榴), 해홍화(海紅花), 해당(海棠) 따위가 그것이다. 해(海)자는
오늘날 이른바 양(洋)자이며, 해마(海馬)를 오늘날의 말로 번역하면 당
연히 양마(洋馬)가 되어야 한다. 거울 코는 두꺼비였다. 거울은 보름달
과 같고 달 속에는 두꺼비가 있기[4] 때문에 그렇게 한 모양인데, 한조
(漢朝) 때의 일과는 상관이 없을 것이다.

　멀리 생각해 보면 한조 사람들은 다소 도량이 넓어 새로 가져온 동
식물에 대해 조금도 꺼리지 않고 장식을 위한 무늬로 삼았다. 당조(唐
朝) 사람들도 그에 못지않았다. 예를 들어, 한조 사람들이 무덤 앞에
세운 돌짐승은 대부분 양, 호랑이, 천록(天祿), 피사(辟邪)[5]였고, 장안
(長安)의 소릉(昭陵)에는 화살을 맞은 준마가 새겨져 있고,[6] 또 타조도

서 오손마는 서극(西極)이라 고쳐 부르고, 대완마(大宛馬)를 천마(天馬)라고 하였
다." 또 다음과 같은 기록이 있다. "대완(大宛) 일대에서는 포도로 술을 빚는데,
부자들은 만여 석(石)의 술을 저장하여 두었고, 오래 된 것은 수십 년이나 되지
만 썩지 않는다. 세간에서는 술을 좋아하고 말은 개자리[콩과의 식물로 목초(牧
草)나 거름으로 씀―역자]를 좋아한다. 한(漢)의 사신이 그 씨를 가져와 천자가
처음으로 비옥한 땅에 개자리와 포도를 심었다. 천마가 많아지고 외국의 사신이
늘어나자 이궁(離宮)이나 별관(別觀) 옆에 전부 포도와 개자리를 심었는데 멀리
까지 바라보였다."

4) 달 속에는 두꺼비가 있기(원문 月中有蟾蜍) : 중국 고대의 신화전설이다. 『회남자
정신훈(淮南子 精神訓)』에 보인다. "해 속에는 세 발 달린 까마귀(踆烏)가 있고,
달 속에는 두꺼비가 있다."

5) 천록(天祿), 피사(辟邪) : 『한서 서역전(漢書 西域傳)』 및 맹강(孟康)의 주석에 따
르면, 서역의 오익산이국(烏弋山離國, 지금의 아프카니스탄 서부에 해당한다)에
나는 동물이다. "사슴과 비슷하며 꼬리가 길고, 뿔이 하나인 것을 천록[天鹿(祿)]
이라 하고 뿔이 둘인 것을 피사(辟邪)라 한다."

6) 소릉(昭陵)은 당(唐) 태종(太宗) 이세민(李世民)의 무덤이며, 섬서(陝西) 예천(醴
泉)의 동북쪽 구종산(九嵕山)에 있다. 소릉의 화살 맞은 준마는, 태종이 무덕(武
德) 4년(621)에 낙양(洛陽)을 평정할 때 탔던 명마 삽로자(颯露紫)를 돌에 새겨
놓은 부조상으로 소릉의 여섯 준마 중에서 대표적인 걸작이다. 당 태종은 이 전
쟁에서 삽로자 말이 부상을 당하여 위험에 빠졌는데, 구행공(丘行恭)이라는 용감
한 병사가 자신이 타던 말을 헌상하여 위험에서 벗어날 수 있었다. 석각(石刻)에

한 마리 있다. 그 방법은 이전의 옛사람들이 전혀 사용하지 않은 것이다. 요즈음이라면 무덤 앞에서는 말할 것도 없고 일반적인 회화에서조차 감히 외국의 꽃이나 외국의 새를 사용하는 사람이 있겠는가, 개인의 도장에서조차 초서(草書)나 속자를 사용하려는 사람이 있겠는가? 많은 고상한 사람들은 연월을 기억하는 데에도 반드시 갑자(甲子)를 사용하고 민국(民國) 기원(紀元)의 사용은 꺼려한다. 그토록 대담한 예술가가 없어 그런지, 아니면 있었지만 민중에게 박해를 받아 마침내 위축되었거나 죽지 않을 수 없게 되어 그런지 모를 일이다.

송조(宋朝)의 문예는 지금처럼 국수(國粹)의 분위기가 물씬 풍겼다. 그렇지만 요(遼), 금(金), 원(元)이 잇달아 쳐들어 왔으니 그 분위기는 꽤 의미심장하다. 한당(漢唐)도 비록 변경의 우환이 있었지만 기백이 어쨌든 웅대하여 인민들은 이민족의 노예로 떨어지지 않을 것이라는 자신감이 있었고, 아니면 아예 그 점을 전혀 생각하지 않았다. 그래서 대개 외래의 사물을 가져다 사용할 때에도 마치 포로로 잡아 온 것 인양 마음대로 부리면서 절대로 개의치 않았다. 일단 쇠락하고 기울어질 무렵이면 신경이 쇠약해지고 과민해져 외국의 물건을 볼 때마다 마치 그것이 나를 잡으러 온 것인양 생각하면서 거절하고 두려워하고 주춤 거리고 도피하고 벌벌 떨고, 또 반드시 한 편의 도리를 짜 내어 그것을 덮어 숨기려 한다. 그리하여 국수(國粹)가 드디어 나약한 왕이나 나약

는 갑옷을 입고 칼을 찬 구행공이 말을 헌상한 다음 삽로자 앞에 서서 손으로 말 고삐를 잡고 말의 가슴에 박힌 화살을 뽑아 내는 장면이 표현되어 있다. (按) 소릉의 여섯 준마는 삽로자, 권모과(拳毛騧), 백제오(白蹄烏), 특륵표(特勒驃), 청추(靑騅), 집벌적(什伐赤)이다. 당 태종은 전사한 자신의 여섯 준마를 기념하기 위해 정관(貞觀) 10년(636)에 조서를 내려 부조석상을 새기게 하였는데, 소릉 침전(寢殿)의 동서 양쪽의 회랑벽에 상감되었다. 1921년 미제국주의자들은 중국의 관료와 간상배와 결탁하여 삽로자와 권모과의 두 석각을 약탈하여 미국으로 가져갔는데, 지금은 필라델피아 대학 박물관에 진열되어 있다. 나머지 네 준마는 옮겨 가려고 할 때 그 곳 인민들로부터 저지를 당하였다. 그러나 이미 여러 조각으로 잘리워졌고, 지금은 서안(西安) 역사박물관에 보존되어 있다.

한 노예의 보배가 된다.

어디서 가져온 것인지 상관없이 음식물이기만 하면 건장한 사람은 대체로 깊이 생각할 필요도 없이 먹을 수 있는 것으로 인정한다. 다만 쇠약하고 병든 사람은 오히려 늘 위를 해칠까 몸을 상하게 할까 염려하여 특히 금기가 많고 기피하는 것이 많다. 게다가 대체로 이해득실을 따지는 것이겠지만 끝내 요령부득인 이유를 한 뭉치 가지고 있다. 예를 들어, 먹어도 무방하지만 먹지 않는 것이 더 안전하다느니, 먹으면 혹 이로울 수도 있겠지만 어쨌든 먹지 않는 것이 마땅하다느니 하는 따위이다. 그러나 이런 인물은 어쨌든 날로 쇠약해지게 마련이다. 왜냐하면 그는 종일토록 벌벌 떨고 또 스스로 미리부터 활기를 잃어버렸기 때문이다.

남송(南宋)은 지금과 비교하여 어떠하였는지 모르겠으나 외적(外敵)에 대해서는 그야말로 이미 신하로 자처하였고, 유독 국내에서는 번거롭고 불필요한 예절과 시끌벅적한 잡소리가 특히 많았다. 바로 재수 없는 인물에게는 공교롭게도 기피하는 것이 많은 것처럼 활달하고 웅대한 기풍은 깨끗이 사라졌다. 그 후 내내 큰 변화는 없었다. 나는 옛 물건들을 진열해 놓은 곳에 진열되어 있는 옛 그림 속에서 도장을 하나 본 적이 있다. 그것은 로마자모 몇 글자로 되어 있었다. 그러나 그것은 이른바 '우리 성조(聖祖) 인황제(仁皇帝)'[7]의 도장이었는데, 한족을 정복한 주인이었으니 그는 감히 그렇게 할 수 있었다. 한족의 노예라면 감히 그렇게 할 수 없었을 것이다. 지금이라면 예술가라 하더라도 외국 문자로 된 도장을 감히 사용할 수 있겠는가?

청(淸) 순치(順治) 연간에 시헌서(時憲書)[8]에 "서양의 새 역법에 따

---

7) '우리 성조 인황제'(원문 聖祖仁皇帝) : 청조(淸朝)의 강희(康熙) 황제 현엽(玄燁)을 가리킨다.
8) 시헌서(時憲書) : 즉, 역서(曆書)를 가리킨다. 청대에 고종(高宗) 홍력(弘曆)의 이름을 피하기 위해 역서(曆書)를 시헌서(時憲書)라고 바꾸어 불렀다.

르다(依西洋新法)"라는 다섯 글자를 찍었는데, 통곡하고 눈물을 흘리며 서양인 아담 샬(湯若望)을 탄핵한 사람은 다름아닌 한인(漢人) 양광선(楊光先)이었다.[9] 강희(康熙) 초에 이르러 그가 논쟁에서 이기자 그를 흠천감정(欽天監正)[10] 자리에 앉히게 되었다. 그런데 또 머리를 조아리며 상소하여 "그러나 천문을 연구하는 이치는 알겠으나 천문을 연구하는 계산은 알지 못하겠나이다" 하고 사직하려 하였다. 사직을 허락하지 않자 또 통곡하고 눈물을 흘리면서 『부득이(不得已)』라는 글을 지어서 "중국(中夏)[11]에 훌륭한 역법이 없을지언정 중국에 서양인이 있게 해서는 안 됩니다" 하고 말했다. 하지만 마침내 윤월(閏月)마저 잘못 계산했다. 그는 아마도 훌륭한 역법은 오로지 서양인에 속하는 것으로 중국 사람들은 스스로 배워서는 안 되고 또 잘 배울 수도 없다고 생각한 모양이다. 그러나 그는 결국 사형선고를 받았으나 죽이지 않고 돌아가도록 놓아 주었는데, 도중에 죽고 말았다. 아담 샬이 중국에 들어온 것은 명(明) 숭정(崇禎) 초였지만 그의 역법은 그 때까지도 사용

---

9) 아담 샬(원문 湯若望, 1591~1666) : 독일 사람이며, 천주교 선교사이다. 명(明) 천계(天啓) 2년(1626)에 중국에 와서 전도하였으며, 후에는 역국(曆局)에서 일을 맡았다. 청(淸) 순치(順治) 원년(1644)에 흠천감(欽天監) 감정(監正, 천문을 관찰하고 절기와 역법을 계산하는 주요 장관이다)에 임명되어 역법(曆法)을 바꾸고 역서(曆書)를 새로 편찬했다. 양광선(楊光先) : 자가 장공(長公)이며, 안휘(安徽) 흡현(歙縣) 사람이다. 순치 때 그는 예부(禮部)에 상서하여 역서의 표지에 "서양의 새 역법에 따르다(依西洋新法)"라는 다섯 글자를 사용해서는 안 된다고 했으나 효과가 없었다. 강희(康熙) 4년(1665)에 그는 또 예부에 상서하여 역서에서 그 해 12월 1일의 일식을 잘못 계산한 것을 질책했다. 그래서 아담 샬 등은 유죄판결을 받았고, 양광선이 뒤를 이어 흠천감 감정이 되어 옛 역법을 다시 부활시켰다. 강희 7년에 그는 윤달을 잘못 계산하여 하옥되었는데, 처음에는 사형이 언도되었으나 후에 연로함을 참작하여 변방의 군인으로 귀양갔고 다시 사면을 받아 고향으로 돌아가게 되었다. 아래에 나오는 『부득이(不得已)』는 양광선이 수차례에 걸쳐 아담 샬의 죄상을 고발한 상서문을 모아놓은 것이다.

10) (역주) 흠천감정(欽天監正) : 명청(明淸) 시대에 오늘날의 천문대를 흠천감(欽天監)이라 하였는데, 흠천감정(欽天監正)은 그 장관이다.

11) (역주) 중국(원문 中夏) : 중국인들이 스스로 중국을 부를 때는 쓰는 말이다.

되지 못하였다. 후에 완원(阮元)12)이 이에 대해 논하면서 이렇게 말했다. "명대 말엽에 군신들은 대통력(大統曆)13)이 점차 잘 들어맞지 않게 되자 기구를 설치하여 수정에 들어갔는데, 새 역법의 정밀함을 알게 되었지만 끝내 시행하지는 않았다. 성조(聖朝) 정정(定鼎) 연간에 이 역법을 시헌서(時憲書)로 만들어 천하에 반포하여 시행했다. 10여 년 동안 논쟁하고 번역한 노고가 우리 조대에 와서 채용될 준비가 되었다는 것은 실로 기이한 일이다! ……우리 나라는 대대로 성군으로 이어져와 인재 등용과 정치가 오직 올바름을 추구하고 미리부터 편견을 가지는 법은 없었다. 이 일단만 보더라도 하늘만큼 큰 도량을 우러러 알 수 있다!"(『주인전(疇人傳)』45)

오늘날 전해져오는 옛 거울들은 무덤에서 출토된 것이 대부분을 차지하는데, 원래 순장품이었다. 그런데 나도 일상용 거울을 하나 가지고 있다. 얄팍하고 큼직하여 한조(漢朝)의 것을 모방한 것이나 아마도 당대(唐代)의 것으로 보인다. 그 증거로, 첫째 거울 코가 이미 상당히 마모되었다는 점이고, 둘째 거울면에 생긴 모래눈은 다른 구리를 사용하여 메꾸어 놓았다는 점이다. 당시 규방에서 당인(唐人)들의 황색 이마와 녹색 눈썹14)을 비추던 것이 지금은 내 옷상자 속에 갇혀 있으니 거

---

12) 완원(阮元, 1764~1849) : 자는 백원(伯元), 호는 운태(芸台)이고, 강소(江蘇) 의정(儀征) 사람이며, 청대 학자이다. 광동(廣東)·광서(廣西) 총독, 체인각대학사(體仁閣大學士)를 역임했다. 저서로는 『연경실집(揅經室集)』, 『주인전(疇人傳)』 등이 있다. 『주인전』은 전체 8권이며, 중국 고대에서 청대까지의 천문학자, 역학계산학자 400명과 중국에 체류한 적이 있는 마테오 리치, 아담 샬, 페르디난드 베르비스트 등 서양인 52명의 전기를 수록하고 있다. 주인(疇人)은 천문학자, 역학계산학자의 뜻이다.

13) (역주) 대통력(원문 大統) : 역법의 하나인 대통력(大統曆)을 가리킨다. 명대 초 유기(劉基)가 『대통력(大統曆)』을 올렸다. 홍무(洪武) 17년에는 남경(南京) 계명산(鷄鳴山)에 관상대를 설치하고 박사 원통(元統)에게 역법을 고치도록 하였는데, 여전히 『대통(大統)』이라고 이름하였다.

14) 황색 이마와 녹색 눈썹(원문 額黃和眉綠) : 옛날 부녀자들이 이마와 눈썹에 하던 화장이다. 황색 이마는 육조(六朝) 때 시작되었고, 녹색 눈썹은 대략 전국

울은 아마 금석(今昔)에 대한 느낌이 많을 것이다.

그러나 구리거울의 공급은 대략 도광(道光) 함풍(咸豊) 연간까지도 유리거울과 병행되었다. 가난한 시골이나 궁벽한 곳에서는 지금도 사용하고 있을 것이다. 내가 살던 곳에서는 혼인과 장례의식을 제외하고는 전부가 유리거울로 대체되었다. 그렇지만 아직도 그 여업(餘業)은 찾아볼 수 있다. 가령 길거리에서, 위에 갈색돌이나 청색돌이 매달려 있는 긴 의자 모양의 물건을 등에 지고 있는 노인을 만날 수 있는데, 그가 외치는 소리를 한참 서서 들어보면 바로 "거울을 갑니다, 가위를 갑니다!" 하는 것이다.

송조(宋朝) 때의 거울은 나는 아직 훌륭한 것을 보지 못했다. 십중팔구는 무늬가 전혀 없고 다만 상점 이름이나 "의관을 바르게 하다(正其衣冠)" 따위의 진부한 경구만이 있을 뿐이다. 참으로 "세상 기풍이 날로 나빠지다"와 같은 격이다. 그러나 진보하며 퇴보하지 않기 위해서는 아무래도 스스로 새로운 스타일을 만들어 내야 하고, 적어도 이역(異域)에서 재료를 취해 와야 한다. 만일 여러 가지로 망설이고, 여러 가지로 조심하고, 여러 가지로 떠들어대면서, 이렇게 하면 조상에게 위배되고, 저렇게 하면 또 오랑캐와 같아진다고 한다면 평생 살얼음 위를 걷는 듯이 두려워 벌벌 떨다 때를 놓칠 것이니, 어찌 훌륭한 것들을 만들어 낼 수 있을 것인가. 그래서 사실 "지금이 옛날보다 못하다"라는 것은 바로 "지금이 옛날보다 못하다"라고 떠들어대는 제위(諸位) 선생들이 많기 때문이다. 오늘날의 상황도 여전히 이러하다. 만일 도량을 넓혀 대담하고 두려움 없이 신문화를 마음껏 새로 흡수하지 못한다면 양광선(楊光先)처럼 서양 주인 앞에서 중국의 정신문화를 숨김없이 드러낼 때가 아마 머지 않을 것이다.

그러나 나는 여지껏 유리거울을 배척하는 사람을 만나 보지는 못했

_____

(戰國)시기에 이미 시작되었는데, 이 둘은 당대(唐代)에 성행했다.

다. 다만 함풍(咸豊) 연간에 왕왈정(王曰楨)[15] 선생이 그의 대저(大著) 『호아(湖雅)』에서 공격한 적이 있다는 것을 알고 있을 뿐이다. 그는 비교연구까지 한 다음에 마침내 그래도 구리거울이 좋다고 결론을 내렸다. 가장 이해할 수 없는 것은, 그가 얼굴을 비추었더니 유리거울은 구리거울만 못하다고 말한 것의 정확성 문제이다. 혹시 그 때의 유리거울이 정말 그렇게 나빴던 것일까, 아니면 그 노선생도 국수(國粹)라는 안경을 끼고 있었기 때문일까? 나는 옛날의 유리거울을 보지 못했다. 이 점에 대해서는 끝내 정확히 추측할 수 없다.

1925. 2. 9.

---

15) 왕왈정(王曰楨, 1813~1881) : 자가 강목(剛木), 호가 사성(謝城)이며, 절강(浙工) 오흥(吳興) 사람이다. 청(淸) 함풍(咸豊) 시기에 회계교유(會稽敎諭)를 역임했다. 저서로는 『호아(湖雅)』, 『역대장술집요(歷代長術輯要)』 등이 있다. 『호아』는 전체 9권이며 자신이 편찬한 『여장총각(荔墻叢刻)』에 수록되어 있다. 『호아』 권9의 '기용지속(器用之屬)'에서 거울에 대해 언급할 때 다음과 같이 말했다. "근년에 유리거울이 성행하고 설경(薛鏡)[(按) 명대 사람 설혜공(薛惠公)이 주조한 구리거울을 가리킨다]은 오래 전부터 다시 만들지 않게 되었다. 그런데 유리거울은 사물을 제대로 비추지 못하여 사람들은 비뚤어진다고 말하는데, 구리거울은 이런 병폐가 없다. 또 유리는 쉽게 부서지고 구리만큼 내구성이 없는데도 세속에서는 오히려 구리거울을 버리고 유리거울을 취하니 정말 모를 일이다. 세상 기풍이 날로 야박해지고 옛것을 싫어하고 새것을 좋아한다는 것은 바로 이 한 가지 사실로도 알 수 있는 일이다."

춘말한담(春末閑談)[1]

북경은 지금 바야흐로 늦봄이다. 아마 나는 지나치게 성미가 급해 그렇겠지만 여름이라는 기분이 들었다. 그래서 갑자기 고향의 나나니벌[2]이 생각났다. 그 때는 아마 한여름이었을 것이다. 파리가 차일을 매

---

1) 원제목은 「春末閑談」이다. 이 글은 처음 1925년 4월 24일 북경의 『망원(莽原)』 주간 제1기에 발표되었고, 명소(冥昭)라고 서명되어 있다.

2) 나나니벌(원문 細腰蜂) : 곤충학으로는 막시목니(膜翅目泥)벌과에 속한다. 이 벌이 종을 이어가는 방법에 대해서는 중국 고대에 여러 가지 다른 기록이 나온다. 『시경 소아 소완(詩經 小雅 小宛)』에서는 "명령(螟蛉)이 새끼를 낳으면 과라(蜾蠃)가 업어간다"라고 하였는데, 한대(漢代) 정현(鄭玄)은 주석에서, "포로(蒲盧)[(按) 즉, 과라를 가리킨다]는 뽕나무벌레의 새끼를 데려다가 곱게 길러 자신의 새끼로 삼는다"고 하였다. 한대 양웅(揚雄)의 『법언 학행(法言 學行)』에서는 "명충(螟)의 새끼가 죽으면 과라가 그것을 보고 '나를 닮아라! 나를 닮아라!' 하고 비는데, 오래 빌면 과라를 닮는다"고 했다. 이상의 견해에 대해 최초로 반대한 사람은 육조(六朝) 때의 도홍경(陶弘景)이다. 그는 『본초(本草)』의 '열옹(蠮螉, 나나니벌의 일종 — 역자), 일명 땅벌(土蜂)'이라는 조항에 대한 주석에서 이렇게 말했다. "(열옹)은 땅벌이라고 하지만 땅밑에 집을 짓지는 않고 흙을 날라다 집을 짓는다고 한다. 지금 검고 허리가 잘록한 것은 벽이나 기물 가에 진흙을 물어다 집을 짓고 거기에 좁쌀 같은 알을 낳는다. 그리고 풀 위의 파란 거미 10여 마리를 잡아다가 그 속에 놓아 두고 입구를 틀어막아 그 알이 자라면 양식으로 삼게 한다. 그 중에서 어떤 것은 갈대나 대나무의 관(管) 속에 알을 낳고 역시 풀 위의 파란 벌레를 잡아 놓아 둔다. 그것은 일명 과라라고 하는데, 『시경』에서는 '명령이 새끼를 낳으면 과라가 업어간다'라고 했다. 또는 나나니벌은 암컷이 없어 파란 벌레를 잡아다 빌면 자기의 새끼가 된다고 한다. 이는 다 잘못이다." 그 후 송대 섭대경(葉大慶)은 『고고질의(考古質疑)』 권6에서 이렇게 말했다. "우리 조(朝)의 가우중(嘉祐中), 장우석(掌禹錫) 등은 촉본(蜀本)의 주석에 의거하여 이렇게 말했다. '열옹(蠮螉)은 바로 포로(蒲蘆)이며, 포로는 바로 나나니벌이다. 그들은 뽕나무벌레만 업어가는 것이 아니라 다른 벌레도 굴속에 집어넣고 진흙으로 거기를 봉하는데, 수일이 지나면 벌이 되어 날아간다. 오늘날 어떤 사람이 굴을 봉하는 것을 기다렸다가 굴을 헐고 들여다 보니 좁쌀 같은 알이 죽은 벌레 위에 있었다. 바로 도홍경이 말한 것과 같았다.'"

어둔 밧줄에 빽빽히 앉아 있고, 새까만 나나니벌이 뽕나무 사이나 담벽 구석에 걸린 거미줄 주변을 맴돌며 날다가 이따금 작은 파란 벌레를 물고 가거나 거미를 잡아 끌었다. 파란벌레나 거미는 처음에는 끌려 가지 않으려고 버티었지만 끝내 힘이 빠져 비행기를 탄 듯이 물린 채 공중으로 날아갔다.

노인들은 나에게, 그 나나니벌은 바로 책에서 말하는 과라(蜾蠃)인데, 모두가 암컷이고 수컷이 없어 반드시 명령(螟蛉 : 빛깔이 푸른 나방이나 나비의 애벌레 - 역자)을 잡아다 양자로 삼는다고 알려 주었다. 나나니벌은 작은 파란 벌레를 둥지 속에 가두어 놓고 자신은 밖에서 밤낮으로 둥지를 두드리면서 "나를 닮아라, 나를 닮아라" 하고 빌고, 며칠-분명하게 기억나지는 않지만 아마 칠칠은 사십구일일 것이다-이 지나면 그 파란 벌레는 나나니벌이 된다고 한다. 그래서 『시경(詩經)』에서 "명령이 새끼를 낳으니 과라가 업어간다"고 하였다. 명령은 바로 뽕나무 위에 사는 작은 파란 벌레이다. 그렇다면 거미는 어찌된 일인가? 그들은 말하지 않았다. 내 기억으로 몇몇 고증학자들은 이미 이설(異說)을 제기하였는데, 나나니벌은 사실 스스로 알을 낳을 수 있으며, 파란 벌레를 잡아가는 것은 바로 둥지에 두었다가 부화하여 나온 어린 벌에게 먹이로 주려는 것이라고 한다. 그러나 내가 만난 선배들은 다 이 설을 취하지 않고 그냥 데려 가서 딸로 삼는다고 하였다. 우리가 세상의 아름다운 이야기를 좀 남겨 두기 위해서는 오히려 그렇게 하는 것이 더 나을 것이다. 긴 여름날 아무 일 없이 나무그늘 아래에서 더위를 식히며 벌레 두 마리가 한 마리는 잡아끌고 한 마리는 버티고 있는 것을 보고 있노라면, 자애로운 어머니가 가슴 가득 호의를 품고 딸아이를 타이르는 것 같고, 파란 벌레가 이리저리 뒤틀며 버티는 모습은 흡사 철없는 계집아이와 같다.

그러나 결국 오랑캐들은 밉살스러워 굳이 무슨 과학이라는 것을 따지고 든다. 과학은 비록 우리에게 경이로움을 많이 가져다 주었지만 역시 우리의 좋은 꿈을 많이 깨뜨려 놓았다. 프랑스의 곤충학 대가인 파브르(Fabre)[3]가 자세하게 관찰한 이후 어린 벌에게 먹이로 주려는 것이 사실로 증명되었다. 그리고 이 나나니벌은 평범한 살인범일 뿐만 아니라 아주 잔혹한 살인범이며, 또 학식과 기술이 대단히 고명한 해부학자라는 것이다. 나나니벌은 파란 벌레의 신경구조와 작용을 알고 있어 신기한 독침으로 그의 운동신경구에 한번 찌르기만 해도 파란 벌레는 마비되어 죽지도 살지도 않은 상태가 된다. 이렇게 하여 나나니벌은 파란벌레의 몸에 벌의 알을 까고 둥지 속에 가두어 놓는다. 파란 벌레는 죽지도 살지도 않았기 때문에 움직일 수 없다. 그러나 죽지도 살지도 않았기 때문에 나나니벌의 새끼가 부화하여 나올 때까지 썩지 않아 이 먹이는 잡았을 당시와 마찬가지로 여전히 신선하다.

3년 전 나는 신경이 과민한 러시아 사람 E군[4]을 만났는데, 어느날 그는 갑자기 근심스러운 표정으로, 앞으로 과학자들은 누군가의 몸에 주사하기만 하면 그 사람은 기꺼이 영원히 복역이나 전쟁을 하는 기계가 되고 말 그러한 신기한 약품을 발명하기에 이를지 알 수 없다고 하였다. 그 때 나도 미간을 찌푸리고 탄식하며 함께 근심하는 척하면서 "생각이 대체로 같다"는 성의를 표했다. 그런데 알고 보니 우리 나라의 성군, 현신(賢臣), 성현, 성현의 제자들은 오히려 일찍부터 이러한 황금세계에 대한 이상을 가지고 있었다. "오직 임금만이 복을 누리고, 오직 임금만이 권세를 누리고, 오직 임금만이 진수성찬(玉食)을 먹는다"[5]고 하지 않았던가? "군자는 마음을 쓰고 소인은 힘을 쓴다"[6]고 하지 않았

---

3) 파브르(원문 發勃耳, Fabre, 1823~1915) : 보통 '法布爾'라고 음역한다. 프랑스의 곤충학자이다. 저서로는 『곤충기』 등이 있다.
4) E군 : 에로센코를 가리킨다. 「잡다한 추억」 주 25)를 참고.
5) "오직 임금만이 복을 누리고, 오직 임금만이 권세를 누리고, 오직 임금만이 진수성찬을 먹는다"(원문 唯辟作福, 唯辟作威, 唯辟玉食) : 이 말은 『상서 홍범(尙書洪范)』에 보인다. 벽(辟)은 바로 천자 또는 제후를 뜻한다.

던가? "남에게 지배당하는 사람은 남을 먹여 살리고, 남을 지배하는 사람은 남이 먹여 살린다"[7]고 하지 않았던가? 애석하게도 이론은 아주 탁월하지만 끝내 완전무결한 훌륭한 방법을 발명하지는 못했다. 권세에 복종하려면 살지 말아야 하고 진수성찬을 바치려면 죽지 말아야 한다. 지배당하려면 살지 말아야 하고 지배하는 자를 공양하려면 역시 죽지 말아야 한다. 인류가 만물의 영장으로 올라선 것은 물론 축하할 일이다. 그러나 나나니벌의 독침이 없으니 오히려 성군, 현신, 성현, 성현의 제자들 그리고 오늘날의 높은 분, 학자, 교육가를 아주 난처하게 만들고 있다. 앞으로의 일은 아직 알 수 없지만 지난 과거라면 지배자들이 비록 전력을 다해 각종 마비술을 시행했지만 역시 과라와 나란히 앞을 다투는 데 크게 효과를 보지 못하였다. 즉, 황제의 무리를 놓고 보더라도 자주 성이 바뀌고 조대가 바뀌지 않을 수 없었으니 '만대에 천하가 태평한' 경우는 없었다. 『이십사사(二十四史)』를 보더라도 스물네 번이나 바뀌었으니 이는 바로 슬퍼할 만한 움직일 수 없는 증거이다. 지금은 또 새로운 국면이 열리게 되었다. 세상에 이른바 '특수한 지식계급'[8]인 유학생들이 튀어나와 연구실에서 연구한 결과, 의학이

---

6) "군자는 마음을 쓰고 소인은 힘을 쓴다"(원문 君子勞心, 小人勞力) : 이 말은 『좌전(左傳)』 양공(襄公) 9년에 보인다. "군자는 마음을 쓰고 소인은 힘을 쓴다는 것은 선왕(先王)이 만든 법이다." 군자는 통치계급을 가리키고, 소인은 노동인민을 가리킨다.

7) "남에게 지배당하는 사람은 남을 먹여 살리고, 남을 지배하는 사람은 남이 먹여 살린다"(원문 治於人者食人, 治人者食於人) : 이 말은 『맹자 등문공(孟子 滕文公)』에 보인다. "혹자는 마음을 쓰고, 혹자는 힘을 쓴다. 마음을 쓰는 사람은 남을 지배하고, 힘을 쓰는 사람은 남에게 지배당한다. 남에게 지배당하는 사람은 남을 먹여 살리고, 남을 지배하는 사람은 남이 먹여 살린다. 이것은 천하의 일반적인 도리이다."

8) '특수한 지식계급'(원문 特殊知識階級) : 1925년 2월 단기서(段祺瑞)는 손중산(孫中山)이 공산당의 지지하에 제출한, 국민회의(國民會議) 소집 주장을 저지하기 위해 어용단체 '선후회의(善後會議)'를 규합하여 중간에서 가짜 국민회의를 만들어 내려고 했다. 그 때 외국에서 유학한 적이 있는 일련의 사람들이 북경에서 '국외대학 졸업생의 국민회의 참가 동지회(國外大學畢業參加國民會議同志會)'를

발달하지 않은 것은 인종개량에 유리하고 중국 부녀자들의 처지는 대
단히 평등하며 세상 돌아가는 이치가 다 훌륭해졌고 조건들도 다 괜찮
아졌다고 말한다. E군이 근심하는 것도 아마 이유가 없는 것은 아닐 것
이다. 그렇지만 러시아는 별문제될 것이 없다. 왜냐하면 그들은 우리
중국과 달리 이른바 '특별한 나라 사정'9)도 '특수한 지식계급'도 없기
때문이다.

그러나 이러한 일도 아마 끝내 옛사람과 마찬가지로 아주 효과를 보
지는 못할 것이다. 왜냐하면 이는 참으로 나나니벌이 하는 것보다 더
어려운 일이기 때문이다. 나나니벌은 파란 벌레에 대해 움직이지 못하
게만 하면 되니까 운동신경구에 한번 침을 놓기만 하면 성공이 된다.
그런데 우리의 일은 운동은 할 수 있으되, 지각은 없게 만들어야 하므
로 지각신경중추에 완전한 마취를 가해야 하는 것이다. 그러나 지각을
잃으면 이에 따라 운동도 그 주재자를 잃게 되므로 진수성찬을 바칠
수 없어 위로는 '최고봉(極峰)10)에서 아래로는 특수한 지식계급'에 이
르기까지 그들에게 즐기거나 누리게 할 수 없게 된다. 바로 오늘날을
두고 말한다면, 내 생각으로는 유로(遺老)들의 성현의 경전을 서술하

조직하여 3월 29일에 중앙공원(中央公園)에서 집회를 가지고 '선후회의'에 청원
서를 제출하면서, 앞으로 있을 국민회의에 자신들에게도 인원을 할당해 줄 것을
요구했다. 그 중에 다음과 같은 말이 있다. "국민대표회의의 최대 임무는 중화민
국의 헌법을 제정하는 것이므로 유학경험이 있는 사람들은 특수한 지식계급으로
서 두말할 필요 없이 이 회의에 참가해야 하며, 많을수록 더욱 좋다." 작자가 비
판하고 있는 이른바 '특수한 지식계급'이란 바로 이런 유의 유학생을 가리킨다.
9) '특별한 나라 사정'(원문 特別國情) : 1915년 원세개(袁世凱)가 제제(帝制)의 부활
을 획책하고 있을 때, 그의 헌법고문이었던 미국인 굿나우(F. J. Goodnow)는 8월
10일 북경의 『아세아일보(亞細亞日報)』에 「공화와 군주에 대하여(共和與君主論)」
라는 글을 발표하여, 중국에는 '특별한 나라 사정'이 있어 민주정치를 실행하기
에는 적합하지 않고 마땅히 군주정체(君主政體)를 부활시켜야 한다고 했다. 이
'특별한 나라 사정'론은 반동파들이 민주적인 개혁을 저지하고 진보적인 학설을
반대하는 좋은 구실이 되었다.
10) '최고봉'(원문 極峰) : 최고통치자를 의미한다. 옛날 관료와 정객(政客)이 최고
통치자에 대해 아첨하여 부르던 말이다.

는 방법, 학자들의 연구실로 들어가자는 주의(主義),[11] 문학가와 찻집 주인의 국사(國事)를 말하지 말라[12]라는 계율, 교육가들의 보지 말고, 듣지 말고, 말하지 말고, 움직이지 말라[13]라는 주장을 제외하고는 확실히 더 좋고 더 완전하고 더 폐단이 없는 방법은 없는 것 같다. 바로 유학생들의 특별한 발견도 사실은 이전 성현들의 범위를 결코 넘어서지 못하였다.

그렇다면 또 "예(禮)를 잃으면 오랑캐에서 구해야 하는"[14] 법이다. 오랑캐(夷人)라, 지금은 그들에게서 본받으려고 하므로 잠시 그들을 외국이라 부르기로 하자. 그들 쪽에도 비교적 훌륭한 방법이 있는가? 애석하게도 역시 없다. 그들의 것들도 집회를 금지한다, 입을 열지 못한다와 같은 것에서 벗어나지 않으므로 우리 중화와 아주 다를 것이 없다. 그러니 역시 지극한 이치와 훌륭한 계책은 사람마다 같은 마음이요, 마음마다 같은 이치로 여기므로 참으로 화이(華夷)의 구별이 없음을 알 수 있다. 맹수는 단독으로 움직이지만 소나 양은 무리를 짓는다. 들소의 무리는 뿔을 가지런히 하여 성벽을 이루어 강적을 방어하지만 한 마리를 떼어 놓으면 틀림없이 음매음매 하고 부르짖을 수밖에 없을

---

11) 학자들의 연구실로 들어가자는 주의(원문 學者的進硏究室主義) : 1919년 7월 호적(胡適)은 『매주평론(每周評論)』에 「문제를 더 많이 연구하고, '주의'를 더 적게 말하자(多硏究些問題, 少談些主義)」라는 글을 발표하였고, 조금 뒤 또 학자들은 '연구실로 들어가서' '국고(國故)를 정리해야 한다'는 구호를 제기하여 청년들이 현실투쟁에서 도피하도록 유인하려고 했다.

12) 국사를 말하지 말라(원문 莫談國事) : 북양(北洋) 군벌 통치시기에 공포정책이 실시되어 도처에 밀탐꾼이 깔렸었는데, 찻집이나 술집에는 "국사를 말하지 말라"라는 표어가 곳곳에 붙었고, 몇몇 문인들도 "국사를 말하지 말라"라는 것을 처세를 위한 격언으로 삼았다.

13) 보지 말고, 듣지 말고, 말하지 말고, 움직이지 말라(원문 勿視勿聽勿言勿動) : 이 말은 『논어 안연(論語 顔淵)』에 나온다. "예에 어긋나는 것은 보지 말고, 예에 어긋나는 것은 듣지 말고, 예에 어긋나는 것은 말하지 말고, 예에 어긋나는 것은 움직이지 말라."

14) "예를 잃으면 오랑캐에서 구해야 하는"(원문 失禮而求諸野) : 공구(孔丘)의 말로서 『한서 예문지(漢書 藝文志)』에 보인다.

것이다. 인민은 소나 말과 같은 부류이므로―이것은 중국의 경우에 그렇다는 것이고 오랑캐에게는 달리 분류법이 있다고 한다―그들을 다스리는 방법은 당연히 한데 모이는 것을 금지시켜야 하는 것이다. 이 방법은 옳은 것이다. 그 다음은 말하는 것을 막아야 한다. 사람이 말을 할 수 있는 것만 해도 이미 화근인데 더구나 때로는 글을 쓰려고까지 한다. 그래서 창힐(蒼頡)이 글자를 만들자 밤에 귀신이 울었던 것이다.15) 귀신도 반대하는데 관리들이야 오죽 하겠는가? 원숭이는 말을 할 줄 모르므로 원숭이의 세계에는 지금까지 풍파가 없었다.―물론 원숭이의 세계에는 관리도 없는데, 다만 이는 또 따로 취급할 문제이다―확실히 겸허하게 이를 본받아 본래의 순박하고 순수함으로 돌아간다면 입도 열지 않을 것이고 글도 자연히 소멸될 것이다. 이 방법도 옳은 것이다. 그렇지만 위에서 한 말은 이론적으로 그렇다는 것뿐이고 실제 효과가 있는지에 대해서는 여전히 말하기 곤란하다. 가장 두드러진 예를 든다면, 그렇게 전제적이었던 러시아를 보더라도 니콜라이 2세가 '붕어하신'16) 이후 로마로프 왕조는 마침내 '전복당하고' 말았던 것이다. 요컨대 그 최대결점은 비록 두 가지 커다란 훌륭한 방법을 가지고 있었지만 하나가 부족했다는 데 있었다. 그것은 바로 사람들의 사상을 금지시키지 못한 것이다.

그리하여 우리의 조물주―가령 하늘에 정말 이 같은 '주인'이 있다면―가 원망스러운 것이다. 첫 번째 원망은, 그가 '지배자'와 '피지배자'를 영원히 구분해 놓지 않은 것이고, 두 번째 원망은, 그가 지배자에

---

15) 창힐(蒼頡)이 글자를 만들자 밤에 귀신이 울었던 것이다(원문 蒼頡造字夜有鬼哭) : 『회남자 본경훈(淮南子 本經訓)』에 보인다. "옛날 창힐(蒼頡)이 글자를 만들자 하늘에서 좁쌀 같은 비가 내렸고 귀신이 밤에 울었다."

16) 니콜라이 2세(원문 尼古拉二世, 1868~1918) : 제정 러시아 로마로프 왕조의 마지막 황제이며, 1917년 2월 혁명에 의해 무너지고 이듬해 7월 17일 처형당했다. '붕어하신'(원문 龍御上賓) : 옛날 황제가 세상을 떠났음을 가리킨다. 용을 타고 신선이 되었다는 뜻이다. 그 예는 『사기 봉선서(史記 封禪書)』에 나온다.

게 나나니벌과 같은 독침을 하나 주지 않은 것이고, 세 번째 원망은, 그가 감추어져 있는 사상중추의 뇌를 잘라 내더라도 움직일 수 있도록 ─복역할 수 있도록 그렇게 피지배자를 만들어 놓지 않은 것이다. 세 가지 중에 하나를 얻으면 높은 분들의 지위는 곧 영구히 공고해질 것이고 통치하는 데에도 영구히 힘이 덜 들 것이며 천하는 그리하여 태평해질 것이다. 지금은 그렇지 않아서 설령 높은 데 앉아 잠시 호사스러운 기분을 유지한다 하더라도 날마다 수단을 강구하고 밤마다 신경을 써야 하니 참으로 그 억울함과 걱정스러움은 견디기 힘들 정도이다……

가령 머리가 없어도 복역이나 전쟁을 하는 기계가 될 수 있다면 세상 형편이 얼마나 눈에 뜨이게 좋아지겠는가! 이 때라면 더 이상 무슨 모자나 훈장을 사용하여 높은 분(閻人)이나 비천한 사람(窄人)을 나타낼 필요도 없게 된다. 다만 머리가 있느냐 없느냐만 보면 주인과 노예, 관리와 백성, 윗사람과 아랫사람, 귀한 사람과 천한 사람을 구별할 수 있을 것이다. 게다가 무슨 혁명이니 공화니 회의니 하는 등의 소동이 일어나지도 않을 테니 전보 치는 일만 하더라도 대단히 많이 줄어들 것이다. 옛사람들은 어쨌든 총명하여 벌써부터 이와 비슷한 것을 생각해 놓은 것 같다. 『산해경(山海經)』에는 '형천(刑天)'이라는 이름을 가진 괴물이 기록되어 있다.17) 그는 생각할 수 있는 머리가 없어도 살아갈 수 있는데, "젖꼭지를 눈으로 삼고 배꼽을 입으로 삼는다"─이 점에서 아주 주도면밀하게 생각해 놓았는데, 그렇지 않다면 그는 어떻게 보

17) 『산해경(山海經)』: 18권이다. 대략 B.C. 4~B.C. 2세기의 작품으로, 내용은 주로 중국의 민간전설에 나오는 지리지식에 관한 것이며, 또 상고시대(上古時代)부터 전해져 오던 신화이야기가 적지 않게 보존되어 있다. '형천(刑天)'은 형천(形天)이라고도 하며 『산해경』의 「해외서경(海外西經)」에 나온다. "형천은 황제와 여기서 서로 신(神)을 다투었다. 황제가 그의 머리를 잘라 상양(常羊)이라는 산에 묻었다. 이에 형천은 젖꼭지를 눈으로 삼고 배꼽을 입으로 삼아 간(干)과 척(戚)을 휘두르며 춤을 추었다." 간(干)은 방패이고 척(戚)은 도끼이다.

고 어떻게 먹을 것인가—고 했으니 이는 참으로 본보기로 받들 만한 것이다. 가령 우리 국민들이 모두 이렇게 할 수 있다면 높은 분들(闊人)은 또 얼마나 안전하고 즐거울 것인가? 그러나 그는 또 "방패와 도끼를 들고 춤을 추었다"고 하니 여전히 조금도 분수에 만족하지 않으려 했던 모양인데, 내가 오로지 높은 분들의 편리를 도모하기 위해 고안해 놓은 이상적인 훌륭한 국민과는 또 다른 것이다. 도잠(陶潛)18) 선생은 또 시에서 "형천(刑天)이 방패와 도끼를 휘두르는데, 용맹스러움은 참으로 변함이 없다"라고 했다. 이 달관한 노 은사(隱士)조차도 이렇게 말했으니 머리가 없어도 여전히 용맹스러움을 가질 수 있음을 알 수 있으니, 높은 분들의 세상에 잠시라도 어쨌든 태평해지기는 어려울 것 같다. 그러나 너무 많은 '특수한 지식계급'의 국민들이 있어서 특별히 예외적인 희망이 있을 지 모르겠다. 게다가 정신문명이 너무 발달한 후에는 정신적인 머리가 먼저 날아가 버릴 것이므로 구구한 물질적인 머리가 있느냐 없느냐 하는 것은 그다지 어려운 문제도 아닐 것이다.

1925. 4. 22.

---

18) 도잠(陶潛, 약 372~427) : 일명 연명(淵明)이라고도 하며, 자는 원량(元亮)이고, 진(晋)의 심양(潯陽) 시상[柴桑, 지금의 강서(江西) 구강(九江)이다] 사람이다. 동진(東晋)의 시인이다. 저작으로는 『도연명집(陶淵明集)』이 있다. "형천이 방패와 도끼를 휘두르는데(刑天舞干戚)"라는 2구의 시는 그의 「독산해경(讀山海經)」 제10수에 보인다.

등하만필(燈下漫筆)[1]

1

민국 2~3년 무렵의 어느 때인가, 북경의 몇몇 국립은행이 발행한 지폐의 신용이 나날이 좋아져서 그야말로 날로 상승하는 국면이었다. 듣자 하니 줄곧 은화에만 집착하던 시골사람들조차도 그것은 편리하기도 하고 믿을 만하다는 것을 알고 기꺼이 받고 사용하게 되었다고 한다. '특수한 지식계급'은 말할 것도 없고 사리에 좀 밝은 사람들이라면 벌써 묵직하여 축 늘어지는 은화를 주머니에 넣어 다니며 무의미한 고생을 스스로 사서 하지는 않았다. 생각건대 은화에 대한 특별한 기호와 애정을 가지고 있는 사람들을 제외하고 모두가 아마 대체로 지폐를, 그것도 본국의 지폐를 가지고 있었을 것이다. 그러나 애석하게도 나중에 갑자기 적지 않은 타격을 입었다.

바로 원세개(袁世凱)[2]가 황제가 되려고 하던 그 해에 채송파(蔡松

---

1) 원제목은 「燈下漫筆」이다. 이 글은 처음 두 차례로 나누어 1925년 5월 1일, 22일 『망원(莽原)』 주간 제2기와 제5기에 발표되었다.

2) 원세개(袁世凱, 1859~1916) : 하남(河南) 항성(項城) 사람이며, 1896년[청 광서(光緒) 22년] 천진(天津) 소참(小站)에서 군사를 훈련시킬 때부터 실제로 북양군벌(北洋軍閥)의 영수가 되었다. 그는 반동적인 무력을 가지고 있었고 제국주의와 결탁함으로써, 또 당시 혁명을 지도했던 자산계급의 타협성으로 말미암아, 1911년의 신해혁명(辛亥革命) 후에 국가의 권력을 절취하여 1912년 3월에 중화민국 임시대총통에 취임하고 대지주 대매판계급의 이익을 대표하는 첫 번째 북양정부를 조직했다. 후에 또 1913년 10월 '공민단(公民團)'을 고용하여 의회를 포위하고 자신을 정식 대총통으로 선거하도록 했다. 그러나 그는 결코 여기에 만족하지

坡)³⁾ 선생이 북경을 빠져나가 운남(雲南)에서 기의(起義)를 일으켰던 것이다. 이 쪽에서 받은 영향의 하나는 중국은행(中國銀行)과 교통은행(交通銀行)이 현금교환을 중지한 것이다. 비록 현금교환은 중지되었지만, 정부는 명령을 내려 상인들이 예전대로 지폐를 사용하도록 할 만큼의 위력은 아직 있었다. 상인들도 상인들 나름의 자주 쓰던 방법이 있어 지폐는 받지 않는다고 하지 않고 잔돈을 내줄 수 없다고 말했다. 가령 몇십·몇백 원의 지폐로 물건을 산다면 어떨지 나는 알 수 없지만, 만약 붓 한 자루만을 산다든지 담배 한 갑만을 산다든지 할 경우 1원짜리 지폐를 지불할 수야 없지 않은가? 마음이 내키지 않을뿐더러 그 많은 지폐도 없는 것이다. 그러면 동전으로 바꾸며 몇 개 덜 받겠다고 해도 다들 동전이 없다고 한다. 그러면 친척이나 친구에게 가서 돈을 빌려 달라고 해도 거기엔들 어찌 있겠는가? 그리하여 격을 낮추어 애국은 그만 따지기로 하고 외국은행의 지폐를 빌린다. 그러나 외국은행의 지폐는 이 당시 은화와 동일한 것이었으므로 만약 그 지폐를 빌리면 바로 진짜 은화를 빌리는 것이 된다.

　그 당시 내 주머니에는 그래도 삼십~사십 원의 중국은행과 교통은행이 발행한 지폐⁴⁾가 있었지만, 갑자기 가난뱅이로 변하여 거의 먹지도 못하며 쩔쩔매던 일이 지금도 기억난다. 러시아 혁명 이후에 루블

않고 나아가 1916년 1월 군주전제 정체를 회복하여 자칭 황제가 되었다. 채악(蔡鍔) 등이 운남(雲南)에서 제제(帝制)를 반대하는 기의를 일으켜 각 성으로부터 호응을 얻었는데, 원세개는 강요에 의해 1916년 3월 22일에 제제를 취소하였고, 6월 6일 북경에서 죽었다.

3) 채송파(蔡松坡, 1882~1916) : 이름은 악(鍔), 자는 송파(松波)이며, 호남(湖南) 소양(邵陽) 사람이다. 신해혁명 때 운남(雲南) 도독(都督)을 맡았고, 1913년 원세개에 의해 북경으로 소환되어 감시를 받았다. 1915년 그는 몰래 북경을 빠져 나와 같은 해 12월 운남(雲南)으로 돌아가서 호국군(護國軍)을 조직하여 원세개를 토벌하였다.

4) 중국은행과 교통은행이 발행한 지폐(원문 中交票) : 중국은행과 교통은행(모두 당시의 국가은행이다)이 발행한 지폐이다.

지폐를 간직하고 있던 부자들의 심경이 아마 이러했을 것이다. 기껏해야 이보다 더 심하거나 더 컸을 뿐이었을 것이다. 나는 하는 수 없이 지폐를 할인해서 은화로 바꿀 수 있는지를 알아보았다. 그런 시장은 없다고 했다. 다행히도 마침 6할 남짓으로 바꿀 수 있는 시장이 비밀리에 생겨났다. 나는 대단히 기뻐하며 얼른 가서 절반을 팔았다. 나중에 또 7할로 올랐기 때문에 나는 더욱 기뻐하며 전부 가져가서 은화로 바꾸었다. 묵직하게 주머니에서 축 늘어지는 것이 마치 내 생명의 무게 같았다. 평소 같으면 환전가게에서 만약 동전 하나라도 적게 주는 날이면 나는 절대 가만 있지 않았을 것이다.

그런데 내가 은화를 주머니에 가득 넣고 묵직하게 축 늘어짐에 안심하고 기쁘하고 있을 때, 갑자기 또 다른 생각이 떠올랐다. 그것은 바로 우리는 너무 쉽게 노예로 변하며 게다가 노예로 변한 다음에도 대단히 기쁘하다는 사실이다.

가령 어떤 폭력이 "사람을 사람으로 취급하지 않는다", 사람으로 취급하지 않을 뿐만 아니라 소나 말보다 못한 것으로, 아예 아무 것도 아닌 것으로 여긴다고 하자. 사람들이 소나 말을 부러워하면서 "난리통에 사람들은 태평시절의 개만도 못하다"고 탄식하게 될 때가 되어서 사람들에게 소나 말과 같은 값을 부여하면, 예를 들어 원조(元朝) 때 남의 노예를 때려 죽이면 소 한마리를 배상해야 한다고 법으로 정한 것처럼 하면,[5] 사람들은 진심으로 기뻐하며 심복하여 태평성세라고 삼가 칭송할 것이다. 왜 그런가? 사람들은 비록 사람으로 대접받지는 못해도 결국 소나 말과는 같아지기 때문이다.

---

5) 원조(元朝) 때 남의 노예를 때려 죽이면 소 한마리를 배상해야 한다는 규정에 대해, 다상(多桑)의 『몽고사(蒙古史)』 제2권 제2장에는 원(元) 태종(太宗) 오고타이(窩闊台)의 말을 인용하여 다음과 같이 쓰고 있다. "칭기즈칸(成吉思汗)의 법령에 따르면 이슬람교도 한 사람을 죽이면 황금 40바리스(巴里失)를 벌금으로 내고, 한인(漢人) 한 사람을 죽이면 그 배상금은 나귀 한 마리에 상당한다."[풍승균(馮承鈞)의 번역에 근거함] 당시 한인의 지위는 노예와 같았다.

우리는 『흠정이십사사(欽定二十四史)』를 삼가 읽거나 연구실에 들어
가 정신문명의 고매함을 깊이 연구할 필요도 없다. 다만 아이들이 읽는
『감략(鑑略)』을 펼쳐 보기만 해도—이것이 번거로운 일이라면 『역대기
원편(歷代紀元編)』[6]을 보기만 해도 "3,000여 년의 오랜 역사를 가진 고
국(古國)"[7]인 중화가 지금까지 열심히 해 온 것이라고는 겨우 이런 하
찮은 놀음뿐이라는 것을 알 수 있을 것이다. 다만 최근에 편찬된 이른바
『역사교과서』와 같은 것 속에는 그다지 분명하게 드러나지 않는데, 여
기에는 마치 우리가 지금까지 아주 훌륭했다고 씌어 있는 듯하다.

하지만 실제로 중국인들은 지금까지 '사람'값을 쟁취한 적이 없으며
기껏해야 노예에 지나지 않았고 지금까지도 여전하다. 그렇지만 노예
보다 못한 때는 오히려 헤아릴 수 없이 많았다. 중국의 백성들은 중립
적이어서 전시(戰時)에 자신조차도 어느 편에 속하는지 몰랐다. 그러
나 또 어느 편이든지 속했다. 강도가 들이닥치면 관리 편에 속하므로
당연히 죽임을 당하고 약탈을 당해야만 했다. 관군이 들어오면 틀림없
이 한패이겠지만 여전히 죽임을 당하고 약탈을 당해야 하니 이번에는
마치 강도 편에 속하는 듯하였다. 이 때에 백성들은 바로 일정한 주인
이 나타나서 자신들을 백성으로 삼아 주기를—그것이 가당찮은 일이라
면 자신들을 소나 말로 삼아 주기를 희망하였다. 스스로 풀을 찾아 뜯
어먹기를 진심으로 바라면서 어떻게 다녀야 할지만을 결정해 주기를
원했다.

---

6) 『감략(鑑略)』: 청대 왕사운(王仕雲)이 지은 것으로 옛날 사숙에서 사용하던 초급
   역사 독서물인데 위로는 반고(盤古)에서부터 아래로는 명(明) 홍광(弘光)까지 서
   술하고 있다. 전체가 4언 운문으로 되어 있다. 『역대기원편(歷代紀元編)』: 청대
   이조낙(李兆洛)이 지은 것으로 3권으로 나뉘어 있다. 상권은 기원총재(紀元總載),
   중권은 기원갑자표(紀元甲子表), 하권은 기원편운(紀元編韻)이다. 이것은 중국역
   사의 간지연표(干支年表)이다.

7) "3,000여 년의 오랜 역사를 가진 고국"(원문 三千餘年古國古) : 이 말은 청대 황
   준헌(黃遵憲)의 『출군가(出軍歌)』에 나온다. "4,000여 년의 오랜 역사를 가진 고
   국은, 내 완전한 국토이다."

가령 정말 누군가가 그들을 위해 결정하여 노예규칙 같은 것을 정해 줄 수 있다고 한다면 당연히 "성은이 망극하나이다"로 여길 것이다. 애석한 것은 흔히는 잠시나마 정해 줄 수 있는 사람이 없었다는 점이다. 그 두드러진 예를 든다면, 5호 16국⁸⁾ 때, 황소(黃巢)⁹⁾의 난 때, 5대(五代)¹⁰⁾ 때, 송말(宋末)과 원말(元末) 때의 경우처럼 여느 때처럼 복역하고 납세한 다음에도 뜻하지 않은 재앙을 받아야만 했다. 장헌충(張獻忠)은 성미가 더욱 괴팍하여 복역이나 납세를 하지 않는 사람도 죽이고, 복역이나 납세를 하는 사람도 죽였으며, 그에게 저항하는 사람도 죽이고, 그에게 항복하는 사람도 죽였다. 노예규칙을 여지없이 파괴해 버린 것이다. 이 때에 백성들은 바로 또 다른 주인이 나타나 자신들의 노예규칙에 비교적 관심을 보여 주기를 희망했다. 그것이 예전 그대의 것이든지 새로 정한 것이든지 어쨌든 규칙이 있어서 그들이 노예의 길로 들어설 수 있도록 해 주기를 희망했다.

"하걸(夏桀)이 언제 죽을 지, 내 너와 함께 죽고 말리라!"¹¹⁾라는 것

---

8) 5호 16국(五胡十六國) : 304~439년 중국의 흉노(匈奴), 갈(羯), 선비(鮮卑), 저(氐), 강(羌) 등 다섯 소수민족이 연이어 북방과 서촉(西蜀)에 나라를 세웠는데, 전조(前趙), 후조(後趙), 전연(前燕), 후연(後燕), 남연(南燕), 후량(後凉), 남량(南凉), 북량(北凉), 전진(前秦), 후진(後秦), 서진(西秦), 하(夏), 성한(成漢) 그리고 한족이 세운 전량(前凉), 서량(西凉), 북연(北燕) 등 전체의 16국을 역사에서는 '5호 16국'이라고 한다.

9) 황소(黃巢, ?~884) : 조주(曹州) 원구[冤句, 지금의 산동(山東) 하택(菏澤)이다] 사람이며, 당말(唐末) 농민기의의 영수이다. 당 건부(乾符) 2년(875)에 왕선지(王仙芝)의 기의에 참가했다. 왕선지가 전사한 후 그는 영수로 추대되어 낙양(洛陽)을 함락하고 동관(潼關)에 입성하였으며, 광명(廣明) 1년(880)에 장안(長安)을 점령하여 대제황제(大齊皇帝)라고 했다. 후에 내부분열 때문에 사타국(沙陀國) 이극용(李克用)에게 패하고 중화(中和) 4년(884)에 태산(泰山) 호랑곡(虎狼谷)에서 포위당하여 자살했다. 황소는 장헌충(張獻忠)의 경우와 마찬가지로, 옛 역사책에서 모두 그들이 사람을 죽인 것에 대해 과장되어 기록되어 있다.

10) 5대(五代) : 907~960년 양(梁), 당(唐), 진(晋), 한(漢), 주(周) 등 다섯 조대(朝代)를 가리킨다.

11) "하걸이 언제 죽을 지, 내 너와 함께 죽고 말리라!"(원문 時日曷喪, 予及汝偕亡) : 이 말은 『상서 탕서(尙書 湯誓)』에 보인다. 또 시일(時日)은 하걸(夏桀)을

은 분격해서 한 말일 뿐이며 그것을 실행하겠다고 결심한 사람은 드물었다. 실제로는 대체로 뭇 도둑이 어지럽게 일어나고 혼란이 극에 달한 후가 되어야 비교적 강한 사람, 또는 비교적 총명한 사람, 또는 비교적 교활한 사람, 또는 외족(外族)의 어떤 인물이 나타나 비교적 질서 있게 천하를 수습하게 된다. 어떻게 복역하고, 어떻게 납세하고, 어떻게 절을 하고, 어떻게 성덕을 칭송하는지 규칙을 개정한다. 그리고 이 규칙은 오늘날처럼 조삼모사 격인 것과는 다르다. 그리하여 곧 "만백성은 기쁨을 표하게" 된다. 성어(成語)로 말을 하자면 '천하태평'이라는 것이다.

겉치레를 좋아하는 학자들이 늘어놓으며 역사를 편찬할 때 '한족이 흥기한 시대', '한족이 발달한 시대', '한족이 중흥을 이룬 시대' 등의 보기 좋은 제목을 달아도 호의는 참으로 고맙지만, 말을 너무 에둘러서 사용하였다. 더 직접적인 표현법을 쓰자면 다음과 같을 것이다.

> 첫째, 노예가 되고 싶어도 될 수 없었던 시대
> 둘째, 잠시 안정적으로 노예가 된 시대

이것의 순환이 바로 '선유(先儒)'들이 말한 "한번 다스려지고 한번 어지러워지다"[12]이다. 저 혼란을 일으킨 인물들은 후일의 '신민(臣民)'의 입장에서 볼 때 '주인'을 위해 길을 청소하여 열어놓은 것이다. 그래서 '성스러운 천자를 위해 깨끗이 제거하여 놓았다'[13]고 말하는 것

가리킨다.

12) "한번 다스려지고 한번 어지러워지다"(원문 一治一亂) : 이 말은 『맹자 등문공(孟子 滕文公)』에 보인다. "천하가 생긴 지 오래 되었는데, 한번 다스려지고 한번 어지러워졌다."

13) "성스러운 천자를 위해 깨끗이 제거하여 놓았다"(원문 爲聖天子驅除云爾) : 이 말은 『한서 왕망전찬(漢書 王莽傳贊)』에 보인다. "성왕(聖王)을 위해 깨끗이 제거하여 놓았다(聖王之驅除云爾)." 당대 안사고(顔師古)는 다음과 같이 주석을 달았다. "몰아내고 제거하여 성인을 기다린다는 뜻이다."

이다.

지금은 어느 시대에 들어섰는지 나도 분명하지 않다. 그러나 국학자들이 국수(國粹)를 숭상하고, 문학가들이 고유한 문명을 찬양하고, 도학가들이 복고(復古)에 열중하는 것을 보니 현재 상태에 다들 만족하지 못하고 있음을 알 수 있다. 그렇지만 우리는 도대체 어느 길로 가고 있는가? 백성들은 영문도 모르는 전쟁을 만나, 돈이 좀 있는 사람은 조계(租界)로 옮겨가고 여인이나 아이들은 교회로 피신하여 들어간다. 왜냐하면 이 곳은 비교적 '안정적'이어서 잠시나마 노예가 되고 싶어도 될 수 없는 데까지는 이르지 않기 때문이다. 종합하여 말하면, 복고하는 사람이나 피난하는 사람은 지혜롭거나 어리석거나 현명하거나 불초하거나 간에 모두 벌써 300년 전의 태평성세, 즉, '잠시 안정적으로 노예가 된 시대'에 마음이 끌리고 있는 듯하다.

그러나 우리 역시 모두가 옛사람처럼 '옛부터 이미 있었던' 시대에 영원히 만족할 것인가? 모두가 복고를 주장하는 사람처럼 현재에 불만이라고 하여 곧 300년 전의 태평성세에 마음이 끌릴 것인가?

당연히 현재에 대해서는 불만이다. 그러나 되돌아갈 필요는 없다. 왜냐하면 앞에도 여전히 길이 놓여 있기 때문이다. 그래서 중국 역사에서 여지껏 없었던 제3의 시대를 창조하는 것이야말로 바로 오늘날 청년들의 사명이다!

2

그러나 중국의 고유한 문명을 찬양하는 사람들이 많아졌고 여기에 외국인들까지 가세하게 되었다. 나는 늘 이런 생각을 한다. 중국에 오는 사람마다 만일 골치아파하고 이맛살을 찌푸리며 중국을 증오할 수 있다면 나는 감히 진심으로 감사를 드리겠다. 왜냐하면 그는 틀림없이 중국인들의 고기를 먹고 싶어하지 않을 것이기 때문이다.

쓰루미 유스케(鶴見祐輔)14)씨는 『북경의 매력』이라는 글에서 한 백인 이야기를 적어 놓았다. 그 백인은 중국에 올 때 1년 간 잠시 체류하기로 예정했었는데, 5년이 지난 뒤에도 그대로 북경에 있으며 게다가 돌아가지 않으려 한다는 것이었다. 어느날 그 두 사람이 함께 저녁 식사를 하고 있었다.

> "복숭아나무로 만든 둥근 식탁 앞에 좌정하고 있는데, 산해진미가 쉴새없이 나오고, 이야기는 골동품, 그림, 정치 이런 것들로부터 시작되었다. 전등 위에는 지나(支那)식의 등갓이 씌워져 있었고, 엷은 빛이 옛 물건들이 진열되어 있는 방 안에 가득 넘쳐 흐르고 있었다. 무산계급이니 프롤레타리아트(proletariat)15)니 하는 일들은 어디서 바람이 불고 있지 하는 것에 지나지 않는 것 같았다.
> 나는 한편으로 지나 생활의 분위기에 도취되어 있었고, 한편으로 외국 사람이 '매력'을 가지고 있는 것들에 대해 깊이 생각하고 있었다. 원(元)나라 사람들도 지나를 정복하였지만, 한인 종족의 생활미에 정복당하고 말았다. 지금 서양인들도 마찬가지여서 입으로는 비록 데모크라시(democracy)16)니 무엇이니 무엇이니 하고 말하고 있지만 오히려 지나인들이 6,000년을 두고 이룩해 놓은 생활의 아름다움에 매혹되고 있다. 북경에서 살아 보기만 하면 그 생활의 재미를 잊지 못한다. 바람이 세차게 불 때 만 길 높이로 치솟는 모래먼지나 석달에 한번씩 일어나는 독군(督軍)들의 전쟁놀음도 이러한 지나생활의 매력을 지워 버리지 못한다."

이 말에 대해 그를 부정할 힘이 지금 내게는 없다. 우리의 옛 성현들은 옛것을 보존하고 지키라는 격언을 우리에게 남겨준 데다가, 그러나

---

14) 쓰루미 유스케(鶴見祐輔, 1885~1972) : 일본의 평론가이다. 작자는 쓰루미 유스케의 수필집 『사상 산수 인물(思想 山水 人物)』 중에서 일부를 번역한 적이 있는데, 「북경의 매력」이라는 글은 이 수필집에 수록되어 있다.
15) 프롤레타리아트(Proletariat) : 영어이며, 무산계급의 뜻이다.
16) 데모크라시(Democracy) : 영어이며, 민주의 뜻이다.

동시에 아들과 딸, 옥과 비단으로 만들어 정복자들에게 봉헌할 큰 잔치를 잘 차려 놓았던 것이다. 중국인들의 참을성, 중국인들의 자식 많음은 모두 술을 만드는 재료일 뿐인데, 오늘날까지도 우리의 애국자들은 자부하는 것으로 여기고 있다. 서양인들이 처음 중국에 들어왔을 때 오랑캐라 해서 다들 이맛살을 찌푸리지 않을 수 없었다. 그러나 지금은 기회가 와서 우리가 북위(北魏)에 바쳤던, 금(金)에 바쳤던, 원(元)에 바쳤던, 청(淸)에 바쳤던 성대한 잔치를 그들에게 바치는 때가 되었다. 집을 나설 때는 자동차가 기다리고, 길을 걸을 때는 잘 보호해 준다. 길에 아무도 다니지 못하게 해도 그들만은 통행이 자유롭다. 약탈을 당하는 경우가 있더라도 반드시 배상을 해야 한다. 손미요(孫美瑤)[17]가 그들을 잡아다가 군인들 앞에 세워 놓아도 관병은 감히 총을 쏘지 못한다. 하물며 화려한 방 안에서 성찬을 즐기는 경우야 오죽 하겠는가? 성찬을 즐길 때가 되면 당연히 바로 중국의 고유한 문명을 찬양할 때인 것이다. 그러나 우리의 일부 낙관적인 애국자들은 아마 도리어 흐뭇해하면서 그들도 이제 중국에 동화되기 시작했다고 생각한다. 옛 사람들은 여인을 가지고 일시적인 안일의 방패막이로 삼아 그 이름을 미화하여 자기를 속이며 '화친(和親)'이라 했다. 오늘날 사람도 아들과 딸, 옥과 비단을 가지고 노예가 되는 예물로 삼아서 역시 그 이름을 미화하여 '동화'라고 한다. 그래서 만일 외국 사람 중에서 이미 잔치에 참여할 자격을 갖춘 지금이 되었는데도 우리를 위해 중국의 현상태를 저주하는 사람이 있다면 이는 그야말로 양심적이고 그야말로 존경할 만한 사람이다!

그러나 우리 스스로가 오래 전부터 귀천이 있고, 대소가 있고, 상하가 있는 것으로 잘도 꾸며 놓았던 것이다. 스스로 남에게 능멸을 당하

---

17) 손미요(孫美瑤) : 당시 산동(山東)의 포독고(抱犢峿)를 점령하고 있던 토비의 우두머리이다. 1923년 5월 5일 그는 진포(津浦) 철로의 임성(臨城) 역에서 열차를 강탈하여 중국 및 외국 여행객 200여 명을 납치하였는데, 이것은 당시 세상을 떠들썩하게 했던 사건었다.

지만 역시 다른 사람을 능멸할 수 있고, 스스로 남에게 먹히지만 역시 다른 사람을 먹을 수 있다. 단계별로 통제되고 있어서 움직일 수도 없고 움직이려고도 하지 않는다. 왜냐하면 일단 움직였다고 하면 혹 이득도 있겠지만 역시 폐단도 있기 때문이다. 여기서 한번 옛 사람의 멋들어진 법제정신을 보기로 하자.

> "하늘에는 열 개의 해가 있고, 사람에는 열 개의 등급이 있다. 아래사람은 그래서 윗사람을 섬기고, 윗사람은 그래서 신(神)을 받든 다. 그러므로 왕(王)은 공(公)을 신하로 삼고, 공은 대부(大夫)를 신하로 삼고, 대부는 사(士)를 신하로 삼고, 사는 조(皁)를 신하로 삼고, 조는 여(輿)를 신하로 삼고, 여는 예(隷)를 신하로 삼고, 예는 요(僚)를 신하로 삼고, 요는 복(僕)을 신하로 삼고, 복은 대(臺)를 신하로 삼 는다.18)"[『좌전(左傳)』 소공(昭公) 칠년(七年)]

그런데 '대(臺)'는 신하가 없으니 너무 힘들지 않은가? 걱정할 필요가 없다. 자기보다 더 비천한 아내가 있고, 더 약한 아들이 있다. 그리고 그 아들도 희망이 있다. 다른 날 어른이 되면 '대'로 올라설 것이므로 역시 더 비천하고 더 약한 처자가 있어 그들을 부리게 된다. 이처럼 고리를 이루며 각자 자기 자리를 차지하고 있으므로 감히 그르다고 따지는 자가 있으면 분수를 지키지 않는다는 죄명을 씌운다.

비록 그것은 소공(昭公) 7년, 지금으로부터 아주 오래 된 옛날 일이지만, '복고가(復古家)'들은 비관할 필요까지는 없다. 태평스런 모습이 여전히 남아 있다. 전쟁이 늘 있고 홍수와 가뭄이 늘 있어도 그 누가 아우성치는 소리를 들은 적이 있는가? 싸우는 놈은 싸우고 죽이는 놈은 죽이지만 덕있는 선비라도 나서서 시비를 따지는 것19)을 보았는

---

18) 왕(王), 공(公), 대부(大夫), 사(士), 조(皁), 여(輿), 예(隷), 요(僚), 복(僕), 대(臺) 는 노예사회에서의 등급의 명칭이다. 앞의 4종은 통치자의 등급이고, 뒤의 6종 은 노예로 부림을 당하는 등급이다.

19) (역주) 덕있는 선비라도 나서서 시비를 따지는 것(원문 處士來橫議) :『맹자 등

가? 국민에 대해서는 그토록 전횡을 일삼고 외국사람에 대해서는 그 토록 비위를 맞추니, 차등(差等)의 유풍 때문이 아니겠는가? 중국의 고유한 정신문명은 기실 공화(共和)라는 두 글자에 의해 전혀 매몰되지 않았다. 다만 만주인이 자리에서 물러났다는 것만이 이전과 조금 다를 뿐이다.

이 때문에 우리는 지금도 친히 각양각색의 연회를 볼 수 있다. 불고기 연회가 있고, 상어 지느러미 연회가 있고, 간단한 식사 연회가 있고, 서양요리 연회가 있다. 그러나 초가집 처마 아래에는 반찬 없는 맨밥이 있고, 길가에는 먹다 남은 죽이 있고, 들에는 굶어 죽은 시체가 있다. 불고기를 먹는 몸값을 매길 수 없는 부자가 있는가 하면, 근당 8문(文)에 팔리는 굶어 죽기 직전의 아이도 있다[20](『현대평론(現代評論)』 21기 참고). 이른바 중국의 문명이란 사실 부자들이 누리도록 마련된 인육(人肉)의 연회에 지나지 않는다. 이른바 중국이란 사실 이 인육의 연회를 마련하는 주방에 지나지 않는다. 모르고서 찬양하는 자는 그래도 용서할 수 있지만, 그렇지 않다면 그들은 영원히 저주받아 마땅하다!

외국사람 중에서 모르고서 찬양하는 자는 그래도 용서할 수 있다. 높은 자리를 차지하게 되어 사치스럽고 안일하게 지내면서, 이 때문에 꾀임에 넘어가고 영혼을 잃어버려 찬미하는 자도 그래도 용서할 수 있

문공하(孟子 滕文公下)』에 "성왕은 더 이상 나오지 않고, 제후들은 방자해져 못하는 짓이 없고, 벼슬 없는 선비들은 함부로 논의를 펴는데, 양주(楊朱)와 묵적(墨翟)의 주장이 천하에 가득 찼다(聖王不作, 諸侯放恣, 處士橫議, 楊朱, 墨翟之言盈天下)."라는 말이 나온다. 여기서 '처사(處士)'는 벼슬하지 않는 선비 또는 초야에 있는 덕있는 선비를 가리킨다. '처사횡의(處士橫議)'는 『맹자』에서는 부정적인 의미로 사용되고 있지만 본문에서는 긍정적으로 쓰이고 있는 듯하다.

20) 근당 8문에 팔리는 아이(원문 每斤八文的孩子) : 1925년 5월 2일 『현대평론(現代評論)』 제1권 제 21기에 중호(仲瑚)의 「어느 사천 사람의 통신(一個四川人的通信)」이라는 글이 실렸다. 이 글은 당시 군벌통치하에서 비참하게 생활하고 있던 사천(四川)의 노동인민에 대해 서술하고 있는데, 그 중에 이런 말이 있다. "남자 아이는 근당 동전 8문에 팔리고, 여자 아이는 이 가격으로도 팔리지 못한다."

다. 그러나 또 다른 두 종류가 있다. 그 하나는, 중국인은 열등한 종족이므로 원래의 모양대로 하는 것이 가장 잘 어울린다고 하여 일부러 중국의 낡은 것들을 칭찬하는 사람이다. 또 하나는, 세상 사람들이 각기 서로 달라야만 자신의 여행에 흥취를 더할 수 있어 중국에 가서는 변발을 보고, 일본에 가서는 게타를 보고, 고려에 가서는 삿갓을 보고자 하는 사람이다. 만일 옷차림이 한결같다면 아예 재미가 없어질 것이므로 그래서 아시아가 유럽화되는 것을 반대하는 사람이다. 이들은 모두 증오할 만하다. 러셀이 서호(西湖)에서 가마꾼이 웃음을 짓는 것을 보고[21] 중국인들을 찬미했는데, 이것은 또 다른 의미가 있을는지 모르겠다. 그러나 가마꾼이 만약 가마에 앉아 있는 사람을 보고 웃음을 짓지 않을 수 있었다면 중국은 벌써 현재와 같은 중국이 아니 되었을 것이다.

이 문명은 외국사람을 도취시켰을 뿐만 아니라 벌써 중국의 모든 사람들을 다 도취시켜 놓았고 게다가 웃음을 짓는 데까지 이르게 했다. 왜냐하면 고대부터 전해져 와서 지금까지도 여전히 존재하는 여러 가지 차별이 사람들을 각각 분리시켜 놓았고, 드디어 다른 사람의 고통을 더 이상 느낄 수 없게 만들어 놓았기 때문이다. 또한 각자 스스로 다른 사람을 노예로 부리고 다른 사람을 먹을 수 있는 희망을 가지고 있어 자기도 마찬가지로 노예로 부려지고 먹힐 가능성이 있다는 것을 망각하기 때문이다. 그리하여 크고 작은 무수한 인육의 연회가 문명이 생긴 이래 지금까지 줄곧 베풀어져 왔고, 사람들은 이 연회장에서 남

---

21) 러셀(원문 羅素, B. Russell, 1872~1970) : 영국의 철학가이다. 1920년에 중국에 와서 강연을 하고, 각지를 유람한 적이 있다. "가마꾼이 웃음을 짓는 것"에 관한 일은 그가 지은 『중국문제(中國問題)』라는 책에 나온다. "어느 한여름때의 일로 기억된다. 우리 몇 사람은 가마를 타고 산을 넘었는데, 길이 험해 가마꾼들이 아주 고생을 했다. 우리는 산꼭대기에 다다랐을 때, 그들에게 좀 쉬도록 하기 위해 10분쯤 멈추었다. 그러자 그들은 나란히 앉아서 담배를 꺼내 피우며 웃고 이야기하였는데, 마치 아무런 근심도 없는 듯이 보였다."

을 먹고 자신도 먹혔으며, 여인과 어린 아이는 더 말할 필요도 없고 비참한 약자들의 외침을 살인자들의 어리석고 무자비한 환호로써 뒤덮어 버렸다.

이러한 인육의 연회는 지금도 베풀어지고 있고, 많은 사람들이 여전히 계속 베풀어 나가려 하고 있다. 이 식인자들을 소탕하고 이 연회석을 뒤집어 버리고 이 주방을 파괴하는 것이 바로 오늘날 청년들의 사명이다!

1925. 4. 29.

잡다한 추억[1]

1

바이런(G. Byron)[2]의 시는 청년들이 크게 애독하고 있다고 말하는 사람이 있는데, 이 말은 일리가 있다고 나는 생각한다. 내 자신을 두고 보더라도 그의 시를 읽고 어찌나 마음이 설레었던지 아직도 기억하고 있다. 특히 무늬천으로 머리를 감싸고 그리스의 독립을 도우러 갔을 때의 그의 초상화가 생생하다. 이 초상화는 지난해 비로소 『소설월보(小說月報)』에 실려 중국에 소개되었다.[3] 유감스럽게도 나는 영어를 몰랐기 때문에 읽었다고 해도 모두 번역본이었다. 요즈음의 비평을 들어 보면 아무리 번역을 잘했다 해도 번역시는 이제 한 푼어치의 가치도 없게 되었다. 그러나 그 당시에는 사람들의 식견이 그렇게 높지도 않았으므로 나는 번역본을 보고서도 오히려 훌륭하다고 느꼈다. 아니면 원문을 이해하지 못했기 때문에 냄새나는 풀을 향기로운 난초로 여겼는지

---

1) 원제목은 「雜憶」이다. 이 글은 처음 1925년 6월 19일 『망원(莽原)』 주간 제9기에 발표되었다.
2) 바이런(원문 G. Byron) : 바이런이다. 「마라시력설(摩羅詩力說)」 제4, 5절 및 주 24)를 참고.
3) 바이런의 초상은 영국의 화가 필립스(T. Phillips)가 그린 바이런 초상화를 가리킨다. 1924년 4월 『소설월보(小說月報)』 제15권 제4기인 『바이런 서거 백주년 기념 특집호』에 실렸다. 『소설월보』 : 1910년 상해에서 창간되었고, 1921년에 개혁을 통하여 당시 유명한 문학단체인 문학연구회(文學研究會)가 주관하던 간행물이 되었다. 1932년에 정간되었다.

도 모르겠다. 『신라마전기(新羅馬傳奇)』에 나오는 번역문도, 비록 사조(詞調)를 사용하였고 또 '사포(Sappho)'를 '사즈포(薩茁波)'로 번역하여4) 일본어 번역본을 중역한 것임이 확실한데도 한때 널리 읽혔다.

소만수(蘇曼殊)5) 선생도 몇 수를 번역한 적이 있는데, 그 때 그는 아직 「아쟁을 타는 사람에게 부치다(寄彈箏人)」와 같은 시를 짓지 않았으므로 역시 바이런과 인연이 있었다. 다만 번역문이 너무 고체(古體)여서 이해하기 어려웠다. 아마 장태염(章太炎) 선생의 윤색을 거쳤던 모양인데, 그래서 흡사 고시(古詩)와 같았다. 그러나 오히려 널리 유전(流傳)되지는 않았다. 나중에 그가 자비로 찍은 녹색 표지에 금박 글씨가 씌어진 『문학인연(文學因緣)』에 수록되었고, 지금은 이 『문학인연』조차도 보기 드물게 되었다.

---

4) 『신라마전기(新羅馬傳奇)』: 양계초(梁啓超)가 자신이 지은 『이탈리아 건국 삼걸전(意大利建國三杰傳)』에 근거하여 개편한 희곡이다. 여기에는 바이런의 시가 번역되어 있지 않다. (按) 양계초가 지은 소설 『신중국미래기(新中國未來記)』 제4회에 희곡의 형식으로 바이런의 장시(長詩) 『돈 주앙』 제3편의 한 단락이 소개되어 있다. "(동풍에 깊이 취하여) 아아! 그리스여, 그리스여! ……그대는 본래 평화시대의 사랑스런 소녀이다. 그대는 본래 전쟁시대의 거친 소녀이다. 사즈포(撒茁波)의 노래소리 높고, 여시인의 열정은 뜨겁다." '사포(Sappho)'는 보통 '薩福'로 음역한다. 약 B.C. 6세기 때의 그리스의 여시인이다. 일본어 음역은 きつふお인데, 'つ'(茁의 음)는 여기서 발음이 나지 않는다. '撒茁波'라 한 것은 양계초의 오역이다.

5) 소만수(蘇曼殊, 1884~1918): 이름은 현영(玄瑛), 자는 자곡(子谷)이고, 광동(廣東) 중산(中山) 사람이며, 문학가이다. 20세 때 혜주(惠州)에서 절에 들어가 중이 되었고, 만수(曼殊)라고 불렀다. 그는 고체시(古體詩)의 형식으로 바이런의 시 5편을 번역한 적이 있다. 즉, 「별과 산은 다 생명이 없다(星耶峰耶俱無生)」라는 시는 1908년 일본 도쿄에서 출판된 『문학인연(文學因緣)』에 수록되었고, 「바다의 노래(贊大海)」, 「나라를 떠나는 노래(去國行)」, 「그리스를 애도하다(哀希臘)」, 「그대에 답하여 붉은 비단 리본에 머리털을 묶어 보내는 시(答美人贈束髮?帶詩)」 4편은 1909년 일본 도쿄에서 출판된 『비이런 시선(拜倫詩選)』에 수록되었다. 「아쟁을 타는 사람에게 부치다(寄彈箏人)」는 「기조쟁인(寄調箏人)」이라는 시를 가리키는데, 이것은 소만수가 직접 지은, 정조가 퇴폐적인 7언 절구 3수로서 1910년에 출판된 『남사(南社)』 제3집에 처음으로 발표되었고, 사상풍격은 번역한 바이런의 시와 맛이 다르다.

사실 그 때 바이런이 중국인들에게 비교적 잘 알려지게 된 것은 또
다른 원인이 있었다. 그것은 바로 그가 그리스 독립을 도왔기 때문이
다. 때는 청조 말년인지라 일부 중국 청년들의 마음 속에는 혁명사조가
크게 일어나고 있었고, 무릇 복수와 반항을 부르짖는 것이라면 쉽게 감
응을 불러일으켰다. 그 때 내가 기억하고 있는 사람으로는 또 폴란드의
복수시인 아담 미츠키에비츠(Adam Mickiewicz), 헝가리의 애국시인 페
퇴피 산도르(Petöfi Sándor)6), 필리핀의 문인이며 스페인 정부에 의해
살해된 호세 리잘7)-그의 조부는 중국인이며 중국에서도 그의 절명시
(絶命詩)가 번역된 적이 있다-이 있었다. 하우프트만(Hauptmann), 주
데르만(Sudermann)8), 입센(Ibsen) 등 이런 사람들도 이름을 크게 떨치
고 있었지만 우리는 오히려 그다지 주의하지 않았다. 다른 일부 사람들
은 만주인의 잔혹함을 기록한 명말(明末) 유민들의 저작을 수집하는
데 열을 올려 도쿄나 그 밖의 도서관에서 열심히 찾아 베껴서 인쇄하
여 중국으로 들여왔는데, 잊어버린 옛 원한을 부활시켜 혁명의 성공에
도움이 되고자 하였다. 그리하여 『양주십일기(揚州十日記)』9), 『가정도
성기략(嘉定屠城記略)』,10) 『주순수집(朱舜水集)』,11) 『장창수집(張蒼水

<hr>

6) 아담 미츠키에비츠(Adam MickieWicz), 페퇴피 산도르(Petöfi Sándor) : 「마라시력설
   (摩羅詩力說)」의 제8, 9절 및 관련된 주를 참고.
7) 호세 리잘(원문 厘沙路, J. Rizal, 1861~1896) : 보통 "黎薩"로 음역한다. 필리핀의
   작가이며 민족독립운동의 지도자이다. 1892년에 '필리핀연맹'을 발기하여 성립시
   켰고, 같은 해에 체포되었다. 1896년 두 번째 체포된 후 스페인 식민정부에 의해
   살해되었다. 저작으로는 장편소설 『나를 건드릴 수 없다(不許犯我)』, 『기의자(起
   義者)』 등이 있다. 그의 절명시(絶命詩) 「내 최후의 이별」은 양계초(梁啓超)가 중
   국어로 번역했으며 제목은 「무덤 속에서의 부르짖음(墓中呼聲)」이었다.
8) 하우프트만(G. Hauptmann, 1862~1946) : 독일의 극작가이다. 저작으로는 『직공
   (織工)』, 『침종(沉鐘)』 등이 있다. , 주데르만(H. Sudermann, 1857~1928) : 독일의
   작가이다. 저작으로는 극본 『고향(故鄉)』, 소설 『우울한 부인(憂愁夫人)』 등이 있
   다.
9) 『양주십일기(揚州十日記)』 : 청대 강도(江都)의 왕수초(王秀楚)가 지은 것으로, 순
   치(順治) 2년 청병(淸兵)이 양주(揚州)에 쳐들어 왔을 때 한족 인민을 무참하게
   죽였던 실제 상황을 기록하고 있다.

集)』12) 등이 모두 번각되어 나왔다. 또한『황소양회두(黃蕭養回頭)』13)
및 그밖의 단편들의 모음집이 있었는데, 이제는 이미 그 책들의 제목을
들 수가 없다. 다른 일부 사람들은 '박만(撲滿, 만주족을 치다—역자)',
'타청(打淸, 청을 타도하다—역자)'과 같은 것으로 이름을 바꾸어 영웅
인 체하였다. 이러한 이름들은 물론 실제의 혁명과는 크게 상관이 없었
지만 그러나 그 당시 광복을 갈망하는 마음이 얼마나 강하였는지 엿볼
수 있겠다.

영웅식의 이름뿐만 아니라 비장감이 넘쳐 흐르는 시문도 종이조각

---

10)『가정도성기략(嘉定屠城記略)』: 청대 가정(嘉定)의 주자소(朱子素)가 지은 것으
로, 순치(順治) 2년 청병(淸兵)이 가정(嘉定)에 쳐들어 왔을 때 세 차례나 한족
인민을 도살했던 실제 상황을 기록하고 있다.

11)『주순수집(朱舜水集)』: 주지유(朱之瑜)가 지은 것이다. 주지유(1600~1682)는 자
가 노서(魯嶼), 호가 순수(舜水)이고, 절강(浙江) 여요(余姚) 사람이며, 명말 사
상가이다. 명이 망한 후 주산(舟山)을 근거로 하여 청에 대항하며 명을 회복
하려고 애를 썼으나 실패하여 일본으로 망명하였고, 수호(水戶)에서 객사하였
다. 그의 저작은 일본 도엽암길(稻葉岩吉)이 편집한『주순수전집(朱舜水全集)』이
있는데, 1912년에 간행되었다. 중국에서는 도엽(稻葉) 본에 의거하여 마부취(馬
浮就)가 개정한『순수유서(舜水遺書)』25권이 1913년에 간행되었다.

12)『장창수집(張蒼水集)』: 장황언(張煌言)이 지은 것이다. 장황언(1620~1664)은 자
가 현저(玄著), 호가 창수(蒼水)이며, 절강(浙江) 은현(鄞縣) 사람이다. 남명(南
明) 때 항청의군(抗淸義軍)의 영수이며 문학가이다. 그는 청 순치(順治) 2년
(1645)에 절동(浙東)에서 기병하여 청에 대항하며 노왕[魯王, 주이해(朱以海)]을
감국(監國: 국가가 비상시기로 인하여 임금이 정식으로 등극하지 못하거나 태
자가 정식으로 등극하기 이전에 부르는 호칭이다—역자)으로 받들었다. 군대가
패하자 포로로 잡혔으며 뜻을 굽히지 않고 죽었다. 청말 장태염(章太炎)이 은
현에서, 상권은 잡문(雜文)이고 하권은 고금체시(古今體詩)로 된『기령초(奇零
草)』의 필사본을 발견하여『장창수집』이라 제목을 고쳐 간행했다.

13)『황소양회두(黃蕭養回頭)』: 반청(反淸) 혁명의 고취를 주제로 하고 있는 월극
(粤劇)이며, 신광동무생저(新廣東武生著)라고 서명되어 있다. 원래는 1902년[청
광서(光緖) 28년] 양계초(梁啓超)가 주편한『신소설(新小說)』잡지에 실렸고, 후
에 상해 광지서국(廣智書局)에서 단행본으로 나왔다. 황소양(黃蕭養)은 명대 정
통(正統) 말년에 일어난 광동(廣東) 농민기의의 영수였으며, 경태(景泰) 원년
(1450)에 싸움을 하다 화살에 맞고 희생되었다. 극본은 황제(黃帝)가 황소양의
영혼을 되살려 구국운동에 종사토록 하여 중국을 '부강한 나라'로 만들게 했다
는 내용이다.

위의 어떤 것에 지나지 않아서 나중에 일어난 무창기의(武昌起義)와 그다지 관계가 없었을 것이다. 만일 영향면에서 말한다면, 다른 천언만어(千言萬語)도 대개 평이하고 직설적인, '혁명군의 말 앞에 선 졸병 추용(鄒容)'이 지은『혁명군(革命軍)』[14]보다는 못했다.

2

혁명이 일어나게 되자, 대체로 말하자면 복수의 사상은 그러나 감퇴되고 말았다. 생각건대 이렇게 된 것은 대략 사람들이 이미 성공에 대한 희망을 품고 있었고, 또 '문명'이라는 약을 복용하게 되어 얼마간 한족의 체면을 세우느라 더 이상 잔혹한 복수는 없었기 때문이다. 그러나 그 때의 이른바 문명은 확실히 서양문명이었으며 결코 국수(國粹)는 아니었다. 이른바 공화라는 것도 미국이나 프랑스식의 공화이며 주공(周公)·소공(召公) 때의 공화(共和)[15]의 공화는 아니었다. 혁명당 사람들도 대체로 전력을 다해 본 민족의 영예를 더욱 빛내려고 했기

---

14) 추용(鄒容, 1885~1905) : 자는 울단(蔚丹)이고, 사천(四川) 파현(巴縣) 사람이며, 청말 혁명가이다. 일본 유학을 했으며, 반청(反淸) 혁명투쟁에 적극적으로 참가하였다. 1903년 7월 상해의 영국조계 당국과 결탁한 청 정부에 의해 체포되었으며, 2년 형을 선고받고 1905년 4월에 옥중에서 죽었다.『혁명군(革命軍)』: 추용이 반청혁명을 선전한 유명한 작품이다. 1903년에 지어졌고 전체 7장이며 약 2만 여 자로 되어 있다. 앞에는 장병린(章炳麟)의 서와 작자의 자서가 붙어 있다. 자서의 마지막에는 "황한민족(皇漢民族)이 나라를 잃은 지 260년, 세차(歲次) 계묘(癸卯) 3월 일에 혁명군의 말 앞에 선 졸병 추용이 적다"로 서명되어 있다. 이 책은 청 정부의 잔혹한 통치를 폭로하고, '자유독립'의 '중화공화국'을 세워야 한다는 이상을 제기하고 있는데, 혁명을 크게 고취시키는 작용을 했다.
15) 주공·소공 때의 공화(원문 周召共和) :『사기 주본기(史記 周本紀)』에 따르면, 서주(西周) 때 여왕(厲王)이 도를 잃어 나라 사람들로부터 반대에 부딪히자 37년(B.C. 841)에 달아났고, "소공(召公)과 주공(周公) 두 제상이 정사를 맡았는데, 이를 공화(共和)라 부른다." 또『죽서기년(竹書紀年)』에 따르면, 주(周) 여왕이 달아난 후 공백화[共伯和, 공국(共國)의 국군(國君) 이름]가 왕정을 대행했는데, 이를 공화(共和) 원년이라 부른다.

때문에 병사들도 크게 약탈하지는 않았다. 남경(南京)의 토비병사들이 다소 약탈을 하자 황흥(黃興)[16] 선생이 발끈 화를 내면서 여러 사람을 총살하였다. 나중에 토비는 총살을 두려워하지 않고 효수(梟首)를 두려워한다는 것을 알고 죽은 시체에서 머리를 잘라 내어 새끼줄로 묶어 나무에 내걸었다. 이 때부터 더 이상 큰 사고 같은 것은 없었다. 내가 살고 있던 한 관청의 위병(衛兵)이 내가 외출하자 차렷 자세로 받들어 총을 하고 난 다음 창문틈으로 기어들어와서 내 옷을 가져가기는 했지만 어쨌든 그 방법은 이미 훨씬 온화해졌고 또 훨씬 예의가 있었다.

남경은 혁명정부의 소재지인만큼 유달리 문명적이었음은 당연하다. 그러나 나는 종전에 만주인들이 주재하던 곳을 가 보았는데, 그 곳은 온통 폐허였다. 다만 방효유(方孝孺)의 혈적석(血迹石)[17]이 있는 정자만이 어쨌든 그대로 남아 있었다. 이 곳은 원래 명대(明代)의 고궁이었다. 나는 학생시절에 말을 타고 이 곳을 지나간 일이 있는데, 개구장이들이 욕을 해대고 돌을 던지는 것이었다—그것은 너희들은 이렇게 할 자격이 없다고 말하는 것 같았고, 듣자 하니 예전부터 그렇게 해 왔다는 것이었다. 지금은 모습이 완전히 달라져 그 곳에 사는 사람도 거의 없다. 몇 칸 부서진 집들이 있어도 역시 문이나 창이 없다. 문이 있

---

16) 황흥(黃興, 1874~1916) : 자는 극강(克强)이고, 호남(湖南) 장사(長沙) 사람이며, 근대 민주혁명가이다. 일찍이 화흥회(華興會)를 조직하였고, 1905년 손중산(孫中山)이 조직한 동맹회(同盟會)에 참가하여 책임자의 지위에 있었다. 신해혁명 때 혁명군 총사령관을 맡았으며, 1912년 남경(南京) 임시정부가 성립되었을 때 육군총장을 맡았다. 원세개(袁世凱)가 나라를 도적질한 후에 그는 일본으로 망명하였고 1916년 상해에서 세상을 떠났다.

17) 방효유(方孝孺, 1357~1402) : 자는 희직(希直)이고 절강(浙江) 영해(寧海) 사람이며, 명 혜제(惠帝) 건문(建文) 때 시강학사(侍講學士)를 역임했다. 건문 4년(1402)에 혜제의 숙부 연왕(燕王) 주체(朱棣)가 기병하여 남경(南京)을 공격하고 스스로 황제[즉, 영락제(永樂帝)]에 올라 방효유에게 즉위조서를 기초하라고 명했다. 방효유는 완강히 거부하여 마침내 살해되고 10족이 죽음을 당했으며, 죽은 사람이 870여 명이나 되었다. 혈적석(血迹石) : 전하는 말에 따르면, 방효유가 혀가 뽑히고 이가 부서질 때 그의 혈적이 묻은 돌이라고 한다.

다면 그것은 낡은 양철로 만든 것이다. 요컨대 목재라고는 조금도 없
는 것이다.

　그렇다면 도시를 함락할 때 한족들은 대대적으로 복수의 방법을
썼단 말인가? 결코 그렇지 않다. 상황을 알고 있던 사람이 내게 이렇
게 알려 주었다. 전쟁 때 물론 다소 훼손이 있었다. 혁명군이 도시로
들어오자 기인(旗人)[18] 중에 몇몇은 옛 법도에 따라 순국하기로 작정
하고 명대 냉궁(冷宮 : 옛날 총애를 잃은 왕비가 거처하던 쓸쓸한 궁
전-역자)의 옛터에 있던 집에서 화약을 터뜨리고 자폭했는데, 공교
롭게도 마침 옆을 지나던 기병 몇몇이 함께 터져 죽었다. 혁명군은 지
뢰를 묻어 놓고 반항하는 것이라고 여겨 곧 한 차례 불을 질렀다. 그
러나 타지 않고 남은 집들도 적지 않았다. 그 후 그들은 스스로 알아
집을 헐어 목재를 내다 팔았는데, 먼저 자기 집을 헐었고 다음으로 많
은 다른 사람의 집을 헐었다. 집에 목재가 한 토막도 남지 않게 되자
그제서야 사람들은 흩어졌고, 우리에게는 폐허만 남겨 놓았다는 것이
다.-그러나 이것은 내가 귀로 들은 것으로서 정말 진짜인지는 보증
할 수 없다.

　이 광경을 보고 있노라면 설령 『양주십일기』가 눈앞에 걸려 있어도
어찌 분노를 느낄 수 있겠는가. 내 느낌으로는, 민국이 성립된 이후 한
족과 만주족 사이의 악감정은 아주 해소된 듯하며 각 성(省)의 경계도
이전보다 훨씬 더 느슨해진 듯하다. 그렇지만 "죄업이 무거워도 스스
로 죽지 못한"[19] 중국인들은 일 년도 채 못되어 상황이 또 역전되었다.

---

18) 기인(旗人) : 청대 팔기(八旗)에 속한 사람에 대한 호칭이다. (按) 팔기는 만족
　　(滿族)의 군대조직과 호구편제였는데, 후에 일반적으로 만족을 기인이라 부르
　　게 되었다.
19) "죄업이 무거워도 스스로 죽지 못한"(원문 罪孽深重不自殞滅) : 송대 이후 사람
　　들은 부모가 죽은 후 인쇄하여 알리는 부고문에 늘 "불효한 모모는 죄업이 무
　　거워도 스스로 죽지 못하여 그 화를 죽은 아버지(어머니)에까지 미치게 한다"
　　라는 상투어를 사용했다.

종사당(宗社黨)의 활동과 유로(遺老)들의 잘못된 행동20) 때문에 양 종족의 옛 역사가 사람들의 기억에서 다시 되살아났고, 원세개(袁世凱)의 잔꾀 때문에 남북의 사이가 더욱 나빠졌고,21) 음모가들의 교활한 계략 때문에 성(省)의 구분이 또 이용되었다.22) 게다가 앞으로 더 늘어날 것 같다.

---

20) 종사당(宗社黨) : 청조의 귀족 양필(良弼), 육랑(毓朗), 철량(鐵良) 등이 청 황실의 정권을 보전하려고 1911년에 성립한 일종의 반동조직이다. 일부 사람들은 1912년 3월 7일[하력(夏曆) 정월 19일]에 '군주입헌유지회(君主立憲維持會)'의 명의로 선언을 발표하고 부의(溥儀)의 퇴위를 반대했다. 민국이 성립한 후 그들은 천진(天津)과 대련(大連) 등지로 잠복하여 일본 제국주의의 조종하에 복벽음모운동을 진행했다. 1914년 5월 유로(遺老)인 노내선(勞乃宣), 유정침(劉廷琛), 송육인(宋育仁) 등과 결탁하여 복벽을 모의했고, 1917년 7월에 또 장훈(張勛), 강유위(康有爲) 등과 결탁하여 복벽을 진행하였으나 모두 실패하고 말았다.

21) 남북의 사이가 나빠졌고(원문 南北交惡) : 1913년(민국 2년) 7월에 발생한 원세개(袁世凱)와 남방의 국민당 토원군(討袁軍) 사이에 벌어진 전쟁을 가리킨다. 이 전쟁은 원세개가 음모의 수단으로 일으킨 것으로, 목적은 당시 손중산(孫中山)을 영수로 하고, 남방을 근거지로 한 국민당 세력을 소멸시키기 위한 것이었다. 전쟁 전에 원세개는 사람을 시켜 국민당의 중요 인물인 송교인(宋敎仁)을 상해에서 암살하였고, 또 제국주의의 지지를 받아 적극적으로 전쟁을 준비했다. 국민당 쪽은 원래 원세개에 대해 타협적이었는데, 송교인이 피살된 후 손중산은 일본에서 상해로 돌아와 원세개를 토벌하기 위한 군사행동을 개시했다. 전쟁은 7월에 시작되었고, 8월 말에 토원군(討袁軍)은 실패하고 말았다. 그 후 상당히 오랜 기간 남북은 대립하는 국면에 놓여 있었다.

22) 성의 구분이 또 이용되었다(원문 省界被利用) : 단기서(段祺瑞)는 원세개(袁世凱)가 실패한 후에 국무총리를 맡았을 때, 북양계(北洋系)의 무력을 단결시키기 위해 서수쟁(徐樹錚)에게 책동하여 각 성구(省區)에서 서주(徐州)로 대표를 파견하여 회의를 개최하도록 하였는데, 1916년 이른바 '성구연합회(省區聯合會)'가 성립되었다. 이는 북양군벌이 이른바 성계연합(省界聯合)이라는 수단을 이용해 그들의 봉건할거 조직을 보존하려고 했던 것이다. 이와 동시에 남방 각 성(省)은 연합하여 '호국군정부(護國軍政府)'를 성립시켰다. 이 때부터 제1차 국내혁명전쟁이 있기까지 남북의 각 성에 자리를 틀고 있던 군벌들은 항상 연합이라는 명분으로 성을 단위로 하는 봉건할거를 실행했다. 그리고 이해관계가 충돌할 때에는 서로간에 전쟁을 벌였다.

3

내 성질이 유달리 나빠서인지 아니면 지난 환경의 영향에서 벗어나지 못해서인지 알 수 없지만 나는 항상 복수는 그리 이상할 것이 없다고 생각한다. 비록 무저항주의자들은 인격이 없다고 비난할 생각은 전혀 없지만 말이다. 그러나 때로는, 보복이란 누가 판단하고 어떻게 공평할 수 있는가 하는 의문이 들기도 한다. 그러면 즉각 내 스스로, 자기가 판단하고 자기가 집행하며, 주관할 하느님이 없는 이상 사람이 직접 눈에는 머리로 보상해도 무방하고 머리에는 눈으로 보상해도 무방하다고 답한다. 때로는 관용은 미덕이라는 생각이 들기도 한다. 그러나 즉각 이 말은 겁쟁이가 발명한 것이 아닌가 의심하게 되는데, 왜냐하면 그는 보복할 용기가 없기 때문이다. 또는 비겁한 악인이 창조한 것이 아닌가 의심하게 되는데, 왜냐하면 그는 남을 해칠 생각을 키워 가고 있지만, 그 사람이 보복할까 두려워 관용이라는 미명(美名)으로 기만하기 때문이다.

이 때문에 나는 항상 오늘날 청년들을 흠모한다. 그들은 비록 청말에 태어났지만 대체로 민국시기에 자라나서 공화의 공기를 호흡하였으므로 틀림없이 더는 이민족의 멍에 아래서 느끼는 불평의 기분이나 피압박민족이 당하는 강제적인 복종[23]의 비애는 있지 않을 것이다. 과연 대학 교수조차도 벌써 소설은 왜 하등(下等)사회를 묘사해야 하는지 그 이유를 이해하지 못하고 있다.[24] 내가 현대인들과 한 세기(世紀)만

---

23) 강제적인 복종(원문 合轍) : 이민족 통치자가 강제로 한족 인민들이 자신들의 제도와 정책을 따르도록 한 것을 가리킨다. 철(轍)은 궤도의 뜻이다. 옛날 수레에 대한 규정은 두 바퀴 사이가 8척이 되어야 하는데, 수레를 운용하려면 반드시 궤도규정에 맞아야만 했다.

24) 당시 동남대학(東南大學) 교수 오복(吳宓)을 가리킨다. 작자는『이심집 상해 문

큼이나 사이가 벌어져 있다고 하는 말은 어느 정도 확실한 것 같다. 그러나 나로서는 그것을 깨끗이 씻어 버릴 생각은 없다―비록 부끄럽고 두려운 느낌이 많이 들지만 말이다.

에로셴코25) 군이 일본에서 아직 쫓겨나기 전에 나는 그의 이름을 전혀 알지 못했다. 추방되고 나서야 그의 작품을 보게 되었다. 그래서 그가 강제 추방된 상황은 『요미우리 신문(讀賣新聞)』26)에 실린 에구치 교시(江口渙) 씨의 글27)을 통해 알게 되었다. 그리하여 그 글을 번역하였고, 또 그의 동화도 번역하였으며, 그의 극본『연분홍빛 구름(桃色之雲)』도 번역하였다. 사실 그 당시 내 생각은, 학대받는 사람의 고통스런 외침을 전하고 나라 사람들에게 강권자들에 대한 증오와 분노를 불러일으키려고 한 것뿐이었다. 무슨 '예술의 궁전'에서 손을 뻗어 외국의 기이하고 아름다운 화초를 뽑아다 화국(華國)의 문단(藝苑)에 옮겨 심으려는 것은 결코 아니었다.

예의 일별(二心集 上海文藝之一瞥)』에서 다음과 같이 말한 적이 있다. "그 때 오복 선생은 글을 발표하여, 왜 일부 사람들이 하류사회를 묘사하기를 좋아하는지 참으로 이해할 수 없다고 말했다."

25) 에로셴코(원문 愛羅先珂, 1889~1952) : 러시아 시인, 동화작가이다. 어렸을 때 병으로 인해 두 눈이 실명되었다. 일본, 태국, 미얀마, 인도 등지를 전후하여 방문하였다. 1921년 일본에서 '오일(五一)' 시위에 참가한 이유로 6월에 일본 정부로부터 국경 밖으로 추방당했고, 전전하다가 중국으로 와서 북경대학, 북경세계어전문학교에서 교편을 잡았다. 1923년 4월에 귀국했다. 그는 세계어와 일본어로 글을 썼고, 노신은 그의 작품『연분홍빛 구름(桃色的雲)』,『에로셴코 동화집』을 번역한 적이 있다.

26) 『요미우리 신문(讀賣新聞)』: 일본의 신문이며, 1874년[명치(明治) 7년] 11월에 북경에서 창간되었고, 1924년 개혁한 후에 전국규모의 대형 신문이 되었다. 이 신문은 항상 문예작품과 평론문을 게재하였다.

27) 에구치 교시(江口渙, 1887~1975) : 일본의 작가이다. 작품으로는 『화산 아래서』, 『어느 여인의 범죄』 등이 있다. 그가 쓴 에로셴코에 관한 글은 제목이 「에로셴코 군을 추억하면서」이며, 이 글은 에로셴코가 일본에서 박해를 받은 과정을 기술하고 있다. 이 글은 노신이 번역하여 1924년 5월 14일『신보부간(晨報副刊)』에 실렸고, 지금은 『노신역문집(魯迅譯文集)』 제10권 『역총보(譯叢補)』에 수록되어 있다.

일본어로 된 『연분홍빛 구름』이 출판되었을 때 에구치 교시 씨의 글도 실렸는데, 검열기관(경찰청?)에 의해 많이 삭제되었다. 내가 번역한 글은 완전한 것이었는데, 그 극본이 책으로 인쇄되었을 때 그것을 함께 인쇄하지는 않았다. 왜냐하면 그 때 나는 또 다른 상황을 보게 되었고, 또 다른 생각이 일어나, 중국인들의 분노의 불길에 장작을 더 지피고 싶지 않았기 때문이다.

4

공로선생(孔老先生)[28]은 "자기만 못한 사람을 벗하지 말라"[29]라고 말한 적이 있다. 사실 세력과 이익을 따지는 이러한 안목은 오늘날 세상에도 아주 흔하다. 우리 스스로가 본국의 꼴을 살펴보면 벗이 있을 리 없음을 알게 된다. 비단 벗이 없을 뿐만 아니라 그야말로 대부분이 원수로 지내 왔다. 그렇지만 갑을 적으로 대할 때에는 을에게서 공정한 판단을 기다리고, 그 후 을을 적으로 대할 때에는 다시 갑에게서 동정을 기대한다. 그래서 단편적으로 보면 오히려 전세계가 다 원수는 아닌 것처럼 보인다. 그러나 어쨌든 늘 원수로서 한 사람은 있어야 하기 때문에 1~2년마다 애국자들은 아무래도 적에 대한 원한과 분노를 한 차례 고무시켜야 하는 것이다.

이 또한 오늘날 흔히 볼 수 있는 현상이다. 이 쪽 나라가 저 쪽 나라를 적으로 삼을 때면 언제나 수단을 동원하여 국민들의 적개심을 부채질하고 그들에게 일치단결하여 방어하거나 공격하도록 한다. 그러나

---

28) (역주) 여기서 노신은 공자를 공로선생(孔老先生)이라 하였는데, 이 이면에는 공자를 성인으로 보지 않고 중립적인 인물로 보고자 하는 의도가 깔려 있는 듯하다.
29) "자기만 못한 사람을 벗하지 말라"(원문 毋友不如記者) : 이 말은 『논어 학이(論語 學而)』에 보인다.

필요한 조건이 하나 있는데, 그것은 바로 국민은 용감해야 한다는 것이다. 왜냐하면 용감해야만 용맹스럽게 앞으로 나아가고 강적과 육박전을 벌이고 그리하여 원수를 갚고 원한을 풀 수 있기 때문이다. 가령 겁이 많고 나약한 인민이라면 아무리 고무한다 해도 강적과 맞서려는 결심을 할 수 없을 것이다. 그렇지만 타오르는 분노의 불길은 그래도 남아 있으므로 발산할 장소를 찾지 않을 수 없다. 이 장소가 바로, 동포이든 이민족이든 상관없이 자신보다 더욱 약해 보이는 인민이다.

나는 중국인들의 마음 속에 쌓여 있는 원한과 분노가 이미 충분하다고 생각한다. 물론 그것은 강자에게서 유린을 당하여 생겨난 것이다. 그러나 그들은 오히려 강자에게는 반항하지 않고 도리어 약자 쪽에 발산한다. 군인과 비적은 서로 싸우지 않고 총이 없는 백성만이 군인과 비적으로부터 고통을 받고 있는데, 이것이 바로 최근 쉽게 볼 수 있는 증거이다. 좀더 노골적으로 말한다면, 이는 이들의 비겁을 증명할 수 있는 것이 아닐까. 비겁한 사람은 설령 만 장 높이의 분노의 불길이 있다 해도 연약한 풀 이외에 더 무엇을 태워 버릴 수 있겠는가?

누군가는 우리가 지금 사람들에게 분노와 원한을 품게 하려는 대상은 외적이며 나라 사람과는 상관이 없으므로 해를 입을 리가 없다고 말할 것이다. 그러나 그 전이(轉移)는 아주 쉬운 것이어서, 비록 나라 사람이라고 말하지만, 구실을 대어 발산하려고 할 때 단지 특이한 명칭만 하나 붙이기만 하면 마음놓고 칼날을 들이댈 수 있는 것이다. 예전에는 이단(異端), 요인(妖人 : 요사스러운 사람—역자), 간당(奸黨 : 간사한 무리—역자), 역도(逆徒 : 반역도—역자)와 같은 이름이 있었고, 오늘날에는 국적(國賊), 한간(漢奸 : 매국노—역자), 이모자(二毛子 : 서양인에 고용된 중국인—역자), 양구(洋狗 : 서양인의 주구—역자), 양노(洋奴 : 서양인의 하수인—역자)라는 말을 사용하고 있다. 경자(庚子) 년에 의화단(義和團)이 길가는 사람을 잡아다가 멋대로 기독교도라고 이름을 붙였는데, 그들의 말에 따르면, 그런 움직일 수 없는 증거는 그들의 신통한 눈이 이미 그 사람들의 이마에서 '십자가'를 보았다는 것이었다.

그렇지만 "자기만 못한 사람을 벗삼지 말라"라고 하는 세상에서, 자기 국민을 선동하여 그들에게 불꽃을 뿜도록 하면서 잠시나마 상황을 이겨 내려 하는 이외에 다른 훌륭한 방법이 우리에게 없지 않은가. 하지만 나는 위에서 서술한 이유에 근거하여 더욱 한 발 나아가 불이 붙은 청년들에 대해 희망하는 바가 있다. 그것은 군중에 대해 그들의 대중분노(公憤)만 불러일으키지 말고 내면적인 용기를 주입하려고 노력해야 하고, 그들의 감정을 고무시킬 때에 명백한 이성을 극력 계발하도록 해야 한다는 것이다. 게다가 용기와 이성에 마음을 집중하면서 이제부터 여러 해 동안 계속 훈련을 해야 한다는 것이다. 이러한 소리는 물론 단연코 선전포고니 적의 섬멸이니 하고 크게 부르짖는 것만큼 요란하지는 않겠지만, 그러나 오히려 더욱 긴요하고 더욱 어렵고도 위대한 일이라고 나는 생각한다.

그렇지 않으면 역사가 우리에게 보여 주었듯이, 재앙을 당하는 쪽은 적수가 아니라 자기 동포와 자기 자손이 될 것이다. 그 결과 도리어 적의 앞잡이가 되고, 적은 그 나라의 이른바 강자에 대해서는 승리자가 되며 동시에 약자에 대해서는 은인이 되는 것이다. 왜냐하면 스스로 미리 서로 잔인한 살육을 저질러 마음에 쌓여 있던 원한과 분노가 이미 다 해소되고 천하도 곧 태평성세가 되기 때문이다.

종합하면, 나는 국민에게 만일 지혜도 없고 용기도 없는데 오로지 이른바 '기(氣)'에만 의지한다면 이는 참으로 대단히 위험한 일이라고 생각한다. 지금은 더욱 전진하여 보다 견실한 일부터 착수하여야 할 때이다.

1925. 6. 16.

'타마더'¹⁾에 대하여²⁾

누구든지 중국에서 생활하기만 하면 '타마더(他媽的)' 또는 그와 비
슷한 말들을 항상 듣게 된다. 내 생각으로는, 이 말은 대개 중국인들의
족적이 미치는 곳이면 어디든지 퍼져 있는 것 같다. 사용횟수도 아마
정중한 표현인 '안녕하십니까(您好呀)'보다 더 적지는 않을 것이다. 가
령 누군가의 말마따나 모란이 중국의 '나라꽃'이라면, 이 말은 중국의
'나라욕'이라 해도 될 것이다.

나는 절강(浙江)의 동쪽, 서영(西瀅) 선생이 말한 이른바 '모적
(某籍)'³⁾에서 나고 자랐다. 그 곳에서 널리 쓰이는 '나라욕'은 아주 간

---

1) (역주) '타마더'(원문 他媽的)는 중국 사람들이 일반적으로 쓰는 욕이다. '타(他)'
   는 삼인칭이고, '마(媽)'는 엄마라는 뜻이고, '더(的)'은 소유격이다. 원래 이 말은
   앞에 성교를 뜻하는 동사와 뒤에 성기를 뜻하는 명사가 생략되어 있다. 줄여서
   '마더(媽的)'라고도 하며, '마(媽)' 대신에 다른 말이 들어가기도 하는데, 본문에
   나오는 '니쯔쯔더'가 그 경우이다. 삼인칭 '타' 대신에 이인칭 '니(你)'를 쓰면 더
   직접적인 욕이 되는데, 우리 말 '니에미'와 같은 욕이다.
2) 원제목은 「論'他媽的!'」이다. 이 글은 처음 1925년 7월 27일 『어사(語絲)』 주간
   제37기에 발표되었다.
3) 서영 선생이 말한 이른바 '모적'(원문 西瀅先生之所謂某籍) : 1925년 북경여자사
   범대학 학생들이 교장인 양음유(楊蔭楡)를 반대하는 사건이 있었는데, 노신 등 7
   명의 교원들이 5월 27일의 『경보(京報)』에 학생들에 대해 지지를 표한다는 선언
   을 발표했다. 진서영(陳西瀅)은 『현대평론(現代評論)』 제1권 제25기(1925년 5월
   30일)에 발표한 「한담(閑話)」에서 노신 등을 공격하면서 다음과 같이 말했다.
   "이전에 우리들은 여사대(女師大)의 소동은 북경 교육계에서 가장 큰 세력을 가
   지고 있는 모적모계의 사람들이 뒤에서 선동한 것이라는 말을 자주 들었지만 그
   래도 우리들은 감히 믿지는 않았다. ……그러나 이번 선언이 나오면서 불가피하
   게 유언비어가 더욱 심각하게 유포되었다." 모적이란 노신의 본적인 절강(浙江)
   을 가리킨다. 진서영(1896~1970)은 진원(陳源)이며, 자는 통백(通伯)이고, 현대평
   론파의 주요한 성원이다.

단하다. 오로지 '에미(媽)'에만 국한되어 있어 결코 그 밖의 사람들은
끌어들이지 않는다. 나중에 여러 곳을 얼마간 여행하면서 비로소 나라
욕의 광범하고도 치밀함에 놀라게 되었다. 위로는 조상을 들먹이고, 옆
으로는 자매를 연관시키고, 아래로는 자손에까지 내려가서, 같은 성
(性)이면 누구나 끌어들여, 참으로 "은하수처럼 끝이 없다"[4] 는 격이
었다. 게다가 사람에만 쓰는 것이 아니라 짐승에도 적용하는 것이었다.
재작년 석탄을 실은 수레 한 대가 깊이 패인 바퀴자국에 바퀴 한쪽이
빠진 것을 보았다. 마부는 잔뜩 화가 나서 곧장 뛰어내려 있는 힘을 다
해 그 수레 끌던 노새를 때리면서, "니쯔쯔더(你姊姊的, '姊姊'는 원래
누나·언니의 뜻—역자)! 니쯔쯔더!"라고 하였다.

다른 나라에서는 어떤지 나는 모른다. 다만 노르웨이 사람 함순
(Hamsun)[5]의 『굶주림』이라는 소설 속에는 거친 말투가 제법 많은데,
그러나 나는 그와 비슷한 말을 보지는 못했다. 고리키(Gorky)[6]가 쓴
소설 중에는 무뢰한이 많이 나오지만, 내가 본 바로는 역시 그런 욕설
은 없었다. 유독 아르치바셰프(Artzybashev)[7]의 『노동자 셰빌로프』에만
무저항주의자 야라체프가 '니마더(你媽的)'라 한 마디 욕을 하고 있다.
그러나 그 때 그는 이미 사랑을 위해 희생하겠다고 다짐한 터이므로
우리는 그의 자기모순을 비웃을 용기를 잃게 된다. 이 욕의 번역은 중
국에서는 아주 용이하지만 다른 나라에서는 어려운 것 같다. 독일어 번
역본에는 "나는 너의 엄마를 사용했다"로 되어 있고, 일본어 번역본에

---

4) "은하수처럼 끝이 없다"(원문 猶河漢而無極也) : 이 말은 『장자 소요유(莊子 逍遙
   游)』에 보인다. "나는 그의 말에 오싹해져서 마치 은하수처럼 끝이 없는 듯이 느
   껴졌습니다(吾警怖其言, 猶河漢而無極也)." '하한(河漢)'은 은하수를 가리킨다.

5) 함순(Hamsun, 1859~1952) : 노르웨이 소설가이다. 『굶주림』은 그가 1890년에 발
   표한 장편소설이다.

6) 고리키(Gorky)에 대해서는 「사진찍기 따위에 대하여」의 주 23)을 참고.

7) 아르치바셰프(Artzybashev)에 대해서는 「노라는 떠난 후 어떻게 되었는가」의 주
   5)를 참고.

는 "너의 엄마는 내 암캐다"로 되어 있다. 내 관점에서 볼 때, 이는 참으로 난해하다.

　그렇다면 러시아도 그러한 욕설이 있었던 모양인데, 어쨌든 중국처럼 광범위하고도 치밀하지 않으므로 영광은 아무래도 이 쪽으로 돌려야 할 것이다. 다행히도 이는 어쨌든 무슨 대단한 영광도 아니므로 그들은 아마 항의할 필요까지는 없을 것이다. '적화(赤化)'처럼 두렵지도 않으므로 중국의 부자들, 명망가들, 고명한 사람들도 심하게 놀라지는 않을 것이다. 그러나 중국에서라 하더라도 그 말을 사용하는 사람들은 '마부'와 같은 이른바 '하등인'이며, '사대부'와 같은 신분이 있는 상등인은 결코 입 밖에 내지도 않고 더욱이 책에 그 말을 글로 쓰지도 않는다. "이 몸도 늦게 태어난" 까닭에 주대(周代)를 만나지 못하여 대부가 되지도 못했고 벼슬을 하지도 않았으니 본래 곧이곧대로 까놓고 할 수 있었겠지만, 끝내 겉모습은 바꾸어 '나라욕'에서 동사 하나와 명사 하나를 없애고 다시 이인칭을 삼인칭으로 고친 것은, 아마 아무래도 수레를 끈 적이 없으므로 "얼마간 귀족 냄새"에서 벗어나지 못했기 때문일 것이다. 그 용도가 단지 일부 사람들에 한정되어 있다고 했으니 '나라욕'으로 삼을 수 없을지도 모르겠다. 그러나 그렇지도 않다. 높은분들이 감상하는 모란을 하등인들도 어찌 "꽃 중에서 부귀를 의미하는 것"[8]으로 여겼겠는가?

　이 '타마더'가 어떻게 유래되었고 어느 시대부터 시작되었는지 나도 모른다. 경서와 역사서에서 볼 수 있는, 사람을 욕하는 말로는 대개 '천한 놈(役夫)', '종놈(奴)', '죽을 놈(死公)'[9]이 있으며, 비교적 심한 경

---

8) "꽃 중에서 부귀를 의미하는 것"(원문 花之富貴者也) : 이 말은 송대 주돈이(周敦頤)의 「애련설(愛蓮說)」에 보인다. "모란은 꽃 중에서 부귀를 의미하는 것이다(牧丹, 花之富貴者也)."

9) '천한 놈'(원문 役夫) : 『좌전(左傳)』 문공(文公) 원년에 보이는데, 초(楚) 성왕(成王)의 누이동생 강미(江芈)가 성왕의 아들 상신[商臣, 초 목왕(穆王)이다]을 욕하는 말이다. "아아, 천한 놈! 마땅히 군왕이 너를 죽이고 직(職)을 옹립해야 할 것

우로는 '늙은 개(老狗)', '오랑캐놈(貉子)'10)이 있고, 더 심하면 윗대를 들먹이는 경우인데, 역시 "너의 에미는 종년이다(而母婢也)", "더러운 환관놈의 양자 무리(贅閹遺醜)"11)에서 벗어나지 않는다. 무슨 '마더

이다(呼, 役夫! 宜君王之欲殺女(汝)而立職也)". 진대(晋代) 두예(杜預)의 주에는 "역부(役夫)는 천한 놈을 부르는 말이다(役夫, 賤者稱)"로 되어 있다. (按) '직(職)'은 첩에서 난 상신의 동생이다. '종놈(奴)':『남사 송본기(南史 宋本紀)』에 나오는데, "황제[앞서 황제 유자업(劉子業)을 폐위시켰다]가 옛날 동궁에 있을 때 효무제(孝武帝)로부터 사랑을 받지 못했다고 스스로 생각하여, 즉위하자 경영릉(景寧陵)을 파헤치려 하였는데, 태사(太史)가 황제에게 이롭지 않으니 그만두라고 말했다. 이에 왕릉에 인분을 뿌리면서 효무제를 빨간 코 종놈이라고 함부로 욕했다(帝(前廢帝劉子業)自以爲昔在東宮, 不爲孝武所愛, 及即位, 將掘景寧陵, 太史言于帝不利而止; 乃縱糞于陵, 肆罵孝武帝爲齇奴)." '차(齇)'는 코에 난 붉은 여드름을 가리키는데, 속어로는 주독이 오른 빨간 코(酒糟鼻子)'라고 한다. '죽을 놈(死公)':『후한서 문원열전(後漢書 文苑列傳)』에 나오는데, 네형(禰衡)이 황조(黃祖)를 욕하는 말이다. "죽을 놈! 더 말하여 무얼 하겠는가?(死公! 云等道?)" 당대(唐代) 이신(李賢)은 주에서 "사공(死公)은 욕하는 말이다. 등도(等道)는 오늘날 말로 더 말하여 무얼 하겠는가와 같다(死公, 罵言也; 等道, 猶今言何勿語也.)"라고 하였다.

10) '늙은 개'(원문 老狗) : 한대(漢代) 반고(班固)의 『한효무고사(漢孝武故事)』에 나오는 말이다. 율희(栗姬)가 경제(景帝)를 욕하면서 "늙은 개, 임금의 마음은 원한을 품고 있지만 밖으로 드러내지 않는다(老狗, 上心銜之未發也)." '함(銜)'은 마음 속에 원한을 품다의 뜻이다. '오랑캐놈'(원문 貉子): 남조(南朝) 송(宋)의 유의경(劉義慶)의 『세설신어 혹닉(世說新語 惑溺)』에 나온다. "손수(孫秀)가 진(晋)에 투항하자 진 무제(武帝)가 우대하며 그를 총애하였는데, 손수는 이종사촌 누이동생 괴씨(蒯氏)를 아내로 맞이하여 부부금슬이 아주 돈독하였다. 아내가 질투하여 손수를 오랑캐놈이라 욕을 하자, 손수는 크게 불평하면서 마침내 다시는 아내의 방에 들지 않았다(孫秀降晋, 晋武帝厚存寵之, 妻以姨妹蒯氏, 室家甚篤; 妻嘗妒, 乃罵秀爲貉子, 秀大不平, 遂不復入.)."

11) "너의 에미는 종년이다(而母婢也)":『전국책 조책(戰國策 趙策)』에 나온다. "주(周) 열왕(烈王)이 붕어하자 제후들이 모두 조문하였다. 제(齊)가 나중에 가자 주(周)가 노하며 제(齊)에게 이렇게 알렸다. '하늘이 무너지고 땅이 갈라져서 천자도 멍석에서 잠을 자고 있는데, 동번(東藩)의 신하 전영(田嬰)의 제(齊)가 나중에 오다니 그의 목을 베겠다.' [제(齊)] 위왕(威王)은 발끈 화를 내면서 '제기랄, 너의 에미는 종년이다!' 하고 말했다.[周烈王崩, 諸侯皆吊. 齊後往, 周怒, 赴于齊曰:'天崩地坼, 天子下席, 東藩之臣田嬰齊後至則斷之.' (齊)威王勃然怒曰: 叱嗟, 而(爾)母婢也!]." "더러운 환관놈의 양자 무리(贅閹遺醜)": 진림(陳琳)의 『위원소격예주(유비)문[爲袁紹檄豫州(劉備)文]』에 나온다. "조조(曹操)는 더

(媽的)' 어쩌고 하는 것은 아직 본 적이 없으니, 아마도 사대부들이 기피하여 기록하지 않았을 것이다. 다만 『광홍명집(廣弘明集)』12)(7)에 북위(北魏) 때의 형자재(邢子才)에 관한 기록이 있다. 그는 "부인들을 믿을 수 없다고 생각했다. 원경(元景)더러 말하기를, '그대는 하필 성이 왕(王)인가?' 원경(元景)은 얼굴빛이 변했다. 자재(子才)가 말하기를, '나 역시 하필 성이 형(邢)인가, 5대를 지나오면서 믿을 수 있을까?'" 여기에 꽤 내막을 짐작할 수 있는 부분이 있다.

진대(晉代)는 이미 가문을 크게 중시하였는데, 그것도 지나칠 정도로 중시하게 되었다. 귀족은 세습되었고, 자제들은 쉽게 관직을 얻을 수 있었다. 설령 먹고 마시기만 하는 식충이라도 높은 자리를 차지할 수 있었다. 북방의 강토를 탁발씨(拓跋氏)13)에게 잃었으나 사인(士人)들은 오히려 더욱 미친 듯이 문벌을 따지고 등급을 구분하여 엄격하게 수호하였다. 서민 중에 비록 준재가 있어도 대성(大姓)과는 비교할 수 없었다. 대성(大姓)들은 실제로 조상의 음덕을 입어 옛 업적을 빌미로 거만하게 굴고 속은 텅비었으나 마음은 고상한 척하였을 뿐이니 당연히 사람들은 참을 수가 없었다. 그런데 사류(士流)들이 조상을 빌려 호

러운 환관놈의 양자 무리인데, 본래 훌륭한 덕이 없었다(操贅閹遺醜, 本無懿德)." '췌엄(贅閹)'은 조조의 부친 조숭(操嵩)이 환관 조등(曹騰)의 양자가 된 일을 가리킨다.

12) 『광홍명집(廣弘明集)』: 당대(唐代) 도선(道宣) 스님이 편찬한 것으로 30권으로 되어 있다. 내용은 진대(晉代)에서 당대(唐代)까지 불법을 밝히고 있는 글을 집록한 것이다. 형자재(邢子才, 496~?)는 이름이 소(邵)이고, 하간[河間, 지금의 하북(河北)에 속한다] 사람이며, 북위(北魏) 때의 무신론자이다. 동위(東魏) 무정(武定) 연간 말에 태상경(太常卿)을 역임했다. 원경(元景, ?~559)은 왕흔(王昕)이며, 자가 원경(元景)이고, 북해극[北海劇, 지금의 산동(山東) 동창(東昌)이다] 사람이다. 동위 무정 연간 말에 태자첨사(太子詹事)를 역임하였고, 형자재의 좋은 친구였다.

13) 탁발씨(拓跋氏): 고대 선비족(鮮卑族)의 한 갈래이다. 386년 탁발규(拓跋珪)는 스스로 위왕(魏王)이 되었고, 후에 더욱 강성해져 황하(黃河) 이북의 땅을 점령하였다. 389년 평성[平城, 지금의 대동(大同)이다]에 도읍을 정하고, 황제로 칭하고 연호를 정하였는데, 역사에서는 북위(北魏)라고 한다.

신부로 삼은 이상, 핍박받던 서민들은 자연히 그들의 조상을 적으로 간주하게 되었다. 형자재(邢子才)의 말은 비록 분격해서 한 것인지는 분명하지 않으나 가문에 의탁하고 있는 남녀들에 대해 확실히 치명적인 중상(重傷)임에는 틀림없다. 세도와 지위가 본래 '조상'이라는 이 유일한 호신부에 기대어 존재하므로 '조상'이 일단 무너지고 나면 모든 것이 허물어지고 만다. 이는 '음덕'에 의지할 때 필연적으로 나타나는 인과응보이다.

동일한 의미이지만, 형자재처럼 글재주가 없으므로 '하등인'의 입에서 곧바로 튀어나오는 것은 바로 '타마더!'이다.

만약 고문대족(高門大族)의 견고한 낡은 보루를 공격하려면 오히려 그의 혈통을 겨누는 것이 전략상 참으로 훌륭한 계략이라 할 만하다. '타마더'라는 이 말을 가장 먼저 발명한 인물은 확실이 천재라고 할 수 있다. 비열한 천재이기는 하지만.

당대(唐代) 이후 높은 가문임을 뽐내는 기풍은 점차 사라졌다. 금원대(金元代)에 이르러 오랑캐를 제왕으로 받들고 백정이나 장사치를 고관대작(卿士)으로 임명해도 이상할 것이 없었으니 '등급'의 상하는 원래 이 때부터 모호하게 되어야 했다. 그러나 그래도 기를 쓰고 '상등'으로 기어 들어가려는 사람들이 있었다. 유시중(劉時中)[14]의 곡자(曲子) 속에는 이런 말이 있다. "가소롭게도 저 무식한 시정 사람들, 멋대

---

14) 유시중(劉時中) : 이름은 치(致), 자는 시중(時中), 호는 포재(逋齋)이고, 석주영향[石州寧鄕, 지금의 산서(山西) 이석(離石)이다] 사람이며, 원대(元代) 사곡가(詞曲家)이다. 여기에 인용되고 있는 것은 그의 투곡(套曲) 『상고감사 단정호(上高監司 端正好)』에 보인다. 곡자(曲子) 속에 나오는 '호완열(好頑劣)'은 아는 것이 없다는 뜻이다. '표덕(表德)'은 정식 이름 이외의 '자'나 '호'를 가리킨다. '성음다시칭(聲音多厮稱)'은 발음이 같다는 뜻이다. 자량(子良)은 '양(粮)'에서 그 음을 취했고, 중보(仲甫)는 '포(脯)'에서 그 음을 취했고, 군보(君寶)는 '포(飽)'에서 그 음을 취했고, 덕부(德夫)는 '부(麩)'에서 그 음을 취했다. 『악부신편양춘백설(樂府新編陽春白雪)』은 원대(元代) 양조영(楊朝英)이 편선한 산곡선(散曲選)으로서 전체 10권(달리 9권본 한 종이 있다)으로 되어 있다.

로에다 아는 게 없었다. 세상 벗님네들 너나 없이 재빨리 자호(字號)나 관명(官名)을 사용하여 서로 상대를 불러 주니, 발음은 같은 걸로 하고, 글자는 속되지 않은 걸로 했다. 내가 일일이 자세하게 나열할 테니 들어 보라. 쌀 파는 사람을 자량(子良)이라 부르고, 고기 파는 사람을 중보(仲甫)라 부르고……, 밥장사 하는 사람을 군보(君寶)라 부르고, 밀가루 빻고 체 굴리는 사람을 덕부(德夫)라 부르니, 어찌 더 말하겠는가!"(『악부신편양춘백설(樂府新編陽春白雪)』3) 이것이 바로 당시 벼락부자의 추태였다.

　'하등인'이 아직 벼락부자가 되기 전이라면 당연히 대체로 '타마더'를 자주 입에 오르내린다. 그러나 어떤 기회가 와서 우연히 한 자리를 차지하고 대략 몇 글자를 알게 되면 곧 점잖아진다. 아호(雅號)도 있게 되고, 신분도 높게 되고, 족보도 고치게 된다. 그리고 시조를 한 사람 찾아야 하는데, 명유(名儒)가 아니면 명신(名臣)이다. 이 때부터 '상등인'으로 바뀌고, 선배 상등인과 마찬가지로 언행은 모두 온화하고 우아해진다. 그렇지만 어리석은 백성 중에도 어쨌든 총명한 사람이 있어 벌써부터 이러한 속임수를 꿰뚫어 본다. 그래서 "입으로는 인의예지(仁義禮智)를 말하지만 마음 속은 남도여창(男盜女娼)이다!"라는 속담이 생긴다. 그들은 훤히 알고 있는 것이다.

　그리하여 그들은 반항하며 '타마더'라고 한다.

　그러나 사람들이 자기나 남의 여택(餘澤)이나 음덕을 폐기하거나 일소하지 못하고 억지로 다른 사람의 조상이 되려고만 한다면 어찌 되었건 비열한 일임에는 틀림없다. 이따금 '타마더(他媽的)'라고 불리는 자의 생명에 폭력을 가하는 경우도 있겠지만 그것은 대체로 허점을 이용하는 것이지 시대의 추세를 만들어 내는 것이 아니므로 어찌 되었건 역시 비열한 일이다.

　중국인들은 지금까지도 무수한 '등급'을 가지고 있고, 가문에 의지하고, 조상에 기대고 있다. 만약 고치지 않으면 영원히 유성(無聲) 무성(有聲)의 '나라욕'이 있을 것이다. 그래서 '타마더'가 위아래 사방을 포위하고 있으며, 게다가 그것도 태평한 시대인데도.

　다만 가끔은 예외적인 용법도 있다. 놀람을 나타내거나 감복을 나타내기도 한다. 나는 고향에서 시골농부 부자가 함께 점심을 먹는 것을 본 일이 있는데, 아들이 요리를 가리키면서 그의 부친에게 "이거 괜찮아요, 마더(媽的), 드셔 보세요!"라고 했고, 아버지는 "난 먹고 싶지 않아. 마더(媽的), 너 먹어라!"라고 말했다. 오늘날 유행하는 "내 사랑하는"의 뜻으로 이미 완전히 순화되어 있다.

1925. 7. 19.

눈을 크게 뜨고 볼 것 대하여[1]

허생(虛生) 선생이 쓴 시사단평 중에는 「우리는 여러 가지 측면을 똑바로 바라보는 용기를 가져야 한다」(『맹진(猛進)』 19기)[2]라는 제목의 글이 있었다. 참으로 대담하게 정시(正視)해야 한다. 그래야만 비로소 대담하게 생각하고, 대담하게 말하고, 대담하게 일하고, 대담하게 맡을 수 있다. 만일 정시하면서도 대담하지 않으면 그 밖에 또 무슨 성과를 이룰 수 있겠는가. 그렇지만 불행하게도 이러한 용기는 우리 중국인들에게 가장 결핍되어 있다.

그러나 지금 내가 생각하고 있는 것은 다른 측면이다. ─중국의 문인들은 인생에 대해서─적어도 사회현상에 대해서, 여지껏 대부분 정시하는 용기가 없었다. 우리의 성현들은 본래 일찍부터 "예가 아니면 보지 말라(非禮勿視)"라고 가르쳤다. 게다가 이 '예'는 또 대단히 엄격하여 '정시하는 것(正視)'뿐만 아니라 '나란히 보는 것(平視)', '비스듬히 보는 것(斜視)'조차도 허락하지 않았다. 오늘날 청년들의 정신에 대해서는 아직 알 수 없지만, 체질면에서는 대부분이 허리와 등이 굽고, 눈썹은 처지고 순한 눈을 하여, 유서깊은 노숙한 자제(子弟)처럼 선량한 백성처럼 모습을 하고 있다. ─대외적으로는 오히려 대단한 역량을 가지고 있다고 하는 말은 최근 한 달 사이에 나온 새로운 주장이므로 도

---

1) 원제목은 「論睜了眼看」이다. 이 글은 처음 1925년 8월 3일 『어사(語絲)』 주간 제38기에 발표되었다.
2) 허생(虛生) : 주간 『맹진(猛進)』의 주편이던 서병창(徐炳昶)의 필명이다. 『맹진(猛進)』 : 당시 정론(政論)을 다루는 진보적인 경향을 가진 간행물의 일종이다. 1925년 3월 6일에 북경에서 창간되었으며, 이듬해 3월 19일 제53기까지 내고 정간되었다.

대체 어떠한가는 아직 알 수 없다.

다시 '정시하는 것'의 문제로 돌아가자. 먼저 대담하지 않으면 뒤에
가서는 할 수도 없고, 더 뒤에 가서는 당연히 보지도 않고 보이지도 않
게 된다. 자동차 한 대가 고장나서 길에 멈추었다고 하자. 사람들이 무
리를 지어 둘러싸고 멍하니 보고만 있다면 그 결과란 한 뭉치 거무턱
턱한 물건밖에 보이지 않을 것이다. 그렇지만 자체의 모순 또는 사회의
결함 때문에 생겨난 고통은 비록 정시하지 않더라도 몸으로 직접 체험
하게 마련이다. 문인들은 어쨌든 민감한 인물로서 그들의 작품을 통해
볼 때, 일부 사람들은 확실히 벌써부터 불만을 느끼고 있다. 그러나 결
함이 드러날 것 같은 위기일발의 순간이 되면 그들은 언제나 얼른 "전
혀 그런 일이 없다"고 하는 동시에 눈을 감아 버린다. 감아 버린 이 눈
에는 일체가 원만하게 보이고 눈앞의 고통은, "하늘이 장차 어떤 사람
에게 대임(大任)을 맡기려 할 때에는, 반드시 먼저 그 마음을 괴롭히고,
그 살과 뼈를 단련하고, 그 육체를 굶기고, 그 몸을 허하게 하고, 또한
하는 일마다 어긋나고 뒤틀리게 한다"[3]는 것에 지나지 않는다. 그리하
여 문제가 없고, 결함이 없고, 불평이 없고, 바로 그 때문에 해결이 없
고, 개혁이 없고, 반항이 없다. 모든 일이 어쨌든 '원만'해질 것이므로
우리가 초조해할 필요는 없는 것이다. 마음놓고 차를 마시고 잠을 자면
대길(大吉)이다. 군소리를 했다가는 "시의에 맞지 않다"는 허물을 쓰고
대학교수들로부터 교정을 받지 않을 수 없다. 쳇!

나는 결코 실험한 적은 없지만 가끔 이렇게 생각해 본다. 가령 오랫
동안 방에서 갇혀 있던 늙은 나으리를 여름 정오의 뙤약볕에 놓아 두
거나 규방에서 나온 적이 없는 곱게 자란 아가씨를 광야의 어두운 밤
으로 끌어 낸다면 대개는 눈을 감고 잠시 자신의 남은 옛꿈을 지속할

---

3) "하늘이 장차 어떤 사람에게 대임(大任)을 맡기려 할 때에는"(원문 天之降大任於
　是人也) 등의 말은 『맹자 고자(孟子 告子)』에 보인다.

수밖에 없을 것이다. 이미 완전히 다른 현실이지만 전혀 어둠이나 빛을 만나지 못했다고 할 것이다. 중국의 문인들도 이와 마찬가지로 만사에 눈을 감고 잠시나마 스스로 속이고 남도 속인다. 그 방법은 바로 감춤(瞞)과 속임(騙)이다.

중국의 혼인방법에 결함이 있다는 것을 재자가인(才子佳人) 소설가들도 벌써부터 느끼고 있었다. 그는 그리하여 한 재자(才子)가 벽에 시를 쓰고 한 가인(佳人)이 이에 화답하도록 한다. 경모(傾慕)−오늘날이라면 연애라고 불러야 할 것이다−에서 '종신의 은약(終身之約)'에 이르게 한다. 그러나 은약한 이후에는 곧 난관에 봉착하게 된다. 우리가다 아는 바와 같이, '사적으로 맺은 종신의 은약'은 시와 희곡 또는 소설에서는 미담으로 간주되지만(물론 끝내 장원4) 급제하는 남자와 사적으로 맺은 경우로만 제한된다), 실제로는 세상에서 용납되지 않고 여전히 이혼하지 않을 수 없다. 명말(明末)의 작가들5)은 이점에 대해 곧 눈을 감아 버렸고, 달리 구제책을 내놓았다. 즉, 재자가 급제하여 임금의 명을 받들어 혼인을 이룬다고 했다. '부모의 명과 매파의 말'6)은 이 커다란 감투에 짓눌려서 반 푼어치의 가치도 나가지 않게 되고 문제도 전혀 없어진다. 만약 문제가 있다면 그것은 다만 재자가 장원에 급제할 수 있느냐 그렇지 않으냐에 달려 있었고, 결코 혼인제도가 좋은가 그렇지 않은가에 달려 있지 않았다.

[근래에 어떤 사람은 신시(新詩) 시인이 시를 지어 발표하는 것은

---

4) 장원(狀元) : 과거(科擧)시험이 있던 시대에 전시(殿試 : 과거 제도 중에서 최고의 시험으로, 궁전의 대전에서 거행하며 황제가 친히 주관하던 시험이다−역자)에서 일등으로 합격한 진사(進士)이다.

5) 명말의 작가들(원문 明末的作家) : 명대 말년에 재자가인(才子佳人) 소설을 썼던 작가들을 가리키는데, 예를 들면 『평산냉연(平山冷燕)』을 지은 적안산인(荻岸山人), 『호구전(好逑傳)』을 지은 명교중인(名敎中人) 등이다.

6) '부모의 명과 매파의 말'(원문 '父母之命媒妁之言') : 이 말은 『맹자 등문공(孟子 滕文公)』에 보인다.

자기를 내세우고 이성(異性)을 유인하기 위한 것이라고 생각하고 있다. 게다가 신문잡지가 함부로 실어 준다고 그 쪽으로 화풀이하고 있다. 설령 신문이 없다 하더라도 벽은 실로 '옛부터 이미 있어서' 일찍부터 발표기관이 되었다는 것을 전혀 모르고 있다. 『봉신연의(封神演義)』에 따를 때, 주왕(紂王)은 이미 여왜(女媧) 묘당의 벽에 시를 썼는데,[7] 그 기원은 실로 대단히 오래 되었던 것이다. 신문은 백화(白話)를 채택하지 않거나 짧은 시(小詩)를 배척할 수 있겠지만 벽은 다 헐 수도, 통제할 수도 없는 노릇이다. 만일 일률적으로 검은색으로 칠한다 해도 사기 조각으로도 그릴 수 있고 분필로도 쓸 수 있으니 참으로 대응할 수 있는 방법이 무궁무진하다. 시를 지어 목판에 새기지 않고 그것을 명산(名山)에 숨겨 두고 수시로 발표한다면 폐단은 많겠지만 그러나 아마 철저하게 끊어버리기는 어려울 것이다.]

『홍루몽(紅樓夢)』 중에 나오는 작은 비극은 사회에서 흔히 볼 수 있는 일인데, 작가도 비교적 대담하게 사실적으로 썼고 그 결론도 그리 나쁘지 않다. 가(賈)씨의 가업이 다시 살아나서 화려하게 꽃을 피운 것은 물론이요, 보옥(寶玉) 자신도 커다란 붉은 모피 망토를 걸치고 있는 스님이 되었다. 스님은 많지만 이처럼 화려한 망토를 걸치고 있는 사람은 몇 사람되지 않을 것이므로 이미 '비범한 성인의 경지에 들었음'은 의심의 여지가 없다. 그 밖의 사람들의 경우에는 미리부터 책에서 일일이 운명이 정해져 있어 그 말로는 한결같이 문제의 종결이지 문제의 시초는 아니다. 독자들이 조금 불안을 느끼더라도 결국은 어찌할 수가 없다. 그렇지만 나중에 나온 속작의 경우나 개작의 경우를 보면, 시체를 빌려 혼을 불어넣지 않으면 저승에서 달리 짝을 맺어 주어 반드시 "남녀 주인공을 당장에 원만하게 결합시켜 주고"서야 손을 놓는다. 이

---

7) 『봉신연의(封神演義)』 : 신마소설(神魔小說)이며, 명대 허중림(許仲琳)이 편찬한 것으로 100회이다. 주왕(紂王)이 여왜(女媧) 묘당의 벽에 시를 썼다는 이야기는 이 책의 제1회에 보인다.

는 바로 자기를 속이고 남을 속이는 중독이 너무 심하기 때문이며, 그
래서 조그마한 속임수를 보는 것으로는 만족하지 못하고 반드시 눈을
감고 한바탕 제멋대로 지껄인 다음에야 흐뭇해한다. 헤켈(E. Haeckel)[8]
은 사람과 사람의 차이는 종종 유인원(類人猿)과 원인(原人)의 차이보
다 더 심하다고 말한 적이 있다. 우리는 『홍루몽』의 속작자와 원작자를
한번 비교하여 보면 이 말이 대략 확실하다는 것을 승인할 수 있을 것
이다.

　"선을 행하면 복을 받는다"[9]라는 옛 교훈에 대해 육조(六朝) 사람들
은 벌써 다소 회의하고 있었다. 그들은 묘지(墓志)를 지을 때 어쨌든,
"선을 쌓았으나 보답이 없으므로 마침내 스스로 속고 말았구나"[10]라
는 말을 할 수 있었다. 그러나 후대의 멍청한 사람들은 또 속이기 시작
했다. 원대(元代) 유신(劉信)은 세 살 난 아이를 지전을 태우는 화로에
집어 넣고 터무니없이 복을 빌었다는 것이 『원전장(元典章)』[11]에 나온
다. 극본 『장서방이 아들을 태워 어머니를 구하다(小張屠焚兒救母)』[12]

---

8) 헤켈(E. Haeckel, 원문 赫克爾) : 보통 '海克爾'로 음역한다. 독일의 생물학자이다.
　여기에 인용되고 있는 그의 말은 그가 지은 『우주의 수수께끼』 제4장 「우리의
　배태사(胚胎史)」에 보인다.
9) "선을 행하면 복을 받는다"(원문 作善降祥) : 이 말은 『상서 이훈(尙書 伊訓)』에
　나온다. "오직 하느님만이 비범하여, 선을 행하면 백 가지 복을 내리고 불선(不
　善)을 하면 백 가지 재앙을 내린다."
10) "선을 쌓았으나 보답이 없으므로 마침내 스스로 속고 말았구나"(원문 積善不報,
　終自欺人) : 이 말은 동위(東魏) 때의 『원담묘지명(元湛墓志銘)』에 보인다. "어진
　자는 오래 산다고 하기에 그 말을 믿고 선을 쌓았으나 보답이 없으므로 마침내
　스스로 속고 말았구나."
11) 『원전장(元典章)』 : 바로 『대원성정국조전장(大元聖政國朝典章)』이다. 전집(前集)
　은 60권으로 되어 있고 신집(新集)은 권이 나뉘어 있지 않다. 내용을 보면, 원
　(元) 세조(世祖) 중통(中統) 원년(1260)에서 영종(英宗) 지치(至治) 2년(1322) 사
　이의 법령 문서를 모아놓은 것이다. 유신(劉信)에 관한 이야기는 이 책 제57권
　에 실려 있다.
12) 『장서방이 아들을 태워 어머니를 구하다(小張屠焚兒救母)』 : 잡극(雜劇)이며, 원
　대 무명씨의 작품이다. 『고금잡극(古今雜劇)』에 보인다.

에서는 어머니의 목숨을 살리기 위한 것이었는데 목숨도 살리고 아들도 죽지 않았다고 하였다. 『성세항언(醒世恒言)』에는 한 여인이 고질병에 걸린 남편을 시중들다가 마침내 함께 자살했다는 이야기가 있다. 후에 개작한 것을 보면, 오히려 뱀이 약탕관에 떨어져 남편이 그것을 먹자 곧 완전히 나았다고 하였다.13) 대개 결함이 있으면 작자들의 분식(粉飾)을 거쳐 후반부가 대체로 변모하게 되는데, 독자들을 속임수에 걸려들게 하여 세상은 확실히 광명으로 가득 차 있으며, 누군가가 불행하다면 스스로 자초하여 당한 것이라고 생각하게 만든다.

때로는 관우(關羽)와 악비(岳飛)의 피살처럼 아주 명백한 역사적 사실을 만나면 속일 수가 없겠지만, 그 때에는 다른 속임수를 고안해 낼 수밖에 없다. 하나는 악비의 경우로서 전생에 이미 숙명으로 정해져 있다는 것이고, 하나는 관우의 경우로서 죽은 다음에 신이 되게 하는 것이다.14) 정해진 운명은 벗어날 수 없는 것이고 신이 되는 것은 선에 대한 보답이므로 더욱 사람들을 만족시킬 수 있다. 그래서 살인자는 책임

---

13) 한 여인이 고질병에 걸린 남편을 시중들다(원문 一女愿侍痼疾之夫)라는 이야기는 『성세항언(醒世恒言)』 제9권 「진다수의 생사 부부(陳多壽生死夫妻)」에 보인다. 노신이 말한 후에 개작한 것이란 아마 청대 선정(宣鼎)의 『야우추등록(夜雨秋燈錄)』 제3권에 나오는 「문둥병에 걸린 여인 구려옥(麻瘋女邱麗玉)」일 것이다.

14) 관우(關羽, 160~219) : 자는 운장(雲長)이고, 하남(河南) 해현[解縣, 지금의 산서(山西) 임의(臨猗)이다] 사람이며, 삼국(三國)시대 촉한(蜀漢)의 대장이다. 유비(劉備)가 서촉(西蜀)에 자리를 잡자 그는 남아 형양(荊襄)을 지켰다. 건안(建安) 24년에 형주(荊州)에서 손권(孫權)의 군대와 싸우다 패하여 피살당했다. 소설 『삼국연의(三國演義)』에는 그가 죽은 후 신이 되었다는 묘사가 나온다. 악비(岳飛, 1103~1142) : 자는 붕거(鵬擧)이고, 상주(相州) 탕음[湯陰, 지금은 하남(河南)에 속한다] 사람이며, 남명(南明)의 명장이다. 금(金)에 대해 계속 저항했으므로 소흥(紹興) 12년에 투항파 조구[趙構, 송(宋)의 고종(高宗)]와 내부 첩자인 진회(秦檜)에 의해 피살되었다. 소설 『설악전전(說岳全傳)』에는, 악비는 대붕(大鵬)이 세상에 태어난 것이고 진회는 흑룡(黑龍)이 세상에 태어난 것인데, 진회가 악비를 살해한 것은 전세에 대붕이 흑룡을 쪼아 상처를 입힌 원한을 갚은 것이라 하였다.

을 질 필요가 없고, 피살자도 슬퍼할 필요가 없다. 저승에서 특별히 자리가 정해져 있어 그들은 각자 자기 자리를 얻게 되므로 굳이 다른 사람들이 정력을 소모할 것까지는 없는 것이다.

중국인들은 여러 가지 면을 대담하게 정시하지 못하고 감춤과 속임을 가지고 기묘한 도피로를 만들어 내었는데, 스스로는 바른 길이라고 생각한다. 이 길 위에 있다는 것이 바로 국민성의 비겁함, 나태함, 교활함을 증명하고 있다. 하루하루 만족하고 있지만, 즉 하루하루 타락하고 있지만 오히려 날마다 그 광영을 바라보고 있다고 생각한다. 사실 한 차례 나라가 망하면 순국한 충신이 몇몇 더 보태지는데, 나중에는 옛것들을 광복할 생각은 하지 않고 다만 그 몇몇 충신을 찬미할 뿐이다. 한 차례 재난을 당하면 곧 정절을 지킨 일군의 열녀가 만들어지는데, 사태가 수습된 후 역시 악한을 징벌하거나 스스로 지킬 생각은 하지 않고 오히려 일군의 열녀만을 가송할 뿐이다. 나라가 망하거나 재난을 당하는 일은 도리어 중국인들에게 '천지 간의 정기(正氣)'를 발휘할 기회를 제공하므로, 가치를 높이는 일은 바로 이 한번의 행동에 달려 있어 그것이 다가오는 대로 내버려 두어야 마땅하므로 근심하고 슬퍼할 필요가 없는 듯이 보인다. 당연히 이 이상 더 할 수 있는 일이 없다. 왜냐하면 우리는 이미 죽은 사람을 빌려 최상의 광영을 얻었기 때문이다. 상해(上海)·한구(漢口)의 열사 추도회[15]에서 살아 있는 사람들은 앙모해야 할 높고 큰 위패 아래서 서로 때리고 욕설을 퍼부었는데, 역시 우

---

15) 상해·한구의 열사 추도회(원문 滬漢烈士的追悼會) : 1925년 상해(上海)에서 5·30 참사가 발생한 후, 6월 11일의 한구(漢口) 군중의 반제투쟁도 영제국주의 및 호북독군(湖北督軍) 소요남(蕭耀南)에 의해 진압되었다. 6월 25일에 북경에서 각계 수십만 명의 사람들이 시위를 벌였고, 또한 천안문(天安門)에서 상해 한구열사 추도회를 개최했다. 어떤 사람은 대회장에서 2장 4척 길이의 나무 위패를 세워 놓았고, 3장 6척 길이의 만련(挽聯)을 걸어 놓았는데, 거기에 '재공왈성인재공왈정명(在孔曰成仁在孟曰正命)', '어례위국상어의위귀웅(於禮爲國殤於義爲鬼雄)'이라 씌어 있었다. 지휘대 정중앙에 걸려 있는 흰색 천으로 된 횡액(橫額)에는 '천지정기(天地正氣)'라는 커다란 네 글자가 씌어 있었다.

리 선배들과 같은 길을 걷고 있는 것이다.

　문예는 국민정신에서 발한 불빛이요, 동시에 국민정신의 전도를 인도하는 등불이다. 이는 서로 인과작용을 하는 것으로 바로 참기름은 참깨에서 짠 것이지만 거기에 참깨를 담그면 참깨가 더욱 기름지게 되는 것과 같다. 만일 기름이 최상이라고 여긴다면 더 말할 필요가 없겠지만, 그렇지 않다면 다른 것들, 물이나 탄산나트륨을 첨가해야 한다. 중국인들은 여지껏 인생을 감히 정시하지 못하고 감추고 속이기만 했기 때문에 감추고 속이는 문예가 생산되었고, 이러한 문예 때문에 중국인들은 감춤과 속임의 큰 늪에 더욱 깊이 빠지게 되었으며 심지어 이미 스스로 느끼지 못하게 되었다. 세계는 날마다 바뀌고 있으므로 우리 작가들은 가면을 벗어 버리고 진지하게, 깊이 있게, 대담하게 인생을 살피고 또한 자신의 피와 살을 써 내야 할 때가 벌써 도래했다. 진작에 참신한 문단이 형성되어야 했고, 진작에 몇몇 용맹스런 맹장이 나와야 했다!

　오늘날, 기상(氣象)이 거의 일변하여 어디서든 꽃이나 달을 노래하고 읊조리는 소리는 들을 수 없게 되었고, 그 대신에 쇠와 피에 대한 찬송이 일어나게 되었다. 그렇지만 가령 기만적인 마음으로 기만적인 입을 사용한다면, A와 O를 말하든 또는 Y와 Z을 말하든 상관없이 한결같이 허위가 되며, 다만 이전에 꽃과 달을 경멸하던 이른바 비평가들의 입을 벙어리로 만듦으로써 중국은 곧 중흥이 될 것이라고 흐뭇하게 생각할 수 있을 뿐이다. 가련하게도 그들은 '애국'이라는 커다란 감투 아래서 또 눈을 감아 버렸다—아니 본래 감고 있는 것이리라.

　일체의 전통사상과 수법을 타파하는 맹장이 없는 한 중국에는 진정한 신문예가 있을 수 없을 것이다.

1925. 7. 22.

수염에서 이까지의 이야기[1]

1

『납함』을 뒤적이다 내가 중화민국 9년 쌍십절(雙十節)[2]이 있기 며칠 전에 「머리털 이야기」를 썼구나 하는 것이 기억났다. 작년에, 지금부터 꼭 1년 째가 되는 그 때에 『어사(語絲)』[3]가 세상에 나온 지 얼마 되지 않았는데, 나는 또 거기에 「수염 이야기」라는 글 한 편을 썼었다. 사실 장사교(章士釗)[4]의 이른바 "내려갈수록 더욱 나빠지고 있다(每況

---

1) 원제목은 「從胡鬚說到牙齒」이다. 이 글은 1925년 11월 9일 『어사(語絲)』주간 제 52기에 처음 발표되었다.

2) 쌍십절(雙十節): 1911년 10월 10일 손중산(孫中山)이 지도한 혁명당이 무창기의 [武昌起義, 즉 신해혁명(辛亥革命)]를 일으켜 이듬해 1월 1일에 중화민국을 건립하였고, 9월 28일에는 임시 참의원(參議院)에서 10월 10일을 국경기념일로 결정하고 속칭 '쌍십절'이라 했다.

3) 『어사(語絲)』: 문예의 성격을 지닌 주간(週刊)으로서 처음에는 손복원(孫伏園)이 편집했다. 1924년 10월 17일 북경에서 창간되었다. 1927년 10월 봉계(奉系)군벌인 장작림(張作霖)에 의해 발금되었고, 곧이어 상해로 옮겨 속간되었다. 1930년 3월 제5권 제52기까지 나오고 정간되었다. 노신은 주로 기고가 및 지지자의 한 사람이었으며, 이 잡지가 상해에서 출판된 이후에 편집을 담당한 적이 한 번 있었다. 『삼한집(三閑集)』의 「나와『어사』와의 관계(我和『語絲』的始終)」를 참고.

4) 장사교(章士釗, 1881~1973): 자는 행엄(行嚴), 필명은 고동(孤桐)이며, 호남(湖南) 장사(長沙) 사람이다. 신해혁명 전에 반청(反淸) 혁명운동에 참가하였고, 1914년 5월 도쿄에서 『갑인(甲寅)』월간(2년 후에 정간)을 주관하였다. 5·4운동 후에 그는 복고주의자가 되었다. 1924년에서 1926년 사이에 그는 북양군벌 단기서(段祺瑞) 정치집단에 참가하여 단기서 정부의 사법총장 겸 교육총장을 역임하였고, 학생들의 애국운동과 인민군중의 애국투쟁을 진압하는 데 참여하였다. 동시에 『갑인』주간을 창간하여 존경독경(尊孔讀經)을 제창하며 신문화운동에 반대했다. 후

愈下)"⁵⁾는 바가 다소 있는 것 같았다―물론 이 성어구절도 장사교가
처음 잘못 사용한 것은 아니지만 그는 옛학문에 뛰어나다고 자처하고
있고, 나 또한 그에게 소송을 걸었기 때문에 그에게 누명을 씌우는 것
이다. 당시 듣자하니―아마 떠도는 '유언비어'이겠지만―북경대학의
이름난 한 교수는 분개해서, 수염부터 이야기해서 계속 말해 나가면 앞
으로 엉덩이까지 말하게 마련이고, 그렇게 되면 상해의 『정보(晶報)』⁶⁾
와 같아져 버린다고 생각했다고 한다. 무엇 때문인가? 이는 모름지기
오늘날의 경전(今典, 당시의 이야기를 가리키며 풍자의 뜻이 들어 있음
―역자)에 정통한 사람들이라면 알고 있겠지만 후진인 '머리 묶은 어린
학생들'⁷⁾은 이해하기 쉽지 않을 것이다. 『정보』에 「태양쇄비고부(太陽
曬屁股賦)」⁸⁾라는 글이 실렸기 때문인데, 엉덩이와 수염은 모두 인체의
한 부분으로서 이 걸 말하면 저 걸 말하지 않을 수 없기 때문이다. 말

에 그는 정치·사상 면에서 변화가 있어 혁명에 동정하게 되었다.

5) "내려갈수록 더욱 나빠지고 있다"(원문 每況愈下) : 원래는 '매하유황(每下愈況)'
(『장자 지북유(莊子 知北游)』)으로 되어 있다. 장태염(章太炎)은 『신방언 석사(新
方言 釋詞)』에서 "유황(愈況)은 '더욱 심하다는 뜻이다(愈況, 猶愈甚也)"라고 하
였다. 후대 사람들은 늘 "매황유하(每況愈下)'로 잘못 인용하였고, 장사교(章士
釗)도 『갑인(甲寅)』 주간 제1권 제3호에 실은 「고동잡기(孤桐雜記)」에서 마찬가
지로 잘못 사용했다. "일찍이, 명·청 교체시기에 선비들의 기운은 갑자기 쇠약해
졌다고 말하였는데, ……민국은 청을 계승했으니 내려갈수록 더욱 나빠지고 있
다(每況愈下)."

6) 『정보(晶報)』 : 당시 상해에 있던 저급한 취미의 얇은 신문이다. 원래는 『신주일
보(紳州日報)』의 부간이었는데, 1919년 3월부터 단독으로 출판되었다. 다음에 나
오는 「태양쇄비고부(太陽曬屁股賦)」는 장단흔(張丹炘, 延禮)이 쓴 시시콜콜한 내
용의 글인데, 1919년 4월 26일 『신주일보』 부간에 발표되었다.

7) '머리 묶은 어린 학생'(원문 束髮小生) : 이는 장사교(章士釗)가 청년 학생들을
경시하여 자주 사용하던 말이다. 예를 들어, 그는 1923년에 쓴 「신문화운동을 평
하다(評新文化運動)」라는 글에서 이렇게 말했다. "오늘날 머리 묶은 어린 학생들
은 붓을 잡고 앞장서고, 이름있고 뛰어난 사람들(名流巨公)은 절개를 바꾸며 뒤
질까봐 걱정하고 있다." '머리를 묶다(束髮)'란 옛날에 남자가 학령의 나이가 되
었음을 가리킨다.

8) (역주) 부(賦)의 제목은 '태양 볕에 엉덩이를 말리다'는 뜻이다.

하자면 세수하는 사람을 보고, 민첩하고 총명한 학자는 곧 그가 계속 씻어 나가면 앞으로 반드시 엉덩이까지 씻게 마련이라고 짐작할 수 있기 때문이다. 그래서 젠틀맨(gentleman)[9]에 뜻이 있는 사람은 일이 더 커지기 전에 방비하기 위해 뒤에서 한바탕 조롱을 해야 하는 것이다. ─ 만약 이 밖에 다른 깊은 뜻이 있다고 한다면, 그야 나로서는 알 수 없는 일이다.

구미의 문명인들은 하체와 하체와 약간이라도 연원이 있는 사물을 말하기 꺼려한다는 이야기를 예전에 들은 적이 있다. 만약 생식기를 중심으로 바른 원을 그린다면 대체로 원주 이내에 있는 것은 한결같이 말하기 꺼리는 것에 속한다. 원의 반지름은 미국의 것이 영국보다 크다. 중국의 하등인(下等人)은 말하기 꺼리는 것이 없었고, 고대의 상등인(上等人)도 꺼리지 않았던 것 같다. 그래서 귀족의 자제라 하더라도 검은 엉덩이(黑臀)[10]라는 이름을 지을 수 있었다. 꺼리기 시작한 것이 언제부터인지 모르겠지만, 영미의 반지름을 더욱 크게 해서 그것이 입과 코 사이까지 또는 더 위까지 이르게 되었다면 1924년 가을부터 시작된 것이다.

문인묵객은 대개 감성이 매우 예민하기 때문에 본래부터 아주 까탈스러워 무엇이든 그에게 말해 줄 수도, 보여 줄 수도, 들려 줄 수도, 생각하게 할 수도 없다. 도학선생들은 그리하여 지금까지 그들을 금기시해 왔는데, 가는 길이 정반대인 것 같지만 실은 마음이 서로 잘 통했다. 하지만 그들은 그래도 부인의 손수건 또는 첩의 무덤을 보고는 시를 지으려 했다. 나는 지금 필묵을 놀려 백화문들을 짓고 있다지만 재기

---

9) 젠틀맨(원문 gentleman) : 영어이며, 신사라는 뜻이다.
10) 검은 엉덩이(원문 黑臀) : 춘추시대 진(晋) 나라 성공(成公)의 이름이다. 이것은 『국어 주어(國語 周語)』에 기록되어 있는데, 단양공(單襄公)은 이렇게 말했다. "나는 성공의 탄생에 대해 들었다. 그의 어머니가 꿈을 꾸었는데, 신령이 먹으로 그의 엉덩이에 '진나라를 가지게 할 것이다……'라고 썼다. 그래서 그의 이름을 검은 엉덩이라고 지었다."

(才氣)는 벌써부터 이른바 '수준(水平線)'11) 아래에 있는 것이나 다름
없다. 그래서 손수건이나 무덤을 보아도 마음에 움직임이 생기지 않는
다. 다만 해부실에서 처음으로 여성의 시체에 칼을 대려 할 때 시를 지
으려는 생각이 약간 생겼던 것을 기억하고 있다―그러나 '……의 생각'
에 지날 뿐이었고, 결코 시는 짓지 않았다. 독자들은 내가 양장본으로
시집을 세상에 내놓으려 한다고 오해하지 말았으면 좋겠다. 그런 사람
들에게 알리기 위해 미리 여기서 예고를 해 둔다. 나중에는 '……의 생
각'조차도 없어졌는데, 아마도 습관이 되어 버렸기 때문일 것이다. 바
로 하등인의 말버릇처럼 말이다. 그렇지 않았다면, 아마도 지금은 감히
수염에 대해 말할 수 없을 뿐 아니라 "사람의 태어날 때 본성은 원래
선하다는 주장" 이나 '천지현황부(天地玄黃賦)'12)가 아니면 전혀 지을
가치가 없다고 여겼을 것이다. 터키 혁명13) 이후 여인의 얼굴 가리개
를 찢어 버렸다는 이야기가 생각나는데, 이 얼마나 하등인의 짓인가?
아아, 여인들은 이미 볼을 드러내었으니 앞으로 반드시 엉덩이를 벌겋
게 내놓고 길을 걸을 것이다!

---

11) '수준(水平線)' : 이 말은 당시 현대평론사(現代評論社)가 출판한 『현대총서(現代
叢書)』의 광고에서 인용한 것이다. 『현대평론(現代評論)』 제1권 제9기(1925년 2
월 7일)에 게재된 「『현대총서』 출판광고」에서 자신들의 작품을 다음과 같이 과
장하여 선전했다. "『현대총서』는 무가치한 책, 읽어 이해할 수 없는 책, 수준
아래에 있는 책은 한 권도 없을 것이다."
12) "사람의 태어날 때의 본성은 원래 선하다"(원문 人之初性本善) : 『삼자경(三字
經)』의 첫 구절이다. '천지현황부(天地玄黃賦)' : 『천자문(千字文)』의 첫 구절이
다. 옛날 학당에서는 항상 이런 구절을 사용하여 글짓기 연습의 제목으로 삼았
다.
13) 터키 혁명(원문 土耳其革命) : 1919년에 있었던 케말이 지도한 반제반봉건의 자
산계급민족혁명을 가리킨다. 여러 해 동안의 민족독립전쟁을 거쳐 1923년 10월
터키공화국의 성립을 선포했다. 곧이어 종교, 혼인제도, 사회습속 등에 대해 일
련의 개혁을 단행했는데, 여인들이 면사포를 쓰지 않는 것은 풍속개혁 중의 하
나였다.

2

어떤 사람은 내가 "병이 없으면서 신음하고 있는"14) 무리 중의 하나에 든다고 생각하는 모양인데, 나는 자기 병은 자기가 잘 알며 옆 사람은 대체로 그 진상을 아주 분명하게 알 수는 없다고 생각한다. 병이 없다면 누가 신음하겠는가? 만약 신음하려 한다면, 그야 이미 신음병이 있는 것이니 치료할 수도 없다.─다만 시늉하는 것은 당연히 예외이다. 수염에서 시작하여 엉덩이까지의 것들은, 만약 평안하여 아무 일 없다면 누가 좋아 그것들을 기념하겠는가. 우리가 평상시 아무 일 없을 때에는 자기의 머리, 손, 발 그리고 발바닥을 전혀 생각하지 않는다. "머리를 누가 자르다", "허벅지살(또 아래쪽을 말하고 있으니 신사숙녀 분들은 이를 용서해 주기 바란다)이 다시 돋아나다"15)에 대해 감개하게 될 때라면, 이미 다른 연고가 있는 것이고, 그래서 "신음하게 된다". 그런데 비평가들은 "병이 없다"고 한다. 나는 정말 그들의 건강을 흠모

---

14) "병이 없으면서 신음하고 있는"(원문 無病呻吟) : 원래는 성어(成語)인데, 당시 복고주의자 장사교(章士釗) 등은, 백화문(白話文)을 쓰자고 제창한 사람들은 "병이 없으면서 신음하고 있다"고 자주 공격했다. 예를 들어, 그는 『갑인(甲寅)』 주간 제1권 제14기(1925년 10월)에 발표한 「신문화운동을 평하다(評新文化運動)」라는 글에서 백화문으로 글을 짓는 사람들은 "자신의 천박하고 고루함을 망각하고 병이 없으면서 신음하고 있다"고 빗대었다.

15) "머리를 누가 자르다"(원문 頭顱誰斫) : 『자치통감(資治通鑑)』 권185의 기록에 따르면, 수(隋) 양제(煬帝)가 정국이 불안하다는 것을 느꼈을 때, "거울을 가져와 자신을 비춰 보면서 고개를 돌려 소후(蕭后)에게 '멋진 머리여, 누가 이를 자르려고 하는가?' 하고 말했다." "허벅지살이 다시 돋아나다"(원문 髀肉復生) : 『삼국지 촉서 선주기(三國志 蜀書 先主紀)』의 주석에서 『구주춘추(九州春秋)』를 인용하여 다음과 같이 말하였다. 유비(劉備)가 형주목[荊州牧, 목(牧)은 지방 장관이다─역자]인 유표(劉表)에게 몸을 맡기고 있을 때, 무력을 사용할 지위에 있지 않아 오랫동안 말을 타지 않았는데, 그는 "허벅지에 살이 돋아난 것을 보고," "감개하여 눈물을 흘렸다."

한다.

예를 들어 겨드랑이나 사타구니에 난 털은 지금까지 일을 크게 그르치지는 않았는데, 그래서 그것을 제목으로 끌어들여 한바탕 신음하는 사람은 없었다. 머리털은 그렇지 않아, 몇 오라기 흰 머리털은 노선생에게 거울을 끌어당겨 감개하며 얼른 뽑아버리도록 할 수 있었고, 청초(淸初)에는 이 때문에 많은 사람들이 죽었다. 민국이 성립되어서야 변발은 간신히 자르게 되었다. 설령 앞으로 어떤 모양으로 다시 나타날지 보장할 수야 없지만 현재는 이미 일단락 지어졌다고 말해도 무방하다. 그리하여 나는 자신의 머리털에 대해서는 흐릿하게 잊어버렸는데, 하물며 여자가 머리털을 잘라야 하느냐 마느냐 하는 문제에 있어서랴. 왜냐하면 나는 전혀 계화유(桂花油)를 제조하거나 파마용 가위를 판매할 생각이 없었기 때문이다. 나와 상관없는 일이니 거기에 마음을 둘 까닭이 없는 것이다. 그런데 민국 9년에 이르러 내가 사는 집에 기숙하는 한 아가씨가 고등여자사범학교에 합격하였고, 그녀는 머리털을 잘라버려 더 이상 똬리 쪽이나 S자형 쪽을 빗어 올릴 수 없었다. 그제서야 나는 비록 민국 9년이 되었지만 머리털을 자른 여자를 질시하는 사람들이 있다는 것을 알았고, 그것은 청조(淸朝) 말년에 머리털을 자른 남자를 질시하는 것과 같다는 것을 알았다. 교장인 M선생은 비록 죽음이 얼마 남지 않았고[16] 자신의 머리 꼭대기는 거의 반들거리도록 대머리가 되었지만, 여자의 머리털만은 천 균(鈞)은 되어야 한다고 생각하고서 그녀에게 남겨 두라고 지시했던 것이다. 방도를 내어 몇 차례 손을 썼으나 효과가 없었고, 나로서도 듣고 있노라니 귀찮아졌다. 그리하여

---

16) M선생(원문 M先生) : 모방위(毛邦偉)를 가리키며, 귀주(貴州) 준의(遵義) 사람이다. 청 광서(光緖) 때의 거인(擧人)이며, 후에 일본에 건너가 유학하여 도쿄고등사범학교(東京高等師范學校)를 졸업하고 1920년에 북경여자고등사범학교 교장을 역임했다. 죽음이 얼마 남지 않았고(天脫其魄) : 이 말은 『좌전(左傳)』 선공(宣公) 15년에 나오는데, 원래 "하늘이 그 혼을 빼앗아가다(天脫之魄)"로 되어 있다.

"이 때문에 감개하다"는 격이 되어 되는 대로 「머리털 이야기」라는 한 편을 지어 신음했다. 그러나 어찌된 일인지 그녀는 나중에 과연 길게 늘어뜨리지 않았고, 지금은 흐트러진 머리를 하고 북경의 길거리를 걸어다니고 있다.

본래 말할 필요도 없는 것이겠으나 수염의 모양조차도 자유롭지 못하니 이것은 내 평생에 분개스럽고 수시로 생각나게 하는 일이다. 수염의 유무, 모양새, 길이에 대해 직접 영향을 받고 있는 사람 이외에는 전혀 참견할 권리와 의무가 없는 것이라고 생각하지만, 제사를 관장하는 사람이 제기를 버려 두고 요리사를 대신하여 밥을 지으려는[17] 사람이 있어 몇 마디 지루하고 쓸데없는 말을 했다. 이는 정말 여자가 머리를 빗지 않으면 안 된다는 교육이나, "기이한 복장을 한" 사람을 경찰서에 잡아다가 처벌하는 정치와 마찬가지로 기이한 일이다. 만약 사람이 반발하지 않으면 자극하지는 말아야 한다. 시골사람들은 지현(知縣)의 관아에 잡혀들어 엉덩이를 다 맞은 다음에 머리를 조아리며 "나으리 감사합니다"라고 말한다. 이런 모습은 중국민족만이 가지고 있는 특이한 것이다.

어느덧 일년이 되었는가 싶은데, 내 이에 다시 문제가 생겼다. 이 때문에 당연히 이에 대해 말해야겠다. 이번은 아래쪽으로 말해 가는 것이 아니라 안쪽으로 말해 가는 것이지만, 이의 뒤에는 목구멍이요, 그 아래는 식도, 위, 대소장, 직장이므로 밥 먹는 것과 상관된 것으로서 여전히 군자들은 언급하지 않는 것들이다. 하물며 직장 근처에는 방광이 있음에랴, 아아!

---

17) 제사를 관장하는 사람이 제기를 버려 두고 요리사를 대신하여 밥을 지으려는 (원문 越俎代謀) : 이 말은 『장자 소요유(莊子 逍遙游)』에 나오는데, 원래는 '월조대포(越俎代庖)'로 되어 있다. 의미는 제사를 관장하는 사람이 제기를 버려 두고 요리사를 대신해서 밥을 짓는다는 뜻이다.

3

중화민국 14년 10월 27일, 즉 음력 9월 9일에 국민들이 관세의 자주를 주장하면서 시위를 벌였다.[18] 그러나 순경들이 교통을 차단하자 충돌이 발생하였는데, 양쪽 모두에 사상자가 생겼다고 한다. 이튿날 몇몇 신문(『사회일보(社會日報)』, 『세계일보(世界日報)』, 『여론보(輿論報)』, 『익세보(益世報)』, 『순천시보(順天時報)』[19]등)의 뉴스에는 이런 말이 있었다.

---

18) 관세의 자주를 주장하면서 시위를 벌였다(원문 主張關稅自主, 游行示威) : 1925년 10월 26일(본문에서는 '27일'로 잘못되어 있다) 단기서(段祺瑞) 정부는 1922년 2월 워싱턴 회의에서 통과된 9개국 관세조약에 근거하여 영국, 미국, 프랑스 등 12개국을 초청하여 북경에서 이른바 '관세특별회의'를 개최하였다. 여기서 불평등조약을 기초로 각 제국주의 국가들과 새로운 관세협정을 체결하였다. 이는 당시 전국 인민들이 불평등조약을 철저하게 폐지할 것을 요구한 기대와 상반되는 것이었다. 이 때문에 회의가 개막되던 당일 북경의 각급 학교와 단체가 참여한 5만여 사람들이 천안문(天安門)에서 집회를 가지고 시위를 벌이며 관제회의를 반대하고 관세자주를 주장했다. 시위대가 신화문(新華門)에 이르렀을 때 무장한 경찰들이 저지하고 구타하였는데, 군중에서 10여 명이 다치고 여러 사람이 체포되는 등의 유혈사건이 일어났다. 9월 9일(원문 重九) : 9월 9일을 가리킨다.

19) 『사회일보(社會日報)』 : 1921년 북경에서 창간되었다. 원래 이름은 『신사회보(新社會報)』였으나 1922년 5월에 『사회일보(社會日報)』로 이름이 바뀌고 임백수(林白水)가 주편을 맡았다. 『세계일보(世界日報)』 : 1924년 북경에서 창간되었다. 원래는 석간 신문이었으나 1925년 2월부터 조간 신문으로 바뀌었고 성사아(成舍我)가 주편을 맡았다. 『여론보(輿論報)』 : 1922년 북경에서 창간되었으며 후의시(侯疑始)가 주관하였다. 『익세보(益世報)』 : 천주교회 신문으로 1915년 천진(天津)에서 창간되었다. 이듬해 북경판이 증간되었다. 벨기에 선교사 뇌명원(雷鳴遠, 후에 중국 국적을 가지게 되었다)이 주관하였다. 『순천시보(順天時報)』 : 일본 제국주의자가 중국에서 운영하던 중국어 신문이며, 1901년에 북경에서 창간되었고, 창간자는 나까지마 요시오(中島美雄)였다. 아래 글에 나오는 『황보(黃報)』는 1918년 북경에서 창간되었으며, 설대가(薛大可)가 주편을 맡았다. 이들은 모두 중외(中外) 반동파의 이익을 대변하던 신문이었다.

　　"학생 중에 구타를 당한 사람은 오흥신[(吳興身, 제일영문학교
(第一英文學校)]으로서 머리의 창상이 매우 심했다. …… 주수인(周
樹人, 북경대 교원)은 이를 다쳐 앞니 두 개가 빠졌다. 그 밖의 것은
아직 보고를 받지 못하였다……."

이것만으로는 충분하지 않고, 그 다음날 『사회일보』, 『여론보』, 『황
보(黃報)』, 『순천시보』에는 또 이렇게 씌어 있었다.

　　"……시위군중들 쪽에서 북경대 교수 주수인(즉, 노신)은 앞니
가 확실히 두 개 나갔다……."

여론도 좋고, 지도적인 사회기관도 좋고, '확실히'도 좋고, 확실하지
않다도 좋고, 나는 편지를 써서 바로잡을 한가로운 심정이 아니다. 다
만 괴롭힘을 당한 것은 우선 많은 학생들인데, 다음날 내가 L학교[20]에
강의를 나갔을 때 결석한 학생이 20여 명이나 되었다. 그들은 내가 맞
아 앞니가 두 개 빠졌으니 강의가 질이 떨어지겠지라고 생각한 것은
아니겠지만, 아마도 내가 틀림없이 병가를 내었을 것이라고 예상했을
것이다. 그리고 만난 적이 있거나 아직 만난 적이 없는 몇몇 친구들도
찾아와 묻거나 편지로 물었다. 특히 붕기(朋其)[21] 군은 먼저 중앙의원
으로 달려갔으나 내가 없자 다시 내 집으로 달려왔는데, 앞니에 이상이
없는 것을 눈으로 보고 그제서야 동성(東城)으로 돌아갔다. 그런데 "하
늘은 무심하지 않아서"[22] 결국은 큰 바람이 불기 시작했다.

가령 내가 정말로 맞아서 앞니 두 개가 나갔다면 "학풍을 정돈하자"
는 사람과 그 일파 무리들의 노기를 약간이라도 누그러뜨릴 수 있었을

---

20) L학교(L學校) : 북경여명중학(北京黎明中學)을 가리킨다. 1925년 노신은 이 학교
　　에서 한 학기 동안 강의한 적이 있다.
21) 붕기(朋其) : 즉 황붕기(黃鵬基)이며, 사천(四川) 인수(仁壽) 사람이다. 그는 당시
　　북경대학 학생이었으며, 『망원(莽原)』에서 글을 쓰던 사람 중의 하나였다.
22) "하늘은 무심하지 않아서"(원문 昊天不弔) : 이 말은 『좌전(左傳)』 애공(哀公) 16
　　년에 보인다.

것이다. 아마도 수염을 이야기한 대가—아래쪽으로 말해 나간 혐의가 있어 꼭 대가를 치르야 하기 때문이다—라고 여겼을 테고, 박애가의 말 대로 당연히 일거양득의 경우라 아니할 수 없다. 그러나 애석하게도 그날 나는 그 현장에는 없었다. 내가 현장에 가지 않은 까닭은 결코 호적 (胡適)23) 교수의 지시를 받들어 연구실에서 열심히 공부했기 때문도 아니요, 강소원(江紹原)24) 교수의 충고를 좇아 작품을 퇴고하고 있었던 것도 아니요, 더군다나 입센 박사의 유훈25)에 따라 "자기를 구출하고" 있었던 것도 아니다. 내가 전혀 그러한 큰 일을 하지 못한 것이 부끄러우며, 사실대로 자백하자면 하루종일 창문가의 침상에 누워 있었던 것뿐이다. 무엇 때문인가? 다른 이유는 없고 가벼운 병이 났기 때문이다.

하지만 내 앞니는 "확실이 두 개가 나갔던" 것이다.

---

23) 호적(胡適, 1891~1962) : 자는 적지(適之)이며, 안휘(安徽) 적계(績溪) 사람이다. 당시 북경대학 교수였다. 5·30운동 이후 혁명이 고조되고 있을 때 호적은 혁명 적인 군중운동을 크게 비방하며 지식분자는 마땅히 연구실로 돌아가야 한다고 선전했다. 예를 들어, 『현대평론(現代評論)』 제2권 제39기(1925년 9월 5일)에 발표한 「애국운동과 학문연구(愛國運動與求學)」에서 그는 독일의 괴테가 나폴레옹 병사들이 베를린을 포위했을 때 문을 잠그고 중국문물을 연구했다는 사실과 피히테가 베를린이 함락된 후에도 여전히 계속 강의를 했다는 사실을 왜곡하여 예로 인용하면서, 공부에 몰두할 것을 강조하고 애국운동에서 빠져 나오도록 학생들을 유도했다.

24) 강소원(江紹原) : 안휘(安徽) 정덕(旌德) 사람이며, 당시 북경대학 강사였다. 그는 『현대평론(現代評論)』 제2권 제30기(1925년 7월 4일)에 발표한 「황구와 청년작자(黃狗與靑年作者)」라는 글에서, 청년 작자들이 성숙되지 못한 작품을 발표하는 것은 '유산(流産)'과 같은 것이라고 생각하였고, 또 "작은 내 제의는, 무엇을 쓰든지 몇 차례 정밀하고 빈틈없는 퇴고와 수정을 거치지 않은 것이라면 결코 발표하지 않아야 한다는 것이다"라고 했다.

25) 입센은 브란데스에게 보낸 편지에서 이렇게 말했다. "때때로 나는 전세계가 다 바다 위에서 배가 부딪쳐 침몰하는 것과 같다는 느낌이 드는데, 가장 중요한 것은 그래도 자신을 구출하는 것이다." 호적(胡適)은 「애국운동과 학문연구(愛國運動與求學)」라는 글에서 이 말을 인용하였고, 또 문을 잠그고 공부하는 것이 바로 "자기를 구출하는 것"이라고 말했다.

4

이것도 자기 병은 자기가 안다는 일례이다. 만약 이가 건강한 사람은 결코 치통이 있는 사람의 고초를 알지 못할 것이다. 다만 그가 입을 비틀며 공기를 마시는 우스운 꼴을 볼 수 있을 뿐이다. 반고(盤古)가 천지를 개벽한 이래로 중국은 지금까지 치통을 중지시키는 좋은 방법을 발명하지 못했다. 지금 무슨 '서양식 의치와 의안'이라는 것이 있지만 대개는 표피만을 배웠을 뿐이고, 소독하고 고름을 제거하는 초보적인 이치도 알지 못하고 있다. 북경을 가지고 논한다면, 중국의 자가(自家) 치과의원을 가지고 논한다면, 몇몇 미국유학 출신의 박사가 괜찮다. 그러나 그렇다(yes),[26] 말할 수 없이 비싸다. 가난한 시골이나 궁벽한 곳에는 표피만을 아는 사람도 없어, 만약 불행으로 이가 아플 때면, 본분을 지키지 않고 의원을 생각하는 것도 좋지만, 아마 가서 성황당의 토지어른께 간청하는 것이 나을 것이다.

나는 어려서부터 치통당의 한 사람으로서 결코 이가 아프지 않는 정인군자들과 고의로 대립한 것은 아니다. 사실 "그만두려 해도 그럴 수 없었다." 듣자 하니 이의 성질의 좋고 나쁨은 유전적이라고 하는데, 그렇다면 이것은 내 부친이 내게 상으로 내려 주신 유산의 일부이다. 왜냐하면 부친의 이도 아주 나빴기 때문이다. 그리하여 썩거나 깨지거나 하여,…… 마침내 잇몸에 피가 났고, 수습할 수 없었다. 사는 곳이 또 작은 읍내라서 치과의원도 없었다. 그 때는 세상에 이른바 "서양식……"이라는 것이 있다는 것을 생각지도 못했고, 『험방신편(驗方新編)』[27]만이 유일한 구원의 신이었다. 그렇지만 '효험 있는 처방(驗方)'

---

26) 그렇다(원문 yes) : 영어이며, 그렇다는 뜻이다.
27) 『험방신편(驗方新編)』: 청대 포상오(鮑相璈)가 편찬한 것으로 8권이다. 이것은

을 다 해 보아도 효험이 없었다. 나중에 어느 자선가가 내게 비법을 하나 전해 주었다. 날을 택하여 밤을 바람에 말리어 매일 그것을 먹으면 신비한 효험이 있다는 것이었다. 어느 날을 택해야 하는지 지금은 이미 잊어버렸는데, 다행히도 이 비법의 결과란 밤을 먹는 것에 지나지 않았고, 아무 때나 바람에 말릴 수 있는 것이어서 우리가 달리 신경을 써 가며 따질 필요가 없었다. 이 일이 있고 난 후 나는 그제서야 정식으로 중의(中醫)에서 진찰을 받고 탕약을 복용하였는데, 애석하게도 중의라는 것도 속수무책이었다. 이 병은 '아손(牙損)'이라고 한다는데 고치기 매우 어렵다는 것이었다. 또 기억나는 것이 있다. 어느날 한 선배가 나를 질책하면서, 스스로를 아끼지 않아 이런 병이 생겼으니 의사도 방법이 있을 수 있겠느냐고 말했다. 나는 이해하지 못했으나, 이 때부터 다시는 남에게 이에 관한 일을 제기하지 않았다. 마치 이 병은 내 치욕인 양 생각했다. 이렇게 하기를 오래 지속하다가 내가 일본의 나가사키(長崎)에 도착하고서야 다시 치과의원을 찾았다. 그는 이 뒤의 이른바 '치석'을 깎아 내 주었는데, 그제서야 더 이상 피가 나지 않았다. 의료비로 쓴 것은 2원이요, 시간은 대략 한 시간 이내였다.

나는 나중에도 중국의 의약서를 보았는데, 문득 보기만 해도 몸서리쳐지는 학설을 발견했다. 이는 신장에 속하는 것으로서 '아손(牙損)'의 원인은 '빈혈'이라고 적혀 있었다. 나는 그제서야 이전에 꾸지람을 들었던 원인을 갑자기 깨닫게 되었는데, 바로 이런 것들이 여기서 이렇게 나를 무함하고 있었던 것이다. 지금까지, 누군가가 중의가 정말 믿을 만하다, 처방이 영험이 있다고 말할지라도 나는 도무지 믿지 않았다. 당연히 그 중의 대부분은 그들이 내 부친의 병을 잘못 치료한 때문이었지만, 아마 직접 앓아본 병에 대한 스스로의 개인적인 원한도 얼마간 끼어 있었던 것이다.

과거에 크게 유행하던 통속적인 의약서이다.

할 말이야 많아서, 가령 내게 빅토르 위고(Victor Hugo)[28] 선생의 글
재주가 있다면 아마 이 때문에 『Les Misérables』의 속편을 한 권 써낼 수
있을 것이다. 그렇지만 그런 재주가 없을 뿐 아니라, 재난을 당한 것도
스스로의 일이어서, 남에게 자기의 억울함을 나누어 주는 것도 그다지
적절하지 않은 것이다. 비록 모든 글은 열 중에 아홉은 자신의 은밀한
변호에 지나지 않지만 말이다. 지금은 그래도 발걸음을 크게 한 번 내
딛어 곧장 "앞니가 확실히 두 개 나갔다"라는 사실을 말해 버리는 것
이 낫겠다.

원세개(袁世凱)도 모든 유자(儒者)들처럼 공자를 존중해야 한다고
크게 떠들었다. 기이한 옛 의관을 만들어 성대하게 공자를 제사지낼 때
가 대체로 황제가 되려고 한 1~2년 전의 일이었다.[29] 이 때부터 폐지
되지 않고 이어져 왔는데, 다만 집권자의 교체에 따라 의식(儀式)면에
서, 특히 예를 행하는 모습이 다소 달라졌다. 대체로 스스로 유신자(維
新者)라고 생각하는 사람이 나타나면 서양 복장에 허리를 굽혀 절을
하였고, 옛것을 존중하는 사람이 흥하면 옛 복장에 머리를 땅에 닿도록
절을 하였다. 나는 교육부의 첨사(僉事)로 지낸 적이 있는데, '보잘 것
없었기'[30] 때문에 허리를 굽혀 절을 하거나 머리를 땅에 닿도록 절하
는 행렬에 끼이지 못했다. 다만 춘추이제(春秋二祭)에 이르러 어쩔 수

---

28) 빅토르 위고(원문 Victor Hugo, 1802~1885) : 프랑스의 작가이다. 『Un Les Misé
   rable』: 『비참한 세계』이며 장편소설로서 위고의 대표작의 하나이다.
29) 원세개(袁世凱)는 1914년 4월 공자에게 제사지낼 것에 대하여 전국적으로 훈령
   을 내리고 『숭성전례(崇聖典例)』를 공포했다. 9월 28일에 그는 각 부(部) 총장
   과 일련의 문무관료들을 이끌고 새로 만든 옛 제사의복을 입고 북경 공묘(孔
   廟)에서 공자에게 제사지내는 의식을 거행했다.
30) '보잘 것 없는' 첨사(원문 區區 僉事) : 작자는 1912년 8월부터 교육부에서 첨사
   (僉事)로 있었는데, 1925년에 북경여사대 학생들이 교장 양음유(楊蔭楡)를 몰아
   내는 운동을 그가 지지하였기 때문에 교육총장 장사교(章士釗)에 의해 불법으
   로 면직당했고, 이에 작자는 평정원(平政院)에 고소장을 제출하였다. 당시에 어
   떤 사람은, 그가 '보잘 것 없는 첨사'를 잃었기 때문에 장사교에 반대하니 도량
   이 너무 좁아 '학자의 태도'가 없다고 말했다.

없이 파견되어 집사를 맡았었다. 집사란 이른바 '백(帛)', '작(爵)'31)
을, 허리를 굽혀서 절하거나 머리를 땅에 닿도록 절하는 사람들에게
건네주는 급사를 일컫는다. 민국 11년 가을32) 집사일을 마치고 인력거
를 타고 집으로 돌아오는데, 북경은 가을인데다 이른 아침이어서 날씨
가 매우 추었다. 그래서 나는 두터운 외투를 입고 장갑을 낀 손을 호주
머니에 찔렀다. 그 인력거꾼은 내가 보기에 졸기도 하고 흐리멍텅해 보
여 결코 장사교 일파는 아니라고 믿었다. 그런데 그는 도중에 이른바
'비상한 조치'를 사용하여 '돌발적으로 일어나 미처 손 쓸 수 없는 수
단'으로 스스로 넘어졌고, 또한 나를 인력거에서 떨어지게 했다. 내 손
은 호주머니에 있었기 때문에 미처 땅을 짚지도 못하였고, 그 결과 당
연히 땅바닥에 입맞춤할 수밖에 었었으며 앞니가 희생되었다. 그리하
여 앞니가 없는 상태로 반 년 동안 책을 가르쳤고, 12년 여름에 그것을
때우게 되었다. 그래서 지금 붕기군에게 보자마자 안심시키고 의문을
풀어 돌아가게 했던 그 두 개는 사실은 의치였던 것이다.

5

공이(孔二) 선생33)은 "만약 주공(周公)과 같은 아름다운 재능을 지
녔다 해도 교만하고 인색하다면, 그 나머지는 더 볼 것이 없다"고 했

---

31) '백(帛)' : 옛날 제사를 지낼 때 신령에게 바치는 견직물로서 제사가 끝난 후 불
에 태운다. 나중에는 종이로 대체하여 사용했다. '작(爵)' : 옛날의 주기(酒器)로
서 다리가 세 개 달린 구리로 만든 것인데, 제사를 지낼 때에 술을 담아 바치
던 것이다.

32) (按) 마땅히 민국 12년 봄이 되어야 한다. 『노신일기(魯迅日記)』 1923년에 다음
과 같은 기록이 있다. "3월 25일 맑음, 일요일, 여명에 공묘(孔廟)에 가서 집사
일을 맡았다. 돌아오는 도중에 인력거(車)에서 떨어져 이 두 개가 나갔다."

33) 공이 선생(孔二先生) : 즉 공구(孔丘)이다. 『공자가어 본성해(孔子家語 本姓解)』
에 따르면, 공구는 형 맹피(孟皮)가 있고, 그는 항열이 두 번째이다. 본문에 인
용되고 있는 말은 『논어 태백(論語 泰伯)』에 보인다.

다. 이 말은 내가 확실히 읽었고 또 무척 탄복했다. 그래서 만약 맞아서 앞니 두 개가 빠졌다면 이 기회에 몇몇 사람들에게 시원함과 '통쾌함'을 줄 수 있어 인색한 마음만은 조금도 없게 되었을 것이다. 그런데 앞니를 보니 이렇게 몇 개가 있고 또 이전에 빠졌던 것이니 어쩌겠는가? 그러나 이전의 일을 끌어다 지금의 일로 여기는 것은 정말 원하지 않는 일이다. 왜냐하면 어떤 일이 생기면 나는 아무래도 진실을 말해 다른 사람들의 '유언비어'를 지우지 않을 수 없기 때문이다. 비록 이것은 대체로 자기에게 이익이 되고 적어도 자기에게 손해는 되지 않는 것에서 끝나지만 말이다. 이 때문에 나는 겸사겸사해서 뒷 일을 끌어다 앞 일로 여기는 장사교의 어리석음을 부풀리어 제기하였다.

또 장사교이다. 내가 이 이름을 듣고서 고개를 가로 저었던 것은 실로 그 유래가 오래 되었다. 그러나 이전에는 그래도 '공(公)'으로 생각했으나 지금은 중의를 증오하는 것과 마찬가지로 다소 사적인 원한이 끼여들어 있는 것 같다. 그는 '이유 없이' 나를 면직시켰고 그래서 앞서 말해 두었던 것처럼 나는 그에게 법정 소송을 걸어 놓고 있기 때문이다. 근래에 고문(古文)으로 된 그의 답변서를 보았는데, '이유 없음'에 대한 구구한 변명 중에 한 단락을 소개한다.

"……또 그 가짜 교무유지회(校務維持會)가 그 사람을 멋대로 위원으로 선출하였는데, 그 사람도 부인한다고 성명하지 않았고 분명 의도적으로 본부의 행정에 맞섰으니, 사리로도 받아들이기 어렵고 법률적으로도 허락되지 않는다. ……부득이하여 8월 12일 정부에 주수인(周樹人)의 면직을 신청하였고, 13일부터 정부는 공문을 내려 면직을 허락하였다……."

그러니 나도 '지호자야(之乎者也)'식으로 그에게 반박했다.

"교무유지회가 공식적으로 수인(樹人)을 위원으로 선출한 것을 조사해 보면, 8월 13일이다. 그런데 그 총장이 면직을 신청한 것은

말한 바 대로 12일이다. 어찌 수인이 위원으로 선출될 것을 미리 예
측하여 그것을 면직의 죄명으로 삼을 수 있겠는가?……"

사실, 그 무슨 '답변서'라는 것도 아무렇게나 끌어다 붙일 수 있는
종전의 중국 성문법에 지나지 않으므로, 장사교는 꼭 그렇게 멍청할 필
요는 없다. 만약 멍청할 뿐이라면 그래도 멍청이로만 여길 수 있지만,
그는 붓을 놀려 법을 왜곡할 줄 아는 사람이다. 그는 스스로 이렇게 말
한 적이 있다. "요새 정치는 담고 있는 내용이 매우 복잡하다. 어떤 한
사건이 발생하면 그 진의는 때때로 현상을 통해서는 알아내기 어렵다.
법에 따른 항쟁도 현상적인 일에 지나지 않는다……"34) 그래서 만약
자기와 관계가 없는 일이라면 그가 정법(政法)을 말하고 논리를 말하
는 것을 듣느니 『태양쇄비고부』를 보는 것이 훨씬 낫다. 왜냐하면 사
람을 속이려는 의도가 이들 부(賦) 속에는 없기 때문이다.

말을 할수록 더욱 주제에서 멀어져 버렸다. 이런 이야기는 결코 내
몸의 일부분은 아니다. 이제 여기서 거두도록 하고, 앞으로 거기까지
말해 나갈 테니, 다음은 민국 15년의 가을에 보도록 하자.

1925. 10. 30.

---

34) 장사교(章士釗)의 이 말은, 『갑인(甲寅)』 주간 제1권 제1호(1925년 7월 18일)의
통신란에 실린, 그가 오경항(吳敬恒)이 보내온 편지에 덧붙인 부언[附言, "담고
있는 내용이 매우 복잡하다(內包甚復)"는 원래 "담고 있는 내용이 깊고 복잡하
다(內包深復)"로 되어 있다]에 보인다.

견벽청야주의(堅壁淸野主義)¹⁾

요즈음 나는 중국 사회에서 몇 가지 주의(主義)를 발견했다. 그 중에 하나가 견벽청야주의이다.

'견벽청야(堅壁淸野)'²⁾는 병가(兵家)의 말인데, 병가는 내 본업이 아니므로 이 말은 병가로부터 들은 것은 아니고, 다른 책에서 보았거나 사회에서 들었던 것이다. 듣자 하니 이번 유럽전쟁 때에 가장 요긴했던 것이 참호전이라 한다. 그렇다면 지금도 이 견벽(堅壁)의 전법(戰法)은 사용되고 있는 것이다. 청야(淸野)의 경우에는, 세계사에서 재미있는 사례가 있다. 전하는 이야기에 따르면, 19세기 초 나폴레옹이 러시아를 침공하여 모스크바에 도착했을 때, 러시아 사람들은 이른바 청야의 수단을 크게 발휘하여, 그 곳에 방화를 하는 동시에 생활에 필요한 것들을 깨끗이 태워 버려서 나폴레옹과 그의 용맹스런 병사와 장군은 텅빈 성에서 서북풍을 마시게 되었다고 한다. 그리고 서북풍을 1개월도 채마시지 못하고 그들은 곧 퇴각했다고 한다.

중국은 유교국이라 "제사에 관한 일은 일찍이 들어 알고 있으나, 저(丘)는 군사에 관한 일은 배우지 못했습니다"³⁾처럼 매년 공자를 제사

---

1) 원제목은 「堅壁淸野主義」이다. 이 글은 처음 1926년 1월 상해『신여성(新女性)』월간 창간호에 발표되었다.

2) '견벽청야(堅壁淸野)' : 이 말은『삼국지 위서 순욱전(三國志 魏書 荀彧傳)』에 보인다. (역주) 우세한 적군과 싸우는 일종의 전술로서, 진지를 굳게 지키며 주위의 인구나 물자를 없애고 부근의 건물・수목 등을 적군이 이용하지 못하도록 제거 또는 소각하는 것을 가리킨다.

3) '제사에 관한 일'(원문 俎豆之事) 등의 말은『논어 위령공(論語 衛靈公)』에 보인다[원문에는 '구(丘)'자가 없다(여기서 구(丘)는 공자의 이름인데, 역문에서는 '저'로 번역하였음—역자)]. 조(俎)와 두(豆)는 옛날의 예기(禮器 : 제사를 지내거

지내 왔다. 그러나 위아래 할 것 없이 모두 이 병법을 사용해 왔는데, 이 병법 때문에 나는 이번 달 신문지상에 난 한 줄 뉴스에 주목하게 되었다. 그 뉴스에 따르면 교육당국은 공공 오락장소에서 풍속교화를 해치는 사건이 자주 발생한다고 하여 각 학교에 명령을 내려 여학생에게 공연장과 공원의 출입을 금지시켰다. 또 여학생의 가정에 통지를 보내어 금지에 대한 협조를 부탁했다.[4] 물론 나는 이 일이 확실한 것인지 아닌지 깊이 알 수는 없다. 더욱이 그 법령의 원문을 아직 보지 못했다. 또 교육당국의 의도가, 오락장소에서 일어나는 '풍속교화를 해치는' 사건이 바로 여학생으로부터 발생했기 때문에 그들을 가지 못하게 하는 것인지, 아니면 여학생이 가지 않기만 하면 다른 사람에게는 발생하지 않는 것인지, 아니면 설령 그런 일이 발생하더라도 전혀 상관하지 않겠다는 것인지 분명하지 않다.

아마도 다음의 한 추측이 그 의도에 가까울 것 같다. 우리들의 옛 철인이나 오늘날의 현자들은 말끝마다 "근본을 바르게 하고 근원을 맑게 한다", "천하를 맑고 깨끗이 한다"라고 하지만 대개는 말만 하고 마음은 없어, "스스로 바르지 않으면서 남을 바르게 할 수 있는 사람은 아직 없었기" 때문에 결과는 가두어라가 된다. 첫째, "자기의 마음으로 남의 마음을 헤아리다"는 경우인데, 오로지 "보고 싶은 것을 보여 주지 않음으로써 민심을 어지럽히지 않으려" 든다. 둘째, 겉모습만 그럴사하고 실제로는 "천하를 맑고 깨끗하게 할" 재능이 전혀 없는 경우인데,

---

나 손님을 접대할 때 사용하던 그릇—역자)이다.

4) 여학생이 오락장소에 가는 것을 금지한다는 것에 대한 뉴스는 1925년 11월 14일 북경의 『경보(京報)』에 보인다. "교육부는 어제 경사학무국(京師學務局)에 대해 다음과 같은 명령을 내렸다. 각처의 보고에 따르면, 정양문(正陽門) 밖의 향창로(香廠路) 성남(城南) 유예원(游藝園) 및 성내(城內)의 동안시장(東安市場), 중앙공원(中央公園), 북해공원(北海公園) 등지에서 연이어 풍속교화를 해치는 사건이 발생했다. 각 여학교 학생들이 놀러 다니는 것을 조속히 단속하여야 한다. 특히 경사학무국에서 각급 여학교에 통지하여 각 오락장소에 놀러 가는 것을 금지시키고, 또한 학교에서 각 여학생의 가장들에게 그 취지를 알리도록 해야 한다."

마치 부자의 유일한 경제법처럼 돈을 자기집 땅밑에 묻어 두는 것과 같은 것이다. 옛 성인이 가르친, "재물을 허술하게 숨기면 훔치려는 마음이 생기고, 얼굴을 야하게 꾸미면 음흉한 마음이 생긴다"5)라는 말은 바로 자녀와 옥백(玉帛)의 처리방법을 말하는 것으로서 꼭 견벽청야를 해야 한다는 것이다.

사실 이러한 방법은 중국에서는 일찍부터 시행되었다. 북경을 제외하고 내가 가 본 곳은 거리마다 대체로 남자와 힘을 파는 여인들만을 볼 수 있었고 이른바 상류의 여인들은 아주 보기 드물었다. 그러나 나는 먼저 여기서, 내가 이러한 현상에 대해 불만을 갖는 것은 결코 중국을 두루 다니면서 모든 여인들과 아가씨들을 훔쳐 보려고 사전준비를 하려는 때문이 아니라는 것을 밝혀 둔다. 나에게는 쌓아둔 여비가 한 푼도 없으니 이것이 바로 가장 확실한 증거일 것이다. 금년은 '유언비어'가 한창 성행하는 시대로서 조금 신중하지 않았다가는 『현대평론(現代評論)』에서 이것저것 꾸며 대며 게재할 것이므로 그래서 특별히 미리 알려 둔다. 명유(名儒)의 집에 가 보면 한 집안의 남녀들도 쉽게 만날 수 없도록 되어 있는데, 곽위애(霍渭厓)의 『가훈(家訓)』6)에는 남녀를 떼어 놓는 아주 번거로운 집 구조도가 들어 있다. 성현에 뜻이 있는 사람은 자기의 집안조차도 연예장이나 공원으로 간주해야만 되는 것 같다. 지금은 어쨌든 20세기이고, 게다가 "젊어서는 구애됨이 없다라는 이름을 누렸고, 어른이 되어서는 자유의 학설을 배웠다"는 교육

---

5) "재물을 허술하게 숨기면 훔치려는 마음이 생기고, 얼굴을 야하게 꾸미면 음흉한 마음이 생긴다"(원문 慢藏誨盜, 冶容誨淫) : 이 말은 『주역 계사상(周易 系辭上)』에 보인다. 재물을 엄밀하게 숨기지 못하면 사람들에게 훔치려는 마음을 유발하기 쉽고, 용모를 요염하게 꾸미면 사람들에게 음흉한 마음을 유발하기 쉽다는 뜻이다.

6) 곽위애(霍渭厓, 1487~1540) : 이름은 도(韜)이고 광동(廣東) 남해(南海) 사람이며, 명대 도학가이다. 가정(嘉靖) 때 벼슬은 예부상서(禮部尙書)였다. 그의 저서 『가훈(家訓)』 중에 「합찬남녀이로도설(合爨男女異路圖說)」이 있는데, 그 그림은 붉은색과 검은색으로 명시하여 남녀가 출입하는 길을 구분하여 놓았다.

총장7)이 있어 참으로 크게 관대해졌다.

북경은 의외로 부녀자들을 크게 구속하지 않아서 바깥에 다녀도 그다지 깔보지 않는 곳이다. 그러나 이는 우리들 옛 철인과 오늘날 현자들의 뜻과는 서로 어긋난다. 아마 이런 기풍은 만주인이 들여온 것일 게다. 만주인은 우리의 '성상(聖上)'을 지낸 적이 있으니 그 습속도 마땅히 따라야 하는 것이다. 그렇지만 지금은 민국 초년에 변발을 자르던 것처럼 배만(排滿)하는 시대도 아닌데 여전히 옛 버릇이 다시 나타나고 있으니, 음력 설 때의 폭죽 놀이가 나날이 더 심해지고 있음을 보면 된다. 애석하게도 위충현(魏忠賢)8) 같은 사람이 다시 나와서 우리를 시험하지 않아도 그의 수양아들이 되어 그를 공묘(孔廟)에 배향할 사람이 있는 것으로 보인다.

풍속교화를 좋게 하려는 것은 그 목적이 인성을 해방시키는 데 있고, 교육의 보급 특히 성교육에 있다. 이것이 바로 교육자들이 담당해야 하는 일이며, "가두어라"는 감옥을 관리하는 옥사장이들의 전문이다. 하물며 사회의 여러 가지 일들은 감옥처럼 그렇게 간단하지 않아, 장성(長城)을 쌓았지만 오랑캐들이 여전히 꼬리에 꼬리를 물고 몰려왔고, 구덩이를 더 깊게 파고 담을 더 높이 쌓아도 소용이 없었던 것임에랴. 연예장이나 공원이 아직 없었을 과거에 규수들은 문 밖을 나서지

---

7) 장사교(章士釗)를 가리킨다. "젊어서는 구애됨이 없다라는 이름을 누렸고, 어른이 되어서는 자유의 학설을 배웠다"는 말은, 그가 「북경여자사범대학의 운영 중지에 대한 상신서(停辦北京女子師范大學呈文)」에서 자술한 것이다. 이 글은 『갑인(甲寅)』 주간 제1권 제4호(1925년 8월 8일)에 게재되었다.

8) 위충현(魏忠賢, 1568~1627) : 하간(河間) 숙녕[肅寧, 지금의 하북(河北) 숙녕(肅寧)이다] 사람이며, 명대 천계(天啓) 연간에 횡포가 가장 심했던 환관이다. 특무기관인 동광(東廣)을 이용하여 비교적 정직하고 지조가 있는 사람들을 많이 죽였다. 당시 권세에 빌붙어 부끄러움을 모르던 무리들은 그에게 앞다투어 아첨을 하며 온갖 추태를 다 부렸다. 『명사 위충현전(明史 魏忠賢傳)』에는 다음과 같은 기록이 있다. "뭇 소인배들이 더욱 아첨했으며", "서로 다투어 수양아들이라 하며 충현에 몰려들었고", "국자감 학생인 육만령(陸萬齡)은 충현을 공자로 불러야 한다고까지 했다."

않았고, 여넘집 여인들은 묘당에서 벌어지는 시장에 놀러가거나 제사를 구경했는데, "풍속교화를 해친" 일이 높은 귀족가문보다 더 많았다고 누가 말할 수 있을까?

요컨대, 사회를 개량하지 않고는 "가두어라"는 무용할 것이며, "가두어라"를 가지고 사회를 개량하는 수단으로 삼는다면, 그것은 진포(津浦)선의 차를 타고 봉천(奉天)으로 가는 것이다.9) 이러한 이치는 이해하기 쉬워, 벽이 강하여 견고하면 부딪쳐 무너질 수가 있는 법이다. 군대와 토비들의 납치사건10)은 부녀자를 강탈하는 것인데, 풍속교화에 대해서는 어떠한가? 모르고 있었는지 아니면 알면서도 말할 수 없거나 감히 말하지 않는 것인지? 도리어 그들의 공덕을 가송하는 것이리라!

사실 '견벽청야'는 병가의 한 방법이라고 하지만 이것은 결국 물러나서 지키는 것이지 나아가서 공격하는 것은 아니다. 아마도 이 점 때문에 마침 일반인들의 퇴영주의와 서로 잘 어울리고, 그리하여 의지가 투합되어 보인다. 하지만 군사(軍事) 면에서는 달리 기다리는 것이 있어, 지원군의 도착을 기다린다든지 적군의 퇴각을 기다리는 것이다. 만약 외로운 성을 어렵게 지키기만 하면 그야 결과는 멸망뿐인데, 교육면에서의 '견벽청야'법은 기다리는 것이 무엇인가? 지금까지 역대의 여자교육에 비추어 추측하건대 기다리고 있는 것은 오직 한 가지 사실, 즉 죽음뿐이다.

천하가 태평하거나 일시적인 안일을 추구할 수 있을 때, 이른바 남자라는 자는 엄숙하게 정조와 순종을 가르치고 정숙과 고상을 말하면서 "여인의 말은 내실에서 나가지 않는다", "남녀가 주고받을 때에는

---

9) (역주) 진포선(津浦線)은 하북성(河北省) 천진(天津)에서 강소성(江蘇省) 포구(浦口)에 이르는 철도이다. 봉천(奉天)은 요녕성(遼寧省) 심양(瀋陽)이다.

10) '납치사건'(원문 綁票) : 옛날 도적이나 토비들이 사람을 잡아다가 잡혀 간 사람의 가족들에게 일정한 기한 내에 돈을 주고 데려가라고 협박하였는데, 그것을 '방표(綁票)'라고 불렀다. 또한 기한이 아주 짧은 경우에는 '방급표(綁急票)'라고 불렀다.

직접하지 않는다"11)고 한다. 좋아! 모두 당신 말을 들어 바깥일은 귀하에게 부탁하자. 그러나 천하가 들끓고 폭력이 난무하게 되었을 때, 귀하는 무엇으로 가르칠 것인가? 열부(烈婦)가 되라12) 한다.

송나라 이후로 부녀자를 대하는 방법은 이 하나뿐이었고, 지금까지도 이 하나뿐이다.

만약 이런 여자교육이 크게 유행했다면, 우리 중국은 여태까지 수많은 내란과 외환이 있었고 병화가 빈발했으니 부녀자들이 모조리 죽었으야 하는 것이 아닌가? 그렇지 않다. 요행으로 면한 사람도 있고 죽지 않은 사람도 있고, 시대가 바뀌는 때라면 남자와 마찬가지로 항복하여 노예가 된다. 그리하여 자손을 낳아 조상들에 바치는 향불이 다행히도 끊어지지 않았다. 하지만 지금까지도 여전히 노예근성을 지닌 인물들이 있으니 대개는 그 유폐(流弊)임이 틀림없다. "이로움이 있으면 반드시 폐단이 있다"는 말은 누구나 주고받는 말로 다 알고 있는 것이다.

그러나 이러한 방법 이외에, 유자(儒者), 명신(名臣), 부옹(富翁), 무인(武人), 높은 사람에서 일반 백성까지 모두 다른 좋은 방도를 생각해 내지 못하고 있는 듯하며, 이 때문에 여전히 그것을 지극한 보배로 받들 뿐이다. 더욱 우둔한 경우는 이것들과 의견을 달리해야만 한다고 생각하는 사람들인데, 바로 토비들이다. 관(官)과 상반되는 것을 비(匪)라 하니, 아주 당연한 일이다. 하지만 최근 손미요(孫美瑤)는 포독고(抱犢崓) 산을 거점으로 단단히 지키고 있어, 사실은 '견벽'에

---

11) "여인의 말은 내실에서 나가지 않는다"(원문 內言不出於閫) : 이 말은 『예기 곡례(禮記 曲禮)』에 보인다. "남자(外)의 말은 내실로 들어가지 않고, 여인(內)의 말은 내실에서 나가지 않는다." 곤(閫)은 부녀자들이 거처하는 내실의 문지방을 가리킨다. "남녀가 주고받을 때에는 직접하지 않는다"(원문 男女授受不親) : 이 말은 『맹자 이루(孟子 離婁)』에 보인다.

12) (역주) 노신의 설명에 따르면 '절(節)'이란 남편이 죽었을 때 수절하는 것이고, '열(烈)'이란 폭행을 당했을 때 '절'을 지키기 위해 목숨을 바치는 것이다(「내 절열관」 참고). 여기서 "열부가 되라"라는 것은 폭행을 당했을 때 여인은 죽음을 택해야 한다는 것을 말한다.

해당하며, '청야'에 밝은 사람에 대해서라면 나는 장헌충(張獻忠)을 추천하겠다.

장헌충이 명말에 백성을 도살하였다는 것은 누구나 다 아는 일이며 누구나 아주 두렵게 느낀다. 예를 들어, 그는 ABC 세 갈래 군대로 백성을 죽인 다음 AB에게 C를 죽이게 하고, 또 A에게 B를 죽이게 하고, 다시 A 스스로 서로 죽이게 하였다. 무엇 때문인가? 이자성(李自成)[13]이 이미 북경에 들어와 황제가 되었던 것이다. 황제가 되려면 백성이 필요한데, 그가 그의 백성을 다 죽여 그에게 황제 노릇을 할 수 없게 하려는 것이었다. 이는 바로 풍속교화를 해치는 일은 여학생이 필요한데, 지금 모든 여학생을 가두어 버리면 해칠 만한 풍속교화가 없어지는 것과 마찬가지이다.

토비조차도 견벽청야주의를 가지고 있으니 중국의 부녀자들은 참으로 해방의 길이 없다. 듣자 하니 지금의 향민(鄕民)들도 군대와 비적과 이미 변별할 수 없게 되었다고 한다.

1925. 11. 22.

---

13) 이자성(李自成, 1606~1645): 섬서(陝西) 미지(米脂) 사람이며, 명말 농민기의의 영수이다. 그는 숭정(崇禎) 2년(1629)에 기의를 일으켰고, 후에 틈왕(闖王)으로 추대되었다. 그는 "균전제와 부역의 면제(均田免賦)"라는 구호를 제출하고, 부대의 기율을 엄격하고 공명하게 하여, 광대한 인민들로부터 옹호를 받았다. 숭정 17년(1644) 1월에 서안(西安)에서 대순국(大順國)을 세웠다. 같은 해 3월 북경을 공격하여 입성했다. 후에 명(明)의 장군 오삼계(吳三桂)가 청병(淸兵)을 끌어들여 관(關) 내로 들어감으로써 이자성의 군대는 패하여 북경에서 물러났다. 청(淸) 순치(順治) 2년(1645) 호북(湖北) 통산현(通山縣) 구궁산(九宮山)에서 지주들의 무력에 의해 살해되었다.

과부주의(寡婦主義)[1]

　범원렴(范源廉)[2] 선생은 지금 많은 청년들로부터 흠모를 받고 있다. 각자 자기만의 생각이 있으므로 나는 당연히 그 연유들을 추측할 길이 없다. 그러나 내 개인적으로 탄복하는 것은 그가 청(淸) 광서(光緒) 말년에 가장 먼저 '속성사범(速成師范)'을 발명했다는 점이다. 학술부문도 속성할 수 있다니, 고집불통의 선생들은 아마 괴이하다고 여길 것이다. 모르기는 해도 그 때 중국에서는 바로 '교육 공황'으로 떠들썩했으니 이것은 그야말로 급하게 구제할 수 있는 대책이었다. 반년 뒤에 일본유학에서 돌아온 교사들은 적은 수가 아니었다. 그들은 교육상의 각종 주의(主義), 예를 들어 군국민주의(軍國民主義), 존왕양이주의(尊王攘夷主義)[3] 따위를 가지고 돌아왔다. 여자교육에서는 그 때 가장 유행

1) 원제목은 「寡婦主義」이다. 이 글은 처음 1925년 12월 20일 『경보(京報)』 부간(附刊) 『부녀주간(婦女周刊)』 1주년 기념 특집호에 발표되었다.

2) 범원렴(范源廉, 1874~1934) : 자는 정생(靜生)이며, 호남(湖南) 상음(湘陰) 사람이다. 청말에 일본에서 속성법정(速成法政)과 사범제과(師范諸科)를 창설한 적이 있으며, 민국 이후에는 북양정부(北洋政府) 내무총장, 교육총장, 북경사범대학교(北京師范大學校) 교장 등을 역임했다. 1925년 봄 사대(師大)의 경비가 부족하자 교장직을 사임하였는데, 그 학교 학생회에서는 만류운동을 일으켰다. 작자가 여기서, 그는 "지금 많은 학생들로부터 흠모를 받고 있다"고 한 것은 아마 바로 이 일을 가리킬 것이다.

3) 군국민주의(軍國民主義) : 군국주의(軍國主義)라고도 한다. 이것은 군비의 확충을 주장하는 것으로, 국내의 정치, 경제, 문화교육을 모두 대외적으로 확장하려는 군사목적에 복무하도록 하려는 것이다. '명치유신' 때부터 시작하여 일본의 자산계급과 봉건세력들이 협력하여 군국주의 교육을 추진하였다. 존왕양이주의(尊王攘夷主義) : 중국 춘추시대(春秋時代)에 주(周) 왕실을 옹호하고 이민족을 배척하던 것을 존왕양이(尊王攘夷)라고 불렀다. 이것은 일본에 전파된 이후 봉건적인 개량주의사상이 되었다. 존왕(尊王)이란 천황을 중심으로 하는 중앙집권정부

하여 어디서든 시끄럽게 들을 수 있었던 것이 현모양처주의(賢母良妻
主義)였다.

나도 꼭 이 주의가 틀렸다고 생각하지는 않는다. 어리석은 어머니와
사나운 아내는 누구라도 바라지 않을 것이다. 하지만 오늘날 몇몇 급진
적인 사람들은 오히려 여자도 가정의 물건일 수만은 없다고 생각하여
중국이 지금까지 일본의 옛 간행물에 실린 글에서 베껴 와서 자신의
딸아이를 교육하던 잘못을 크게 공격하였다. 사람들은 잘못 전해진 말
이라도 자주 듣다 보면 아주 쉽게 거기에 빠져 버린다. 예를 들어, 근
래에 어떤 사람이, 나라를 팔아먹는 누군가가 있다면 그는 다만 자손을
위해 그렇게 하는 것이라고 한다. 그리하여 많은 사람들도 그렇게 한
다. 사실 만약 참으로 나라를 팔아 먹을 수 있다면 좀더 큰 이익을 얻
을 수 있을 것이고, 만약 참으로 자손을 위해 그렇게 하는 것이라면 그
래도 양심은 있다 할 것이다. 오늘날 이른바 누군가라는 자는 대개 나
라를 넘겨 주는 것에 지나지 않고, 또 언제 자손을 생각한 적이라도 있
었던가. 이 현모양처주의라는 것도 예외는 아니다. 급진자들은 비록 그
것을 병으로까지 보고 있지만 사실은 언제 그런 일이라도 있었던가. 모
든 것이 '과부주의(寡婦主義)'에 지나지 않을 뿐이다.

이 '과부'라는 두 글자는 마땅히 순수한 중국사상에서 해석해야지
유럽, 미국, 인도 또는 아랍의 경우와 억지로 비교할 수는 없다. 가령
서양문자로 번역한다면 의역(意譯)이나 신역(神譯)은 전혀 어울리지
않고 Kuofuism[4]이라고 음역(音譯)할 수밖에 없다.

를 옹호하고 막부(幕府)권력을 약화시키는 것이다. 양이(攘夷)란 외래침략에 저
항하는 것이다. 그러나 그 후 그것은 대내적인 전제(專制), 대외적인 침략으로
바뀌어 일본제국주의 특징의 하나가 되었다. 다음에 나오는 현모양처주의(賢母
良妻主義)는 당시의 일본 및 다른 국가에서 유행하던 일종의 자산계급 여자교육
사상이다.
4) (역주) '과부(寡婦)'는 북경 발음으로는 'kuafu'이지만 작가의 출생지인 절강(浙
江) 발음으로는 'kuofu'이므로 'Kuofuism'이라고 하였다.

내가 태어나기 이전에는 어떠하였는지 모르겠지만 내가 태어난 이
후에 유교는 이미 자못 '뒤섞여' 버렸다. "어머니 명을 받들어 임시로
도량을 만든"[5] 자도 있었고, "신도(神道)를 설교하는"[6] 자도 있었고,
『문창제군공과격(文昌帝君功過格)』[7]에 감탄한 자도 있었다. 나는 또
그『공과격(功過格)』은 남에게 내실(內室)을 이야기하는 사람에게 큰
벌을 주고 있다는 것을 기억하고 있다. 내가 집마당을 아직 나서지 않
았고 중국에도 여학교가 아직 없었을 그 이전에는 어떠하였는지 모르
겠지만, 내가 사회에 발을 들여 놓고 중국에도 여학교가 있게 된 다음

---

5) "어머니 명을 받들어 임시로 도량을 만든"(원문 奉母命權作道場) : 청대 양장거
   (梁章鉅)의 『영련총화(楹聯叢話)』 권1에 다음의 이야기가 나온다. "육가서(陸稼
   書) 선생이 문묘(文廟, 공자를 제사지내는 사당一역자)를 배향하자 처음에 이에
   대한 논의가 있었다. 어떤 사람은 선생의 집에서는 스님을 초청하여 불경을 낭
   송한 적이 있다고 의심하였다. 그 다음 사람이 선생이 손으로 써서 대청에 걸어
   둔 대련 하나를 내와 '유가의 책을 읽고 불교를 받들지 않았고, 어머니의 명을
   받들어 잠시 도량을 만들었다'고 말했다. 이에 논의가 마무리되었다." 작자가 이
   말을 인용한 것은, 당시 일반적으로 불교도 함께 믿고 있던 도학가들을 지적하
   려는 것이다.
6) "신도를 설교하는"(원문 神道設敎) : 봉건통치계급이 미신을 이용하여 인민을 속
   이던 일종의 방법이다. 『주역 관괘(周易 觀卦)』에 "성인이 신도를 설교하자 천하
   가 복종하였다"라는 말이 나온다.
   장사교(章士釗)는 단기서(段祺瑞) 집권정부의 교육총장으로 있을 때, 이러한 방
   법도 이유가 있다고 생각하여, 『갑인(甲寅)』 주간 제1권 제17호(1925년 11월 7일)
   에 실은 「재소해혼의(再疏解輱義)」라는 글에서 "그러므로 신도의 설교는 성인이
   부득이해서 그렇게 한 것이다"라고 하였다.
7) 『문창제군공과격(文昌帝君功過格)』 : 미신적인 전설에 따르면, 진조(晋朝) 때 사
   천(四川) 재동(梓潼) 사람인 장아(張亞)는 죽은 다음 신이 되어 인간세계의 부귀
   공명을 관장하게 되었는데, 그래서 '문창제군(文昌帝君)'이라 했다. 『공과격(功過
   格)』은 봉건도덕을 선전하고 미신적인 성질이 농후한 이른바 선을 권장하는 책
   이다. 이 책은 사람들의 언행을 10유(十類)로 나열하고 선악을 구분하여 각각 약
   간의 공과(功過)를 정해 놓았다. 사람들이 날마다 자기의 언행에 근거하여 공과
   를 기록하도록 하고 있는데, 이러한 방법으로 사람들이 선을 행하여 이른바 '음
   덕'을 쌓도록 권장하고 있다. 『공과격』에 나오는 '경신(敬愼)' 유(類)의 '언어과격
   (言語過格)'에 다음과 같은 항목이 있다. "남에게 내실(內室)을 이야기하는 50가
   지 과실(過)."

부터 독서인들이 여학생들의 일을, 그것도 여느 때처럼 나쁜 일을 언급하는 것을 자주 들었다. 때로는 실로 터무니없는 것이었는데, 그러나 가령 그 모순을 지적하면 말하는 사람이나 듣는 사람이나 다 거북해하고, 그야말로 "그 부형이라도 죽인 것처럼"[8] 원한에 사무친다. 이러한 언동은 당연히 '유학자의 품행'[9]에는 들어맞는 것이리라. 왜냐하면 성인의 도는 넓어 포함하지 않는 것이 없기 때문이며, 아니면 사소한 일에 지나지 않아 대수롭지 않기 때문일 것이다.

　나는 이전에도 이러한 헛소문의 유래를 대강 추측해 본 적이 있다. 개혁을 반대하는 노선생, 색정광 냄새가 나는 환상가, 유언비어를 만들어 내는 명인(名人), 상식조차 없지만 아마 다른 목적을 가지고 있는 뉴스 탐방원이나 기자, 학생들에게 쫓겨난 교장과 교원, 교장이 되려고 꾀하는 교육가, 개 한 마리를 좇아 무리지어 짖어대는 시골개……[10] 그러나 근래에는 또 다른 한 종류를 발견했다. 그것은 '과부' 또는 '의사 과부'인 교장 및 사감이다.[11]

　여기서 이른바 '과부'란 남편과 사별한 경우를 가리키고, 이른바 '의사 과부'란 남편과 생이별하였거나 부득이하여 독신주의를 끌어안고 있는 경우를 가리킨다.

　중국의 여성들이 밖으로 나와 사회에서 일하게 된 것은 겨우 최근의

---

8) "그 부형이라도 죽인 것처럼"(원문 若殺其父兄) : 이 말은 『맹자 양혜왕(孟子 梁惠王)』에 보인다.
9) '유학자의 품행'(원문 儒行) : 유가에서 이상적인 도덕행위를 가리킨다. 『예기(禮記)』에 「유행(儒行)」 편이 있는데, 유학자의 도덕행위에 관한 노(魯) 애공(哀公)의 질문에 대답하는 공구(孔丘)의 말을 상세하게 기록하고 있다.
10) 시골개(원문 邑犬) : 시골에 있는 개를 가리킨다. 『초사 구장 추사(楚辭 九章 抽思)』에는 다음과 같은 말이 있다. "시골개가 무리지어 짖어대는 것은, 괴이한 것에 대해 짖어대는 것이다." 여기서 말한 "개 한 마리를 좇아 무리지어 짖어대는 시골개"는 시비를 분별하지 못하고 맹종하는 사람들을 가리킨다.
11) 여기서 '과부' 또는 '의사 과부'인 교장 및 사감이란 당시 북경여자사범대학교의 교장인 양음유(楊蔭楡)와 사감인 진죽평(秦竹平) 같은 사람을 가리킨다. 사감(舍監)은 당시 학교에서 기숙하는 학생들의 생활을 관리하던 직원이다.

일이다. 그러나 가족제도는 아직 개혁되지 않았으므로 가사의무가 여전히 번잡하고, 일단 결혼을 하면 다른 일을 함께 하기가 어렵다. 그리하여 사회적인 사업은 중국에서는 대체로 아직 교육, 그것도 여자교육에만 한정되어 있어 대개의 경우 위에서 말한 바와 같은 독신자들의 수중에 들어갔다. 이는 이전에 도학선생들이 점유하고 있던 것이었으나 뒤이어 완고하다, 무식하다 등의 악명 때문에 실패하고, 독신녀들이 곧 신교육을 받았다, 외국으로 가서 유학했다, 같은 여성이다 등의 좋은 간판을 내세워 그들을 대신했다. 사회적으로도 그녀들은 결코 어떤 남성과도 상관이 없고 또 얽매이는 아들딸도 없어 신성한 사업에 매진할 수 있기 때문에 충분히 믿고 맡길 수 있었다. 그러나 이 때부터 젊은 여자들이 당하는 재난은 바로 지난날 도학선생들 밑에서 공부할 때보다 훨씬 심하게 되었다.

설령 현모양처이든, 설령 동방식이든 남편과 자녀에 대해 애정이 없어도 된다고 말할 수는 없다. 애정은 비록 천부적인 것이라 말하지만, 만일 상당한 자극과 활용이 없으면 발달하지 못한다. 예를 들어, 동일한 손과 발이지만 앉아 움직이지 않는 사람의 것과 대장장이나 짐꾼의 것과 한번 비교해 보면 아주 명백할 것이다. 여자의 경우에 남편이 있고, 애인이 있고, 아들딸이 있고, 그런 다음에야 진정한 애정을 깨닫게 되는 법이다. 그렇지 않으면 곧 감추어져 있거나 결국 시들어 버리거나 심지어 변태에 이르게 된다. 그래서 독신자들에게 맡겨 현모양처를 만든다는 것은 그야말로 맹인에게 눈먼 말을 타고 길에 나서게 하는 것과 다를 바 없으니 현대의 신조류에 들어맞을 수 있을 것인가 그렇지 않은가에 대해 더 무엇을 논하겠는가. 물론 특수한 독신 여성이 전혀 세상에 없는 것은 아니다. 예를 들어, 과거의 유명한 수학자 소피아 코발레프스카야(Sophie Kowalewsky)[12], 오늘날 사상가 엘렌 케이(Ellen

---

12) 소피아 코발레프스카야(Sophie Kowalewsky) : 소피아 코발레프스카야(1850~1891)

Key)13) 등이 이에 해당한다. 그러나 그것은 한 경우는 욕망의 방향을
바꾸었고, 한 경우는 사상이 이미 투철하였기 때문이다. 그렇지만 학사
회원(學士會院)이 장학금을 주며 코발레프스카야의 학술상의 명예를
표창했을 때, 그녀는 친구에게 보낸 편지에서 오히려 이렇게 말했다.
"나는 많은 사람들로부터 축하 편지를 받았다. 운명의 기이한 장난인
가 보다. 나는 지금까지 이러한 불행을 느낀 적이 없었다."

　부득이해서 독신생활을 하고 있는 사람들을 보면, 남녀를 불문하고
정신면에서 항상 변화가 일어나게 마련이어서 집요하고 의심하고 음험
한 성격을 지닌 사람이 다수를 차지한다. 유럽 중세의 선교사, 일본의
유신 이전 어전(御殿)의 여중(女中, 여자 내시), 중국 역대의 환관은 보
통사람보다 몇 배는 더 냉혹하고 음험했다. 다른 독신자들도 마찬가지
로 생활이 부자연스럽고 마음 상태도 크게 변하여 세상일이 무의미하
고 사람들도 미워보여서 천진하고 유쾌한 사람을 보면 곧 증오하는 마
음이 생긴다. 특히 성욕을 억압해야 하기 때문에 다른 사람들의 성적인
사건에 민감하고 의심이 많으며, 부러워하기 때문에 질투심을 갖는다.
사실은 이것도 피할 수 없는 일이다. 사회로부터 억압을 받아 표면적으
로는 순결한 척하지 않을 수 없지만 내심으로는 본능적인 힘의 지배에
서 벗어날 수 없어 자기도 모르게 결핍감이 꿈틀거리고 있는 것이다.

　그렇지만 학생들은 젊고, 민며느리가 아니거나 계모 밑에서 자란 것
이 아니라면 대체로 세상물정을 잘 모르고 만사가 다 밝다고 생각하고
있어 사상과 언행은 그들과는 완전히 상반된다. 그들이 만일 자신들의
젊은 시절을 회상할 수 있다면 당연히 이해할 수 있을 것이다. 그렇지

는 러시아의 수학자, 작가이다. 미적분방정식론에 대한 연구로 유명하며, 1888
년에 파리 과학원으로부터 볼당상을 받았다. 그녀는 또 극본『행복을 위한 투
쟁』, 소설『여(女) 허무주의자』등을 썼다.
13) 엘렌 케이(Ellen Key) : 엘렌 케이(1849~1926)는 스웨덴의 사상가, 여권운동가이
다. 저서로는『아이들의 세기』,『애정과 윤리』등이 있다.

만 세상에서 많은 것이 어리석은 여인네라, 어찌 이런 일들을 생각할 수 있을까. 한결같이 다년간 다듬어 이루어진 자신의 눈빛으로 일체를 관찰한다. 편지를 보면 연애편지가 아닌가 의심하고, 웃음소리를 들으면 이성을 그리워하는 것이라 생각하고, 남자라도 찾아오면 정부(情夫)라 하고, 공원을 왜 가는가, 밀회 때문에 가는 것이 틀림없다고 한다. 학생들의 반대에 부딪혔을 때 오로지 이런 책략을 사용하는 경우는 말할 것도 없고 평상시라 하더라도 역시 그렇다. 게다가 중국은 원래 유언비어를 생산하는 곳이니 '정인군자(正人君子)'도 항상 이런 유언비어를 화제거리로 삼고 세력을 확대한다. 자신이 만들어낸 유언비어조차 진기한 보배로 받드는 판인데, 하물며 진짜로 학교당국자들의 입에서 나온 것이라면 당연히 더욱 가치있는 것으로 여겨 널리 퍼뜨리게 된다.

내 생각으로는, 오래 된 나라에서 세상물정에 밝은 사람과 많은 청년들 사이에는 사상과 언행 면에서 상당한 거리가 있는 것 같다. 만일 일률적인 눈빛으로 바라본다면 그 결과는 종종 오류가 될 것이다. 예를 들어 중국에서 많은 나쁜 일들은 각각 고유한 명칭을 가지고 있고 서적에서도 그에 관한 특별한 명칭과 은어를 흔하게 발견할 수 있다. 주간(周刊)을 편집하고 있을 때, 보내온 원고 속에서 이러한 특별한 명칭과 은어를 마구 사용하는 경우를 자주 보게 되는데, 나로서는 지금까지 그런 것들을 피하며 사용하지 않았다. 그러나 세심하게 고찰하여 보니 작자는 실제로 내막을 전혀 모르고 그냥 태연하게 쓰고 있었다. 그 허물은 오히려 중국에는 나쁜 일에 대한 특별한 명칭과 은어가 너무 많다는 데 있다. 그래서 나는 그 점을 잘 알고 있기 때문에 의구심을 가지고 기피하고 있다. 이들 청년들을 보면 중국의 장래는 그래도 밝은 것 같다. 그러나 다시 이른바 학자들을 보면 오히려 기가 막힐 지경이다. 그들의 글은 고아(古雅)할지 모르지만 내심이 참으로 깨끗한 사람은 몇이나 될까. 올해 사대부들의 문언으로 말하자면, 장사교(章士釗)의 상신서14)에 나오는 '배움을 게을리하고 법도를 벗어나서 제멋대로 행동하고 거리낌이 없다(荒學逾閑恣爲無忌)', '남녀 접촉의 기운이 일어나다(兩性銜接之機緘締構)', '통제를 받지 않으면 몸가짐을 잊는다(不受檢制竟體忘形)', '성실한 사람도 다 지켜야 할 도리를 잃고 있다(謹愿者盡喪所守)' 등은 무례함의 극치에 이르고 있다 할 것이다. 그러나 정작 모욕을 받고 있는 청년학생들은 이해하지 못하고 있다. 설령 이해하고 있는 것처럼 보이더라도 대개는 나처럼 고문(古文)을 좀 읽은 사람이 작자의 심보를 심각하게 간파하는 수준에까지는 이르지 못한다.

본론으로 돌아가도록 하자. 사람들은 처지에 따라서 사상과 성격이 이렇게 달라질 수 있다. 그래서 과부나 의사과부가 맡고 있는 학교에서는 정당한 학생들이 생활할 수 없는 것이다. 청년들은 마땅히 천진난만해야 하고 그녀들처럼 음침해서는 안 되는데도 그녀들은 오히려 사악함에 물들었다고 생각한다. 청년들은 마땅히 패기가 있고 대담하게 행동해야 하고 그녀들처럼 위축되어서는 안 되는데도 그녀들은 오히려 본분을 지키지 않는다고 생각한다. 이는 다 유죄이다. 다만 그들과 죽이 잘맞는 사람들―좀더 허울 좋게 말하면 바로 대단히 '유순한' 사람들은 그녀들을 모범으로 삼아, 눈빛은 생기를 잃고, 얼굴빛은 굳은 채로 학교가 만들어놓은 음산한 가정에서 숨을 죽이고 지낸다. 그래야만 그럭저럭 졸업을 할 수 있는 것이다. 종이 한 장을 삼가 받아들고 자신이 이 곳에서 여러 해 동안 도야했다는 것을 증명하는 것 이외에는 이

---

14) 장사교의 상신서(원문 章士釗呈文) : 장사교(章士釗)의 「북경여자사범대학의 운영 정지를 위한 상신서(停辦北京女子師范大學呈文)」를 가리킨다. 작자가 인용한 구절은 모두 상신서에 나오는 여학생을 모욕하는 말이다. 설독(媟黷)은 놀리고 희롱하다는 뜻이다. 『한서 매승전(漢書 枚乘傳)』에 보인다. "존귀한 사람과 총애받는 사람을 놀리고 희롱하다.(媟黷貴幸)"

미 청춘의 진면목을 잃어버리고, 정신면에서 "결혼도 하지 않았는데 벌써 과부인"15) 인물이 된다. 그 후로 다시 이러한 도리를 널리 퍼뜨리기 위해 사회로 들어간다.

　중국이라고는 하지만 일부 해방의 기회가 있음은 물론이고, 중국의 부녀자라고는 하지만 일부 독립의 경향이 있음은 물론이다. 끔찍한 것은, 요행으로 독립한 후에 다시 방향을 틀어 아직 독립하지 않은 사람들을 학대하게 된다는 점이다. 바로 민며느리가 일단 시어머니가 되면 역시 자신의 사나운 시어머니처럼 지독하게 굴게 되는 것과 같다. 나는 결코 모든 교육계의 독신녀들에게 반드시 남자를 짝지어 주어야 한다고 말하려는 것은 아니다. 다만 그녀들이 마음을 크게 먹고 더욱 원대하게 사고해 나가기를 바랄 뿐이다. 한편으로 교육에 관심이 있는 사람들은 이 일은 바로 여자교육의 측면에서 커다란 문제라는 점을 인식하고 구제해야 할 부분이 있다는 것을 깨달았으면 하고 바란다. 왜냐하면 교육학자라면 누구나 교육은 효험이 없다고 결코 말하지 않을 것임을 나는 알고 있기 때문이다. 아마도 중국에서 이후로 이러한 독신자는 점점 더 많아질 것이고, 만일 구제할 좋은 방법이 없다면 과부주의 교육의 위세도 점점 규모가 커지게 될 것이며, 많은 여자들은 저 냉혹하고 음험한 도야의 과정에서 생기발랄한 청춘을 잃어버리고 다시는 되살릴 수 없을 것이다. 교육을 받은 전국의 모든 여자가 결혼했든 하지 않았든, 남편이 있든 없든 모두 마음이 마른 우물 같고 얼굴이 서리처럼 차갑다면, 물론 그것대로 참 아름답다고도 할 수 있겠지만 결국은 진정으로 사람답게 생활하고 있다고 말할 수는 없을 것이다. 곁에 두는 몸종이나 자기가 낳은 친딸에 대해 생각하는 일은 도리어 그 다음 문제인 것이다.

---

15) "결혼도 하지 않았는데 벌써 과부인"(원문 未字先寡) : 아직 청혼을 받아들이지 않았는데 마음은 벌써 과부와 같다는 뜻이다. 옛날 여자가 청혼을 받아들이는 것을 '자(字)'라고 하였다.

　　나는 교육을 연구하는 사람이 아니다. 하지만 올해 우연한 기회에 이러한 위해(危害)를 깊이 깨달았기 때문에 『부녀주간(婦女周刊)』16)에 서 글을 청탁한 기회를 빌려 내 느낌을 말하였다.

1925. 11. 23.

---

16) 『부녀주간(婦女周刊)』: 당시 북경의 『경보(京報)』 부간(附刊)의 하나이다. 북경 여자사범대학의 장미사(薔薇社)가 편집하였다. 1924년 12월 10일에 창간되어 1925년 11월 25일까지 전체 50기를 내었고, 같은 해 12월 20일에 1주년 기념 특집호를 발행한 후 정간되었다.

'페어 플레이'는 아직 이르다[1]

1. 해 제

『어사(語絲)』57기에서 어당(語堂)[2] 선생은 '페어 플레이(fair play)'[3]
에 대해 언급하면서, 이러한 정신은 중국에서 몹시 찾아보기 어려우니
우리는 이를 고취하는 데 노력할 수밖에 없다고 했고, 또 "물에 빠진

---

1) 원제목은 「論"費厄潑賴"應該緩行」이다. 이 글은 처음 1926년 1월 10일 『망원(莽
原)』 반월간 제1기에 발표되었다.

2) 임어당(林語堂, 1895~1976) : 복건(福建) 용계(龍溪) 사람이며, 작가이다. 일찍이
미국, 독일에서 유학했고, 북경대학, 북경여자사범대학 교수, 하문대학(廈門大學)
문과주임을 역임했다. 『어사(語絲)』의 원고집필자 중의 한 사람이다. 당시에 노신
과 교류가 있었으나 후에 입장과 취향이 점점 달라져서 교류가 끊어졌다. 1930년
대에 그는 상해에서 『논어(論語)』, 『인간세(人間世)』, 『우주풍(宇宙風)』 등의 잡지
를 주편하였고, 자유주의자의 태도로 '성령(性靈)', '유머(幽默)'를 제창하며 국민
당 반동통치를 태평한 것으로 미화하였다. 그는 1925년 12월 14일 『어사』 17기에
「어사의 문체-온건, 욕설 및 페어 플레이에 대하여(揷論語絲的文體-穩健, 罵人,
及費厄潑賴)」라는 글을 발표하였는데, 여기서 이렇게 말했다. "'페어 플레이'정신
은 중국에서 가장 얻기 어려우므로 우리는 그것을 고취하는 데 노력하지 않을 수
없다. 중국에서 '플레이'정신은 대단히 적으므로 '페어'는 더 말할 것이 못된다.
오직 가끔 언급되는 이른바 '우물에 빠진 사람에게 돌을 던져서는' 안 된다는 것
이 그런 의미를 가지고 있을 뿐이다. 남을 욕하는 사람은 오히려 이러한 조건을
갖추지 않을 수 없다. 남을 욕할 수 있으면 욕을 얻어먹을 수도 있어야 한다. 게
다가 실패한 사람에 대해서는 더는 공격해서는 안 된다. 왜냐하면 우리가 공격하
는 것은 사상이지 그 사람이 아니기 때문이다. 지금의 단기서(段祺瑞), 장사교(章
士釗)가 그 예에 해당하는데, 우리는 그 개인을 더는 공격해서는 안 된다."

3) '페어 플레이'(원문 費厄潑賴) : 영어 fair play의 음역이다. 원래 운동시합이나 그
밖의 경기에서 사용하는 술어로서 공명정대한 시합을 의미하며 정당하지 않은
수단을 사용하지 않는다는 뜻이다. 영국의 자산계급 중에 어떤 사람은 이러한
정신은 사회생활과 당파의 투쟁에 사용되어야 한다고 주장하면서 이것은 자산계
급 신사가 갖추어야 하는 교양이요, 품덕이라고 여겼으며, 또 스스로 영국은 페

개를 때리지" 않는다고 하면서 그래야 '페어 플레이'의 의미를 보충할 수 있다고 했다. 나는 영어를 모르기 때문에 이 글자의 의미가 도대체 어떤 것인지 분명하지 않지만, 만약 "물에 빠진 개를 때리지" 않는다는 것이 이런 정신의 한 형태라면 나는 오히려 좀 따져 보고 싶은 생각이 든다. 그러나 제목에서 "물에 빠진 개를 때린다"라고 직접적으로 쓰지 않은 것은 남의 눈에 띄는 것을 피하기 위한 것이다. 다시 말하면 머리에 억지로 '가짜 뿔(義角)'[4]을 달 것까지는 없다는 뜻이다. 요컨대, '물에 빠진 개'는 때리지 않는다는 것이 아니라 어쩌면 그야말로 때려야 한다고 말하려는 것뿐이다.

2. '물에 빠진 개'는 세 종류가 있는데, 모두 때릴 수 있는 예에 속한다

오늘날의 논자들은 흔히 "죽은 호랑이를 때리는 것"과 "물에 빠진 개를 때리는 것"을 함께 논하면서 모두 비겁한 짓에 가깝다고 생각한다.[5] "죽은 호랑이를 때리는 것"은 겁을 내면서도 용감한 척하는 것으

어 플레이의 나라라고 불렸다. 그러나 실제로 이것은 자산계급이 자신의 추악함을 엄폐하고 인민군중을 마비시키는 화려한 구호에 지나지 않는다.

4) '가짜 뿔'(원문 義角) : '의각(義角)'은 가짜 뿔이라는 뜻이다. 진서형(陳西瀅)은 『현대평론(現代評論)』 제3권 53기(1925년 12월 12일)의 「한담(閑話)」란에서 노신을 공격하면서 이렇게 말했다. "꽃은 사람들이 다 좋아하고, 마귀는 사람들이 다 싫어한다. 그런데 대중들에게 잘 보이기 위해서 애석하게도 꽃잎에 색깔을 칠하고 귀신 머리에 가짜 뿔을 달고 있는데, 우리는 부질없는 짓이라고 생각할 뿐만 아니라 다소 메스껍게 느낀다." 이 글의 의미는, 노신의 글은 독자들로부터 환영을 받고 있지만 그것은 독자들에게 잘 보이기 위해서 거짓으로 투사인 체하기 때문이라는 것이다.

5) 오치휘(吳稚暉), 주작인(周作人), 임어당(林語堂) 등을 가리킨다. 오치휘는 1925년 12월 1일 『경보부간(京報副刊)』에 발표한 「관리인가─공산당인가─오치휘인가(官敷─共産黨敷─吳稚暉敷)」라는 글에서 지금 장사교(章士釗)를 비판하는 것은 "죽은 호랑이를 때리는 것과 같다"라고 말했다. 주작인은 같은 달 7일 『어사(語絲)』 56기의 「실제(失題)」에서 다음과 같이 말했다. "'물에 빠진 개'를 때리는 것(우리

로서 자못 익살스러운 데가 있으며, 비록 비겁하다는 혐의에서 벗어나
기는 어렵지만 겁내는 것이 오히려 귀엽게 보인다고 나는 생각한다.
"물에 빠진 개를 때리는 것"이라면 결코 그처럼 간단하지 않아서, 어떤
개인지, 그리고 어떻게 물에 빠졌는지 보고 결정해야 한다. 물에 빠진
원인을 따져 보면 대개 세 종류가 있다. ① 개가 스스로 실족하여 물에
빠진 경우, ② 남이 때려 빠뜨린 경우, ③ 자기가 직접 때려 빠뜨린 경
우가 그것이다. 만일 앞의 두 경우를 당하여 곧 부화뇌동하며 때린다면
그것은 당연히 부질없는 짓이며 어쩌면 비겁한 짓에 가까울 것이다. 그
러나 만약 개와 싸우면서 자기 손으로 직접 때려서 개를 물에 빠뜨렸
다면 비록 대나무 장대를 사용하여 물 속에서 계속 실컷 때려 주어도
지나치지 않을 듯하니 앞의 두 종류와 같이 논할 수는 없다.

들자 하니, 용감한 권법가는 이미 땅에 쓰러진 적수를 절대 더 이상
때리지 않는다고 하는데, 이는 참으로 우리가 모범으로 받들 만하다.
그러나 나는 여기에 한 가지 조건을 더 부가해야 한다고 생각한다. 즉,
적수도 용감한 투사라야 하는데, 일단 패배한 후에는 스스로 부끄러워
하고 후회하며 더 이상 달려들지 않거나 당당하게 나와 상대에게 복수
해야 한다. 그렇게 하면 물론 안 될 것이 없다. 그러나 개의 경우, 이를
끌어다 예로 삼으면서 대등한 적수로 동등하게 볼 수는 없다. 왜냐하면
개가 아무리 미친 듯이 짖어 대더라도 사실 개는 '도의(道義)' 같은 것
을 전혀 모르기 때문이다. 게다가 개는 헤엄칠 수 있어 틀림없이 언덕
으로 기어오를 것이며, 만일 주의하지 않으면 그 놈이 먼저 몸을 고추

고향의 방언으로는 바로 '죽은 호랑이를 때린다'라는 뜻이다)도 그다지 훌륭한
일이 못된다. ……일단 나무가 넘어지고 원숭이가 흩어지면 더욱이 어디서 이
흩어진 무리를 찾겠는가. 더욱이 평지에서 원숭이를 뒤쫓는다면 역시 무의미하
고도 비열한 짓이다." 임어당은 「어사의 문체—온건, 욕설 및 페어 플레이에 대
하여(挿論語絲的文體－穩健, 罵人, 及費厄潑賴)」라는 글에서 주작인의 의견에
동의하고, 이것이 바로 '페어 플레이'의 의미를 보충할 수 있는 것이라고 생각하
였다.

세워 한바탕 흔들어 대면서 사람의 몸과 얼굴에 온통 물방울을 뿌리고
는 꼬리를 내리고 달아나 버릴 것이다. 그러나 그 후에도 성격은 여전
히 변하지 않는다. 어리숙한 사람은 그 놈이 물에 빠진 것으로써 세례
를 받았거니 여기고, 그놈은 틀림없이 이미 참회하였으니 나와도 더 이
상 사람을 물지 않을 것으로 생각하지만 이는 참으로 대단히 잘못된
처사이다.

요컨대, 만일 사람을 무는 개라면 그 놈이 언덕 위에 있든, 물속에
있든 상관없이 다 때릴 수 있는 예에 속한다고 나는 생각한다.

3. 특히 발바리는 때려서 물에 빠뜨리고 더욱이 계속 때리지 않
으면 안 된다

발바리는 일명 땅개라고 하며 남방에서는 서양개라고 한다. 그러나
듣자 하니 오히려 중국의 특산으로서 만국개경연대회에서 자주 금메달
을 받는다고 하며,『브리태니커 대백과사전』의 개 사진에 흔히 나오는
몇 마리도 우리 중국의 발바리라고 한다. 이 역시 나라 영광의 하나이
다. 그러나 개는 고양이와 원수가 아니던가? 그런데 그 놈이 비록 개라
고는 하지만 아주 고양이를 닮아 절충적이고, 공평하고, 조화롭고, 공
정한 모습을 물씬 풍기며 다른 것은 다 극단적인데 오직 자기만이 '중
용의 도'6)를 얻은 듯한 얼굴을 유유히 드러낸다. 이 때문에 부자, 환관,
마님, 아씨들로부터 총애를 받아 그 종자가 면면히 이어져 왔다. 그놈
이 하는 일이란 다만 영리한 겉모양 때문에 귀인들로부터 비호를 받는

---

6) '중용의 도'(원문 中庸之道) : 유가의 학설이다.『논어 옹야(論語 雍也)』에서 "중
용의 덕성은 지극한 것이다(中庸之爲德也, 其至矣乎!)"라고 하였다. 송대 주희(朱
熹)는 주석에서 "중(中)이란 지나치지도 않고 부족하지도 않다는 뜻이고, 용(庸)
이란 변함이 없다는 뜻이다. ……정자(程子)는 '치우치지 않은 것을 중(中)이라
하고 변하지 않는 것을 용(庸)이라 한다. 중(中)이란 천하의 바른 도리이고, 용
(庸)이란 천하의 정해진 이치이다'고 하였다."

것이거나 중국이나 외국이나 여인들이 길거리에 나설 때 가는 쇠사슬로 목이 매여 발꿈치를 따라다니는 것뿐이다.

이런 것들은 마땅히 우선 때려 물에 빠뜨리고 다시 계속해 때려야 한다. 만약 그 놈이 스스로 물에 떨어졌더라도 사실은 계속해서 때려도 무방하다. 그러나 만약 본인이 지나치게 좋은 사람이 되겠다고 하면 물론 때리지 않아도 되겠지만, 그렇다고 해도 때린 일로 해서 탄식할 필요까지는 없다. 발바리에게 너그러울 수 있다면 다른 개들도 역시 더 때릴 필요가 없게 된다. 왜냐하면 그놈들은 비록 세리(勢利)에 아주 밝지만 그러나 어쨌든 이리와 닮은 점이 있어 야수성을 띠고 있어서 발바리처럼 양다리를 걸치는 데까지는 이르지 않을 것이기 때문이다.

이상은 말이 나온 김에 언급한 것으로서 본 주제와 크게 상관이 없을 듯하다.

4. '물에 빠진 개를 때리지' 않는 것은 남의 자식을 그르치는 일이다

요컨대, 물에 빠진 개를 때려야 할지 말아야 할지는, 첫째로 그 놈이 언덕으로 기어올라 온 다음의 태도를 보아야 한다.

개의 본성은 어쨌든 크게 변하지 않을 것이다. 가령 일만 년 후라 하더라도 아마 지금과 다르지 않을 것이다. 그러나 내가 지금 말하려는 것은 지금이다. 만약 물에 빠진 뒤에 아주 불쌍하게 여긴다고 하면 사람을 해치는 동물 가운데 불쌍한 것은 참으로 많다. 콜레라 병균만 하더라도 비록 빠르게 번식하지만 그 성격은 오히려 얼마나 온순한가. 그렇지만 의사들은 결코 그 놈을 놓아두지 않는다.

지금의 관료와 토신사(土紳士) 또는 양신사(洋紳士)[7]들은 자기 뜻

---

7) (역주) 여기서 토신사(土紳士)는 토박이 세력가를 가리키고 양신사(洋紳士)는 서

과 맞지 않으면 빨갱이(赤化)니 공산당이니 말한다. 민국 원년 이전에
는 이와 조금 달랐다. 처음에는 강당(康黨)이라 했고, 나중에는 혁당
(革黨)8)이라 했으며, 심지어 관청에 가서 밀고까지 했다. 이는 물론 자
신의 존엄과 영예를 보전하려는 측면이 있었거니와 또한 그 당시의 이
른바 "사람의 피로써 모자꼭지를 붉게 물들인다"9)라는 뜻도 없지는 않
았다. 그러나 혁명은 마침내 일어났고, 꼴사납게 뻐기던 일군의 신사들
은 당장에 상가집 개처럼 당황해하면서 작은 변발을 머리 꼭대기에 틀
어올렸다. 혁명당도 온통 새 기풍—신사들이 이전에 사무치게 증오하
던 그런 새 기풍이어서 제법 '문명스러워'졌다. "다 더불어 유신하
게"10) 되었으니 우리는 물에 빠진 개를 때리지 않고 그 놈들이 자유롭
게 기어올라 오도록 내버려 두어야 한다고 말했다. 그리하여 그 놈들은
기어올라 왔고, 민국 2년 하반기까지 엎드려 있다가 2차 혁명11)이 일

─────────

양물을 먹은 세력가를 가리킨다. 노신은 '토(土)'와 '양(洋)'이라는 말을 사용함으
로써 풍자의 뜻을 강하게 풍기고 있다.

8) 강당(康黨) : 강유위(康有爲) 등이 일으킨 변법유신(變法維新) 운동에 참가하거나
이에 찬성한 사람을 가리킨다. 혁당(革黨) : 반청(反淸) 혁명에 참가하거나 이에
찬성한 사람을 가리킨다.

9) "사람의 피로써 모자꼭지를 붉게 물들인다"(원문 以人血染紅頂子) : 청조(淸朝)의
관복은 다양한 재질과 색깔로 된 모자꼭지를 사용하여 관리등급의 고저를 구분
하였는데, 가장 높은 일품관(一品官)은 붉은 보석이나 붉은산호 구슬로 모자꼭지
를 만들었다. 청말의 관료와 신사들은 흔히 혁명당 사람들을 밀고하거나 잡아죽
이는 것으로써 진급의 수단으로 삼았는데, 그래서 당시에 "사람의 피로써 모자꼭
지를 붉게 물들인다"라는 말이 있었다.

10) "다 더불어 유신하게"(원문 咸與維新) : 이 말은『상서 윤정(尙書 胤征)』에 보인
다. "그 괴수는 섬멸하되 추종자들은 다스리지 않고, 낡고 지저분한 악습은 다
더불어 유신한다." 원래의 의미는, 악습의 영향을 받은 모든 사람들에게 낡은
것을 버리고 새로운 것을 따를 기회를 준다는 뜻이다. 여기서는 신해혁명(辛亥
革命) 때 혁명파가 반동세력과 타협하여 지주와 관료 등이 이를 빌려 투기하게
된 현상을 가리킨다.

11) 2차 혁명(원문 二次革命) : 1913년 7월 원세개(袁世凱)를 토벌하기 위해 손중산
(孫中山)이 일으킨 전쟁을 가리킨다. 신해혁명(辛亥革命)과 비교하여 '2차 혁명'
이라 부른다. 원세개 토벌군이 일어나기 이전과 실패한 이후에 원세개는 그의
주구에게 수많은 혁명자들을 살해하도록 지시했다.

어났을 때 갑자기 나타나서 원세개(袁世凱)를 돕고 수많은 혁명가들을 물어 죽였다. 그리하여 중국은 다시 하루하루 암흑으로 빠져들어 오늘에 이르게 되었다. 유로(遺老)는 말할 필요도 없고 유소(遺少)12)조차도 그토록 많아졌다. 이는 바로 선열(先烈)들이 마음씨가 착하여 괴물들에게 자비를 베풀어 그 놈들이 번식하도록 해 주었기 때문이다. 그리하여 앞으로 똑똑한 청년들이 암흑에 반항하기 위해서는 더더욱 많은 기력과 생명을 소모해야 할 것이다.

추근(秋瑾)13) 여사는 바로 밀고에 의해 죽임을 당했다. 혁명 후에 잠시 '여협(女俠)'이라는 이름으로 불리워졌지만 지금은 그다지 사람들의 입에 오르내리지 않게 되었다. 혁명이 일어나자 그녀의 고향에는 도독(都督)−오늘날의 이른바 독군(督軍)에 해당한다−한 사람이 부임했는데, 그는 그녀의 동지인 왕금발(王金發)14)이었다. 그는 그녀의 원수를 갚기 위해 그녀를 살해한 주모자15)를 잡았고 밀고의 문서들을 수

---

12) (역주) 유로(遺老)는 전조(前朝)의 유신(遺臣)을 가리키고, 유소(遺少)는 전대에 충성을 지키는 젊은이나 옛 풍습을 잘 지키는 젊은이를 가리킨다.

13) 추근(秋瑾, 1879?~1915) : 자는 선경(璇卿), 호는 경웅(競雄), 별호는 감호여협(鑑湖女俠)이며, 절강(浙江) 소흥(紹興) 사람이다. 1904년 일본유학을 했으며 일본유학생의 혁명활동에 적극적으로 참가하였고, 전후하여 광복회(光復會), 동맹회(同盟會)에 가입했다. 1906년 봄에 귀국하여 1907년에 소흥에서 대통사범학당(大通師范學堂)을 주관하면서 광복군을 조직하여 서석린(徐錫麟)과 절강, 안휘 두 성에서 동시에 기의를 일으키려고 준비하였다. 서석린이 기의를 일으켰으나 실패하자 그녀는 같은 해 7월 13일 청 정부에 의해 체포되어 15일 새벽 소흥의 헌정구(軒亭口)에서 살해되었다.

14) 왕금발(王金發, 1882~1915) : 절강(浙江) 승현(嵊縣) 사람이다. 원래 절동(浙東)의 홍문회당(洪門會黨), 평양당(平陽黨)의 영수였으며 후에 광복회(光復會)에 가입했다. 신해혁명(辛亥革命) 후에 소흥(紹興) 군정분부(軍政分府) 도독(都督)을 맡았고, 2차 혁명 후 1915년 7월 원세개(袁世凱)의 주구인 절강 도독 주서(朱瑞)에 의해 항주(杭州)에서 살해되었다.

15) 주모자(원문 謀主) : 본문에서 서술되고 있는 이야기에 따를 때, 당시 소흥(紹興)의 대지주인 장개미(章介眉)를 가리킨다. 그는 절강(浙江) 순무(巡撫)인 증온(增韞)의 막료로 있을 때, 서호(西湖) 가에 있던 추근(秋瑾)의 묘를 파헤쳐 버릴 것을 적극적으로 종용했다. 신해혁명 후에 횡령과 뇌물수수, 추근의 묘를

집하였다. 그런데 마침내 그 주모자를 석방하고 말았다. 듣자 하니 그 이유는, 이미 민국이 되었으니 다들 더 이상 옛 원한을 청산하지 말자는 것이었다. 그러나 2차 혁명이 실패한 후에 왕금발(王金發)은 오히려 원세개(袁世凱)의 주구에 의해 총살당했고, 여기에 힘이 되어 준 사람이 그가 석방한, 추근(秋瑾)을 죽인 주모자였다.

그 사람도 지금은 이미 "천수를 다하고 집안에서 죽었지"만, 그 곳에서 계속해서 발호하고 출몰하고 있는 사람들은 역시 그와 같은 인물들이다. 그래서 추근(秋瑾)의 고향도 여전히 그 모양 그대로의 고향이며 해가 바뀌어도 전혀 나아지지 않고 있다. 이런 점에서 볼 때, 중국에서 모범적이라 할 수 있는 유명한 도시16)에서 나고 자란 양음유(楊蔭楡)17) 여사와 진서형(陳西瀅) 선생은 참으로 하늘만큼 높은 크나큰 복을 타고났다.

5. 거덜난 인물은 '물에 빠진 개'와 함께 논해서는 안 된다

"남이 자기에게 잘못해도 따지고 다투지 않는다"18)는 것은 서도(恕

파괴한 죄목으로 왕금발(王金發)에 의해 체포되었으나 그는 전답을 '헌납하는' 방법을 사용하여 석방되었다. 감옥에서 나오자 북경으로 가서 원세개(袁世凱) 총통부(總統府)의 비서를 맡았으며, 1913년 2차 혁명이 실패하자 그는 '헌납한' 전답을 원세개의 명령으로 되돌려 받았고, 얼마 후 또 주서(朱瑞)가 왕금발을 살해하려는 음모에 참여하였다. (按) 추근(秋瑾) 사건의 밀고자는 소홍의 열신(劣紳) 호도남(胡道南)이었으며, 그는 1908년에 혁명당 사람에 의해 처형당했다.

16) 모범적이라 할 수 있는 유명한 도시(원문 模範的名城) : 무석(無錫)을 가리킨다. 진서형(陳西瀅)은 『현대평론(現代評論)』 제2권 제37기(1925년 8월 22일)에 발표한 「한담(閑話)」에서 "무석은 중국에서 모범적인 현(縣)이다"라고 하였다.

17) 양음유(楊蔭楡, ?~1938) : 강소(江蘇) 무석(無錫) 사람이고, 미국에서 유학한 적이 있으며, 북경여자사범대학교 교장을 역임했다. 그녀는 북양군벌에 아부하고 학생들을 억압하였는데, 당시 제국주의적·봉건주의적 노예화 교육을 실시한 대표적인 인물 중의 하나이다.

18) "남이 자기에게 잘못해도 따지고 다투지 않는다"(원문 犯而不校) : 이것은 공구(孔丘)의 제자 증삼(曾參)의 말이다. 『논어 태백(論語 泰伯)』에 보인다.

道 : 관용의 도−역자)이고, "눈에는 눈으로 갚고, 이에는 이로 갚는
다"19)는 것은 직도(直道 : 직접적으로 행하는 도−역자)이다. 중국에서
가장 흔한 것은 오히려 왕도(枉道 : 왜곡하는 도−역자)여서 물에 빠진
개를 때리지 않아 도리어 개에게 물리고 만다. 그러나 이는 사실 어리
숙한 사람이 스스로 고생을 사서 한 것이다.

속담에 "충직하고 온후한 것은 쓸모가 없다는 것의 다른 이름이다"
라는 것이 있는데, 조금은 너무 냉혹한지 모르겠다. 그러나 곰곰히 생
각해 보면 오히려 사람들에게 나쁜 짓을 하라고 부추키는 말이 아니라
수많은 고초의 경험을 귀납한 후에 나온 경구라는 생각이 든다. 예컨대
물에 빠진 개를 때리지 않는다는 설을 보면, 그것이 만들어진 원인은
대개 두 가지가 있다. 첫째는 때릴 힘이 없는 경우이고, 둘째는 비교를
잘못한 경우이다. 전자는 잠시 논외로 하고, 후자의 큰 잘못에는 다시
두 가지가 있다. 첫째는 거덜난 인물을 물에 빠진 개와 같이 보는 잘못
을 범하는 경우이고, 둘째는 거덜난 인물이 좋은지 나쁜지 분간하지 못
하고 일률적으로 동일시하여 그 결과 도리어 악을 방임하게 되는 경우
이다. 즉, 오늘날을 두고 말하면 정국이 불안정하기 때문에 참으로 굴
러가는 바퀴처럼 이쪽이 일어나면 저쪽이 넘어지는 꼴이어서 나쁜 사
람은 빙산(氷山)에 기대어 거리낌없이 나쁜 짓을 자행하고, 일단 실족
하면 갑자기 동정을 구걸한다. 그러면 남이 물리는 것을 직접 보았거나
직접 물림을 당한 어리숙한 사람은 어느덧 그를 "물에 빠진 개"로 보
면서 때리지 않을 뿐만 아니라 심지어 가엾은 생각을 가지고, 정당한
도리(公理)가 이미 실현되었으니 이 때야말로 의협(義俠)은 바야흐로
내 손에 달렸다고 생각한다. 그 놈은 진짜 물에 빠지지 않았으며, 소굴
은 이미 잘 만들어 놓았고 식량은 벌써 충분히 저장해 두었으며, 게다

---

19) "눈에는 눈으로 갚고, 이에는 이로 갚는다"(원문 以眼還眼以牙還牙) : 모세의 말
   이며, 『구약 신명기(舊約 申命記)』에 보인다. "눈은 눈으로 갚고, 이는 이로 갚
   고, 손은 손으로 갚고, 발은 발로 갚는다."

가 그것들을 다 조계(租界)에 해 두었다는 것을 전혀 모른다. 비록 이 따금 부상을 당하는 것 같지만 사실은 결코 그렇지 않아 기껏해야 절 룩거리는 시늉을 하여 잠시 사람들의 측은지심(惻隱之心)을 불러일으 켜 조용히 피해 숨으려는 것뿐이다. 다른 날 다시 나타나서 예전처럼 먼저 어리숙한 사람을 무는 일부터 시작하여 "돌을 던져 우물에 빠뜨 리는"[20] 등 못하는 짓이 없다. 그 원인을 찾아보면 부분적으로는 바로 어리숙한 사람이 "물에 빠진 개를 때리지 않았기" 때문이다. 그러므로 좀 가혹하게 말한다면 역시 스스로 판 무덤에 스스로 빠진 격이니 하 늘을 원망하고 남을 탓하는 것은 완전히 잘못이다.

6. 지금은 아직 '페어'만 할 수 없다

어진 사람들은 어쩌면, 그렇다면 우리는 도대체 '페어 플레이'를 해 서는 안 되는가라고 물을지 모르겠다. 나는 즉각, 물론 해야 하는데, 하 지만 아직은 이르다고 대답할 수 있다. 이것이 바로 "그대는 독 안에 들어가게"[21]라는 방법이다. 어진 사람들은 꼭 이 방법을 쓰려고 하지

---

20) "돌을 던져 우물에 빠뜨리는"(원문 投石下井) : 보통은 "우물에 빠진 사람에게 돌을 던지다(落井下石)"라고 하는데, 이 말은 당대(唐代) 한유(韓愈)의 「유자후 묘지명(柳子厚墓志銘)」에 나온다. "조그마한 이해관계에 부딪쳐 그것이 터럭만 한데도 눈을 돌리며 서로 모르는 척하고, 함정에 빠진 사람에게 손을 뻗어 구 하지 않고 도리어 밀치고 가서 거기에 돌을 떨어뜨리는 사람은 다 그런 자들 이다." 임어당(林語堂)은 「어사의 문체—온건, 욕설 및 페어 플레이에 대하여 (揷論語絲的文體—穩健, 罵人, 及費厄潑賴)」라는 글에서 "우물에 빠진 사람에게 돌을 던져서는 안 된다는 것이 바로 페어 플레이의 의미를 가지고 있다"라고 하였다.

21) "그대는 독 안에 들어가게"(원문 請君入瓮) : 당조(唐朝) 때 가혹한 관리 주흥 (周興)에 관한 이야기로서 『자치통감(資治通鑑)』 권204 칙천후(則天后) 천수(天 授) 2년에 보인다. "누군가가 문창(文昌) 우승상(右丞相) 주흥(周興)이 구신적 (丘神勣)과 공모하여 반란을 계획하고 있다고 고발하자, 태후(太后)는 내준신 (來俊臣)에게 명하여 그를 심문하도록 했다. 내준신은 주흥을 모시는 자리를 마련하여 마주앉아 음식을 먹으며 주흥에게 말하기를, '범인은 대개 죄를 인정

는 않겠지만 나는 그래도 그것이 일리가 있다고 말할 수 있다. 토신사(土紳士) 또는 양신사(洋紳士)들은 늘 중국은 특별한 나라 사정이 있어 외국의 평등이니 자유니 하는 등등의 것을 적용할 수 없다고 말하지 않았던가? 나는 이 '페어 플레이'도 그 중의 하나라고 생각한다. 그렇지 않으면, 그가 너에게 '페어'하지 않는데 너는 오히려 그에게 '페어'하여 그 결과 도무지 자기만 손해를 보게 된다. '페어'하려 해도 그렇게 할 수 없을 뿐만 아니라 '페어'하지 않으려 해도 그것마저 그렇게 할 수 없다. 그래서 '페어'하려면 가장 좋은 것은 우선 상대를 잘 보는 것이다. 만약 '페어'를 받아들일 자격이 없는 사람이라면 전혀 예를 갖추지 않아도 된다. 그 놈도 '페어'하게 되었을 때, 그 때 가서 다시 그 놈과 '페어'를 따져도 늦지 않다.

이는 이중(二重) 도덕을 주장하는 것이 아닌가 하는 혐의가 있을 듯하지만 그러나 부득이해서 그런 것이다. 왜냐하면 이렇게 하지 않으면 중국에는 앞으로 더 좋은 길이 있을 수 없기 때문이다. 중국에는 지금 여러 가지 이중 도덕이 있다. 주인과 노예, 남자와 여자 등 모두 서로 다른 도덕을 가지고 있어 아직 통일되어 있지 않다. 만약 '물에 빠진 개'와 '물에 빠진 사람'만 유독 차별없이 대한다면, 이는 실로 너무 편향되고 너무 이르다고 하지 않을 수 없다. 바로 신사들이 자유와 평등은 결코 나쁘지 않지만 중국에서는 오히려 너무 이르지 않은가 하고 말하는 것과 마찬가지이다. 그래서 만일 '페어 플레이' 정신을 널리 시행하려는 사람이 있다면, 적어도 이른바 '물에 빠진 개'들이 인간다움

하지 않는데, 어떤 방법을 사용해야 되겠습니까?'라고 했다. 주흥은 대답하여 말하기를, '이는 아주 간단합니다! 큰 독을 가져다 숯으로 그 사방을 구워 놓고 범인을 그 속에 들어가게 하면 무슨 일이든 인정하지 않겠습니까!'라고 했다. 내준신은 이에 큰 독을 가져다 주흥이 말한 대로 주위에 불을 피워 놓고는 일어나서 주흥에게 말하기를, '자네를 심문하라는 고발장이 들어왔으니 자네는 이 독 안에 들어가게'라고 했다. 주흥은 두려워 떨면서 머리를 조아리고 자기의 죄를 인정하였다."

을 갖출 때까지 기다려야 한다고 나는 생각한다. 그러나 지금은 물론,
절대 시행해서는 안 된다는 것이 아니라 바로 윗글에서 말했듯이 상대
를 잘 보아야 한다는 것이다. 그리고 또 차등이 있어야 하는데, 즉 '페
어'는 반드시 상대가 어떻게 나오는지 보고서 시행해야 하며 그 놈이
어떻게 물에 빠졌든지 간에 사람이라면 그를 돕고 개라면 상관하지 않
고 나쁜 개라면 때려 주어야 한다. 이를 한 마디로 말하면, "같은 패는
규합하고 다른 패는 공격한다(黨同伐異)"22)는 것이겠다.

　가슴 가득 '시어미 도리(婆理)'23)를 품고 입으로는 늘 '공정한 도리
(公理)'를 외치는 신사(紳士)들의 명언은 잠시 논의하지 않는 것으로
제외하더라도, 진심을 가진 사람들이 크게 외치는 공정한 도리(公理)
도 지금의 중국에서는 좋은 사람을 도울 수 없으며 심지어는 도리어
나쁜 사람을 보호하는 것이 된다. 왜냐하면 나쁜 사람이 뜻을 이루어
좋은 사람을 학대할 때면 설령 공정한 도리를 크게 외치는 사람이 있
다고 하더라도 그는 절대 그 말을 따르지 않을 것이며, 외쳐 보았자 외

22) "같은 패는 무리를 짓고 다른 패는 공격한다"(원문 黨同伐異) : 이 말은 『후한
　서 당고전서(後漢書 黨錮傳序)』에 보인다. 의미는 같은 패는 규합하고 다른
　패는 공격한다는 뜻이다. 진서형(陳西瀅)은 『현대평론(現代評論)』 제3권 제53
　기(1925년 12월 12일)의 「한담(閑話)」에서 이 말을 이용하여 노신을 빗대어 공
　격하였다. "중국 사람에게는 시비가 없다. ……무릇 같은 패이면 무엇이든지
　다 좋고, 무릇 다른 패이면 무엇이든지 다 나쁘다." 동시에 그는 또 "'같은 패
　는 무리를 짓고 다른 패는 공격하는' 사회에서 공인된 적을 공격할 뿐만 아니
　라 자신의 친구도 대담하게 비판하는 사람이 있다"고 하면서 자신들을 치켜
　세웠다.
23) "시어미의 도리"(원문 婆理) : 공정한 도리[公理, 공리(公理)의 공(公)은 중국어
　에서 시아버지의 뜻이 있으므로 공리(公理)는 시아버지의 도리라는 뜻이 될 수
　있는데, 노신은 이를 풍자하기 위해 시어미의 도리(婆理)라는 말을 사용했다—
　역자]에 맞서는 말이다. 진서형(陳西瀅) 등은 여사대(女師大) 사건의 소동 중
　에 양음유(楊蔭楡)를 극력 변호하였고, 후에는 교육계공리유지회(敎育界公理維
　持會)를 조직하여 여사대의 복교(復校)를 반대하였다. 여기서 말한 '신사들'은
　바로 그들을 가리킨다. 『화개집 '공정한 도리의 속임수'(華蓋集 公理的把戲)』를
　참고.

치는 것으로 그칠 뿐 좋은 사람은 여전히 고통을 받기 때문이다. 그러
나 어쩌다가 좋은 사람이 조금 일어서게 되면 나쁜 사람은 당연히 물
에 빠져야 하겠지만, 그러나 진심으로 공정한 도리를 논하는 사람은 또
"복수하지 말라"느니, "어질고 용서해야" 하느니, "악에는 악으로 저항
하지 말라"느니 크게 떠들게 된다. 이번에는 오히려 실제적인 효과가
나타나서 결코 빈말이 아니다. 즉, 좋은 사람이 그것은 당연하다고 생
각하는 순간 나쁜 사람은 그리하여 구제된다. 그러나 그가 구제된 다음
에는 틀림없이 덕을 보았다고 생각할 뿐 회개하지 않는다. 게다가 진작
에 굴을 세 개나 마련해 놓았고 또 빌붙어 이익을 챙기는 데 뛰어나므
로 얼마 지나지 않아 역시 의연히 기세가 혁혁해져 예전처럼 나쁜 짓
을 한다. 이 때, 공정한 도리를 주장하는 사람은 당연히 다시 크게 외
치겠지만 그러나 이번에 그는 너의 말을 들어 주지 않는다.

그러나 "너무 엄하게 악을 미워하고", "너무 서둘러 일을 처리하려"
했던 한대(漢代)의 청류(淸流)와 명대(明代)의 동림(東林)24)은 오히려
바로 그 점 때문에 붕괴되었다고 논자들도 늘 그렇게 그들을 비난했다.
그 상대가 "선을 원수처럼 미워하지" 않은 적이 있었던가 하는 것을

---

24) 청류(淸流) : 동한(東漢) 말년의 태학생(太學生) 곽태(郭泰), 가표(賈彪)와 대신
　　(大臣) 이응(李膺), 진번(陳蕃) 등을 가리킨다. 그들은 연합하여 조정의 정치를
　　비판하고 환관 집단의 죄악을 폭로하였는데, 한(漢) 환제(桓帝) 연희(延熹) 9년
　　(166)에 환관의 무함을 받아 작당하여 난을 일으키려 했다는 죄명으로 체포되
　　거나 죽임을 당했다. 10여 년 동안 네 차례에 걸쳐 죽임을 당하거나 충군[充
　　軍 : 옛날 유형(流刑)의 일종으로 죄인을 멀리 보내어 군인으로 충당하거나 노
　　역에 종사토록 했다—역자]을 당하거나 감금된 사람이 700~800여 명에 달했
　　고, 역사에서는 이를 '당고지화(黨錮之禍)'라고 한다. 동림(東林) : 명말(明末)의
　　동림당(東林黨)을 가리킨다. 주요 인물로는 고헌성(顧憲成), 고반용(高攀龍) 등
　　이 있다. 그들은 무석(無錫) 동림서원(東林書院)에 모여 글을 가르치며 시국을
　　논의하고 인물을 비평하여 여론 형성에 큰 영향을 주었다. 비교적 정직한 일부
　　조정의 관리들도 그들과 의기가 투합하였는데, 상층 지식인들을 위주로 하는
　　정치집단이 형성되었다. 명 천계(天啓) 5년(1625)에 그들은 환관 위충현(魏忠
　　賢)에 의해 살해되었고, 피해자는 수백 명이었다.

전혀 모르고 있다. 사람들도 아무런 말을 하지 않는다. 가령 앞으로 광명이 암흑과 철저하게 투쟁하지 못하고 어리숙한 사람이 악의 방임을 관용이라고 잘못 여기고 그냥 제멋대로 내버려 둔다면 현재와 같은 혼돈 상태는 끝 없이 이어질 수 있을 것이다.

7. "바로 그 사람의 도(道)로써 그 사람의 몸을 다스린다"[25]에 대하여

중국사람들은 중의(中醫)를 믿기도 하고 양의(洋醫)를 믿기도 하는데, 오늘날 비교적 큰 도시에는 이 두 종류의 의원들이 다 있어 각자 자기에게 맞는 곳을 찾아간다. 이는 확실히 대단히 좋은 일이라고 나는 생각한다. 가령 이를 널리 확대해 나갈 수 있다면, 원성(怨聲)이 틀림없이 훨씬 적어질 것이며, 어쩌면 천하가 더없이 잘 다스려지는 데에 이를지 모르겠다. 예를 들어, 민국에서 통용되는 예절은 허리를 굽혀 절을 하는 것이지만, 만일 그것이 틀렸다고 생각하는 사람이 있으면 오직 그에게만 머리를 땅에 조아리는 절을 시키면 된다. 민국의 법률에는 태형(笞刑)이 없지만, 만일 육형(肉刑)[26]이 좋다고 여기는 사람이 있다면 그 사람이 죄를 범하였을 때 특별히 볼기를 치면 된다. 그릇, 젓가락, 밥, 반찬은 오늘날의 사람을 위해 마련된 것이지만, 수인씨(燧人氏)[27] 이전의 백성이 되기를 원하는 사람이 있다면 그에게는 날고기를

---

25) "바로 그 사람의 도로써 그 사람의 몸을 다스린다"(원문 卽以其人之道還治其人之身) : 이 말은 『중용(中庸)』 제13장에 대한 주희(朱熹)의 주석의 글에 보인다.
26) (역주) 체형(體刑)으로서 신체에 가하는 형벌이라는 뜻으로 사용되고 있다. 원래 옛날의 체형에는 '묵형[墨刑, 이마에 자자(刺字)하는 형벌]', '의형[劓刑, 코를 베는 형벌]', '비형[剕刑, 발을 자르는 형벌]', '궁형[宮刑, 거세하는 형벌]' 등이 있었다.
27) 수인씨(燧人氏) : 중국의 전설에서 가장 먼저 나무를 문질러 불씨를 얻은 사람이며, 태고 때의 '삼황(三皇)' 중의 한 사람이다.

먹으라고 하면 된다. 더욱이 수천 칸의 띠집을 짓어 놓고는, 대궐 같은 집에서 요순(堯舜) 시대를 앙모하는 고결한 선비들을 다 끌어내어 그 곳에 살게 하면 된다. 물질문명에 반대하는 사람은 물론 구태여 싫다는 자동차를 꼭 타라고 할 필요는 없다. 이렇게 해 나가면 진정 이른바 "인(仁)을 추구하여 인(仁)을 얻었는데 또 무얼 원망하겠는가"28)의 격 이 되어 우리 귀에 들리는 것이 훨씬 청정해질 수 있을 것이다.

그러나 애석하게도 모두가 도무지 이렇게 하지 않으려 하고 오로지 자기 기준에 따라 다른 사람을 규제하려고 하니 그래서 천하가 시끄러 워진다. '페어 플레이'는 특히 병폐가 있으며 심지어 약점으로 변하여 도리어 악한 세력에게 이용당할 수 있다. 예를 들어, 유백소(劉百昭) 가 여사대(女師大) 학생들을 구타하고 끌어낼 때,29)『현대평론(現代 評論)』에서는 방귀도 뀌지 않다가 일단 여사대가 회복되자 진서형(陳 西瀅)은 여대(女大) 학생들에게 교사(校舍)를 점거하라고 선동할 때 는 오히려 "만약 학생들이 떠나지 않으려 한다면 어떻게 하겠는가? 당 신들은 어쨌든 강제력으로 그들의 짐을 들어낸다면 미안하지 않겠는 가?"30)라고 말했다. 구타하고 잡아끌고, 들어내고 하는 것은 유백소 (劉百昭)의 선례가 있으므로 어찌 이번만 유독 "미안하겠는가"? 이는 바로 그쪽에서 여사대 쪽에 '페어'의 기미가 있다는 것을 냄새맡았기

---

28) "인을 추구하여 인을 얻었는데 또 무얼 원망하겠는가."(원문 求仁得仁又何怨) : 이 말은『논어 술이(論語 述而)』에 보인다.

29) 유백소(劉百昭) : 호남(湖南) 무강(武岡) 사람이며, 북양정부의 교육부 전문교육 사(專門教育司) 사장(司長)을 역임하였다. 1925년 8월 장사교(章士釗)가 여사대 (女師大)를 해산하고 달리 여자대학(女子大學)을 세울 때, 사전작업을 하도록 유백소를 파견하였다. 유백소는 22일 불량배 여자 거지들을 고용하여 여사대 학생들을 구타하고 또 그들을 강제로 학교 밖으로 끌어내었다.

30) 1925년 11월 여사대(女師大) 학생들이 투쟁에서 승리하여 복교(復校)를 선포하 고 원래의 학교로 돌아와서 수업을 하였다. 이 때 진서형(陳西瀅)은『현대평론 (現代評論)』제3권 54기(1925년 12월 19일)에 발표한 「한담(閑話)」에서, 여기서 인용한 말을 하여 여자대학 학생들을 선동하여 교사(校舍)를 점거하고 여사대 의 복교를 파괴하도록 했다.

때문이다. 그러나 이 '페어'는 오히려 또 약점으로 변하여 도리어 다른 사람에게 이용되면서 장사교(章士釗)의 '유택(遺澤 : 후세까지 남아 있는 은혜－역자)'을 보호해 주었다.

8. 결 말

어쩌면 내가 윗글에서 말한 것이 신과 구, 또는 무슨 양파(兩派) 사이의 다툼을 불러일으켜서 악감정을 더욱 심화시키거나 쌍방의 대립을 더 격하게 만드는 것이 아닌가 의심할지 모르겠다. 그러나 개혁자에 대한 반개혁자의 해독(害毒)은 지금까지 결코 느슨해진 적이 없었으며, 수단의 지독함도 이미 더 보탤 것이 없는 수준에 이르렀다고 나는 감히 단언한다. 다만 개혁자만이 여전히 꿈속에 있으면서 늘 손해를 보고 있고, 그리하여 중국에는 도무지 개혁이라는 것이 없었으니 앞으로는 반드시 태도와 방법을 고쳐야 한다.

1925. 12. 29.

무덤 뒤에 쓰다[1]

내 잡문(雜文)이 이미 절반이나 인쇄되었다는 소식을 듣고 몇 줄 제기(題記)을 써서 북경으로 부쳤다. 당시에는 간단히 쓰겠다고 하여 다써서는 얼른 부쳤는데, 20일도 채 되지 않은 지금 벌써 무엇을 말했는지 분명하게 기억나지 않는다. 오늘밤 주위는 이토록 고요하고, 집 뒤의 산기슭에는 들불의 희미한 불빛이 피어오르고 있다. 남보타사(南普陀寺)[2]에는 여전히 인형극놀이를 하고 있고, 이따금 징소리 북소리 들려오는데, 그 사이사이마다 고요함은 더욱 두드러진다. 전등 불빛은 물론 눈부시지만, 별안간 엷은 애수(哀愁)가 내 마음에 밀려 오는 것은 어인 일일까. 나는 내 잡문의 간행을 다소 후회라도 하는 듯하다. 내가 후회를 하다니 아주 이상하다. 이는 내가 그다지 경험하지 못한 것으로, 지금까지 나는 이른바 후회라는 것이 도대체 어떤 일인가 깊이 알지 못했다. 그러나 이러한 심정도 이내 사라지고 잡문도 물론 그대로 간행되겠지만, 내 자신의 지금의 애수를 몰아내기 위해서라도 나는 몇마디 더 말하려 한다.

이전에 이미 말한 것으로 기억하는데, 이는 내 생활 중에 있던 하찮은 옛 흔적에 지나지 않는다. 만약 내 과거도 생활이었다고 할 수 있다면, 역시 나도 일을 해 왔다고 말할 수 있을 것이다. 그러나 나는 결코 샘솟는 듯한 사상이나 위대하고 화려한 글도 없으며, 선전할 만한 주의(主義)도 없을뿐더러 운동 같은 것을 일으키려고 생각하지도 않았다.

---

1) (역주) 원제목은 「寫在『墳』後面」이다.
2) 남보타사(南普陀寺) : 하문대학(廈門大學) 부근에 있다. 이 절은 당대(唐代) 개원(開元) 연간에 세워졌고, 원래 이름은 보조사(普照寺)였다.

그렇지만 나는 실망은 그것이 크고 작든 간에 일종의 쓴 맛이라는 것을 경험한 적이 있다. 그래서 요 몇 년 동안 내가 붓을 놀리기를 희망하는 사람이 있어서, 의견이 크게 상반되지 않고 내 역량이 감당할 수 있는 것이라면 언제나 힘 닿는 대로 몇 구절 써서 찾아온 사람들에게 얼마간 보잘것없는 기쁨이라도 주었다. 인생에는 고통이 많지만 사람들은 때때로 아주 쉽게 위안을 받으니, 구태여 하찮은 필묵을 아껴 가며 고독의 비애를 더 맛보게 할 필요가 있겠는가? 그리하여 소설과 잡감(雜感) 이외에도 점차 길고 짧은 잡문이 10여 편 모이게 되었다. 그중에는 물론 돈을 벌기 위해 지어진 것도 있는데, 이번에 모두 한데 섞어 놓았다. 내 생명의 일부분은 바로 이렇게 소모되었으며, 또한 바로 이런 일을 했던 것이다. 그렇지만 나는 지금까지도 내가 줄곧 무엇을 하고 있는지 끝내 알지 못하고 있다. 토목공사에 비유하자면, 일을 해 나가면서도 대(臺)를 쌓는 것인지 구덩이를 파는 것인지 알지 못하고 있다. 알고 있는 것이 있다면, 설령 대를 쌓는 것이라 하더라도 반드시 스스로 그 위에서 떨어지거나 늙어 죽음을 드러내려는 것이라는 사실이다. 만일 구덩이를 파는 것이라면 그야 물론 자신을 묻어 버리기 위한 것일 뿐이라는 사실이다. 요컨대, 지나가고 지나가며, 일체 것이 다 세월과 더불어 벌써 지나갔고, 지나가고 있고, 지나가려 하고 있다.─ 이러할 뿐이지만, 그것이야말로 내가 아주 기꺼이 바라는 바이다.

그렇지만 이 또한 다분히 말뿐인지도 모르겠다. 호흡이 아직 남아 있을 때, 그것이 나 자신의 것이라면 나도 이따금 옛 흔적을 거두어 보존해 두고 싶다. 한 푼어치의 가치도 없다는 것을 분명히 알지만 어쨌든 미련이 전혀 없을 수 없어 잡문을 모아 그것을 『무덤(墳)』이라 이름하였다. 이도 결국은 일종의 교활한 속임수일 것이다. 유령(劉伶)3)은

---

3) 유령(劉伶) : 자는 백륜(伯倫)이며, 진대(晉代) 패국(沛國)[지금의 안휘(安徽) 숙현(宿縣)이다] 사람이다. 『진서 유령전(晉書 劉伶傳)』에서 다음과 같이 말했다. 그는 "늘 사슴이 끄는 수레를 타고 술 한 병을 차고는 하인에게 삽을 들고 따라오

술이 거나하게 취해 사람을 시켜 삽을 메고 뒤를 따라오게 하고는, 죽거든 자기를 묻어 달라고 말했다고 한다. 비록 스스로 대범하다고 생각했지만 사실은 극히 어리숙한 사람들만 속일 수 있을 뿐이다.

그래서 이 책의 간행은 나 자신의 입장에서 보면 바로 이와 같은 일이다. 다른 사람에 대해서 말하면, 이전에 이미 말했던 것으로 기억하고 있는데, 내 글을 편애하는 단골에게는 약간의 기쁨을 주고 싶고, 내 글을 증오하는 놈들에게는 약간의 구역질을 주고 싶다.─나는 결코 도량이 크지 않다는 것을 스스로 잘 알아, 그 놈들이 내 글 때문에 구역질을 한다면 나는 아주 기쁘다. 이 밖에 다른 뜻은 없다. 만약 억지로 좋은 점을 말해야 한다면, 그 속에 소개된 몇몇 시인들에 관한 일은 아마 한번 읽어 보아도 괜찮을 것이다. 가장 마지막의 '페어 플레이'에 관한 글도 참고가 될 만할 것이다. 왜냐하면 이것은 비록 내 피로써 쓴 것은 아니지만 내 동연배와 나보다 나이 어린 청년들의 피를 보고 쓴 것이기 때문이다.

내 작품을 편애하는 독자는 이따금 내 글은 참말을 하고 있다고 비평한다. 이는 사실 과찬이며, 그 원인은 바로 그가 편애하고 있기 때문이다. 나는 물론 남을 크게 속일 생각은 없지만, 속내를 그대로 다 말하지 않고 대체로 보아 제출하여도 되겠다 싶으면 끝을 맺는다. 나는 확실히 때때로 다른 사람을 해부한다. 하지만 더 많은 경우에 더욱 무정하게 나 자신을 해부한다. 조금만 발표해도 따뜻함을 몹시 좋아하는 인물들은 이내 냉혹함을 느껴 버리는데, 만약 내 피와 살을 전부 드러낸다면 그 말로가 어떻게 될지 모르겠다. 이 방법으로 주변 사람들을 내쫓고, 그 때에도 나를 싫어하지 않는다면, 설령 그가 올빼미, 뱀, 귀신, 괴물 등 추악한 무리라 하더라도 내 친구이며, 이야말로 진정 내 친구가 아닐까 하고 가끔 생각한다. 만일 이런 것조차도 없다면 나 혼

─────────────

라 하며 말하기를, '내가 죽거든 나를 묻어달라'라고 했다."

자라도 나아가면 되는 것이다. 그러나 지금 나는 결코 그럴 수가 없다. 왜냐하면 나는 그렇게 할 용기가 없기 때문이다. 그 원인은 바로 나는 여전히 이 사회에서 생활하고 싶기 때문이다. 그리고 또 다른 작은 이유가 있다. 이전에도 누차 밝혔듯이, 그것은 바로 오로지 이른바 정인군자(正人君子)의 무리들에게 며칠이라도 더 불편하게 해 주려는 것이다. 그래서 내 스스로 싫증을 느껴서 벗어 버릴 그 때까지 나는 일부러 몇 겹의 철갑(鐵甲)을 걸치고, 버티고 서서, 그들의 세계에 얼마간 결함을 더해 주려고 한다.

만일 다른 사람에게 길을 인도하고 있다고 말한다면, 그것은 더욱 쉽지 않은 일이다. 왜냐하면 나 자신조차도 어떻게 길을 가야 할지 아직 모르기 때문이다. 중국에는 대개 청년들의 '선배'와 '스승'이 많은 것 같은데, 그러나 나는 아니며, 나도 그들을 믿지 않는다. 나는 다만 하나의 종점, 그것이 바로 무덤이라는 것만은 아주 확실하게 알고 있다. 하지만 이는 모두가 다 알고 있는 것이므로 누가 안내할 필요도 없다. 문제는 여기서 거기까지 가는 길에 달려 있다. 그 길은 물론 하나일 수 없는데, 비록 지금도 가끔 찾고 있지만 나는 정말 어느 길이 좋은지 알지 못하고 있다. 찾는 중에도 나는, 내 설익은 과실이 도리어 내 과실을 편애하는 사람들을 독살하지 않을까, 그리하여 나를 증오하는 놈들, 이른바 정인군자들이 도리어 더 정정해지지 않을까 걱정이다. 그래서 내가 말을 할 때는 항상 모호하고 중도에서 그만두게 되며, 나를 편애하는 독자들에 주는 선물은 '무소유(無所有)'보다 더 좋은 것이 없지 않을까 마음 속으로 생각해 본다. 내 번역이나 저서의 인쇄부수는, 처음 1차 인쇄가 1천이었고 후에 500이 늘어났고 근자에는 2,000~4,000이다. 매번 증가되었으면 하고 물론 나는 바란다. 왜냐하면 돈을 벌 수 있기 때문이다. 그러나 또한 독자들에게 해가 되지 않을까 하는 애수도 수반되는데, 이 때문에 글을 쓸 때는 늘 더욱 신중하고 더욱

주저하게 된다. 어떤 사람은 내가 붓 가는 대로 쓰고 속내를 다 털어
놓는다고 여긴다. 사실 꼭 그런 것은 아니며 망설일 때도 결코 적지 않
다. 내 스스로 이미 결국에는 전사 따위도 아니고 게다가 선구자라고도
할 수 없다는 것을 알았고, 그래서 이토록 많은 망설임과 회상이 있는
것이다. 또 3~4년 전의 일이 기억난다. 어느 한 학생이 와서 내 책을
사고는 주머니에서 돈을 꺼내어 내 손에 내려 놓았는데, 그 돈에는 여
전히 체온이 묻어 있었다. 이 체온은 곧바로 내 마음에 낙인을 찍어 놓
아 지금도 글을 쓰려고 할 때면 항상 내가 이러한 청년들을 독살하는
것이 아닐까 걱정이 되어 머뭇거리며 감히 붓을 대지 못한다. 내가 조
금도 망설이지 않고 말하게 되는 날은 아마도 있지 않을 것이다. 그러
나 사실은 도리어 전혀 망설이지 않고 말을 해야 이러한 청년들에게
떳떳하지 않을까 하는 생각이 들 때도 있다. 그러나 지금까지도 이렇게
하겠다고 결심하지는 않았다.

오늘 말하려는 내용도 이런 것들에 지나지 않는다. 하지만 상대적으
로 보면 오히려 진실하다고 말할 수 있다. 이밖에 할 말이 좀더 남아
있다.

처음 백화(白話)를 제창했을 때 여러 방면으로부터 격렬한 공격을
받았다는 것이 기억난다. 나중에 백화가 점차 널리 사용되고 그 추세도
막을 수 없게 되자 일부 사람들은 얼른 방향을 바꾸어 자기의 공적으
로 끌어들이면서 그 이름을 미화하여 '신문화운동'이라 하였다. 또 일
부 사람들은 백화를 통속적으로 사용하는 것은 무방하다고 주장하였
고, 또 일부 사람들은 백화를 잘 지으려면 그래도 고서(古書)를 보아야
한다고 말했다. 앞의 한 부류는 벌써 두 번째 방향을 바꾸어 원래대로
돌아가 '신문화'를 비웃고 욕하게 되었다. 뒤의 두 부류는 마지못해 하
는 조화파(調和派)로서 굳은 시체를 며칠이라도 좀더 보존하려고 기도
할 뿐인데, 지금까지도 적지 않다. 나는 잡감에서 그들을 공격한 적이

있다.

　최근 상해(上海)에서 출판된 어느 한 잡지를 보니[4] 여기서도 백화를 잘 지으려면 고문을 잘 읽어야 한다고 말하고 있었는데, 그 증거로 예를 든 사람 가운데 나도 들어 있었다. 이 때문에 나는 실로 몸서리가 쳐졌다. 다른 사람은 논하지 않겠지만, 만약 나 자신이라면 옛 서적을 많이 보았던 것은 확실하며, 가르치기 위해 지금도 보고 있다. 이 때문에 귀와 눈이 물들어 백화를 짓는 데까지 영향을 주게 되어 항상 그런 자구와 격식이 무의식적으로 드러나지 않을 수 없었다. 그러나 나 자신은 오히려 이런 낡은 망령을 짊어지고 벗어 던지지 못하여 괴로워하고 있으며, 늘 숨이 막힐 듯한 무거움을 느낀다. 사상 면에서도 역시 때로는 제멋대로이고 때로는 성급하고 모질어서 장주(莊周)와 한비자(韓非子)[5]의 독에 중독되지 않았다고 할 수 없다. 공맹(孔孟)의 책은 내가 가장 먼저 그리고 가장 익숙하게 읽었지만, 그러나 오히려 나와는 상관이 없는 듯하다. 대부분은 나태한 때문이겠지만, 때때로 내 스스로 마음이 풀어져, 일체의 사물은 변화하는 가운데 어쨌든 중간물이라는 것이 다소 있다고 생각한다. 동물과 식물 사이에, 무척추동물과 척추동물 사이에 다 중간물이 있다. 아니 진화의 연쇄고리 중에서 일체의 것은

---

4) 당시 상해 개명서점(開明書店)에서 출판하던 『일반(一般)』 월간을 가리킨다. "백화를 잘 지으려면 고문을 잘 읽어야 한다"는 주장은 이 잡지 1926년 11월 제1권 제3호에 게재된 명석[明石, 주광잠(朱光潛)]의 「비내리는 날의 편지(雨天的書)」에 보인다. 이 편지에서 이렇게 말했다. "백화를 잘 지으려면 약간의 수준 높은 문언문을 읽는 것도 꼭 필요하다. 지금 백화문 작자로는 호적지(胡適之), 오치휘(吳稚暉), 주작인(周作人), 노신(魯迅) 제 선생이 거론되고 있는데, 이들 선생의 백화문은 다 고문(古文)에서 힘을 얻고 있는 부분이 있다(그 자신들은 아마 승인하지 않겠지만)."
5) 장주(莊周, B.C. 369~B.C. 286): 전국시대(戰國時代) 때 송(宋) 나라 사람으로서 도가학파의 대표적 인물중의 하나이며, 저서로는 『장자(莊子)』 1책이 있다. 한비자(韓非子)(B.C. 280~B.C. 233): 전국시대 말기에 한(韓) 나라 사람으로서 선진(先秦) 법가학파의 대표적 인물 중의 하나이며, 저서로는 『한비자(韓非子)』 1책이 있다.

다 중간물이라고 간단히 말할 수 있다. 최초에 문장을 개혁할 때에는 이것도 저것도 아닌 작자가 몇몇 생기는 것은 당연하며, 그럴 수밖에 없고 또 그렇게 할 필요도 있다. 그의 임무는, 얼른 깨달은 다음에 새로운 목소리를 질러대는 것이다. 또 낡은 진영출신이므로 비교적 분명하게 상황을 볼 수 있어 창끝을 되돌려 일격을 가하면 쉽게 강적의 운명을 제압할 수 있다. 그러나 마땅히 세월과 함께 지나가고 점차 소멸해야 하므로 기껏해야 교량 가운데의 나무 하나, 돌 하나에 지나지 않아 결코 전도(前途)의 목표나 본보기 따위는 될 수 없다. 뒤이어 일어났다면 달라져야 하는 법, 만일 타고난 성인이 아니라면 당연히 오랜 습관을 단번에 소탕할 수는 없겠지만, 어쨌든 새로운 기상은 더 있어야 한다. 문자를 가지고 말하자면, 더욱이 옛 책에 파묻혀 생활할 필요는 없고, 오히려 살아 있는 사람들의 입술과 혀를 원천으로 삼아 문장이 더욱 언어에 가깝고, 더욱 생기가 있도록 해야 한다. 현재 인민들의 언어가 궁핍하고 결함이 있다는 것에 대해, 어떻게 구제하여 더 풍부하게 할 것인가 하는 것도 아주 커다란 문제이다. 어쩌면 옛 문헌 속에서 약간의 자료를 구하여 사용할 수 있도록 제공할 필요가 있을 것이다. 그러나 이는 내가 지금 말하려는 범위 내에 들지 않으므로 더는 논하지 않기로 한다.

내가 만약 충분히 노력하면 아마 구어를 널리 취하여 내 글을 개혁할 수도 있을 것이다. 그러나 게으르고 바쁜 탓에 여태까지 그러지 못했다. 이는 고서를 읽었던 것과 크게 관계가 있지 않을까 하고 나는 늘 의심하고 있다. 왜냐하면 옛 사람이 책에 써놓은 가증스런 사상이 내 마음 속에도 늘 있다고 느껴지기 때문이다. 느닷없이 분발하여 노력할 수 있을지 전혀 자신이 없다. 나는 항상 내 이런 사상을 저주하며 또 이후의 청년들에게 그것이 더 이상 나타나지 않기를 희망한다. 작년 나는 청년들은 중국의 책을 적게 읽거나 아예 읽지 말라고 주장했는데,[6]

이는 여러 가지 고통과 바꾼 참말이다. 결코 잠시 즐거움 삼아 하는 것이 아니며, 또는 농담이나 격분해서 하는 말 따위가 아니다. 옛 사람은 책을 읽지 않으면 바보가 된다고 말했는데, 그야 물론 맞는 말이다. 그렇지만 세계는 오히려 바보들에 의해 만들어졌으며, 총명한 사람은 결코 세계를 지탱할 수 없다. 특히 중국의 총명한 사람은 더욱 그러하다. 지금은 어떠한가? 사상 면에서는 더 말하지 않고, 문사(文辭)만 하더라도 많은 청년 작가들은 다시 고문이나 시사(詩詞) 중에서 아름답지만 알기 어려운 글자들을 뽑아서 요술을 부리는 수건으로 삼아 자신의 작품을 치장한다. 나는 이것이 고문을 읽도록 권장하는 설과 상관이 있는지는 모르겠지만, 그러나 바야흐로 복고(復古)를 하고 있으므로 이 역시 신문예의 자살 시험임은 명백히 알 수 있다.

불행하게도 고문과 백화가 섞여 있는 내 잡문집이 마침 이 때에 출판되어 아마 독자들에게 약간은 해독을 줄 것이다. 다만 내 입장에서는 오히려 의연하고도 결연하게 그것을 없애버리지 못하고 그래도 이를 빌려 잠시나마 지나간 생활의 남은 흔적을 살펴보려고 한다. 내 작품을 편애하는 독자들도 다만 이를 하나의 기념으로만 생각하고 이 자그마한 무덤 속에는 살았던 적이 있는 육신이 묻혀 있다는 것을 알아 주기를 바랄 뿐이다. 다시 세월이 얼마 흐르고 나면 당연히 연기나 먼지로 변할 것이고, 기념이라는 것도 인간세상에서 사라져 내 일도 끝이 날 것이다. 오전에도 고문을 보고 있었는데, 육사형(陸士衡)이 조맹덕(曹孟德)을 애도하는 글의 몇 구절이 떠올라서[7] 끌어다가 내 이 글의 맺

---

6) 「청년필독서(靑年必讀書)」에 보인다. 이 글은 1925년 2월 21일 『경보부간(京報副刊)』에 발표되었고, 후에 『화개집(華蓋集)』에 수록되었다.

7) 육기(陸機, 261~303) : 자는 사형(土衡)이고, 오군(吳郡) 화정[華亭, 지금의 상해(上海) 송강(松江)이다] 사람이며, 진대(晋代) 문학가이다. 조맹덕[曹孟德, 조조(曹操)]을 애도하는 그의 글은 제목이 「조위무제문(弔魏武帝文)」이며, 이 글은 그가 진조(晋朝) 왕실의 장서각(藏書閣)에서 조조(曹操)의 「유령(遺令)」을 보고서 지은 것이다. 조조는 「유령」에서, 그가 죽은 후에 고대의 번거로운 예법에 따라 후하

음으로 삼고자 한다.

> 옛날을 바라보고 결점이 있다 하여,
> 간소한 예절에 따라 소박한 장례를 치렀도다.
> 그대의 갖옷과 인수(印綬)는 어디에 두었기에,
> 세상의 비방을 후세 왕에게 남겼던가.
> 아, 크나큰 미련이 남아 있음에,
> 철인(哲人)이라도 잊지 못하나니.
> 유적(遺籍)을 훑어보고 감개하여,
> 이 글을 바치니 슬픔이 북받친다!

1926. 11. 11. 밤, 노신

게 장례를 치르지 말고 장례를 간소하게 하라고 하였으며, 유물 중에서 갖옷과 인수(印綬)를 떼놓지 말고, 예기(藝妓)의 음악은 동작대(銅雀臺)에 그대로 남겨 두어 제때에 제사 지낼 때 음악을 연주하라고 했다. 육기는 이 애도문에서 조조 가 임종 때조차 여전히 이런 것들에 대해 미련을 두고 있다는 점에 대해 유감을 표시했다.

부 록

스파르타의 혼[1]

B.C. 480년 페르시아[2] 국왕 크세르크세스(Xerxes)는 대군을 이끌고 그리스를 침공하였다. 스파르타[3] 왕 레오니다스는 시민 삼백 명 및 동

---

1) 원제목은 「斯巴達之魂」이다. 이 글은 처음 1903년 6월 15일, 11월 8일에 일본의 도쿄에서 출판된 『절강조(浙江潮)』 월간 제5기·제9기에 실렸으며, 자수(自樹)로 서명되어 있다.

   『절강조』 제4기 「유학계기사 거아사건(留學界紀事 拒俄事件)」에 다음과 같은 기록이 있다. "음력 4월 초이틀, 도쿄의 『시사신보(時事新報)』 발간의 호외(號外)에,…… 러시아 대리공사(代理公使)와 시사신보 특파원과의 담화내용이 게재되어 있었다. '러시아의 현재 정책은 마땅히 동삼성(東三省)을 취해서 러시아의 판도에 넣어야 한다는 것이다.……' 다음 날 새벽 유학생 회관의 간사와 각 평의원은 즉각 회의를 개최하였다. ……유학생들이 스스로 의용대를 조직하여 러시아에 저항하기를 제의하였다." 음력 초나흘, 의용대는 각지로 편지를 띄웠는데 북양대신(北洋大臣)에게 보낸 편지에는 다음과 같은 말이 있다. "옛날 페르시아 국왕 크세르크세스는 10만의 병사로 그리스를 삼키려 했지만 스파르타 왕 레오니다스는 친히 수백 명의 군대를 통솔하여 적에 대항하며 필사적으로 싸워 적의 전군을 섬멸시켰습니다. 오늘날 테르모필라스에서의 전투는 그 영예가 여러 나라를 진동시키고 있으며, 서양의 삼척동자라도 익히 알고 있는 사실입니다. 조그마한 반도의 땅인 그리스에서도 나라의 치욕을 참지 못하는 사람이 있는데 수백만 리나 되는 큰 영토를 가진 우리의 제국(帝國)에는 그러한 사람이 없겠습니까!" 이 글은 바로 이 때 발표되었다.

2) 페르시아(원문 波斯, Persia) : 고대 중앙아시아의 강대한 제국이었으며, B.C. 480년 페르시아 국왕 크세르크세스(Xerxes, 대략 B.C. 519~B.C. 465)는 해군과 육군을 이끌고 바다를 건너 그리스를 공격하여 아테네를 점령하였다. 후에 살라미스(Salamis) 해협에서 테미스토클레스(Themistocles)에게 격퇴되어 크세르크세스는 일부 남은 군대를 이끌고 소아시아로 후퇴하였다.

3) 스파르타(원문 斯巴達, Sparta) : 고대 그리스의 도시국가 중의 하나이다. 스파르타의 국왕 레오니다스(Leonidas)는 그리스 동맹군의 요청에 응하여 군대를 이끌고 그리스 북부의 테르모필라스(Thermopylas) 골짜기로 가서 페르시아 군대의 공격을 저지하였다. 중과부적의 상태에서 이틀 간 격전을 벌였다. 3일째 되는 날 배신자 에피알테스(Ephialtes)가 페르시아 군을 이끌고 산길을 통해 몰래 후로(後路)

맹군 수천 명과 함께 온천문(溫泉門 : Thermopylas)에서 그들을 저지했다. 적이 사잇길을 통해 들이닥치자 스파르타의 장군과 병사들은 필사적으로 싸움을 벌여 적의 전군을 섬멸시켰다. 전쟁터의 기운은 적적했고 죽은 자의 혼이 대낮에도 울부짖는 듯했다. 적의 남은 병사와 플라타에아에서 결전을 벌여[4] 다시 크게 무찔렀으니, 지금에 와서 그 역사를 읽어 보니 늠름하고 생기가 넘치는 듯하다.

나는 지금 이 역사적 사건을 간추려서 우리 청년들에게 선물로 주려 한다. 오호라! 여자보다 못함을 달가워하지 않는 남자가 세상에 있는가? 그런 남자라면 반드시 붓을 던지고 일어나야 한다. 역자(譯者)는 글 재주가 없어서 사실의 만 분의 일도 모방할 수 없다. 아아, 나는 독자에게 부끄럽고 스파르타의 혼에 대해 부끄럽다.

에게 해[5]의 아침 노을이 마리아스 만(灣)에 몰래 스며들고, 이다 산(山)의 최고봉에 걸려 있던 구름이 아름다운 색깔을 드리우기 시작했다. 만과 산 사이에 있는 온천문의 석뢰(石壘) 뒤에는 두려움 하나 없는 천하무적의 그리스군이 레오니다스 왕 휘하의 7천 그리스 동맹군을 배치하고 칼을 빼고 창을 베개로 삼아 만반의 준비를 갖추어 하늘이 밝아오기를 기다리고 있었다. 그러나 페르시아군 수 만이 이미 깊은 어둠을 틈타 사잇길을 따라 새벽을 가르며 이다 산의 정상에 올라 있었음을 누가 알았겠는가. 아침 빛이 어스레함을 틈탔고, 수비병이 잠시 눈을 붙이고 있음을 이용했던 것이다. 그것은 마치 긴 뱀이 골짜기를 지나 꾸불꾸불 산봉우리 뒤로 넘어가는 것과 같았다.

아침 해가 최초로 광선을 내뿜어 지금 막 성채의 모서리에서 반짝이

를 기습하였다. 스파르타 군은 양면으로 공격을 받아 전군이 전사하였다.

4) 플라타에아에서 결전을 벌여[원문 浦累皆(Plataea)之役] : 크세르크세스가 퇴각할 때 그는 대장 마르도니우스(Mardonius)를 남겨두고 그리스 군과 전쟁을 계속하도록 하였다. B.C. 479년 그리스 인은 플라타에아에서 결전을 벌여 대승하였다.

5) 에게 해(원문 依格那海) : 보통 '愛琴海'로 음역하며, 그리스와 소아시아 반도 사이에 있다.

면서 뚝뚝 떨어지려는 푸른 피를 비추고 있었다. 이것은 어제의 전투가
치열했음을 말해 준다. 성채 바깥에는 죽은 병사들의 갑옷이 쌓여 구릉
을 이루었다. 위에는 페르시아 문자 '불사군(不死軍)'이라는 세 글자가
새겨져 있었다. 이것은 어제 적군이 대패했음을 말해 준다. 그러나 삼
백 만의 대군이 어찌 이번 패배에 넌더리를 낼 것이며, 어찌 그 예기
(銳氣)가 사라지겠는가. 아아, 오늘에야 혈전이 벌어질 것이로다! 레오
니다스는 밤새도록 방비를 하면서 기습공격을 기다리고 있었다. 그러
나 하늘은 이미 뿌옇게 밝아 왔지만 적군은 끝내 보이지 않았다. 적진
(敵陣)의 까마귀가 아침 해를 향하여 울부짖으니 중군(衆軍)이 크게 두
려워했다. 과연 방어할 수 없게 된 곳에 있던 척후병이 방어할 수 없다
는 경보를 알려 왔다.

　"테살리6) 사람 에피알테스라는 자가 이다 산의 중봉(中峰)에 사잇
길이 있다고 적에게 밀고를 했습니다. 이 때문에 만여 명의 적군이 밤
을 틈타 진격했으며 퓨시아이의 수비병들을 패퇴시키고 아군의 후방을
공격하려 합니다."

　아아, 위기가 닥쳐 왔구나! 대사(大事)를 그르쳤다! 경보는 뇌를 찌
르는 듯했고 전군(全軍)의 기가 꺾이고 후퇴하는 병사들의 소리가 소
란스러워지면서 먼지가 군중(軍中)에 가득 피어 올랐다. 레오니다스
왕은 동맹군의 장교를 소집하여 후퇴할 것인지 싸울 것인지를 논의하
였다. 모두들 이구동성으로 지켜야 할 땅을 이미 잃었으니 남아서 싸워
도 헛된 일이라고 했다. 온천문에서 퇴각하여 그리스의 장래를 보호할
계획을 세우는 것이 낫다고 했다. 레오니다스는 아무 말도 하지 않다가
천천히 장수들에게 말했다. "그리스의 존망은 이번의 싸움에 달려 있
다. 장래를 보호할 계획 때문에 퇴각하려는 생각을 가진 자는 속히 이

---

6) 테살리(Thessaly, 원문 奢利利) 이하의 펠로폰네수스(Peloponnesus, 원문 胚羅蓬), 포
　시스(Phocis, 원문 訪囍斯), 로크리스(Locris, 원문 螺克烈), 테스피아(Thespia, 원문
　殺司駿), 테베스(Thebes, 원문 西蒲斯)는 모두 고대 그리스의 지명이다.

곳을 떠나라. 스파르타 인에게는 '전쟁터에 나아가 승리하지 못하면 죽는다'라는 국법이 있다. 이제는 오직 죽음을 각오하는 길밖에 없다. 이제는 죽음을 각오하고 싸우는 길밖에 없도다! 나머지 일은 모두 마음 속에 남겨 두기 바란다."

그리하여 펠레폰네소스의 여러 주(州)의 군사 삼천이 퇴각하였고 포시스 군 일천 명이 퇴각했으며 로크리스군 육백 명이 퇴각하였다. 퇴각하지 않은 자는 테스피아 인 칠백 명 뿐이었다. 의연하게 스파르타 무사들과 생사를 같이 하고 고전(苦戰)을 함께 하여 명예를 같이 하기로 맹세하였으니, 지극히 위험하고 지극히 비참하지만 매우 믿음직스러운 성채에 그대로 남았다. 다만 약간의 시포스 인이 지조없는 자기 나라의 기질을 되풀이함으로써 레오니다스에게 억류되어 있었다.[7]

아아, 스파르타 군은 숫자가 겨우 삼백이었다. 그러나 두려움을 모르는 천하무적 삼백의 군사는 적을 눈앞에 두고 웃음을 띠고 격분에 치솟은 긴 머리털을 묶으며[8] 한 번 눈 감으면 어떤 것도 돌보지 않는 그러한 결의를 보였다. 레오니다스 왕도 역시 전투가 임박했을 때 "왕이 죽지 않으면 나라가 망한다"라는 신계(神誡)[9]를 얻었다고 의연하게 말했다. 이제 머뭇거리거나 주저할 것이 없었다. 동맹군은 이미 돌아갔

---

7) 시포스 인이 억류된 사실은 고대 그리스 역사가 헤로도투스(Herodotos, B.C. 484~ B.C. 425)의 『역사(歷史)』 제7권 132절과 222절에 기록되어 있다. 시포스 인이 전쟁에 참가한 것은 결코 자원해서가 아니었다. 페르시아 군이 침입하였을 때 그들은 토지와 물을 헌납하였는데, 그것 때문에 스파르타의 레오니다스 왕에게 억류되어 인질이 되었다. 그리스 군대가 패한 후 그들은 전부 적에 투항하였다.

8) 격분에 치솟은 긴 머리털을 묶으며(원문 結怒欲沖冠之長髮) : 헤로도투스의 『역사』 제7권 209절에 의하면, 전쟁에 임할 때 머리를 묶는 것은 스파르타 인들의 풍속이다.

9) "왕이 죽지 않으면 나라가 망한다"라는 신계(원문 "王不死則國亡"之神誡) : 헤로도투스의 『역사』 제7권 220절에 의하면 신계(神誡)의 내용은 다음과 같다. "아아, 토지가 광활한 스파르타의 백성들이여! 그대들에게 말하노라. 그대들의 영광스럽고 강대한 도시가 페르시아 인의 손에 의해 무너질 것인가, 아니면 라케다이몬의 토지가 헤라클레스 가(家) 국왕의 죽음으로부터 생겨났음을 애도할 것인가."

다. 이에 아폴로[10] 신을 향해 재배(再拜)를 올리고 스파르타의 군율(軍律)에 따라 관(棺)을 짊어지고 강적(强敵)을 기다리며 전사(戰死)를 준비하고 있었다.

아아, 전군이 오직 전사를 기다리고 있었다. 그러나 왕이 살리고 싶은 사람이 셋 있었다. 그 중 두 사람은 왕의 친척이었다. 한 사람은 옛날 이름난 제사(祭司)의 후예이며 예언자로서 시메카라고 불렀다. 그는 신계(神誡)를 왕에게 알리는 자였다. 시메카는 왕의 곁에서 시중을 들고 있었으므로 왕이 몰래 그에게 가정이 있지 않느냐고 물었다. 그는 아들 놈이 있다고 했다. 그러나 그는 망국(亡國)에서 살고 싶지 않으니 순국하겠다고 맹세하면서 도리어 왕명을 거절하는 것이었다. 두 명의 왕의 친척은 모두 약관(弱冠)의 어린 나이였다. 이들은 때마침 길고 아름다운 머리털을 어루만지며 진두(陳頭)에 우뚝 서서 진격을 기다리고 있었다. 그런데 왕의 부름이 떨어질지 누가 알았겠는가? 전군이 엄숙하게 왕의 말을 삼가 들었다. '두 소년아, 오늘 살아 돌아간다면 뛸 듯이 기뻐하며 고국으로 돌아가 부모와 친구들을 불러 모아 다시 살아났음을 축하하는 잔치를 벌이겠는가?' 스파르타의 무사가 어찌 그럴 수 있겠는가! 아아, 나는 그렇게 들었다. 왕은 말을 마치고 젖먹이 털이 가시지 않은 얼굴을 뚫어지게 바라보았다.

왕: "경들은 장차 죽게 된다는 것을 알고 있는가?"

소년 갑: "그러하옵니다, 폐하."

왕: "무엇 때문에 죽게 되는가?"

소년 갑: "말할 필요도 없사옵니다. 전사하게 될 것입니다. 오직 전사할 뿐이옵니다."

왕: "그렇다면 경에게 가장 훌륭한 전쟁터를 하사하겠노라. 어떤가?"

---

10) 아폴로(원문 亞波羅, Apollo) : 보통 '阿波羅'로 음역하며, 고대 그리스 신화에 나오는 태양의 신이다.

소년 갑과 을: "신들이 진실로 바라던 바이옵니다."

왕: "그렇다면 경들은 이 책을 들고 고국으로 돌아가 전황(戰況)을 보고하여라."

이상하도다! 왕은 어떤 마음을 가지고 있는가? 청년은 깜짝 놀라며 의아한 표정을 지었고, 전군은 엄숙하게 왕의 말을 자세히 들으려 했다. 청년은 어슴푸레하게 깨달은 바가 있어 성난 목소리로 왕에게 대답하였다. "왕께서는 저를 살리고 싶으십니까? 신은 방패를 들고 여기에 왔으니 저에게 책을 부탁하지 말아 주시옵소서." 의지는 굳세었고 모습은 필사(必死)를 각오하고 있는 듯했으며 그의 생각을 꺾을 수가 없었다. 그래서 왕이 갑을 보내려 하자 갑은 왕명을 받들지 않았고 을을 보내려 하자 을도 왕명을 받들지 않았다. 그러면서 이렇게 말했다. "오늘 싸우려는 것은 국민들에게 보답하려는 때문입니다." 아아, 그들의 의지를 꺾을 수가 없었다. 그리하여 왕이 말했다. "위대하도다, 스파르타의 무사여! 내가 다시 무슨 말을 하겠는가." 한 청년[11]이 물러나며 왕명(王命)의 황송함에 사의를 표하였다. 큰 깃발을 휘날리자 영광이 찬란하게 빛나고, 아아[12] 위대한 영웅이여, 전군을 진작시키나니[13] 그대들은 남아로서 죽을지어다!

아침 해가 떠오르니 싸움터에 먼지가 일기 시작했다. 눈을 부릅뜨고 사방을 살피니 오직 불길의 기세로 억새풀처럼 무더기를 이루고 있는 적군의 선봉대가 보였다. 아군 세 배의 세력으로 노도(怒濤)와 같이, 빠른 번개와 같이 스파르타의 배후에 진을 쳤다. 그러나 아직 도전해 오지도 진격해 오지도 않고 제이 제삼의 군대가 이르기를 기다리고 있

---

11) 위의 문장에 의하면 마땅히 '두 청년'이라고 해야 한다.
12) 아아(원문 於鑠) : 찬미를 나타내는 감탄사이다. 『시경 주송 작(詩經 周頌 酌)』에 "아 성대한 왕사(於鑠王師)"라는 구절이 있다.
13) 진작시키나니(원문 鼓鑄) : 여기서는 고무시키고 격려하다는 뜻이다. 『사기 화식열전(史記 貨殖列傳)』에 "철산이 고무되다(鐵山鼓鑄)"라는 구절이 있는데, 원래는 금속을 녹여서 화폐를 주조하다는 뜻이다.

었다. 스파르타의 왕은 스파르타 군을 제일(第一) 대대로 하고, 테스피
아 군을 그 다음으로 하였으며, 시포스 군을 후방에 배치하였다. 왕은
말을 채찍질하며 칼날을 드러내어 속전(速戰)으로 적을 제압하고자 하
였다. 씩씩하도다, 굳센 기개는 하늘까지 치솟아 태양도 몸을 숨기는
것 같았다.14) 아직 "진격"이라는 소리가 들리지도 않았는데 쇠북 소리
가 홀연 피묻은 벽돌과 모래 투성이의 대전투장(大戰鬪場)에 둥둥 울
려 퍼졌다. 두려움 없는 천하무적의 굳센 군대는 왼쪽으로 바다가, 오
른쪽으로 산이 있어 발 딛일 틈도 없이 위험하기 짝이 없는 좁은 계곡
에서 페르시아 군과 조우했다. 소리를 외치며 육탄전을 벌이는 가운데
선혈(鮮血)이 거꾸로 치솟았다. 그것은 으르렁거리며 몰려오는 파도의
뛰어오르는 거품마냥 황량한 물가에 분등(奔騰)하며 솟아 올랐다. 찰
나의 순간에 적군이 무수히 칼날에 죽어 갔고 무수히 바다에 떨어졌으
며 무수히 후원병에게 유린당하였다. 대장(大將)의 호령소리, 지휘관이
질타하는 소리, 대장(隊長)이 달아나는 자를 채찍질하는 소리가 어우
러져 마치 북소리가 귀를 찢는 듯하였다. 그러나 적군은 붉은 피가 낭
자한 곳으로 감히 전진하지 못하였다. 태양 빛이 비스듬히 비추자 더욱
찬란한 빛을 발하고 있었다. 그러자 쉬쉬 회오리 바람을 일으키듯 칼날
을 휘두르며 일만 대군이 벌떼처럼 다가왔다. 그렇지만 적군은 방패를
꼭 쥐고 꼼짝않고 우뚝 서 있는 아군을 흔들 수는 없었다. 아군의 기세
는 마치 산처럼 움직이지 않았고 부동명왕(不動明王)15)처럼 흔들리지

---

14) 태양도 몸을 숨기는 것 같았다(원문 踆烏退舍) : 태양 빛이 어둡다는 뜻이다.
    '준오(踆烏)'는 태양을 가리킨다. 『회남자 정신훈(淮南子 精神訓)』에 "해 속에
    는 준오가 있다(日中踆烏)"라는 구절이 있다. 『회남자 남명훈(淮南子 覽冥訓)』
    에 "노나라 양공이 한나라와 싸움을 벌여 전쟁이 한창 무르익었는데 해가 저
    물자 창을 들어 그것을 불렀으나, 해는 이 때문에 세 개의 별자리 거리만큼이
    나 불러났다(魯陽公與韓構難, 戰酣日暮, 援戈而撝之, 日爲之反三舍)"라는 구절
    이 있다. '반삼사(反三舍)'는 세 개의 별자리 거리 만큼 물러나다는 뜻이다.
15) 부동명왕(원문 不動明王) : 바로 부동금강명왕(不動金剛明王)이며, 불교의 밀교
    (密敎)에 나오는 보살로 범어로는 마하바이로카나(Mahavairocana)라 한다. 불경

않는 반석(磐石)이었다.

그런데 이 전투에 참가하지 않은 사람은 스파르타의 무사 중에 오직 두 사람이 있었다. 눈병이 걸려 있었기 때문에 알페니[16] 읍에 보내졌던 사람이었다. 아무 일도 하지 않고 답답하게 시간을 보내다가 홀연히 전보(戰報)를 받았다. 그 중 한 사람은 그대로 머물러 있어야 한다고 했지만 다른 한 사람은 싸움터에 나가야 한다고 했다. 하인 하나를 데리고 전쟁터로 나가려고 일단 높은 곳에 올라 멀리 내려다 보았다. 고함 소리가 귀를 찢는 듯했고 용맹스런 기개는 하늘을 찌르는 듯했다.[17] 전운(戰雲)이 자욱하게 깔려 있는 전쟁터에서 용맹스런 혼령들이 떠돌면서 선회하고 있었다. 그렇지만 태양 빛은 맹렬하여 눈을 뜰 수가 없으니 하인에게 재촉하여 전황(戰況)을 물을 뿐이었다.

"칼날이 부서지고 화살이 떨어졌습니다. 무사들이 섬멸되었습니다. 왕이 전사하셨습니다. 적군이 떼지어 몰려들어 왕의 시체를 겁탈하려 하자 아군들이 필사전(必死戰)을 벌이고 있습니다. …… 위기가 왔습니다. 위기가 왔습니다."

하인의 말은 대강 이러하였다. 아아, 무사는 곧 멀게 될 눈에서 뜨거운 피를 뚝뚝 떨어뜨리며 팔을 걷어 붙이고 크게 도약하면서 곧바로 전루(戰壘)로 달려가려 했다. 하인이 말리며 대신 가서 죽겠다고 했지만 막을 수가 없었다. 끝내 막을 수가 없었다. 이제 주인과 하인은 소매를 묶고 "나 역시 스파르타의 무사이다"고 크게 외치면서 겹겹이 싸여 있는 군사들을 뚫고 돌진해 들어갔다. 한편으로는 왕의 시체를 돌보

에서는 그의 심성(心性)이 굳세어 악마를 항복시키는 법력을 가지고 있다고 한다.

16) 알페니(원문 愛爾俾尼, Alpeni) : 고대 그리스의 도시이다.

17) 용맹스런 기개는 하늘을 찌르는 듯했다(원문 踊躍三百) : 용맹스런 기개를 형용하는 말이다. 『좌전(左傳)』 희공(僖公) 28년에 "앞으로 뛰며 손뼉을 세 번 치고, 위로 뛰며 손뼉을 세 번 치는 것이었다(距躍三百, 曲踊三百)"라는 구절이 있다. (역주) 여기서 백(百)은 박(拍 : 손뼉을 치다)과 같은 뜻이다.

고 한편으로는 적의 칼날을 뿌리치기를 여러 차례 거듭했다. 마침내 피로에 지쳐 뜨거운 피로 검붉게 물든 루(壘)의 후방으로 끌려 옮겨졌다. 이 최후의 결전을 벌인 영웅의 대대는 마침내 적을 향해 전사자가 베개처럼 늘어서게 되었다. 아아 죽은 자는 오래 갈 것이다. 나는 이런 말을 들었다.

"그대들 무사들이여, 나는 국법에 따라 전사하는 것이니 이것을 우리 스파르타의 동포에게 알릴지어다."18)

우뚝 솟은 온천문의 협곡이여! 지구는 불멸할 것이니 스파르타 무사의 혼도 영원할 것이다. 칠백 명의 테스피아 인들도 역시 목숨을 내던지고 뜨거운 피를 뿌렸으니 그 헤아릴 수 없는 명예를 나누어 가질 것이다. 이러한 영광이 찬란한 옆에는 적과 밀통하여 나라를 팔아 먹은 테살리 인 에피알테스와 적에게 항복하여 목숨을 부지한 사백의 시포스군이 적혀 있다. 그러나 온천문의 전투에서 헤아릴 수 없는 영광과 헤아릴 수 없는 명예를 얻은 스파르타의 무사 가운데 역시 알페니의 안과병원에서 살아 돌아온 자가 있었다.

여름 밤이 깊어 어두운 집 그림자가 길을 가득 덮고 있었고, 다만 야경 도는 딱딱이 소리만 끊어졌다 이어졌다 했다. 또한 개짖는 소리가 표범처럼 들리고 있었다. 스파르타 마을의 산 아래에는 아직 잠을 자지 않고 있는 집이 있었다. 등불은 어둑했고 창문으로 희미한 빛이 새어 나오고 있었다. 얼마 지나지 않아 한 젊은 부인이 노파를 보내면서 절절하게 이별의 말을 나누고 있었다. 삐걱 소리를 내며 대문을 닫고는 참담한 표정으로 규방으로 들어갔다. '제기' 모양의 외로운 등불은 고독하게 그림자만 비추고 있었다.19) 머리를 풀어헤친 것은 몸치장을 하

---

18) "그대들 무사들이여" 등의 말은 헤로도투스의 『역사』 제7권 228절에 의하면, 전후(戰後)에 세운 기념비에 스파르타의 전사자들을 위해 새긴 비문이다.

19) 고독하게 그림자만 비추고 있었다(원문 照影成三) : 고독하다는 의미이다. 당대(唐代) 이백(李白)의 「월하독작사수(月下獨酌四首)」의 세 번째 시에서, "꽃 가

지 않으려는 것이 아니라,[20] 곧 아이를 낳을 때가 되어 용맹스럽고 강인한 대장부 아이를 낳아 국민을 위해 일할 것을 마음 속으로 축원하고 있었기 때문이다. 때마침 천지는 고요하고 살을 엘 듯한 바람은 창문을 두드리고 있었다. 마음 속에서 생각은 파도처럼 일었으나 아무 말 않고 다만 탄식 소리만 들리는 듯했다. 전쟁터로 나간 남편을 생각하는 것인가? 모래 벌판의 싸움터를 꿈꾸고 있는 것인가? 아아, 이처럼 아름다운 젊은 부인이 여장부로서 어찌 탄식하는 일이 있겠는가! 탄식은 어찌 스파르타의 여자가 할 일이겠는가! 스파르타의 여자만이 남아를 지배할 수 있고, 스파르타의 여자만이 남아를 낳을 수 있다. 이 말은 레오니다스의 왕후인 고르고가 이국(夷國)의 여왕에게 대답한 말이 아닌가.[21] 또한 스파르타의 여자에게 끝없는 영광을 가져다 준 말이 아닌가. 아아, 스파르타의 여자는 어찌 탄식하는 일을 알겠는가.

긴긴 밤이 아직 끝나지 않았고 천지가 쥐죽은 듯이 고요하였다. 아아, 고막에 부딪쳐 더욱 분명해지는 소리는 무엇인가? 문을 똑똑 두드리는 소리였다. 젊은 부인이 나가서 물었다.

"클리타이스인가요? 날이 밝으면 오시지요."

"아니오, 아니라오. 내가 살아서 돌아왔소."

아니 이 사람은 누구인가? 이 사람은 누구인가? 마침 기울고 있는

운데 술 한 병, 홀로 술마시니 벗할 사람 없구나. 술잔 들어 밝은 달을 초청하고, 그림자와 더불어 세 사람이 되었네.(花間一壺酒, 獨酌無相親. 擧杯邀明月, 對影成三人.)"라는 구절이 있다.

20) 머리를 풀어헤친 것은 몸치장을 하지 않으려는 것이 아니라(원문 首若飛蓬, 非無膏沐) : 이 말은 『시경 위풍 백혜(詩經 衛風 伯兮)』에 나온다. "백(伯)이 동쪽으로 간 뒤로부터, 내 머리 나는 쑥대와 같노라. 어찌 기름이 없고 목욕할 수 없으리요만은, 누구를 위하여 모양을 내리요?(自伯之東, 首如飛蓬. 豈無膏沐, 誰適爲容?)"

21) 고르고 왕후가 이국(夷國)의 여왕에게 대답했다는 말은 원래 고대 그리스의 역사가인 플루타크(Plutarch, 약 46~약 120)의 『영웅전 류크르고스전』 제14절에 보인다.

달과 마지막 타고 있는 등불이 그 사람의 얼굴을 비추니, 온천문으로 싸우러 나갔던 바로 자기 남편이 아닌가. 젊은 부인은 깜짝 놀라기도 하고 의심스럽기도 했다. 한참이 지나서야 이렇게 말했다.

"어떻게 해서, ⋯⋯살아 돌아왔다니. ⋯⋯나의 귀를 더럽히는 것이 아닌가요. 나의 남편은 전사하였으니 살아 돌아온 자는 나의 남편이 아닙니다. 영웅의 혼령이겠지요. 나라 사람들에게 길조(吉兆)를 알려야겠어요. 돌아온 사람은 영웅의 혼령이니까요. 돌아온 자는 영웅의 혼령임에 틀림없습니다."

독자들은 이것은 인정(人情)이 아니라고 의아하게 생각할지도 모른다. 그러나 스파르타는 진실로 그러하였다. 격전이 끝났음을 알리자 국장(國葬)을 거행하고 열사들의 의연한 혼백은 무수한 미진(微塵)과 같은 알맹이로 화하여 군가 속에서 분등하면서 국민들의 뇌리를 세차게 찔렀다. 국민들은 이렇게 크게 외쳤다. "국민을 위해 죽었다. 국민을 위해 죽었다." 그리고 장례를 지휘하던 사람이 말했다. "국민을 위해 죽는다면 그 명예가 얼마나 될 것인가! 그 영광이 얼마나 될 것인가!" 그렇지 못한 사람이라면 장차 어떻게 스파르타의 여인으로부터 칭찬을 받을 수 있겠는가? 제군들은 과거에 합격하지 못한 사람을 보지 않았는가? 진사 급제의 통지문22)이 날아들지 않으면 부인이 방에서 눈물을 흘리는데, 상황은 다르지만 느끼는 감정에 있어서는 비슷할 것이다. 지금 남편이 못나서 이리저리 마음을 달리 먹고 나라를 위해 죽지 않았으니23) 어찌 슬프지 않겠으며 어찌 노하지 않겠는가? 문 밖에 있던 남

22) 진사 급제의 통지문(원문 泥金) : 금가루와 아교풀을 섞어서 만든 안료이다. 여기서는 금가루로 씌어진 통지문을 가리킨다. 후주(後周)의 왕인유(王仁裕)의 『개원천보유사 니금첩자(開元天寶遺事 泥金帖子)』에 "새로 진사에 급제하게 되면 금가루로 통지문을 써서 집에 보내는 편지에 넣어 시험에 합격한 기쁨을 전한다(新進士才及第, 以泥金書帖子, 附家書中, 用報登科之喜)"라는 구절이 있다.
23) 이리저리 마음을 달리 먹고 나라를 위해 죽지 않았으니(원문 二三其死) : 이리저리 마음을 달리 먹고 나라를 위해 죽을 결심이 없다는 뜻이다. 『시경 위풍

자가 말했다. "세레나, 그대는 의심하지 말아요. 내가 살아 돌아온 것
은 이유가 있기 때문이오." 드디어 대문을 밀치고 천천히 집 안으로 들
어갔다. 젊은 부인은 원망하며 노한 표정으로 그 까닭을 재촉하여 물었
다. 그는 자세히 설명하여 주었다. 또 이렇게 말했다. "그 때는 눈병이
낫지 않아 헛된 죽음이 싫어서였지요. 만약 오늘 밤에 싸움이 있게 된
다면 즉시 나의 피를 뿌리리다."

"당신은 스파르타의 무사가 아닌가요! 어찌 그럴 수 있습니까? 헛된
죽음이 싫어서 살아 돌아오다니요. 저 삼백이나 되는 사람들은 무엇 때
문에 죽었나요. 아아, 그런데 당신은! 승리하지 못하면 죽는다고 하는
스파르타의 국법을 잊으셨나요? 눈병 때문에 스파르타의 국법을 잊으
셨나요. '원컨대 그대는 방패를 들고 돌아오라. 그렇지 않으면 방패에
실려서 돌아오라'[24]라는 말을 배우고 듣지 않았나요. ……눈병이 스파
르타 무사의 영광보다 더욱 중요하단 말인가요? 내일이면 장례식이 거
행될 텐데, 저는 당신의 아내이니 그 대열에 끼이려고 했어요. 국민이
당신을 생각하고 친구들이 당신을 생각하고 있어요. 부모와 처자 또한
당신을 생각하고 있지요. 아아, 그런데 당신이 살아 돌아왔다니!"

그 말은 너무나 강직하였다. 바람과 서리가 질주하여 귀의 고막을
습격하는 듯했다. 겁장이 남자는 더 이상 말을 말지어다. 그러나 그는
다만 머뭇거리며 이렇게 말했다.

"당신을 사랑하기 때문에……."

젊은 부인은 불끈 화를 내며 말했다.

"그것이 진실된 말인가요. 이른바 부부의 인연을 맺고 있다면 누가

맹(詩經 衛風 氓)』에 나오는 "남자가 극(極)이 없으니, 그 마음을 이랬다저랬다
하도다(士也罔極, 二三其德)"에서 변화되어 나온 것이다.

24) "원컨대 그대는 방패를 들고 돌아오라. 그렇지 않으면 방패에 실려서 돌아오
라."라는 두 구절은 스파르타의 여인이 아들이 출정할 때 하는 말이다. 이것은
플루타르크의 『도덕학(道德學) 341 F』에 보인다.

서로 사랑하지 않겠어요. 나라 밖으로 나아가 조국을 사랑하지도 못하
는 스파르타의 무사가 그 아내를 사랑한다고 한다면 그것은 무엇과 같
겠어요? 삼백 명 중에 살아 돌아온 자가 하나도 없는 것은 무엇 때문이
죠. ……당신이 진실로 저를 사랑한다면 어찌 저를 전사자의 아내로 명
예롭게 해 주지 못하는가요. 저는 곧 아이를 낳을 텐데, 만약 남자 아
이를 낳아 허약하다면 타이게투스의 계곡에 버리겠어요.25) 만약 강인
하다면 온천문의 전적(戰迹)을 기억시키고 장차 국민을 위해 죽은 동
포들 사이에 몸을 두도록 하겠어요. ……당신이 정말 저를 사랑한다면,
원컨대 속히 죽음을 택하소서. 그렇지 않으면 저를 죽여 주시오. 아아,
당신이 칼을 차고 있고, 칼이 당신 허리에 달려 있는데, 칼에 영혼이
있다면 어찌하여 당신에게서 떨어져 나가지 않았나요? 어찌하여 당신
을 자르지 않았나요? 어찌하여 당신의 목을 베지 않았나요? 부끄러움
을 아는 사람이라면 어찌 칼을 빼지 않았나요? 어찌 그 칼로 싸우지 않
았나요? 어찌 그 칼로 적의 목을 베지 않았나요? 아아, 스파르타의 무
덕(武德)이 식어졌군요!26) 저는 남편을 욕되게 했습니다. 원컨대 당신
곁에서 칼을 안고 죽겠습니다."

남편은 살았고 여자는 죽었다. 목에서 뿜어져 나온 피는 하늘로 치
솟았고 그 기운은 주위에 가득 찼다.27) 사람들은 혹시 긴 밤이 지나고

---

25) 허약하다면 타이게투스의 계곡에 버리겠어요(원문 弱也則棄之泰噶托士之谷) :
    플루타르크의 『영웅전 류크르고스전』 제16절에 의하면, 고대 스파르타의 신생
    아는 반드시 국가의 장로(長老)의 검사를 거쳐서 강건하다고 인정되어야 비로
    소 부모가 양육을 허락받았다. 그렇지 않으면 생명을 타이게투스(Taygetus) 산
    의 계곡에 있는 영아 방치장에 버렸다.
26) 식어졌군요(원문 式微) : 쇠락하다는 뜻이다. 『시경 패풍 식미(詩經 邶風 式微)』
    에 "쇠미하고 쇠미하거늘 어이하여 돌아가지 않는고(式微式微胡不歸)"라는 구
    절이 있다.
27) 가득 찼다(원문 魂魂) : 매우 성하다는 뜻이다. 『산해경 서산경(山海經 西山經)』
    에 "남쪽으로 곤륜을 바라보면 그 빛은 세차게 피어오르고 그 기운은 넘쳐 흐
    른다(南望昆侖, 其光熊熊, 其氣魂魂)"라는 구절이 있다.

이튿날의 서광이 구름에 비친 것이 아닌가 의심했을지도 모른다. 애석
하도다, 한 사람이 묻고 한 사람이 답하고, 한 사람이 죽고 한 사람이
살아났지만, 어두운 밤에 아무도 아는 자가 없었으니 위대한 그림자는
곧 사라져 버릴 것이다. 그러나 세레나를 사모했던 클리타이스가 있었
다는 것을 아무도 몰랐던 것이다. 비록 여자에게 거절을 당했지만[28]
그 정을 잊을 수가 없었던 것이다. 그 때 그는 몰래 담모퉁이를 돌아서
떠났다.

　아침 해가 둥그렇게 떠올라 스파르타의 교외를 비추고 있었다. 여행
객들이 일찍 일어나 모두들 사방으로 통하는 큰 길[29]에 발을 멈추었다.
그 중에 한 노인이 온천문의 지형을 설명하면서 지난 이야기를 곁들이
며, 예전에는 석루였고 지금은 전쟁터로서 면면히 이어져 끊어지지 않
았다고 했다. 아아, 무엇일까? ─ 보아 하니 그 사이에 서 있는 나무가
하나 있었다. 거기에는 이렇게 적혀 있었다.

　"온천문의 타락한 무사 아리스토틀[30]을 잡아오는 자는 포상을 받을
것이다."

　아마도 정부의 포고령이라 할 수 있을 텐데, 클리타이스가 고발한
것이다. 옛날 아리스토틀이라는 사람은 스스로 번개를 맞고서 신의 노
여움을 풀었던 현명한 임금이었다. 그러나 그 여열(余烈 : 남은 절개란

---

28) 여자에게 거절을 당했지만(원문 投梭之拒) : 여자가 남자의 유혹을 거절함을 가
　리킨다. 『진서 사곤전(晋書 謝鯤傳)』에 "이웃집 고씨의 딸이 아름다워서 사곤
　(謝鯤)이 일찍이 그녀를 유혹했으나 여인은 이를 거절하였다(隣家高氏女有美色,
　鯤嘗挑之, 女投梭折其兩齒)"라는 구절이 있다.
29) 사방으로 통하는 큰 길(원문 大逵) : 사방으로 통하는 큰 길을 뜻한다. 『이아 석
　궁(爾雅 釋宮)』에는 "모든 곳으로 통하는 길을 규(逵)라 한다(九達謂之逵)"라고
　설명하고 있다.
30) 아리스토틀(원문 亞里士多德, Aristotle) : 보통 '亞里斯多德摩'라고 음역하며, 스
　파르타를 개국한 왕이며 레오니다스의 선조이다. 고대 그리스의 역사서 『아폴
　로다르스』 제2권 제18절에 그는 번개를 맞아 죽었다고 말하고 있다. 아마 도주
　하여 돌아온 병사와 개국한 왕의 이름이 같았을 것이다.

뜻으로 세레나의 남편이 옛날의 어진 왕 아리스토틀과 이름이 같았기 때문에 이렇게 썼을 것이다－역자)은 무사 한 명의 전사(戰死)도 실현시키지 못했으니, 아아, 이해하지 못할 일이로다.

구경꾼들은 더욱 많아졌고 와자지껄 소란스러웠다. 저 멀리 스파르타 부(府)에는 소년군의 한 대대가 보였다. 투구와 갑옷은 아침 해에 반사되어 금사(金蛇) 모양으로 번쩍였다. 큰 갈림길에 이르자 두 갈래로 나뉘며 서로 등을 대하고 달리듯 걸어가고 있었다. 그리고 소리높여 이렇게 노래불렀다.

"싸움이여! 이 전쟁터는 위대하고 장엄하도다. 그대는 어찌하여 그대의 친구를 버리고 살아 돌아왔는가? 그대가 살아 돌아와 큰 수치를 입었으니, 그대의 부모는 그대를 죽을 때까지 매질하는구나!"

노인은 말했다. "저들은 아리스토틀을 찾고 있지. ……우렁찬 노래소리가 들리지 않는가? 이것은 이백 년 전의 군가인데 지금까지도 불리워지고 있다네."

그런데 아리스토틀이라는 사람은 어떻게 되었는가? 역사는 플라타에아 전투는 세계 대전의 하나였다고 하지 않았던가. 페르시아군 삼십만은 대장 마르도니오스의 시체를 부여안고 추풍이 낙엽을 떨어뜨리듯 대사막을 종횡무진 유린하였다. 스파르타의 정예군 삼백은 파와세니아스의 지휘를 받으며 해묵은 한을 적군의 목의 피로써 일거에 씻어 버렸다. 매서운 바람이 밤에 울고 염교(백합과에 속하는 다년생 식물－역자)에 맺힌 이슬이 갑자기 떨어지니 이는 인생의 덧없음을 넌지시 말해 주는 것이리라. 방금 떠오른 달빛이 남은 시체를 밝게 비추고, 말이 지나간 흔적 사이로 혈흔(血痕)이 더욱 분명해지니 이는 델피 신[31]의 영민하지 못함을 슬퍼하는 것이리라. 스파르타 인들은 제각기 동포

---

31) 델피 신(원문 蝶爾飛神) : 즉, 아폴로 신이다. 델피(Delphi)는 고대 그리스의 아폴로를 제사지내던 신전으로서 파르낫소스 산의 남쪽 기슭에 있다.

의 지고지귀(至高至貴)한 유해를 찾아서 고원으로 운반하며 장례식을 거행할 참이었다. 뜻밖에 겹겹이 쌓인 적의 시체 사이에 늠름하게 꼿꼿이 누어 있는 자가 있었는데, 달그림자가 몽롱하게 비추고 있어 낯이 익은 사람 같았다. 한 사람이 크게 외치며 말했다.

"싸움이 얼마나 치열하였던가! 아니, 어째서 온천문에서 죽지 않고 여기서 죽었을까?"

얼굴을 알아 본 사람은 누구였던가? 바로 클리타이스였다. 그는 수비병이었기 때문에 장군 파와세니아스에게 달려가 보고하였다. 장군은 그에게 장례를 치러 주어야 한다고 생각하여 전군(全軍)에게 물어 보았다. 군사들은 웅성거리며 아리스토틀을 심하게 질책하였다. 장군은 이에 병사들에게 이렇게 연설하였다.

"그렇다면 스파르타의 병사들의 여론에 따라서 그에게 묘를 세우지 말게 하라. 그러나 내가 보기에 묘가 없는 저 사람의 전사(戰死)는 나에게 더욱 감동을 주며 나를 기쁘게 하는도다. 나는 스파르타의 무덕(武德)이 뛰어남을 더욱 알게 되었다. 그대들은 힘쓸지어다. 자기 나라 사람을 죽이고 이민족에게 아첨하는 노예의 나라를 보지 않았는가. 첩자 노릇을 하거나 남의 앞잡이 노릇을 하는 것에 대해서는 또 무슨 말을 할 것인가? 그런데 우리 나라의 경우는 차라리 의롭지 못한 여생을 버리고 이미 깨뜨린 국법에 대해 보상하지 않았는가? 아아, 그대들은 잘 듣거라. 저 사람은 비록 묘가 없지만 그는 마침내 스파르타 무사의 혼을 간직하게 되었도다!"

클리타이스는 자기도 모르는 사이에 문득 이렇게 외쳤다. "이것은 그의 아내 세레나가 죽음으로써 간하였기 때문입니다!" 진영은 조용해졌고 그 울림은 하늘을 찔렀다. 만 가지 눈이 번쩍이며 일제히 그의 얼굴에 집중되었다. 장군 파와세니아스는 돌아보며 이렇게 물었다. "그의 아내가 죽음으로써 간하였다고?"

전군은 숨을 죽이고 귀를 쫑긋 세워 그의 말을 들었다. 클리타이스는 말하고 싶었지만 말이 나오지 않았다. 그는 부끄러워서 몸둘 바를 몰랐지만 여장부의 아름다운 일화를 차마 묻어 버릴 수 없었다. 그리하여 전말에 대해서 진술하였다. 장군이 책상을 밀치며 일어나더니 이렇게 말했다.

"여장부로다. 묘가 없는 저 사람의 아내를 위해 기념비를 세우는 것이 어떠할까?"

병사들의 얼굴은 더욱 엄숙했고 그 말을 승낙하듯 환호 소리가 마치 우레 소리와 같았다.

스파르타 부(府)의 북쪽에는 에와로다스라는 계곡이 있는데 행인들이 서로 걸어가면서 다소곳이 하늘에 기대고 있는 것을 가리키며 이렇게 말했다. "저것은 세레나의 비석이야. 그리고 스파르타의 국토였지!"

중국지질약론(中國地質略論)[1]

1. 서 언

한 국가의 형편을 들여다보는 것은 어려운 일이 아니다. 그 나라의 영토 안으로 들어가 그들 나라의 도시를 뒤져서 스스로 제작한 정밀한 지형도가 한 폭이라도 없으면 그 나라는 문명국이 아니다. 스스로 제작한 정밀한 지질도[지문(地文)이나 토지의 성질 등을 나타내는 지도를 포함하여]가 한 폭이라도 없으면 그 나라는 문명국이 아니다. 뿐만 아니라, 틀림없이 장차 화석으로 변하여 후세 사람들이 어루만지고 탄식하며 '멸종(Extract species)'의 징조라고 이름붙일 것이다.

광막하고 아름답고 가장 사랑스런 우리 중국이여! 진실로 세계의 보고(寶庫)이며 문명의 비조(鼻祖)이다. 모든 제 과학이 이미 옛부터 발달하였으니, 하물며 땅을 측량하고 지도를 제작하는 이런 지엽적인 기술에 대해서랴. 그런데 지형도를 그림에 비록 부분도는 많지만 그것을 모아 보면 어찌하여 경계선이 합치되지 않는가? 하천은 위에서 내려다보고, 산악은 항상 횡으로 그린다. 매우 불합리하고 어렴풋하여 제대로 생각을 정리할 수 없으니, 어찌 지질을 논할 것이며 더욱이 지질도를 논할 것인가. 오호라, 이런 자그마한 일이 내게 두려움을 느끼게 하고 나를 슬프게 하는구나! 나는 일찍이, 인도[2]에 관한 상세한 지도가 런던

---

1) 원제목은 「中國地質略論」이다. 이 글은 처음 1903년 10월 일본의 도쿄에서 출판된 『절강조(浙江潮)』 월간 제8기에 발표되었으며, 색자(索子)로 서명되어 있다. 원래 구두점이 있다.
2) 인도(원문 五印) : 인도를 가리킨다. 고대 인도는 동·서·남·북·중 등 다섯 부

의 어느 상점에서 나부끼는 것을 본 적이 있기 때문이다. 하물며 우리 중국 역시 고아이기에 사람들이 데려다 두드리고 때리며 어육(魚肉) 취급을 할 것이기 때문이다. 그리고 이 고아라는 것도 혼미하고 무지하기 때문에 자기 집의 논밭과 재물3)이 얼마나 되는지도 알지 못하고 있다. 도적이 안방을 차지하고 있어 그에게 재물을 바치면서 주인된 자로서 그것을 전혀 헤아리지 못하고, 그들이 남겨 주는 국물이나 차가운 고기부스러기를 받아 들고는 크게 감탄하며 "그대가 나를 먹여 살리는구나, 그대가 나를 먹여 살리는구나" 하고 말한다. 그러나 형제에 대해서는 한 푼어치라도 서로 다투고 하찮은 것도 따져 가며 칼이나 창을 들고 원수 대하듯 하며 서로 죽이려 든다. 오호라, 현상이 이와 같으니 비록 약수(弱水)4)가 사방을 둘러싸고 있다고 하더라도 문을 걸어 잠그고 고립되어 있으면 장차 하늘의 법칙에서 도태되어 날마다 퇴화할 것이다. 그리하여 원숭이가 되고, 새가 되고, 조개가 되고, 물풀이 되고, 마침내는 무생물에 이를 것이다. 하물며 열강들이 눈을 번쩍이며 우리의 사방을 덩굴처럼 감싸고, 촉수처럼 손을 뻗으며, 침을 질질 흘리고, 지도를 제작하고 여러 가지 학설을 제시하여 분주히 날뛰며 모의를 하고 있는 이 때에, 왼손으로는 칼날을 잡고 오른손으로는 주판을 잡지 않으면 우리가 장차 어떻게 살아갈 수 있을지 나는 모르겠다. 그런데 풍수(風水)나 택상(宅相)에 관한 것을 앞세워, 특히 그것이 사람들 마음 속 깊이 각인되어 있기 때문에 자원개발을 극력 반대한다면 스스로 아비지옥5)에 떨어질 것이다. 택상(宅相)이 대길(大吉)이라고 한다면

분으로 나뉘어 있었다.

3) 재물(원문 匪) : 장(藏)의 옛 글자이다.

4) 약수(원문 弱水) : 중국의 고서에는 약수(弱水)에 관한 신화전설이 매우 많다. 예를 들어, 『산해경 대황서경(山海經 大荒西經)』에는, 곤륜구(昆侖丘) "그 아래에는 약수연이 눌러싸고 있다(其下有弱水之淵)"라는 구절이 있다. 진대(晉代)의 곽박(郭璞)은 주에서 "새털도 가라앉는 물(其水不勝鴻毛)"이라고 하였다.

5) 아비지옥(원문 阿鼻) : 범어 Avici의 음역이고, "끊임없다"의 뜻이며, 고통이 끊임

모두들 함께 죽을 것이고 풍수(風水)를 타파하지 못하면 모두들 함께 망한다는 사실을 모르고 있다. 그렇게 하지 않으면 지극히 우매하다고 이름을 붙이니 누가 거기에 동의하지 않는다고 말하겠는가. 또 미미한 재물을 탐내어 도적을 안방에 끌어 들여 거액의 재물을 빼앗기고 집까지 불태우고 있으니, 이것은 진실로 우리 한족의 큰 적이다. 그렇다면 이는 미신으로 인해 나라를 허약하게 만들고 자신의 개인적인 이익을 추구하여 전체를 해치는 꼴이다. 이것은 비록 역대 민적(民賊)들이 조직하고 양성해 온 것이라 할 수 있겠지만 또한 지질학이 발달하지 못했기 때문이기도 하다.

지질학은 지구의 진화의 역사이다. 일반적으로 석탄이 형성된 원인이나 지각의 구조를 깊이 탐구하는 분야이다. 이를 가져다 중국에 바친다면 우주에서 떠다니는 하나의 먼지덩이에 불과하던 지구가 억겁의 오랜 세월 동안 변화를 거쳐 오늘날의 모양이 되었다는 것을 알 수 있을 것이다. 지구는 비록 무진장한 보고(寶庫)를 가지고 있어 우리의 생활을 윤택하게 할 수 있지만, 처음부터 어떤 신비하고 불가사의한 것이 그 사이에 존재해 우리 인류의 운명을 지배해 온 것이 아니라는 것을 알 수 있을 것이다. 모름지기 망령된 생각을 끊어버려야 문명이 비로소 흥기한다. 그렇지만 그 학설에 대해 두루 거론하려고 한다면 소책자 한 권으로 다 할 수 있는 것은 아니다. 그렇기 때문에 먼저 중국의 지질에 관해 학자들이 발표한 설을 뽑아서 단편으로 저술하여 우리 민족에게 보고한다. 쓸데없는 말들이 본론에 많이 넘치지만, 이 글을 읽으면 우리 중국대륙의 내부 상황에 대해 대략적이나마 그 개요를 얻을 수 있을 것이다.

없이 이어짐을 가리킨다. 불교전설에는 이른바 아비지옥(阿鼻地獄)이라는 말이 있다.

2. 외국인의 지질조사자

중국은 중국인의 중국이다. 이민족이 연구하는 것은 용납할 수 있지만 이민족이 탐사하여 캐내는 것은 용납할 수 없다. 이민족이 감탄하는 것은 용납할 수 있지만 이민족이 넘겨다보는 것은 용납할 수 없다. 손발에 굳은 살이 겹겹이 쌓이는 것도 아랑곳 않고 우리 중국의 내지(內地)로 들어와 늑대나 독수리처럼 눈을 부라리는 것은 장차 무엇을 하기 위함인가? 시경(詩經)에는, "그대에게 종과 북이 있어도 치지 않고 두드리지도 않는다면 그대 이미 죽어 간 뒤에는 다른 사람 차지 되리"[6]라는 구절이 있다. 미래의 성주(聖主)가 강림하기에 앞서 먼저 장부를 살펴보는데 무엇이 이상하겠는가? 앞으로 열거할 여러 사람들은 모두 가장 저명한 사람들이다. 그 밖에 여행자로 꾸며서 자신이 정탐꾼이라는 사실을 감추고 있는 자가 더욱이 얼마나 많을지 모를 일이다. 비록 산천을 두루 섭렵하면서 비밀을 탐사한다고 말하지만 세계의 학자들은 모두 그러할 따름이다. 그러나 나는 그 사실을 알고 항상 머리털이 치솟고 피가 용솟음치니 어떤 징조인지 모르겠다.

1817년 독일인 리히트호펜(Richthofen)[7]이라는 사람은 상해(上海)의 상업회의소의 부탁을 받고 홍콩에서 출발하여 광동(廣東), 호남(湖南) [형주(衡州), 악주(岳州)], 호북(湖北)[양양(襄陽)]으로 들어왔고 마침

---

6) "그대에게 종과 북이 있어도 치지 않고 두드리지도 않는다면(子有鐘鼓, 弗鼓弗考)" 등의 말은 『시경 당풍 산유추(詩經 唐風 山有樞)』에 보인다. 고(考)는 두드리다(敲)의 뜻이다.

7) 리히트호펜(원문 利忒何芬, F. von. Richthofen, 1833~1905) : 보통 '李希霍芬'으로 음역하며, 독일의 지질지형학자이다. 1868년에서 1872년 사이에 그는 상해(上海)의 서상회(西商會)의 사주를 받고 자금을 조달받아 일곱 차례나 중국의 내지를 여행하여 지질, 광산 등의 자료를 수집하였다. 그는 자기 나라에 돌아가서 『중국 -직접체험과 그에 대한 연구보고』라는 세 권의 책자와 지도를 편찬하였다. 그는 이 책과 다른 글에서 독일이 중국의 교주만(膠州灣)을 점령하여야 한다고 극력 주장하였다.

내는 사천(四川)[중경(重慶), 서주(敍州), 아주(雅州), 성도(成都), 소화(昭化)에 도착했다. 섬서(陝西)[봉상(鳳翔), 서안(西安), 동관(潼關)], 산서(山西)[평양(平陽), 태원(太原)]에 들어와서는 다시 직예(直隷)[정정(正定), 보정(保定), 북경(北京)]로 갔다. 다시 호북(湖北)[한구(漢口), 양양(襄陽)]으로 내려가서 산천을 왕래하였고[택주(澤州), 남양(南陽), 평양(平陽), 태원(太原)], 하남(河南)의 회경(懷慶)을 경유하여 상해에 도착하였다. 항주(杭州)에 가서는 영파(寧波)의 주산도(舟山島)에 상륙하여 절강성(浙江省) 전체를 두루 조사하였다. 다시 장강(長江)을 거슬러 올라가 무호(蕪湖)에 도착하여 강서(江西)의 북부를 조사하고, 방향을 바꾸어 강소(江蘇)[진강(鎭江), 양주(揚州), 회안(淮安)]로 갔고, 드디어 산동(山東)[기주(沂州), 태안(泰安), 제남(濟南), 내주(萊州), 지부(芝罘)]에 들어갔다. 푸른 눈을 번뜩이며 무릎을 치고 크게 깨달은 모양으로 감탄해 마지 않았다. 그러나 자신의 뜻을 식히지 않고 세 번이나 산서(山西)[태원(太原), 대동(大同)]를 섭렵했다. 다시 직예(直隷)[선화(宣化), 북경(北京), 삼하(三河), 풍윤(豊潤)]에 도착하여 개평(開平)의 탄광을 둘러보고 나서, 성경(盛京)[봉천(奉天), 금주(錦州)]으로 들어가 비로소 봉황성(鳳皇城)으로부터 영구(營口)로 빠져 나갔다. 3년 동안 여행하면서 지나간 여행 경로는 무려 2만 리를 넘었으며 세 권의 책자로 보고서를 만들어 내니, 중국은 세계 제일의 석탄[8]국이라는 이름이 붙게 되었고, 세계를 떠들썩하게 만들었다. 그 요지는 다음과 같다. 지나대륙은 균일하게 석탄이 매장되어 있는데 산서(山西)가 특히 많다. 그러나 광업의 성쇠는 운송 여하에 달려 있기 때문에 교주(膠州)만 장악하면 산서(山西)의 광업을 제압할 수 있다. 그러므로 지나를 분할할 때 먼저 교주를 얻는 것이 제일 중요한 일이다. 오호라, 지금 도대체 어찌된 일인가? 문약한 일개 지질학자라고 할 수는 없다.

---

8) 석탄(원문 石炭) : 여기서는 석탄을 가리킨다.

그의 안광(眼光)과 족적(足迹) 사이에는 진실로 강력하고 용감한 무수한 군대가 숨겨져 있는 것이다. 리히트호펜씨가 유람한 이래로 교주는 일찍부터 우리의 것이 아니었다. 오늘날 게르만 민족9)이 다시 산서지방을 왕래하고 있는데, 이것은 모두 리히트호펜의 화신이다. 그런데 중국대륙은 멸망한 천사이니 우리 동포들은 어찌 할 것인가!

1880년 헝가리의 세첸이10)는 처음에 사랑하던 아내를 잃고 여행으로 그 울분을 씻으려고 했다. 그리하여 지리학자 세 명과 더불어 상해에서 시작하여 장강(長江)을 거슬러 올라가 호북(湖北)[한구(漢口), 양양(襄陽)]에 도착하였고, 섬(陝)[서안(西安)]과 감(甘)[정녕(靜寧), 안정(安定), 란주(蘭州), 량주(凉州), 감주(甘州)]을 경유하여 국경을 빠져나갔다. 다시 감숙(甘肅)[안정(安定), 공창(恐昌)]으로 들어 왔고, 사천(四川)[성도(成都), 아주(雅州)]과 운남(雲南)[대리(大理)]을 두루 탐색하고 미얀마를 통해 떠났다. 3년 동안 유람하면서 10만 금(金)을 뿌렸고, 세 권의 기행문을 저술하여 세상에 유행시켰다. 대체로 리히트호펜씨가 자세히 탐색하지 못한 곳이었기 때문에 더욱 의미있는 것이었다.

4년이 지나 러시아인 오브로체프11)가 북부의 만주(滿洲)와 직예(直隸)[북경(北京), 보정(保定), 정정(正定)], 산서(山西)[태운(太原)], 감숙(甘肅)[영하(寧夏), 란주(蘭州), 량주(凉州), 감주(甘州)], 몽고(蒙古) 등을 탐사하였다. 그 후 3년이 지나서 다시 프랑스의 리옹상업회의소12)

---

9) 게르만 민족(원문 森林民族) : 게르만인을 가리킨다. 그들은 1세기 이전에 북구의 산림지대로 이주하여 살게 되었으며 유목생활과 수렵생활을 했다.

10) 세첸이(원문 式奚尼, B. von. Széchenyi, 1837~1918) : 헝가리인이다. 그는 1879년에 중국으로 건너와 크라이트너(G. Kreitner), 로치(L. Lóczy)와 함께 중국의 서부와 서남부 지역을 탐사하였다. 그는 자기 나라로 돌아가서 『1877~1880년의 동아시아 여행의 학술성과』라는 책을 펴냈다.

11) 오브로체프(원문 阿布佉夫, 1863~1956) : 보통 '奥勃魯契夫'로 음역하며, 러시아의 지질지리학자이다. 1892년에서 1894년 사이에 보다닌을 단장으로 하는 탐사대에 참가하여 중국의 지질을 고찰하였다. 자기 나라로 돌아가서 그는 『아시아의 중부, 화북(華北)과 남산(南山)』이라는 두 권의 책을 펴냈다.

의 탐사대원 열 명이 남부의 광서(廣西), 하남(河南)[하내(河內)], 운남
(雲南), 사천(四川)[아주(雅州), 송반(松潘)] 등을 탐색하였다. 정밀한
조사는 광서(廣西)와 사천(四川)이 더욱 상세하였다. 이러한 여러 지역
은 모두 러시아나 프랑스의 식민지와 연접되어 있는 것이 아닌가? 더
욱 소름이 끼치는 일이다! 지난해 일본의 이학박사 진보(神保), 고치베
(巨智部), 스즈키(鈴木) 등이 요동(遼東)에 갔고, 이학사(理學士)인 디
시와다(西和田)가 열하(熱河)에 갔고, 학사(學士)인 히라바야시(平林),
이노우에(井上), 사이토(齋藤)가 남부의 여러 지역을 갔는데, 모두 지
질조사를 목적으로 한 것이었다. 게다가 와다(和田), 오가와(小川), 호
소이(細井), 이와우라(巖浦), 야마다(山田) 등 5명의 전문가가 다시 여
러 곳을 조사하여 이전에 탐사했던 사람들이 보고한 내용 중에 잘못된
것을 바로잡았는데, 이것이 작년의 일이었다.

3. 지질의 분포

옛날 독일의 학자 칸트(Kant)[13]는 성운설을 제창하였고 프랑스의 학

---

12) 리옹상업회의소(원문 里昂商業會議所) : 보통 '里昂商會'로 음역하며, 프랑스의
   상인단체의 하나이다. 1702년에 성립되었다. 이 단체는 주로 도시나 어떤 지역
   에서 해야할 일을 논의하고 상공업에 관한 일에 대해 정부에 건의한다. 1791년
   입헌회의의 명령에 따라 각지의 상회(商會)가 해산되었다가 1802년에 회복되었
   다. 1895년에서 1897년 사이에 프랑스 광업기사 뒤클로스(Duclos)가 중국의 운
   남(雲南), 귀주(貴州), 사천(四川) 지구를 탐사하고 이 지역의 광물자원에 관한
   보고서를 제출하였다. 직후에 리옹상회는 대중국무역의 확대를 위한 사전작업
   을 위해 앞에서 언급한 지역으로 프랑스의 외무부가 위임한 영사 에밀 로셰
   (Emil Rocher)를 단장으로 하는 조사단을 파견하였다.
13) 칸트(원문 康德, I. Kant, 1724~1804) : 독일의 철학자이다. 1755년『자연통사와
   천체론』을 발표하여 태양계 기원에 관한 성운가설을 제기하였다. 그는 우주에
   있는 무한한 혼돈상태의 원시물질이 서로 끌어당기기도 하고, 충돌하기도 하고,
   발열하기도 하고, 회오리처럼 돌기도 하다가 성운이 형성된다고 생각했다. 회오
   리처럼 돌던 성운이 적도면에서 물질이 분출하여 태양계의 여러 행성이 형성되
   었다고 생각하였다.

자 라플라스(Laplace)[14]가 거기에 동조했다. 지구는 우주공간의 대기체(大氣體) 중에서 일부분이 빠져나와 공간을 돌아다니다가 알 수 없는 억만 겁의 세월이 지나는 동안 응결되어 유동체가 되었고, 그후 점차 냉각되고 수축하여 외피가 드디어 굳어져 이를 지각이라 부른다. 지구의 중심에 관해서는 여러 가지 설이 분분하다. 내부융체설(內部融體說)이 있고, 내부비융체설(內部非融體說)이 있고, 내외(內外)의 고체 사이에 융체(融體)가 끼여 있다는 설이 있다. 각각의 설은 학리(學理)에 근거하여 자기의 논의를 수식하고 있다. 그러나 지구의 중심은 아주 깊은 곳이기 때문에 측정할 수가 없어 누가 옳은지 구별하고자 하여도 그것은 대단히 어려운 일이다. 다만 이론적으로 지표의 가장 오래된 것을 기초통계(基礎統系, Fundamental formation)[15]라 부른다. 그 상층의 지각을 당시의 기후상태와 매장되어 있는 화석(Fossil)의 종류에 따라서 네 가지의 대대(大代) Era로 나눈다. 그것을 세분하여 기(紀, Period)라 부르고, 기(紀)를 다시 세분하여 세(世, Epoch)라 부른다. 그러나 이러한 여러 가지 지층은 우리 인간이 발을 딛고 있는 곳을 파들어 갈 때, 멋지게 완전히 갖추어져 있는 것은 아니다. 대부분의 지층은 착종되어 있고 잔결로 남아 있으며, 또 여러 곳에 흩어져 분포되어 있다. 예를 들어 우리 중국의 경우에 항상 이쪽에서는 신지층(新地層)을 볼 수 있지만 다른 쪽에서는 고지층(古地層)을 볼 수 있다. 태고 때의 기후나 수륙이 모두 균일한 것이 아니었기 때문에 지층도 일치하기 어려운 것이다. 인류의 역사를 논하는 사람 중에는 전제, 입헌, 공화 등을 차례로 거치는 것이 정치체제의 진화법칙이라고 주장하고 있지만, 전제가 바

---

14) 라플라스(원문 拉布拉, P. Laplace, 1749～1827) : 보통 '拉普拉斯'로 음역하며, 프랑스의 과학자이다. 그는 1796년 각운동의 운동량보존의 법칙에 근거하여 성운이 냉각되고 응고될 때 자전이 가속된다는 점을 설명하여, 독립적으로 칸트와 비슷한 논점을 제기하였다.

15) 기초통계(원문 基礎系統) : 기초구조라고도 하며, 원시지각(原始地殼)을 가리킨다.

야흐로 엄혹하면 유혈의 혁명을 통하여 일거에 공화로 달려가는 예를 어찌 역사에서 찾아볼 수 없겠는가? 지층의 변화의 예도 역시 이와 같 다. 이제 중국을 언급하겠는데 지질연대(Geological Chronology)의 순서 를 따르겠다.

(一) 원시대(原始代) 혹은 태고대(太古代, *Archean Era*)

지구가 처음 형성되었을 때 수증기가 응결되어 물이 되었다. 이것은 당시의 유적으로 기초통계(基礎統系) 상에 나타나 있으며, 이것은 지 질학자들에 의해 처음으로 목격되었다. 그러므로 우리들이 눈으로 볼 수 있는 지층은 이것으로 인해 가장 오래 전까지 거슬러 올라갈 수 있 게 되었다. 이 지층의 암석 중에는 편마암, 운모암, 녹니암이 가장 많은 데, 대체로 화력(火力)으로 인해 변질되어 있다. 이러한 암석층을 자세 히 관찰해 보면 거의 생물이 없고, 단지 암석의 종류에 따라 분류하면 다음의 두 기(紀)가 된다.

(12) 로렌기 Laurentian Period

(11) 후론기 Huronian Period

후에 비록 에오존16)(원생생물이란 뜻이다)이 발견되었다는 설이 있 지만 독일인 뫼비우스17)의 연구에 따르면 그것이 오류라는 것을 이미 알게 되었다. 대개 그 당시에는 진실로 기후가 나빴고 토양이 척박하였 기 때문에 그 사이에 존재할 만한 미미한 생명이라고는 하나도 없었다.

---

16) 에오존(원문 阿屯, Eozone) : 미국의 과학자 도손은 선캄브리아기(본문에서는 원 시대(原始代)로 쓰고 있다)에서 형성된 캐나다의 석탄암 중에서 원생돌물과 비 슷한 유공충의 유적을 발견하였는데 그것을 에오존(Eozone)이라 명명하였다.

17) 뫼비우스(원문 眉彪, 1825~1908) : '梅標士'로 음역하기도 하며, 독일의 과학자 이다. 그는 연구를 통해 선캄브리아기에서 유공충의 원생동물이 있었다는 설을 부정하였다.

이해하기 어려운 것은 때때로 암석 가운데 석탄이나 석묵(石墨)과 같은 종류가 포함되어 있다는 점이다. 대개 석탄은 동물의 유해이며 석묵은 식물의 줄기가 말라 죽어서 된 것인데, 만약 생물이 존재할 수 없었다면 어찌 이런 일이 있을 수 있겠는가? 그러나 혹 이런 것들은 전부 생물의 힘에 의해 생긴 것이 아니라고 하는 사람이 있지만 지금까지 아직 의문으로 남아 있다. 우리 중국에서 조사해 보면 두 가지 기(紀)는 모두 황해 연안에서 찾아볼 수 있다. 비록 매장되어 있는 것이 어떠한지에 대해 아직 알 수는 없지만, 태고지층에서는 항상 금, 은, 동, 백금, 탄화칼슘, 루비 등속이 생산되는데, 아마 우리 나라의 황해연안 지방도 역시 이와 같을 것이다.

(二) 고생대(古生代, *Palaeozoic Era*)

비로소 생물이 탄생했으며 이 때문에 생(生)자로 명명하게 되었다. 여섯 개의 기(紀)로 나눈다.[18]

- (10) 캄브리아기 Cambrian Period
- (9) 실루리아기 Silurian Period
- (8) 데보본기 Devonian Period
- (7) 석탄기 Carboniferous Period
- (6) 페름기 Permian Period

암석이 매우 많아 물로 만들어진 것으로는 사암, 규소암, 점판암, 석탄[19] 등과 같은 것이 있고, 불로 만들어진 것으로는 화강암, 섬록암, 휘암 등과 같은 것이 있다. 암석의 종류가 처음에는 적다가 차츰 많아지

---

18) 캄브리아기 다음에는 마땅히 오르도비스기(Ordovician Period)가 있어야 한다.
19) 석회를 석탄으로 잘못 적었을 것이다.

는데, 생물도 역시 간단한 것에서부터 점차 복잡한 것으로 나아간다. 그러나 (10)기에는 아직 아주 드물게 보인다. 다음으로 (9)기에 이르면 해조류, 삼엽충, 산호충 등의 종류가 날로 번성하였지만 아직 수산물에 그치는 정도일 뿐이다. (8)기에 들어오면 어류, 속새풀,[20] 인목(鱗木), 인목(印木) 등이 출현하여 점차 수산물에서 벗어나 육지산물로 발전하였다. 그러나 단지 민꽃식물일 뿐이고 고등생물은 아직 출현하지 않았다. (6)기로 내려오면 양서류와 파충류가 출현하게 되었는데, 대개 세월의 변천에 따라 날마다 고등한 것으로 발전해 갔다. 이것이 바로 조물주가 스스로 드러내는 진화론이니, 다윈[21]은 이것을 표절하여 19세기의 위대한 저술가가 되었다.

매장되어 있는 광물은 고생대가 가장 풍부하다. 중국에서 (10)기가 나타나는 곳은 요동반도에서 시작하여 조선의 북부에까지 직선으로 이어져 있다. 비록 토질이 척박하고 돌이 많아서[22] 농사는 지을 수 없지만, 여기서 생산되는 금, 은, 동, 주석 등속은 진실로 다른 어떤 기의 제 암석보다 훨씬 뛰어나다. 이 곳에 사는 사람들은 겨우 돌밭을 경작하지만 생계에 있어서는 아주 여유가 있다. (9)기의 암석은 섬서(陝西)에서 사천(四川) 사이의 산간지방에 분포되어 있는데, 금이 많이 나는 것으로 유명하다. (8)기의 암석은 운남(雲南)의 북부 국경지대와 사천(四川)의 동북지방에 놓여 있다. 이것의 변질암 중에는 언제나 옥석류가 포함되어 있고 암석의 맥 사이에 역시 은, 철, 동, 아연이

---

20) 속새풀(원문 薲) : 또는 대위(大薲, calamits)라 하기도 하며, 보통 '노목(蘆木)'으로 번역한다. 속새풀강에 속하는 고대식물의 일종이다.

21) 다윈(원문 達爾文, C. R. Darwin, 1809~1882) : 영국의 생물학자이며, 진화론의 기초자이다. 저서로는 『종의 기원』 등이 있다. 그는 자연선택을 기초로 하는 진화론을 제창하였다. 자연조건이 작용하는 상황 아래에서 생물은 저급한 단계에서 고급한 단계로 발전하고 진화한다는 객관적인 법칙을 천명하여 각종 유심주의적인 신의 창조론과 목적론 그리고 생물의 불변설을 일소했다.

22) 토질이 척박하고 돌이 많아서(원문 磽塉) : 토지가 척박하고 돌이 많다는 뜻이다.

소량 산출된다. 전세계를 조사해 보면 여기에 해당하는 암석이 가장
많고 또 암석류들은 모두 균일하게 사용할 수가 있는 것들이다. 그 위
에 있는 지층이 (7)기이다. 석탄과 철광석의 생산량이 특히 많은데,
그래서 기의 이름을 석탄기라고 하였다. 우리 중국의 본부(本部)에 실
로 가장 널리 분포되어 있어 이러한 지층이 없는 곳이 없다. 석탄량을
합계하면 유럽 전체보다 훨씬 능가한다(5를 자세히 보라). 이것은 실
로 판도라(Pandora)[23]의 온갖 재앙이 들어 있는 상자의 밑바닥에 숨겨
져 있는 희망과 같은 것이므로, 그것을 얻게 되면 날마다 광명찬란한
전도에 더욱 가까울 것이고, 그것을 잃게 되면 고통받고 근심에 싸여
마침내 죽음에 이르게 될 것이다. 우리 나라 사람은 그 선택을 잘 하
여야 할 것이다.

(三) 중생대(中生代, *Mesozoic Era*)

이 대(代)를 구성하는 암석은 점판암, 각암(角巖), 규소암 및 점토암
등이다. 우연히 암염이나 석탄, 석고 등의 지층을 함유하고 있기도 하
며, 세 기(紀)로 나눈다. 즉,

(5) 삼첩기 Triassic Period
(4) 쥐라기 Jurassic Period
(3) 백악기 Cretaceous Period

등이 그것이다. 이전의 기에 있던 생물들은 날마다 소멸해 갔기 때문에

---

23) 판도라(원문 梛陀羅) : 보통 '潘陀羅'로 음역하며, 그리스 신화에 나오는 미인의
하나이다. 제우스신이 그녀를 에피메테우스에게 아내로 삼도록 보내어 주었다.
그리고 그녀에게 상자 하나를 건네 주었다. 그 속에는 질병과 재앙과 죄악 등
여러 가지 우환이 들어 있었고 '희망'은 가장 밑바닥에 숨겨져 있었다. 그녀는
에피메테우스를 만났을 때 상자 두껑을 열어 인간세상에 여러 가지 우환을 내
보냈고, '희망'만은 상자 속에 가두어 놓았다.

(5)기가 되어서는 인목(鱗木)이나 인목(印木) 등이 쇠락한 지 이미 오래 되었고, 송백나무, 소철나무, 양치류 등이 그것을 대신하여 식물계의 주도권을 장악하였다. (3)기에 이르면 무화과, 백양목, 버들, 종가시나무 등 피자식물(被子植物)들이 출현하여 지금의 세계와 크게 다른 점이 없었다. 동물은 전대에 이미 출현하였던 파충류가 더욱 번성하였고, 유대류(有袋類)가 또 출현하여 포유류의 선도가 되었다. (4)기에 이르러 괴상한 몸집의 공룡24)(옛날에는 '타(鼉)'로 번역했다)이 육지에서 제멋대로 날뛰었으며 이빨을 가진 시조새25)가 하늘을 날았다. 대개 생물이 출현한 이래로 이와 같이 괴이하고 번성한 때는 없었다. 국석(菊石)과 전석(箭石) 등이 역시 크게 번식하여 그 유해가 (3)기의 지층을 형성하게 되었다. 즉, 학교에서 일상적으로 사용하고 있는 분필26)이 바로 이러한 미충(微蟲)의 혜택이다. (3)기에 이르러 생물계에는 대변혁이 일어나 그 때까지의 동식물들이 혹은 쇠퇴하기도 하고 혹은 멸종하기도 하였다. 그러나 직활엽수나 경골어류가 흥기했다.

중국에 (5)기가 분포되어 있는 곳은 서장(西藏)이며 유용한 광물27)로는 암염, 석고, 동, 철, 아연 등이 있다. (4)기는 시베리아의 동쪽에서 중국의 본부에 걸쳐 있는데, 때때로 광물이 있기는 하지만 석탄은 극히 드물다. (3)기에도 또한 유용한 광물은 보기 드물다. 중국의 극서쪽 지방이 이 지층으로 되어 있다.

---

24) 공룡(원문 詭形之龍類) : 공룡을 가리킨다.
25) 시조새(원문 有齒之大鳥) : 시조새를 가리킨다.
26) 분필(원문 堊筆) : 즉, 분필이다. 중국에서는 주로 석고로 만들지만 다른 나라에서는 백악토(白堊土)를 이용하여 만든다. 백악토는 미세한 동물의 유각(遺殼)이 퇴적되어 형성된 백색의 토질암석이다.
27) 광물(원문 卝) : 광(礦)의 옛 글자이다.

(四) 신생대(新生代, *Cenozoic Era*)

신생대는 지질시대 중에서 가장 마지막 지층이다. 그리고 그 말엽이 우리 인간의 생식이 시작된 역사이다. 두 기(紀)로 나누며, 다음과 같다.

(2) 제3기 Tertiary Period
(1) 제4기 Quaternary Period

이 지층의 암석으로는 조면암, 유문암, 현무암 및 점토암, 역암질사암, 유석탄 등이 있다. 이 때의 생물은 비록 오늘날과 크게 다르지 않지만 자세히 살펴보면 다른 점이 아주 많다. 예를 들어, 코끼리, 맥(貘), 장각수(張角獸), 모아조 등[28]이 그것이다. 이렇게 성쇠가 교체되면서 더욱 번성하고 더욱 진화하여 홍적세(Diluvium)에 이르러 인류가 출현하였다.

(2)기는 중국 전역에 분포되어 있으며 이 지층의 광물에는 금속이 들어 있고 또 석탄이 생산되는데, 생성된 지 얼마 되지 않았기 때문에 석탄기에는 훨씬 못미친다. (1)기는 전세계 어디서든 볼 수 있다. 예를 들어 중국의 양자강 북부의 레스(Loess, 황색이고 지층을 형성하고 있지 않은 석탄질의 암석)는 바로 이 시대에 토사가 퇴적되어 만들어진 것이다. 황하 부근의 황토도 역시 이 시기에 발육한 롬의 일종이다.

---

28) 맥(원문 貊) : 거맥(巨貊, Megatapirus)을 가리키며, 진맥과(眞貊科)의 고대 포유동물이다. 장각수(원문 張角獸) : 공각류(恐角類, Dinocrata) 동물을 가리키며, 머리에 뿔 모양의 뼈가 돌출해 있다. 모아조(원문 恐鳥) : 모아(MOA)조(鳥)라고도 부르며, 타조와 비슷한 걸어다니는 새이다.

4. 지질상의 발육

지구가 아직 형성되기 이전에 우리 중국도 역시 기체 중의 일부분에 지나지 않았기 때문에 아무런 말도 할 수가 없다. 그러므로 지구가 형성된 이후부터 시작할 것이다.

(1) 태고대(太古代)의 중국: 태고대의 지구는 홍수가 팽배해 있었고 강렬한 불길이 가득하였기 때문에 땅에는 물이 거의 없었으니 어찌 생물을 말할 수 있겠는가. 그 때의 상황을 조용히 명상해 보면 단지 큰 물결이 세차게 파도치는 것이 보일 뿐이다. 그러나 화력(火力)이 격렬하여 지각이 변형되고 곤륜산맥이 홀연히 우뚝 솟아 올랐다. 몽고의 일부분과 오늘날의 산동이 물에서 분리되어 육지가 되어 바다 가운데서 우뚝 솟았다. 그 밖에는 다만 거대한 홍수가 끝없이 펼쳐졌고 화난 파도가 하늘을 찌를 뿐이었다.

(2) 고생대(古生代)의 중국: 지각과 지심(地心)이 격전을 벌인 지가 이미 오래 되었고, 그 후 지심에 있던 화강암 용액이 화력으로 인해 뜨거워져 밖으로 분출하여 바다와 육지로 흘러들었으며, 지각은 그에 따라 수면 위로 나오게 되어 드디어 동방아시아 대륙이 형성되었다. 진령(秦嶺) 이북의 단층은 여러 방향으로 나누어 흩어져 대지(臺地)가 되었으며, 속새풀과 인목(鱗木), 인목(印木) 등 거대한 식물들이 이에 번식하게 되었다. 진령 이북은 지층이 항상 파도가 이는 것처럼 뒤틀린 형상을 하고 있는데, 마치 예전에 산맥을 형성하고 있었던 것 같다. 그후 비바람의 풍화작용과 파도의 충격을 받아 진령 이북은 점차 해저로 변하였고, 무수한 식물은 수석(水石)의 압력과 지심의 더운 열기를 받아 서로 꼿꼿이 말라 죽고 말았다. 그러나 지심의 화력은 아직 충돌이 끝나지 않았기 때문에 다시 수중에서 분출되어 계단 모양의 대지(臺地)를 만들었다. 소위 지나탄전은 실로 이 때에 형성되었다. 그러나 진

령의 남부는 아직 해저에 잠겨 있었지만 서북방의 횡압력을 받게 되어, 진령 이남의 지층은 마침내 파도 모양으로 일어났다. 즉, 소위 지나 산계(山系)[남령(南嶺)]가 그것이다.

(3) 중생대(中生代)의 중국: 화산의 활동은 이 시기에 이르러 점차 쇠약해졌지만, 다만 남방의 일부가 점차 함몰해 신지중해(新地中海)가 형성되었다. 이것이 실로 오늘날 사천(四川)의 분지(사천의 적색사암 분지)가 되었고 또 남지나 탄전이 되었다. 히말라야산이 우뚝 솟아올라 두각을 나타내기에 이르렀고, 그리하여 남부 중국이 비로소 완전히 육지가 되었다. 그 후 남경(南京)과 한강(漢江)의 북쪽에는 북동쪽으로 내달리는 단층이 생기고, 그것이 함몰하여 중원(中原)이 되었다. 이 곳이 역대로 사납고 야심 있는 호걸이 사슴을 몰던 땅이며, 우리 중국의 고대사의 골조가 이루어진 곳이다.

(4) 신생대(新生代)의 중국: 신생대 초에 들어와 수화(水火)의 위세는 점차 잦아들었고, 감숙(甘肅)과 몽고지방이 예전에는 내해(內海)였으나 이 시기에 이르러 점차 건조해져 사막이 형성되었다. 그러나 폭풍이 불어대어 황토가 되었다. 양자강 북부 역시 광대한 사막이었는데, 그 후 바람에 날리고 비에 침식되어 마침내 레스가 되었다. 그리하여 레스가 중국에 크게 발육하게 되었다. 그 밖의 지역은 오늘날의 지형과 크게 다르지 않았다.

5. 세계 제일의 석탄국

세계 제일의 석탄국! 석탄은 국가경제의 발전과 쇠퇴와 밀접한 관계를 가지고 있으며 성쇠와 생사의 대 문제를 결정할 수가 있는 것이다. 대개 증기로 동력을 발생시키는 세계에서는 석탄이 원동력이 되지 않을 수 없는데, 그것을 잃게 되면 기계가 전혀 힘을 쓰지 못할 것이고 강철로 만든 함정 역시 위력을 잃게 될 것이다. 비록 장래에는 전기로 동력을 발생시킨다고 말하지만 석탄은 역시 한쪽 방면의 패권을 장악할 것이고 한 국가의 생사를 주무를 것이다. 나는 감히 이렇게 단언하는 바이다. 그러므로 영국이나 미국과 같은 나라는 모두 식물의 죽은 시체의 영혼을 빌려서 일세를 풍미하고 있는 것이다. 오늘날 석탄이 바닥이 나려고 하니 그들 나라의 수도에 있는 인사(人士)들이 가슴을 어루만지며 우려하고 탄식하며 새로운 탐사에 급급해하는 것이다. 열강들은 이와 같은데 우리 나라는 어떠한가? 리히트호펜은 "세계 제일의 석탄국"이라 하였다. 이제 일본의 지질조사자의 보고에 근거하여 석탄전의 크기와 위치를 그림으로 제시한다. 즉,

- 만주(滿洲) 일곱 곳
  - 무하수(蕪河水)
  - 새마집(賽馬集)
  - 태자하(太子河) 연안(상류) ⎤ 요동(遼東)
  - 본계호(本溪湖)
  - 금주부(錦州府)[대소릉하(大小凌河) 상류]⎤
  - 영원현(寧遠縣) 요서(遼西)
  - 중후소(中後所)
- 직예성(直隷省) 여섯 곳
  - 석문새(石門塞)[(임유현(臨楡縣)]
  - 개평(開平)
  - 북경(北京)의 서쪽[방산현(房山縣) 부근]
  - 보안주(保安州)
  - 울주(蔚州)   서영주(西寧州)
- 산동성(山東省) 여섯 곳

　　　　동남부 탄전　　　　　서남부 탄전

　　　　오대현(五臺縣)　　　　대동영민부간(大同民府間) 탄전

　　　　중로(中路)(음역)　　　서인자(西印子)(음역)

- 사천성(四川省) 한 곳

　　　　아주부(雅州府)

- 하남성(河南省) 두 곳

　　　　남소현(南召縣)　　　　노산현(魯山縣) 부근

- 강서성(江西省) 여섯 곳

　　　　풍성(豊城)　　　　　　신유(新喩)

　　　　평향(萍鄕)　　　　　　흥안(興安)

　　　　낙평(樂平)　　　　　　요주(饒州)

- 복건성(福建省) 두 곳

　　　　소무현(邵武縣)　　　　건녕부(建寧府)

- 안휘성(安徽省) 한 곳

　　　　선성(宣城)

- 산동성(山東省) 일곱 곳

　　　　기주부(沂州府)　　　　신태현(新泰縣)

　　　　내무현(來蕪縣)　　　　장구현(章丘縣)

　　　　임유현(臨楡縣)　　　　통현(通縣)29)

　　　　박산현(博山縣) 및 치천현(淄川縣)

- 감숙성(甘肅省) 다섯 곳

　　　　난주부(蘭州府)　　　　대통현(大通縣)

　　　　고랑현(古浪縣)　　　　정강현(定羌縣)

　　　　산단주(山丹州)

---

29) 여기서 말하는 임유현(臨楡縣), 통현(通縣)은 본문에 나오는 지도에 근거할 때
　　마땅히 임치현(臨淄縣), 유현(濰縣)이라 해야 한다.

등 마흔세 곳이 바로 그것이다. 이 밖에 호남(湖南) 동남부에는 무려 2만 1천 제곱마일30)이나 되는 유연탄과 무연탄이 있다고 말하는 사람이 있다. 비록 그가 정확한 근거를 가지고 있지는 않지만, 우리 중국의 탄전 중에 아직 발견하지 못한 것은 진실로 부지기수이니 어찌 호남(湖南)에 그치겠는가? 이제 지도를 보면서 산동성에 있는 유연탄, 무연탄의 대 탄전을 계산해 보면, 대략 각각 1만 3천 5백 제곱마일이나 되며, 합계로는 7백만 평31)이나 된다. 그 밖의 다른 탄전까지 합치면 어림으로 가장 낮게 잡아도 1천만 평은 될 것이다. 가령 탄전의 평균 두께가 30척이고 1세제곱 평의 무게가 8톤이라면 전체 총량은 대략 1만 2천억 톤이 된다. 그렇다면 매년 1억 2천만 톤씩을 채굴하더라도 역시 1만 년 동안이나 오래 지속할 수 있으며 그때까지도 고갈되지 않을 것이다. 하물며 566만 평, 즉 6천 8백억 톤의 매장량을 가지고 있다는 이야기로 전해지는 호남의 탄전을 보탠다면 어떻게 될 것인가! 나는 이것을 생각하면 스스로 기쁨을 느낀다. 그러나 기이한 현상이 하나 있다. 즉, 내가 앞서 했던 말과 상반되게 중국은 장차 석탄으로 인해 망한다는 주장이 그것이다. 열강들의 영토 내에는 이미 석탄이 고갈되고 있어 중국이 그들의 성쇠문제를 해결할 수 있는 관건을 가지게 되었다. 열강들의 장래 공업의 성쇠는 거의 지나를 점령할 수 있느냐 없느냐에 달려 있게 되어, 드디어 어깨를 밀치고 일어나 남이 먼저 할까 두려워한다. 그리하여 세력 균형의 범위를 뛰어넘을 수 없기 때문에 서로 논의하여 분할을 기도하면서 영토를 나누어 갖는데 혈안이 되고 탄전에 눈독을 들이고 있다. 그런데 우리는 무감각하고 아무런 생각이 없어 헤아릴 수 없는 거대한 자원을 가지고 있으면서도 그것을 사용할 줄 모르고, 단지 미미한 이익에 기뻐하면서 스스

---

30) 마일(원문 邁爾) : 영어 마일(mile)의 음역이다.
31) 평(원문 步) : 일본의 면적 단위로서 지금의 평(坪)과 같다. 1평은 3.3057 제곱미터이다.

로 국가의 도적이 된다. 그리하여 오늘은 산서(山西)의 탄전을 영국에
빼앗기고, 내일은 산동(山東)의 탄전을 독일에 빼앗긴다.[32] 제국은 무
리를 지어 "채굴권! 채굴권!" 하고 요구하고 있다. 아아, 10년도 지나
지 않아 이토록 비옥한[33] 중원이 더이상 우리의 고국이 아님을 보게
될 것이며, 탄전을 소유하고 있던 구주인은 채탄하는 노예나 보고(寶
庫)를 버린 탕자(蕩子)가 될 것이고, 아니 비천한 놈이라는 이름을 얻
게 될 것이다. 비록 "탄전은 도적을 불러들이는 일이다"라고 말하는
사람이 있지만, 자원을 잘 지키지 못하고[34] 그것을 이용할 줄 모르는
것은 누구의 죄인가?

6. 결 론

나는 지금까지 지질의 분포와 지형의 발육 그리고 그와 관련된 광산
자원에 대하여 서술하였다. 나도 모르는 사이에 경애심과 두려움 등 갖
가지 생각이 일어 붓을 던지고 대 탄식을 하면서 우리 고국이 과연 어
떻게 될 것인가를 생각하고 있다. 조국을 바라보니 황제(黃帝)가 신음
소리를 내고, 백인놈들이 춤추며 날뛰고 있다.[35] 그들의 발자국이 미치

---

32) 산서의 탄전을 영국에 빼앗기고(원문 山西某炭田奪于英) : 1894년[광서(光緒) 20
   년] 영국의 F회사가 산서성(山西省)의 우현(盂縣)에 있는 평정(平定) 광산의 채
   굴권을 탈취해 간 것을 가리킨다. 산동의 탄전을 독일에 빼앗긴다(원문 山東各
   炭田奪于德) : 1898년[광서(光緒) 24년] 독일정부가 산동(山東)의 교제철도(膠濟
   鐵道)를 따라 30리 이내의 광산 채굴권을 탈취한 것과 이듬해 독일의 민간기업
   리치가 산동성(山東省) 내의 다섯 곳의 광산 채굴권을 탈취한 것을 가리킨다.
33) 비옥한(원문 腴腴) : 비옥하다는 뜻이다.
34) 자원을 잘 지키지 못하고(원문 慢藏) : 재물을 잘 보관하지 않다는 뜻이다. 『역
   계사상(易 系辭上)』에 "재물을 잘 보관하지 않으면 도적을 불러들인다(慢藏誨
   盜)"라는 구절이 있다.
35) 황제가 신음소리를 내고(원문 黃神嘯吟) : 『회남자 람명훈(淮南子 覽冥訓)』에
   "서왕모가 승(勝, 머리장식)을 꺾어 버리자 황제가 신음소리를 내었다.(西老折
   勝, 黃神嘯吟)"라는 구절이 있다. 동한(東漢)의 고유(高誘)는 주에서, "이 때[하

는 곳마다 요구가 뒤따르고, 광산채굴권을 획득한 다음에 드디어 세력
을 몰래 침투시키고 있으니 여기든 저기든 모두가 우리의 것이 아니다.
최근에 러시아가 다시 우리의 금주(金州), 복주(復州), 해룡(海龍), 개
평(盖平) 등 제 광산지를 요구하고 있다. 처음에 청의 상인 모(某)가
자신이 채굴하겠다고 요청해 봉천(奉天)의 장군이 그것을 허락하였지
만, 청의 상인 모(某)가 러시아에 몰래 팔아넘긴 사실을 알고 장군이
그 약속을 파기하려 하자 러시아인은 격노하면서 제멋대로 방자하게
그것을 달라고 요구하고 있다.36) 오호라, 이렇게 망해 가는 나라는 애
써 사랑하고 보호해야 하며 그렇게 하지 못할까 걱정해야 하는데, 오히
려 어찌된 일인지 도적을 집안으로 끌어들여 서까래와 대들보를 자르
는 데 협조하여 더빨리 대궐이 무너지도록 하고 있도다. 다시 우리의
절강(浙江)을 보기로 하자. 내가 들은 바에 의하면 절강의 모(某) 신사
(紳士)라는 자37)가 모(某) 상인이 이전에 썼던 계략을 배워서 실로 외

(夏)나라 걸(桀)왕 시대를 가리킨다] 법도가 없어 황제의 신은 도가 쇠한 것을
슬퍼하여 신음소리를 내며 길게 탄식하였다(爲時無法度, 黃帝之神傷道之衰, 故
嘯吟而長嘆也)"라고 하였다. 백인놈들(원문 白皆) : 서방의 제국주의를 가리킨다.
생(眚)은 재해의 뜻이다.

36) 러시아가 금주(金州) 등 여러 광산을 조사하였다는 것은 1903년 10월 1일 일본
오사카의 『조일신문(朝日新聞)』에 보인다. "9월 30일 천진(天津) 특보: 봉천(奉
天) 장군이 금주청(金州廳), 복주(復州), 개평(盖平), 해룡청(海龍廳) 등의 광산
을 청나라 상인이 출자하여 채굴하도록 허가를 내어 주었다. 청나라 상인이 러
시아인과 연락하여 러시아인이 출자하도록 하였는데 그 권리가 러시아인의 손
으로 넘어갔다. 그래서 봉천 장군이 금지령을 내렸다. 그러자 러시아의 영사가
크게 화를 내며 힐난하였다. 봉천 장군은 이에 외무부에 전보를 띄워 러시아
공사와 협의하여 광산채굴권을 보호하도록 건의하였다." 봉천 장군은 당시의
성경(盛京)[지금의 요녕성(遼寧省) 심양시(沈陽市)를 가리킨다-역자]의 장군인
증기(增祺)를 가리킨다. 청나라 상인은 매판상인 양현성(梁顯誠)을 가리킨다.

37) 절강의 모 신사라는 자(원문 浙紳某者) : 고이이(高爾伊)를 가리킨다. 자는 자형
(子衡)이며 절강성(浙江省) 항주(杭州) 사람이다. 1903년 그는 절강성의 동부지
역에 있는 구주(衢州), 엄주(嚴州), 온주(溫州), 처주(處州)의 사부(四府)의 광산
을 개발한다는 명목으로 보창공사(寶昌公司)를 설립하였는데, 몰래 은 250냥의
가격을 받고 사부 광산의 전부를 이탈리아의 혜공공사(惠工公司)에 팔아넘겼다.

국인의 앞잡이가 되어 계약을 곧 체결할 것이라고 한다. 만약 우리 절강인이나 혹은 정부가 들고 일어나 이를 제지한다면 그 결과를 헤아려보건대, 역시 러시아가 금주(金州) 등의 제 지역에 대해서 했던 것과 같을 것이다. 생각건대, 두려움에 떨고 문약한 우리 절강인과 늙고 병들고 혼미하여 앞을 보지 못하는 정부가 무슨 권력이 있어 그들의 예봉을 감히 막을 수 있겠는가? 입을 틀어막고 스스로 몸을 숨기면서 장차 화를 당하면 악당들은 외국인의 귀를 비스듬히 잡아당기며, "그대는 어찌하여 우리 절강의 광산을 손에 넣으려 하지 않는가!"라고 재촉하며 말할 것이다. 아아, 귀신과 이무기가 계략을 꾸미고 사나운 독수리가 입을 크게 벌리고 있으니, 나라가 망할 것임은 의심할 여지가 없도다. 나는 장래를 예측하여 보고 남몰래 우리 절강 때문에 두려움에 떨고 있다. 북방에 있어서는 사태가 더욱 분명하다. 그네들은 이미 외국인의 총칼의 맛과 음흉한 덕정(德政)의 맛을 보았기 때문에 두려워서 복종하고 아첨하지 않을 수 없고, 미래의 성주(聖主)의 환심을 사기 위해 가장 사랑하는 아내와 딸자식을 빼앗겨도 감히 원망하지 못하고 있다. 더욱이 조금도 애정을 가지고 있지 않은 조각 땅에 대해서는 무엇인들 못하겠는가! 우리 절강의 경우는 그렇지 않아서 대주(臺州), 처주(處州), 구주(衢州), 엄주(嚴州) 등의 제부(諸府)에서는 선교사들의 설법이 오히려 거대한 재앙을 빚었다.[38] 더구나 눈동자 푸르고 하얀

동년 10월 3일 절강성의 재일(在日) 유학생들이 도쿄의 상야(上野)의 삼의정(三宜亭)에 집결하여 항의집회를 가졌고, 고이이의 매국행위를 규탄하는 공개서한을 발표하였다.

38) 선교사들의 설법이 오히려 거대한 재앙을 빚었다(원문 教士說法, 猶釀巨菑): 1898년에서 1903년 사이에 절강성의 대주(臺州), 처주(處州), 구주(衢州), 엄주(嚴州) 등의 지구에서 교회를 반대한다는 구호를 앞세운 군중들의 반제투쟁이 여러 차례 폭발하였다. 이들은 모두 청나라 정부의 잔혹한 진압을 받았다. 1898년 2월의 해문기의(海門起義), 1900년 7월의 제기기의(諸暨起義), 8월의 구주기의(衢州起義), 9월의 영해기의(寧海起義), 1903년 6월의 영해 동려기의(寧海 桐廬起義) 등이 그것이다. 치(菑)는 재(災)와 같다.

얼굴을 가진 이색인종이 지휘하며 경영하여 뚱땅거리며 날마다 우리의 국토를 파해치는 것을 보게 되면 반드시 불가사의한 생각이 머리에 맴돌아 놀라기도 하고 두려워하기도 하고 그러다가 분노하여 장대를 휘두르며 일어나 그들을 단번에 내쫓을 것이다. 그러나 외인(外人)들은 다시 그것을 구실로 하여 다른 것을 요구하고 위협까지 하면서 잘린 머리가 다발을 이루고 땅에 유혈이 낭자한 참상이 또 남방에까지 파급될지 알 수 없는 일이다. 설령 그렇게 하지 않더라도 다른 나라들이 세력균형이라는 주장을 앞세워 그들끼리 단결하여 국토를 빼앗아 아무렇게나 분할해 버릴 것이니, 망국의 화는 오직 우리 스스로가 가속하는 것이다. 다행히 수십 년 후에 마침내 독립을 얻어 영광이 넘쳤으면 하는 것이 나의 몽상이지만, 그러나 우리 절강의 광산업은 본래 다른 성(省)보다 열등하니 다시 이민족이 집 안으로 들어와 남은 공터라도 모두 여기저기 파헤친다면 상업이나 공업 등 제반 산업은 마침내 더욱 곤란해질 것이고, 그리하여 실패에 실패를 거듭하여 날마다 빈궁함으로 치달을 것이다. 오호라, 절강 사람들은 오랑캐를 불러들였다는 비방을 참지 못하나니, 구제할 방법을 모색하지 않을 수 있겠는가.

어떻게 구제할 것인가? 뭇 아이들이 한 아이의 먹을 것을 빼앗으려고 한다면 그 아이는 그것을 움켜 쥐고 스스로 먹어 버린다. 이런 방법을 배우면 될 것이다. 중국은 비록 나약하기로 유명하지만 우리들은 진실로 중국의 주인이므로 모두 일치단결하여 산업을 부흥시킨다면 뭇 아이들이 비록 교활하다고 하지만 누가 감히 그것을 막을 수 있겠는가. 그리하여 그들이 요구할 기회를 끊어 버리는 것이다. 마을 사람들이 서로 합치면 이치를 이해할 수 있고 이민족에 대해 눈을 가로 뜨며 적대시하는 것이 아니기 때문에 민란의 화도 그칠 것이다. 하물며 공업이 번성하고 기계를 사용하여 문명의 그림자가 날마다 머릿속에 각인되어 조금씩조금씩 계속 이어진다면 드디어 좋은 결실을 잉태할 것이다. 나는 호협지사(豪俠之士)가 반드시 슬픈 생각에 잠겨 있다가 옷소매를 떨치고 일어날 것임을 알고 있다. 그렇지 않다면, 우리가 수레를 몰며[39] 채찍을 맞을 겨를조차 없을까 염려가 되는데 어찌 이렇게 한가롭게 지질에 대해 재잘재잘 이야기할 수 있겠는가.

---

39) 수레를 몰며(원문 復箱) : 수레를 몰다는 뜻이다. 『시경 소아 대동(詩經 小雅 大東)』에 "반짝이는 저 견우성은 수레에 멍에하지 못하도다(睆彼牽牛, 不以復箱)"라는 구절이 있다.

파악성론(破惡聲論)[1]

　　근본이 무너지고 정신이 방황하고 있어 화국(華國)은 장차 후손들의 내분에 의해 스스로 말라 죽을 것이다. 그런데도 온 천하에 충직한 말 한마디 없으니 정치는 적막하고 천지는 닫혀 있을 따름이다. 광폭한 독 충이 사람들의 마음 속에 들어 있고, 망령된 자들은 날마다 번창하여 독을 뿌리고 칼을 휘두르며 마치 조국이 하루빨리 붕괴되기를 바라는 것 같다. 나는 아직 미래에 대한 큰 희망을 잃지 않고 있기 때문에 지 자(知者)의 마음의 소리를 경청하고 그 내요(內曜:마음 속의 밝은 빛- 역자)를 자세히 살피고자 한다.

　　내요(內曜)란 어둠을 파괴하는 것이며, 마음의 소리란 거짓과 거리 가 멀다. 인간 사회에 이것이 있으면 그것은 마치 맹춘(孟春)에 우레가 발동하여 온갖 풀들이 그로 인해 싹이 트고, 여명이 동쪽에서 밝아와 깊은 밤이 물러가게 되는 것과 같다. 다만 이는 대중들에게서 기대할 수는 없다. 촉망받는 선비는 한둘에 지나지 않지만, 그들을 앞장 세워 대중들로 하여금 따르게 한다면, 사람들은 아마도 몰락에 빠지지는 않 을 것이다. 희망이 보잘것없다 하더라도 그것은 칠현금[2]에 현 하나만 을 남겨두는 것이며, 가을 하늘에 홀로 떠 있는 별을 바라보는 것이다. 만일 이것조차 없다면 탄식만이 증가할 뿐이다. 무릇 외부로부터 자극

---

1) 원제목은 「破惡聲論」이다. 이 글은 처음 1908년 12월 5일 일본의 도쿄에서 출판 된 『하남(河南)』 월간 제8기에 발표되었으며, 신행(迅行)으로 서명되어 있다. 원 래 구두점이 찍혀 있다. (역주) 제목에서 '파악성(破惡聲)'이란 악성(惡聲)을 깨뜨 리다는 뜻이다.
2) 칠현금(원문 槁梧) : 칠현금을 가리킨다. 『장자 덕충부(莊子 德充符)』에 "칠현금 에 기대어 잠자다(據槁梧而瞑)"라는 구절이 있다.

을 받게 되었을 때 혹시 수메루산[3]과 태산은 흔들리지 않을 지 모르지만, 그 밖의 감정을 가진 것들은 반응이 없을 수 없다. 그리하여 매서운 바람이 구멍을 지나가고[4] 강렬한 태양이 황하 위를 내리쬘 때 그 자극을 받게 되면 모두 손익이 생겨나고 변화가 일어난다. 이는 만물의 성질이 그렇기 때문이다. 생명을 가진 것에 이르면 그 반응은 더욱 두드러진다. 따스한 기운이 감돌기 시작하면 개미가 땅속에서 움직이고,[5] 늦가을이 되면 벌레들의 울음소리도 잦아드는데, 곤충들이 날고 기는 것[6]도 외부의 자극에 의해 그 상태가 변하지 않는 것이 없다. 이는 생리적으로 그렇게 되는 것이다. 만일 인류라면 무리 중에서 가장 뛰어난 존재이므로, 외부의 자극을 만났을 때 감정이 변하고 그 자극을 거부하거나 받아들인다는 점에서 여타의 생물과 같지만, 인류만의 특징을 가지고 있다. 봄이 되면 정신이 활짝 펴지고, 여름이 되면 마음이 응결되고, 쓸쓸한 가을이 되면 의지(志)가 가라앉고, 만물이 숨는 겨울이 되면 생각(慮)이 숙연해진다.[7] 이처럼 정서적 반응(情)은 시절에 따

---

3) 수메루산(원문 須彌) : 범어 Sumeru의 음역이며 적절하지 않은 약칭이다. '기묘하고 높다'는 뜻이며, 고대 인도의 신화와 불교전설에 나오는 큰 산의 이름이다.

4) (역주)『장자 제물론(莊子 齊物論)』에 "대지가 기운을 내뿜는 것을 바람이라 말한다. 이것이 일어나지 않으면 그뿐이지만, 일어나기만 하면 모든 구멍이 성난 듯 울부짖는다"라는 구절이 있다.

5) 개미가 땅속에서 움직이고(원문 元駒賁焉) :『대대례 하소정(大戴禮 夏小正)』에 "12월에 개미가 땅속에서 움직이다(十二月, 元駒賁)"라는 구절이 있다. 북주(北周)의 노변(盧辯)의 주에는, 원구(元駒)는 "개미이며, 분(賁)이란 땅속에서 움직이다는 뜻이다(蟻也. 賁者走于地中也)"라고 하였다.

6) 곤충들이 날고 기는 것(원문 蠕飛蝡動) : 곤충들이 날고 기다는 뜻이다.『회남자 원도훈(淮南子 原道訓)』에 "발로 걷는 것, 입으로 호흡하는 것, 하늘을 나는 벌레, 땅을 기는 벌레는 도 때문에 태어났는데도 그 은덕을 아는 자가 없다(跂行喙息, 蠕飛蝡動, 待而後生, 莫知其德)"라는 구절이 있다.

7) 가을(원문 蕭索) : 가을을 가리킨다. 송대(宋代) 범중엄(范仲淹)의 「한부(恨賦)」에 "가을 해는 쓸쓸하고, 뜬 구름은 빛이 없다(秋日蕭索, 浮雲無光)"라는 구절이 있다. 겨울(원문 伏藏) : 겨울을 가리킨다. 한대(漢代) 복승(伏勝)의 『상서대전(尚書大傳)』에 "북방이란 무엇인가? 복방(伏方)이다. 복방(伏方)이란 만물이 바야흐로 숨는다는 뜻이다. 만물이 바야흐로 숨는 것을 어째서 동(冬)이라 하는가? 동(冬)이

라 움직이는 것처럼 보이지만 때때로 그것을 거부하는 경우가 있다. 천시(天時)나 인사(人事)는 사람의 마음(心)을 바꾸지 못하며 가슴 속의 진실은 말(言)로 나타나게 된다. 자신의 마음(心)에 반하면 비록 천하의 사람들이 함께 노래 부른다고 하더라도 그것에 부화뇌동하지 않을 것이다. 그 말(言)이 생겨나는 것은 충실함으로 인하여 스스로 그만두지 못하기 때문이며, 밝은 빛이 마음(心)으로부터 발하기 때문이며, 파도가 뇌에서 일어나기 때문이다. 그러므로 그 소리(聲)가 밖으로 나오면 천하가 밝아지고 깨어나며, 힘은 아마도 천지만물보다 위대하여 인간세상을 진동시키고 두려움에 떨게 만들 것이다. 두려움이란 향상(向上)을 위한 시작[8]일 따름이다. 오직 소리(聲)가 마음(心)에서부터 발하고 자신이 자신으로 되돌아가게 되면 사람은 비로소 자기정체(己)를 가지게 된다. 사람들이 각자 자기정체(己)를 가지게 되면 사회의 큰 각성은 조만간 달성될 것이다. 만약 사람들이 떼지어 모여들어 수많은 입으로 똑같이 울어댄다면, 그리고 그 울음소리도 자신의 마음(心)을 헤아리지 않고 단지 다른 사람들을 따르며 기계처럼 낸다면, 바람에 흔들리는 나뭇잎 소리와 새 소리가 시끄러워 견딜 수 없다고 하더라도 그와 같지는 않을 것이다. 이렇게 되면 슬픔은 배가될 것이며 적막 또한 더욱 심해질 것이다. 그런데 오늘날 중국이 바로 하나의 적막의 경지에 처해 있다. 얼마 전 제하(諸夏, 중국을 가리킨다—역자)가 국난을 당하여 외적이 그 틈을 이용하여 침입하자 병화(兵火)를 입어 백성들은 죽

란 중(中)이고, 중(中)이란 만물이 바야흐로 속으로 숨는다는 뜻이다(北方者何也? 伏方也. 伏方也者, 萬物之方伏. 物之方伏, 則何以爲之冬? 冬者中也, 中也者, 物方藏于中也)"라는 구절이 있다.

8) 시작(원문 權輿) : 『시경 진풍 권여(詩經 秦風 權輿)』에 "아, 권여를 잇지 못함이여(于嗟乎, 不承權輿)"라는 구절이 있다. 모전(毛傳)에는 "권여는 시작을 뜻한다(權輿, 始也)"라고 하였다. (역주) 저울을 만들 때에는 저울대(權)부터 만들고, 수레를 만들 때에는 수레의 판자(輿)부터 만들기 때문에 권여(權輿)는 모든 일의 시작을 뜻하게 되었다.

음을 면할 수 없게 되었다. 덕망 있는 선비(美人)들은 자신들의 얼굴을 가리고, 지조 있는 선비(碩士)들은 맑고 차가운 연못에 자신의 몸을 던졌다. 후인들은 이런 과거의 기억을 가슴 속에 담고 있는지 그렇지 않은지 헤아릴 수는 없지만, 겉모습을 살펴보건대, 피폐하고 정체되고 몸을 숨기고 부동의 자세로 지낸 지가 진실로 오래 되었다. 지금에 이르러 대세가 다시 변하여 특이한 사상과 기이한 문물이 점차 중국으로 들어오면서 지사(志士)들이 대부분 위기감[9]을 느끼고 서로 다투어 유럽이나 미국으로 건너가 그들의 문화를 흡수하여 고국 땅에 들여 오고자 하고 있다. 대개 그들이 마시게 되는 공기는 전혀 새로운 것이며 그들이 접하게 되는 사조도 전혀 새로운 것이지만, 그들의 혈맥[10] 속으로 순환하여 흐르는 것은 여전히 염제(炎帝)와 황제(黃帝)의 피[염제와 황제는 고대 중국의 전설상의 다섯 천제(天帝)에 속한다. 여기서는 중국의 조상을 가리킨다―역자]이다. 차갑고 쓸쓸함 속에서 액운을 만나 안으로 숨어 있던 화려한 꽃이 외부로부터의 자극을 받게 되어 갑작스레 머리를 드러내고 있다. 이에 옛것을 소생시키고 새것을 받아들여 정신을 계몽시킨다면 대자아(大自我)는 무한대로 확대될 것이며, 때때로 고국(舊鄕)을 돌아 보고 마음(心)을 활짝 펴고 진실한 소리(聲)를 낸다면 그것은 마치 우레소리와 같아서 만물을 잠에서 깨울 것이다. 꿈꾸는 자는 계속 꿈을 꾸더라도 깨어난 자가 그렇게 할 수 있다면 중국 사람들은 이러한 몇몇 현자(碩士)들 때문에 전멸되지는 않을 것이며, 국민

---

9) 위기감(원문 危心) : 마음 속으로 두려움을 품고 있다는 뜻이다. 『맹자 진심상(孟子 盡心上)』에 "(신임을 받지 못하는) 외로운 신하와 첩의 자식들만이 그 조심함이 두려움에 떠는 모습이다(獨孤臣孽子, 其操心也危)"라는 구절이 있다.

10) 혈맥(원문 營衛) : 즉 '영위(榮衛)'이다. 심증식(沈曾植)의 『해일루찰총(海日樓札叢)』 권4에 "영은 대혈관이고, 위는 미세혈관이다(榮, 大血管也. 衛, 微絲官也)"라는 구절이 있다. (역주) 영위(榮衛)란 인체 중의 영기(營氣)와 위기(衛氣)를 가리키기도 한다. '영(營)'과 '위(衛)' 두 기(氣)는 전신에 퍼져 있으며, 영기는 인체의 영양조절을, 위기는 각 기관의 보호작용을 담당한다.

들 가운데 생존자가 하나라도 있으면 중국은 그에게 기대어[11] 살아날 수 있을 것이다. 그렇다고 하나 세월은 흘렀어도 적막은 끝나지 않고 있다. 구석구석을 뒤져보아도 고요하여 사람 하나 없다. 가슴으로부터 자기 소리를 내지 않고 외부의 자극에 대해서도 반응을 보이지 않으며 우매하고[12] 침묵을 지키고 있으니, 살아 있는 것 같기도 하고 죽어 있는 것 같기도 하다. 뜻인즉, 과거에 입었던 상처가 깊어서 머지 않아 말라죽게 될 것이며 다시는 무성한 잎을 피우지 못하리라는 것이다. 그렇다면 이는 낙심천만이며 눈물이 떨어지는 슬픔이다. 그러나 나는 이러한 생각에 대해 이의를 제기할 사람이 있다는 것을 알고 있다. 아마도 이렇게 이야기할 것이다. 10여 년 동안 심하게 수모를 당하자 사람들은 점차 몽상에서 깨어나 국가란 무엇인가, 인간이란 무엇인가 등등을 운위할 줄 알게 되었으며, 공(公)을 급무로 생각하고 의(義)를 좋아하는 마음이 생기고 독립하여 스스로 살아가고자 하는 의지가 견고해졌으며, 논의는 파도처럼 일어나고 사업은 날마다 많아지고 있다고. 중국을 돌아본 외국사람들은 중국의 유신이 빠르게 진행되는 것을 보고 깜짝 놀라지 않는 경우가 없으며, 국내 인사들은 이역의 문물을 받아들이고, 그들의 기호(嗜好)와 언어를 본받아 우뚝 솟은 모자를 쓰고 짧은 옷을 입고 대로를 활보하면서 서양인들과 악수를 나누며 웃음을 띠는데, 서양인과 비교하여 조금도 손색이 없다. 국내에 살면서 신사조(新思潮)의 세례를 받은 사람들 역시 다투어 국민들의 귀를 끌어 당기고 큰 소리로 부르짖으며, 20세기에서 살아 남으려면 국민들은 어떠해야 하는지를 보여 주고 있다. 이 말을 들은 자들은 모두 수긍하며 그 일에 전력을 다하고 오로지 뒤질세라 두려워하고 있다. 게다가 또 날마다 신

---

11) 기대어(원문 佗) : 탁(托)과 같다.
12) 우매하고(원문 儱蒙) : 우매하다는 뜻이다. 한대(漢代) 양웅(揚雄)의 『법언 학행(法言 學行)』에 "하늘이 백성을 내려보냈으니, 무지하고 우매하다(天降生民, 儱侗儱蒙)"라는 구절이 있다.

문잡지를 통하여 그것을 고무시키고 간간이 서적을 통해 부족한 점을
보충하고 있다. 책 속의 문장은 비록 난삽하고 읽기 곤란하여 완전히
이해하기 어렵지만 궁극적으로는 문명의 이기(利器)를 수입하는 것이
다. 만약 군비를 혁신하고 상공업을 진흥시킨다면 국가의 부강은 날을
세며 기다릴 수 있다. 시대를 예비하고 있다는 오늘날의 세상은 모든
사물이 변하고 있기에, 가령 무덤으로부터 죽은 사람을 불러일으켜서
지금의 모습을 보여 준다면 오늘날의 논의나 경영(經營)이 이전의 과
거보다 낫지 않은 것이 없다고 경탄해할 것이고 자신이 일찍 죽은 불
운을 애석해할 것인데, 어찌하여 적막 운운하는가. 만약 그렇다면 오늘
의 중국은 그것이 바로 혼란스런 세계인 것이! 세상의 언론은 어떠
한 언론이며, 사람의 사업이란 어떠한 사업인가? 마음의 소리며 내요
(內曜)는 찾아볼 수 없다. 시세(時勢)가 이미 변하고 세상 살아가는 방
법도 그에 따라 변하게 되어 사람들은 의식주를 염려하여 다투어 새로
운 길로 달려 가면서, 유신의 옷을 끌어다가 자신의 개인적인 몸을 가
리는 데 이용하고 있다. 장인(匠人)들은 자신의 도끼를 자랑하면서 나
라가 나약한 것은 농민들이 쟁기를 가지고 있기 때문이라고 말한다. 수
렵에 종사하는 사람은 총과 칼을 치켜들며 백성이 어려운 것은 어부들
이 그물을 귀하게 여기기 때문이라고 말한다. 만약 그가 유럽 땅을 유
람하면서 여자들의 허리 졸라매는 도구를 제조하는 기술만을 배워서
돌아온다면 허리가 가는 개미[13]에게 예를 갖추고 그것을 문명이라 부
를 것이며, 또 허리가 가늘지 않으면 야만이라고 떠들어 댈 것이다. 그
러나 만일 진정한 장인, 진정한 사냥꾼, 진정한 허리 졸라매는 도구 제

---

13) 허리가 가는 개미(원문 貞蟲) : 『회남자 원도훈(淮南子 原道訓)』에 "……모기·
   요충 등 허리가 가는 무리에까지 그 꿈틀거리는 동작은 모두 그 이해관계에 따
   라 좋아하고 싫어하는 것이 있음을 알 수 있다(……蚑蟯貞蟲, 蠕動跂作, 皆知其
   所喜憎利害者)"라는 구절이 있다. 한대(漢代) 고유(高誘)의 주에는 "정충은 허리
   가 가는 무리이다(貞蟲, 細腰之屬)"라고 하였다.

조업자라면 그래도 괜찮겠지만, 그 실질을 따져 보면 그들은 방법조차 제대로 이해하지 못하고 영혼은 황폐하여 헛되이 남에게서 들은 것을 현란하게 뽐내며 당시 사람들을 기만할 뿐이다. 그러므로 아무리 주창하는 자가 천만 인이고 그에 화답하는 자가 억만 인이라 하더라도 인간세상의 황량함을 타파하기에는 절대부족이다. 짐새의 독[鴆毒, 짐새는 광동성에 있는 독조(毒鳥)이며, 짐새의 깃을 담근 술을 마시면 죽는다고 한다—역자]이 날마다 침투하여 중국의 부패와 타락을 더욱 가속화한다면 그 슬픔은 적막과는 비교가 되지 않을뿐더러 그보다 더욱 심할 것이다. 따라서 오늘날 귀하게 여기고 기대해야 할 사람은 대중들의 떠들썩함에 동조하지 않고 홀로 자신의 견해를 가지고 있는 선비이다. 그는 그윽하게 숨겨져 있는 것을 통찰하고 문명을 비평하면서 망령되고 미혹된 무리와 그 시비를 함께 하지 않는다. 오직 자신이 믿고 있는 바를 향해 매진한다. 온 세상이 그를 칭찬하여도 그것에 고무되지 않고, 온세상이 그를 헐뜯어도 그것 때문에 나아감이 막히지 않는다. 자기를 따르는 자가 있으면 미래를 맡긴다. 설령 자기를 비웃고 욕하며[14] 세상에서 고립시키더라도 역시 두려워하지 않는다. 그렇게 되면 이는 하늘의 태양 빛으로 어둠을 밝히는 것과 같아서 국민들의 내요(內曜)를 발양하고 사람들은 각자 자기정체를 가지게 되어 풍파에 휩쓸리지 않게 될 것이다. 그리하여 중국은 마침내 바로 세워질 것이다. 오늘날 오래 된 나라의 망한 백성들[15]은 본래 우리 지사들이 멸시하고 말하기 꺼려하는 사람들이지만, 모두들 자각의 경지에 들어섰다. 그들은 마음을 열어 제치고 부르짖고 있으며, 그 소리는 밝고 정신은 발양되어 점차 강폭한 힘이나 거짓 술책에 넘어가지 않게 되었다. 그러나 중국은 어찌하여 예전처럼 적막하고 소리가 없는가? 길에는 풀무덤이 가득하

---

14) 욕하며(원문 傌) : 매(罵)와 같다.
15) 망한 백성들(원문 勝民) : 정복당한 나라의 인민을 가리킨다.

여 나아갈 수 없어 지조 있는 선비(碩士)들이 출세에 어려움을 겪고 있
거나 아니면 대중들의 시끄러운 소리가 사람의 귀에 가득하여 깊은 심
연에서 나오는 마음의 소리를 들을 수 없으니, 어찌 입을 다물고 말하
지 않겠는가! 아아, 역사적 사실의 교훈을 통해 나는 전도를 연 선구자
가 있었다는 사실을 알게 되었으며, 역사의 앞길을 열고 넓히기 위해서
는 반드시 강건한 자가 먼저 있어야 한다는 것을 알게 되었다. 다만 탁
류가 흘러 넘치고 강건한 자가 그로 인해 침몰한다면 아름다운 화토
(華土)는 황량한 들판처럼 쓸쓸해지고 황제(黃帝)는 신음소리를 낼 것
이다. 민족혼은 잃게 되고 마음의 소리와 내요(內曜) 역시 기대할 수
없게 될 것이다. 그렇지만, 일이란 대부분 자기만족에 빠짐으로써 실패
하게 되는 법이니, 하찮은 갈대 하나라도 바치는 것이 다른 사람이 거
대한 노를 만들어 줄 것을 기다리는 것보다 더 큰 희망이 있는 것이다.
나는 장래에 대한 큰 기대를 잃지 않고 있으며, 바로 이것이 내가 이렇
게 논하며 글을 쓰는 이유이다.

오늘날 사람들의 주장을 모아 따지고 살펴서, 이름붙여 분류한다면
크게 두 가지로 나눌 수 있다. 하나는 '여러분은 국민입니다'라는 것이
고, 하나는 '여러분은 세계인입니다'라는 것이다. 전자는 아마도 그렇
게 하지 않으면 중국이 망하게 된다는 것이고, 후자는 아마도 그렇게
하지 않으면 문명에 위배된다는 것이다. 이 말의 진정한 뜻을 살펴보건
대, 비록 일관된 주장은 없지만 모두 인간의 자아를 멸하고 독특한 개
성을 가지지 못하도록 획일화하여 대중들 속에 매몰시킨다. 그것은 마
치 검은 색으로 온갖 색깔을 덮어버리는 것과 같다. 만약 거기에 따르
지 않으면 대중이라는 이름으로 채찍질을 해대고 공격을 가하며 핍박
하고 함께 달리도록 강요한다. 옛날에는 적에게 핍박을 받으면 대중들
을 불러들여 도움을 청하고, 폭군에게 괴로움을 당하면 대중들을 불러
들여 폭군을 몰아냈지만, 오늘날은 대중들에게서 제제를 당하고 있으

니 누구에게서 동정을 구할 것인가? 그러므로 백성들 속에 독재자가 있게 된 것은 금일에 이르러 시작되었다. 한 사람이 다수를 제압하던 것이 예전의 일이며, 그렇게 되면 다수가 간혹 이반을 하게 되었고, 다수가 한 사람을 학대하게 된 것이 오늘날의 일이며, 그렇게 되어도 저항을 허락하지 않고 있다. 다수가 자유를 제창하고 있지만 자유 자체가 진실로 초췌하고 공허하기 이를 데 없다. 사람들이 자아를 무너뜨리고 있으니 누가 그것을 일으켜 세울 것인가? 시끄럽고 떠들썩한 소리가 바야흐로 맹렬한 위세를 떨치고 있으니, 여태껏 없었던 일이다. 두 가지 주장이 비록 상반되어 보이기는 하지만 개성을 말살시킨다는 점에서는 대동소이하다. 주장과 논의를 종합하여 가장 중요한 것을 열거하면, 갑의 주장은 '미신을 타파해야 한다', '침략을 숭배하여야 한다', '의무를 다해야 한다'는 것이며, 을의 주장은 '문자를 같이 사용해야 한다', '조국을 버려야 한다', '일치단결을 중히 여겨야 한다'는 것이다. 만일 그렇게 하지 않으면 20세기에서 살아남지 못할 것이라고 한다. 이러한 주장을 고수하기 위해 방패막이로 이용하는 것이 과학이고, 적용(適用)에 관한 일이고, 진화이고, 문명인데, 이 말들은 고상하기 때문에 쉽게 바꿀 수 없을 것 같다. 그런데 과학이란 무엇이며, 적용이란 어떤 일이며, 진화는 어떤 형태로 이루어지는지, 문명의 뜻을 어떻게 해석해야 할지 등등에 대해서 모호하여 명확하게 언급하지도 못한다. 심지어는 자기 창으로 자기 방패를 찌르는 자가당착의 경우도 있다. 아아, 근본이 이렇게 동요하고 있으니 그 가지와 잎들은 무엇에 의지할 것인가! 어찌하여 파도가 일렁이는 대로 내맡기고 스스로 중심이 되지 못하여, 잠시 남의 의견에 부화뇌동하고[16] 스스로를 미혹하게 하는가? 그렇지 않으면 스스로 재주가 모자란다는 것을 알고 때때로 배를 채우

---

16) 부화뇌동하고(원문 從于唱喁) : 부화뇌동하다는 뜻이다. 『장자 제물론(莊子 齊物論)』에 "앞의 것들이 '우우' 하고 소리를 내면 뒤따르는 것들도 '오오' 하고 소리를 낸다(前者唱于, 後者唱喁)"라는 구절이 있다. 우(于)는 우(吁)와 같다.

기 위해 부득불 가면을 쓰고는 천하에서 명성을 낚는다. 명성을 얻게
되면 배가 부를 것이니 다른 사람이 죽임을 당해도 그 일에 상관하지
않을 것이다! 그러므로 오늘날 중국의 혼란함을 근심하는 사람들은 지
사와 영웅이 많음을 염려하고 일반 사람들이 적음을 염려한다. 지사와
영웅은 불길한 것이 아니다. 다만 베일로 얼굴을 가리고 자신의 진실한
마음을 표현할 길이 없기 때문에 그 정신은 독기가 넘치고 탁하여 늘
사람들을 감염시켜 근심하게 한다. 아우구스티누스, 톨스토이, 루소¹⁷⁾
의 참회록은 위대하나니, 거기에는 마음의 소리가 넘쳐흐르고 있다. 만
일 뿌리에 아무것도 없으면서 남을 추수하기만 하는 이런 사람들이 갑
자기 자신만만하게 나라와 천하를 구하겠다고 말한다면 나는 먼저 그
사람의 솔직한 마음을 들어 보고 싶다. 만약 남들 앞에서 솔직한 마음
을 털어 놓는 것을 부끄러워한다면 자신의 주장을 감추는 것이 나으며,
추악하고 더러운 것을 깨끗이 씻어 버리고 대중들로 하여금 마음을 비
워서 천재의 출현¹⁸⁾을 받아들여 사람들의 내요(內曜)를 발흥시키게 하
는 것이 낫다. 이렇게 한 다음에야 인생의 의미가 어지간히 밝아질 것
이고 개성 역시 탁류에 침윤되는 데까지 이르지 않을 것이다. 다만 지
사와 영웅이 이를 받아들이지 않겠다면 그들이 하는 말을 해석하여 사
람들의 주장이 옳고 그른지를 밝히는 데 사용하면 될 것이다.

　미신타파라는 말은 오늘날에 와서 격렬해졌는데, 지식인(士人)들의

17) 아우구스티누스(원문 奧古斯丁, A. Augustinus, 354~430) : 옛날 카르타고(현재
튀니지)의 신학자이며 기독교의 주교이다. 저서로는『하나님의 나라』등이 있
다. 톨스토이(원문 托爾斯泰, 1828~1910) : 러시아 작가이다. 저서로는『전쟁과
평화』,『안나 카레니나』,『부활』등이 있다. 루소(원문 約翰盧騷, J. J. Rousseau,
1712~1778) : 보통 '讓 雅克盧梭'로 음역하며, 프랑스의 계몽사상가이다. 저서
로는『사회계약설』,『에밀』등이 있다. 이들은 모두가 자서전적인『참회록』을
썼다.
18) 천재(원문 性解) : 천재의 뜻이며, 이 말은 원래 엄복(嚴復)이 번역한『천연론
(天演論)』에서 비롯되었다. 출현(원문 쯔生) : 생산을 독려하다는 의미와 같으며,
대량으로 나타나다는 뜻이다.

입에서 비등하고 있을 뿐 아니라 한데 모여 거대한 책으로 엮어지고 있다. 그러나 다들 먼저 올바른 믿음을 사람들에게 설명하지 않는다. 올바른 믿음이 세워지지 않으면 또 무엇으로 비교하여 그것이 미신임을 알겠는가? 대개 사람은 하늘과 땅 사이에 살면서, 만약 지식이 혼돈되고 사유가 초라하다면 더 말할 필요도 없거니와 물질생활이 불안하다면 당연히 형이상(形而上)19)의 요구를 가지게 되는 법이다. 그러므로 베다20)의 민족은, 음산한 바람이 불고 궂은 비가 내리며 먹구름이 몰려오고 번개가 이따금 칠 때면 인다라21) 신이 적과 싸우는 것이라 여기고 이에 대해 두려워하며 삼가 존경하는 마음을 가지게 되었다. 헤브라이22) 민족은 자연현상을 대관(大觀)하고 불가사의를 품게 되어 신내림에 관한 일이나 접신(接神)의 방법이 흥하게 되었고, 그 후 종교는 바로 여기서 싹트게 되었다. 비록 중국의 지사(志士)들은 이를 미신이라 하지만 내가 보기에는, 이는 향상을 바라는 민족이 유한하고 상대적인 현세를 벗어나 무한하고 절대적인 지상(至上)의 세계로 달려가고자 하는 욕망을 표현한 것이라 할 수 있다. 사람의 마음은 반드시 의지할 데가 있어야 하는데, 믿음이 아니면 사람을 바로 세울 수가 없으니 종교가 생긴 것은 어쩔 수 없는 일이다. 그러나 우리 중국은 옛부터 만물을 널리 숭배하는 것을 문화의 근본으로 여겨 하늘을 경외하고 땅에

---

19) 형이상(원문 形上) : 정신을 가리킨다. 『역 계사상(易 系辭上)』에 "형이상을 도(道)라 하고, 형이하를 기(器)라 한다(形而上者謂之道, 形而下者謂之器)"라는 구절이 있다.

20) 베다(원문 吠陁) : '韋陀'로 음역하기도 한다. 인도에서 가장 오래 된 종교·철학·문학에 관한 경전이며, 여기서는 인도를 가리키는 것으로 빌려쓰고 있다.

21) 인다라(원문 因陁羅) : 인도의 신화에 나오는 뇌신(雷神)이며, 또 불교에서 최고의 신인 '제석천(帝釋天)'이다.

22) 헤브라이(원문 希伯來) : 유대민족의 또다른 명칭이며, B.C. 1천여 년에 민족의 지도자 모세의 인솔에 따라 이집트에서 팔레스타인으로 돌아와 나라를 세웠다고 전해진다. 헤브라이 인들의 경전인 『구약전서』는 문학작품, 역사이야기, 종교와 관련된 전설 등을 포함하고 있으며, 후에 기독교 『성경』의 일부가 되었다.

예를 갖추었으며, 그것이 실로 법식(法式)이 되고 발육하고 확장되어 흐트러짐이 없이 정연하였다. 하늘과 땅23)을 제일로 삼고 그 다음은 만물이 차지하여, 일체의 예지(睿知)와 의리(義理) 그리고 국가와 가족 제도는 이것에 근거해 기초가 세워지지 않은 것이 없었다. 그 효과는 형용할 수 없을 정도로 지대하여, 이로써 구향(舊郷)을 경시하지 않았 으며 계급이 생겨나지 않았다. 그것이 비록 일개 풀, 나무, 대나무, 돌 이라 할지라도 거기에는 다 신비한 성령(性靈)이 깃들어 있으며 현묘 한 이치가 그 속에 담겨 있어 다른 사물과 전혀 다르다고 보았다. 숭배 하고 아끼는 사물이 이토록 많은 나라는 세상에서 보기 드물 것이다. 그러나 민생이 더욱 어려워지자 이러한 성격은 날로 엷어져서 오늘에 이르러서는 겨우 옛사람들의 기록에서나 볼 수 있을 뿐이며, 타고난 성 품을 아직 잃지 않은 농민에게서 볼 수 있을 뿐이다. 사대부에게서 그 것을 구한다면 거의 찾아보기 어려울 것이다. 가령 누군가가 중국인들 이 숭배하고 있는 것은 무형의 것이 아니라 구체적 실체이며 유일신이 아니라 온갖 사물24)이기 때문에 이러한 신앙은 미신일 뿐이라고 말한 다면, 감히 물어 보건대 어째서 무형이나 유일신만을 올바른 신이라 하 는가? 종교의 유래를 보면, 본래 향상을 바라는 민족이 스스로 세운 것 이므로 설령 그 대상의 많고 유일함(多一)이나 무형과 실체(虛實)의 차 이가 있다 하더라도 사람의 마음을 향상시키고자 하는 요구를 충족시 켜 준다면 동일한 것이다. 온갖 사물을 돌아보고 만물을 자세히 관찰하 여 보면, 영각(靈覺)이나 묘의(妙義)을 가지지 않은 것이 없는 듯한데, 이것이 곧 시가(詩歌)요 예술이며 오늘날 신비(神秘)에 정통한 선비들 이 귀의할 곳이다. 게다가 중국은 이미 4천 년 전에 이런 것이 있었으

---

23) 하늘과 땅(원문 覆載) : 천지(天地)를 가리킨다.
24) 온갖 사물(원문 百昌) : 만물의 뜻이다. 『장자 재유(莊子 在宥)』에 "지금 온갖 사물은 흙에서 태어나서 흙으로 되돌아간다(今夫百昌, 皆生于土而反于土)"라는 구절이 있다.

니, 이를 두고 미신이라 말하며 배척한다면 올바른 믿음이란 장차 어떻게 되겠는가? 대개 풍속이 쇠퇴한 말세의 사대부들은 정신이 질식되어 있어 오직 천박한 공리(功利)만을 숭상할 뿐, 육신은 존재하지만 영각(靈覺)은 잃고 있는 것이다. 그리하여 인생에는 신비를 추구하는 일이 있다는 점을 깨닫지 못하고 천지만물이 펼쳐져 있어도 관심을 보이지 않고 다만 배를 채우기 위해 허리를 굽힐 뿐이다. 자기를 고집하는 사람에 대해서는 법으로 다스리고 타인이 신앙을 가진 데 대해서는 아주 괴상한 일로 여기며, 전쟁에서 패하거나 나라가 굴욕을 당하면 모든 죄를 그것 탓으로 돌린다. 또 거짓말을 조작하여 반드시 사람들이 의지하고 있는 바를 모조리 뒤집어 버려야 후련해한다. 사직(社稷)을 폐허로 만들고 가묘(家廟)를 파괴한 자들은, 역사에서 검증해 볼 때, 바로 대부분이 신앙이 없는 선비들이며 향촌의 소농민들과는 관계가 없다는 점을 깨닫지 못하고 있다. 거짓 선비를 마땅히 제거하고 미신을 보존해야 하는 것이 오늘날의 급무이다. 만일 스스로 자기 주장이 더욱 빛나고 성대하다고 말하는 자가 있다면 그는 과학을 유일한 표준으로 받드는 무리이며, 물질에 관한 학설을 조금 듣고는 즉시 "인(燐)은 원소의 하나이며 도깨비불이 아니다"라고 말한다. 생리에 관한 책을 대략 훑어보고는 즉시 "인체는 세포로 합성된 것이니 어찌 영혼이 있겠는가?"라고 말한다. 지식에 두루 통달하지 못한 채 화학물리[25]나 잡설의 지극히 천박하고 오류 투성이의 사실들을 주워모아 만사를 해석하려 든다. 사리(事理)의 신비한 변화는 결코 이과(理科)의 입문서 한 권으로 망라할 수 있는 것이 아님을 생각지 못하고, 그것에 의지하여 남을 공격한다면 역시 앞뒤가 전도된[26] 것이 아니겠는가. 과학을 종교로 보고자 하는 사람이 서구의 경우에는 진실로 존재하였다. 독일의 학자 헤

---

25) 화학물리(원문 質力) : 화학과 물리를 가리킨다.
26) 앞뒤가 전도된(원문 倶) : 전(顚)과 통한다.

켈27)은 생물28)을 연구하여 마침내 일원론을 세우고, 종교에 대해서는 마땅히 이성의 신전을 따로 세워서 19세기 삼위일체의 진리를 받들어야 한다고 했다. 삼위란 무엇을 말하는가? 진·선·미가 그것이다. 그러나 여전히 의식(儀式)을 받들어 행하여 사람들로 하여금 현세에 집착하고 정진(精進)에 힘쓰도록 쉽게 알려 주었다. 니체29) 씨는 다윈의 진화의 학설을 받아들여 기독교30)를 배격하고 달리 초인설을 제기하였다. 비록 과학을 근본으로 삼고 있다고는 하지만 종교와 환상의 냄새가 제거되지 않았으니, 그의 주장은 다만 신앙을 바꾼 것일 뿐이지 신앙을 멸하려는 것이 아님이 분명하다. 그러나 지금에 이르러 창대하지 못하고 있는 듯하다. 아마 과학이 도달한 바가 정심(精深)의 절정에 이르지 못한 채 이를 앞세워 대중들을 불러모았으니 듣는 사람들이 아직 만족할 수 없기 때문이리라. 다만 처음으로 제창하는 선비는 그 사유, 학술, 지행(志行)이 대부분 넓고 심원하고 용맹스럽고 꿋꿋하여 설령 세인들의 반대에 부딪히더라도 두려워하지 않으니 뛰어난 선비가 아니겠는가! 이렇게 볼 때, 오직 주식(酒食)만을 목적으로 삼고 달리 움켜쥐고 있는 것이 없으면서 터무니없이 다른 사람의 신앙을 빼앗으려 하

27) 헤켈(원문 黑格爾, E. H. Haeckel, 1834~1919) : 보통 '海克爾'로 음역한다. 독일의 생물학자이다. 저서로는 『우주의 수수께끼』, 『인류발전의 역사』, 『종교와 과학 사이를 이어 주는 일원론』 등이 있다. 그는 과학과 종교를 결합시켜 '일원론적인 종교'를 세우고 '이성의 궁전'에 진·선·미 삼위일체의 여신을 모셔야 한다고 주장하였다.

28) 생물(원문 官品) : 생물을 가리킨다. 엄복(嚴復)은 『천연론 능실(天演論 能實)』에서 자기 설명을 덧붙여, "사람, 짐승, 물고기, 새, 나무와 같은 생명이 있는 것들은 관(官)을 가지고 있기 때문에 관품(官品)이라 부른다"라고 하였다.

29) 니체(원문 尼佉, F. Nietzsche, 1844~1900) : 보통 '尼采'로 음역한다. 독일의 철학자이며 유의지론(唯意志論)과 초인철학을 고취한 사람이다. 저서로는 『차라투스트라는 이렇게 말했다』 등이 있다.

30) 기독교(원문 景敎) : 기독교의 일파로서 네스토리우스파라고도 하며, 당나라 태종(太宗) 정관(貞觀) 9년(635)에 중국으로 들어왔고 경교라고 불렀다. 여기서는 기독교 전체를 가리킨다.

는 경우는, 비록 원소나 세포를 갑옷과 투구로 삼는다 하더라도 그것이
망령되어 사리에 맞지 않음은 길게 이야기하지 않더라도 이해할 수 있
을 것이다. 저들의 주장에 귀기울인 자들은 어째서 아직도 그에 대해
정례(頂禮)하고 칭송하는지 모를 일이다. 그렇지만, 앞서 진술한 사람
들은 그래도 상위에 있다 할 것이다. 그보다 더욱 저급한 경우는 가람
(伽藍)31)의 파괴를 자신의 직업적 임무로 여기는 자들이다. 국민이 각
성하였으니 교육사업은 마땅히 진흥시켜야 한다. 그러나 지사들은 대
부분 빈곤하고 부자들은 늘 인색하며 구국은 늦출 수 없으니 사당이라
도 점유하여 자제(子弟)들을 교육하려고 계획한다. 그리하여 먼저 미
신을 타파하고 다음으로 우상을 공격하면서 스스로 그 우두머리가 되
어 교사 한 명을 초빙하여 그에게 일체를 총괄하도록 한다. 그러면 학
교가 세워지는 것이다. 무릇 불교가 숭고하다는 점은 식자라면 모두 동
의하고 있는데, 진단(震旦)32)에서는 무엇을 원망하여 그 교리를 멸하
려는 데 급급해하는가. 만약 불교가 백성들에게 도움이 되지 않는다고
한다면 마땅히 먼저 백성의 덕이 타락했음을 자성하여야 할 것이다. 이
를 구제하려면 바야흐로 창대하게 하는 것이 시급할 것인데 어찌하여
파괴하려 드는가. 하물며 중국에 있어 학교는 지금 어떠한 상황인가?
교사들은 항상 학문이 부족하여 서학(西學)의 껍데기도 제대로 알지
못하고 헛되이 새로움이라는 허울을 쓰고 사람들을 미혹시키고 혼란스
럽게 하고 있다. 고대사를 강의하면서 황제(黃帝)가 치우(蚩尤)를 정벌
하였다는33) 사실이나 국자(國字)조차도 두루 알지 못하고 있다. 지리
를 언급하면서 지구는 늘 파괴되지만 또한 수복할 수 있다고 말하지만

---

31) (역주) 가람(원문 伽蘭) : 가람, 즉 절을 가리킨다.
32) 진단(원문 震旦) : 고대 인도에서 중국을 이렇게 불렀다.
33) 황제가 치우를 정벌하였다(원문 黃帝之伐某尤) : 『산해경 대황북경(山海經 大荒
北經)』에 따르면, "치우가 무기를 만들어 황제를 치자 황제가 이에 응룡으로
하여금 기주야에서 그를 공격하게 하였다. ……마침내 치우를 죽였다(蚩尤作兵
伐黃帝, 黃帝乃令應龍攻之冀州之野……遂殺蚩尤)."

대지(大地)의 실체와 지구모형조차 판별할 수 없다. 학생들은 이런 지식을 얻고는 더욱 교만해져 중국의 기둥임을 자임하지만 일 하나 제대로 처리하지 못하면서 개국(開國)의 원로보다 더 고고한 척한다. 그러나 지조가 저열할 뿐 아니라 바라는 바도 겨우 과거급제에 있으니 그들에 의지하여 장래의 중국을 건설한다는 것은 매우 위태로운 일이다! 출가하여 수도하는 불교도[34]들은 요즈음 비록 쇠퇴하였지만 학생들에 비해 훨씬 청정(淸淨)하였다. 남방의 경우에는 더욱이 마을제사를 전적으로 금지시키고자 하는 지사가 있다. 농민들은 농사를 짓느라 일년 내내 거의 쉴틈이 없지만 때마침 농한기를 맞이하면 수확에 대한 감사제를 올리고 술을 마시며 스스로 위로하고 희생을 바쳐 신에 보답하는데, 정신과 체질 모두가 유쾌해진다. 지사라고 소리치는 자들은 일어나서, 마을 사람들이 이러한 일을 하면 재물과 시간을 낭비하게 된다고 말하며 이리저리 날뛰며 크게 외치고 힘껏 저지하려 들고, 또 그 재백(財帛)을 가로채서 공용으로 쓰겠다고 말한다. 아아, 미신이 타파되지 않은 시대 이래로 재물을 모으는 방법이 참으로 이보다 더 빠른 경우는 없었을 것이다. 무릇 사람의 원기가 혼탁해지고 성정(性情)이 침전물처럼 가라앉거나 혹은 영혼이 이미 이지러져 향락과 욕망에 빠지게 되면 그렇게 될 뿐이다. 만일 소박한 백성이라면 그 마음이 순백하여 일년 내내 힘든 노동을 하였으므로 반드시 한바탕 정신을 떨칠 욕구를 가지게 된다. 그러므로 농민들은 매년 큰 복에 대해 하늘에 답례하고, 스스로도 나무그늘을 찾아서 술잔치를 크게 벌이며 잠시 심신의 휴식을 취하는데, 새로운 노동을 위한 준비이다. 오늘날 이런 것마저도 금지시킨다면 이는 멍에에 매여 있는 소나 말을 배우게 하는 것과 같아서 사람들은 견딜 수 없어 반드시 발산할 다른 길을 찾게 될 것이다.

---

34) 출가하여 수도하는 불교도(원문 桑門) : 불교용어로서 범어 śramana의 약칭이며, 보통 '沙門'으로 음역한다. 출가하여 수도하는 불교도를 가리킨다.

하물며 스스로 위로하는 일은 남이 간섭해서는 안 되니, 시인이 소리 높여 읊으며 마음을 그려내는데 비록 폭군이라 하더라도 침범할 수 없다. 무인(舞人)이 춤을 추며 몸을 느긋하게 하는데 비록 폭군이라 하더라도 침범할 수 없다. 농민들이 스스로 위로하고 있는데 지사가 그것을 침범한다면 지사가 주는 재앙은 폭군보다 훨씬 강렬하다. 이는 어지럽히는 데에는 최상이고 다스리는 데에는 최하이며,35) 그 말류에 이르면 오히려 천차만별이 있게 된다. 그 대략을 들어 보면, 먼저 신화를 조소하는 자들이 있다. 그들은 언제나 그리스, 이집트, 인도를 함께 비방하면서 크게 웃음거리가 될 만하다고 말한다. 무릇 신화는 본래 옛날의 백성들로부터 생겨난 것으로 천하 만물의 기이함36)을 목도하고 상상력(神思)을 발휘하여 그것을 의인화시킨 것이므로 그 생각은 고풍스럽고 특이하여 기이한 것임은 한눈에 보아 알 수 있는 일이다. 비록 진실면에서는 타당성을 잃고 있지만 그것을 조소한다면 크게 미혹된 것이다. 태고 때의 백성들은 상상력이 그와 같았으니 후인들에게는 당연히

---

35) 이는 어지럽히는 데에는 최상이고 다스리는 데에는 최하이며(원문 亂之上也, 治之下也) :『장자 천하(莊子 天下)』에 "묵적과 금활리의 생각은 옳지만 그들의 행동은 옳지 못하다. 후세의 묵가들로 하여금 반드시 스스로를 괴롭힘으로써 넓적다리에는 살이 없고 정강이에는 털이 없도록 만들어 주고 있을 따름인 것이다. 이는 어지럽히는 데에는 최상이고 다스리는 데에는 최하인 것이다(墨翟禽滑釐之意則是, 其行則非也. 將使後世之墨者, 必自苦以肢脛無毛相進而已矣. 亂之上也, 治之下也)"라는 구절이 있다. 청대(淸代) 곽경번(郭慶藩)의 『집석(集釋)』에는 곽상(郭象)의 주(注)를 인용하여, "어지럽힘은 사물을 거스르고 본성을 해치는 것보다 더 큰 것이 없으며(亂莫大于逆物而傷性也)", "대중에게 내맡기고 본성에 따르는 것이 최상인데, 오늘날 묵자는 그에 반하기 때문에 최하인 것이다(任衆適性爲上, 今墨反之, 故爲下)"라고 하였다. 또 성현영(成玄英)의 소(疏)를 인용하여, "묵자의 도는 사물을 거스르고 본성을 해치고 있는데, 따라서 이는 다스리고 교화하는 최하의 방법이요 황폐화하고 어지럽히는 최상의 방법이다(墨子之道, 逆物傷性, 故是治化之下術, 荒亂之上首也)"라고 하였다.

36) 기이함(원문 奇觚) :『급취편(急就篇)』권일(卷一)에 "기이한 책을 성급하게 이루면 대중과 멀어진다(急就奇觚與衆異)"라는 구절이 있다. 원래는 기이한 책을 가리키지만 여기서는 기이하다는 뜻이다.

얼마나 경이롭고 진기한 일이겠는가. 더군다나 서구의 예문(藝文)은 대부분 신화의 은택을 입었고 사상과 문술(文術)은 여기에 기대어 얼마나 장엄하고 멋진지 모르겠다. 만일 서구의 인문(人文)을 탐구한다면 신화를 공부하는 것이 가장 중요한 일이니, 신화를 모르면 서구 예문을 이해할 길이 없으며 예문에 어두운 자는 그들 내부의 문명에 대해 무엇을 획득할 수 있겠는가. 만약 이집트가 미신 때문에 망하였다고 말하며 그것을 이유로 고대문명을 전부 비난한다면, 이는 유치한 견해로서 고금을 구별할 줄 모르는 것이며 비웃을 가치도 없는 것이다. 다음으로 과학을 구실로 삼아 중국의 오래 된 신용(神龍)에 대해 회의하는 사람들이 있는데, 그 유래를 따져 보면 실로 외국인들이 내뱉은 침을 주워 모으는 데 있다. 그들은 단지 이익과 권력을 추구하는 것 이외에 가슴 속에 품은 생각이 없어 중국이 쇠미한 모습을 보면 돌이나 꽃이라도 경멸하려 든다. 그리하여 털을 불어가며 흠집을 찾거나 헤집어가려내듯이 동물학의 정리(定理)를 가지고 신용(神龍)은 절대로 없다고 단정을 내린다. 무릇 용이라는 동물은 본래 우리 나라 옛날 백성들이 상상력으로 창조한 것이므로 동물학에 근거하여 말한다면 스스로 우매함을 자백하는 것일 뿐이니 화토(華土)에 함께 사는 사람들이 이를 팔아서 또 무얼 하겠다는 것인가? 아니 국민들은 이런 것을 가진 데 대해 부끄러워할 것이 없을뿐더러 상상력이 아름답고 풍부한 데 대해 더욱 자랑스러워할 일이다. 예전에는 인도와 그리스에서, 근자에는 동구와 북구의 여러 나라에서 신화와 전설 및 신물(神物)과 인물이야기[37]가 풍부하여 다른 나라는 비교가 되지 않는다. 그리고 그들의 국

---

37) 인물이야기(원문 重言) : 전설을 가리킨다. 『장자 우언(莊子 寓言)』에 "우언이 십분의 구이고, 그 중에 세상에서 중시되는 인물이야기가 십분의 칠이다(寓言十九, 重言十七)"라는 구절이 있다. (역주) 중언(重言)이란 황제(黃帝), 요(堯), 순(舜), 공자(孔子), 안회(顔回) 같은 세상에서 존경을 받는 사람들에 관한 이야기를 가리킨다.

민성 역시 아름답고 고아하여 천하에 으뜸이기에 그들이 세상으로부터 책망을 받고 있음을 나는 아직 보지 못하였다. 다만 신화나 신물을 스스로 창조할 수 없으면서 다른 나라에 그것을 팔아 넘긴다면 옛사람들의 상상력의 무궁함을 생각할 때 부끄러움이 그지 없을 것이다. 아아, 용은 국휘(國徽)인데 그것을 비방하고 있으니 구물(舊物)은 장차 세상에 남아 있지 않을 것이다! 그러나 러시아의 머리 두 개 달린 매와 영국의 마주보고 서 있는 두 마리 사자[38]가 비방을 받지 않고 있는 것은 바로 그 나라 국세(國勢)가 남다르기 때문이다. 과학이라는 외피를 쓰고 있지만 실제로는 이익과 권력이 그 본심인 그런 사람들에게 정중한 말을 할 수 있겠는가. 곧장 그들에게 침을 뱉을 따름이다. 게다가 오늘날에는 천하고금에 들어 보지도 못한 일이 만들어지고 있는데, 종교를 정하여 강제로 중국인들에게 신봉하도록 강요하고 있으니 마음은 남에게 빼앗기고 믿음은 자유롭지 않다. 저 미신을 타파하려는 지사들은 칙명으로 개정된 종교의 건실한 종인 것이다.

침략을 숭상하는 자들은 대개가 동기를 가지고 있어 수성(獸性)이 그 윗자리를 차지하고 가장 아래에는 노예근성이 있는데, 중국의 지사들은 어디에 속하는가? 무릇 옛날 백성들은 단지 군집을 이루었다가 나중에 나라를 이루고 영토의 경계선을 획분하여 그 곳에서 나고 자랐는데, 가령 하늘의 마땅함을 이용하고 땅의 이로움을 먹으며 자력으로 생활을 잘 꾸려나가면서 서로 화목하게 지내며 공격하지 않는다면 이는 아마 지선(至善)일 것이며, 역시 불가능한 일은 아니다. 인류는 그러나 미생물에서 처음 시작되어, 벌레, 구더기, 호랑이, 표범, 원숭이를 거쳐 오늘에 이르렀으니 예전의 성격이 속에 잠복해 있다가 때때로 다시 밖으로 드러나게 되고, 그리하여 살육이나 침략을 즐기고 토지나 여

---

38) 머리 두 개 달린 매(원문 枳首之鷹) : 머리 두 개 달린 매로서 러시아 차르의 국휘이다. 마주보고 서 있는 두 마리 사자(원문 人立之獸) : 마주보고 서 있는 두 마리 사자로서 영국의 국휘이다.

자나 재물을 약탈하려는 야욕으로 마음이 가득 차게 된다. 그러나 간혹 남의 비난을 우려하여 여러 가지 미명(美名)을 날조하여 스스로 가리는데, 시간이 오래 흘러 그것이 사람에 깊이 스며들면 대중들은 마침내 그 유래를 점점 알지 못하게 되고 성격은 습관인 양 모두 변한다. 비록 철인이나 현자라 하더라도 더럽고 사악한 것에 물들고 만다. 예를 들어, 러시아와 보헤미아39) 같은 나라에서는 일찍부터 범슬라브주의40)가 있었으니 높은 분들은 그것을 껴안고 요지부동이었다. 다만 농민들 사이에는 널리 보급되지 않았지만 사상가나 시인들은 그것에 마음이 물들어 아름다운 뜻이나 웅대한 사상으로도 씻을 수 없었다. 저들이 말하는 이른바 애국이라는 것도, 대체로 예문과 사상을 인류의 영화(榮華)로 숭상하지 않고 단지 군대나 무기의 정예로움을 빌려 땅을 얼마나 획득했느냐 사람을 얼마나 죽였느냐 하는 것으로 조국의 영광이라 재잘거리는 것이다. 근세에 이르면 사람에게는 본성(天識)이 따로 있어 호랑이나 늑대의 행위가 제일가는 일이 아님을 알게 되었고, 그리하여 그러한 풍조가 조금씩 시들게 되었다. 다만 저급한 선비들은 아직도 그러한 풍조에서 벗어나지 못하고 있으니 식자들은 그것을 우려하여 전쟁을 마치 뱀이나 전갈을 보듯 혐오하며 인간세상에 평화를 크게 부르짖고 있다. 그 소리는 역시 사람들의 심금을 울리고 있으며, 예언자 톨스토이가 그 중의 한 사람이다. 그의 주장을 들어보면, 인생에서 가장 귀중한 것은 자신의 힘으로 생활하는 것만한 것이 없으며 침략이나 약탈을 크게 금지해야 한다는 것이다. 아랫 백성들은 평화를 누려야 하지만 윗사람들이 그들의 피를 즐겨 빨아 먹고 그들을 전쟁으로 내몰아 인민의 생명을 해치니,41) 그리하여 가정은 불완전하여 보호받을 데 없

---

39) 보헤미아(원문 什赫) : 보헤미아이며, 현재 체코슬로바키아공화국의 일부이다.
40) 범슬라브주의(원문 一切斯拉夫主義) : 범슬라브주의이며 19세기 30년대에 형성되었고, 각 슬라브 민족이 차르제도하에 통일되어야 한다고 요구한 러시아 차르 정부의 반동적인 주장이다.

는 사람들이 전국에 널려 있고, 백성들이 자신의 근거를 잃은 것은 정
치가의 잘못이라는 것이다. 무엇으로 이를 치유할 것인가? 명령을 받
들지 않는 것만한 것이 없다. 출정하라는 명령이 떨어져도 병사들은 모
이지 않고 그냥 쟁기를 잡고 즐거운 마음으로 밭을 간다. 체포하라는
명령이 떨어져도 관리들은 모이지 않고 역시 그냥 쟁기를 잡고 즐거운
마음으로 밭을 간다. 독재자가 위에서 고립되어 있고 신복들이 아래에
서 명령을 듣지 않으면 천하는 잘 다스려질 것이라고 한다. 그렇지만
냉정하게 논하면 이는 옳지 않다고 여겨지는데, 가령 러시아 전체가 그
렇게 한다면 적군은 당장에 들이닥칠 수 있고, 백성들은 아침이면 발
아래에 창과 방패를 내던지고 저녁이면 토지를 잃게 되어, 유랑하고 흩
어짐이 이전보다 더욱 극심해질 것이다. 따라서 그의 주장은 이상적이
고 참으로 훌륭하지만 사실에 견주어 볼 때 처음의 의도에는 훨씬 미
치지 못하는 것이다. 다만 이것은 여전히 이해관계만을 헤아려 생각한
주장이며, 인류가 한결같지 않다는 사실을 고려해 보면 역시 이러한 주
장은 최고가 아님을 깨닫게 된다. 무릇 인류는 진화의 길을 밟고 있는
데, 진화의 정도는 크게 차등이 있어서 곤충의 본성을 가진 자도 있고
원숭이의 본성을 가진 자도 있으니 설령 수많은 세월이 흐른다 하여도
완전히 같아질 수는 없다. 같아졌다 하더라도 하나의 이물질이 나타나
면 무리 전체의 질서는 무너지고 만다. 국민성이 부드러워 젖먹이 어린
양과 같다면 늑대 한 마리가 목장 안으로 들어와 남김 없이 양들을 모
조리 죽여 버릴 수 있는데, 이런 지경에 이르러 목장의 안전을 도모하
며 후회를 하더라도 때는 너무 늦었다. 그렇기 때문에 살육이나 약탈을
즐기며 천하에 자기 나라의 위세를 떨치려고 생각하는 것이라면 이는

---

41) 인민의 생명을 해치니(원문 喪人民元) : 인민의 생명을 해치다는 뜻이다. 『맹자
    등문공하(孟子 滕文公下)』에 "용사는 자기의 목이 달아나는 것도 두려워하지
    않는다(勇士不忘喪其元)"라는 구절이 있다. 한대(漢代) 조기(趙岐)의 주(注)에는
    "원은 머리이다(元, 首也)"라고 하였다.

수성(獸性)의 애국이며, 사람이 금수나 곤충을 뛰어넘고자 한다면 마땅히 그런 생각을 흠모해서는 안 된다. 그러나 전쟁이 자취를 감추고 평화가 영구히 존속하려면 또한 반드시 인류가 전멸하고 대지가 붕괴하는 이후를 기다려야 할 것이다. 그렇다면 갑옷과 무기의 나이는 대개 인류와 그 시종(始終)을 같이 한다 할 것이다. 그렇지만 이것은 다만 자기를 방어하거나 호랑이나 늑대를 물리치기 위한 것이니 그것을 빌려 발톱이나 이빨로 삼아 세상의 약자를 잔인하게 잡아 먹어서는 안 된다. 무기는 사람을 위해 사용해야지 강제로 사람을 무기의 노예로 만들어서는 안 된다.

사람이 이런 뜻을 알고 있어야 비로소 그와 더불어 군사일을 논의할 수 있으며, 또 세상은 대 재앙에 이르지 않을 것이다. 그렇지만 우리 중국을 자세히 관찰해 보면, 세상 논자들은 거의 모두가 잘못되었다. 애국을 말하는 사람도 있고 무사(武士)를 숭배하는 사람도 있지만 그들의 뜻은 심히 조야하고 문화에 몸을 내맡기고 있으나 입으로는 먹이를 낚아채려는 울음소리를 내고 있으며, 가령 발톱이나 이빨이 붙어 있다면 마치 마지막 용기를 부리듯 대지(大地)를 유린할 수 있을 것이다. 이러한 성격은 영악하고 포악하기 그지 없지만 이를 두고 수성(獸性)이란 이름을 붙일 수는 없다. 무엇 때문에 그렇게 말하는가? 가슴 속 진심에서 우러나오는 두 가지 사실이 있는데, 수성(獸性)의 애국자에게는 그것이 없기 때문이다. 두 가지 사실이란 무엇인가? 하나는 강국을 숭배하는 것이고, 다른 하나는 망한 나라 백성들을 멸시하는 것이다. 대개 수성(獸性)의 애국을 지향하는 선비는 반드시 강대국에서 태어나는데, 세력이 강성하여 그 위세를 천하에 떨칠 수 있는 것이다. 그리하여 자국만을 존중하고 다른 나라를 멸시하면서 진화는 우량종만 남긴다는 주장을 거머쥐고 약소국을 침략하여 자신의 욕망을 채우면서, 세계를 섞어 하나로 만들고 이민족을 모두 자기 신복(臣僕)으로 만들지 않으면 만족하지 않는다. 그러나 중국은 어떠한 나라였던가? 백성들은 농사일을 즐기며 고향을 떠나는 사람을 천시하였고 천자가 원정을 좋아하면 재야 사람들은 즉시 그에 대해 원망하였다. 스스로 자랑스럽게 여기는 바는 바로 문명이 광화미대(光華美大)하다는 사실이었고, 폭력을 빌리지 않고도 사방 오랑캐 위에서 군림하며 평화를 애호하였으니 천하에 드문 일이었다. 다만 안락이 오랜 세월 지속되면서 방위가 날로 느슨해져 호랑이와 늑대가 갑자기 들이닥치게 되었고 백성들은 이에 도탄에 빠지게 되었다. 그러나 이것은 우리 백성들의 죄가 아니다. 피흘리기를 싫어하고 살인을 싫어하며 이별을 차마 견디지 못하고 노동에 안주하는 것은 사람의 본성이 그런 것이다. 만일 온 천하가 중국과 같은 습성을 가지고 있다면 톨스토이가 주장한 대로 대지 위에 비록 종족이 번다하고 국가가 다양하지만 각자 자기 경계를 철저히 지키며 서로 침략하지 않을 것이고 만세(萬世)가 지나도록 혼란이나 갈라섬이 없을 것이다. 수성(獸性)을 가진 자가 나타나면 평화의 민족은 비로소 크게 놀라 아침저녁으로 생존할 수 없을까 다급해 한다. 만일 그것을 물리치지 않으면 진실로 스스로 생활할 수 없을 것이다. 그렇지만 이것 역시 오직 그들을 자신의 옛 땅으로 돌아가도록 내쫓는 것이지 자기가 수성(獸性)으로 돌아가려는 것은 아니다. 하물며 이빨과 뿔을 가지고서 약소하거나 고독한 자를 해치려는 경우는 두말할 필요가 있겠는가. 그런데 우리 지사들은 이 점을 생각지 못하고 있다. 온 세상이 도도하게 침략을 찬미하고 강폭한 러시아나 독일에 경도되어 마치 낙원처럼 흠모하며, 재앙을 당하여도 아무말도 하지 못하는 인도나 폴란드 민족에 대해서는 얼음처럼 차가운 말로써 그들의 쇠락을 조소하고 있다. 무릇 우리 화토(華土)도 강폭한 자들로부터 고난을 당한지가 이미 오래 되었으나 아직 썩은 시체에 이르지는 않아서 맹금들이 앞서 모여들고 토지의 약탈이 부족하여 돈까지 요구하고 있으니 사람들 역시 이로 인해 기아와 추위에 허덕이며 들에서 죽게 되었다. 이제부터라도 마땅히 예리한 무기와 단단한 방패를 준비하여 자신의 몸을 호위하여 멧돼지나 긴 뱀이 거듭 중국을 먹지[42] 못하도록 해야 한다.

그렇지만 이는 스스로를 지키려는 것일 뿐이며, 침략자의 행위를 모방하는 것도 아니고 빙자하여 남을 침략하려는 것도 아니다. 침략을 숭상하지 않는 것은 무엇 때문인가? 스스로를 돌이켜볼 때 중국은 수성(獸性)을 가진 자의 적이기 때문이다. 폴란드와 인도의 경우는 화토(華土)와 같은 병을 앓고 있는 나라들이다. 폴란드는 원래 중국과 왕래가 없었지만 그 나라 백성들은 감정이 풍부하고 자유를 사랑하기 때문에 감정이 풍부하고 자유를 소중히 여기는 사람이라면 모두 폴란드를 두 가지 사실의 상징으로 여기며 사랑하고 있다. 대개 사람은 노예가 되는 것을 달가와하지 않으니 누가 폴란드를 흠모하지 않을 것이며 애도하지 않을 것인가? 인도라면 예전부터 교통이 있었고 우리에게 큰 은혜를 주었다. 사상, 신앙, 도덕, 예문 등 그 나라로부터 선물을 받지 않은 것이 없었으니, 비록 형제와 가족이라도 더 이상은 하지 못할 것이다. 만약 두 나라가 위태로와진다면 나는 당연히 그 때문에 울적해질 것이고, 두 나라가 망한다면 나는 당연히 그 때문에 큰 소리로 울 것이며, 두 나라에 재앙이 없다면 우리 화토(華土)와 무궁한 발전을 함께 하기를 하늘을 향해 기도 올릴 것이다. 오늘날 지사들은 어찌하여 이 점을 생각하지 않고 스스로 그들의 재앙을 취하여 그들에게 비방을 가해야 한다는 것일까! 거듭 병화(兵火)를 입어 오랫동안 강폭한 자들의 발 아래에 엎드려 있더니 예전의 국민성은 잃고 동정하는 마음도 엷어지고

---

42) 멧돼지나 긴 뱀이 우리 중국을 먹지(원문 封豕長蛇, 薦食上國) : 『좌전(左傳)』정공(定公) 4년에 "오나라가 멧돼지나 긴 뱀이 되어 여러 차례 중국을 먹었다(吳爲封豕長蛇, 以薦食上國)"라는 구절이 있다. 봉시(封豕)는 큰 멧돼지를 뜻하고 천(薦)은 여러 차례의 뜻이다. (역주) 상국(上國)은 오랑캐에 대한 상대적인 개념으로 중국을 가리키며, 종주국이라는 의미가 담겨 있다.

마음43) 속에는 권세와 이익으로 가득 차게 되었으니, 망령되고 무지하여 어찌 이 지경에까지 이르렀는가! 그러므로 오늘날 전쟁을 좋아하는 선비들을 총체적으로 헤아려 보건대, 강폭한 자들에게 스스로 굴복한 지가 오래 되고 그로 인해 점차 노예성이 생겨나서 본래의 모습을 잊고 침략을 숭배하는 자는 수준이 가장 낮은 사람이다. 남이 운운하면 자기도 따라 운운하며 자기 견해를 가지고 있지 않은 자는 그보다 위에 있는 사람이다. 간혹 두 부류에 속하지 않는 자도 있는데, 우연히 인류가 되기 이전 상태의 본성으로 돌아가려는 자를 나는 일찍이 시가(詩歌)에서 한둘 보았다. 그 대의는 이렇다. 독일의 황제 빌헬름 2세가 주장하던 황화(黃禍)의 설(說)44)을 등에 업고 스스로 긍지를 느끼며 성난 목소리로 황인종이 런던을 파괴시키고 로마를 전복시킬 것이며 파리 일대를 유락지로 공급할 것이라고 부르짖었다. 황화(黃禍)를 처음 제창한 자는 비록 황인종을 짐승에 비유하였지만 그 격렬함은 그래도 이보다 심하지는 않았다. 이제 감히 화토(華土)의 젊은이들에게 고하는 바이다. 용감하고 강건하여 힘이 있고 과단성이 있고 의연하여 싸움을 두려워하지 말아야 한다. 본래 인생에서는 해야 할 여러 가지 일

---

43) 마음(원문 靈臺) : 마음의 뜻이다.『장자 경상초(莊子 庚桑楚)』에 "마음 속에 끼어들게 해서는 안 된다(不可內于靈臺)"라는 구절이 있다.

44) 빌헬름 2세(원문 威廉二世, Wilhelm Ⅱ, 1859~1941) : 독일제국의 황제이며 제1차 세계대전을 일으킨 사람이다. 그는 1895년『황화(黃禍)에 대한 소묘』라는 그림을 제작하여 거기에 "유럽의 각국 인민들은 자신의 가장 신성한 재산을 지켜라!"라고 제사(題詞)하여 국왕, 귀족, 외국의 국가수뇌에게 배포했다. 1907년에는 또 "'황화(黃禍)', 이것은 내가 일찍부터 인식하고 있던 위험이다. 실제로 '황화'라는 명사를 창조한 사람은 바로 나였다"(디비스의『내가 알고 있는 독일 황제』에 보인다. 1918년 런던에서 출판되었다)라고 하였다. 황화의 설(원문 黃禍之説) : 19세기 말에 서양에서 흥기하여 20세기 초에 크게 유행하였다. 이것은 중국이나 일본 등 황색인종의 민족이 일어나서 구미의 생존을 위협하고 있다는 것을 선전하는 말이다. 이것은 서방의 제국주의가 동방을 노예화하고 약탈하려고 여론을 조작하던 말이다. 신해혁명 전에 중국의 자산계급혁명파의 일부 간행물에서는 항상 '황화의 설'을 인용하여 '민기(民氣)'를 고취하였다.

이 있게 마련인데, 다만 이는 스스로를 간수하는 데 사용해야지 무고한 나라를 침략하여 유린하는 데 사용해서는 안 된다. 만일 자신의 나무를 튼튼히 하고도 남은 힘이 있다면, 마땅히 헝가리를 도운 폴란드의 장군 벰45)이나 그리스를 원조한 영국의 시인 바이런46)처럼 자유를 위해 원기(元氣)를 바치고 압제를 전복시켜 세상에서 제거해야 할 것이다. 위기에 처한 나라가 있으면 모두 함께 나서서 도와야 하는데, 먼저 우방국을 일으키고 다음에는 그 밖의 나라로 파급해 간다. 그리하여 인간세상에 자유를 완전히 갖추도록 하여 호시탐탐 노리는 백인종에게 그들의 신복을 잃게 해야 한다. 그러면 황화의 설은 비로소 실현될 것이다.

오늘날이라면 강폭함을 흠모하는 마음을 거두어 들이고 자위(自衛)가 긴요함을 말해야 할 것이다. 아아, 우리 화토(華土) 역시 한 차례 침략을 받은 나라인데, 어찌하여 자성(自省)하지 않는 것일까. (미완)

---

45) 벰(원문 貝謀, J. Bem, 1795~1850) : 보통 '貝姆'로 음역하며, 폴란드의 장군이다. 1830년 11월 차르 러시아에 반항하여 민족의 독립을 쟁취하려고 일어난 폴란드 봉기를 지도한 사람 중의 하나이다. 실패한 후에 외국으로 망명하였고, 1848년의 빈 무장봉기와 1849년의 헝가리 민족해방전쟁에 참가하였다.

46) 바이런(원문 裴倫, G. G. Byron, 1788~1824) : 보통 '拜倫'으로 음역하며, 영국의 시인이다. 1823년 그리스의 민족독립전쟁에 참가하였다. 저서로는 장편시 『차알드 해롤드의 편력』, 『돈 주앙』 등이 있다.

역자 후기

　노신의 잡문집『무덤』의 번역 원고를 출판하기에 이르니 작가 노신
과 씨름했던 지난 과거가 아련히 떠오른다. 대학원에 입학하여 중국 현
대문학을 전공하면서 노신에 매료되어 그의 문학과 사상을 이해하려고
무척이나 애썼던 기억이 뚜렷하다. 그 때 노신의 소설집, 잡문집 등등
을 세심하게 읽었으며, 그 결과 문학이라고만 말하기 어려운 더 높은
차원의 무엇인가가 그 속에 담겨 있다는 사실을 깨달았다. 그것은 사상
이랄지, 정신이랄지 뭐 그런 것이었다. 위대한 문학가는 위대한 사상가
라고 했던가? 이는 노신에게 정확하게 들어맞는 말이거니와 오히려 문
학을 넘어서는 자리에 노신이 위치해 있다는 생각이 들었다. 그 후 나
는 노신에게 깊이 이끌려 지금도 노신을 공부하고 있다.

　본격적으로 노신을 연구하기 시작하면서 내가 무엇보다 관심을
가졌던 분야는 노신의 청년시절의 문학활동에 관한 것이었다. 그 때
국내에서도 노신에 대한 관심이 고조되어 여러 연구가들이 노신을
연구하고 있었다. 노신은 중국 최초의 현대소설이라 할 단편소설인
「광인일기」를 발표하면서 정식으로 문단에 등장하였으므로 그 때
국내에서는 대체로 「광인일기」 발표 이후의 노신을 공부하거나 연
구하는 것이 일반적이었다. 그러나 나는 전기(傳記)를 통해 「광인일
기」 발표 이전에도 노신은 활발한 문학활동을 전개했다는 사실을
알았고, 좀더 근원적으로 노신을 공부해 보자는 심사에서 청년시절
의 문학활동에 관심을 집중했다. 그 때 생각으로는, 「광인일기」 발
표 이후의 노신 문학의 원형이랄지, 추형이 그 속에 감추어져 있지

않을까 하는 막연한 기대가 있었던 것이다. 그런데 막상『노신전집』
을 통해 청년시절 노신의 글을 보고는 놀라지 않을 수 없었다. 모든
글이 난해한 문언문(고문)으로 씌어 있었다. 물론 문학혁명(1917)
이전의 일이니 그야 당연한 일이겠으나 중국 현대문학이라면 으레
현대중국어, 즉 백화문을 떠올리기 십상이기에 난감하지 않을 수 없
었다. 국내에 번역되어 있던 일부 노신 문집이나 선집 속에서도 청
년시절의 글은 전혀 소개되어 있지 않았다. 중국 현대문학은 문학혁
명 이후의 중국문학을 지칭하므로 현대문학 작가로서 노신을 이해
하는 데에는 당연히 문학혁명 이후의 노신 문학이 중심이 될 수밖
에 없었을 것이다. 다른 측면에서, 청년시절 노신의 글이 워낙 난해
한 문언문으로 씌어 있어 해독상의 어려운 점도 있었을 것이다. 그
래서 나는 우선 문언문으로 씌어진 청년시절의 모든 글을 번역하기
로 작정하고 번역을 시작했다. 노신을 공부하고 있던 몇몇 동학들과
함께 읽기도 했다. 그 때가 8년 전이었던 것 같다. 그 후 오랫동안
번역에 매달려 이들을 모두 번역할 수 있었고, 번역이 끝난 다음 노
신 연구를 위해 필요한 사람들에게 번역한 자료를 제공하기도 했다.
번역의 과정에서 노신 문학의 원형이랄지, 추형이랄지 그런 것이 그
속에 담겨 있다는 희열을 맛보았던 기억도 생생하다. 다만 이들은
『노신전집』의 여기저기에 흩어져 있어 일관성 있는 책으로 엮어지
기는 어려운 형편이었다. 여러 가지 일로 바쁜 와중에도 다음 작업
으로 청년시절의 주요한 글 4편(「인간의 역사」, 「과학사교편」, 「문
화편지론」, 「마라시력설」)이 실려 있는 잡문집『무덤』을 번역하기
시작했다.『무덤』에 실려 있는 글은 국내에 소개된 노신 문집이나
선집 속에 일부 번역되어 있었으나 오역도 있고 완역이 아니었으므
로 오역을 바로 잡고 완역이 필요하다는 생각에서 번역을 시작했던
것 같다. 또『무덤』은『노신전집』제1권 첫 편으로서 노신의 잡문집

중에서 가장 대표적인 것이며 노신 문학을 이해하기 위해서는 반드시 거쳐야 하는 자료이기에 세심하게 읽지 않으면 안 되었기 때문이다. 여러 번 읽고 수정하는 과정을 거친 뒤 이제야 번역 원고를 출판하기에 이르니 작은 결실이라는 점에서, 또 새로운 출발이라는 점에서 그 의미는 남다르다.

노신은 중국 현대문학의 탄생과 궤를 같이하여 소설, 시, 잡문(雜文)을 동시에 쓰기 시작했지만 시는 이내 그만두었고, 소설은 일시적으로 중단했으며, 잡문만은 지속적으로 써 나갔다. 노신이 남겨 놓은 글 중에서 일기나 서간을 뺀 나머지의 절반 이상이 잡문에 속한다고 할 때, 잡문형식은 노신 문학의 가장 두드러진 특징이다. 잡문은 어떤 생각이 떠오르고 어느 정도 소재가 마련되면 논리를 갖추어 현실적인 문제에 직접적으로 대응하는 글쓰기이므로 현실적인 대응이 긴박했던 당시 시대상황에서 노신에게는 절실한 글쓰기 양식이었다. 소설은 예술적인 형상화를 거쳐야 하는 일정한 시간이 필요하고, 시는 — 노신 개인의 입장에서 볼 때 — 개인의 내면세계와 깊은 연관이 있기 때문에 긴박한 시대상황에 대응하기 위해서는 좀더 직접적인 잡문의 형식이 절실했던 것이다. 『무덤』은 바로 이러한 잡문을 모아놓은 잡문집이다. 그러나 『무덤』은 노신 스스로가 말했듯이 논문의 성격에 가까운 에세이집으로서 짧은 단상이나 현실적인 논쟁에 직접적으로 대응하기 위해 썼던 여타 잡문들과는 달리 그 속에는 좀더 충실한 논거와 차분한 논리가 담겨 있다.

노신이 문학활동을 처음 시작하던 때부터 가장 왕성한 창작활동을 펼쳤던 시기까지, 즉 1907년부터 1925년 말까지 사이에 씌어진 다양한 글이 모아져 있는 잡문집 『무덤』의 의미는 무엇일까? 노신은 만년에 자신의 잡문에 대해 "내 잡문에 씌어진 것은 언제나 코이며, 입이며,

털이다. 하지만 그것을 합치면 하나의 형상인 전체로 될 것이다"(1934년, 『준풍월담 후기(准風月談 後記)』)라고 말하였다. 이는 물론 잡문집 『무덤』을 염두에 두고서 한 말은 아니지만, 이 말에 기댈 때 제목인 '무덤'은 글 전체를 하나로 묶어 주는 상징적인 형상어라 할 수 있을 것이다. 노신은 북경을 떠나 하문(厦門)으로 피신하여 있던 1926년 말 『무덤』을 출판하기에 앞서 「제기(題記)」를 써서 출판사로 보냈고, 다시 20일도 채 되지 않은 시점에서 「무덤 뒤에 쓰다」라는 일종의 후기(後記)를 써서 출판사로 보냈다. 묘지명(墓誌銘) 격인 이 「무덤 뒤에 쓰다」라는 글을 통해 우리는 '무덤'의 의미를 어느 정도 짐작할 수 있을 것이다. 다만 책 제목을 '무덤'이라 한다는 것은 그리 쉬운 일이 아니므로 '무덤'의 의미를 좀더 따져 볼 필요가 있다. 이는 잡문집 『무덤』의 의미를 밝히는 일인 동시에 노신의 정신을 일별할 수 있는 좋은 계기가 될 것이다.

　노신은 그 때까지 자신이 무엇을 하고 있는지 모르지만 확실한 것은 대(臺)를 쌓아 죽음을 드러내는 것, 또는 구덩이를 파서 자신을 묻어버리는 행위였다고 했다. 또 어떻게 길을 가야 할지 모르지만, 다만 하나의 종점, 그것이 바로 무덤이라는 것만은 아주 확실하게 알고 있으며, 문제는 여기서 거기까지 가는 길에 달려 있다고 했다. 이러한 노신 자신의 진술에 따를 때, 죽음(대 위에 죽음을 드러내는 것)과 무덤(구덩이를 파서 자신을 묻어 버리는 행위)은 사실 같은 의미이며, 차이가 있다면, '죽음'은 좀더 추상적인 개념이고 '무덤'은 좀더 구상적인 개념일 뿐이다. 그렇다면 종점으로서의 '죽음' 또는 '무덤'은 정태적인 것인가? 그렇지 않다. '여기서 거기까지 가는 길'이 시사하듯 역동적인 과정 전체를 염두에 둔 동적인 개념이다. 달리 말하면 무덤(또는 죽음)까지 나아가는 동적인 과정 전체가 바로 '무덤' 이미지가 담고 있는 의미내용이다. 거기까지 가는 과정으로서의 무덤이기에 '무덤' 이미지에는 '과정'으로서의 실천(行)이 더욱 부각된다. 중국인 노신 연구가인 왕휘(汪暉)가 노신의 정신을 개괄하여 강조한 '역사적 중간물' 의식도 어쩌면 '무덤' 이미지 속에 수렴되어 버리는지도 모른다. 왜냐하면 '무덤' 이미지의 외연은 '역사적 중간물' 의식의 그것보다 훨씬 넓기 때문이다.

좀더 설명을 덧붙이자. 노신은 고문(古文)과 백화(白話)가 섞여 있는 자신의 잡문집 『무덤』의 출판이 독자들에게 약간은 해독을 줄 것이라고 우려하면서도, "오히려 의연하고도 결연하게 그것을 없애 버리지 못하고 그래도 이를 빌려 잠시나마 지나간 생활의 남은 흔적을 살펴보려고 한다"고 했다. 또 "내 작품을 편애하는 독자들도 다만 이를 하나의 기념으로만 생각하고 이 자그마한 무덤 속에는 살았던 적이 있는 육신이 묻혀 있다는 것을 알아 주기를 바랄 뿐이다. 다시 세월이 얼마 흐르고 나면 당연히 연기나 먼지로 변할 것이고, 기념이라는 것도 인간 세상에서 사라져 내 일도 끝이 날 것이다"라고 하였다. 이에 따를 때 『무덤』은 '죽음' 또는 '무덤'으로 '가는 길'의 과정에 있는 흔적, 기념, 육신일 뿐이다. 자신의 생명과 바꾼 지나간 흔적이지만 그것마저도 곧 연기나 먼지로 변하여 사라져 버리는 그 무엇일 뿐이다. 『무덤』은 바로 무덤으로 향해 나아가는 노신 자신의 그 과정의 흔적임을 의미하며, 또한 끊임없이 생성하고 소멸하는 지속성의 흔적임을 의미한다. 따라서 '무덤'('죽음')은 거기까지 '가는 길,' 즉 동적인 과정 전체를 상징할 뿐 아니라, 삶, 지속, 실천, 중간물 및 지나간 흔적, 연기, 먼지, 소멸 등 다층적인 개념이 중첩된, 생성과 소멸의 복합개념이다. 이런 점에서 '무덤'이라는 개념은 적어도 1927년 혁명문학논쟁이 시작되기 이전까지 노신의 전기(前期) 문학에서 노신 문학 또는 노신 정신이 이를 수 있었던 마지막 지점이 아니었을까. 달리 말하면 그 때까지 노신의 정신(사상)을 가장 잘 응축하여 표현해 주고 있는 구상적이고 형상적인 개념이 아니었을까.

번역 원고가 내 손을 떠나는 마당에 걱정이 앞선다. 의미의 전달은 그런 대로 믿을 수 있다고는 하지만 노신의 문체를 제대로 살렸는지 자신이 없다. 문체는 문학을 다른 무엇과 구별시켜 주는 중요한 측면일 진대, 의미가 어떤 문체로 표현되는가가 글의 문학적 깊이를 결정하는 것이리라. 문학은 미학적 감동을 전제하며, 이 때 의미의 미학적 감동을 유발하는 중요한 요소가 문체가 아니던가. 다만 나름대로 문체에 대응해 보고자 애를 썼다는 사실만은 분명하다.

번역서의 주석은 1981년 인민문학출판사본 『노신전집』의 주석을 완역한 것이며, 필요에 따라 일부 역주를 첨부하였다. 국내 독자들을 위해 좀더 상세한 역주를 첨부하는 것이 좋았겠지만, 이 점은 후일의 작업으로 미루는 것이 낫다고 생각했다. 『노신전집』을 완역할 기회가 올 때, 그 때 가서 원칙에 따라 일관성 있게 처리하는 것이 나을성 싶었기 때문이다. 또 『무덤』에는 실리지 않았지만 노신을 이해하는 데 꼭 읽어야 할 중요한 글이라고 판단되는 「스파르타의 혼」, 「중국지질약론」, 「파악성론」 등 세 편의 글을 부록으로 덧붙였다. 이들은 '무덤'의 의미에 부합하며, 청년시절 노신의 정신을 파악하는 데 도움이 될 것이다. 노신을 아끼는 한 연구자로서 역자의 이 번역서가 국내의 노신 애호가들에게 좋은 독서자료로서 제공되기를 희망한다.

끝으로 번역 원고의 출판을 기꺼이 허락해 주신 도서출판 선학사 이찬규 사장님에게 감사드린다.

2000년 10월 18일

홍 석 표

노신 연보

1881년 (1세) 9월 25일 중국 절강성(浙江省) 소흥부(紹興府) 성내 (城內) 동창방구(東昌坊口) 주(周)씨 집안에서 태어남. 본명은 주수인(周樹人)이며, 필명은 노신(魯迅), 당사(唐俟), 파인(巴人) 등이 있음. 동생으로는 주작인(周作人), 주건인(周建人)이 있음.

1887년 (7세) 가숙(家塾)에서 공부함.

1892년 (12세) 삼미서옥(三味書屋)에서 공부함.

1893년 (13세) 가을에 조부인 주복청(周福淸)이 '과거시험 부정사건'으로 투옥되어 집안이 몰락함. 노신은 친척집에 피난.

1894년 (14세) 봄에 집으로 돌아와 삼미서옥에서 계속 공부함.
겨울엔 부친인 주봉의(周鳳儀)가 중병에 걸리자 전당포와 약방을 자주 드나듦.

1896년 (16세) 10월 12일 부친 사망(향년 37세).

1898년 (18세) 5월 남경(南京)으로 가서 강남수사학당(江南水師學堂) 기관과에 입학.
10월 강남육사학당(江南陸師學堂) 부설의 광무철로학당(礦務鐵路學堂)에 입학.

1902년 (22세) 1월 27일 광무철로학당 졸업.
4월 일본유학 신청, 강남독련공소(江南督練公所)에

의해 국비 일본유학생으로 선발되어 도쿄에 도착. 중
국인 일본유학생을 위한 예비학교인 홍문학원(弘文
學院)에 입학.

1903년 (23세) 3월 변발을 자름.

6월 『절강조(浙江潮)』 제5기에 「스파르타의 혼」을
발표.

10월 『절강조』 제8기에 「라듐에 대하여」, 「중국지질
약론」을 발표.

11월 혁명을 고취하던 '절학회(浙學會)'의 활동에
참가.

1904년 (24세) 4월 홍문학원 수료.

9월 선대의학전문학교(仙臺醫學專門學校)에 입학.

1906년 (26세) 1월 수업 중에 슬라이드 상연을 통해 일본군이 러일전

쟁에서 중국인을 살해하는 장면을 보고 깊
이 자극을 받아 의학을 포기하고 문예로 국
민의 정신을 개조할 것을 결심.

3월 선대의학전문학교를 퇴학하고 도쿄로
와서 허수상(許壽裳) 등과 함께 문예운동
을 제창. 후에 '도쿄 독일어협회'가 설치한
독어학교에 들어감. 이 때 많은 외국문학작
품을 수집하여 읽었음.

여름과 가을 사이에 일시 귀국하여 어머니
의 권유로 소흥부(紹興府) 산음현(山陰縣)의 주안(朱
安) 여사와 결혼. 동생 주작인(周作人)과 함께 도쿄로
돌아옴.

1907년 (27세) 허수상 등과 함께 문예잡지 『신생(新生)』을 발간하려

했으나 실패. 하남(河南) 일본유학생들이 주관하던 월간 『하남(河南)』에 발표하기 위해 「인간의 역사」, 「마라시력설」, 「과학사교편」, 「문화편지론」을 씀.

1908년 (28세) 여름에 허수상, 전현동(錢玄同), 주작인 등과 함께 민보사(民報社)에서 장태염(章太炎)의 문자학(文字學) 강의를 들음. 「파악성론」(미완)을 씀.

1909년 (29세) 3월 주작인과 함께 동유럽의 단편소설을 번역한 『역외소설집(域外小說集)』을 출판.

8월 일본유학생활을 청산하고 귀국. 항주(杭州) 절강양급사범학당(浙江兩級師范學堂)의 생리학 및 화학 교사로 부임.

1910년 (30세) 7월 절강양급사범학당 교사직을 사임하고 소흥으로 돌아옴.

9월 소흥부중학당(紹興府中學堂)의 생물학 교사로 부임.

1911년 (31세) 10월 신해혁명(辛亥革命) 발발.

11월과 12월 사이에 산회초급사범학당(山會初級師范學堂)의 교장이 됨. 이 해에 문언단편소설 「회구(懷舊)」를 창작.

1912년 (32세) 2월 중화민국 임시정부 교육부총장 채원배(蔡元培)의 요청으로 남경(南京)으로 가서 교육부 직원이 됨.

5월 초 남경 정부를 따라 북경에 도착.

1918년 (38세) 4월 2일 단편소설 「광인일기(狂人日記)」를 창작하여, 5월 『신청년(新青年)』 제4권 5호에 발표, 처음으로 '노신(魯迅)'이라는 필명을 사용.

1919년 (39세) 4월 25일 단편소설 「약(藥)」을 창작.

6월 말에서 7월 초 단편소설 「내일」을 창작.

10월 논문 「우리는 지금 아버지 노릇을 어떻게 할 것인가」를 씀.

1920년 (40세) 8월 10일 니체의 「차라투스트라는 이렇게 말했다」의 서언을 번역하여 『신조(新潮)』 제2권 제5기에 발표.

8월 북경대학(北京大學), 북경고등사범학교(北京高等師范學校)의 강사로 초빙됨.

10월 10일 단편소설 「머리털 이야기」를 발표.

1921년 (41세) 12월 4일부터 중편소설 「아큐정전(阿Q正傳)」을 북경의 『신보부간(晨報副刊)』에 연재하기 시작하여 이듬해 2월 2일에 끝냄.

1922년 (42세) 1월 호유지(胡愈之), 왕복천(王馥泉) 등과 함께 「에로센코 동화집」을 번역하여 7월에 펴냄.

5월 러시아 작가 아르치바셰프의 소설 『노동자 셰빌로프』를 번역하여 상무인서관(商務印書館)에서 출판.

단편소설 「단오절(端午節)」, 「백광(白光)」, 「토끼와 오리」, 「오리의 희극」, 「사희(社戱)」 등을 창작.

12월 3일 소설집 『납함(吶喊)』의 편집을 끝내고 서를 씀. 이듬해 8월 북경 신조사(新潮社)에서 출판.

1923년 (43세) 6월 러시아 작가 에로센코의 동화극 『연분홍빛 구름』을 신조사에서 출판.

7월 북경여자고등사범학교(北京女子高等師范學

校)의 강사로 초빙되어 중국소설사 및 문예이론을 강의함.

12월 11일『중국소설사략(中國小說史略)』상책을 신조사에서 출판.

12월 26일 여자고등사범학교에서 「노라는 떠난 후 어떻게 되었는가」라는 제목으로 강연회를 가짐.

1924년 (44세)　1월 17일 북경사범대학 부속중학교에서 「천재가 없다고 하기 전에」라는 제목으로 강연회를 가짐.

단편소설 「축복(祝福)」, 「술집에서」, 「행복한 가정」, 「비누」 등을 창작.

6월 20일『중국소설사략』하책을 신조사에서 출판.

7월 7일 서북대학(西北大學)에서『중국소설의 역사적 변천』을 강의함.

9월 산문시 「추야(秋夜)」 등을 쓰기 시작하여 후에 산문시집『야초(野草)』로 묶음.

9월 22일 일본인 구리야가와 하쿠손(廚川白村)의『고민의 상징』을 번역하여 12월에 출판함.

10월 28일 잡문 「뇌봉탑이 무너진 데 대하여」를 씀.

1925년 (45세)　2월 「다시 뇌봉탑이 무너진 데 대하여」, 「거울을 보고 느낀 생각」 등을 씀.

단편소설 「장명등(長明燈)」, 「조리돌림」 등을 창작.

4월 논문 「춘말한담」, 「등하만필」을 씀.

5월 12일 여사대(女師大) 학생자치회에서 개최한 교사학생연석회의에 출석하여 교장 양음유(楊蔭楡)의 봉건적인 조치에 반대하는 학생들의 투쟁을 지지.

7월 22일 논문「눈을 크게 뜨고 볼 것에 대하여」를 씀.

8월 7일 여사대(女師大)의 교사와 학생으로 구성된 교무유지회(校務維持會)에 참가, 8월 13일에는 위원으로 추천됨.

단편소설「고독자(孤獨者)」,「죽음을 슬퍼하며」,「형제」,「이혼(離婚)」등을 창작.

11월 잡문집『열풍(熱風)』을 북경 북신서국(北新書局)에서 출판.

12월 29일 논문「'페어 플레이'는 아직 이르다」를 씀.

12월 잡문집『화개집(華蓋集)』을 엮어 이듬해 6월 북신서국에서 출판.

1926년 (46세) 2월 산문「개, 고양이, 쥐」등을 쓰기 시작하여 후에 산문집『조화석습(朝花夕拾)』으로 묶음.

3월 18일 단기서(段祺瑞) 정부의 실정을 비난하는 학생·시민의 반정부 시위(3·18사건)가 발생, 학생들이 크게 다침. 잡문「꽃없는 장미 2」를 씀.

3월 26일 체포령이 내려진 50명의 명단 속에 노신도 포함됨.

8월 26일 북경을 떠나 9월 4일 하문(廈門)에 도착, 하문대학(廈門大學) 문과교수로 부임.

8월『소설구문초(小說舊聞鈔)』를 북신서국에서 출판.

8월 소설집『방황(彷徨)』을 북신서국에서 출판.

1927년 (47세) 1월 하문을 떠나 광주(廣州)에 도착, 중산대학(中山大學) 문과교수 겸 교무장으로 부임.

1월 잡문집『화개집속편(華蓋集續編)』을 북신서국에

서 출판.

3월 잡문집『무덤(墳)』을 북경 미명사(未名社)에서 출판.

4월 12일 4·12정변이 발생, 중산대학을 사직함.

7월 산문시집『야초』를 북신서국에서 출판.

10월 3일 상해(上海)에 도착하여 허광평(許廣平)과 동거 시작.

12월『당송전기집(唐宋傳奇集)』상권을 북신서국에서 출판.

1928년 (48세) 1월 창조사(創造社) 및 태양사(太陽社) 작가들과 혁

명문학논쟁(革命文學論爭)을 벌이며 5월까지 지속.

2월『당송전기집』하권을 북신서국에서 출판.

잡지『어사(語絲)』를 상해에서 발행.

10월『이이집(而已集)』을 북신서국에서 출판.

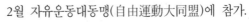

1929년 (49세) 4월 일본인 노보루 쇼무(昇曙夢)가 일본어로 번역한 러시아 문예비평가 루나찰스키의『예술론』을 번역.

10월 일본인 구라하라 고레히토(藏原惟人)가 일본어로 번역한 루나찰스키의 문예 논문집『문예와 비평』을 번역하여 수말서점(水沫書店)에서 출판.

1930년 (50세) 2월 자유운동대동맹(自由運動大同盟)에 참가.

3월 중국좌익작가연맹(中國左翼作家聯盟)이 성립되자 영수로 추대됨.

5월 일본인 가이손 시로(外村史郎)가 일본어로 번역한 러시아 문예비평가 플레하노프의『예술론』을 번역함.

1932년 (52세)	9월 잡문집 『삼한집(三閑集)』을 북신서국에서 출판. 10월 잡문집 『이심집(二心集)』을 합중서점(合衆書店)에서 출판.
1933년 (53세)	4월 허광평과 주고받은 편지를 모은 『양지서(兩地書)』를 청광서국(靑光書局)에서 출판. 10월 잡문집 『위자유서(僞自由書)』를 청광서국에서 출판.
1934년 (54세)	3월 잡문집 『남강북조집(南腔北調集)』을 동문서점(同文書店)에서 출판 12월 잡문집 『준풍월담(准風月談』을 흥중서국(興中書局)에서 출판.

1935년 (55세) 3월 일본인 다카히시 반세이(高橋晚成)가 일본어로 번역한 러시아 작가 고리키의 『러시아 동화』를 번역하여 문화생활출판사(文化生活出版社)에서 출판.

5월 잡문집 『집외집(集外集)』을 양제운(楊霽雲)이 편찬하여 군중도서공사(群衆圖書公司)에서 출판.

역사소설 「이수(理水)」, 「채미(采薇)」, 「출관(出關)」, 「기사(起死)」 등을 창작하여 이전에 창작한 「보천(補天)」(원제는 「부주산(不周山)」), 「분월(奔月)」, 「주검(鑄劍)」, 「비공(非攻)」 등과 함께 묶어서 이듬해 1월 소설집 『고사신편(故事新編)』을 출판.

12월 좌익작가연맹 내에서 주양(周揚) 일파의 '국방문학(國防文學)' 주장과 노신 일파의 '민족혁명전쟁의 대중문학(大衆文學)' 주장이 대립되어 치열한 논쟁이 전개됨.

1936년 (56세) 6월 단평집 『화변문학(花邊文學)』을 연화서국(聯華

書局)에서 출판.

10월 19일 지병으로 사망.

홍석표 洪昔杓

서울대학교 인문대학 중어중문학과를 졸업하고,
같은 대학 대학원에서 석사 및 박사학위를 받았다.
현재 강릉대학교 인문대학 중어중문학과 부교수로 있다.

저서

『한문학사강요·고적서발집』(선학사, 2003, 역서)
『中國現當代散文 읽기』(선학사, 2002, 2인 공저)
『中國의 近代的 文學意識 形成에 관한 硏究』(중국도서문화중심, 2000)
『중국당대신시사』(신아사, 2000, 역서)

논문

「魯迅的"生命意識"硏究」, 『魯迅硏究月刊』(魯迅博物館) 2002년 제7기
「魯迅의 방향, 이중 '항거(抗拒)'와 제3의 길」, 『中國現代文學』제20호
「중국 新時期의 문학적 패러다임의 변화 연구」, 『中國文學』제35집
「胡適의 신문화운동의 방향
　　—'방법'으로서의 근대 지향」, 『中國現代文學』제18호
「근대 중국의 중서문화충돌과 인간에 대한 이해」, 『中國現代文學』제16호 등

【魯迅選集2】

무덤(墳)

2001년 1월 10일 초 판 발행
2003년 2월 10일 수정판 발행

지은이　　루쉰(魯迅)
옮긴이　　홍석표
펴낸이　　이찬규
펴낸곳　　선학사
등　록　　제10-1519호
주　소　　서울시 용산구 한강로1가 141-3
전　화　　02-795-0350
팩　스　　02-795-0210
e-mail　　sunhaksa@korea.com
홈페이지　www.ibookorea.com

값 18,000원

ISBN 89-8072-121-8　03820